BASTEI
LÜBBE
TASCHENBUCH

Weitere Titel des Autors:

Die Kathedrale des Lichts

Über den Autor:

Ruben Laurin ist das Pseudonym eines preisgekrönten Autors phantastischer und historischer Romane, darunter auch DIE KATHEDRALE DES LICHTS, der sich mit dem Bau des Magdeburger Doms befasst. Insbesondere faszinieren ihn die Geschichte des Alltags und das Leben des kleinen Mannes im Spiel der großen Mächte.

RUBEN LAURIN

DAS WEISSE GOLD DER HANSE

Ein Lübeck-Roman

BASTEI LÜBBE TASCHENBUCH

BASTEI LÜBBE TASCHENBUCH
Band 17889

Dieser Titel ist auch als E-Book erschienen

Originalausgabe

Die Veröffentlichung dieses Werkes erfolgt auf Vermittlung
der literarischen Agentur Peter Molden, Köln

Textredaktion: Friederike Haller, Wortspiel, Berlin
Kartenillustration: © Markus Weber, Guter Punkt
Umschlagmotive: © shutterstock Harald Schmidt | Svetocheck | canadastock | villorejo | Cristian Andriana | Kompaniets Taras; © iStockphoto MATJAZ SLANIC; © Richard Jenkins Photography
Umschlaggestaltung: Sandra Taufer, München
Satz: Dörlemann Satz, Lemförde
Gesetzt aus der Stempel Garamond LT
Druck und Verarbeitung: CPI books GmbH, Leck – Germany
ISBN 978-3-404-17889-6

5 4 3 2 1

Sie finden uns im Internet unter www.luebbe.de
Bitte beachten Sie auch: www.lesejury.de

Wo die Angst ist,
da führt der Weg entlang.

Günter Ammon zugeschrieben

Ring the bells that still can ring
Forget your perfect offering
There is a crack in everything
That's how the light gets in

Leonard Cohen

Für Wismars großen Wirt Berthold Börner und
sein freundliches Reich, den *Nikolaiblick*,
für den unermüdlich Liebenden und nach Land
spähenden Seefahrer Frank Augustus Schmidt
und für den selbstvergessenen Hirten der
Mecklenburger Ostseeküste Jochen Schmachtel.

Dramatis Personae:

Die mit einem Stern (*) versehenen Figuren sind historische.

Bertram Morneweg* – Kaufmann und Ratsherr
Petrus von Edinburgh – sein »Hofmarschall«
Gertrud Morneweg* – seine Frau
Matthias »Matthis« Stalbuk – sein Freund
Schwester Victoria – Ordensfrau
Fridolin »Frido« Sak – Kapitän und Veteran
Bertram Stalbuk* – Kaufmann, Matthias' Vater
Lothar von Turku – Graf und Kaufmann
Johannes von Köln – Maler
Anna Warendorp – Tochter eines Kaufmanns
Burchard von Serkem* – Geistlicher
Kasimir von Lyon – Ordensmeister der Deutschritter
Jakob von Metz – Baumeister
Silvester von Bamberg – Meistermaler
Conrad Jacobi – Kaufmann und Kapitän
Eisauge – sein Bootsmann
Martinus Bardewik – Kaufmann
Birger von Kamen, »der Haken« – sein erster Kaufgeselle
Andreas Kröpelin, »das Gespenst« – sein zweiter Kaufgeselle
Brunhilde Jessen – Amme seiner Tochter
Käfer – sein Schreiber

Ein Glossar befindet sich auf den letzten Seiten des Buches.

Zeittafel

1226	Der »Reichsfreiheitsbrief« Kaiser Friedrichs II. verleiht Lübeck den Status einer Freien Reichsstadt
1227	Norddeutsche Fürsten und Lübecker Bürger besiegen in der Schlacht von Bornhöved den dänischen König Waldemar II.; mit dem Ende des dänischen Imperiums beginnt Lübecks Aufstieg zur größten Ostseemacht und führenden Hansestadt
1227	Der Lübecker Rat verfügt, dass kein Bürger »den geistlichen Gewalten Grundstücke verkaufen oder als Stiftung« überlassen darf
1228	Gründung des Heiligen-Geist-Hospitals am Klingenberg durch Ritter des Deutschen Ordens und den Lübecker Rat
1237	Unweit von Danzig gründen Ritter des Deutschen Ordens, Lübecker Handwerker und Kaufleute die Stadt Elbing
1237	Mongolen unter Batu Khan erobern Moskau
1240	Mongolen zerstören Kiew
1241	Mongolen besiegen ein deutsch-polnisches Heer in Liegnitz und fallen in Ungarn ein
1243 bis 1249	Auf dem Baltikum wehren sich die heidnischen Prußen gegen den Deutschen Orden und dessen Missionierungsversuche
1250	oder später: Bertram Morneweg kehrt aus

Riga zurück, lässt sich in Lübeck nieder, heiratet und wird Mitglied des Rates

1251 Am 11. Juni vernichtet ein Stadtbrand halb Lübeck

1259 Der dem Rat und den Bettelmönchen freundlich gesonnene Johannes von Tralau wird Bischof von Lübeck

1260 Etwa um diese Zeit beginnt die Arbeit am neuen Heiligen-Geist-Hospital am Koberg

1276 Am 15. Juni verwüstet ein Stadtbrand den Norden Lübecks

1276 Der Domherr und Erste Pfarrherr der Marienkirche Burchard von Serkem wird Bischof von Lübeck

1277 urkundliche Erwähnung eines Mornewegs im englischen Lynn

1277 Bischof Burchard exkommuniziert den gesamten Rat und etliche Kaufleute von Lübeck wegen des Streites um Beerdigungen durch die preisgünstigeren Franziskaner

1281 Aufhebung der Exkommunikation per Kardinalsspruch

1286 Bertram Morneweg wird vom Rat nach England gesandt, stirbt – vermutlich im November – und wird im Johanniskloster der Franziskaner beigesetzt; er hinterlässt ein Vermögen von 13.500 Mark lübisch (ca. 3,1 Millionen Euro)

1301 Gertrud Morneweg stirbt

1312 Hermann Morneweg, Sohn von Bertram und Gertrud und seinerzeit reichster Kaufmann der Stadt, wird Bürgermeister von Lübeck

1300 n. Chr.
NORWEGEN
Bergen
Oslo
SCHWEDEN
Uppsala
Visby
DÄNEMARK
Aalborg
Jütland
Kalmar
Oland
Schonen
Born-
holm
Danzig
Kolberg
Lübeck
Rostock
Wismar
Hamburg
Elbe
Oder
Pommern

Onega-
see
Lagoda-
see
Swir
Finnland
Turku
Finnische
Bucht
Newa
Wolchow
Narwa
Nowgorod
Reval
Estland
NOWGOROD
Livland
Kur-
land
Riga
Düna
Pruzzen
DEUTSCHER
ORDEN
Wilna
Memel
LITAUEN
N
W
O
S
© Markus Weber, Guter Punkt

Das Ende

Der Junge schob eine Kiste an die Backbordreling, stieg hinauf und lehnte sich über die Balustrade. Der Wind zerwühlte seinen blonden Lockenkopf, das Licht des neuen Tages blendete ihn. Er kniff die Augen zu Schlitzen zusammen und blinzelte nach Osten. Dorthin ging die Fahrt, dorthin sehnte er sich – nach nie gesehenen Küsten, Fjorden und Flussmündungen.

Die Sonne stand bereits zwei Handbreit über dem Horizont. Herden kleiner Wolken stiegen aus dem Meer und bevölkerten den rotgoldenen Lichthof unter ihr. Die dunkelste und kleinste stülpte sich spitzbogenförmig aus den Wellen in den Morgenhimmel.

»Wie eine schwarze Harfe siehst du aus«, murmelte der Junge, und eine dunkle Ahnung beschlich ihn.

Schnell wandte er sich ab und beobachtete lieber die abziehenden Delfine. Seit so vielen Tagen schon begleiteten die Tiere das Schiff, doch nun wurde ihnen das Meer wohl zu kalt, und sie schwammen zurück nach Westen.

»Lebt wohl.« Der Junge winkte ihnen hinterher.

Am Heck schrien die Möwen über dem Kielwasser, wie sie seit Sonnenaufgang immer wieder schrien. Der Südwestwind blähte die Segel wie gestern und vorgestern schon, und die Wellen klatschten im gleichen Rhythmus gegen die Bordwand, wie sie es bereits zwei Wochen zuvor bei der Abfahrt getan hatten.

Vertrautes Stimmengewirr erfüllte das Oberdeck – das raue Gelächter der Männer, ihre derben Flüche, ihr unablässiges

Palaver. Vor den Böcken mit der Pinasse stauchte der Bootsmann jemanden zusammen, was er gern und oft tat. Diesmal traf es zwei halbwüchsige Seeleute, die ihm den Kiel des Beibootes nicht sorgfältig genug geputzt und geteert hatten.

Und beim Ruderschwengel, neben dem alten Steuermann, stand der Vater und rief Befehle nach rechts und links und in die Takelage hinauf. Schön und stark und groß sah er aus mit seinen breiten Schultern, seinem langen blonden Haar, seinem weichen braun gebrannten Gesicht, seinem goldgelben Bart und dem breiten schwarzen Brustgurt mit dem zweischneidigen Schwert unter dem roten Rock.

Nein, da gab es nichts, was den Jungen hätte beunruhigen müssen – alles wie immer, alles wie schon auf seiner ersten Fahrt vor drei Jahren, alles gut. Der Junge blinzelte wieder nach Osten. Und was sollte auch Schlimmes passieren, wenn doch der Vater auf dem Schiff herrschte? Was machte es da, wenn die eine bogenförmige Wolke, die Harfe, nicht mit den anderen Wolken in den Lichthof der Morgensonne schweben wollte? Wenn sie am Meer haften blieb und größer und größer wurde?

Das machte mehr, als der Junge sich zunächst eingestehen wollte – es machte, dass sein Herz schneller schlug und seine Hände schwitzten.

»Du bist gar keine Harfe«, murmelte er. Und dann fuhr er herum und schrie: »Ein Schiff!« Er schrie es zuerst in Richtung des Vaters und dann zur aufgebockten Pinasse hinüber: »Ein Schiff! Backbords hält ein Schiff auf uns zu!«

Palaver und Gelächter an Bord verstummten, von allen Seiten liefen die Männer an die Backbordreling und spähten nach Osten aufs Meer hinaus.

»Wo siehst du ein Schiff, Junge?!«, riefen sie, und der Junge deutete auf den rasch größer werdenden schwarzen Flecken zwischen Himmel und Wellen. Nicht mehr einer Harfe glich er jetzt, sondern eher einer Axtklinge, die ein Riese aus dem wogenden Meer streckte.

»Tatsächlich!«, hieß es bald, und: »Der Knirps des Kapitäns hat recht«, und: »Seit wann segeln denn die Russen mit schwarzem Tuch?«, und ein anderer, der schärfere Augen hatte, widersprach: »Die Segel sind nicht schwarz, sie sind schwarz und rot gestreift.«

Das Schiff kam schnell näher, beängstigend schnell.

»Hol's der Henker«, entfuhr es dem Bootsmann. »Das ist eine verdammte Galeere.«

Vom Ruderschwengel aus rief der alte Steuermann: »Die rudern ja, als sei der Gottseibeiuns hinter ihnen her!«

»Und sie rudern geradewegs auf uns zu.« Der Bootsmann spuckte über die Reling, schabte sich den Bart und zischte: »Was zum Henker wollen die?!«

Danach sagte lange keiner mehr was, und es wurde seltsam still an Bord. Nur die Möwen hörte der Junge noch schreien. Das Herz schlug ihm nun bis zum Hals, mitten in dem Kloß, der dort anschwoll.

Eine Hand legte sich auf seine Schulter. Er hob den Blick und schaute hinauf ins Gesicht seines Vaters. Das sah sehr ernst aus und härter als sonst. Er schaute auch hinauf in die Gesichter der Seeleute rechts und links: lauter schmale Augen, lauter grimmige Mienen, lauter bebende Kaumuskeln.

Plötzlich wusste der Junge: Dieser Tag würde anders werden als alle Tage zuvor, seit sie in See gestochen waren. Anders auch als alle Tage seines Lebens bisher.

Von Sonnenaufgang her pflügte das Schiff mit den schwarz-roten Segeln durch die Wellen und wurde größer und größer. Es hatte drei Masten. Deutlich erkannte der Junge die vielen Riemen, die zu seinen beiden Seiten in die Wogen eintauchten, aus den Wogen auftauchten, in die Wogen eintauchten.

Dieses Schiff wollte nicht irgendwohin, dieses Schiff wollte zu ihnen.

Der Junge legte die Hände an die Brauen, blinzelte in die Morgensonne und versuchte, die Flagge auf dem Großmast der Galeere zu erkennen.

Nie zuvor hatte er Angst gehabt auf dem Schiff seines Vaters. Keine raue See hatte ihn jemals erschreckt während seiner vier Fahrten, keine Polarnacht, kein Sturm, kein noch so schwarzer Himmel.

Seine liebe Mutter, ja, die hatte Angst gehabt; eigentlich immer, bevor er und der Vater auf Fahrt gingen. Beim ersten Mal, vor drei Jahren, hatte sie noch mit dem Vater gestritten, als der ihn schon vor sich her auf die Laufplanke schob.

»Lass mir meinen Sohn!«, hatte sie geschrien. »Er ist doch erst fünf Jahre alt!«

»Der muss ein Seefahrer werden!«, hatte der Vater bestimmt und die Mutter zurück in die Menge am Hafen gestoßen. »Und der wird ein Seefahrer!«

Bevor der Junge zum vierten Mal an Bord ging, vor drei Wochen, hatte sie ihn nur noch mit Tränen in den Augen und kummervollem Gesicht angeschaut. Und ihn dann ganz fest umarmt und geküsst. Und sich danach schnell abgewandt.

»Ein Schiff auf Backbord!« Der Schiffsjunge im Krähennest hatte die Galeere endlich auch entdeckt. »Eine Galeere! Mit Ramme!«

»Besoffener Hundsfott!«, schimpfte der Bootsmann zu ihm hinauf. Und anschließend leiser und seltsam heiser: »Aber der kleine Scheißer hat recht.« Er zog eine Flasche aus dem Rock, entkorkte sie und nahm einen Schluck. »Der verdammte Kahn schiebt einen verdammten Rammdorn vor sich her durch die Wellen.« Er reichte die Flasche weiter.

Die heranpflügende Galeere war noch höchstens vierzig Ruten entfernt. Der Junge legte den Kopf schräg und mühte sich, das Bild auf ihrer flatternden schwarzen Flagge zu erkennen. Doch er nahm nur eine Art Spindel wahr, ein Bild, aus dem er nicht schlau wurde. Die Spindel war weiß und in der Mitte zusammengeschnürt. Ihre untere Hälfte sah zu einem guten Teil rot aus, die Schnürung in ihrer Mitte und die obere Hälfte trugen ein paar rote Spuren.

»Eine Sanduhr und ein Rammdorn.« Mit ungeduldiger Geste forderte der Bootsmann seinen Rum zurück. »Das kann nur eines heißen.« Er setzte die Flasche an und leerte sie.

»Sind das Seeräuber?« Aus großen glänzenden Augen blickte der Junge zu seinem Vater hinauf. Der nickte und drückte seine Schultern. Seine Miene war so finster und grimmig, dass dem Jungen der Atem stockte.

»Zu den Waffen!«, rief der Vater mit donnernder Stimme. Die Männer rannten zu ihren Unterkünften. Der Vater drehte sich nach dem Steuermann um. »Scharf nach Südost!«, brüllte er. »Versuche, ihnen auszuweichen! Steuere an ihrer Backbordseite vorbei! Vielleicht können wir ihnen mit dem Kiel die Riemen zerbrechen.« Nach einem prüfenden Blick auf die Takelage schickte er eine Handvoll Seeleute unter die Masten, um die Rahen in den Wind zu drehen.

Schließlich hob er den Jungen von seiner Kiste hoch und drückte ihn an seine Brust.

»Hast du Angst?« Der Junge nickte stumm. »Gut so.« Der väterliche Blick aus blauen Augen hielt seinen eigenen Blick fest, strahlte Ruhe und Kraft aus. »Angst macht klug. Nur Dummköpfe haben keine Angst.« Mit einer verächtlichen Kopfbewegung deutete der Vater auf die Galeere. »So was gehört zur Ausbildung eines Seefahrers. Hast du mich verstanden?« Der Junge nickte und versuchte, den Kloß im Hals herunterzuschlucken. »Ohne Schmerz und Todesnähe wird keiner ein Seefahrer. Hast du das verstanden, Sohn?«

Der Junge nickte und unterdrückte seine Tränen.

Gemeinsam blickten sie zur Galeere. Keinen Steinwurf weit entfernt stach sie heran. Schon konnte der Junge die Gesichter der Seeräuber am Bug erkennen und ihr Kampfgeschrei hören. Ihre Axtklingen und Säbel funkelten in der Morgensonne. Es gab kein Ausweichen mehr, zu schnell trieben Segel und Ruderer der Galeere der Backbordseite des Vaterschiffes entgegen.

»Was immer gleich geschehen wird – folge deiner Angst, sie zeigt dir den Weg.« Der Vater setzte ihn ab und zog sein Schwert. »Und nun geh und versteck dich.« Die Klinge funkelte in der Morgensonne. Deutlich konnte der Junge die über der Parierstange in den polierten Stahl eingravierten Buchstaben erkennen: ein Segensspruch und die Namen aller Familienmitglieder; das wusste er von der Mutter. »Hörst du nicht, was ich dir sage, Sohn? Du sollst dich verstecken!« Der Vater wandte sich ab und rief Befehle zum Ruderschwengel hin.

Der Junge stand wie gelähmt. Die Seeleute hasteten zurück an die Reling, versammelten sich rings um ihn mit Schwertern, Spießen und Äxten. Manche knieten auf den Planken nieder und beteten. Drei spannten ihre Jagdbögen, einer spannte eine Armbrust. Der Vater rief noch mehr Befehle, der Bootsmann ließ seinen Rosenkranz durch die Finger gleiten, der alte Steuermann beschimpfte die Männer unter den Masten, weil sie die Rahen nicht schnell genug drehten.

Mit offenem Mund und weit aufgerissenen Augen sah der Junge die Galeere ihre schäumende Bugwelle heranschieben. Die Seeräuber drängten sich am Bug und schüttelten die Fäuste. Einer, der größte, hatte strohblonde Zöpfe und trug einen weißen Pelzmantel über einem Kettenhemd. Andere waren nackt, viele hatten sich schwarze oder rote Tücher um die Köpfe gebunden, die meisten winkten siegesgewiss mit Säbeln und Äxten, und einige lachten sogar. Unter ihnen, am Bug ihrer Galeere, tauchte für einen Augenblick der eiserne

Rammdorn aus den Wellen auf. Heißer Schrecken fuhr dem Jungen in die Glieder.

»Seht ihr den Blonden im Eisbärenmantel?« Der Bootsmann war mit seinem Säbel an die Reling zurückgekehrt. »Den mit der schwarzen Axt? Ich wette, das ist ihr Kapitän.«

Atemlos blinzelte der Junge hinüber zu der heranpflügenden Galeere. Der Piratenkapitän stand sehr still unter den anderen, er lachte nicht, er stieß keine Kampfschreie aus, er drohte nicht mit der Faust. Er hatte seine Axt auf die weiße Schulter gelegt und lauerte zu dem Jungen und seinem Vater herüber. Der schwarze Stiel seiner Axt sah aus wie von Blut bespritzt.

»Ich kann ihnen nicht mehr ausweichen!«, brüllte der alte Steuermann. »Sie werden unser Achterschiff erwischen!«

Ein Fauststoß in den Rücken riss den Jungen aus seiner Schreckensstarre. »Wirst du dich wohl verstecken?!« Der Vater beugte sich zu ihm herunter. »Das nächste Mal darfst du mitkämpfen, jetzt aber fort mit dir!« Mit seinem Schwert deutete er zum Mittelschiff. Der Junge rannte los.

Er lief zum Großmast, blickte zum Krähennest hinauf – der Schiffsjunge hing auf halber Höhe in der Strickleiter und versperrte den Weg nach oben.

Er lief zur Luke des kleinen Laderaums, vermochte jedoch vor lauter Zittern nicht, sie zu öffnen.

Er riss die Tür zur Stiege auf, die ins Unterdeck zu den Kajüten und Kojen führte, doch der schreckliche Rammdorn stand ihm vor Augen, und im Geist hörte er schon das Wasser durch das unvermeidliche Leck rauschen und sah es die Stiege heraufsteigen.

Der Junge fuhr herum, rannte weiter, hörte nun auch den Vater, den Bootsmann und die Seeleute Kampfgeschrei ausstoßen. Das klang nicht halb so wütend wie das Gebrüll der Seeräuber. Auf einmal stand er vor der Pinasse, wusste selbst nicht, wie er dorthin gelangt war. Zwischen den Böcken kroch er unter ihr hindurch auf die andere Seite. Kein klarer Gedanke gebot ihm das, allein seine Angst. Niemand sollte ihn beobachten, wenn er ins Beiboot kletterte.

Auf der Steuerbordseite der Pinasse stieg er auf den Bock, klammerte sich am Ruderblatt fest und zog sich hoch zum Bootsrand. Er kroch unter die Plane und drückte sich zwischen den Bänken auf die Planken des großen Bootes.

Dunkelheit umgab ihn hier unter der Plane, seine eigenen keuchenden Atemzüge und sein Herzschlag gellten ihm lauter in den Ohren als draußen das Geschrei der Männer. Halb keuchend, halb flüsternd betete er ein Gute-Nacht-Gebet; ein anderes wollte ihm nicht einfallen.

Plötzlich ging ein gewaltiger Ruck durch das Boot – der erschütterte Rumpf bebte und schwankte, draußen hörte der Junge es splittern und krachen. Er lüpfte die Plane eine Handbreit weit vom Bootsrand – und hielt den Atem an: Der Seeräuber mit dem weißen Pelzmantel und den blonden Zöpfen balancierte zwischen dem Bug des Piratenschiffes und der Heckreling des Vaterschiffes auf dem Rammdorn. Er schwang seine Axt, und deutlich konnte der Junge die roten Zeichen erkennen, die im schwarzen Axtstiel prangten. Andere Piraten kletterten schon über die Reling. Der Junge ließ die Plane los, das Herz pochte ihm rasend schnell in der Kehle.

Kampfgeschrei wurde lauter und steigerte sich schnell zu wildem Kreischen. Der Junge zitterte. Schwerter klirrten gegen Schwerter, die Deckplanken außerhalb seines Verstecks dröhnten unter stampfenden Schritten und stürzenden Körpern.

Das Schiff neigte sich, der Junge rutschte gegen die Innenwand der Pinasse. Das Geschrei draußen hörte sich an wie das Kreischen der Möwen, Dohlen und Milane, wenn sie sich an der heimatlichen Flussmündung bei Ebbe über Abfallhaufen und Fischkadaver hermachten. Poltern und Krachen und Klirren von Klingen mischte sich in das entsetzliche Geschrei. Der Junge hielt sich die Ohren zu, das Schiff neigte sich schneller, die Pinasse kippte.

Erstes Buch

Vom Leben nach dem Tod

I

Ratsherr und Maler

Lübeck, Herbst 1275

Auf der Schwelle des Stalltores blieb der Ratsherr stehen und lauschte. Hinter ihm krähte der Hahn, und die Morgensonne schien ihm in den Nacken. Im Stall herrschte Zwielicht, und die hohen Töne einer Flöte überlagerten das Schnauben der Rosse und das Tschilpen der Schwalben. Schwerer Duft nach feuchtem Stroh und Pferd schlug ihm entgegen. Schwalben schossen zu den schmalen Fenstern herein und hinaus.

Der Ratsherr lächelte still in sich hinein – er liebte den Klang dieser Flöte, er liebte ihre vertrauten Melodien. Summend hievte er sein Schwert auf die Schulter und nahm die Öllampe vom Wandhaken am Torpfeiler. Dann schritt er von Säule zu Säule und von Gewölbe zu Gewölbe, um die Schwalbennester zu besehen. Pferde wandten die Schädel und äugten nach ihm. Die Nester klebten zwischen den Kreuzbögen und auf den Kapitellen, und aus jedem reckte eine Handvoll Jungschwalben die Hälse und forderte lautstark, dass die Alten ihnen endlich die aufgerissenen Schlünde stopften.

Es hatte lange nicht Sommer werden wollen in diesem Jahr, und die zweite Brut war spät geschlüpft, sodass der Ratsherr sich sorgte, ob die jungen Schwalben rechtzeitig vor dem Aufbruch nach Süden flügge werden würden.

»Hör mir zu, allmächtiger Gott«, murmelte er. »Heißt es nicht, dass kein Vogel ohne deinen Willen vom Himmel fällt? Dann lehre doch diese nackten Schreihälse möglichst bald das Fliegen. In deiner grenzenlosen Güte, Amen.«

Die heisere und wie meist etwas wehmütige Flötenmelodie verstummte. Bald hallten Schrittlärm und Hufschlag von den Wänden und aus den Deckengewölben wider. Wieder wandten die Pferde ihre Schädel und äugten nun nach der hünenhaften Gestalt, die sich aus den Tiefen des Stalles näherte. Der Hofmarschall brachte die gesattelte Schimmelstute. Über dem Leder seines Wamses baumelte die kleine Flöte, die er an einem Silberkettchen um den Hals trug. Er nahm dem Ratsherrn die Öllampe ab und reichte ihm die Zügel.

»Danke, Petrus.« Lächelnd nickte der Ratsherr dem Älteren zu. Auch nach so vielen Jahren noch machte die Nähe des großen Mannes ihn froh, wenn er ihn morgens in der Küche, auf dem Hof oder in einem der Ställe erblickte. Oder wenn er den Klang seiner Flöte hörte. »Spanne heute den großen Wagen an, ja?«

Petrus, ein schwarzbärtiger, bulliger und ungewöhnlich hoch gewachsener Kahlkopf, trottete nickend zum Durchgang, der in den Ochsenstall führte.

Natürlich war er so wenig ein Hofmarschall, wie der Ratsherr ein Fürst oder ein König war, trotzdem nannte der ihn nicht anders als »Hofmarschall«. Petrus, der Latein, Englisch und Polnisch ähnlich fehlerfrei schrieb und verstand wie das Niederdeutsche, hätte dem Kontor des Ratsherrn vorstehen, die Lagerhäuser und Speicher verwalten, das Gesinde beaufsichtigen oder eines der Schiffe als Kapitän befehligen können. Doch er mochte lieber bei den Tieren sein. Und in der Nähe des Ratsherrn.

Der schnallte nun sein Schwert ans Sattelzeug der Schimmelstute und tätschelte ihr das weiße Halsfell. »Gott ist mit uns, Nedschinka«, raunte er ihr ins Ohr. »Ein guter Tag liegt vor uns, freu dich.«

Nedschinka – so ungefähr lautete das russische Wort für *Schneeflocke*. Der Ratsherr hatte die Stute von einer Russlandfahrt mitgebracht. Er führte das schöne Tier aus dem Stallgewölbe.

Im Hof badeten die Hühner mit Spatzen und Amseln in den Pfützen. Möwen kreisten über den Firsten. Bis zum Morgengrauen hatte es geregnet, jetzt klarte der Himmel auf, und strahlend erhob sich die Sonne über den Türmen und Dachfirsten der Stadt. Ein erstaunlich warmer Südwestwind wehte.

Welch ein Glück, dachte der Ratsherr, während er versuchte, trockenen Fußes zum Tor zu gelangen, *welch ein Segen*. Zu ebendieser Stunde nämlich verließ eine Handelsflotte den Hafen in Richtung Gotland. Drei seiner neuen Koggen segelten mit ihr, befehligt von seinem ältesten Sohn und zwei Schwiegersöhnen und beladen mit Salz, Waid, Rosenkränzen, Getreide, silbernen Gefäßen und flandrischem Tuch. Blieb der Wind günstig, würde die Flotte es in acht bis zehn Tagen nach Gotland schaffen. Und noch vor dem Winter nach Nowgorod.

Unter dem Torbogen seines großen Anwesens wartete der Ratsherr auf Petrus mit dem Ochsenwagen. Tief sog er die milde Luft ein. Sie roch nach Rauch, Meer und nassem Segeltuch. Seine Gedanken kreisten noch um seine Koggen, und das Fernweh packte ihn. Wie gern wäre er mitgefahren nach Gotland, Danzig, Riga und Nowgorod. Doch mochte er seine Stiftung, das gerade entstehende Heiligen-Geist-Hospital, nicht ohne Aufsicht lassen.

In den Pfützen auf der Mengstraße glitzerte das Licht der Morgensonne. Dunst hing in den Büschen und Baumkronen auf dem Kirchplatz. Steinmetze und Zimmermänner liefen schwatzend vorüber und überquerten die Straße. Alle neigten die Köpfe und grüßten den Ratsherrn. Bei den Steinstapeln und Holzstößen vor dem Gotteshaus gesellten sie sich zu anderen Bauleuten, die dort bereits warteten. Gleich nach dem morgendlichen Stundengebet würden sie an die Arbeit gehen und fortfahren, die alte, für die stolze Stadt inzwischen viel zu kleine Kirche in eine große Backsteinbasilika umzubauen.

In diesem Augenblick öffnete sich das Portal von Sankt Marien, und ein junger Mann kam heraus. Der Ratsherr erkannte ihn sofort.

»Schau einer an«, murmelte er. »Der Johannes bereitet sich beim Stundengebet auf die Arbeit vor. Braver Mann. Wollte Gott, sein Meister würde sich ein Beispiel an ihm nehmen.«

Er stutzte, als er einen Atemzug lang das Gesicht des jungen Malers sehen konnte – die Miene eines zufriedenen Mannes sah anders aus. Er beobachtete ihn aufmerksamer: Johannes von Köln raffte seinen dunkelblauen Mantel enger um sich und zog den großen Hut tiefer ins Gesicht, während er zur Breiten Straße eilte. Wind bauschte sein langes Blondhaar auf. Den Ratsherrn und den Schimmel unter dem Torbogen nahm er nicht wahr in seiner Eile. Er hastete über die Kreuzung und bog in die Johannisstraße ein.

»So zielstrebig, wie er geht, arbeitet er auch«, murmelte der Ratsherr und lächelte zufrieden. »Wahrschcinlich bedrückt es ihn, gleich seinem Meister begegnen zu müssen. Der gütige Herrscher im Himmel möge ihn segnen. Und Meister Silvester das Maul stopfen.«

Der Ratsherr kannte das Ziel des Malers: das Heiligen-Geist-Hospital. Johannes von Köln arbeitete an einem Wandgemälde im Kirchenschiff des Neubaus. Der Ratsherr kannte den Entwurf seiner Arbeit, wusste, wie weit sie bereits vorangeschritten war, wusste, was ihrem Schöpfer bezahlt wurde, welche Farben er vor drei Tagen bestellt hatte und was sie kosten würden. Die Bestellung lief über ein Rechnungsbuch des Ratsherrn. Und den jungen Maler vom Rhein hatte er in der Karwoche persönlich eingestellt – gegen den erklärten Willen des Meisters.

Hinter ihm, aus dem Hof, näherten sich das Rattern der Karrenräder und der Hufschlag des Ochsengespanns. Der Ratsherr raffte seinen pelzbesetzten Rock hoch, schwang sich auf seine Schimmelstute und zog sich den großen dunkelroten Hut tiefer auf seine aschgrauen Locken. »Auf geht's, Nedschinka.«

Vor dem Karren seines Hofmarschalls her ritt er schräg über die Mengstraße zur Breiten Straße hin. Als er sich noch einmal nach seinem Giebelhaus umdrehen wollte, sah er ein junges Mädchen aus dem Portal der Marienkirche huschen.

Die Jungfrau versuchte, ihr schwarzes Haar mit einem Tuch zu verhüllen, doch der Ratsherr hatte sie längst an ihrer aufrechten Gestalt und ihrem anmutigen Schritt erkannt: Anna, die jüngste Tochter seines Konkurrenten Fredericus Warendorp. Seines *ehemaligen* Konkurrenten – Warendorps Name tauchte immer öfter im Schuldbuch der Stadt auf; im Frühjahr hatte er sogar seinen Ratssitz verloren.

Während die ersten Domherren und Bürger der Stadt die Marienkirche verließen, eilte Anna Warendorp in Richtung Trave. Auf der anderen Seite des Kirchplatzes bog sie nach links zu den Schüsselbuden ab.

Der Ratsherr wandte sich nach seinem Haus um und winkte seiner Frau zu. Die lehnte im offenen Fenster ihrer Schreibkammer, lächelte und winkte zurück. Da schwoll ihm das Herz, und ganz warm wurde ihm in der Brust.

Es war noch nicht lange her, dass seine Frau hatte weinen müssen, wenn er sie früh am Morgen verließ; wenn er auf ein Schiff ging, um übers Meer zu segeln – nach London in England, nach Visby auf Gotland, nach Schonen im Königreich Dänemark oder gar nach Nowgorod im fernen Russland. Heute wusste sie: Er würde bald zurückkommen und neben ihr an der Tafel Platz nehmen. Früher jedoch hatte sich jeder Abschied wie ein endgültiger angefühlt.

Damit war es vorbei: Seit sieben Jahren betrieb der Ratsherr seine vielfältigen Unternehmungen vorwiegend von seiner Schreibkammer aus und schickte, wenn es nötig war, seine Söhne oder seine Kaufgesellen nach Schonen, Brügge, Riga oder Nowgorod. Er selbst ging nur noch selten auf Fahrt. Worüber er allerdings nicht halb so glücklich war wie seine Frau.

Über die vertraute Straße ritt er hinein in die Breite Straße und dann vorbei an den vertrauten Fassaden seiner Stadt. Er grüßte nach allen Seiten und erwiderte die Grüße der Lübecker. Wie vertraut ihm auch die meisten Gesichter erschienen! Das war längst nicht immer so gewesen.

Nicht jeder grüßte ihn. Manch einer senkte im Vorübergehen den Blick oder verschwand aus seiner offenen Haustür oder seinem Fenster, wenn er ihn kommen sah. Der Ratsherr kannte seine Feinde unter den Kaufleuten der Stadt, o ja – er kannte sie gut. Diese meist älteren Herren sprachen verächtlich von ihm, nannten ihn hinter vorgehaltener Hand einen Abenteurer, einen Glücksritter, einen neureichen Emporkömmling, der sein Vermögen durch Hinterlist erworben hatte oder gar mit Gewalt.

»Der allmächtige Gott wird einst sein Urteil über mich sprechen«, pflegte er zu sagen, wenn man ihm das Gerede dieser Leute zutrug. »Über mich und über sie.«

Wie jeden Freitag ritt er nicht direkt zur Baustelle, sondern machte einen Umweg über den Markt. Auf halbem Weg kamen ihm der Vorsteher seines Kontors, der Aufseher seiner Boten und sein oberster Kontierer entgegen. Auf dem morgendlichen Weg zur Arbeit pflegten sie nach den Marktbuden des Ratsherrn zu schauen. Der hielt seine Stute an, begrüßte die Männer, und der Vorsteher berichtete.

Zufrieden hörte der Ratsherr, dass sein jüngster Sohn und seine Händler die Buden bereits geöffnet hatten und die ersten Meter Tuch, die ersten Fässer Salzheringe und einige Kannen Bier über den Ladentisch gegangen waren. Auch vor den vermieteten Marktbuden hatten sich die ersten Käufer eingefunden. Der Ratsherr hörte es gern.

Die sieben Buden, die seine Familie auf dem Lübecker Markt betrieb, und die fünf, die sie vermietete, stellten zwar nur einen unbedeutenden Zweig seiner vielfältigen Geschäfte dar, doch nichts, was in Lübeck, Visby, Riga, Nowgorod und den Wendischen Städten an der Ostseeküste in seinem Namen geschah, erschien dem Ratsherrn zu gering für seine persönliche Sorge und Aufmerksamkeit. Der Betrieb seiner Marktbuden genauso wenig wie die Pflege seiner Pferde und das Gedeihen der jungen Schwalben in seinem Stall.

Der Vorsteher und Schreiber, ein ehemaliger Dominikaner aus Magdeburg namens Benedikt, erinnerte ihn an zwei Briefe, die noch vor Mittag geschrieben und abgeschickt werden mussten. Der erste betraf eine größere Anzahl von Bierfässern, die des Ratsherrn zweitgeborener Sohn in Wismar ankaufen sollte, mit dem zweiten sollte die Bestellung für die letzte Salzlieferung vor dem Winter nach Lüneburg gehen.

Der Ratsherr befahl dem Schreiber Benedikt, die Briefentwürfe auf Wachs zu skizzieren und mit seiner Frau zu besprechen, bevor er sie ins Reine schrieb; und er kündigte an, in drei Stunden in die Schreibkammer in der Mengstraße zu kommen, um sich die fertigen Briefe vorlesen zu lassen und dann zu versiegeln. Er selbst konnte Niederdeutsch oder gar Latein nur in sehr dürftigem Maße lesen und schreiben.

Den Kontierer wies er an, erneut Rechnungen für die noch immer nicht bezahlten Lederlieferungen nach Salzwedel und die Gewürzlieferungen nach Hamburg zu schreiben, und diesmal in strengerem und mahnendem Tonfall. Die Männer versprachen, sorgfältig zu erledigen, was der Ratsherr ihnen auftrug.

Der Hofmarschall, dem heidnische Krieger vor Jahren die Zunge herausgeschnitten hatten, gab dem Aufseher der Boten mit Handzeichen und Lippenbewegungen zu verstehen, welche Pferde er den Boten geben sollte, die Briefe und Rechnungen zu überbringen hatten. Petrus wusste zu jeder Stunde, welches Pferd gesund und bei Kräften war und welches Schonung brauchte. Sein ungeheures Gedächtnis und sein wachsamer Blick hatten dem Ratsherrn und ihm selbst mehr als einmal das Leben gerettet.

Nachdem alles beredet worden war, wünschten die Männer einander einen gesegneten Tag, und jeder ging seines Weges. Der Ratsherr ritt auf den Markt. Dort kaufte er Rüben, Kohl, frühe Äpfel und Zwetschgen – so viele Kisten und Körbe voll, wie Petrus und die Händler auf den Ochsenwagen laden konnten.

Danach bezahlte er dem Fischhändler dreißig Dorsche und bat ihn, fünf davon Lübecker Bürgern und Geistlichen senden zu lassen, deren Namen er ihm nannte. Den Großteil der Fische ließ er beiseitelegen.

Petrus überreichte dem Händler eine Liste mit knapp zwei Dutzend Namen von Witwen und Frauen, deren Männer so krank waren, dass sie nicht arbeiten konnten, die jedoch allesamt viele Kinder satt bekommen mussten. Zu diesen armen Leuten würde die Frau des Ratsherrn noch am Morgen Laufburschen schicken, um ihnen die gute Nachricht vom geschenkten Dorsch ausrichten zu lassen.

Als auf dem Markt alles getan war, was er sich vorgenommen hatte, lenkte der Ratsherr seine Schimmelstute in die Wahmstraße und zur Königsstraße hinunter und auf dieser zum knapp hundertsechzig Ruten entfernten Koberg, wo das neue Heiligen-Geist-Hospital erbaut wurde. Unterwegs stellte er sich die dankbaren Gesichter der Frauen vor, wenn sie bald die großen Fische nach Hause tragen würden.

Er dachte an das fröhliche Geschrei ihrer Kinder, wenn der Bratenduft durch ihre armseligen Buden ziehen würde. Bester Dinge und eine muntere Melodie summend, grüßte er die Handwerker und Fuhrleute, die ihm entgegenkamen, und die Kinder und Greise in den offenen Türen und Fenstern.

Kurz vor der Baustelle bog ein kleiner Knabe aus einer Gasse und rannte auf ihn zu. Der Ratsherr erkannte den fünfjährigen Sohn seiner Küchenmagd und hielt seine Schimmelstute an.

»Deine Frau schickt mich, Herr!« Vor dem Pferd blieb der Knabe stehen und schöpfte Atem. »Ich soll dir sagen, dass der oberste Pfarrherr auf dem Weg zum Hospital ist. Und dass er sehr wütend auf dich ist!«

»Soso.« Lächelnd betrachtete der Ratsherr den kleinen Burschen; der sah putzig aus in seinem knielangen Kleidchen und mit seinen dicken, von Eifer und Anstrengung geröteten Backen. »Wütend ist er also, der Pfarrherr.« Der Knabe nickte und machte ein ernstes und wichtiges Gesicht. Er sprach natürlich vom Domherrn und Priester Burchard von Serkem, daran gab es keinen Zweifel. »Und woher weiß meine Frau das?«

»Frau Morneweg hat am Fenster gestanden, als der Pfarrer vom Morgengebet kam, da hat sie ihn schimpfen hören. Auf dich, Herr Morneweg.«

»Gleich nach dem Morgengebet hat der Pfarrherr schimpfen müssen?« Der Ratsherr schnalzte mit der Zunge und schüttelte den Kopf. »Der Ärmste.« Er drehte sich nach dem Hofmarschall um. »Gib dem Jungen einen Apfel, Petrus.« Und wieder an den kleinen Burschen gewandt: »Danke. Bist ein braver Bote.« Der Junge strahlte und rannte zum Ochsenwagen, um seinen Botenlohn in Empfang zu nehmen.

»Weiter geht es, Nedschinka.« Die Miene des Ratsherrn wirkte nicht mehr ganz so vergnügt, als er sein Pferd antrieb und weiterritt, und das Summen ließ er ebenfalls bleiben. Burchard, der oberste Pfarrherr der Marienkirche, war bekannt für seinen leicht entflammbaren Zorn. Leider nutzte er jede Gelegenheit, um mit den Ratsherren zu streiten. Worüber mochte er sich wohl heute Morgen wieder geärgert haben? Man konnte nur hoffen, dass der Heilige Vater den ständig beleidigten, machtbewussten und ehrgeizigen Grafensohn aus Serkem möglichst bald auf einen Bischofsstuhl einer möglichst weit entfernten Stadt berief.

*

Am Koberg warteten etwa vierzig Männer und Frauen jeden Alters mit kleinen Körben und Säcken vor der Baustelle am Straßenrand. Ihre stumpfen oder trübsinnigen Mienen hellten sich ein wenig auf, als sie den Ratsherrn heranreiten sahen, und mehr noch, als der Hofmarschall das Ochsengespann mit dem vollgeladenen Wagen vor ihnen anhielt. Kaum stand er still, umringten sie ihn auch schon.

»Petrus wird jedem zuteilen, was er braucht.« Der Ratsherr deutete auf die Kohlköpfe, Rüben und Früchte. Und an den Hofmarschall gewandt: »Ich schicke ein paar Ordensleute heraus, damit sie dir helfen.«

Vom Kutschbock aus kletterte Petrus auf die Ladefläche, mit der Peitsche vertrieb er zwei große Möwen. Die wartenden Menschen drängten sich vor dem Wagen, die ersten streckten bereits ihre Körbe oder Säcke zum Hofmarschall hinauf. Mit herrischen Gesten und strenger Miene bedeutete Petrus den ärgsten Dränglern, sich hinten anzustellen. Niemand wagte ein Widerwort, alle gehorchten sie ihm.

Der Ratsherr ließ seinen Blick über die Männer und Frauen wandern. Die meisten waren schon alt, und viele wirkten gebeugt und kränklich. Kaum jemand unter ihnen trug

Kleid oder Rock, die nicht zerschlissen oder vielfach geflickt waren.

Sein Blick begegnete dem eines ehemaligen Konkurrenten, eines Kaufmanns, der um gut zehn Jahre jünger war als er selbst und der innerhalb weniger Monate durch Seeräuber und treulose Gesellschafter sein gesamtes Vermögen verloren hatte. Das Erbarmen packte ihn, als er in das fahle und hohlwangige Gesicht des Bedauernswerten sah. Er nickte ihm zu und lenkte dann seine Schimmelstute durch das Tor im Bauzaun und zwischen Holzstapeln und aufgetürmten Backsteinen hindurch auf den Bauplatz.

Die meisten Männer und Frauen, die hinter ihm am Wagen zurückblieben, wohnten im alten Heiligen-Geist-Hospital am Pferdemarkt. Dort hatten sie Zuflucht gesucht, nachdem sie durch Krankheit, Schicksalsschläge oder einfach nur durch Alter und Gebrechlichkeit in Armut gestürzt waren. Nicht wenige verarmte und kranke Lübecker suchten dieses Haus des Erbarmens auch zum Sterben auf. Dort konnten sie gewiss sein, von den Ordensbrüdern und -schwestern gepflegt und vom Priester des Hospitals mit dem Sterbesakrament versehen zu werden.

Weil das alte Hospital am Pferdemarkt längst zu klein geworden war, hatte der Bischof, gleich nach seiner Wahl vor fünfzehn Jahren, dem Rat gestattet, hier am Koberg ein neues, größeres Haus des Erbarmens zu errichten. Einen Teil des für den Bau nötigen Geldes hatte ein Kreis zwölf vermögender Lübecker aufgebracht. Er, der Ratsherr Morneweg, gehörte zu den zwei wichtigsten Stiftern und war damit einer der beiden Vorsteher der Stiftung.

Möwen kreisten über dem emsigen Treiben auf der Baustelle. Zimmerleute luden Dachbalken von einem Fuhrwerk; Mörtelknechte schleppten Wasser und Sand zu den Mörtelkübeln; Steinmetze zogen Leiterwagen mit behauenen Kapitellen und Rundsteinen aus Gotländer Kalkstein in den Neubau des Mittelschiffs; an der nördlichen Stirnseite der Hospitalkirche schufteten Arbeiter im Drehrad eines Trommelkrans, um den Zimmerleuten Dachbalken für das Dach des Seitenschiffs nach oben zu hieven; Windenknechte kurbelten mit Backsteinen beladene Paletten über den nahezu vollendeten Giebel des südlichen Seitenschiffs hinaus und bis zu den verwinkelten und sorgfältig verstrebten kleinen Turmgerüsten hinauf. Dort warteten die Maurer, die den zweiten der schmalen und hohen Türme errichteten, die den geistlichen Herren vom Domkapitel so missfielen.

Hammerschläge, Männergeschrei, das Kreischen von Sägen, das Quietschen von Winden und das Rattern und Knarren von Trommelkränen lagen über der Baustelle. Der Ratsherr musste rufen, um den Zimmermeister, den Schmied oder den Meister des Hospitalordens zu grüßen. Der stand mit einem Bettelmönch zwischen zwei Kübeln, in denen einige Brüder und Schwestern des Heiligen-Geist-Hauses Mörtel anrührten. Eine Ordensfrau mit schlohweißem Haar erkannte den Ratsherrn, winkte und kam zu ihm.

Er schwang sich aus dem Sattel, um sie zu begrüßen. »Wie geht es dir, Schwester Victoria?« Er reichte ihr die Hand.

»Ich bin zufrieden.« Sie hielt seine Rechte fest und legte ihre Linke darauf. »Und wie geht es dir heute, mein Bruder?« Ihre grünen Augen leuchteten. Wie gern schaute er in sie hinein. Niemanden in Lübeck kannte er länger als diese alte Ordensfrau; und niemand kannte ihn besser als sie.

»Mein Herz schlägt, ich atme, und ich habe Hoffnung und Lust genug zum Leben, Schwester. Wie könnte ich klagen?«

Sie drückte seine Hand und gab sie dann frei. »Du bringst wie jeden Freitag die Armenspeisung für unser Haus des Erbarmens, nehme ich an.« Die Ordensfrau lächelte, und ihr Gesicht legte sich in hundert Falten.

Er riss sich los von ihren Augen – von ihren schönen alten Augen, die so viel schon gesehen hatten, viel mehr noch als seine. »Der Ochsenkarren mit Feldfrüchten und Obst steht wie immer auf der Burgstraße«, sagte er und deutete hinter sich. »Der Hofmarschall braucht Hilfe bei der Verteilung.«

»Dann wollen wir schnell zu ihm gehen.« Mit knapper Geste gab sie ihren Brüdern und Schwestern am Mörtelkübel ein Zeichen. »Nicht dass die Bettlägerigen im Hospital zu kurz kommen. Ich wünsche dir einen gesegneten Tag.« Sie lief in Richtung Burgstraße. Drei Ordensleute zogen ihre Schaufeln aus dem Kübel, stachen sie in den Sandhaufen hinter sich und folgten ihr.

Auf dem Gerüst der nördlichen Seitenschifffassade entdeckte der Ratsherr einen Mann mit Senkblei und Messstab – den Baumeister. Er winkte und führte seine Schimmelstute zu ihm. Vor dem Portal hielt er an, um nach dem Maler Johannes zu schauen, doch das Gerüst, auf dem im Kirchenschiff die Maler zu arbeiten pflegten, war leer. Auch Meister Silvester und seine anderen Gesellen konnte er nirgends entdecken.

»Ist denn noch kein Maler bei der Arbeit, Meister Jakob?«, rief er zum Baumeister hinauf. »Ich habe Johannes von Köln doch zur Baustelle laufen sehen!«

»Ihr Meister hat ihnen schon mächtig die Ohren lang gezogen heute Morgen«, antwortete der Baumeister. »Die Farbmischungen haben ihm nicht gefallen.« Er blickte nach links und rechts, ging in die Hocke und senkte die Stimme. »Dabei hat er die Mischung selbst verdorben – gestern Abend, im Suff.« Mit einer Kopfbewegung deutete er nach Norden zur Großen Gröpelgrube. »Hat sie alle vier mit Schlägen und Tritten vor sich her zur Bauhütte getrieben. Dort werden sie jetzt wohl neue Farben mischen.«

Der Ratsherr runzelte die Brauen und spähte zur Bauhütte der Maler. Die grobe Art des Malermeisters hatte ihm von

Anfang an missfallen. Und seine übergroße Neigung zum Bier sowieso.

»Ich habe einen Wagen voller Früchte, Kohl und Rüben mitgebracht, Meister Jakob«, wandte er sich wieder an den Baumeister. »Was von der Armenspeisung übrigbleibt, mögen sich nachher Eure Bauleute teilen. Zur Mittagspause werden meine Brauknechte außerdem ein Fass Bier zur Baustelle bringen. Und Euch habe ich am Fischstand einen Dorsch gekauft und zurücklegen lassen.«

Der alte, stämmige Baumeister neigte den Kopf und bedankte sich. Er stammte aus Metz. Im Königreich Frankreich hatte er bereits an der Erbauung zweier Kathedralen im neuen französischen Stil mitgearbeitet. Das Heiligen-Geist-Hospital war das erste Bauwerk, das er allein verantwortete. Er führte ein strenges Regiment auf der Baustelle und verlangte sorgfältige Arbeit von seinen Bauleuten. Das gefiel dem Ratsherrn.

»Gestern musste ich einen Maurer hinausschmeißen«, sagte der Franzose. »Heute Morgen hat seine Frau mir schon die Ohren vollgejammert.« Er deutete zu den Bauhütten am Südrand der Baustelle. »Sie hat auf Euch gewartet.«

Zwischen Holzstapeln, Sandhaufen und Mörtelkübeln eilte eine Frau herbei, die ein einfaches Wollkleid und eine blaue Haube trug. »Gnade, edler Herr!«, rief sie. »Lasst Gnade vor Recht walten und gebt meinem Mann wieder Arbeit in Eurem Bauwerk.«

»Weder bin ich ein edler Herr, noch ist dies mein Bauwerk.« Die Frau hatte strähniges graues Haar und ein verheultes Gesicht. »Wenn Meister Jakob deinen Mann weggeschickt hat, wird er gute Gründe dafür haben.« Fragend blickte der Ratsherr zum Baumeister hinauf.

»Fünf Lagen Steine mussten wir aus dem Südtürmchen reißen, weil er krumm gemauert hat, der Suffkopf! Und ständig habe ich ihn ermahnen müssen, weil er mir die guten

Backsteine zerklopft hat.« Der Baumeister machte eine grimmige Miene und schüttelte den Kopf. »Nein! Einen, der schon morgens nicht mehr gerade stehen kann vor lauter Wein, so einen kann ich nicht auf der Baustelle brauchen.«

»Aber wie soll ich denn meine Kinderschar satt kriegen, wenn mein Mann kein Geld mehr nach Hause bringt?« Die Frau sank vor dem Ratsherrn auf die Knie und streckte die gefalteten Hände zum Baumeister im Gerüst hinauf. »Bitte, Ihr edlen Herren! Bitte, bitte versucht es noch einmal mit meinem Gerhard! Ich flehe Euch an! Er hat mir versprochen, sich mit dem Wein zu mäßigen.«

»Wie oft hat er dir das schon versprochen?«, fragte der Baumeister. »Zehnmal? Hundertmal?«

»Diesmal wird er Wort halten, Meister Jakob!«, versicherte die Frau. »Diesmal ganz bestimmt! Gerhard hat's geschworen, bei der Heiligen Gottesmutter hat er's geschworen!«

»Und wie oft hat er's schon geschworen? Und bei welchen Heiligen noch?« Der alte Baumeister winkte ab. »Er wird mir irgendwann besoffen vom Gerüst stürzen und am Ende noch einen anderen mit hinabreißen.« Mit unerbittlicher Miene deutete er zum Koberg und zum Ausgang der Baustelle. »Nichts da! Weg mit dir! Richte dein Flehen zu Gott – möge er dir helfen, wenn er will.«

Die Frau warf sich auf den Boden, rief die Heilige Jungfrau und deren Sohn Jesus Christus an und weinte bitterlich dabei.

Dem Ratsherrn schnürte so viel Kummer das Herz zusammen. Aber was sollte er tun? Er trat von einem Fuß auf den anderen und schaute zum Baumeister hinauf, der jedoch hielt seinem Blick stand und zuckte nur mit den Schultern. Meister Jakob hatte ohne Zweifel die richtige Entscheidung getroffen – und doch erbarmte den Ratsherrn die heulende Frau.

Er ging vor ihr in die Hocke und berührte sie an der

Schulter. »Weil Meister Jakob die Verantwortung für all die Bauleute hier trägt, hat er so entschieden, Weib, nicht weil er ein hartes Herz hätte.« Sie hob den Kopf, sah schluchzend zu ihm hoch. Sand und Tränen verschmierten ihr Gesicht. »Draußen steht ein Ochsenwagen mit Früchten und Rüben. Lass dir geben, was du heute für deine Kinder brauchst. Dann geh nach Hause, und wenn dein Mann sich bis übermorgen mäßigen kann, komme wieder und berichte uns. Meister Jakob und ich werden uns besprechen.«

Die Frau stammelte einen Dank, ergriff seine Hand und küsste sie. Dann sprang sie auf und eilte über die Baustelle zum Koberg und auf die Straße hinaus. Der Ratsherr erhob sich und schaute zum Baumeister hinauf. Der hatte die Fäuste in die Hüften gestemmt und machte eine strenge, vorwurfsvolle Miene.

»Ihr habt vollkommen recht entschieden, Meister Jakob. Doch sie dauert mich, versteht Ihr? Lasst uns noch einmal über ihren Mann reden, ja?« Der Ratsherr griff nach dem Zügel seiner Schimmelstute. »Heute Abend. Natürlich werdet Ihr das letzte Wort haben.«

Der Baumeister wandte sich murrend und mit grimmiger Miene ab, und der Ratsherr führte sein Pferd zu den Bauhütten am Nordrand der Baustelle. Schon von Weitem hörte er Meister Silvester mit seinen Gesellen schimpfen. Er band die Schimmelstute in einem Stoß Rundholz fest, schnallte sich den Brustgurt mit dem Schwert um und ging zu den Malern hinein.

Zwischen Hockern und Farbeimern knieten drei junge Männer auf den Holzdielen – einer fast noch ein Knabe –, mischten Farben und pinselten Kreise und Striche auf ein weiß getünchtes Brett, um die Mischung zu testen. Ihr Meister, ein erfahrener Maler aus Bamberg, stand über ihnen, fuchtelte, schlug mal dem einen auf den Hinterkopf, trat mal dem anderen ins Kreuz. Ganz offensichtlich war er unzufrieden mit ihrer Arbeit.

»Meister Silvester!« Der Mann fuhr herum, und der Ratsherr bedachte ihn mit einem missbilligenden Blick. »Wo ist Johannes?«

»Beleidigt!« Der Wüterich, ein untersetzter schwarzlockiger Mann in den besten Jahren, kam zu ihm. »Fasst man ihn nicht mit Samthandschuhen an, ist er gleich beleidigt und rennt weg.« Er schnaubte verächtlich; sein Atem roch nach Bier, und sein Gesicht – vor allem seine Nase – glänzte rötlich.

»Mich wundert's, dass die anderen drei nicht auch weglaufen, Meister Silvester. So wie Ihr sie behandelt.«

»Mit Recht bin ich streng mit ihnen!« Der Meister stemmte die Fäuste in die Hüften. »Die Wandgemälde müssen perfekt werden! Schließlich geht es um die Ehre unseres Herrn Jesus Christus und seiner Heiligen Mutter Maria. Und mit diesem Kölner, den Ihr eingestellt habt, Herr Morneweg, mit dem bin ich viel zu lange schon nachsichtig gewesen!«

»Was habt Ihr gegen Johannes von Köln, Silvester?« Der Ratsherr wich ein wenig zurück, denn der Bamberger pflegte einem so nahe zu rücken, dass man seinen Bieratem riechen und seinen Kugelbauch spüren musste. »Was ich bisher von seinem Christophorus gesehen habe, gefällt mir richtig gut.«

»Er ist ein fauler Strick, glaubt mir nur.« Meister Silvester blies verächtlich die Backen auf. »Und nie bei der Sache! Träumt mit offenen Augen! Schafft ihn mir vom Hals, er bringt nichts Rechtes mehr zustande. Seit Tagen schon nicht.«

»Was Ihr nicht sagt.« Der Ratsherr wusste, dass Silvester von Bamberg mit Neid auf die Arbeit des so viel jüngeren Kölners schielte. Der nämlich malte seinen Christophorus weit kunstvoller als der Meister seine Himmelskönigin. Was genau zwischen Silvester und dem Gesellen vorgefallen war, davon besaß der Ratsherr keine Kenntnis. »Wo ist er denn?«

»Weggelaufen, sag ich doch!« Zornig gestikulierend wandte Meister Silvester sich ab. »Weiß ich, wohin? Bin ich ein Prophet?«

»Er steigt manchmal in den neuen Keller des Querhauses hinab, wenn er nachdenken will«, sagte der älteste der drei Gesellen.

»Arbeiten sollst du, nicht schwatzen!« Der Meister stapfte drohend auf den Gesellen zu. »Muss ich denn bis zum Jüngsten Tag auf mein Himmelblau warten?!«

Kopfschüttelnd wandte der Ratsherr sich ab. In Stunden wie diesen bereute er, dem Rat den Maler aus Bamberg für die Erschaffung der Wandgemälde in der neuen Hospitalkirche vorgeschlagen zu haben. Doch daran war nun nichts mehr zu ändern.

Zwei Maler hatten bereits die Flucht ergriffen vor Meister Silvesters Jähzorn, einer hatte sich gar in einer Weide an der Wakenitz aufgehängt; als Ersatz für ihn hatte der Ratsherr den Johannes nach Lübeck berufen. Dessen Oheim hatte den jungen Maler und seine Kunst empfohlen. Diesem Oheim des Johannes kaufte der Ratsherr jedes Jahr vierzig Fässer Rheinwein ab, die er in Visby, Danzig und Nowgorod weiterverkaufte. Mit der Herbstlieferung des vergangenen Jahres hatte der Kölner Kaufmann eine Bibel geschickt, von seinem Neffen verziert und bebildert. Der Ratsherr konnte sie zwar nicht lesen, hatte aber so viel Freude an den Darstellungen, kunstvollen Miniaturen und farbigen Majuskeln gehabt, dass er dem Rat von Lübeck empfahl, den jungen Johannes in die Stadt zu berufen.

Am Trommelkran vorbei ging er zum Hauptportal. Er wollte sich ein Bild von Johannes' Arbeit machen und dazu einen Umweg über das Innere des neuen Mittelschiffs nehmen, bevor er in den Keller stieg, um nach dem jungen Maler zu schauen.

Ein Halbwüchsiger kam auf ihn zu, ein blasser, dürrer Bursche. »Der Baumeister schickt mich zu Euch, Herr Morneweg.« Ängstlich schielte er nach dem Schwert des Ratsherrn und senkte den Kopf. »Ich bin der älteste Sohn des Zimmermanns Paul Steffens aus der Fischstraße.« Kaum wagte er dem Ratsherrn ins Gesicht zu schauen. »Mein Vater hat mitgebaut an Euren Speicherhäusern am Hafen und an Eurer neusten Kogge, Herr Ratsherr, und gestern Abend ist er aus dem Dachstuhl des neuen Heiligen-Geist-Hospitals gestürzt ...«

»Der gütige Gott sei ihm gnädig!« Der Ratsherr schlug die Hände zusammen. »Hat er sich denn schwer verletzt?«

»Am Knie und an den Rippen, er kann nicht laufen und kaum Atem holen. Deshalb schickt meine Mutter mich, dass ich an seiner Stelle hier arbeite, doch der Baumeister sagt, er brauche keine Hilfsknechte, er brauche gestandene Zimmerleute.«

Der Ratsherr musterte die feingliedrige, hochgeschossene Gestalt des Jungen und sein hohlwangiges Gesicht. Vermutlich reichte zu Hause schon heute nicht mehr das Geld, um alle satt zu kriegen. »Wie viele Geschwister hast du?«, wollte er wissen.

»Sechs. Ich bin der Älteste.«

»Komm mit mir.« Er winkte ihn hinter sich her und aus der Baustelle heraus. »Was hast du bisher gearbeitet?«

»Ich habe bei den Marktbuden des Herrn van der Brügge geholfen. Dorthin hat die Mutter nun meine zwei kleinen Brüder geschickt.«

Sigfrid van der Brügge saß, wie Herr Morneweg, im Rat und war, wie Herr Morneweg, Vorsteher des Heiligen-Geist-Hospitals. Herr Morneweg erkundigte sich nach dem Alter der kleinen Brüder und erfuhr, dass sie sechs und acht Jahre alt waren.

Vor der Baustelle, am Ochsenwagen, standen nur noch

wenige Männer und Frauen an, um sich ihre Säcke und Körbe füllen zu lassen. Der Ratsherr wies Petrus an, dem Zimmermannssohn einen Korb mit Früchten und Kohl zu geben.

»Der Fischhändler hat zwei bezahlte Dorsche zurückgelegt, die noch für niemanden bestimmt sind«, wandte er sich dann wieder an den Burschen. »Geh und nimm einen mit nach Hause. Danach hole einen Medikus zu deinem Vater.« Er drückte ihm eine Münze in die Hand. »Davon könnt ihr ihn bezahlen. Und morgen früh komm wieder auf die Baustelle – wir werden schon Arbeit für dich finden.«

Im bleichen Gesicht des Jungen glühten auf einmal die Wangen. Er bedankte sich stammelnd und mischte sich unter die kleine Schar der Bettler am Ochsenwagen.

»Das war nur Geld, gütiger Gott«, murmelte der Ratsherr, »du aber mach dem Zimmerer Steffens rasch die Knochen heil, damit er bald wieder seine Familie ernähren kann. In deiner grenzenlosen Güte, Amen.«

Er wandte sich ab und setzte seinen Weg zum Mittelschiff des Kirchenneubaus fort. Während er an Bauholzstapeln, Mörtelkübeln und Bauleuten vorüberging, nahm er sich vor, mit Meister Jakob über den Zimmermannssohn zu sprechen. Vielleicht gab es ja bei den Backsteinöfen draußen in den Traveniederungen Verwendung für einen wie ihn.

Er trat in die neue Kirche. Vor dem Malergerüst an der Ostwand blieb er stehen und betrachtete, was vom heiligen Christophorus bereits zu erkennen war: die Umrisse von Kopf und Bart und die übergroße Hand, die den weiß gewandeten Heiland hielt, der auf seiner Schulter saß.

Am Dienstagabend hatte der Ratsherr dem Kölner zuletzt bei der Arbeit zugesehen, vor drei Tagen. Er suchte nach Anzeichen von Veränderungen in dem Gemälde, nach neuen Einzelheiten, neuen Farben, fand jedoch kaum etwas, das er nicht bereits kannte. Oder waren die Augen des Heilands heute schon besser zu erkennen als vor drei Tagen? Schon möglich. Und hatte der Christophorus nicht eine Bartlocke mehr als noch am Dienstag? Der Ratsherr war sich nicht sicher, doch es sah fast danach aus.

»Viel hat er wahrhaftig nicht getan, der Johannes«, murmelte er und strich sich über den Bart. »Was ist nur los mit dem braven Mann?« Grübelnd verharrte er vor dem nicht mal halb fertigen Gemälde, bis er von draußen eine vertraute Frauenstimme seinen Namen rufen hörte. Er wandte sich um und ging zurück zum Portal. Schwester Victoria kam ihm entgegen.

»Der Pfarrherr Burchard verlangt nach dir«, flüsterte sie, als sie bei ihm war. »Dieser streitsüchtige Hundsfott zürnt schon wieder, diesmal wegen der Beerdigung gestern.«

Ein Ochsengespann aus sechs Tieren zog einen Wagen voller Backsteine auf den Bauplatz. Daneben erkannte der Ratsherr die stolze Gestalt des Mannes, den ihm seine Frau durch den Sohn der Küchenmagd bereits angekündigt hatte. Weil der oberste Pfarrer von Sankt Marien groß und beleibt war, fiel er sofort auf inmitten seines Gefolges. Sein bartloses, leicht gerötetes Gesicht sah grimmig und hart aus – wie das Gesicht eines Mannes, der gern laut geschrien hätte, sich das aus Sorge um seinen Ruf aber verbot.

An der Seite der alten Ordensschwester ging der Ratsherr auf ihn zu. Er lächelte und schlug mit der flachen Hand auf die vorüberrollende Backsteinladung.

»Prächtige Steine können wir in unserer neuen Hospitalkirche verbauen, hochwürdiger Burchard!«, rief er dem Pfarrherrn zu, der vor dem Fuhrwerk bis an einen Stapel Bauholz zurückgewichen war. »In den Brennöfen des vergangenen Herbstes sind sie besonders gut gelungen. Und wie steht es um den Umbau unserer Marienkirche?«

»Der geht so schnell voran, als würden jeden Tag tausend

Bauleute darin arbeiten.« Burchards Züge glätteten sich ein wenig, und ein selbstzufriedener Ausdruck machte sich in ihnen breit. »›Seinen Knechten schenkt es der Herr im Schlaf‹, heißt es nicht so?« Sofort kehrte die Strenge in seine Miene zurück, und er reckte das Kinn nach vorn, lief los und winkte die Männer seines Gefolges hinter sich her. »Ich habe mit Euch zu reden, Herr Morneweg!« Sein missbilligender Blick streifte das Schwert des Ratsherrn.

Kaum sieben Schritte trennten beide noch, da sah der Ratsherr etwas über den Weg krabbeln, den Burchard nehmen würde. Hastig riss er die Arme hoch und sprang dem anderen mit großen Schritten entgegen. »Vorsicht!« Er setzte dem Pfarrherrn die Linke auf die Brust, drückte ihn ein Stück zurück und bückte sich nach einem großen schwarzbraunen Käfer. Auf einem Holzkeil hob er ihn aus Gras, Hobelspänen und Backsteinsplittern.

»Ein Hirschkäfer!« Aus leuchtenden Augen staunte der Ratsherr das Tier an. »Ist er nicht wunderschön, Hochwürden? Seht nur das prächtige Geweih! Fast hättet Ihr ihn totgetreten. Danken wir Gott für seine Rettung.« An Burchard und seinem Gefolge vorbei trug er den Käfer zum Holzstapel und setzte ihn dort auf einem Balken ab.

Der verdutzte Burchard schaute ihm hinterher und wirkte ebenso sprach- wie ratlos. Die Priester, Diener und Domherren seines Gefolges beobachteten den obersten Pfarrherrn der Stadt mit hochgezogenen Schultern und angespannten Mienen; ganz so, als fürchteten sie, er könnte jeden Moment in wütende Raserei verfallen.

Nachdem der Hirschkäfer unter die Balken gekrabbelt war, drehte der Ratsherr sich nach Burchard um. »Worüber wollt Ihr mit mir sprechen, Hochwürden?« Er lächelte ihn freundlich an und trat wieder auf ihn zu.

Burchard von Serkems Gestalt und Miene strafften sich.

»Das wisst Ihr ganz genau!« Seine Stimme klang gepresst. »Ihr habt die Familie des Goldschmieds Runge aufgefordert, den verstorbenen Vater von den Minderen Brüdern neben deren Klosterkirche bestatten zu lassen.«

»Falsch, Hochwürden!« Das Lächeln des Ratsherrn wurde kühler, seine Stimme schärfer. »Herrn Runges Witwe und sein ältester Sohn haben mich und einige Ratsmitglieder gefragt, ob es rechtens sei, die Totenmesse für den Gatten und Vater von den Bettelmönchen vom Orden des heiligen Franziskus halten zu lassen statt von Euch.«

»Und Ihr habt dazu geraten!« Der zornige Pfarrer streckte Arm und Finger nach ihm aus. »Stimmt es etwa nicht?«

Der Ratsherr zog die Brauen hoch und musterte Burchard von Serkem aufmerksam. Der große und wohlgenährte Mann hatte ein breites, beinahe knabenhaftes Gesicht. Außer der Burg und dem Dorf seines gräflichen Vaters, dem Chor der Marienkirche und den Gesichtern seiner Mätressen hatte sein hochfahrender Blick noch nicht viel vom Leben gesehen.

Der Ratsherr neigte den Kopf auf die Schulter. »Seit wann nennt man einen Ratschlag eine ›Aufforderung‹, Hochwürden?«

»Wortklauberei!« Burchard ballte die Faust, und der Zorn trieb ihm erneut das Blut ins Gesicht. »Ich bestehe darauf …«

»Und nicht einmal einen Ratschlag erteilt haben wir«, fiel der Ratsherr ihm ins Wort. Mit auf einmal sehr ernstem Blick schaute er dem Pfarrer ins gerötete Gesicht, und seine Stimme klang bedrohlich leise. »Ich jedenfalls habe die Runges lediglich auf das Recht der Bürgerschaft und der Bettelmönche hingewiesen, in der Katharinenkirche Bestattungen durchzuführen.«

»Die Familie gehört zu meiner Pfarrei!«, rief Burchard. Weil er so laut geworden war, hatten inzwischen viele Bauleute die Arbeit eingestellt und sahen zu ihm und dem Ratsherrn herüber. »Also hätte der Tote durch Sankt Marien bestattet werden müssen!«

»Da irrt Ihr, Hochwürden. Außerdem sind die Bestattungen und Totenmessen bei Euch in der Marienkirche erheblich teurer als in der Klosterkirche.« Die Miene des Pfarrherrn gefror, und der Ratsherr genoss den Anblick – er hatte den Finger in die eigentliche Wunde gelegt. »Wer den Pfennig umdrehen muss, geht mit seinen Toten lieber zu den Bettelmönchen als zu Euch.« Lächelnd zuckte er mit den Schultern. »Ist das so schwer zu verstehen?«

Der Pfarrherr sog scharf die Luft ein. »Ich verbiete, dass künftig jemals wieder ein Toter meiner Pfarrei von den Minderen Brüdern bestattet wird!« Er wandte sich an Schwester Victoria. »Richte das ihrem Abt aus, wenn du zu ihm ans Krankenlager gehst!«

»Ich denke nicht, dass Ihr das Recht für ein solches Verbot habt, Bruder Burchard«, erklärte die Ordensschwester in größter Ruhe. Sie stand in hohem Ansehen bei den Lübeckern, weil sie sich auf Kräuterkunde und Heilkunst verstand. Auch den kranken Abt der Minderen Brüder pflegte und behandelte sie.

»Ich soll dazu kein Recht haben?!« Burchard stampfte mit dem Fuß auf, schrie sie an und holte zum Schlag aus. »Ich werd dir gleich zeigen, welches Recht ich habe!«

Sofort sprang der Ratsherr zwischen Ordensfrau und Pfarrer. »Genug!«, rief er und legte die Rechte auf den Knauf seines Schwertes.

Burchard erbleichte und wich zurück. Wie jeder in Lübeck kannte gewiss auch er die Geschichten, die man sich in den Küstenstädten der Ostsee vom Ratsherrn Morneweg erzählte, und wusste also, dass der gelernt hatte, Faust und Schwert zu gebrauchen, und dass er sich nicht scheute, von seiner Kampfkunst Gebrauch zu machen, wenn es sein musste.

»Wer seine Toten in der Katharinenkirche bestatten lassen will, hat auch künftig das Recht dazu!«, erklärte Herr Morneweg mit fester Stimme. »Fragt unseren Bischof, Herr von Serkem, fragt unseren Bürgermeister und fragt den Rat von Lübeck!«

Der oberste Pfarrherr der Stadt sog erneut scharf die Luft durch die Nase ein und schluckte ein paarmal. »Ihr werdet in dieser Sache noch von mir hören!«, zischte er dann. »Ich werde mich beim Erzbischof beschweren.« Er wandte sich ab und stapfte zum Ausgang der Baustelle. Die geistlichen Herren seines Gefolges warfen scheue Blicke nach dem Ratsherrn, bevor sie sich Burchard anschlossen.

Der Ratsherr sah ihnen kopfschüttelnd hinterher. »Hör mir zu, allmächtiger Gott«, murmelte er. »Schenke diesem zornigen und stolzen Mann endlich einen Kardinalshut. In Rom kann er unserem schönen Lübeck keinen Schaden zufügen. In deiner grenzenlosen Güte, Amen.«

»Amen«, seufzte Schwester Victoria.

»Ach, hochwürdiger Herr Burchard!«, rief der Ratsherr plötzlich. Der erboste Pfarrer fuhr herum, die Männer hinter ihm traten zur Seite. »Eines noch: Ich habe beim Fischhändler ein Geschenk für Euch zurücklegen lassen, einen Dorsch! Schickt doch schnell einen Diener zum Markt, damit er mein Geschenk abholen kann.« Er hob die Hand zum Gruß. »Einen gesegneten Tag wünsche ich Euch.«

Der Pfarrherr stieß ein paar Worte aus, die der Ratsherr lieber nicht verstehen wollte, dann eilte er von der Baustelle zum Koberg hinunter.

Jetzt, wo rund um ihn Geraune und Getuschel sich erhoben, jetzt erst merkte der Ratsherr, wie still es auf der Baustelle zwischenzeitlich geworden war.

»Geld und Macht!«, rief ein Mann von den Bauhütten auf der Nordseite her. »Taste es ihnen an, und sie jaulen auf wie

Hunde, denen man auf den Schwanz tritt. Nimm es ihnen, und sie hängen dir an der Kehle!«

»Dann solltet Ihr besser Euer Maulwerk zähmen, Meister Silvester!«, rief Schwester Victoria. »Den Lautesten beißen die Hunde nämlich gern zuerst.« Von allen Seiten erhob sich Gelächter. Seilwinden und Krantrommeln begannen zu quietschen und zu knarren, die Bauleute griffen wieder zu Sägen, Hämmern und Maurerkellen. Meister Silvester tauchte auf und trieb seine Malergesellen vor sich her zum Portal des Mittelschiffs.

Der Ratsherr folgte ihnen in den Neubau. Dort scheuchte der Meister seine Gesellen die Malergerüste hinauf, während er selbst sich auf den Weg zum Durchgang ins Langhaus machte. »Der Faulpelz ist noch immer nicht bei der Arbeit!« Er sprach natürlich von seinem Kölner Gesellen Johannes. »Dem werde ich Feuer unter dem Hintern machen!«

»Wartet, Meister Silvester.« Der Ratsherr hielt ihn am Kittelärmel fest. »Ich habe mit Johannes zu reden. Lasst mich ihn suchen, ich werde ihn später zu Euch schicken.«

Der Meistermaler schaute ihn missmutig an, hob schließlich die Achseln und sagte mürrisch: »Von mir aus. Zieht ihm ordentlich die Ohren lang, dem faulen Strick! Und er soll sich auf was gefasst machen.« Schimpfend machte er kehrt und trottete zurück zum Malergerüst.

Der Ratsherr aber trat in den Rohbau des künftigen Langhauses. Der hatte noch nicht einmal einen Dachstuhl, und die Wände waren erst bis zu den Spitzen der Fensterbögen hochgezogen. Hier sollten einmal die Siechen, Armen und Sterbenden untergebracht werden. Damit auch die Bettlägerigen unter ihnen einst die Messe verfolgen konnten, sollte der große, bogenförmige Durchgang zum Kirchenschiff offen bleiben.

Der Ratsherr grüßte die Maurer und Steinmetze, die hier

arbeiteten, und bog ins Querhaus ab. Dort stieg er über eine noch verschalte Wendeltreppe in das weitläufige Kellergewölbe des Neubaus hinunter. Eine Ratte huschte über eine Fensteröffnung und sprang nach draußen. Der Geruch von frischem Mörtel und feuchtem Lehm schlug ihm entgegen.

Auf dem Weg zum Aborttum, hinter einem Stoß Schalbrettern, fand er den Maler Johannes auf der untersten Stufe der Treppe sitzen, die zum geplanten Kreuzgang hinaufführte. Tränen rannen dem Mann über die Wangen und versickerten in seinem blonden Bart. Zwischen den Fingern seiner Rechten hing ein Stück beschriebenes Papier. Als er den Ratsherrn sah, straffte sich seine Gestalt – schnell wischte er sich die Tränen mit dem Kittelärmel ab und schloss die Faust um das Schriftstück.

Der Ratsherr runzelte die Brauen – einen weinenden Mann hatte er noch nie auf der Baustelle getroffen. »Was ist mit dir?«

»Gar nichts, Herr Morneweg.« Der Maler fuhr sich wieder mit dem Ärmel übers Gesicht. »Hab nur ein Sandkorn ins Auge gekriegt.«

Der Ratsherr lächelte und mimte Verständnis. »Kein Wunder – wo doch der Sturm den Sand seit Tagen nur so durch alle Gewölbe peitscht, nicht wahr? Hier unten im Keller ist's besonders schlimm, wie jedermann weiß.« Er legte Johannes die Hand auf die Schulter. »Und jetzt sucht dich auch noch der liebenswürdige Meister Silvester«, fügte er in halb scherzhaftem, halb bedauerndem Tonfall hinzu. »Ich soll dich zu ihm schicken.«

Der Jüngere schwieg, und der Ältere betrachtete die sehnige Faust, die das Papier verbarg; nicht viele Leute besaßen Papier. Dem Ratsherrn fiel die Jungfrau ein, die kurz nach Johannes aus Sankt Marien geeilt war. Anna Warendorp. Ihr Vater handelte mit Papier aus Spanien.

»Meister Menschenschinder sucht mich?« Johannes räusperte sich, denn seine Stimme klang arg brüchig. »Oder nenne ich ihn besser Meister Biersäufer?« Er seufzte bitter. »Was soll ich bei so einem?«

»Ich merke, dass du leidest.« Der Ratsherr Morneweg überhörte die letzte Frage. »Das geht mir zu Herzen, Johannes. Doch nicht nur du leidest, auch der heilige Christophorus an der Kirchenwand leidet. Es scheint nicht recht voranzugehen mit ihm. Das gefällt mir nicht.«

»Was soll ich noch fromme Bilder malen?« Johannes stützte den Ellenbogen aufs angezogene Knie und die Stirn in die Hand. Seine Miene war bleich. »Lasst mich, Herr Morneweg. Bitte lasst mich und sucht Euch einen anderen Maler für Euern Christophorus.«

»Ich denke gar nicht daran!« Der Ratsherr tat, als würde er Johannes' Worte nicht ernst nehmen. »Deine Arbeit gefällt mir, nur solltest du sie ein wenig zielstrebiger vorantreiben.«

»Das kann ich nicht, denn ich werde Lübeck verlassen.« Aus verheulten Augen sah der Maler Herrn Morneweg ins Gesicht. Die Verzweiflung und die Entschlossenheit in seinem Blick erschreckten den Ratsherrn mehr, als Johannes' Ankündigung, die Stadt zu verlassen. »Keinen Tag länger kann ich hierbleiben.«

»Du willst unserer Stadt und deiner Arbeit den Rücken kehren?« Der Ratsherr versuchte, seinen Schrecken mit einem strengen Blick zu überspielen. »Das glaube ich nicht!« Er zog sein Schwert, legte es auf den Bretterstapel und setzte sich neben den Maler auf die Treppenstufe.

Johannes schloss die Augen und nickte. »Ich kann nicht bleiben.« Seine Kiefermuskeln mahlten. Neue Tränen quollen ihm aus den Lidern. »Ich muss gehen.«

»Langsam, mein Junge, eines nach dem anderen.« Der Ratsherr legte dem so viel Jüngeren den Arm um die Schultern. »Willst du behaupten, Gott habe dich aus Versehen in den Stand eines Malers versetzt?« Johannes antwortete nicht, schluchzte nur. »Willst du seine Gnade und Berufung tatsächlich einfach so wegwerfen? Kein Unglück der Welt gibt dir das Recht dazu! Und der gütige Gott hat noch für jede Not einen Ausweg gekannt. Jetzt erzählst du mir erst einmal, was dich betrübt.«

»Für jede Not?« Johannes öffnete die Augen zu einem Schlitz, hart und kantig sah sein Gesicht plötzlich aus. »Mir ist zumute wie in den Tagen, als meine Eltern starben. Da war ich sieben Jahre alt. Aus dieser Not hat Gott mir auch keinen Ausweg gezeigt.«

Dem Ratsherrn fehlten erst einmal die Worte. Vom Oheim des Malers wusste er, dass dessen Eltern vor zwölf Jahren in der Eifel durch Wegelagerer ums Leben gekommen waren. Die vier Kinder hatte man damals wohl in der Verwandtschaft verteilt. Ein schweres Schicksal, wahrhaftig, doch alles andere als ein ungewöhnliches.

»Du wärst nicht hier, hätte dich dein gütiger Oheim nicht erzogen und versorgt! Trotz deiner Not hat der allmächtige Gott doch immer seine schützende Hand über dir gehalten.« Dem Ratsherrn kamen die eigenen Worte plötzlich seltsam dünn vor. Er räusperte sich. »Hör mir zu, Johannes, du wirst jetzt nichts überstürzen. Lass ein paar Tage ins Land gehen, bevor du nach Köln aufbrichst, und dann sprechen wir noch einmal in Ruhe …«

»Ich gehe nicht zurück nach Köln«, erklärte Johannes. »Der Oheim ist kein gütiger Mann. Kalt und streng ist er, nicht viel besser als Meister Biersäufer. Ich bin froh, seiner harten Hand entkommen zu sein, und will ihn niemals wiedersehen.«

»Wie kannst du nur so undankbar über deinen Wohltäter sprechen!?« In der Miene des jungen Malers las der aufbrausende Ratsherr sofort, dass tadelnde und strenge Worte ihn nur noch verschlossener machen würden. Er zügelte sich und suchte nach milderen Sätzen. »Wohin willst du denn gehen, wenn nicht zurück nach Köln?«, fragte er schließlich.

»Sagte ich Euch nicht, dass mir zumute ist wie damals, als Mutter und Vater starben? Mein Leben schien zu Ende damals, Herr Morneweg. Genauso ist es nun auch wieder: Mein Leben ist zu Ende.«

Der Ratsherr erschrak. »Was sagst du da?« Er dachte natürlich an Johannes' Vorgänger, der sich an der Wakenitz aufgehängt hatte. »So wenig Hoffnung, Johannes? So viel Unglaube? Der gütige Gott sei dir gnädig! Was ist es denn, das dich dermaßen verzweifeln lässt, dass du dich schon am Ende deines Lebens wähnst?«

Der Maler senkte den Kopf und presste die Fäuste gegen die Augen. Erst zuckten nur seine Schultern, dann bebte sein ganzer Körper, und dann schluchzte und weinte er hemmungslos.

Der Ratsherr wusste nicht mehr, was tun, was sagen. Johannes von Köln in einem derart verzweifelten Zustand zu finden, hatte er nicht erwartet. Mahnungen und wohlgemeinte Ratschläge nutzten da gar nichts mehr. Er zog den bebenden, zitternden und schluchzenden Mann an sich und suchte fieberhaft nach Worten. Irgendetwas musste er sagen, nur was?

Hör mir zu, gütiger Gott, betete er im Stillen, *schenk mir doch ein paar gute Worte für diesen armen Trauerkloß. In deiner großen Gnade, Amen.*

Das Schluchzen, Heulen und Zittern des armen Johannes schnürte ihm das Herz zusammen. Gab es nicht irgendein vergleichbares Schicksal? Gab es nicht irgendein Vorbild, das dem verzweifelten Jüngling Mut machen konnte? Endlich fiel ihm die Geschichte vom Propheten Jona ein.

»Denke an Jona, den ein Wal verschlang«, sagte er. »Gott befahl dem Tier, ihn auszuspucken.«

»Weil er ihn nach Ninive schicken wollte, um der Stadt den Untergang zu prophezeien«, schluchzte Johannes. »Wozu sollte Gott einen wie mich gebrauchen können? Wem sollte ich den Untergang weissagen außer mir selbst? Außerdem bin ich kein Prophet.«

»Oder denke an Joseph, den Sohn Jakobs!« Im Stillen dankte der Ratsherr Gott, dass er sich auf einmal an diese Geschichte erinnerte. »Seine Brüder schlugen ihn und warfen ihn in ein tiefes Loch, damit er darin an Hunger und Durst starb. Gott aber schickte eine Karawane vorbei, die ihn fand und rettete.«

»Damit durch ihn das Volk Israel gerettet würde«, flüsterte Johannes. »Ich aber bin kein Sohn Jakobs. Und wen sollte Gott durch mich retten wollen? Außerdem ist das lange her.«

Der Ratsherr wollte einwenden, dass Gott noch derselbe war wie zu Zeiten des Stammvaters Jakob und seiner Söhne, doch die Trauer des jungen Mannes ließ einen Knoten in seiner Kehle anschwellen, sodass kein Wort mehr über seine Lippen wollte. Schweigend hielt er den Weinenden und Schluchzenden fest und fühlte sich schrecklich ohnmächtig.

Eine Zeit lang saßen sie so auf der eingeschalten Treppe – Johannes heulend und schluchzend, der Ratsherr stumm und ratlos. Plötzlich fiel ihm eine ganz andere Geschichte ein.

»Wer weiß«, sagte er. »Vielleicht hat Gott ja mich zur Karawane bestimmt, die dich aus dem Loch des Kummers führen soll. Vielleicht schenkt er mir ja das Zauberwort, das den Wal der Verzweiflung dazu bringen könnte, dich wieder auszuspucken.«

Der junge Maler reagierte nicht, schien nicht einmal zuzuhören. Seine Schultern bebten, sein Kopf zuckte, so sehr weinte und schluchzte er.

»Ich habe mal einen Jungen gekannt, der hätte tot sein müssen und der dennoch lebt«, fuhr der Ratsherr fort. »Das ist keine alte Geschichte, das ist noch nicht einmal ein Menschenalter her. Der, von dem ich spreche, war ein hübscher, schlauer Bengel, blond wie du und acht Jahre alt, als er sterben sollte. Etwa so alt, wie du warst, Johannes, als deine Eltern starben und du zum ersten Mal glaubtest, dein Leben sei zu Ende.«

Er spürte, wie die Schultern des anderen schwächer zuckten, und es schien ihm, als würde der Maler leiser weinen. Auch drehte Johannes nun den Kopf ein wenig und blinzelte zu ihm herauf.

»Ja, acht Jahre war er alt, der Junge, den ich gekannt habe, und blond wie du war er gewesen. Und der Tod hatte ihn so fest mit seinen kalten, würgenden Armen umschlungen, dass er schon vergaß, wer er gewesen ist, wie er geheißen hat.« Er zog den jungen Maler an sich und drückte ihn fester, um ihm anzudeuten, wie unnachgiebig der Tod den kleinen Jungen umschlungen hielt, von dem er erzählte.

Johannes machte sich los und schob den Arm des Ratsherrn weg. »War er krank?«, flüsterte er.

»Nein. Piraten hatten die Kogge seines Vaters gerammt und versenkt.«

»Er war mit seinem Vater auf See?« Johannes schniefte und wischte sich mit dem Ärmel Tränen und Rotz aus dem Gesicht. »Mit acht Jahren?«

»Ja. Sein Vater hatte ihn von klein auf mit auf Fahrt genommen, wie man sich erzählte. Er wollte, dass sein ältester Sohn ein Seefahrer würde, so wie er selbst.«

»Mein Vater wollte, dass ich ein Rüstungsmacher werde wie er. Doch der Oheim gab mir einen Mönch als Lehrer, der lehrte mich schreiben und das Geschriebene mit Schmuckbildchen ausschmücken. So wurde ich ein Maler.«

»Und der Junge, von dem ich erzähle, wurde ein Schiffbrüchiger«, fuhr der Ratsherr fort. »Ein Todgeweihter. Die Kogge seines Vaters sank so schnell, dass die Piraten kaum die Hälfte der Ladung aus den Laderäumen holen und auf ihre Galeere schaffen konnten. Als sie schließlich gekentert war, segelten die Piraten weiter, und der Junge trieb mutterseelenallein auf dem Meer. Tagelang und festgeklammert an einem Stück Reling.«

»Und sein Vater?« Der verheulte Maler schluckte. »Und die Seeleute seines Vaters?«

»Die Piraten hatten die meisten totgeschlagen, nur zwei nahmen sie gefangen.«

»Und verkauften sie wahrscheinlich als Sklaven an die Heiden«, sagte Johannes. »An die Wenden oder an die Prußen.«

»Dieses Schicksal hätte dem Jungen wohl auch geblüht, wenn sie ihn gefunden hätten.« Der Ratsherr nickte traurig. »Doch er rutschte mit einer Pinasse vom untergehenden Schiff und stürzte ins Meer. Eine Zeit lang konnte er sich hinter dem kieloben treibenden Beiboot verstecken, bis das Meer es schließlich auch verschlang. Gott in seiner Güte sorgte dafür, dass ein Trümmerstück der Reling an dem Jungen vorübertrieb. Er griff danach, konnte sich festhalten, konnte sich sogar hinaufziehen und so über Wasser halten. Zum Glück war es Sommer und die Ostsee nicht besonders kalt. Doch nach vier Tagen fieberte er vor Durst.«

Johannes hatte aufgehört zu weinen. »Und dann?« Wie gebannt hing er an den Lippen des Ratsherrn.

»In der Morgendämmerung des fünften Tages ragte in der Ferne etwas aus den Wellen, das sah zuerst aus wie ein Ellenbogen und später wie eine große Hand …«

2

Leben nach dem Tod

Westliche Ostsee, Sommer 1231

… der Junge blinzelte und rieb sich die Augen. Eine Hand? Rettung? *Mach, dass sie näher kommt, lieber Gott*, betete es in ihm, *mach, dass sie mich greift und festhält …*

Die Hand verschwamm, tauchte unter, tauchte auf und verschwamm erneut, verschwamm mit Himmel und Meer. Der Junge mochte blinzeln, so oft und so viel er wollte, die Himmelswasserwelt um ihn herum teilte sich kaum noch in Wellen, Wolken, Schiffstrümmer, Möwen, Schaumkronen, Delfine, Hand und Himmelsblau. Hin und wieder stülpten sich vage Umrisse einer Woge, eines Vogels oder ebenjener Hand in sein Blickfeld, doch nur, um beim nächsten Hinblinzeln schon wieder mit Gischt und flirrender Luft zu verschwimmen.

Auch die ständig auf- und abtauchende Hand wollte sich nicht teilen in Finger und Daumen und Nägel und Ballen. Der Junge zwang sich, länger hinzuschauen, doch vergeblich: Alles verschmolz in seinem Blick zu einem weiß-bläulichen und an den Rändern verschatteten Schleier, der ihn von allen Seiten umgab, in seine Kleider sickerte, in seine Haut eindrang und sich längst mit kaltem und nassem Saum um sein Herz schlang. Das galoppierte in seiner kleinen, zitternden Brust herum wie ein von Panik befallenes Fohlen, das die Wände eines viel zu engen Verschlages ansprang, um vielleicht doch noch einen Ausgang zu finden.

Sein Kopf schmerzte, seine Augen stachen, seine Zunge tat weh, seine Kehle, seine Brust und sein Bauch verbrannten im Feuer eines ungeheuren Durstes. Und da! Da war sie wieder, die große Hand! Da tauchte sie wieder auf und drohte im selben Moment schon wieder mit der Himmelswasserwelt zu verschwimmen. War es die Hand des Vaters? Hielt sie noch den Knauf seines Schwertes fest?

Der Junge wollte ihn rufen, vermochte jedoch weiter nichts, als ein krächzendes Grunzen herauszuwürgen. Die brennende Zunge klebte ihm im Mund wie ein toter Fisch, den die Fäulnis von Stunde zu Stunde ein Stück weiter anschwellen ließ. *Vater!* Stumm bewegte er die Lippen, und das rasende Herz in seiner Brust schrie es lautlos: *Mein Vater!*

Er schob sich ein Stück über das glitschige Holz, auf dem er lag, öffnete die Lippen, wartete, bis die nächste Woge ihm gegen das heiße Gesicht klatschte und ihm den Mund füllte. *Niemals Salzwasser trinken*, hatte der Vater ihm eingeschärft, *mag Durst dich auch noch so sehr quälen, trinke niemals Salzwasser, sonst wird dir schlecht und du vertrocknest von innen.* Er spuckte das Meerwasser aus, das Salz brannte auf seinen Lippen.

»Vater.« Es war ein Röcheln, ein Stöhnen, und es klang doch wie *Vater*. Die Hand, die da näher und näher rückte, die konnte doch nur die Hand des Vaters sein, oder? Der Junge löste die Finger der Rechten vom nassen Relingholm und streckte seinen Arm der auf- und abtauchenden Hand entgegen. »Halt mich fest, Vater ...«

Es war doch die Vaterhand, oder? Jetzt tauchte sie wieder ins milchige Weißblau der Himmelswasserwelt ein, verschmolz wieder mit dem kalten Schleier, der alles um ihn herum ausfüllte. Es war doch die Hand des Vaters gewesen, oder? Der Junge wollte, dass es seine Hand war, wollte es unbedingt. *Mach du bitte, dass es Vaters Hand ist, Gott*, betete sein wild pochendes Herz.

Weil er sich seit vielen Stunden nicht mehr an die alten

Nachtgebete erinnern konnte, sprach er inzwischen mit Gott wie mit seiner Mutter oder mit seiner kleinen Schwester. *Mach du bitte dass Vaters Hand mich festhält und zu sich zieht Gott mach du bitte dass ich bei ihm sein kann dass mir warm wird dass ich trinken kann dass ich nicht sterbe das kannst du doch oder …*

Seine kleine Schwester hieß … Anna? Helena? Nein. Und wie hieß sein kleiner Bruder? Auch das wollte und wollte ihm nicht mehr einfallen. Und wie hieß die Stadt, in der sie wohnten? Sein schmerzender Kopf war wie ausgebrannt. Und wie hieß das Schiff, auf das er im Hafen dieser Stadt gegangen war? Und der Fluss? Und das Königreich? Kein Name kam ihm in den Sinn.

Auf einmal tauchte die Hand des Vaters so dicht vor ihm auf, dass ihr großer Schatten das Weißblau der verschwimmenden Himmelswasserwelt verdunkelte. Der Junge erschrak. Nein, niemals hatte Vaters Hand so ausgesehen! Ein Geierschädel mit einem großen Hut war das, was da vor ihm aus den weißblauen Wogen und dem Verschwimmen aufragte. Oder ein kippender hölzerner Bergfried? Oder ein schwankendes Haus?

Der Junge hob den Kopf, der sich so schwer anfühlte wie ein Korb voller Rüben. Er versuchte, den toten, faulenden Fisch aus dem Mund zu spucken, und wieder gelang es nicht. Er blinzelte: Etwas Dunkles löste sich aus dem Schatten des Geierschädels, des Hutes, des Turmes, des Hauses …

Der Junge blinzelte und blinzelte, und endlich hielt er dem stechenden Schmerz in den Augen stand und starrte es an, was da näher kam, was da auf und ab schaukelte und schon wieder im Schleier zu zerfließen drohte.

Ein Boot.

Da waren Menschen drin.

Die ruderten.

Die ruderten durch die Himmelswasserwelt auf ihn zu!

»Gott, mach, dass …« Der schwellende, faulende Fisch im Mund erdrückte dem Jungen die Worte. Er ließ sein wild pochendes Herz für ihn sprechen: *Gottmachdasses Vateristdermichrettet …*

Das kleine Boot stieg zur nächsten Wellenkrone hinauf, sank in die nächste Wellenfurche hinab, kam näher und näher. Der Junge hörte eine Stimme und sah jemanden winken. Wie ein Stich fuhr ihm der Schmerz der Enttäuschung durch die Brust, als er erkannte, dass Haar und Gesicht des Winkenden nicht Haar und Gesicht des Vaters waren.

MachdassichlebeGottdassich VatersHandspüredassermichrettet …

Das Ruderboot tauchte im Weißblau unter, verschwamm mit der Himmelswasserwelt, und als der Junge glaubte, erneut seinen Schatten zu erblicken, schlug ihm etwas erst hart gegen die Stirn und dann gegen die Schulter. Er blinzelte, die Augen stachen, ein großer Schatten glitt vorüber, ein Ruderblatt bewegte sich vor ihm zwischen den Wellen hin und her. Und stieß ihn wieder gegen die Schulter.

»Greif zu!« Eine Stimme brüllte aus Schatten, Wogen, Schleier und Himmel. »Greif schon zu, Dummkopf!«

Der Junge langte nach dem Ruderblatt und klammerte sich daran fest. Im nächsten Moment spürte er, wie eine Kraft an ihm zerrte, ihn vom Trümmerstück der Reling und durchs wogende Wasser bis an den Rand des Ruderbootes zog.

Viele Stimmen brüllten. Zwei bärtige Gesichter erschienen über dem Bootsrand, zwei Oberkörper beugten sich zu dem Jungen herab, vier Arme streckten sich nach ihm aus, und vier Hände griffen nach ihm. An Händen, Haaren und Kleidern rissen sie ihn aus dem Wasser, hievten ihn ins Boot und warfen ihn zwischen zwei Ruderbänke.

Hart schlug sein Kopf auf den Planken auf. Die Stimmen

verstummten, die Himmelswasserwelt erlosch, jeder Schmerz erstarb, und schwarze Nacht umfing ihn.

*

Das Erste, was der Junge wieder spürte, war eine Schlinge, die seinen Brustkorb einschnürte. Das Atmen fiel ihm noch schwerer als während all der Stunden und Tage auf der zertrümmerten Reling. Und noch eines spürte er: Er schwebte. In den Himmel hinauf? Zur Hölle hinab? Er wollte die Augen öffnen, doch seine Lider gehorchten ihm nicht.

Stimmen riefen über ihm, unter ihm rauschte und polterte es. Sein Brustkorb und sein Gesicht prallten gegen etwas Raues, Hartes. Stechender Schmerz bohrte sich ihm durch Brust und Kopf, Angst schoss ihm durch den Leib wie eine Feuerlohe. Er wollte schreien, doch nur ein dünnes Wimmern und heiseres Röcheln entrang sich seiner trockenen Kehle.

Wenigstens half ihm die Angst, die Augen aufzureißen: Eine Holzwand glitt an ihm vorüber, an ihr entlang scheuerte er Handbreit um Handbreit nach oben. Der Junge blinzelte aufwärts – sieben oder acht bärtige Gesichter guckten auf ihn herunter, vier Arme zogen an dem Tau, das seine Brust zusammenpresste. Er blinzelte nach unten – ein Ruderboot schaukelte an der Bordwand eines Schiffes. Drei Männer knieten oder standen darin, fuchtelten mit den Armen, palaverten und blickten zu ihm herauf.

Relingholme glitten an ihm vorüber, Hände packten ihn und zerrten ihn auf die Relingbalustrade. Erschrocken starrte er in ein von Blatternarben verwüstetes Gesicht. Jemand riss ihn von der Balustrade, und er stürzte und schlug auf Deckplanken auf. Die Nacht kehrte zurück, umfing wieder gnädig seine Angst und seine Schmerzen.

Doch nicht lange. Als der Junge die Augen das nächste Mal öffnete, umringten ihn nackte Füße, nasse Stiefel und in Lumpen oder Wolle gehüllte Beine. Bärtige Männer guckten auf ihn herab.

»Er stinkt wie eine tote Ratte«, sagte einer mit kantigem Gesicht, grauen Augen und wallendem Grauhaar.

»Hol schon Wasser«, sagte der mit dem von Narben verwüsteten Gesicht und boxte einen Halbwüchsigen neben ihm gegen die Schulter.

»Wozu denn?«, gab der junge Bursche zurück. »Der verreckt doch sowieso.« Der mit den Narben schlug ihm ins Gesicht, da machte der Bursche kehrt und rannte nach Wasser.

»Recht hat er ja.« Einer von zwei Gestiefelten ging vor dem Jungen in die Hocke, ein schwarzhaariger Mann mit gestutztem Bart und schwarzem Schwertgurt über rotem Wams. Der Junge blinzelte in wässrig blaue Augen, die Innenseite eines haarigen Unterarms legte sich auf seine Stirn. »Er fiebert. Und riecht nach Tod. Doch Wasser ist das Mindeste, was wir ihm als Christenmenschen schulden. Und eine ordentliche Seebestattung.«

»Lebend und gesund würden mir die Wenden mindestens eine Lübische Mark für ihn zahlen«, sagte der mit der grauen Mähne. »Die Prußen vielleicht sogar noch mehr.«

»Nicht einen Pfennig würden die Prußen bezahlen«, sagte das Narbengesicht. »Die würden auch dich noch als Sklaven mitnehmen. Ganz umsonst.«

»So schnell nimmt mir keiner mein Eigentum weg!« Der mit dem langen Grauhaar brauste auf. »Nicht einmal ein wilder Heide!« Seine grauen Augen sahen aus wie Eismandeln.

»Was heißt hier dein ›Eigentum‹?«, fragte der Gestiefelte mit dem Schwertgurt mürrisch. »Mir gehört die halbe Portion.« Dann hob er den Blick in Richtung Heckkastell und brüllte: »Wo zum Henker bleibt das Wasser?!«

»Es ist kein Wasser mehr da!«, kam es zurück.

»Dann bring Bier!«

»Verflucht, Steuermann, was redest du da?« Der Graumähnige mit den Eisaugen klopfte sich an die Brust. »Ich hab den Stinker aus dem Meer gefischt! Mir steht er zu.«

»Und warum konntest du ihn aus dem Meer holen, he?!« Der Gestiefelte stand auf, schlug seinen Rock zurück, sodass man sein Schwert sehen konnte, und stemmte die Fäuste in die Hüften. »Weil ich ihn entdeckt habe! Also gehört er mir.« Er spähte dem Halbwüchsigen entgegen, der mit einem prall gefüllten Beutel angelaufen kam. »Na endlich!«

»Wer Treibgut findet, der darf es sein Eigen nennen!« Der mit dem langen grauen Haar blickte von einem zum anderen. »Gilt das nicht als Recht schon seit Zeiten unseres Herzogs Heinrich des Löwen?« Einige Seeleute stimmten ihm zu. »Also gehört der Stinker mir.«

»Ich habe ihn zuerst gesehen, also ist er mein.« Der Steuermann deutete auf den Jungen herunter. »Setz ihn auf, Bursche, gib ihm Bier zu trinken, doch mach langsam.«

Der ängstliche Blick des Jungen flog zwischen den Streithähnen hin und her.

»Glaubst du, du kannst das Recht brechen, nur weil du der Steuermann bist?« Eisauge stieg das Blut ins Gesicht. »Ich darf ihn verkaufen.« Er schüttelte die Fäuste.

»Das Maul halten darfst du, Grindskopf!« Der Steuermann griff nach seinem Schwert. »Oder ich hau dir drauf!«

»Zankt doch nicht, Ihr Herren!« Der Halbwüchsige riss den Jungen hoch und schob ihm das angewinkelte Bein in den Rücken, um ihn zu stützen. »Der verreckt doch sowieso.«

Schiff, Streithähne und Himmel begannen, sich um den Jungen zu drehen. Er schnappte nach Luft und blinzelte, denn wieder wollte ihm das Bewusstsein schwinden und die Welt vor seinen Augen verschwimmen. Da entdeckte er hinter den Beinen der Seeleute etwas auf den Deckplanken, das ihn erschreckte und die drohende Ohnmacht jäh vertrieb: drei nackte Männerleiber.

Der Halbwüchsige schob ihm das Mundstück des Wasserbeutels zwischen die Lippen. »Los! Trink!« Und der Junge trank und versuchte zu vergessen, was er gesehen hatte.

»Du raubst mir nicht mein Eigentum!« Der mit der langen Graumähne, Eisauge, trat einen Schritt zurück und riss sein Messer aus dem Gurt. »Beim heiligen Moritz! Du nicht!« Die vier, die es mit ihm hielten, ballten die Fäuste.

»Soll ich dich den Fischen zu fressen geben, Hundsarsch, verdammter?« Der Steuermann zog sein Schwert, und die drei, die es mit ihm hielten, ballten die Fäuste.

Der Junge würgte und hustete, während sie über ihm fluchten und stritten. Das Bier schmeckte sauer, wollte nicht recht vorbei an dem faulenden Fisch in seinem Mund und lief ihm aus den Mundwinkeln. Der Halbwüchsige fuhr ihn an, er solle endlich trinken. Schließlich ging der erste Schluck hinunter, dann der zweite und dritte. Nach dem vierten trank der Junge gierig.

Die Seeleute um ihn herum aber schrien einander an, fuchtelten mit Fäusten und Klingen und machten Anstalten, aufeinander loszugehen. Plötzlich knarrte eine Tür unter dem Heckkastell, und ein Mann in schwarzem Rock über nacktem Oberkörper trat heraus. Er hielt eine Peitsche in der Faust. Sofort verstummten die Seeleute.

Der Mann hatte breite Schultern und einen dicken Bauch. Ein schwarzer Bart überwucherte sein rundes Gesicht beinahe vollständig. Auch seine wirren Locken waren schwarz, und der wilde Blick seiner dunklen Augen brannte. Schritt für Schritt kam er näher und schlug dabei mit dem Peitschenstiel gegen seinen Stiefelschaft.

Eine sehr junge Frau folgte ihm, schlank und mit zerwühltem kastanienrotem Haar. Die nestelte die Ösen ihres fleckigen grauen Kleides zu, aus dem ihr Busen noch halb herausquoll. Neugierig musterte sie den Jungen. Sonst achtete niemand mehr auf ihn, nicht einmal der Halbwüchsige, der den Bierschlauch hielt. Der Junge schaute der Frau ins schöne, bleiche Gesicht und trank und trank und trank.

»Den Stinker da hab ich aus dem Wasser gefischt, Herr Kapitän«, sagte das Eisauge mit der langen grauen Mähne. »Und jetzt gönnt mir der Steuermann nicht, dass ich ihn behalte und auf dem nächsten Sklavenmarkt verkaufe.«

»Weil er mir gehört, Kapitän«, sagte der gestiefelte Steuermann mit drohend leiser Stimme. »Ich hab den Stinker nämlich als Erster auf dem Meer draußen entdeckt.«

»Weg mit den Klingen«, sagte der Kapitän mit tiefer und rauer Stimme. Er trat näher; alle wichen zur Seite und steckten Messer und Schwert in die Scheiden. Der Kapitän blieb vor dem Jungen stehen und rümpfte die Nase. »Stinkt gewaltig.«

Unter dem verächtlichen Blick seiner zu Schlitzen verengten feuchten Augen vergaß der Junge zu trinken.

Der Kapitän lauerte in die Runde seiner Seeleute. »Um dieses Häuflein Möwendreck wolltet ihr euch schlagen? Hat euch denn der Gottseibeiuns ins Hirn geschissen?!« Und nur an den Steuermann gewandt: »Wem gehört das Schiff?«

»Euch, Herr Kapitän«, antwortete der Steuermann kleinlaut. Er senkte den Blick.

»Dann hätten wir's ja.« Der Kapitän zog den Rotz hoch und spuckte an den Seeleuten vorbei über die Reling. »Dann gehört dieser winzige Misthaufen also mir.«

»Aber ich hab ihn aus dem Wasser gezogen, Kapitän!« Eisauge begehrte auf. »Nach Lübischem Recht gehört er mir!«

Blitzschnell holte der Kapitän aus und schlug ihm den

Peitschenstiel gegen den Hals. Der Mann, der den Jungen als sein Eigentum beanspruchte, knickte in den Knien ein, hielt sich den Hals und stöhnte. Alle anderen zuckten zusammen, einige wichen erschrocken zurück.

»Hast du jetzt kapiert, wem das Misthäuflein gehört?« Der Kapitän holte zum nächsten Schlag aus. Eisauge nickte stöhnend. Mit der Peitsche deutete der Kapitän auf den Jungen. »Schafft es in eine freie Koje.«

»Er fiebert und ist ausgezehrt«, sagte das Narbengesicht.

»Der lebt keine Nacht mehr.« Der Halbwüchsige zog dem Jungen das Mundstück des Biersacks aus dem Mund.

»Der Junge gehört keinem von euch.« Die junge Frau nickte. »Der Junge gehört längst dem Tod.«

»Was du nicht sagst!« Der Kapitän drehte sich nach ihr um. »Los, Weib! Nimm ihn mit in deine Kajüte und mach ihn gesund. Und wehe dir, er stirbt …« Er hob den Peitschenstiel, als wollte er sie schlagen.

Der Junge guckte noch immer der Frau ins Gesicht. Nicht einmal gezuckt hatte sie unter der drohenden Geste des Kapitäns. In ihren Zügen lag keine Spur von Angst. Nur etwas wie Erbarmen.

Weil er nicht aufstehen konnte, packten der Halbwüchsige und das Narbengesicht ihn an Armen und Beinen, um ihn zum Heckkastell zu tragen. Die junge Frau ging ihnen voran.

Als sie den Jungen an den drei reglos und verkrümmt vor der Reling liegenden Männerleibern vorbeitrugen, konnte er die Gesichter der Toten sehen. Obwohl sie aufgequollen waren und zum Teil zerschlagen und entstellt aussahen, erkannte er sie sofort: der Steuermann und der Bootsmann des Vaters und – der Vater selbst. Eine Axtklinge an schwarzem Stiel ragte aus seiner Stirn. Dem Jungen gefroren Herz und Blut.

»Schmeißt die Leichen zurück ins Meer.« Der Kapitän

deutete auf die Leiber. »Aber zieht dem Blondbart vorher die verdammte Axt aus dem Schädel. Die gehört mir.«

Der Junge bäumte sich auf und erbrach das Bier.

*

Die junge Frau schälte ihn aus seinen nassen, mit Kot und Erbrochenem verschmierten Kleidern. Danach wusch sie ihn mit erhitztem Meerwasser, wickelte ihn in ein Leintuch und ein Schafsfell und legte ihm einen heißen Wickel auf die Brust. Aus dem stank es nach Zwiebeln und Wein.

Wenn er schwitzte, trocknete sie ihn ab und wickelte kalte Tücher um seine Beine und Arme. Wenn er dann zu zittern und mit den Zähnen zu klappern begann, hüllte sie ihn wieder in Leintuch und Fell. Und sobald das Leintuch durchgeschwitzt war, gab es erneut feuchtkalte Tücher.

So ging das Stunden und Tage. Der fieberkranke Geist des Jungen schwankte hin und her zwischen Wachen, Schlafen und Fieberträumen. Leise Melodien, wie auf Saiten gezupft, drangen in seine Träume, und manchmal glaubte er, eine helle Frauenstimme dazu singen zu hören.

Es kam ihm vor, als würde die junge Frau nicht von seinem Krankenlager weichen. Mal war er sicher, dass es nur eine Traumgestalt sein konnte, die ihm den Schweiß abtrocknete und Lieder in einer fremden Sprache sang; mal glaubte er, ein Engel beuge sich über ihn, wenn die Frau wieder einmal Tücher oder Wickel wechselte. Wenn er sie in klaren Augenblicken vor seiner Koje stehen sah, konnte er nicht glauben, dass ein Mensch so schön sein und derart leuchtend grüne Augen haben konnte.

Oft murmelte sie unverständliche Worte. Meistens dann, wenn sie die Wickel erneuerte oder ihm bittere Tinkturen in den Mund träufelte oder ihm warmes Bier einflößte. Mindestens einmal in jeder Nacht legte sie eine Schale aus Zinn auf seine Brust, tat Kräuter und Insekten hinein und andere Dinge, die der Junge nicht benennen konnte, und zündete alles mit einem Kienspan an. Der Rauch stank entsetzlich, doch unerbittlich wedelte sie ihn dem Jungen ins Gesicht, sodass er husten musste. Dabei schloss sie die Augen und murmelte noch lauter als sonst.

Manchmal fütterte sie ihn mit Honig und mit einem Brei, der nach Fisch schmeckte. Manchmal legte sie sich auf ihn, presste ihre Handflächen auf seine Handflächen und ihre Stirn auf seine Stirn und flüsterte ihm ins Ohr, ohne dass der Junge auch nur ein Wort verstand.

An drei aufeinanderfolgenden Nächten tat sie das, und jedes Mal beugte sie sich zuvor über ihn und fragte in seiner Muttersprache: »Willst du leben oder sterben?«

Die ersten beiden Male brachte der Junge kein Wort heraus, doch Todesangst durchzuckte ihn, und das Verlangen zu leben trieb ihm die Tränen in die Augen.

Die Frau jedoch schien gar keine Antwort erwartet zu haben – kaum hatte sie die Frage gestellt, stieg sie auf die Koje, streckte sich auf ihm aus und begann in der fremden Sprache zu murmeln.

Als sie ihn vor dem dritten Mal fragte, ob er leben oder sterben wolle, nickte er nur. Da sah er sie zum ersten Mal lächeln.

Hinterher, wenn sie von ihm und aus der Koje geklettert war, fühlte der Junge sich jedes Mal seltsam erfrischt. Nichts verschwamm ihm dann mehr vor den Augen, und ihm war, als sprudele eine frische Quelle in seinem Kopf und als scheine eine kleine Sonne in seiner Brust über seinem Herzen.

In einem dieser klaren Augenblicke sah er die Frau einmal mit einer Laute vor seiner Koje sitzen und in die Saiten greifen. Ihre klare Stimme erklang, und obwohl er kein Wort ihres

Liedes verstand, trieben ihm ihr Gesang und ihr Saitenspiel Tränen in die Augen.

Wie lange lag er so in Fieber und Schmerzen und hin und her geworfen zwischen Wachen und Träumen? Der Junge hätte es nicht sagen können, denn die Zeit strömte nicht mehr von Sonnenaufgang zu Sonnenuntergang dahin, sondern stand still und war ein tiefer See, dessen Grund er entgegensank, ohne zu wissen, ob er ihn jemals erreichen würde, ob es ihn überhaupt gab.

Eines Morgens, als das erste Licht des neuen Tages durch das kleine Kajütenfenster fiel, saß die junge Frau neben seiner Koje und schrieb etwas aus einem Buch ab. Ein Sonnenstrahl lag auf ihrem kastanienroten Haar und ließ es aufglänzen, als hinge es voller Rubine.

Der Junge fühlte sich sehr schwach, lauschte in sich hinein und spürte keine Schmerzen, ja selbst die dumpfe Hitze des Fiebers nicht mehr. Wie viele Tage lag er schon in dieser Kajüte, in dieser Koje? Noch immer kam er sich vor wie aus der Zeit gefallen. Die Frau neben seiner Koje schien nicht zu merken, wie aufmerksam er sie betrachtete. Zum ersten Mal sah er sie ganz deutlich und ohne dass sie vor seinen Augen verschwamm.

Zunächst erschien es ihm, als würde ein engelhaftes Mädchen vor seiner Koje sitzen, feingliedrig und zerbrechlich und nicht viel älter als er selbst. Auf den zweiten Blick jedoch entdeckte er ein paar Falten um ihre Augen und ihre Mundwinkel, dann eine Schramme auf ihrem Handrücken und schließlich blaue Flecken an ihren Unterarmen und auf ihrem Wangenknochen. Auch war ihre Unterlippe geschwollen und ihre Haut so bleich wie die einer Todkranken. Und wahrhaftig: Sie wirkte krank und geschwächt.

Er hob erschrocken den Kopf, betrachtete sie voller Sorge und suchte nach Worten.

»Wie heißt du?«, fragte sie ihn unvermittelt und ohne von Buch, Feder und Pergament aufzusehen.

»Ich …« Er grübelte, dachte an seine Mutter, seine Geschwister, seine Stadt und den Vater. Kein Name wollte ihm einfallen, nicht einmal der seiner kleinen Schwester. Das verwirrte und erschreckte ihn. »Ich weiß es nicht«, flüsterte er.

»Wie alt bist du?«

»Ich weiß es nicht.«

»Du bist klein und dünn wie ein Fünfjähriger, redest aber wie ein Sieben- oder Achtjähriger. Und du sprichst und verstehst zwei Sprachen.« Sie steckte die Feder in ein Tintenfass hinter sich auf dem Kajütentisch und faltete das dünne Pergament zusammen, bis es kleiner war als der Handteller des Jungen. »Niederdeutsch und die Sprache der Leute aus dem Königreich England.«

»Woher willst du das wissen?«, flüsterte er.

»Du hast im Fieber geredet.« Sie hob den Blick, und der Junge musste schon wieder erschrecken: Ihr linkes Auge war zugeschwollen. »Auf Niederdeutsch hast du den Steuermann und den Bootsmann beschimpft, weil sie dich als Sklaven verkaufen wollten. Und auf Englisch hast du nach deiner Mutter gerufen.«

»Wer …?« Er schluckte, denn sein Mund war trocken. »Wer hat dir wehgetan?«

»Niemand.« Ihr Gesicht wurde hart. »Ich bin die Treppe in den Laderaum hinuntergestürzt. Wenn wir im Hafen von Wismar vor Anker gehen und du lebst dann noch, werde ich dich ›Moses‹ nennen.« Sie stand von ihrem Hocker auf. »Noch hast du es nicht geschafft. Das Fieber wird wiederkommen.« Sie streckte ihm das zu einem schmalen Streifen zusammengerollte Pergament hin. »Iss.«

»Was?«

»Du sollst das essen.«

»Das Pergament?«

»Ja. Vor allem die Worte darauf.«

»Aber warum?«

»Weil ich es will.« Sie guckte streng und sprach mit einer Stimme, die keinen Widerspruch duldete. »Weil ich will, dass du gesund wirst und lebst.«

Er nahm ihr das Pergament ab und steckte es sich in den Mund. Während er darauf herumkaute, nahm sie seine Hände, schloss die Augen und begann zu murmeln. Der Junge dachte an all die Wickel, die sie ihm gemacht, und die Medizin, die sie ihm eingeträufelt hatte. Er erinnerte sich an ihr Saitenspiel und ihren Gesang und daran, wie sie ihn gewaschen, gefüttert und sich auf ihm ausgestreckt hatte. Ein warmer Schauer durchrieselte ihn, als er glaubte, wieder die Hitze ihres Leibes zu spüren, Übelkeit stieg in ihm hoch, als er sich an den Gestank der kleinen qualmenden Feuer erinnerte, die sie im Zinnteller auf seiner Brust entzündet hatte.

»Kannst du zaubern?«, fragte er kauend. Sie unterbrach ihr Murmeln nicht. »Was ist das für eine Sprache?«

Sie öffnete die Augen. »Hebräisch, die Sprache meiner Väter. Schluck's schon runter!«

»Es geht nicht, mir ist schlecht.«

Sie richtete ihn auf, langte einen Becher vom Tisch und gab ihm warmes Bier zu trinken. Während er trank, fiel sein Blick auf den kleinen Kajütentisch: Eine halb in rotes Wolltuch gewickelte Laute lag auf ihm.

Mit dem Bier spülte er das zerkaute Pergament herunter. »Was hast du da draufgeschrieben?«

»Ein Gotteswort.«

»Du warst die ganze Zeit bei mir«, flüsterte der Junge. Plötzlich wurde ihm bewusst, dass er außer ihr keinen Menschen gesehen hatte, seit sie ihn in diese kleine Kajüte getragen hatten. »Was du alles gemacht hast mit mir …« Ihm brach die Stimme, und er konnte nur noch flüstern. »Nur damit ich nicht sterbe.«

»Noch bist du nicht durch, wie gesagt.« Sie legte ihn ab. »Und noch weißt du nicht, ob es nicht besser für dich wäre zu sterben, als weiterzuleben.«

»Danke«, krächzte er.

»Ich tue das nicht für dich, ich tue das für mich.« Er guckte sie fragend an und begriff gar nichts. »Jacobi schlägt mich tot, wenn du stirbst«, sagte sie leise.

»Jacobi?«

»Conrad Jacobi, der Kapitän.«

»Ist er so böse?«

»Manchmal glaube ich, dass tausend Teufel in ihm stecken.«

Der Junge starrte ihr zugeschwollenes Auge an. Auf einmal sah er das lauernde Gesicht des Kapitäns vor sich. Und erinnerte sich, dass hin und wieder eine zischende und krächzende Stimme in seine Fieberträume gedrungen war. Und Lärm wie von Schlägen und einer knarrenden Tür.

Die wenigen Worte des Kapitäns fielen ihm ein: *Dann gehört dieser winzige Misthaufen also mir.* Ein Kloß schwoll ihm im Hals.

Die Frau legte ihm die Hand auf die Stirn. »Das Fieber kommt zurück.« Seufzend atmete sie ein. »Habe ich es nicht gesagt? Du hast es noch lange nicht hinter dir. Schlaf jetzt.« Sie strich ihm über die Augen, sodass er die Lider schloss.

Kurz darauf ertönten die Laute und die helle Singstimme der jungen Frau. Wie gebannt lauschte der Junge der Musik und dem Gesang. Beides hüllte ihn ein wie vielfarbiger, wogender Seidenstoff, und er fühlte sich hochgehoben und in eine unbekannte Welt getragen. Blumen mit mächtigen Blüten sah er dort blühen, einen Bach mit glasklarem Wasser und an seinem Ufer Bäume, die bis zum Himmel ragten und deren blau belaubtes und mit goldenen Früchten behangenes Geäst im warmen Wind schwankte.

Irgendwann musste er eingeschlafen sein, denn als er die Augen öffnete, sang und spielte die junge Frau nicht mehr. Dafür hörte er ihre Schritte.

»Warum willst du mich Moses nennen?«

»Wenn du überlebst, habe ich gesagt.« Ihre Schritte verstummten. »Nur, wenn du überlebst, werde ich dich Moses nennen. Hast du etwa nie von Moses gehört?«

»Doch. Dem hat Gott die Tafel mit den Zehn Geboten aus dem Himmel gereicht.«

»Das auch. Vor allem aber hätte er tot sein müssen. Und hat dennoch gelebt.«

Der Junge öffnete die Augen und wandte den Kopf. Sie stand im Halbdunkeln an der Kajütentür und sah wieder aus wie ein zartes, zerbrechliches Mädchen.

»Moses hätte tot sein müssen?«

»Seine Eltern lebten als Fremde in Ägypten, und weil der König von Ägypten das fremde Volk fürchtete, befahl er, alle neugeborenen Jungen der Fremden zu töten.«

»Wirklich?« Dem Jungen stockte der Atem vor Schrecken.

»Moses' Mutter flocht ein Körbchen, teerte es, wie man ein Boot teert, legte Stroh hinein und danach ihr Baby. Dann setzte sie das verschlossene Körbchen in den Strom, den man Nil nennt.«

»Und dann?«

»Das Wasser trug das Körbchen mit dem Jungen in ein Schilf hinein, die Mutter ließ es nicht aus den Augen. Die Tochter des Pharaos fand es und zog Moses auf wie ihr eigenes Kind. Die Mutter wurde seine Amme, und der Todgeweihte wuchs heran wie ein Königssohn.«

»Und Gott gab ihm die Tafeln mit den Zehn Geboten«, sagte der Junge. Die Frau nickte. »Wie heißt du?«

»Rebecca.«

»Du kannst zaubern, Rebecca, nicht wahr?« Schweigend schaute sie ihn an, und ihr Blick war sehr ernst. Schließlich drehte sie sich um und verließ die Kajüte.

Zehn Tage später ging Conrad Jacobis Schiff in seinem Heimathafen in Wismar vor Anker. Der Junge lebte noch, und Rebecca nannte ihn Moses.

3
Tausend Teufel

Wismar, Frühjahr 1233

Dunkel war's im künftigen Bierfass, und die feuchte Luft darin roch muffig und bitter. Der Junge tauchte Bürste und Lappen ins nur noch lauwarme Wasser und scheuerte die gewölbte Daubenwand über seinem Kopf. Das Wasser tropfte ihm in Haar und Gesicht, und es stank nach Fisch und ranziger Butter.

Wieder tauchte er Bürste und Lappen ein und scheuerte und wischte nun die Fasswand links von sich. Eine glitschige Fettschicht bedeckte sie, denn zuletzt hatte Kapitän Jacobi in diesem alten Eichenfass Butter von Schonen zurück nach Wismar transportiert. Und bei früheren Fahrten wohl Salzhering.

Für die erste Schonenfahrt des Jahres sollte es wieder mit Bier gefüllt werden. Jacobi besaß eine Brauerei, und die Dänen und Schweden kauften sein Bier überaus gern, wie Rebecca erzählt hatte. Mit leeren Laderäumen oder leeren Fässern jedoch trat kein Mann, der rechnen konnte, die Rückfahrt an; also wurde in Schonen Salzhering, Stockfisch und Butter in die leeren Bierfässer gepackt, wenn sich sonst kein leeres Fass fand. Auch das wusste der Junge von Rebecca.

Er ließ die Bürste sinken und starrte in die nasse und schmierige Fasswölbung. Hatte sein Vater das auch so gehalten? Warum wusste er das nicht mehr? War er nicht mehr als einmal dabei gewesen, als die Ladung des väterlichen Schiffs gelöscht und der leere Laderaum mit neuen Waren gefüllt worden war? Warum wollten ihm nicht einmal mehr die Namen seiner Geschwister einfallen? Von seinem eigenen ganz zu schweigen.

Der Junge tunkte Bürste und Lappen erneut in den Wasserkübel an der Fassöffnung und schrubbte nun die Daubenwand links von sich, so fest er nur konnte. Seine Arme und Schultern schmerzten, und seine Finger waren schon ganz klamm und wund vom vielen Scheuern, doch Jacobi würde das Fass ausleuchten und beschnüffeln. Und wehe, es roch ihm zu ranzig oder er fand gar noch Butter- oder Salzreste – dann würde es einmal mehr Prügel setzen.

Es gab Wochen, in denen erhielt der Junge seine Prügel regelmäßiger als Wasser und Haferbrei.

Er schrubbte auch noch den Fassboden, bis ihm Arme und Hände erlahmten. Danach kroch er aus dem Fass und verschnaufte ein paar Minuten. Er fror, und sein Magen knurrte. Auf das Dach des Speicherhauses trommelte der Regen, Sturmböen peitschten schwere Tropfen zu den Fensteröffnungen herein. Seit der Schneeschmelze tobten die Frühjahrsstürme beinahe ununterbrochen, und der Regen wollte gar nicht mehr aufhören.

Den zwanzigsten Monat lebte der Junge nun schon in Wismar. Und musste von Sonnenaufgang bis Sonnenuntergang für den immer schlecht gelaunten und fast immer berauschten Kapitän schuften. Fässer putzen, in der Brauerei helfen, Schweine hüten, Ställe ausmisten, Jacobis altem Vater die Füße waschen, die Stiefel putzen und seine Hunde füttern.

Das war nun sein Leben. Er hasste es, und ohne Rebecca hätte er es nicht ertragen.

Seinen Brei und sein Brot musste er im Stall zwischen den Ochsen zu sich nehmen. Bei denen schlief er auch – es sei denn, Rebecca holte ihn in ihre Kammer und ihr Bett.

Rebecca, sein einziger Lichtblick. Wie eine große Schwester war sie ihm geworden. An sie zu denken machte ihn froh. Bei ihr durfte er immer dann schlafen, wenn Jacobi im Umland auf Reisen war; oder zu betrunken nach Hause kam, um sie noch zu sich in seine Schlafkammer rufen zu können. Bevor der Junge auf Rebeccas Strohsack und unter ihre Decken kroch, verschlang er jedes Mal das Fleisch und das Obst, das sie für ihn aufgehoben hatte. Wenn er dann auf ihrer Schlafstatt lag, sang sie ihm so lange zur Laute vor, bis er eingeschlafen war.

Anfangs hatte er Rebecca für die Ehefrau des Kapitäns gehalten. Inzwischen wusste er es besser: Sie war Jacobis Sklavin.

Allerdings erhielt Rebecca bessere Speisen als er. »Der Wüstling will, dass ich möglichst lange hübsch und gesund bleibe«, hatte sie ihm erst auf dem Weg zur letzten Messe zugeraunt. »Wenigstens mein Leib soll gesund aussehen.«

Die Bitterkeit, die jedes Mal, wenn sie so etwas sagte, ihre Miene verdüsterte, machte dem Jungen Angst.

Tatsächlich bekam sie nicht halb so viel Prügel wie er. Doch dafür musste sie für Kapitän Jacobi kochen, nähen, backen, waschen und brauen. Und vor allem musste sie zu ihm aufs Nachtlager steigen, wann immer er nach ihr rief. Und er rief oft nach ihr.

Der Junge bezweifelte inzwischen, dass er das schlechtere Los gezogen hatte, denn in den Tagen nach einer Nacht beim Kapitän schien Rebeccas Gesicht wie aus Kalkstein gemeißelt, und sie bewegte sich so hölzern durch Haus und Hof, als wäre alles Leben in ihr erloschen.

Der Junge stemmte sich hoch, trat einen zerfledderten Strohsack zum nächsten Fass und schleppte dann den Wassereimer zu einem Kessel am Eingang des Speicherhauses. Unter dem glomm ein Feuer, und über ihm kräuselte sich Dampf. Der Knecht, der das Speicherhaus verwaltete, nahm ihm den

Eimer ab, leerte das schmutzige Wasser in die Ochsentränke und füllte ihn mit heißem Wasser neu auf.

Das alles ging wortlos vonstatten, nicht einmal ins Gesicht schauen wollte der Speicherknecht dem Jungen. Der schleppte das Wasser zum nächsten Fass, einem Halbstück, stellte den Eimer dort ab und warf Bürste und Lappen hinein. Dann kippte er das offene Halbstück auf den bereitliegenden Strohsack um und rollte es zur Seite.

So ein Halbstück aus Eichenholz war nicht gerade leicht, immerhin fasste das mittelgroße Fass gut und gern sechzig Eimer voll Bier. Es zu rollen und erst recht es zu kippen erforderte die ganze Kraft des inzwischen Zehnjährigen.

Die Lampe vor sich herschiebend und den Wassereimer hinter sich herziehend, kroch er ins Fass. Der Lampenschein spiegelte sich in der schmierigen Fettschicht der Fassinnenseite. Mit dem Finger malte der Junge die Umrisse eines Schiffes hinein – dann Wellen, dann eine Harfe, eine Axtklinge, das Segel eines Schiffes, das Schiff selbst und schließlich ein Strichmännlein mit einer Axt in der Hand.

Irgendwo draußen hörte er plötzlich die raue, immer ein wenig verärgert klingende Stimme des Kapitäns. Sein Mund wurde trocken, sein Herz machte einen Sprung. Schnell zog er Bürste und Lappen aus dem heißen Wasser, kroch tiefer ins Fass und begann, dessen Boden zu schrubben. Der Geruch von Salzhering stieg ihm in die Nase, und er würgte den Brechreiz hinunter.

Der Kapitän schien entsetzlich schlecht gelaunt zu sein – er fluchte und beschimpfte den Speicherhausknecht. Auch einen Schlag oder einen Tritt glaubte der Junge zu hören. *Mach, dass er nicht an mich denkt*, betete er stumm, *mach, dass er weitergeht – zu den Ochsen, zur Brauerei, zur Schänke, zur Hölle …*

Doch da rief Jacobi schon nach ihm, und der Junge zuckte

zusammen. »Moses!« Schwere Schritte näherten sich, und deutlich hörte der Junge das Klatschen von Jacobis Peitsche. Je missmutiger der Kapitän war, desto öfter und fester drosch er sie gegen seinen Stiefel. »Wo steckst du, fauler Strick!«

Der Junge wollte Antwort geben, doch die Stimme brach ihm. Hastig krabbelte er zur Fassöffnung.

»Guck nicht so blöde!« Zum Glück hob der Kapitän seine Peitsche nicht zum Schlag, sondern griff nur nach dem nassen Jackenärmel des Jungen, zerrte ihn daran aus dem Fass und riss ihn auf die Beine. »Weg mit der Bürste, Stinker! Mitkommen.«

Seltsamerweise gebärdete Jacobi sich nicht halb so grob und bösartig wie eben noch dem Speicherknecht gegenüber. Das machte den Jungen misstrauisch. Was wollte der Kapitän von ihm? Er ließ Bürste und Lappen fallen und torkelte hinter dem Mann her, dem Rebecca zutraute, tausend Teufel im Leibe zu beherbergen.

Anfangs hatte er sich gefragt, wie derart viele Teufel in einem einzigen Männerleib Raum finden sollten. Inzwischen ahnte er, dass Rebecca mit ihrer Redensart weniger auf eine bestimmte Anzahl von Teufeln oder gar deren leibhaftige Masse abzielte als vielmehr auf das teuflische Wesen, das den Kapitän beherrschte.

Jacobis tausend Teufel brauchten nicht viel Platz. Sie wohnten nicht in seinen stämmigen Gliedern oder seinem dicken Bauch – sie wohnten in seinen feindseligen Blicken, seinen gehässigen Worten, seinen Wutanfällen, seinen Schlägen und in dem, was er Rebecca antat, wenn der Junge sie des Nachts in Jacobis Schlafkammer wimmern und weinen hörte. Und ganz gewiss in seinem Herzen, das all diese Gemeinheiten hervorbrachte.

»Sie toben in seinem Kopf herum«, hatte Rebecca einmal gesagt. »Sie tummeln sich in seinem Blut.« Das war nach einer

Nacht gewesen, nach der sie nicht einmal mehr zur Laute greifen wollte.

Eine Ratte huschte über den Gang zwischen Fässern und Kisten. Der Kapitän fluchte und schlug mit dem Peitschenstiel nach ihr, traf sie aber nicht.

Der Speicherknecht staunte den Jungen an, als er hinter seinem verhassten Herrn her zum Tor des Speicherhauses eilte; zur Abwechslung schaute er ihm nun doch einmal ins Gesicht.

»Sorg gefälligst dafür, dass bis morgen sämtliche Fässer gereinigt werden!«, herrschte Jacobi den Mann an und hob drohend den Peitschenstiel. »Nächste Woche will ich in See stechen. Wehe dir, wenn sie bis dahin nicht mit Bier gefüllt sind! Dann kannst du betteln gehen.« Der Speicherknecht erbleichte und verneigte sich.

Der Junge folgte dem Kapitän hinaus aus dem Speicherhaus und zur Wegkreuzung, an der auch Jacobis Anwesen mit seinem Haus und seiner Brauerei lag. Dort passte ein kleiner, dürrer Mann mit langem weißen Haar ihn ab, fing sofort an, auf den Kapitän einzureden, und wollte nicht mehr von seiner Seite weichen. Entlang des Wasserlaufes, der den Außensee mit dem Hafen verband und den die Wismarer *Frische Grube* nannten, gingen sie zu dritt zum Kai.

Der Junge rieb sich die schmerzenden Arme. Kühle Luft ließ seinen verschwitzten und ausgehungerten Körper frösteln, Regen klatschte ihm ins Gesicht. Er fragte nicht danach, wohin es gehen und was geschehen sollte. Nicht geschlagen worden zu sein war erst einmal genug, ja, machte ihn beinahe froh.

Der kleine Mann, der neben dem Kapitän hertänzelte, gestikulierte wild und redete, als ginge es um sein Leben. Er war schwer zu verstehen, denn er sprach einen fremdartigen und weichen Dialekt. Der Junge fand, dass seine tiefe und raue

Stimme nicht zu seiner schmächtigen Gestalt passte – genauso wenig wie sein langes Schwert. Er schien Jacobi gut zu kennen, denn er redete ihn mit Vornamen an. Obwohl seine Kleider verschlissen und fadenscheinig wirkten, sah man ihnen an, dass sie einmal teuer gewesen sein mussten. Seine Nase war lang und irgendwie krumm. Offenbar versuchte er, Jacobi dazu zu überreden, ihn als Seemann mit auf Fahrt zu nehmen.

Der Junge hatte den Mann noch nie zuvor gesehen. Er war anders als alle Männer, die er kannte und an die er sich erinnerte. Er bewegte sich anders, er sprach anders, er sah anders aus. Er hatte sich rötliche Felle um die Knie gebunden, und das Schwert trug er so hoch am Brustgurt, dass ihm der Knauf fast auf Brusthöhe aus der Scheide ragte. Der Junge fragte sich, was ein so kleiner Mann mit einem derart großen Schwert anfangen wollte.

Er wusste, dass der Kapitän gleich nach dem Osterfest mit Bier, Tuch und Weizen erst nach Lübeck und von dort mit den Lübecker Schonenfahrern nach Dänemark segeln wollte. Würde er auf dem Markt dort alles verkauft haben, wollte er wie immer Salzhering, Stockfisch und Butter für das Umland von Wismar und Schwerin laden.

Einerseits freute sich der Junge auf Jacobis Schonenfahrt, denn er hoffte, nicht mit an Bord gehen zu müssen und ein paar Wochen ohne Schläge leben zu können. Vielleicht würde er während seiner Abwesenheit sogar eine Gelegenheit finden, aus Wismar zu fliehen.

Andererseits machte ihn der Gedanke an Jacobis bevorstehende Schonenfahrt traurig: Rebecca, seine Wohltäterin und Leidensgefährtin, würde den Kapitän nach Schweden begleiten müssen. Viele Wochen ohne Rebecca standen dem Jungen bevor – Wochen ohne ihr Lautenspiel, ohne ihre Lieder, Geschichten und tröstenden Worte und ohne ihr Obst und ihr Fleisch. Und fliehen ohne Rebecca? Wohin denn?

Hinter seinem harten Herrn und dem unablässig redenden und gestikulierenden Weißhaarigen her tappte er durch eine Pfütze. Ein spitzer Stein bohrte sich in seine nackte Fußsohle, doch er unterdrückte den Schmerzensschrei, um ja nicht Jacobis Aufmerksamkeit und Unmut zu erregen. Windböen wehten Stimmen vom Hafen herüber. Hinter Regenschleiern sah er Schiffsmasten schwanken.

»I hab scho sämtliche Meere befahre!«, hörte er den kleinen Weißhaarigen rufen. »I wa schon in Genua un London, i war au in Bergen, Gotland und Nowgorod. Gib ma halt a Schiff, Conrad, oda lass mi wenigschtens dei Steuermann sei.« Jacobi winkte ab.

Genua und London, im Stillen sprach der Junge die Namen nach, *Bergen, Gotland und Nowgorod*. Etwas regte sich schmerzlich in seiner Brust. Fernweh?

Ein Kran, die ankernden Schiffe und die Landungsbrücken rückten näher. Es gab ein gutes Dutzend Anlegestege, zahlreiche Pfähle, um Fischerboote und Koggen zu vertäuen, ein großes Bootshaus, etliche hölzerne Speicherhäuser und eine hölzerne Burg für die Waffenknechte des Herzogs. Diese groben Kerle wachten darüber, dass hier niemand ohne Erlaubnis des Vogtes und des Rates vor Anker ging.

Seit letztem Herbst gab es auch einen Turmkran im Hafen von Wismar. Vor dessen Treträdern palaverten Männer, und unter dem Schwenkarm sah der Junge eine Palette mit Fässern über einem Schiff schwanken. Darunter, an der Laufplanke des Schiffes, standen Seeleute und gestikulierten. Irgendetwas erregte sie.

»Scher dich zur Hölle, Frido!«, hörte der Junge Jacobi blaffen. »Ich brauche niemanden.« Der Weißhaarige schien es gar nicht gehört zu haben, redete einfach weiter.

Die über der kleinen Stadt dahingleitenden Regenwolken sahen bedrohlich aus – dunkel, zerklüftet und wie eine wilde

Schar zum Kampf galoppierender Ritter in wogenden und zerfransten Wappenröcken. Hoch über dem hölzernen Turm der Marienkirche schien das Wolkenheer sich für den Angriff zu sammeln. Sein Feind musste jenseits des verregneten Horizonts heranstürmen, denn der Junge konnte ihn nicht erkennen. Doch er ahnte seine Nähe.

Wie so oft jagten die eigenen Fantasien ihm Angst ein.

»Nun mach schon hin!« Der Kapitän stieß den Weißhaarigen zur Seite und winkte den Jungen hinter sich her auf den Anlegesteg. Die Männer dort unterbrachen ihr Palaver und ließen sie durch. »Aufs Schiff mit dir, Moses, los!« Dem schimpfenden Fremden versperrten sie den Steg.

Moses – der Junge hasste es, diesen Namen aus Jacobis Mund zu hören. Daran, dass Rebecca ihn so nannte, hatte der Junge sich gewöhnt. Doch aus dem Mund des Kapitäns klang der Name düster und fremd – fast wie ein Fluch. Und wie fast immer, wenn er ihn hörte, versuchte er auch jetzt, sich an seinen wirklichen Namen zu erinnern. Wie hatte das geklungen, wenn seine Mutter ihn zärtlich beim Namen nannte und sein Vater ihn voller Stolz ansah und zu sich rief?

Die nassen Stegbohlen unter seinen nackten Füßen fühlten sich glitschig an, das Wasser darunter wogte dunkel und wild, und die Laufplanke schwankte wie das Schiff auf und ab. Der Junge ging langsamer, balancierte dem Deck der Kogge entgegen und konnte dem Kapitän kaum folgen. Der griff schon nach der Reling, blinzelte zu ihm zurück und winkte aufgeregt. Was machte Jacobi nur so ungeduldig?

Zwischen Mast und Ladeluke, nicht weit von der darüber schaukelnden Kranlast, standen der Bootsmann und drei Seeleute um ein graues Bündel herum. Der Steuermann kniete vor dem Bündel auf den Planken, und alle machten sie betretene Gesichter.

An die Zärtlichkeit in der Stimme der Mutter und den

Stolz in der des Vaters erinnerte der Junge sich seltsamerweise sehr gut. Genau wie an das Lachen seiner Geschwister oder den Duft, der durchs Elternhaus gezogen war, wenn die Mutter Brot backte. Oft, wenn der Kapitän ihn geprügelt hatte, dachte er daran. Die Erinnerung wärmte dann seine Brust und tröstete ihn. Doch sein Name? Und die Namen seiner Geschwister? Oder seiner Stadt, seiner Kirche, des Flusses oder des väterlichen Schiffs?

Immer wenn er grübelnd versuchte, sie sich ins Gedächtnis zu rufen, tauchten nur Gesichter, Dachfirste, Kirchtürme und Schiffsrümpfe vor seinem inneren Auge auf. Und wenn er dann aufgab, blieben Bilder, die er lieber vergessen würde: eine Harfe, die aus den Wogen auftauchte und sich erst in eine Axtklinge verwandelte und dann in Bug und Rammdorn eines Piratenschiffs; der nackte Leib seines toten Vaters mit der schwarzen Axt in der Stirn; der zum Himmel ragende Bug des sinkenden Schiffes; und die kieloben in den Wellenfurchen abtreibende Pinasse.

»Habt ihr ihn immer noch nicht fortgeschafft?!« Die raue, bellende Stimme Jacobis riss den Jungen aus seinen bekümmerten Gedanken. »Vom Schiff mit ihm, los!« Die Seeleute mit den betretenen Gesichtern gingen vor dem Bündel in die Hocke. Eisiger Schrecken fuhr dem Jungen in die Knochen, als er begriff, dass ein Toter dort lag.

Er erkannte den Schiffsjungen, den sie nach Wasser geschickt hatten, nachdem sie ihn im vorletzten Sommer aus dem Meer gezogen und an Bord geschafft hatten. Seltsam verkrümmt und mit weit offenen, starrenden Augen lag der Halbwüchsige auf den Planken und rührte sich nicht. Regentropfen schlugen in der Blutlache auf, die sich um seinen Kopf ausgebreitet hatte.

Einer der Seeleute packte die Arme des Toten, ein anderer die Beine. So trugen sie ihn von Bord – wie man einen Sack

Fallobst wegtrug. Das lange Haar des Schiffsjungen schleifte über das nasse Holz der Laufplanke.

»Willst du frei sein, he?« Der Junge zuckte zusammen unter Jacobis Stimme, denn der Anblick des Toten bannte noch seinen Blick. »Willst du gehen, wohin du willst?« Der Kapitän griff nach seiner Schulter und schüttelte ihn. »Sag schon, Moses!«

»Was …?« Der Junge starrte ungläubig zu Jacobis bärtigem, breitem Gesicht hinauf. In seinen zu Schlitzen verengten Augen funkelte es eigenartig. So guckte der Kapitän auch manchmal, wenn er Rebecca an sich vorbei in seine Schlafkammer winkte.

»Bist du taub?« Jacobi gab ihm eine Ohrfeige. »Oder blöd? Ob du frei sein willst, hat der Jacobi dich gefragt!«

»Ja …« Der Junge war so verblüfft, dass er nicht mehr als ein Krächzen zustande brachte.

»Sollst deine Freiheit haben, Stinkerchen.« Mit einer Kopfbewegung deutete der Kapitän zu der Palette mit den Fässern hinauf. An Ketten schwankte sie mehr als zwei Mannslängen über dem Schiff. »Doch zuerst musst du da hoch.«

»Zu den Fässern?«

»Zum Kranarm. Die bekackte Kette hakt, die rechte. Muss aus dem Laufrad gesprungen sein.« Der Bootsmann, der Steuermann und einige Seeleute versammelten sich um sie. Aus verschlossenen Mienen musterten sie den Jungen. »Jetzt kriegen wir das Korn nicht in den Laderaum.« Der Kapitän zeigte zu den anderen Anlegestellen, wo zwei weitere Koggen mit gerefften Segeln vor Anker lagen. »Und die Lübecker warten schon seit Sonnenaufgang darauf, dass sie endlich ihr Tuch und ihr Salz ausladen können.«

»Aber …« Der Junge legte den Kopf in den Nacken und spähte zu Palette und Kranarm hinauf. Der ragte schräg nach oben aus dem runden Dach eines nicht ganz dreißig Fuß hohen Turmes, eines der wenigen Gebäude in Wismar, das man aus Stein gebaut hatte. Sein Dachkegel war drehbar, sodass der Kranarm von den Fuhrwerken am Kai weg bis herüber zur Anlegestelle und zur Kogge geschwenkt werden konnte.

In den großen Laufrädern an den Seiten des Turms fluchten und jammerten Windenknechte, und vor dem linken schimpfte und gestikulierte der Kranmeister. Die Knechte in den sicher sieben Fuß hohen Treträdern rissen ruckartig an den Sprossen oder sprangen auf und ab, um so die durch den Turm laufende Achse zwischen beiden Rädern wieder zu bewegen und die um sie laufende Zugkette freizubekommen.

In den Augen des Jungen grenzte dieser Turmkran an ein Wunder, und dass er plötzlich seinen Zweck nicht mehr erfüllen sollte, erstaunte ihn, erschreckte ihn beinahe. Er wünschte, Rebecca wäre da – sie hatte solche und ähnliche Wunderwerke schon in anderen Seehäfen und an großen Flüssen gesehen und hätte ihm sicher erklären können, was hier vor sich ging. Wismars neuer Kran, so hatte sie ihm erzählt, war nach dem Vorbild eines Hamburger Hafenkrans gebaut worden.

»Aber wie soll ich da hochkommen?« Der Junge sah die Männer an, die um ihn herumstanden. Die meisten betrachteten ihn gleichgültig, wie man einen Hund hinter dem Zaun eines fremden Hofes betrachtete, an dem man zufällig vorbeikam. Der Steuermann wich seinem Blick aus, und der Bootsmann guckte voller Mitleid auf ihn herab.

Der Kapitän breitete die Arme aus und verdrehte unwillig die Augen. »Wie schon?!«, rief er. »Über die Palette natürlich! Wir stemmen dich hoch, du kletterst an der Kette zum Kranarm hinauf, und wenn du oben bist, hebelst du die linke Kette zurück ins Laufrad.« Er wandte sich an einen der Seemänner. »Schaff ein Stemmeisen her.« Und wieder zum Jungen: »Die Kerle sind zu groß und zu schwer für so eine Arbeit. Du Floh aber bist leicht und wendig und kannst gut klettern, das hat der Jacobi doch bei der Apfelernte gesehen.« Er deutete zur Palette hinauf. »Also los. Worauf wartest du, Moses? Das Wetter wird nicht mehr besser heute, und der Sankt-Nimmerleins-Tag kommt für dich eher als die nächste Gelegenheit, die Freiheit zu erwerben.«

Der Junge blickte stumm zum Kranausleger hinauf. Der knarrte unter dem Schwanken der Fasspalette. Möwen kreisten über dem Kranarm, eine breitete die Schwingen aus und ließ sich auf seiner Spitze nieder. Der Junge beneidete sie.

Er dachte an den Toten, den sie vom Schiff geschafft hatten, wie man Abraum wegschaffte. Jetzt erst begriff er, was dem Halbwüchsigen zugestoßen war: Er hatte versucht hinaufzuklettern und war abgestürzt. Wie weit mochte er gekommen sein?

Offenbar deutete Jacobi sein Schweigen als Zustimmung, denn jemand schnallte dem Jungen einen Gurt um die Hüfte und steckte ein Stemmeisen hinein. Dessen Griff befestigten sie mit einer Schnur um seinen Hals. Der Junge verstand nicht, wozu das gut sein sollte. Zwei Männer wickelten ihm breite Lederbänder um die Beine, einer zog ihm lederne Handschuhe an. Andere brachten zwei Holzböcke herbei und legten starke Dielen darüber. Auf die Bretter schoben sie einen Tisch, und dann kletterten der Bootsmann und ein Ladeknecht auf das mit dem Schiff schwankende Podest.

Der Junge fühlte, wie starke Hände ihn packten und nach oben stemmten, während Jacobi auf ihn einredete und ihm erklärte, was er zu tun hatte. Der Junge verstand kaum die Hälfte.

Die zwei auf dem Podest ergriffen seine Arme und zogen ihn hoch zu sich. Dann kletterten sie mit ihm auf den Tisch, und dort setzte der Ladeknecht den Jungen dem knienden Bootsmann auf die Schultern. Das Gestell wackelte bedrohlich, und die Palette mit den Fässern schwebte jetzt so dicht über dem Jungen, dass er sie hätte berühren können, wenn er gewagt hätte, den Grauschopf des Bootsmannes loszulassen und die Arme nach ihr auszustrecken.

»Halt dich an der Palette fest!«, rief Jacobi. »Stell dich auf die Schultern des Bootsmanns! Klettere hinauf auf die Fässer! Jetzt mach schon!«

»Du schaffst das«, sagte der Bootsmann und versuchte, ruhig und zuversichtlich zu klingen. »Du musst einfach nur zum Kranarm hinaufklettern und die Kette mit dem Stemmeisen zurück ins Laufrad drücken.«

Willst du frei sein? Jacobis Worte gellten dem Jungen in den Ohren. Er dachte an den Morgen des vergangenen Tages zurück. Jacobi hatte ihn mit der Peitsche geschlagen, weil er Rebecca um mehr Biersuppe gebeten hatte. Das war bisher das letzte Mal gewesen, dass der Kapitän ihn geprügelt hatte. Vielleicht das letzte Mal für immer? Doch wohin sollte er gehen, wenn der Kapitän ihn freiließ? Maßlos verloren kam er sich auf einmal vor.

Er blinzelte zur Palette hinauf und ließ den Kopf des Bootsmannes los. Im nächsten Moment klammerten seine Finger sich an der Palette über ihm fest.

»Brav so«, sagte der Bootsmann unter ihm und richtete sich langsam auf. »Und jetzt stell dich auf meine Schultern. Aber gut festhalten.«

Der Junge zog das rechte Bein an, setzte den Fuß auf die Schulter des Mannes und stand auf. Weil der Bootsmann sich inzwischen vollständig aufgerichtet hatte, konnte der Junge nun nach der linken Kette greifen und den Ellenbogen neben die Fässer auf die Palette setzen. Der Bootsmann hielt seine Knöchel fest. »Hoch mit dir, ich helf dir.«

Der graumähnige Mann stellte sich auf die Zehenspitzen, und so gelang es dem Jungen, ein Knie auf die Palette zu schwingen und auf sie zu klettern. Auf dem Kai und an

Deck der Kogge jubelten Kapitän, Kranmeister, Seeleute und Windenknechte, und der Bootsmann unter ihm sagte: »Gut gemacht, und jetzt auf die Fässer mit dir.« Er strich sich das lange Haar aus dem Gesicht und schaute zu dem Jungen herauf. »Doch gib Acht, die sind nass und rutschig.« Im Blick seiner eisgrauen Augen erkannte der Junge Angst und Sorge.

Er dachte an den Toten, während er auf die Fässer kletterte. Auf einem blieb er sitzen und fragte sich, ob der andere es auch so weit geschafft hatte, bevor er abgestürzt war. Sein Blick glitt an der linken Kette hinauf bis zu den Laufrädern unter der Spitze des Kranarms. Dort hockte noch immer die große Möwe. Einfach nur hinaufklettern also.

»Was gaffst du?!«, rief der Kapitän. »Willst du warten, bis die nächste Sturmböe dich herabweht? Hinauf mit dir! Los!«

Der Junge richtete sich auf, griff nach der linken Kette und zog sich auf die Beine. Der Wind fegte ihm durch die regennassen Locken. Er strich sie sich aus Stirn und Augen und senkte den Blick – fünf Fuß unter ihm stand der Bootsmann auf dem Tisch und nickte ihm aufmunternd zu. Mindestens fünfzehn Fuß unter ihm wischten sich Jacobi und seine Seeleute den Regen aus dem Gesicht und stierten zu ihm herauf. Keiner sprach mehr ein Wort. Auch am Kai vor dem Turmkran und in den Treträdern war es seltsam still geworden.

Es gab keinen Weg zurück mehr – dem Jungen wurde heiß und kalt, als ihm das klar wurde.

Er legte den Kopf in den Nacken und blinzelte hinauf. Zehn Fuß über ihm schwebte der Kranarm. Die Möwe spreizte die Schwingen und flog davon. Wollte sie ihm Platz machen?

»Mach, dass ich nicht abstürze«, murmelte der Junge, packte die Kette fester, stieß sich vom Fass ab und verschränkte die Beine um sie. Fuß um Fuß zog er sich nach oben.

Die ledernen Handschuhe gaben ihm Halt, die ledernen Bänder um die Beine halfen ihm, nicht von der nassen Kette abzurutschen, wenn er Knie und Schenkel zusammenpresste, um nach oben zu greifen. So ging es hinauf, weiter und weiter und immer noch ein Stück weiter. Irgendwann hörte der Junge auf, zu denken und zu fühlen, irgendwann wollte er es nur noch möglichst schnell hinter sich bringen.

Und dann war es geschafft. Weil ihm Arme und Hände noch vom Schrubben schmerzten, spürte er sie kaum noch, als er auf der Höhe des doppelten Laufrades ankam.

»Was siehst du?«, tönte von unten die Stimme des Kapitäns. Er rang nach Luft und hatte keine Kraft zu antworten. »Ist die rechte Kette aus dem rechten Laufrad gesprungen? Sag schon!« Der Junge wusste nicht mehr, wo links und wo rechts war, und nickte einfach. Sahen sie das unten? Es war ihm gleichgültig, er wollte es nur noch hinter sich bringen, sonst gar nichts mehr.

»Zieh das Stemmeisen aus dem Gurt!«, brüllte tief unter ihm der Kapitän. »Schiebe es von innen unter die herausgesprungene Kette! Wenn ich das Kommando gebe, hebelst du es zurück in ihr Laufrad! Mach schon!«

Der Junge musste genau hinsehen und scharf nachdenken, bevor er begriff, was Jacobi von ihm wollte. Er verschnaufte noch ein paar Atemzüge lang, bevor er gehorchen und nach dem Stemmeisen in seinem Hüftgurt tasten konnte. Wie um alles in der Welt sollte er es bloß schaffen, das Werkzeug herauszuziehen, ohne abzustürzen? »Hilf mir, lieber Gott, bitte hilf mir …« Das Stemmeisen glitt ihm aus den zitternden Fingern und fiel hinunter.

Doch nur so weit, wie es das Seil zuließ, mit dem sie es ihm um den Hals gebunden hatten. Nun verstand er, warum sie das getan hatten. Am Seil zog er das Eisen wieder zu sich hoch und klemmte es zwischen Brust und Kette ein. Die

Kräfte drohten ihm zu schwinden. Er riss den Mund auf und schnappte nach Luft.

Kapitän und Bootsmann brüllten Dinge zu ihm herauf, die er nicht verstand, weil es in seinen Ohren rauschte.

»Halte mich fest, lieber Gott«, flüsterte er, »trag mich zu dir in den Himmel, trag mich zum Herrn Vater …«

Plötzlich glaubte er, wieder an der Reling des väterlichen Schiffes zu stehen. Und hinter sich spürte er die Nähe des Vaters. Des schönen und starken Vaters! Der Junge schloss die Augen und fühlte den väterlichen Blick auf sich ruhen. *Nur Dummköpfe haben keine Angst*, glaubte er den Vater sagen zu hören, und auf einmal strömten dem Jungen Ruhe und Kraft durch Glieder und Brust. *Folge deiner Angst, sie zeigt dir den Weg …*

Seine Faust schloss sich um den Griff des Stemmeisens. Irgendwie schaffte er es, irgendwie gelang es ihm, das Eisen mit der Rechten zu heben und zugleich mit der Linken die Kette so fest zu umklammern, dass er nicht abwärtsrutschte.

Unter ihm brüllte der Kapitän Kommandos. Sechs seiner Seeleute standen inzwischen auf dem Tisch. Mit Stangen stemmten sie die Palette nach oben, um die Kette zu entlasten; die rechte, an der er nicht hing. Wieder und wieder taten sie das und im Rhythmus von Jacobis Befehlen. Wieder und wieder, bis es dem Jungen gelang, die Klinge des Stemmeisens unter die entlastete Kette zu schieben. Er betete und drückte und betete und hebelte.

Nach drei Versuchen sprangen die eisernen Glieder endlich zurück in ihr Laufrad.

Die Kette straffte sich, die Palette schwankte, der Kranarm ächzte, und das Stemmeisen entglitt seinen klammen Fingern, fiel hinunter und schlug ihm gegen das Knie. Der Schmerz trieb ihm die Tränen in die Augen.

Von irgendwoher brandete etwas wie Jubel auf, von irgendwoher drang es wie Quietschen, Knarren und Klirren an sein Ohr. Um die Kette geklammert, sank er auf einmal mitsamt der Palette nach unten. Und während er sank, sah er, wie am Turmkran das Tretrad sich drehte, hörte er die Kette klirren und begriff endlich: Das Wunderwerk funktionierte wieder.

Halb betäubt fühlte er sich, als die Palette mit den Fässern auf den Deckplanken aufsetzte und der Bootsmann, Eisauge, ihm von der Kette half. Man lachte, man klopfte ihm auf die Schulter, man schob ihn über die Laufplanke auf den Kai. Es hatte aufgehört zu regnen, und der Himmel riss auf. Geblendet schloss der Junge die Augen.

Als er sie wieder öffnete, stand er etwas abseits von Kapitän, Steuermann und Kranmeister. Die Männer stritten über die Kranpacht, und er blickte in das breite Gesicht eines großen Jungen, der zwei oder drei Jahre älter sein mochte als er selbst. Der fremde Junge hatte große braune Augen und kupferrotes Haar. Er war in einen flickenlosen Rock und ein sauberes Wams aus gelbem Leder und Leinen gehüllt. So waren in Wismar die Kinder der reichen Leute angezogen.

Der Rothaarige musterte ihn aufmerksam. »Gar nicht schlecht.« Er nickte anerkennend. »Wirklich nicht schlecht. Hätte ich aber auch geschafft.« Sein breites, sommersprossiges Gesicht verzog sich zu einem zufriedenen Lächeln. »Und nun schau dir das hier an.« Er hob seine Hände und zeigte dem Jungen drei kleine bunte Bälle. »Schaffst du auch so was?«

Er warf die Bälle in die Luft, alle auf einmal, wie es schien. Blitzschnell fing er jeden einzelnen, blitzschnell warf er jeden einzelnen wieder hoch, fing die Bälle nacheinander, warf die Bälle nacheinander wieder in die Höhe. Und alles ging flinker, als der Junge gucken konnte. »Schaffst du das auch?«, fragte der Rothaarige, ohne einen Ball zu verfehlen. »Man nennt das ›Jonglieren‹. Sag schon, schaffst du das auch?«

Geistesabwesend guckte der Junge durch das unaufhörliche Kreisen der bunten Bälle hindurch. Ihm war schwindlig, sein Herz schlug wild, und der Boden unter ihm schien zu schwanken. »Nein, das schaffe ich nicht.« Er zitterte, und sein schmaler Körper fühlte sich an wie ausgepresst. »Wie heißt du?«

»Matthias. Bald schaffe ich es mit vier Bällen. Ich übe jeden Tag.« Er fing alle Bälle auf und streckte sie dem Jungen hin. »Soll ich dir zeigen, wie man es macht? Wir fangen mit zweien an.«

»Ja, zeig's mir. Vielleicht morgen.« Der Junge beachtete die bunten Bälle kaum. »Bist du aus Wismar?« Er blinzelte zu dem Größeren hoch. »Ich hab dich noch nie hier gesehen.«

»Ich bin gestern mit dem Schiff meines Vaters gekommen. Aus Lübeck.« Ehe der Junge sich's versah, zauberte der Rothaarige einen weiteren Ball aus dem Wams. »Mit vieren ist es noch einmal schwerer als mit dreien, und mit fünfen beinahe unmöglich.« Und nun jonglierte er wahrhaftig mit vier Bällen. »Ich lehr's dich, wenn du willst.«

»Ja, lehr's mich. Aber nicht heute. Kannst du deinen Vater fragen, ob er mich mit nach Lübeck nimmt? Ich heiße Moses, und ich bin jetzt frei.«

»Frei?« Durch das Gewirbel seiner Bälle hindurch staunte der andere ihn an. »Wieso ›frei‹? Hast du denn in Ketten gelegen?«

»Nein, nein. Doch dafür, dass ich ihm die Krankette zurück ins Laufrad gehebelt habe, hat der Jacobi mir die Freiheit versprochen.« Kaum hatte er es ausgesprochen, erschrak er, denn Rebecca fiel ihm ein. Er würde sie allein zurücklassen müssen.

»Ein gutes Geschäft, ich gratuliere dir.« Der Junge namens Matthias fing seine Bälle und verstaute sie in Wams und Jacke. »Bei dem versoffenen Hundsfott würde ich es keinen Tag aushalten.« Er drehte sich um und deutete mit den bunten Bällen zu einer der Koggen, die an den anderen Landungsstegen ankerten. »Dann komm mit. Allerdings segeln wir morgen nicht nach Lübeck, sondern über Danzig nach Gotland. Und von dort aus nach Riga.«

»Danzig? Gotland?« Dem Jungen war es, als hätte er diese Namen schon gehört. »Riga? Wo ist das denn?«

»Gotland ist eine Insel im Norden, nicht weit vor der schwedischen Küste. Dort gibt es eine Stadt, die heißt Visby.« Matthias aus Lübeck machte ein kluges Gesicht, während er das sagte. Dem Jungen kam es vor, als würde er gern und oft erzählen, was er alles wusste. »Und Riga liegt ziemlich weit im Nordosten, schon fast in Russland.« Der andere winkte ihn hinter sich her.

»Sehr gut.« Der Junge folgte dem Rothaarigen. »Je weiter, desto besser. Sag deinem Vater, dass ich gut klettern kann. Außerdem kann ich Fässer putzen, Holz schleppen, Hunde füttern und Greisen die Füße waschen. Und ich verstehe, was das Vieh uns sagen will.«

Der andere lachte kichernd und winkte und zeigte zur Kogge seines Vaters. Doch plötzlich stand dem Jungen Rebeccas Gesicht vor Augen, und er hielt an. Wie festgewurzelt fühlte er sich, denn der Gedanke an Rebecca lähmte ihn.

»Nun komm schon, Moses«, drängte der Rothaarige aus Lübeck.

Auf einmal schob sich die massige Gestalt des Kapitäns zwischen sie. »Gut gemacht, Stinker«, sagte er. »Auf den Schreck muss Rebecca uns heute Abend ein Fass Starkbier anzapfen und ein Huhn braten. Der Jacobi gibt dir was ab davon zur Belohnung.« Er griff nach dem Oberarm des Jungen und wollte ihn vom Kai weg in Richtung seines Anwesens ziehen. »Aber erst einmal geht's in die Brauerei. Dort wartet Arbeit auf dich.«

»Lasst den Moses los!« Matthias aus Lübeck machte eine empörte Miene und stampfte mit dem Fuß auf. »Der geht mit auf das Schiff meines Vaters.«

»Was fällt dir ein, Lauskrodd!« Unwillig musterte Jacobi den Rothaarigen. »Hat dein Vater dich nicht gelehrt, wie man mit einem Kaufmann und Kapitän spricht?«

»Mein Vater lehrt mich, dass man zu Vereinbarungen stehen muss.« Der Junge wunderte sich, denn Matthias schien Jacobi nicht im Geringsten zu fürchten. »Und Ihr habt mit Moses vereinbart, dass er frei ist, sollte er den Kran wieder zum Laufen bringen. Das hat er getan, und wenn Ihr nun Euer Wort nicht haltet, seid Ihr ein Lügner und Betrüger!«

»Was?!« Ohne den Jungen loszulassen, tat Jacobi einen großen Schritt auf Matthias zu. »Ich werd dir gleich, du Grindskopf, du vermaledeiter!« Er hob die Peitsche zum Schlag. »Nimm das hier und lerne, dich zu benehmen!«

Ein großer, kräftiger Mann mit rotem Bart und breitem Hut riss Matthias nach hinten weg und schob sich schützend vor ihn. »Gemach, Herr Jacobi!« Der Mann trug einen dunklen, pelzbesetzten Rock und hatte wunderschöne braune Schuhe aus dunklem Wildleder und mit langen, nach oben gebogenen Spitzen. Seine Hand lag auf dem Griff seines Dolches, und der Junge sah, dass ein Ring mit einem Edelstein diese Hand schmückte. »Ihr wolltet doch nicht wirklich meinen Sohn schlagen, oder?«

»Ein Lasterbalg ist er!« Jacobi ließ die Peitsche sinken. »Ein freches Maul hat er!«

»Besinnt Euch, Herr Jacobi.« Matthias' Vater sprach plötzlich bedrohlich leise. Er richtete sich zu voller Größe auf und trat näher an den Kapitän heran. »Wie leicht sagt oder tut man etwas, das man hinterher bereut.«

Jacobi schielte nach dem Dolch des Lübeckers, blies die Backen auf und schnaubte verächtlich. »Passt besser auf Euern Sohn auf! Und züchtigt ihn öfter.« Er wandte sich ab und stieß den Jungen vor sich her vom Kai und zu seinem Anwesen und der Brauerei. »Komm schon, Moses.«

»Lasst mich, ich will mit diesen Seeleuten nach Danzig fahren.« Der Junge machte sich los von ihm. »Ich bin jetzt frei.«

»Schwachköpfchen, du.« Jacobi gab ihm einen Klaps auf den Hinterkopf, packte ihn am Kragen und zerrte ihn weg von Matthias und seinem Vater. »Was willst denn du in der Freiheit? Verhungern?«

4
Hopfen, Bier und Blut

Endlich verließ der Kapitän die Brauerei wieder, und der Junge glaubte zu hören, wie ein Aufatmen durch die Braukammern ging. An allen Maischebottichen und Braukesseln erhoben sich Stimmen, sogar Gelächter, und zuvor angespannte Mienen glätteten sich.

Beißender Rauch stieg vom Herdfeuer auf, und der Junge musste husten. Mit einem Holzlöffel, der einem Ruderblatt ähnelte und größer war als er selbst, rührte er in der Gerstenmaische herum; die Arme taten ihm weh. Er wünschte, er wäre groß und stark genug gewesen, dem Kapitän den Maischelöffel in seinen dicken Bauch zu stoßen oder auf den Kopf zu hauen. Und noch besser wäre es gewesen, Jacobi in den Bottich zu werfen und in der Maische zu ersäufen.

Wutgedanken wie diese schossen dem Jungen durch den Kopf, beschlagnahmten sein Herz und rissen ihn in einen düsteren Tagtraum voller Mord und Gewalttat. Wieder und wieder stellte er sich vor, wie er und Rebecca gemeinsam auf ihren Peiniger losgingen und ihn erschlugen, verbrannten, ersäuften.

»Träum nicht, rühre!« Rebeccas Stimme riss ihn zurück in die Wirklichkeit. »Das Feuer ist heruntergebrannt, merkst du das nicht?« Vor dem großen Herd, auf dem der Maischebottich ruhte wie in einer Kuhle, ging Rebecca in die Hocke. »Glüht nur noch.«

Sie legte Holzscheite auf die Glut. Danach kniete sie so tief nieder, dass ihr kastanienrotes Haar im Schein der Glut aufleuchtete, und blies hinein. Noch mehr Rauch stieg auf und verwogte mit den Rauchschwaden, die in allen Braukammern über den Bottichen und bis hinauf in den Dachstuhl schwebten.

Der Junge stand auf seinem Holzblock und stocherte lustlos in der Maische herum. Die Augen tränten ihm, und erneut schüttelte ihn ein Hustenanfall. Überall in den Braukammern hörte man Knechte und Mägde husten. Wegen des stürmischen Regenwetters wollte der Rauch nicht recht abziehen.

Rebecca erhob sich von den Knien, schien plötzlich zu wanken, griff nach dem Arm des Jungen und hielt sich an ihm fest. Ganz bleich war sie.

»Was ist mit dir?« Er griff erschrocken nach ihrer Hand.

»Gar nichts.« Sie legte den Kopf in den Nacken, schloss die Augen und atmete tief durch. »Mir ist nur ein wenig schwindlig geworden.« Schließlich bückte sie sich nach dem Daubeneimer mit dem getrockneten und geschroteten Gerstenmalz, packte den Henkel und stieg zum Jungen auf den Holzblock. Dort setzte sie den Eimer auf den Bottichrand und stutzte. »Du zitterst ja, Moses! Dabei ist es doch so warm hier.« Sie musterte ihn prüfend und runzelte die Brauen, als sie die Schweißperlen auf seiner Stirn entdeckte. »Du zitterst und schwitzt zugleich?«

»Ich zittere, weil ich wütend bin! Außerdem tun mir die Arme vom Klettern weh.« Er erzählte ihr, was geschehen war.

»Ich weiß es doch längst.« Sie seufzte und atmete schwer. »Die ganze Stadt spricht ja schon davon.« Zärtlich strich sie ihm über den Blondschopf. »Meine Güte, Moses – ich bin so froh, dass dir nichts zugestoßen ist.«

»Jacobi ist so böse!« Der Junge rammte den Holzlöffel gegen den Bottichboden. »Er ist so ungerecht!«

»Ein elender Hundsfott ist er!«, rief Rebecca. »Ich bete jeden Tag, dass der Allmächtige ihn …!« Erschrocken hielt sie inne und schaute sich verstohlen um. Ein paar Schritte weiter, an den Braukesseln und Maischebottichen in der benachbarten Kammer, spitzten die Braumägde die Ohren. »Bei dem Wetter jemanden auf den Kran hinaufzuschicken!«, zischte Rebecca. »Noch dazu einen Zwerg wie dich.« Sie senkte die Stimme. »Verfluchter Dreckskerl.«

»Bin kein Zwerg.«

»Ein Blödkopf bist du, Moses! Wie konntest du nur da hinaufsteigen? Du hättest abstürzen können wie der arme Schiffsjunge. Dann wärst du jetzt auch tot.«

»Na und?«

Einen Atemzug lang betrachtete Rebecca ihn schweigend und mit sehr ernstem und traurigem Blick. Trotzig hielt der Junge ihm stand. Schließlich stemmte sie den Eimer hoch und leerte das Gerstenmalz in die Maische. »Fester rühren, Moses.«

»Hätte ich nicht gehorcht, hätte Jacobi die Peitsche geschwungen, das weißt du genau.« Der Junge hob den Holzlöffel, drückte das Malz in die Maische, rührte und drückte. »Außerdem hat er mir dafür die Freiheit versprochen. Ich will doch frei sein, verstehst du das nicht? Ich will doch nicht mehr geschlagen werden.« Er hielt inne, schaute zu ihr hoch. »Und du?«

Sie wich seinem Blick aus. »Und wo willst du dann wohnen? Was willst du essen, was willst du anziehen? Sei doch froh, dass du nicht übermäßig hungern und frieren musst.« Rebecca stieg vom Block. »Ich hole noch einen Eimer Malz.«

Der Junge spähte ihr hinterher. Hatte sie recht? Nein, hatte sie nicht! Wütend schlug er den Löffel in die Maische, Wasser und Schrot spritzten ihm ins Gesicht. »Ein Zwerg würde vielleicht verhungern, doch ich bin kein Zwerg! Einen Zwerg kann man vielleicht betrügen, doch ich bin kein Zwerg.« Wieder schlug er in die Maische. »Elender Betrüger!«

»He, Moses!« In der Nachbarkammer drohte die Braumagd mit dem Zeigefinger. »Lass das, sonst sag ich's dem Kapitän!«

»Sag's ihm doch, dem Betrüger!« Er schlug so fest in die Maische, dass der Sud über den Bottichrand schwappte.

»Hör auf damit!« Rebecca kam mit dem nächsten Eimer Gerstenmalz zurück.

»Er hat mir die Freiheit versprochen, wenn ich die Kette ins Laufrad zurückbringe. Ich bin hochgeklettert und habe sie gelöst, doch er hat sein Versprechen nicht gehalten!« Der Junge redete sich in Rage. »Der Kapitän hat den Preis nicht bezahlt, den wir vereinbart haben! Er ist ein Betrüger!« Tränen der Wut rannen ihm über die Wangen. »Ein elender Lügner ist er!«

»Halt endlich den Mund, Moses!« Rebecca stieg zu ihm auf den Holzblock und leerte das Malz in den Bottich. »Keinen Augenblick lang hat Jacobi daran gedacht, dich freizulassen. Der Kranmeister hat demjenigen für zwei Schiffsladungen Pachtfreiheit versprochen, der die Krankette wieder in die Spur bringt, und Jacobi hat einen Dummen gesucht, der dieses Geld für ihn verdient, und gleich zwei gefunden. Den Schiffsjungen hat's das Leben gekostet, du hast es überlebt. Danke dem Allmächtigen und halt den Mund.«

»Pachtfreiheit?« Der Junge fühlte sich, als hätte sie ihm ins Gesicht geschlagen. »Er braucht zweimal nicht zahlen für den Kran? Und mich will er nicht bezahlen? Was für ein elender Betrüger!«

»Rühren sollst du und keine Reden schwingen!« Rebecca griff ihm ins dichte Blondhaar, drehte seinen Kopf zu ihrem Gesicht und schaute ihm tief in die Augen. »Wird nicht das erste Mal gewesen sein, dass die Welt dich betrogen hat! Und nicht das letzte Mal.«

Stumm stocherte und rührte der Junge in der Maische herum. Nicht das erste Mal? Er hustete und wischte sich Tränen und Schweiß aus dem Gesicht. Hatte ihn denn in seinem Leben schon einmal jemand betrogen? Er konnte sich nicht erinnern. Vater und Mutter jedenfalls nicht, dessen war er sich sicher.

»Wenn man etwas verspricht, muss man es halten!«, zischte er trotzig. »Selbst wenn man tausend Teufel im Leib hat.«

Bevor Rebecca antworten konnte, schleppte ein alter Knecht zwei Eimer mit Grut zu einem kupfernen Braukessel, der wenige Schritte neben dem Maischebottich ebenfalls auf einem Herd stand. Der Kessel war mit Brauwasser gefüllt, aus dem Rebecca bereits gestern die Maische herausgesiebt hatte. Der Alte zog den Deckel herunter und machte Anstalten, einen der beiden Eimer hineinzuleeren.

»Nein!«, rief Rebecca und schüttelte den Kopf. »Wir würzen nur noch das Brauwasser aus der Hafermaische mit Grut.« Sie deutete zu den Braukesseln in den vorderen Braukammern. »Verteile die Grut auf diese sechs Kessel. Das Brauwasser der Gerstenmaische hier und in den anderen Kesseln würzen wir diesmal mit Hopfen.«

»Mit Hopfen?« Der alte Mann machte ein Gesicht, als hätte Rebecca ihn aufgefordert, in den dampfenden Maischebottich zu klettern. »Beim heiligen Gambrinus! Warum denn mit Hopfen?«

»Der Herr Jacobi will etwas Neues ausprobieren«, erklärte Rebecca. »Auf dem Markt in Schonen hat ihm ein Kaufmann aus Hamburg erzählt, dass sein Bier besser schmeckt, seit er es mit Hopfen würzt. Und vor allem würde es länger halten.«

»Ach so?« Der Brauknecht zog den Rotz hoch, packte die Henkel seiner Eimer und trottete kopfschüttelnd zu den vorderen Kammern.

»Ich hole Hopfen«, sagte Rebecca, »und du rührst fleißig die Maische um. Verstanden, Moses?«

Der Junge zog einen trotzigen Mund, nickte aber. Sie legte Holz nach, ließ ihren Daubeneimer stehen und ging durch die hinteren Braukammern zur Wendeltreppe, die in die Speicher hinaufführte.

Er sah ihr nach und spürte einmal mehr, wie froh ihn ihre Nähe machte. War es nicht ein Glück, sie getroffen zu haben? Nicht allein, dass Rebecca ihm Lieder vorsang und viele Geschichten erzählte – alles, was sie wusste, und jede Kunst, die sie beherrschte, teilte sie mit ihm. Wahrhaftig: Wie eine große Schwester war sie ihm geworden, wie eine Mutter!

Seit dem Christfest lehrte sie ihn sogar das Lautenspiel, seit Silvester das Rechnen und seit der Schneeschmelze auch die Braukunst. Der Junge konnte sie fragen, was immer er wollte, auf alles gab sie ihm Antwort. Auf fast alles: Als er sie nach den Qualen gefragt hatte, die der Kapitän ihr in seiner Schlafkammer zufügte, war sie stumm geblieben.

Dafür wusste der Junge von ihr, dass man landauf, landab unzählige Kräuter, Beeren und andere Pflanzenteile zum Würzen von Bier benutzte, angefangen von Wacholder, Schlehe und Eichenrinde bis hin zu Stechäpfeln, Johanniskraut, Fichtenspänen und Bilsenkraut. Auch die Zusammensetzung der Grut, die Rebecca in Jacobis Braukammern verwendete, hatte er sich ganz genau eingeprägt: Gagel, Schafgarbe, Kümmel, Tannennadeln und Heidekraut. Von Hopfen allerdings hörte er zum ersten Mal.

Mit einem großen Sack voll davon kam Rebecca zurück und warf ihn vor den Braukessel. Im Herd unter dem Kupferkessel machte sie Feuer, und als das brannte, nahm sie eine hölzerne Schüssel von einem Gefäßstapel zwischen Braukessel und Maischebottich und füllte sie mit getrocknetem Hopfen aus dem Sack.

»Genug gerührt!«, rief sie dem Jungen zu. »Komm und hilf mir, den Hopfen zu zerkleinern.«

Der Junge legte den großen Rührlöffel über den Bottich, stieg vom Block und kniete neben ihr und der großen Schüssel nieder. Rebecca drückte ihm einen von zwei dicken hölzernen Klöppeln in die Hand. »Der Hopfen muss zerstoßen werden, bis er fast wie Pulver aussieht.« Sie schloss die Faust um ihren Klöppel und begann, die Hopfendolden zu zerstoßen und zu zerreiben. »So, siehst du?«

Der Junge betrachtete erst den schweren Eichenholzklöppel mit der kugelartigen Verdickung am unteren Ende und dann den Hopfen. Wie kleine, unreife Tannenzapfen sahen die Dolden aus. Als der Junge die ersten zerstampfte, kamen unzählige gelbliche Kügelchen zum Vorschein. Der Junge steckte einige in den Mund. »Schmeckt bitter. Was ist das?«

»Hopfenmehl. Das Wichtigste am Hopfen, sagt Jacobi.«

»Wo hat der Betrüger den Hopfen her?«

»Von einem Kaufmann, der ihn auf den Märkten an Elbe und Saale kauft. Teurer als Grut, aber angeblich besser.« Sie hob den Blick und zog warnend die Brauen hoch. »Genug jetzt. Denk nicht mehr daran, Moses, vergiss es einfach. Heute Abend brate ich uns ein Huhn, und beim Essen wirst du so tun, als sei nichts gewesen.« Durchdringend sah sie ihn an. »Versprochen?«

»Eher kotze ich, als dass ich sein Huhn esse!« Der Junge packte seinen Klöppel mit beiden Fäusten und rammte ihn mit aller Macht in Hopfen und Schüssel. »Jacobi schuldet mir die Freiheit.«

»Gar nichts schuldet er dir. Ohne ihn wärst du ertrunken, und ohne ihn würdest du verhungern. Und jetzt denke nicht mehr dran.«

»Wie sollte ich nicht an seine Schläge und seinen Betrug denken? Denkst du etwa nicht daran, wie er dich quält? Denkst du nicht selbst daran, wenn du seine Suppe, sein Brot und sein Fleisch isst und sein Bier trinkst? Kannst du das denn einfach vergessen?«

Rebecca stampfte den Hopfen heftiger, doch sie blieb stumm. Ganz bleich war sie plötzlich, und graue Lippen hatte sie. Wie eine verhärmte Frau sah sie wieder aus und nicht wie ein junges Mädchen.

»Denkst du wirklich nie daran, frei zu sein?« Empörung und Wut ließen dem Jungen keine Ruhe. »Warum lässt du dir seine Gemeinheiten bloß gefallen? Du bist doch viel größer und klüger als ich! Was hält dich denn bei diesem Schinder?« Rebecca presste die Lippen zusammen und stampfte den Hopfen. »Sag schon, was hält dich?«

»Die Angst.« Brüchig klang ihre Stimme auf einmal, keine Spur von Tadel und Strenge mehr darin. »Die Angst zu verhungern, die Angst, ganz allein zu sein, die Angst, von noch böseren Menschen noch schlechter behandelt zu werden.«

»Noch bösere Menschen als den Kapitän kann es gar nicht geben!«, rief der Junge.

»Nicht so laut.« Rebecca spähte nach links und rechts. »Die anderen gucken schon wieder.«

»Sollen sie doch gucken. Glaubst du etwa, die lieben ihn?« Er senkte die Stimme. »Eine, die so groß und so schön ist wie du, darf sich nicht behandeln lassen wie ein Stück Vieh. Die sollte gehen, einfach gehen.«

»Du weißt ja nicht, wovon du redest, Moses«, flüsterte sie. »Du bist noch jung, du hast noch keine Ahnung von der Welt. Wo soll eine wie ich denn hingehen?«

»›Wo die Angst ist, da geht's lang‹, hat der Herr Vater gesagt.«

»Und wo ging's lang für deinen Vater? Geradewegs in den Tod.«

»An deiner Stelle wäre ich schon längst abgehauen.« Auch

der Junge flüsterte jetzt. »Wenn ich einmal so groß und so klug bin wie du, werde ich es tun. Das schwöre ich dir.«

Rebecca hörte auf zu stampfen, stützte sich auf ihren Klöppel und beugte sich über die Schüssel hinweg und nahe zum Ohr des Jungen. »Dann tu es, Moses«, flüsterte sie, »und tu es bald. Ich werde dir helfen.« Sie setzte sich wieder auf ihre Fersen und fuhr fort, den Hopfen zu zermahlen. »Du bist zwar klein von Gestalt, doch sicher schon zehn Jahre alt. Du musst gar nicht noch größer werden, um fliehen zu können«, raunte sie. »Und klug bist du auch schon. Sag mir Bescheid, wenn du dich entschieden hast, Moses. Dann werde ich dir Geld geben, damit du nicht verhungern musst auf der Flucht.«

Er ließ den Klöppel in den Hopfen sinken und betrachtete Rebecca verblüfft. Der Junge wusste nicht viel von Geld, denn es bedeutete ihm nichts, und er hatte nie welches besessen. Doch zwischen armen und reichen Leuten zu unterscheiden, hatte er durchaus gelernt, und in seinen Knabenaugen gehörte der Kapitän Conrad Jacobi zu den reichen und Rebecca, seine Sklavin, zu den besonders armen Leuten.

»Was guckst du mich denn so an?« Unwillig runzelte Rebecca die Brauen.

»Du hast Geld?«, flüsterte der Junge. »Bist du etwa reich?«

»Stell keine dummen Fragen, zerstampf lieber den Hopfen.«

»Aber ...« Der Junge zögerte und suchte nach Worten. »Aber dann ist doch alles ganz einfach. Dann gehst du, wenn Jacobi das nächste Mal besoffen ist, einfach zum Hafen, gibst einem anderen Kapitän von deinem Geld und lässt dich dafür nach Hamburg oder Schonen oder nach Lübeck mitnehmen.«

Wieder beugte Rebecca sich über die Hopfenschüssel. »Du könntest das schon versuchen, Moses, auch wenn du noch ein Knabe bist. Ich als Frau kann es nicht.« Sie sprach so leise, dass der Junge mit dem Stampfen aufhören und lauschen musste, damit keines ihrer Worte ihm entging. »Als Frau kann ich nicht einfach allein irgendwo hingehen. Was soll ich denn essen? Womit soll ich denn meine Kleider bezahlen? Ohne Ehemann, der für mich sorgt, bin ich verloren. Ich müsste mich wandernden Huren anschließen oder in einem Hurenhaus unterkommen. Da hätte ich vielleicht mein Auskommen. Doch davor möge der Allmächtige mich bewahren.«

Erschrocken sah der Junge sie an. »In einem Hurenhaus?« Er wusste nicht, was in einem Hurenhaus vor sich ging, doch dass es solche Häuser gab, hatte er schon gehört, auch dass Gott, Bischöfe und Priester solche Hurenhäuser verdammten, ahnte er aus irgendeinem Grund. Vielleicht hatten die Seeleute auf dem Schiff seines Vaters über Huren und ihre Häuser gesprochen, vielleicht auch sein Vater selbst. Oder die Mutter? Der Junge erinnerte sich nicht.

Rebecca bedeutete ihm, den Klöppel aus der Schüssel zu nehmen. Er gehorchte, und sie stand auf, bückte sich nach der Schüssel und leerte den zerstoßenen Hopfen in den Braukessel. Danach griff sie zum Hopfensack und füllte die Schüssel mit neuen Dolden. Bald sausten ihre Klöppel wieder auf den getrockneten Hopfen nieder.

»Dazu kommt noch etwas, Moses. Hat dir in den beinahe zwei Jahren hier in Wismar noch niemand gesagt, dass ich eine Jüdin bin? Lass eine Seuche oder eine Hungersnot ausbrechen, und ihr Christen werdet erneut über uns Juden herfallen. Lass die römische Kirche den nächsten Kreuzzug ausrufen, und überall im Reich wird der Hass auf uns aufflammen und die Kreuzfahrer auf ihrem langen Weg zu den Häfen begleiten. Egal wo ich mich verstecke – jedermann wird mich an meinem Namen als jüdische Frau erkennen und mich wie eine Vogelfreie behandeln.« Sie schluckte, ihre Augen wurden schmal und ihre Miene hart. »Solange ich jedoch beim Herrn Jacobi bleibe, bin ich einigermaßen sicher. Er wird mich beschützen, denn ein hübsches und williges Spielzeug wie mich bekommt er so schnell nicht wieder.«

Dem Jungen waren die Fäuste mit dem Klöppel in Schüssel und Hopfen gesunken. So viel Bitterkeit hatte er noch nie in Rebeccas Zügen gesehen und noch nie so viel Trauer und Angst in ihrer Stimme gehört. Ihm schwirrte der Kopf. Seine Gedanken kreisten immer noch um das Hurenhaus, und schon wieder vernahm er Worte, mit denen er nicht viel anfangen konnte: Juden, Kreuzzüge, römische Kirche.

»Was ist das – ›Juden‹?«, fragte er leise.

»Menschen wie ich. Menschen, die nicht getauft sind, die nicht an Christus glauben, die nicht zur Messe gehen, um Gott zu preisen und zu danken, sondern in ein Versammlungshaus, das wir Synagoge nennen. Gewöhnlich wohnen wir auch nicht in den Straßen, wo ihr Christen wohnt, sondern in eigenen Vierteln und Dörfern. Und selbst da fallen sie alle paar Jahre über uns her. Da kann der Kaiser noch so oft erklären, dass wir unter seinem Schutz stehen. Sie brennen trotzdem unsere Häuser nieder, schlagen unsere Väter und Brüder blutig, begießen sie mit heißem Pech und jagen sie durch die Stadt, bis sie gestehen, Brunnen vergiftet, Hostien geschändet oder Säuglinge geschlachtet zu haben.«

»Was …?« Fassungslos und mit hängenden Schultern hockte der Junge vor der Hopfenschüssel. Er starrte Rebecca an wie eine Erscheinung, schnappte nach Luft und suchte stammelnd nach Worten. »Ist das wirklich wahr?« Tränen stürzten ihm aus den Augen. »Aber … aber warum tun die Leute das?«

»Warum regnet es schon seit Wochen? Warum ist heute Morgen die Sonne aufgegangen? Warum wird Jacobi mich heute Abend in seine Schlafkammer rufen, wenn er sein Huhn verschlungen hat?« Mit harter und bitterer Miene deutete sie auf seinen Klöppel. »Zerstoß lieber den Hopfen, statt unsinnige Fragen zu stellen.«

*

Am späten Nachmittag legte sich der Nordwestwind, und es hörte auf zu regnen. Jacobi deutete auf ein großes braunes Huhn. »Das da.«

Missmutig fing der Junge den Sack, den der Kapitän ihm zuwarf, und näherte sich dem Tier mit langsamen Schritten. Er tat es widerwillig, aber er hatte Rebecca versprochen, Jacobi nicht zu reizen.

Das Huhn pickte arglos im schlammigen Hof. Nur noch einen Schritt hinter ihm öffnete der Junge lautlos den Sack, krempelte dessen Rand um und duckte sich zum Sprung. Im Nacken spürte er den lauernden Blick des Kapitäns.

Das ahnungslose Huhn fand einen Regenwurm. Während es versuchte, seine Beute aus dem Matsch zu ziehen, warf der Junge sich auf es und stülpte ihm den Sack über. Blitzschnell griff er zu und schloss ihn unter dem gackernden und flügelschlagenden Tier.

Ein Greis, der neben dem Hauseingang auf einem geschälten Baumstamm hockte, klatschte in die Hände.

»Gut gemacht!«, rief der alte Jacobi. »Und jetzt Kopf ab!« Rechts und links von ihm kläfften seine großen schwarzen Hunde und sprangen so wild in die Ketten, dass die in die Erde gerammten Pfosten, an denen sie angekettet waren, sich bogen.

Der Junge brachte den Sack zum Kapitän. Der griff hinein, zog das Huhn am Hals heraus und winkte den Jungen hinter sich her zum Hackklotz. »Hast es gefangen, darfst ihm also auch den Kopf abschlagen.«

Das Huhn gackerte und schlug wild mit den Flügeln. Der schwarze Stiel einer Axt ragte schräg vom Hackklotz auf, die Klinge steckte im Holz. Der Junge sah die roten Zeichen im Axtstiel, und ein Eiszapfen bohrte sich ihm ins Herz.

»Nein«, sagte er mit brechender Stimme und starrte die Axt an, mit der jener Blondzopf im Eisbärenmantel seinen Herrn Vater erschlagen hatte. »Das will ich nicht.«

»Was?!« Der Kapitän fuhr herum. »Was hast du da gesagt, Stinker?«

Die Axt steckte im Hackklotz, als würde sie auf ihn warten. Aber nicht, um ein Huhn zu köpfen. Der Junge räusperte sich und sagte mit festerer Stimme: »Ich bin kein Stinker.« Er dachte an Rebecca – *Wenn du ihn reizt, bekomm ich es zu spüren*, hatte sie gesagt. Jetzt war es zu spät. »Und ich will dein Huhn nicht köpfen.«

»Wie redest du denn mit mir, deinem Herrn?« Gefährlich leise klang Jacobis Stimme, und mit jedem Wort kam er einen Schritt näher. In seiner Faust zappelte das Huhn und schrie in höchsten Tönen. »Was ist los mit dir?« Eine Armlänge vor dem Jungen blieb er stehen. »Seit du es lebend von dem bekackten Kran heruntergeschafft hast, bist du irgendwie anders.«

Er ließ den Sack fallen, schloss auch die andere Faust um den Hals des Huhnes und brach ihm das Genick. Es knackte trocken; zuerst erlahmte das Flügelschlagen, dann verebbte das panische Gegacker.

Dem Jungen stellten sich die Nackenhaare auf. »Du schuldest mir was.« Aus hasserfüllten Augen lauerte er zu dem viel älteren und größeren Mann hinauf. »Ich hab die Kette zurück ins Laufrad gehebelt, dafür hast du mir die Freiheit versprochen. Gib sie mir.«

Ohne Vorwarnung trat Jacobi zu. Im Bauch getroffen krümmte der Junge sich zusammen.

»Das hier gebe ich dir!« Jacobi schlug ihm das tote Huhn um die Ohren, bis er in den Matsch stürzte. Die Hunde kläfften, und der Greis zwischen ihnen kicherte und klatschte in die Hände.

»Reicht das?« Breitbeinig stand Jacobi über dem Jungen, der sich stöhnend im Schlamm krümmte. »Du gehorchst mir und redest mich mit Respekt an, Stinker. Verstanden? Wenn nicht, mach ich's mit dir wie mit den jungen Katzen.« Er bückte sich nach dem Sack. »Ich steck dich hier rein, tu einen großen Feldstein dazu und schmeiß dich dorthin, wo ich dich rausgezogen hab – ins Meer.«

Der Junge biss die Zähne zusammen, richtete sich im Schlamm auf und blinzelte zum Kapitän hoch. Er bereute es, ihm so früh widersprochen zu haben. *Ich hätte warten sollen, bis er mir das Beil gibt*, dachte er. *Dann hätte ich ihn damit totschlagen können*. Das war absurd, und er wusste es. Doch der Gedanke half ihm, Angst und Schrecken in Wut zu verwandeln.

Der Kapitän schleuderte ihm das tote Huhn vor die Brust. »Und jetzt schlägst du ihm den Kopf ab, rupfst es und lässt dir von Rebecca zeigen, wie man so ein Vieh schlachtet. Los!«

Der Junge richtete sich auf den Knien auf. Ihm war übel, alles um ihn herum drehte sich – der kichernde Greis, die riesigen schwarzen Hunde, das Haus, Jacobi, die Stallung. Und ohnmächtige Wut würgte ihn. Er heulte laut, packte das tote Huhn und wollte es dem Kapitän an den Kopf werfen. Doch in diesem Augenblick hörte er Rebeccas Stimme seinen Namen rufen. Schritte näherten sich vom Haus aus, und ehe er sich's versah, beugte sie sich zu ihm herunter und riss ihm den Kadaver aus den Händen.

Mit drei großen Sprüngen war sie beim Hackklotz. »Weg da!« Der Kapitän machte kehrt, sprang zu ihr und langte nach ihrem Haar. »Her mit dem Huhn!«

Doch da hatte sie bereits die Axt aus dem Holz gerissen und dem toten Huhn den Kopf abgeschlagen.

Wutschnaubend und breitbeinig stand der Kapitän vor ihr, trotzdem wich sie nicht zurück vor ihm, sah ihm nur ins Gesicht, so ruhig und furchtlos, dass der Junge den Atem anhielt.

»Her zu mir, Moses!«, rief sie schließlich. »Wir rupfen und schlachten das Huhn gemeinsam.«

*

Später saßen sie am Küchentisch. Es roch nach Braten, Bier und Herdfeuer. Die Stimmung war angespannt, und kaum ein Wort wurde gewechselt. Der Kapitän kaute schmatzend auf dem gebratenen Huhn herum und belauerte mal Rebecca und mal den Jungen.

In zwei Decken gewickelt hockte der ihm gegenüber und machte nicht einmal den Versuch, seine Wut zu verbergen. Aus schmalen Augen spähte er dem schmatzenden Mann ins Gesicht, unentwegt. Rebecca rutschte auf ihrem Hocker hin und her, lief zum Herd, um Holz nachzulegen, oder schenkte Bier ein. Dabei vermied sie es sorgfältig, einen ihrer beiden Tischgenossen anzuschauen.

Vor den Fenstern dämmerte bereits die Nacht herauf. Der Wasserkessel auf dem Herd zischte, das Feuer darunter knisterte und prasselte. Vor dem Herd, über einem Gestell, hingen die nassen Kleider des Jungen. Rebecca hatte sie gewaschen und ihn selbst in die zwei Wolldecken gehüllt.

Der Kapitän trank Bier zu seinem gebratenen Huhn. Viel Bier. Manchmal fluchte er, beschimpfte Rebecca und den Jungen und sagte Sachen wie »Glotz nicht so, Stinker!« oder »Der Henker wird noch seine Freude an euch haben« oder »Zur Hölle mit euch, wenn ihr euch gegen euern Herrn verbündet« oder »Einen von euch beiden wird der Jacobi ja wohl totschlagen müssen, was?«.

Der Gedanke schien ihm zu gefallen, denn irgendwann grinste er höhnisch und forderte Rebecca und den Jungen auf zu raten, wen von beiden er wohl totschlagen würde.

Nachdem er das halbe Huhn verspeist hatte, zog er seinen Dolch, schnitt eine Scheibe Brot vom Laib, warf sie Rebekka hin und legte ihr einen Schlegel des gebratenen Huhns drauf. Auch dem Jungen schnitt er Brot ab und gab ihm einen Flügel drauf. Doch der rührte das Fleisch nicht an.

»Ihr mögt schimpfen, so viel Ihr wollt«, sagte er stattdessen leise. »Keinen Hühnerflügel, sondern die Freiheit habt Ihr mir versprochen, wenn ich zum Kran hinaufklettere.« Sehr bleich war er, seine heisere Stimme zitterte vor Zorn, und seine Augen waren so schmal wie sonst selten. »Ich bin hinaufgeklettert, also müsst Ihr mir die Freiheit geben.«

»Einen Dreck muss ich.« Der Kapitän rammte seinen Dolch mit solcher Wucht in die Tischplatte, dass dessen schwarzer Griff zitterte, griff nach der dicken Brotscheibe, die vor dem Jungen lag und nahm sie ihm samt Hühnerflügel wieder weg. »Verhungere doch, wenn du unbedingt willst.«

Jetzt verengten sich auch Rebeccas Augen zu Schlitzen. Voller Empörung sah nun auch sie dem Kapitän ins Gesicht. Unter der bleichen Haut ihres Kiefers wölbten sich ihre Kaumuskeln.

Der Junge unterdrückte die Wuttränen. »Wenn Ihr Euer Versprechen nicht haltet, seid Ihr ein Betrüger.«

»Und dann wirst du mich beim Vogt verklagen, was?« Jacobi brach in schallendes Gelächter aus. »O weh, o weh – da kriegt der Jacobi ja eine ganz schreckliche Angst!« Er leerte seinen Bierkrug, knallte ihn auf den Tisch und forderte Rebecca auf, ihm nachzuschenken. Sie stand auf, nahm den leeren Krug und verschwand in der Vorratskammer. Bald hörte der Junge den Bierstrahl aus dem Fass in den Krug schäumen.

Er zog die Decken um seinen schmalen Körper zusammen und schielte zur Tür. Der Kapitän hatte sie verriegelt. Neben ihr, an einem Wandhaken, hingen sein Waffengurt und sein Säbel. Jacobi wischte sich Bierschaum und Fett aus dem schwarzen Bart und lachte wieder, doch diesmal feindselig und böse. »Lass dir bloß nicht einfallen abzuhauen, Stinker! Ich hetze dir die Hunde meines Vaters auf die Fersen, das schwöre ich dir. Bevor du Wismars letzte Hütten erreichst, haben sie dich schon zerfetzt.«

»Schäm dich, Jacobi!«, rief Rebecca aus der Vorratskammer. »Schlimm genug, dass du Moses durch dein Versprechen in Todesgefahr bringst, jetzt brichst du es auch noch.« Sie kam zurück und setzte den vollen Bierkrug auf den Tisch. »Pfui, schäm dich!«

»Misch dich nicht ein!« Jacobi hob die Rechte, schlug aber nicht zu, sondern griff lieber zum Krug und schenkte sich selbst nach.

»Bist du nicht ein getaufter Christ?« Seltsamerweise ließ Rebecca sich nicht einschüchtern. »Kommst du nicht in die Hölle, wenn du eines der Zehn Gebote übertrittst?« Sie setzte sich und musterte ihn aufmerksam.

»Was weißt du denn von den Zehn Geboten, du blöde jüdische Kotze?«

»Sie stehen ebenfalls im Heiligen Buch meines Volkes. ›Du sollst nicht töten‹, heißt es da. Du aber hast durch deinen Befehl den Schiffsjungen getötet und hättest fast auch den Moses ums Leben gebracht. ›Du sollst nicht lügen‹, heißt es da, du aber hast dem Moses ins Gesicht gelogen, damit er zum Kran hinaufsteigt! Und mich wirst du irgendwann genauso töten, wenn du mich weiterhin so peinigst.«

»Willst klüger sein als der Priester, he?« Jacobi zückte die Peitsche und hielt ihr die Spitze des Stiels vors Gesicht. »Vom Nächsten ist da die Rede, Kotze!« Drohend klopfte er ihr den Peitschenstiel gegen die Schläfe. »Den Nächsten sollst du nicht töten, den Nächsten nicht belügen. Ist eine Judenkotze etwa meine Nächste, he?« Er schlug fester zu. »Ist ein kleiner Bastard, den ich aus dem Meer gezogen habe, etwa mein Nächster, he?« Er schlug ihr den Peitschenstiel aufs Ohr. »Nur richtige Menschen sind meine Nächsten! Und ihr seid keine richtigen Menschen!«

Rebecca hielt sich das Ohr. Aschfahl wurde sie. Ihr Mund stand weit offen, ihre Augen füllten sich mit Tränen. Schließlich straffte sich ihre Gestalt, und sie nahm ihr Brot und ihren gebratenen Hühnerflügel und sagte: »Mein Nächster ist dieser Junge hier.« Sie legte beides vor den Jungen auf den Tisch. »Und deiner auch, Jacobi.«

»Verfluchte Judenkotze!« Jacobi stieß einen Fluch aus und sprang auf. Weil er dabei mit seinem dicken Bauch den Tisch rammte, stürzten die Trinkbecher um, und der Bierkrug fiel vom Tisch. Jacobi riss die Peitsche zum nächsten Schlag hoch. Rebecca duckte sich und hielt ihre Arme schützend vor Kopf und Bauch.

Der Junge aber ließ seine Decken fahren, robbte nackt über den Tisch und klammerte sich an Jacobis Arm fest. Der brüllte und versuchte, ihn abzuschütteln.

»Du greifst deinen Herrn an?! Ist denn der Gottseibeiuns in dich gefahren? Jetzt bist du des Henkers, das schwör ich dir!« Er schüttelte den Jungen ab und schlug mit der Peitsche nach ihm. »Jetzt bring ich dich in Ketten!«

Rebecca sprang auf, fiel ihm in den Arm und hielt sich an der Peitsche fest. Der Kapitän brüllte wütend und trat mit solcher Gewalt nach dem Tisch, dass der mitsamt dem Huhn, den umgekippten Bechern und dem nackten Jungen mitten in die Küche stürzte. Brüllend vor Wut hieb Jacobi Rebecca die Faust ins Gesicht.

Die Wucht seines Schlages schleuderte sie zu Boden, doch sofort richtete sie sich auf den Knien auf, warf sich auf den Kapitän, umklammerte sein Bein und hielt sich daran fest. »Lauf!«, schrie sie. »Lauf, Moses, lauf!«

Der Junge stemmte sich hoch und schielte zur Tür. Weglaufen? Aber wohin denn?

»So lauf doch, Moses!«, schrie Rebecca.

Wie halb betäubt wankte der Junge zum Herd und raffte seine noch feuchten Kleider zusammen. Hinter sich hörte er Jacobis Gebrüll und seine polternden Schritte. Ein Tritt in den Hintern stieß ihn nach vorn – er stolperte, stürzte und rutschte bis zum Herdfeuer. Dort traf ein Hieb seine Schulter derart schmerzhaft, dass er aufschrie, sich auf den Rücken warf und die Beine anzog.

Jacobi aber stand über ihm und schlug erneut mit dem Peitschenstiel zu. Als der Stiel über den angezogenen Knien des Jungen zerbrach, stürzte er zur Tür und zu seinem Waffengurt. Fluchend riss er den Säbel aus der Scheide, sprang zurück zum Jungen und holte aus.

Auf einmal stand dem Jungen der Vater vor Augen – einen Wimpernschlag nur, doch so lebendig und klar, dass er sogar das leuchtende Blau seiner Augen sehen konnte. Der Vater, groß und stark und schön; der Vater, wie er bei jener letzten Berührung, jenem letzten Gespräch sein Schwert zog, wie er die Klinge hob. Und es war, als würden die eingravierten Lettern im Schein des Herdfeuers aufleuchten.

Der Junge griff blitzschnell hinter sich in die Flammen, riss ein brennendes Holzscheit heraus und schleuderte es dem Kapitän gegen die Brust. Das Bild des Vaters verblasste, der Kapitän machte einen Satz nach hinten, um dem Holzscheit auszuweichen. Das fiel auf den Boden, und der Kapitän trat es zur Seite, sodass es unter die Holzstellage mit den Pfannen und Töpfen schlitterte.

»Dafür zahlst du, Stinker!«, brüllte Jacobi und sprang wieder zum Jungen. »Jetzt habe ich genug von dir!« Er riss die Klinge zum tödlichen Schlag hoch.

Und dann war es dem Jungen, als würde die Zeit gefrieren. Gar nichts geschah mehr. Er wusste nicht, ob er noch lebendig oder schon tot war, ob er sich noch gegen den heißen Stein der Herdstelle presste oder ob schon über ihm der Himmel oder unter ihm die Hölle sich öffnete. Gar nichts wusste er mehr.

Wie ein Baum ragte der Kapitän vor ihm auf. Faust und Säbel hoch erhoben schien er plötzlich vollkommen erstarrt zu sein. Bis ein Ruck durch seinen Körper ging, er die Brust herausdrückte und die Augen so weit aufriss, als müsste er nie Gesehenes erblicken.

Erst fiel ihm die Kinnlade herunter, dann die Faust mit dem Säbel, und dann krachte die Klinge auf die Dielen.

Der Junge begriff noch immer nichts. Er robbte ein Stück weg vom heißen Herd und dem scharfen Säbel und traute seinen Augen nicht: Der Kapitän sackte in die Knie und wollte etwas sagen, doch nur ein Schwall Blut quoll aus seinem Mund. Sein Gesicht war rot, sein schwarzer Bart nass und rot von Blut, und seine auf einmal so großen Augen wurden seltsam glasig.

Aus irgendeinem Grund versuchte Jacobi, hinter sich zu greifen, und machte Anstalten, sich umzudrehen. Für beides jedoch schien seine Kraft nicht mehr zu reichen – er kippte zur Seite und schlug polternd auf dem Boden auf. Er seufzte und stöhnte und stierte den Jungen aus seinen riesigen glasigen Augen an wie einer, dem tausend Fragen unter den Nägeln brannten.

Der Anblick des Sterbenden fesselte den Jungen. Etwas

Ungeheures war geschehen, das ahnte er nun; etwas Unwiderrufliches, das größer und stärker war als er selbst und alles, was er bisher erlebt hatte. Der brechende Blick des Kapitäns schien bis in seine Brust zu reichen, und das Herz pochte dem Jungen auf einmal so wild in der Kehle, als wollte es aus ihm herausspringen. Fuhren die tausend Teufel aus Jacobi? Versuchten sie etwa, in sein Herz und sein Blut einzudringen?

Erst als ihm Rebeccas schwere Atemzüge ins Bewusstsein drangen, gelang es ihm, sich vom Anblick des Sterbenden loszureißen. Hinter Jacobis gefälltem Körper ragte Rebecca auf.

Sie umklammerte ihre eigene rechte Faust und hielt sie so fest, als wäre sie ein kleines, bissiges Lebewesen, das sie bedrohte und ihr gefährlich werden wollte. Ihre Lippen bewegten sich, und der Junge merkte, dass sie Worte aus der Sprache ihrer Väter flüsterte, Worte, die sie auch gemurmelt hatte, als er im vorletzten Sommer sterbenskrank in ihrer Koje gelegen hatte.

Ihr Blick hing am zuckenden Leib des Kapitäns, und Bedauern und Ekel zugleich spiegelten sich in ihren Zügen.

Jacobi riss den Mund auf, wieder und wieder, gerade so, als wollte er nach einer Fliege schnappen, die dicht an seinen Lippen vorübersummte. Der Junge konnte aber keine einzige Fliege entdecken, hörte auch keine brummen. Er raffte seine Kleider zusammen und stand endlich auf.

Und jetzt erst sah er es: Der schwarze Griff eines Dolches ragte aus Jacobis Rücken. Er blinzelte, trat näher, sah es jetzt ganz genau und konnte es dennoch nicht glauben.

Es war Jacobis eigener Dolch. Direkt zwischen seinen Schulterblättern steckte er. Langsam, ganz langsam nur begriff der Junge. Bis zum Heft hatte Rebecca dem Kapitän die Klinge in den Rücken gerammt.

Jacobi röchelte noch einmal, dann streckte er sich, und dann erschlaffte er. Ein letzter Schwall Blut ergoss sich gurgelnd aus seinem Mund und plätscherte auf den Boden. Rauch kroch um seinen Kopf und schwebte über der Blutlache.

Der ungläubige Blick des Jungen wanderte von dem Toten zu Rebecca hinauf. Sie biss sich in die festgehaltene Faust und weinte. Sie weinte und deutete mit einer Kopfbewegung auf den Rauch. Der verschleierte bereits Jacobis blicklose Augen, kroch ihm über Schulter und Brust und hüllte schon Rebeccas Beine ein.

Der Junge fuhr herum: Flammen schlugen aus der Stellage und züngelten die Küchenwand herauf. »Wir müssen Wasser holen und das Feuer löschen«, flüsterte er.

»Raus hier, Moses!« Rebecca bückte sich nach dem Toten und langte mit beiden Händen nach dem Dolchgriff in seinem Rücken. »Ich will nicht zusammen mit dem Dreckskerl verbrennen.«

5
Feuer

Im Hof bellten die Hunde. Schon an ihnen vorbei fiel der Blick des Jungen auf den Hackklotz. Die von Hühnerblut rote Axtklinge steckte noch im Klotz, der schwarze Stiel mit den roten Zeichen zeigte zu ihm her. Die Axt wartete auf ihn. Er lief zum Hackklotz und riss sie heraus.

»Feuer!« Im Laufen wickelte er sie in seine noch feuchte Jacke. Die Hunde bellten hinter ihm her, als er zum Tor hinaus und auf die Wegkreuzung bei der Frischen Grube rannte. »Feuer!« Er winkte und schrie, so laut er konnte: »Feuer! Feuer!« Windböen zerwühlten ihm das von Angstschweiß nasse Haar. Nach allen Seiten rief er die Warnung. »Feuer! Feuer! Feuer!« Und immer wieder blickte er zurück zum Hoftor – Rebecca folgte ihm noch immer nicht.

Dafür liefen Seeleute vom nahen Hafen und Nachbarn vor dem Anwesen des Kapitäns zusammen. Schon hörte man hinter dem Hoftor das Feuer in seinem Haus knistern, und über dem Dach stieg Rauch in den Sternenhimmel. Geschrei und Schrittlärm erfüllten plötzlich die Nacht.

»Gott bewahre uns vor einem Stadtbrand!«, rief eine Frauenstimme aus dem Fenster eines nahen Hauses.

Andere Stimmen verlangten, die Glocken zu läuten, verfluchten den Wetterwechsel und den Wind, forderten Eimer, um Wasser aus der Frischen Grube zu holen. Erste Fackeln und Öllampen flammten auf, lauter bleiche Gesichter mit schreckensweiten Augen umgaben auf einmal den Jungen.

Der presste seine zum Bündel um die Axt gewickelte Jacke an die Brust und starrte voller Angst zum halb offenen Hoftor zurück. Dahinter jaulten und kläfften die Hunde des alten Jacobi. Wo blieb denn Rebecca? Sie hatte ihm befohlen, allein nach draußen zu rennen und die Nachbarn zu warnen. Um jeden Preis musste verhindert werden, dass die Flammen auf die Stallung, die Brauerei und die Gebäude der Nachbarschaft übergriffen.

Rebecca selbst war in den Viehstall gelaufen. Warum? Der Junge wusste es nicht. »Mach, dass sie bald kommt, lieber Gott«, betete er leise. »Behüte sie vor der Feuersbrunst, behüte sie vor Jacobis tausend Teufeln und mach, dass sie bald kommt.« Auf seinem Rücken und seinem Knie brannten noch immer die Schläge von Jacobis Peitschenstiel.

Schnell bildete sich eine Menschenschlange zwischen der Frischen Grube und Jacobis Anwesen, und ehe der Junge sich's versah, drückte ihm von hinten jemand einen Ledereimer voller Wasser in die Hand. Er schleppte ihn zu einem Mann zwei Schritte vor ihm weiter, einem Windenknecht, den er am Vormittag im Tretrad des Turmkrans gesehen hatte. Der griff nach dem Henkel, ohne ihn anzusehen. Von hinten reichte ihm eine Frau den nächsten Eimer an. Bevor er ihn weiterreichte, lief er zum nächstbesten Haus und legte das Jackenbündel mit der Axt auf das Dach des Hühnerstalls.

Wohl ein Dutzend Männer mit Eimern voller Wasser rannte auf das Hoftor von Jacobis Anwesen zu; da schlugen schon die ersten Flammen aus dem Dachstuhl von Jacobis Haus. Die noch nicht ganz geschlossene Löschkette reichte inzwischen fast bis zum Hof von Jacobis Anwesen. Die Männer winkten sie näher heran. Auch vom Stadthügel und von der Marienkirche her rannten Menschen mit Eimern, Töpfen und Schüsseln herbei und reihten sich ein.

»Seht zu, dass ihr die Brauerei vor den Flammen rettet«, kreischte eine Frau. Der Junge hob den Blick und erkannte eine der Braumägde. Von hinten wurde ihm der nächste Eimer gereicht.

Hinkend schleppte er ihn ein paar Schritte weiter und übergab ihn dem Windenknecht. Die Schmerzen in Knie und Rücken wurden immer schlimmer. Der Junge biss die Zähne zusammen und spähte wieder zum Hoftor. Die Männer dort hatten die Wassereimer abgestellt und rissen nun die Torflügel auf. Von Rebecca noch immer keine Spur.

»Bitte, bitte«, betete er, »bitte, bitte …«

»Beim heiligen Mauritius!« Jemand legte ihm von links die Hand auf die Schulter. »Was ist geschehen?« Der Junge hob den Blick und schaute in graue, eisige Augen – ein Mann mit langem grauen Haar stand neben ihm, Jacobis Bootsmann.

»Der Kapitän hat im Bierrausch eine Öllampe nach einer Fledermaus geworfen«, antwortete er mit bebender Stimme. Genau diesen Satz hatte Rebecca ihm eingeschärft. Die Dunkelheit verbarg die flammende Röte, die ihm ins Gesicht stieg.

»Das muss ihm der Gottseibeiuns selbst geraten haben!«, flüsterte der Bootsmann kopfschüttelnd. Er drückte die Schulter des Jungen und lief zurück zur Frischen Grube, um eine zweite Löschkette zusammenzurufen. Der Junge schaute ihm nach und staunte: Zu beiden Seiten des Grabens wimmelte es von Menschen.

Erneut wandte er sich nach Jacobis Anwesen um. Das Dach brannte nun lichterloh. Funkenflug ging auf dem Flachdach des angebauten Stalls nieder. Am Hoftor sprangen die Männer zur Seite, und Hufschlag wurde laut. Acht Rinder, zwei Pferde und ein paar Ziegen preschten aus dem Hof.

»Fangt sie ein!«, schrie jemand. Die Arme des Jungen erlahmten unter dem Gewicht des nächsten Wassereimers. Er reichte ihn weiter, lief dann hinkend aus der Löschreihe und den Tieren entgegen. Den Ochsen an der Spitze der kleinen

Herde rief er mit Namen, denn er kannte Jacobis Tiere inzwischen, schlief ja oft genug bei ihnen.

Tatsächlich trabte der massige Vierbeiner zu ihm und ließ sich an den langen Halsstrick nehmen, den er hinter sich herzog. Offenbar hatte Rebecca, um das Vieh zu retten, dessen Stricke im Dunkeln des Stalles durchgeschnitten. Womöglich mit derselben Klinge, mit der sie Jacobi erstochen hatte? Der Junge erschauerte, als ihm das Bild des Toten wieder vor Augen stand.

Die Pferde galoppierten an ihm vorbei zum Hafen hin, doch die anderen Rinder und die Ziegen blieben bei ihm und dem Ochsen stehen.

»Gut gemacht, Moses!«, rief eine Nachbarin. »Wo steckt denn der Hausherr?«

Der Junge zuckte mit den Schultern. Der Schmerz brannte auf seinem Rücken und pochte in seinem Knie. Und das Gewissen brannte und pochte in ihm ebenso.

Er schüttelte sich, blinzelte zum Hof. Dort, zwischen dem brennenden Haus und der Brauerei, tummelten sich mittlerweile Dutzende Männer und Frauen. Rebecca jedoch suchte sein Blick vergebens. Angst packte ihn. Angst um die große Schwester, die Ersatzmutter, die geliebte Freundin, den letzten Menschen, der ihm geblieben war in dieser Welt.

»Ist er noch im Haus?«, fragte plötzlich eine Knabenstimme aus dem Halbdunkeln hinter ihm.

Der Junge fuhr herum. »Wer?« Einen großen Topf voller Wasser an die Brust gepresst, lief Matthias aus Lübeck herbei.

»Wer schon? Kapitän Jacobi natürlich.« Schwer atmend blieb er neben ihm stehen.

»Ich weiß es nicht«, antwortete der Junge und wich dem neugierigen Blick des Größeren aus. Auf der Brücke über die Frische Grube erkannte er Matthias' Vater und Jacobis Steuermann. Sie führten die Pferde des Kapitäns an den Zügeln. »Er war sehr betrunken, als das Feuer ausbrach. Vielleicht hat er versucht, es zu löschen.«

Der Lübecker wollte wissen, wie das Feuer ausgebrochen war, und der Junge erzählte ihm dieselbe Geschichte wie dem Bootsmann.

»Wenn er noch in seinem brennenden Haus wäre, würde es ihm recht geschehen, was?«, sagte Matthias. Der Junge blieb stumm, starrte ihn nur aus großen Augen an. »Der Kranmeister und die Windenknechte erzählen, dass der Jacobi ein Schläger und großer Säufer vor dem Herrn ist. Und sein Bootsmann hat's auch gesagt. Stimmt es etwa nicht?« Der Junge nickte. »Und hast du selbst ihn nicht einen ›Betrüger‹ genannt?« Wieder nickte er. »Also geschieht es ihm recht«, sagte Matthias. »Oder?«

Ohne eine Antwort abzuwarten, trug der Rotschopf sein Wasser an der Löschkette vorbei zum brennenden Haus. Wollte er etwa den Kombüsentopf direkt ins Feuer dort leeren? Der Junge machte Anstalten, ihm zu folgen, doch der widerspenstige Ochse hatte Angst vor dem Brand, blökte erbärmlich und bockte.

In diesem Moment fingen die Glocken der Marienkirche an zu läuten, Hundegekläff und Kettenrasseln näherten sich, und eine Windböe fegte durch die Menge und ins brennende Haus. Am Strick zerrte der Junge den störrischen Ochsen mit Gewalt hinter sich her, um näher zu Matthias und zum Haus zu gelangen.

Die schwarzen Hunde von Jacobis Vater hetzten heran; sie schleiften ihre Ketten hinter sich her und bellten in Todesangst. Der Junge blieb stehen und traute seinen Augen nicht – sollte Rebecca es tatsächlich gewagt haben, diese scharfen Riesenhunde von den Kettenpfosten zu lösen?

Schreiend wichen Kinder und Frauen den außer Rand und

Band geratenen Hunden aus, und wo die bellenden Schwarzpelze der Löschkette zu nahe kamen, löste diese sich auf.

»Schlag doch um Gottes willen jemand diese Bestien tot!«, schrie der Bootsmann von der Frischen Grube her.

Auch Matthias aus Lübeck wollte den Hunden ausweichen, doch aus irgendeinem Grund hetzten sie genau auf ihn zu. Kaum fünf Schritte trennten ihn noch von ihnen, als die Angst ihn zu packen schien – jedenfalls drehte er sich um, ließ den Topf fallen und rannte los. Der Junge hielt den Atem an.

Der vordere der beiden Jacobi-Hunde jagte erst an Matthias und dann an ihm und dem Ochsen vorbei, der zweite streifte den Lübecker mit dem Schwanz. Matthias erschrak und schrie auf vor Schreck, trat auf die Hundekette, stolperte und schlug lang hin. Weil er halb auf der Kette zu liegen kam und in seiner Panik auch noch nach ihr griff, warf der Hund sich herum und sprang ihn an.

Der Junge zischte den Namen des Ochsen und zerrte ihn drei Schritte hinter sich her, bis er vor dem schwarzen Hund stand und dem jämmerlich heulenden Kaufmannssohn darunter. Mit dem bloßen Fuß trat der Junge nach dem Schwarzpelz, doch der hatte sich in den Hals und die rechte Schulter des Lübeckers verbissen und ließ nicht locker. Da packte der Junge den langen Ochsenstrick und warf sich auf den Hunderücken.

Der Jacobi-Hund dachte nicht daran, deswegen sein Opfer loszulassen. Der Junge schlang ihm den Ochsenstrick um den schwarzen Hals und zog zu. Jetzt erst öffnete das Tier die Kiefer und gab Matthias frei. Der Hund wand sich, strampelte, schnappte hinter sich und nach den Armen des Jungen. Doch der rollte samt dem Tier von Matthias herunter, verschränkte die Beine um den Hundeleib und zog den Ochsenstrick mit ganzer Kraft zusammen.

Von allen Seiten liefen die Leute zusammen, schimpften,

jammerten und riefen um Hilfe. Keiner jedoch wagte es, das Tier anzugreifen. Dem Jungen erlahmten die Arme, und der Hund, der nun rücklings auf seinem Bauch lag, erwischte seinen Jackenärmel und riss knurrend daran.

Plötzlich ragten Stiefel neben dem Jungen auf, und als er am Hundeschädel vorbei nach oben blinzelte, sah er eine Klinge im Feuerschein aufblitzen und herabsausen. Er hörte ein dumpfes, reißendes Geräusch, und schon im nächsten Augenblick gab der Hund seinen Ärmel frei und erschlaffte.

Ein schwarzhaariger Mann in schwarzem Rock und mit schwarzem Schwertgurt über rotem Wams packte die Hinterläufe des Hundes, zog den Kadaver weg von dem Jungen und wischte die blutige Klinge am schwarzen Fell ab. Der Junge richtete sich auf und erkannte Jacobis Steuermann.

Sein Blick suchte Matthias. Der krümmte sich auf dem noch regennassen Boden, heulte laut und hemmungslos, und um ihn herum knieten Frauen und Männer. Sein Vater zog ihm Jacke und Wams aus, und im Feuerschein konnte der Junge für einen Moment die blutige Bisswunde an seiner Schulter und in seinem Hals sehen. Ihm wurde schlecht.

»Sieht böse aus«, sagte eine Frau. »Er wird uns doch nicht verbluten?«

Der Gebissene hörte es und heulte noch lauter. »Still doch, Matthis!« Sein Vater legte ihn ab, knüllte sein zerbissenes Hemd zusammen und drückte es gegen die blutende Wunde. »Jesus Christus! Hör auf zu jammern wie ein Weib!«, befahl ihm sein Vater, und an die anderen gewandt: »Gibt es hier einen Medikus?«

»Der ist gestern nach Schwerin geritten«, beschied man ihm, »doch gründlicher als Wismars Medikus heilt sowieso die Magd des Kapitäns Jacobi.«

»Hoffentlich ist sie nicht in den Flammen umgekommen«, sagte jemand.

Ein Stich ging dem Jungen durchs Herz. Rebecca in den Flammen umgekommen? Am Ochsen zog er sich hoch. »Bitte nicht«, flüsterte er. »Bitte rette sie …« Mit klopfendem Herzen spähte er zum Hof hin. Dort brannte inzwischen auch der Stall.

»Tapfer, mein Junge, so tapfer!« Auf einmal stand Matthias' Vater neben ihm. »Ich danke dir, Moses. Mehr Mut als die Alten hast du bewiesen.« Der Mann blickte streng und tadelnd um sich in die Menge und legte dann die Hand auf den Kopf des Jungen. »Dafür möge Gott dich allezeit segnen.«

»Weißt du, was geschehen ist?« Der Steuermann steckte sein Schwert in die Scheide und wandte sich nun ebenfalls an den Jungen. Der schluckte und erzählte zum dritten Mal die Geschichte vom berauschten Kapitän, der eine Öllampe nach einer Fledermaus geworfen habe. Ohne sichtbare Regung hörte sich der Steuermann an, was der Junge zu erzählen hatte. »Und wo steckt Jacobi jetzt?«, fragte er schließlich und musterte ihn aus zu Schlitzen verengten Augen. »Er hält sich doch nicht etwa noch in seinem Haus auf?«

»Von ›Aufhalten‹ kann wohl keine Rede sein.« Der Lübecker Kaufmann blickte seufzend zu dem Flammenmeer hin, in das Jacobis Haus sich verwandelt hatte. »Es ist wohl eher so, dass er jetzt schon in seinem Haus brät, wie er es später in der Hölle sowieso tun wird.« Und an den Jungen gewandt: »Hast du irgendwo seine Magd gesehen, die Heilerin?«

Der Junge wollte schon den Kopf schütteln, Tränen wollten ihm schon in die Augen steigen, da deutete der Steuermann zum brennenden Haus hin und rief: »Das ist sie doch!«

Und wirklich: Eine junge Frau löste sich aus der Menge im Hof. Der Junge stand still, riss die Augen auf und sah ganz genau hin. Wahrhaftig, sie war es! Rebecca! »Lieber Gott, ich danke dir …«

Mit ernstem und fragendem Blick schaute der Lübecker Kaufmann ihm ins Gesicht: »Bist du mit ihr verwandt?«

Der Junge nickte einfach und flüsterte: »Sie ist mir wie eine große Schwester, wisst Ihr?«

Rebecca war nicht allein – mit dem alten Jacobi im Arm wankte sie aus dem Hof. Über ihrer Schulter hing ihre Laute, auf ihrem Rücken ein prallvoller Rucksack. Der Alte stützte sich rechts auf sie und links auf einen Stock. Einige Nachbarn eilten mit ausgestreckten Armen auf die beiden zu.

Im ersten Moment wollte auch der Junge den Ochsenstrick loslassen und zu ihr laufen, doch er zwang sich, stehen zu bleiben und abzuwarten.

Man soll uns nicht gleich Seite an Seite sehen, hatte Rebecca ihm eingeschärft, *niemand soll denken, wir hätten etwas mit dem Feuer oder mit dem Tod des Drecksacks zu tun.*

Also blieb der Junge ihr fern, ließ sie aber nicht aus den Augen. Eine Menschentraube bildete sich um sie, und die Leute redeten auf sie ein. Was wollten sie bloß von ihr?

Ein Windstoß zerwühlte das Haar des Jungen und zerriss die vom Feuerschein erleuchteten Rauchschwaden über dem Dach. Die Flammen darunter schienen sich jäh in alle Richtungen zu strecken, und für jedermann deutlich zu sehen, flog ein Funkenregen über den Hof und bis aufs Dach des großen Brauereigebäudes.

Plötzlich ging ein Aufschrei durch die Menge im Hof und durch beide Löschketten – das Hausdach brach zusammen, zwei brennende Balken rutschten aus dem einstürzenden Dachstuhl und fielen in den Hof. Die Männer dort ließen ihre Eimer fallen und sprangen auseinander, um nicht getroffen zu werden. Alle wichen sie vor dem brennenden Haus zurück. Ein paar Männer beobachtete der Junge, die griffen nach frisch gefüllten Eimern und schleppten sie in die Brauerei.

»Sie geben Haus und Stallung auf«, sagte der Steuermann mit kühler Stimme. »Hoffentlich können sie die Brauerei retten.«

»Moses?«, krächzte es von unten. Matthias hockte im Straßenmatsch und guckte aus verheulten Augen zu ihm herauf. »Danke«, schluchzte er.

»Bringt meinen Sohn ins Gasthaus«, wies der Lübecker Kaufmann seine Seeleute an und ging vor Matthias in die Hocke. »Ich komme gleich zu dir, Matthis, und bringe jemanden mit, der deine Wunde versorgen wird.«

Ein kräftiger Seemann nahm den schluchzenden Kaufmannssohn auf die Arme und trug ihn weg. Der Vater winkte den Jungen hinter sich her. »Begleite mich zu deiner Schwester, Moses. Ich brauche ihre Hilfe.«

Entlang der Löschkette ging er auf das brennende Anwesen und die Menschen vor seinem offenen Hoftor zu. Jacobis Steuermann blieb an seiner Seite. Der Junge drückte den Ochsenstrick einer Nachbarin in die Hand und folgte den Männern.

Als nur noch wenige Schritte sie von der Menschentraube beim Hoftor trennten, löste Rebecca sich aus ihr. Mit der Rechten hielt sie den Lautengurt an ihrer Schulter fest, mit der Linken, als hätte sie Schmerzen, ihren Bauch. Sie wirkte verstört, und etwas lag in ihrem Gang und ihren Gesten, das gefiel dem Jungen nicht. Und noch weniger gefielen ihm die feindseligen Gesichter und ausgestreckten Arme und Zeigefinger der Leute, von denen sie forteilte. Eisiger Schrecken fuhr ihm in die Glieder. Wussten sie etwa Bescheid?

Weil der Steuermann und der Lübecker Kaufmann auf sie zutraten, konnte Rebecca nicht weglaufen. Sie blieb vor Matthias' Vater stehen und schaute an ihm vorbei zu dem Jungen hin. Nackte Angst lag in ihrem Blick, und wie eine einzige Warnung sah ihre Miene aus. Der Junge verstand diese Warnung ganz genau: *Lauf weg*, wollte sie ihm sagen. *Lauf weg, so schnell du kannst.*

Er aber stand wie festgefroren. *Sie wissen es*, dachte er, *sie wissen, dass wir den Kapitän getötet haben, und jetzt geht's ab in den Kerker und zum Henker.* Er spürte die Gefahr und konnte dennoch nicht weglaufen. Rebecca im Stich lassen? Niemals.

»Ich habe sie streiten hören!«, rief eine Nachbarin und zeigte auf Rebecca. »Und der da hat auch mit dem Kapitän gestritten!« Ihr Finger und Arm richtete sich auf den Jungen; dem gefror nun endgültig das Blut in den Adern.

»Schon vor Sonnenuntergang habe ich gesehen, wie sie im Hof miteinander zankten«, erklärte der alte Brauknecht. »Der Bursche da wollte dem Kapitän nicht gehorchen, da hat er ihn schlagen müssen. Ich habe es genau gesehen. Und jetzt liegt der Kapitän tot in seinem brennenden Haus.«

»Seid ihr da sicher?«, fragte der Lübecker Kaufmann. Die Leute nickten. Noch mehr Frauen und Kinder liefen zusammen, und von beiden Löschketten her guckten die Männer herüber.

»Die Rebecca war auch dabei«, zeterte eine Braumagd. »Schon am Vormittag in der Braukammer hat das freche Bürschlein bei ihr auf seinen Herrn geschimpft. Nicht nur ich hab's gehört!«

»Und wie er geschimpft hat«, bestätigte eine andere. »Eine Schande ist's! So redet keiner ungestraft über einen, den Gott über ihn gesetzt hat.«

»Nun, Jacobi hat ihm immerhin den Lohn vorenthalten, den er ihm versprochen hatte.« Der Lübecker Kaufmann versuchte, die Leute zu beschwichtigen. »Obwohl der Moses treu und gehorsam getan hat, was er verlangte. Da kann einer schon mal wütend werden …«

»Und der Jüdin klebt jetzt Blut an den Händen!«, fiel

ihm die Braumagd ins Wort. »Ich habe es genau gesehen.« Sie zeigte auf Rebeccas rechte Hand. »Von wem stammt das wohl?« Die Frau bekreuzigte sich.

Keiner sagte plötzlich mehr ein Wort, und dem Jungen hatte es die Kehle zugeschnürt. Alle Blicke richteten sich nun auf Rebecca. Die hob ihre blutverschmierte Rechte. »Ja, ich blute«, sagte sie. »Der Ziegenbock hat nach mir gestoßen, als ich ihn im Dunkeln des Stalles von der Wand losgebunden habe.«

»Es ist nicht recht von euch, diese tapfere und treue Frau zu beschuldigen.« Matthias' Vater trat zwischen Rebecca und die Leute. »Sie befreit das Vieh ihres Herrn, rettet auch seinen Vater vor dem Feuer und muss sich dafür von euch einer Todsünde bezichtigen lassen? Das ist nicht recht!« Er war laut geworden, und seine Stimme bebte vor Zorn. »Nehmt euch lieber ein Beispiel an dieser braven Frau.« Er deutete auf Rebecca.

Der Steuermann musterte den Jungen schon wieder mit seinem kalten und misstrauischen Blick. »Stimmt es denn, dass ihr gestritten habt?«

Der Junge nickte. »Ich habe dem Kapitän den Hafenkran wieder zum Laufen gebracht, denn dafür hat er mir die Freiheit versprochen.« Seine heisere Stimme bebte. »Das wisst Ihr doch. Aber dann hat er sein Versprechen gebrochen, und das wisst Ihr auch. Darüber war ich wütend und habe geschimpft, noch am Abend und vor seinen Ohren hab ich geschimpft. Mit Recht.«

»Was sagt das schon, dass es heute Abend Streit gegeben hat?« Der Bootsmann war längst aus der zweiten Löschkette gelaufen und hatte aufmerksam zugehört. »Es gab oft Streit im Hause Jacobi. Der Kapitän hat die Rebecca fast täglich geschlagen. Und den Moses auch. Ist es da ein Wunder, wenn es mal laut geworden ist im Haus?«

»Der Kapitän war ein grimmiger und unbeherrschter Mann.« Der Steuermann wandte sich an den Kaufmann aus Lübeck. »Niemand konnte es ihm recht machen.«

»Und gesoffen hat er auch!«, rief ein Mann aus der nahen Löschkette.

»Einmal hat er sogar an Bord eine Fackel nach dem Schiffsjungen geworfen«, erzählte der Bootsmann dem Kaufmann. »Die Hunde seines Vaters hatten es besser bei ihm als Rebecca und der Junge.« Dann drehte er sich nach den Leuten um und rief: »Das alles wisst ihr doch ganz genau! Schämt euch!« Er winkte und deutete zur zweiten Löschkette hinüber. »Und jetzt Marsch! Holt euch einen Eimer! Wir brauchen mehr Wasserträger da drüben, wenn wir Jacobis Brauerei noch retten wollen!«

Niemand mehr zeigte auf Rebecca. Die Frauen und Männer senkten die Blicke. Einer nach dem anderen trollte sich. Der Junge glaubte zu träumen. In seinen Ohren sauste es, und Schwindel hatte ihn gepackt, so erleichtert fühlte er sich.

Der Kaufmann aus Lübeck trat zu Rebecca. »Mein Sohn ist vom Hund gebissen worden und blutet stark«, sagte er. »Man hat mir erzählt, du seiest der Heilkunst mächtig. Willst du dir die Wunden meines Sohnes anschauen?« Der Junge sah deutlich, wie Rebeccas Miene sich verschloss, wie sie zögerte. »Ich bitte dich herzlich darum!« Der Lübecker ließ nicht locker. »Es soll dir reichlich belohnt werden.«

Er sprach sehr leise mit Rebecca. Dennoch verstand der Junge jedes Wort. Seine Sinne waren hellwach wie die eines Tieres in Lebensgefahr oder kurz danach. Alles, was um ihn herum getan und geredet wurde – alle Blicke, alle Worte, alle Gesten –, sah und hörte er genau. Nie mehr sollte er diesen Brandabend vergessen.

6
Für immer

Stunden später standen sie Hand in Hand auf dem Heckkastell der Lübecker Kogge. Wasser klatschte und plätscherte gegen die Bordwand, das Schiff schaukelte im sanften Wellengang, zwei Öllampen pendelten an der Relingbalustrade. Vom Bug her hörte man die leisen Stimmen der beiden Seeleute, die das Schiff bewachten. Auf Geheiß des Kaufmanns hatten sie im noch nicht vollständig gefüllten Laderaum ein Nachtlager für Rebecca und den Jungen errichten lassen.

Manchmal fuhr ihnen eine Windböe in die Kleider und durchs Haar und brachte die Saiten von Rebeccas Laute zum Schwingen und Summen. Der Junge lauschte dann jedes Mal mit geneigtem Kopf und angehaltenem Atem und stellte sich vor, der Wind würde die raunende Stimme seiner Mutter oder seines Vaters zu ihm nach Wismar tragen.

Dreihundert Schritte weiter, am Stadtrand, stieg Rauch über den Resten von Jacobis Anwesen auf und leuchtete matt im Widerschein der nach und nach erlöschenden Glut. Haus, Brauerei und Stallungen waren vollständig niedergebrannt.

Dort, wo das Hafenufer bereits befestigt war, sah der Junge die Silhouetten kleiner Tiere hin und her huschen. Ratten. Wahrscheinlich jene, die er Nacht für Nacht im Stroh des Ochsenstalles hatte rascheln hören. Sie waren dem Feuer entkommen und mussten sich nun eine neue Bleibe suchen. Genau wie er.

Im Stillen dankte er Gott, dass Rebecca endlich vom Krankenlager des verwundeten Matthias zurückgekehrt war. Dessen Vater hatte sie persönlich zu seinem Schiff geführt, wo der Junge schon voller Sorgen auf sie gewartet hatte. Konnte man denn sicher sein, dass es den Nachbarn und Braumägden nicht doch noch einfiel, über Rebecca herzufallen und sie vor Richter und Henker zu zerren?

Der Halbmond leuchtete am sternklaren Himmel, ein milder Wind wehte, und vom Turm der Marienkirche her läutete die Glocke zur Mitternacht. Umrisse zweier Männer bewegten sich an den Grenzen der rauchenden Brandruine. Die Waffenknechte des Vogtes hielten Ausschau nach Glutnestern, die im Nachtwind leicht wieder aufflammen konnten.

Rebecca nahm die Laute von der Schulter und stellte ihren Rucksack zwischen ihren Füßen ab. Zu ihren Habseligkeiten darin hatte sie auch die Axt mit dem schwarzen Stiel gesteckt.

»Du glaubst nicht, wie erleichtert ich bin, dass sie das Feuer haben löschen können«, sagte sie leise. Ihre Hand fühlte sich warm und kräftig an. Der Junge war froh, sich an ihr festhalten zu können. »Dem Ewigen und Allmächtigen sei Dank! Ich fürchtete schon, die ganze Stadt müsste abbrennen.«

»Wie schlimm wäre das gewesen!« Der Junge biss sich auf die Unterlippe und blinzelte zu ihr hoch. Mattes Mondlicht lag auf ihrem schmalen Gesicht. Hohlwangig und fahl erschien es ihm und von den Schrecken und der Angst der vergangenen Stunden gezeichnet. »Und ich wäre schuld gewesen, denn ich habe das brennende Holzscheit nach dem Kapitän geworfen. Hätte das Feuer sich ausgebreitet, dann hätte Gott mich ganz gewiss für die ewige Verdammnis bestimmt.« Der Gedanke wühlte seine sowieso schon verstörte Seele noch weiter auf. Fester umklammerte er Rebeccas Hand.

»Rede keinen Unsinn, Moses!« Unwillig zog sie an seiner Hand. »Glaubst du etwa, Gott hat dich aus dem Meer gerettet, nur um dich zwanzig Monate später der Verdammnis preiszugeben? Wäre Wismar niedergebrannt, hätte allein Jacobi die Schuld tragen müssen. Der Dreckskerl wollte dich töten, vergiss das nie! Du hast einfach nur versucht zu überleben. Weiter nichts. Jedes Tier wehrt sich, wenn man es töten will.«

»Glaubst du, dass Gott das genauso sieht?«

»Ganz genauso. Verlass dich drauf, Moses.«

Der Junge atmete erleichtert auf. Im Geist sah er Rebecca immer noch vor dem sterbenden Kapitän stehen und ihre eigene Faust festhalten. Das erschütternde Bild wollte und wollte nicht verblassen, und er fragte sich, wie viel Kraft es brauchte, die lange Klinge eines Dolches bis zum Heft in den Rücken eines starken Mannes zu stoßen.

»Und dich, Rebecca?«, fragte er leise. »Glaubst du, dass Gott dich verdammen wird, weil du den Kapitän …?«

»Niemals!« Beinahe empört schaute sie zu ihm herunter. »Wo denkst du denn hin, Moses!? Der Ewige und Allmächtige – gepriesen sei er! – hat doch gesehen, dass ich dein Leben gerettet habe. ›Wer ein Leben rettet, rettet die ganze Welt‹, haben unsere alten Lehrer geschrieben.« Sie senkte die Stimme. »Und wie der Jacobi mich quälte, hat Gott auch gesehen.«

»Dann hast du ja schon zweimal die ganze Welt gerettet«, sagte der Junge. Rebecca antwortete nicht. Murmelnd blickte sie erneut über den Kai und zur Brandruine hinüber.

Der Junge verstand kein Wort mehr, denn sie benutzte jetzt die Sprache ihrer Väter. Ob sie Gott vielleicht doch um Vergebung dafür bat, dass sie zugestoßen hatte? Während ihr Gemurmel anschwoll, entzog sie ihm ihre Hand und strich sich über den Bauch.

Eine Zeit lang lauschte er dem fremdartigen Geraune ihrer Stimme. Er wagte nicht, sie zu unterbrechen, und dachte an den vorletzten Sommer und die schrecklichen Stunden, in denen er sterbenskrank in Rebeccas Koje dahindämmern musste, und daran, wie sie sich auf ihn gelegt und in dieser fremden Sprache gebetet hatte. Plötzlich glaubte er, wieder das Pergament zu schmecken, das er zerkauen und schlucken musste, und den Gestank der Kräuter und Insekten zu riechen, die Rebecca in jener Zinnschale auf seiner Brust verbrannt hatte.

»Hast du für Matthias gezaubert, damit seine Wunde heilt?«, fragte er, als sie verstummte. »Hast du dich auch auf ihn gelegt, so wie damals auf mich? Hat er auch ein Pergament mit Worten essen müssen?«

Ungestüm beugte sie sich zu ihm hinunter, fasste ihn bei den Schultern und schaute ihm sehr streng in die Augen. »Niemals darfst du darüber mit irgendjemandem auch nur ein Wort sprechen, hörst du, was ich sage?« Sie schien ganz aufgebracht, beinahe wütend, und er nickte erschrocken. »Und schon gar nicht darfst du jemals wieder das Wort ›zaubern‹ in den Mund nehmen, wenn du von meiner Heilkunst sprichst, verstanden?«

Der Junge nickte erneut. Gern hätte er gewusst, was sie so erregte, wagte aber nicht zu fragen. So standen sie eine Zeit lang stumm auf dem nächtlichen Heckkastell.

»Nichts von dem habe ich getan, was ich bei dir getan habe«, brach Rebecca irgendwann das Schweigen. »Matthias' Vater blieb die ganze Zeit im Krankenzimmer und hat mich beobachtet. Hätte ich seinen Sohn Worte essen lassen oder mich gar auf ihn gelegt, hätte er mich womöglich als ›Hexe‹ angeklagt. Das hat schon manche weise Frau das Leben gekostet.«

»Wirklich?« Der Schrecken machte den Jungen hellwach. »Dann darfst du nie wieder …« Im letzten Moment verkniff er sich das Wort *zaubern.* »… nie wieder heilen. Niemand darf dir etwas antun!«

Rebecca winkte ab und schüttelte nachdenklich den Kopf. »Auf eine ganz merkwürdige Art hat dieser Kaufmann mich beobachtet. Ich glaube, er hat Gefallen an mir gefunden.« Ein Lächeln huschte über ihre Züge. »Jedenfalls konnte ich die Wunden seines Sohnes nur reinigen, mit Heilsalbe bestreichen und verbinden. Ein paar Sprüche musste ich schon flüstern, und im Stillen für ihn beten musste ich auch. Allerdings ist der Matthias dem Tod nicht halb so nahe, wie du es gewesen bist. Jedenfalls noch nicht.«

»Du meinst, Matthias wird todkrank werden?«

»Ich hoffe es nicht.« Rebecca zuckte mit den Schultern. »Die Bisswunden jedoch sind gefährlich. Solche Verletzungen durch Tiere entzünden sich meistens, und nicht selten bringen Entzündung und Fieber einen Gebissenen um. Manchmal auch die Tollwut. Doch eigentlich habe ich ein gutes Gefühl für Matthias.«

»Reich belohnen will sein Vater dich, hat er gesagt.«

»Er hat mir sechs Pfennige geschenkt. Und wenn Matthias gesund wird, bekomme ich noch einmal sechs.«

»Ist das viel Geld?« Der Junge hatte zwar manchmal gesehen, wie Wismarer dem Kapitän kleine Silbermünzen gaben, wenn sie fassweise Bier kauften, hatte jedoch keine Vorstellung von deren Wert.

»Sehr viel.« Rebecca zog die Brauen hoch. »Von Mehl für drei Pfennige könnte ich uns beiden für fast zwei Wochen Brot backen oder zehn Hühner kaufen. Für zwölf Pfennige bekomme ich schon einen warmen Wintermantel.«

Aus großen Augen und mit offenem Mund staunte der Junge sie an. »So viele Dinge kann man dafür kaufen?« Er dachte an ihre Ankündigung, ihm Geld für die Flucht zu geben. War sie am Ende doch reicher, als sie zugeben mochte? Seit er gesehen hatte, wie sie neben dem sterbenden Kapitän stand und ihre rechte Faust festhielt, traute er ihr alles zu.

Und dennoch – oder gerade deswegen? – bewunderte er sie rückhaltlos. Ihre Nähe vermittelte ihm ein Gefühl von Sicherheit und Stärke.

Rebecca neigte den Kopf auf die Schulter und betrachtete ihn nachdenklich. »Vielleicht hat der Allmächtige mich damals ja deswegen gerettet, damit ich dich retten kann«, sagte sie leise und wie zu sich selbst. »Und damit ich Matthias heilen kann.«

»Wovon sprichst du denn?« Der Junge runzelte die Stirn. »Ich verstehe nicht, was du meinst.«

»Es ist zwölf Jahre her, ich war damals erst sieben, also gut drei Jahre jünger als du heute.« Rebecca hob den Blick und schaute über das Wasser auf die nächtliche Stadt. »Ich muss immer daran denken, wenn ich ein Haus brennen sehe.« Mit einer Kopfbewegung deutete sie hinüber zur Brandruine. »So hat auch mein Elternhaus gebrannt damals. Unsere Synagoge und unser halbes Viertel haben so gebrannt.«

»Wo ist das gewesen?« Er zog ihr die Hand vom Bauch weg und hielt sie fest. »Wo hat dein Elternhaus gestanden, Rebecca?«

»In einer Stadt viele Tagesreisen weit im Süden. Sie heißt Erfurt und liegt an drei Flüssen. Eigentlich eine schöne Stadt in einer lieblichen Landschaft.« Rebeccas Miene wurde hart und bitter. »Doch die Erinnerung an sie tut sehr weh.«

»Wer hat denn euer Haus angezündet?«

»Mönche, Erfurter Bürger und Waffenknechte des Vogts.« Rebecca winkte seufzend ab. »Viele Leute stürmten damals schimpfend und mit Fackeln, Knüppeln und Schwertern unser Viertel.«

»Aber warum denn?«

»Einem Ratsherrn, der meinem Vater Geld schuldete, starben nacheinander zwei Kinder. Da ist er zum Priester gegangen und hat ihm erzählt, dass mein Vater und Männer unserer

Gemeinde den Brunnen vergiftet hätten, aus dem er und seine Nachbarn Wasser schöpften ...«

»Wie gemein!«, entfuhr es dem Jungen.

»... der Priester hat es dem Abt erzählt, der Abt dem Vogt, und der hat seine Waffenknechte in unser Viertel geschickt. Viele Leute schlossen sich ihnen an. Die erschlugen die meisten unserer Gemeindemitglieder oder verbrannten sie in ihren Häusern. Meinem Vater – er war der Medikus unserer Gemeinde – haben sie die Waden aufgeschnitten, heißen Teer in die Wunden gegossen und ihn dann durch das brennende Viertel gejagt, damit er die Vergiftung des Brunnens gesteht ...«

»Ist das wirklich wahr?« Dem erschütterten Jungen brach die Stimme.

»... unsere ganze Familie wurde damals ermordet. Nur meine Muhme und ich konnten fliehen. Wir versteckten uns in einem Dorf, doch ein Bauer verriet uns, und sein Grundherr verkaufte uns einem sächsischen Ritter.«

Der Junge starrte zu Rebecca hinauf und versuchte zu fassen, was er da hörte. Tränen strömten ihm über das Gesicht. Er hielt ihre Hand fest, drückte sie und wusste nicht, was sagen, was tun.

»Meine Muhme starb zwei Jahre später, und der Ritter verkaufte mich an einen wendischen Fürsten. Dessen Frau hatte ein gutes Herz – sie beschützte mein Heranwachsen, erkannte, dass ich heilende Hände hatte, und lehrte mich die Heilkunst. Doch als ich siebzehn war, starb sie, und der Wendenfürst verkaufte mich an Conrad Jacobi. Der gab dem Wendenfürsten eine alte Kogge für mich. Dann kamen zwei schlimme Jahre. Und dann kamst du.« Mit ernstem Blick musterte sie ihn. »Und jetzt sind wir frei.«

Der Junge sagte nichts, fragte nichts. Ganz sprachlos war er und versuchte, sich Rebeccas Leben vorzustellen. Es gelang ihm nicht. Schweigend standen sie auf dem Heckkastell und starrten in die Nacht. Irgendwann begann der Junge zu zittern.

»Mir ist kalt«, sagte er. »Ich will schlafen.«

Rebecca nahm eine der Öllampen von der Reling und ging voraus. Sie stiegen vom Heckkastell und hinunter in den Laderaum. Dort stellte sie die Öllampe auf eine Kiste neben ihrem Nachtlager. Der Junge kroch auf den gemeinsamen Strohsack und ließ sich von Rebecca mit Decken einwickeln. Danach griff sie zu ihrer Laute und stimmte ein Lied an.

»Darf ich dein kleiner Bruder sein?«, fragte er mitten in ihren Gesang hinein. Sie unterbrach ihr Lautenspiel nicht, doch im Schein der Öllampe sah er sie lächeln und nicken.

»Darf ich für immer bei dir bleiben?«

Rebecca hörte auf zu singen. »Für immer?« Sie lachte.

»Lach doch nicht, das tut mir weh.«

Sie zog ihn an sich und umarmte ihn. »Solange du mich brauchst, werde ich dich nicht wegschicken oder verlassen.« Sie ließ die Laute sinken, strich ihm über die Locken, und der Junge atmete auf. »Es sei denn, ich sterbe. Dann muss ich dich verlassen. Doch du bist klug und stark genug, auch ohne mich zurechtzukommen.«

»Ich will nicht, dass du stirbst.«

»Der Gütige und Allmächtige ruft uns zu sich, wann immer er will, Moses. So wie er keinen von uns gefragt hat, ob er geboren werden will, fragt er auch keinen von uns, ob und wann er sterben will. Sollte er mich schneller rufen, als du und ich es uns heute Nacht wünschen, denke immer daran, dass er den Moses rettete, weil er noch etwas mit ihm vorhatte.«

Der Junge dachte über ihre Worte nach. Er verstand nicht, was sie ihm sagen wollte. Was sollte Gott schon mit einem kleinen, elternlosen Jungen vorhaben?

Rebecca ließ ihre Hand eine Weile auf seinem Blondschopf

liegen und dachte nach. »Ich habe dir ja erzählt, dass ich Geld besitze, von dem Jacobi nichts gewusst hat«, sagte sie schließlich. »Im Viehstall hatte ich es vergraben, nur einen Schritt weit weg von deinem Schlafplatz bei den Ochsen.« Sie klopfte auf ihren Rucksack. »Das habe ich schnell ausgegraben, bevor das Feuer vom Haus auf die Stallung übergriff. Es wird mindestens ein Jahr lang für uns beide reichen. Eher noch länger.«

»Was?« Der Junge war vollkommen verblüfft. »Woher hast du denn so viel Geld?«

»Das musst du nicht wissen, Moses.«

»Hast du es jemandem weggenommen?«

»Traust du mir das wirklich zu?«

Er schüttelte den Kopf. »Hast du jemanden umgebracht?«

»Das traust du mir schon eher zu seit heute Abend, nicht wahr?« Rebecca langte die Öllampe von der Kiste und hob sie hoch. In ihrem Schein musterte sie ihn scharf. Ihre Miene wurde auf einmal hart und bitter, uralt sah sie jetzt aus. »Doch, nein.« Langsam schüttelte sie den Kopf. Dann senkte sie Blick und Stimme und flüsterte: »Conrad Jacobi ist der erste Mensch, den ich getötet habe. Und Gott helfe mir, dass es der letzte gewesen ist.«

Rebecca hatte mehr erlebt, als ein Kinderherz wie seines begreifen konnte – ihre Miene, ihre zitternde Stimme und die Art, wie sie sich auf die Unterlippe biss und über den Saiten ihrer Laute die Faust ballte, verrieten es ihm. Der Junge bereute seine neugierige Fragerei und räusperte sich ein paarmal. »Und wohin werden wir zusammen gehen?«

»Vielleicht mit dem Lübecker nach Gotland und Riga?« Rebecca hob den Blick und stellte die Lampe zurück auf die Kiste. »Vielleicht noch weiter nach Russland? Ich weiß es doch auch nicht.«

7
Danzig, Gotland, Riga

Die Morgensonne stand rot über den Dächern der erwachenden Stadt. Ochsen blökten, der Kranmeister lief schimpfend zwischen den Fuhrwerken umher, Möwen kreisten schreiend über dem Turmkran, und Windenknechte und Ochsentreiber riefen einander Grüße zu.

Der Junge balancierte schlaftrunken über die Laufplanke zum Kai hinüber. Sein Magen knurrte. Über seiner Schulter hing Rebeccas Laute, unter seinem Arm klemmte ein Bündel aus noch warmen Decken. Den Strohsack hatte er im Laderaum zurückgelassen.

Hinter ihm lichteten die Lübecker Seeleute den Anker und hissten das Segel. Nur ein paar Dutzend Fuß weit würde die Kogge segeln – bis unter den Arm des Turmkrans. Unter dem warteten bereits sieben Ochsenkarren voller Kornsäcke und Bierfässer am Kai, die für die Märkte in Danzig und Riga bestimmt waren. Dahinter standen zwei leere Fuhrwerke, die einen Teil der Lübecker Ladung aufnehmen sollten: einige Ballen Tuch aus Brügge und Antwerpen für die Schneiderwerkstätten zwischen Wismar und Schwerin und Kisten mit Silberkelchen, Goldschmiedearbeiten und Messgewändern aus Köln für den Schweriner Dom.

Der war nicht aus Holz gebaut wie die alte Wismarer Marienkirche dort oben auf dem Stadthügel, sondern aus Backstein. Das jedenfalls hatten die Seeleute dem Jungen erzählt. So lange, wie ein Mensch lebte, bauten die Schweriner schon an ihrem Dom, und bald sollte er endlich eingeweiht werden.

Auch woher all die Waren kamen, die der Turmkran da

aus dem Bauch der Kogge hob, hatten sie ihm erzählt, und wohin sie verschifft werden sollten. Mit glänzenden Augen hatte er an ihren Lippen gehangen: Danzig, Visby, Riga, Brügge, Köln – wo in der großen Welt lagen diese Städte? Wie weit segelte man, um in ihre Häfen zu gelangen, und wie sah es in ihren Straßen und Gassen aus? Und war womöglich sein Vater zu einer dieser Städte unterwegs gewesen, bevor die Piraten sein Schiff versenkt hatten?

Allein der fremdartige Klang der Städtenamen weckte ungeahnte Gefühle in der Brust des Jungen – Sehnsucht, Fernweh, Abenteuerlust. Konnte ein Mensch leben, ohne sich zu diesen fernen Orten hin zu wünschen? Der Junge jedenfalls hoffte, Rebecca würde den Kaufmannssohn gesund machen und sein Vater sie und ihn zur Belohnung mit in diese Städte nehmen.

Erst einmal jedoch stand er in der kühlen Morgenbrise und im Menschengetümmel am Wismarer Hafenkai. Und hatte Hunger. Die letzte Mahlzeit hatte er am Morgen des vergangenen Tages zu sich genommen – eine Schale Haferbrei. Lange her, zu lange.

Er rieb sich den Bauch und schaute sich um. Je lauter sein Magen knurrte, desto schneller vergingen ihm Fernweh und Abenteuerlust und verblassten die Städtenamen in seinen Gedanken. Wo um alles in der Welt gab es etwas zu essen?

Rebecca konnte er nicht fragen. Kurz vor Sonnenaufgang hatte der Lübecker Kaufmann sie durch einen Boten ins Gasthaus und ans Krankenlager seines Sohnes rufen lassen. Ob sie dort etwas zu essen bekam? Vielleicht würde sie ihm ja ein paar Bissen mitbringen. Doch ob er es noch so lange aushalten konnte?

Er blickte hinüber zur Brandruine. Gut zwei Dutzend Frauen, Kinder und Männer standen dort, tuschelten, gestikulierten und gafften in die verkohlten Ruinen von Jacobis

Brauerei, Stallung und Haus. Dort hatte es gestern noch Prügel gegeben – aber auch Haferbrei. Und am Abend sogar Brot und gebratenes Huhn. Das Wasser lief dem Jungen im Mund zusammen, und er wünschte, er hätte den Hühnerflügel nicht verschmäht.

In der Menge vor der Brandruine entdeckte er ein kleines Mädchen, das biss in einen Apfel. Und eine Frau unter den Gaffern trug einen Korb mit Broten auf der Schulter. Der Junge gab sich einen Ruck und ging zu der Menschenmenge. Sein Hunger war stärker als seine Scheu.

Er stellte sich neben das Mädchen mit dem Apfel und tat so, als würde er die Männer beobachten, die mit Äxten und Spießen die verkohlten Holzwände von Jacobis Haus niederrissen. Es dauerte eine Weile, bis er sich überwand, das Kind anzusprechen; da hatte es seinen Apfel schon beinahe aufgegessen. »Bekomme ich deinen Apfelbutzen?«, fragte er.

Das Mädchen wich vor ihm zurück, griff nach der Schürze seiner Mutter und schmiegte sich an sie. Misstrauisch musterte es die Decken unter seinem Arm und die Laute an seiner Schulter. Seine abweisende Miene raubte dem Jungen schließlich allen Mut. Er versuchte, sich Scham und Enttäuschung nicht anmerken zu lassen, und tat erneut, als beobachte er die Männer, die sich jetzt Zugang in das niedergebrannte Haus des Kapitäns verschafften.

Es dauerte nicht lange, bis der bohrende Hunger stärker wurde als seine Menschenscheu. Er fasste die Frau mit dem Brotkorb ins Auge, pirschte sich an sie heran und blieb schließlich vor ihr stehen.

»Ich hab solchen Hunger!« Er schaute hinauf in ihr strenges Gesicht. »Schenkst du mir ein Stück Brot?«

»Verschwinde, Bursche!«, zischte sie und wies mit feindseliger Geste zum Hafen hin. »Bitte doch Jacobis Judenhure um Brot!«

Wie von einem Fausthieb getroffen stand der Junge still und musterte sie verständnislos. Er wusste nicht genau, was eine Hure war, doch die gehässige Miene der Frau ließ keinen Zweifel daran, dass sie mit diesem Wort einen abgrundtief verachtenswerten Menschen meinte. Sofort verdrängte die Wut seinen ersten Schrecken.

»Rebecca ist keine Hure!«, rief er voller Empörung.

»Was ist sie dann?« Die Frau blickte zu den Leuten zu ihrer Rechten. »Hat etwa ein Priester ihnen gestern während des Feuers schnell noch das Sakrament der Ehe gespendet?« Einige Leute feixten. Sie schaute nach links. »Ist sie jetzt Jacobis Witwe und wird am Ende noch sein Schiff erben? Da werden Jacobis Gläubiger aber glücklich sein.« Die es hörten, lachten freudlos.

Der Junge begriff kein Wort. »Sie ist eine Heilerin!«, rief er. »Sie ist ein Engel und hat mich gerettet! Und den Sohn des Kaufmanns wird sie auch gesund machen!« Der Junge blitzte die Frau zornig an, dann wandte er sich ab. Lieber hungern als Brot von solchen Menschen nehmen.

»Moses!« Jemand rief seinen Namen, und er drehte sich um: Eine alte Frau in der Menge winkte. »Her zu mir, Moses, sollst was zu essen kriegen.«

Er ging zu ihr und spürte die Blicke der anderen bei jedem Schritt. Die Frau wühlte schon in ihren vielen Röcken und Kleidern, als er vor ihr stand. Sie war sehr klein, ein wenig bucklig, und ihr Haar hatte die Farbe frisch gefallenen Schnees. Ungefähr tausend Falten zerfurchten ihr ledriges Gesicht.

»Da, Junge.« Sie reichte ihm eine große gelbe Birne. Er bedankte sich. »Gott segne dich, Moses. Hast dich als mutigster von allen Wismarer Männern erwiesen, als du gestern den Köter gepackt hast.« Ein breites Lächeln verzog ihr greises Gesicht. Und dann rief sie in die Richtung der Frau mit dem Brotkorb: »Hartherziges Pack!«

Der Junge bedankte sich abermals, lief zum Turmkran, legte Decken und Laute auf einen der leeren Wagen dort und setzte sich daneben. Gierig biss er in seine Birne. Sie war sehr saftig und schmeckte süß wie Blütenhonig.

»Danke«, murmelte er mit vollem Mund, »danke, Gott. Und bitte gib, dass Rebecca den Matthias gesund machen kann. Bitte, bitte gib, dass wir mit nach Danzig, Gotland und Riga segeln dürfen.«

Bald scheuchten ihn die Ladeknechte und Ochsentreiber vom Fuhrwerk, denn der Turmkran hievte die ersten Kisten und Ballen aus dem Laderaum der Lübecker Kogge und wollte sie auf dem Wagen absetzen. Der Junge nahm seine Sachen und wechselte auf den zweiten leeren Ochsenkarren. Nicht weit von ihm quietschten und knarrten die Treträder des Krans, und Ladeknechte und Kranmeister riefen Kommandos.

Der Junge aß seine Birne bis auf den Stiel und beobachtete dabei das Spektakel. Er fragte sich, wie wohl die Kräne in Danzig oder Riga aussahen und wie groß die Häfen von Köln, Brügge und Antwerpen sein mochten.

Seine Vorstellungskraft erschuf ihm einen Hafen, in dem zwanzig und mehr Schiffe vor Anker lagen. Vollgeladene Lastkähne ruderten von einem zum anderen, Kolonnen von Fuhrwerken ruderten zu den Anlegeplätzen, und gleich zwei hölzerne Kräne hoben und senkten Paletten voller Säcke und Kisten.

Er schloss die Augen, um sich dem Bild hinzugeben, und plötzlich sah er im Geist einen blonden Mann in einem roten Waffenrock an einer Landungsbrücke stehen. Der Mann trug ein Schwert an einem schwarzen Brustgurt; der Mann hatte einen blonden Bart; und der Mann winkte mit herrischen Gesten Ladeknechte mit Säcken und Kisten auf den Schultern zwischen Fuhrwerken und Laufplanke hin und her.

»Herr Vater«, murmelte der Junge, und auf einmal wusste er, dass er nicht irgendeinen Hafen fantasierte, sondern im Geist jenen Hafen sah, in dem er auf das Schiff seines Vaters gestiegen war. Sein Heimathafen! Kein Bild der Fantasie, sondern ein Erinnerungsbild war in ihm hochgestiegen.

Das Herz schlug ihm im Hals, und Freude und Wehmut zugleich erfüllten ihn. Er öffnete die Augen, spähte in die Wismarer Bucht hinaus und versuchte, sich weitere Einzelheiten des heimatlichen Hafens in Erinnerung zu rufen.

Laute Männerstimmen rissen ihn aus seinem Tagtraum. Er fuhr herum und blickte hinüber zum niedergebrannten Anwesen des Kapitäns. Drei Männer standen in den verrußten und verkohlten Ruinen und setzten Haken, Axtklingen und Spieße an, um die Trümmer auseinanderzuziehen.

»Wir haben ihn!«, rief einer und deutete mit einer Stange zwischen einen verrußten Herd und verkohlte Tischbeine. »Hier liegt er!« Dem Jungen wurde heiß und kalt, und ein Kloß schwoll ihm im Hals.

Der Mann mit der Stange bückte sich. »Und hier liegt sein Säbel!« Er hob eine verrußte Klinge hoch, schrie auf und ließ sie sofort wieder fallen. »Höllendreck! Ist noch heiß!«

Jemand warf den Männern in der Brandruine ein Bündel Sackstoff zu. Sie entrollten ihn, breiteten ihn zwischen den schwarzen Trümmern aus und legten etwas drauf. »Er liegt auf dem Bauch!«, rief einer.

Unwillkürlich setzte der Junge sich in Bewegung, Schritt für Schritt näherte er sich dem niedergebrannten Anwesen. Er dachte an den Dolch und versuchte, sich zu erinnern, was Rebecca damit getan hatte, bevor sie die brennende Küche verließen. Lag er etwa auch neben dem Toten? Hatten die Leichenträger ihn womöglich gefunden?

Neben der Frau, die ihm die Birne geschenkt hatte, blieb er stehen und sah zu, wie die vier Männer, jeder an einem

Sacktuchzipfel, ein krummes und verkohltes Etwas aus der Brandruine in den Hof trugen. Jacobis verbrannte Leiche war kaum größer als der Junge selbst. Er stellte sich auf die Zehenspitzen, um vielleicht den Dolch zu entdecken.

»Guck's dir ruhig an, mein Junge«, sagte die Greisin, »viel bleibt von uns nicht übrig, wenn der Sensenmann mit uns getanzt hat.« Sie bekreuzigte sich und murmelte ein Gebet.

Den Dolch entdeckte der Junge nirgends, auch wenn er sich noch so sehr in die Höhe reckte. Dennoch vermochte er nicht, seinen Blick von dem schwarzen Etwas im Sackstoff zu lösen. Eine Gänsehaut nach der anderen rieselte ihm über Nacken und Rücken.

Die Männer legten das Sacktuch mit dem verkohlten und verkrümmten Etwas im Hof ab. Andere kamen dazu, versammelten sich um Tuch und Leiche, begannen zu palavern und wiegten erschüttert die Köpfe. Und einer sagte: »Was zum Henker wollte der Jacobi mit dem Säbel anstellen?«

»Vielleicht den Gottseibeiuns erschlagen, damit er seine schwarze Seele nicht in die Hölle herabzerren kann«, antwortete ein anderer. Niemand lachte.

Der Junge fror und zitterte auf einmal. Damit keiner es merkte, machte er kehrt und trat aus der Menge der Gaffenden. Ob man eine Stichwunde auch bei einem Toten entdecken konnte, dessen Körper so verbrannt war wie Jacobis Leib? Er musste zum Gasthaus, er musste Rebecca warnen.

Das Gasthaus, in dem der Kaufmann aus Lübeck wohnte, lag auf dem Stadthügel gleich neben der Marienkirche. Auf halbem Weg kam Rebecca ihm entgegen. Sie war sehr blass, und ihr Blick wirkte enttäuscht und sorgenvoll.

»Matthias geht es schlechter«, sagte sie. »Die Bisswunde hat sich stark entzündet. Seit der letzten Nachtstunde steigt das Fieber unablässig.«

»Muss er jetzt sterben?«, fragte der Junge erschrocken. Rebecca hob ratlos die Achseln.

*

Zwei Tage später bat Matthias' Vater Rebecca und den Jungen ins Gasthaus und an Matthias' Krankenlager. Als sie vor der Tür des Krankenzimmers standen, hörte Moses drinnen eine tiefe Männerstimme, die ihm bekannt vorkam.

»Du weisch, dass i sämtliche Meere un gege Pirate gekämpft heb, Bertram! Nimm mi mit nach Riga.«

»Du kennst meine Antwort«, hörte er den Lübecker Kaufmann sagen. »Und jetzt raus mit dir!«

Die Tür wurde aufgerissen, und Jacobis Bootsmann schob den kleinen Weißhaarigen mit der langen Nase nach draußen. Eine Wolke Zwiebelduft umwehte den Mann, Fell und Lederband hingen lose von seinem rechten Knie. Fluchend verließ er den Gasthof. Sein Schwert schlug gegen den Türrahmen, als er nach draußen stürmte.

Der Junge staunte den Mann mit den eisgrauen Augen an, doch der nickte ihnen freundlich zu und winkte sie hinter sich her in den Gastraum. Dort lehnte er sich ans Fenster, wo schon mit verschränkten Armen Jacobis Steuermann stand. Der musterte den Jungen kühl. Rebecca zog die Brauen hoch – Jacobis Männer hier anzutreffen überraschte auch sie. Es roch nach Harn, Schweiß und Eiter. Der Junge schluckte einen Brechreiz hinunter.

Matthias lag in einem richtigen Bett. Auf dem Weiß seines Kissens leuchtete sein Haar noch röter als sonst. Auf seiner Brust hielt er drei seiner bunten Jonglierbälle fest. Mit einem winkte er ihnen zu, als sie eintraten.

»Matthis geht es tatsächlich ein wenig besser.« Der Kaufmann saß am Bettrand. »Der Heiligen Jungfrau sei Dank.«

Rebecca bückte sich zu Matthias hinunter und befühlte seine Stirn. »Das Fieber ist wirklich ein wenig gesunken.« Sie blieb zurückhaltend. »Doch ich fürchte, die Wunde wird wieder eitern und das Fieber zurückkommen, wenn Euer Sohn nicht strenge Bettruhe hält.« Sie ging vor dem Bett in die Hocke, schob behutsam den vollen Nachttopf beiseite und begann, den Verband zu öffnen. »Und wenn nicht mindestens zweimal am Tag die Kräuterauflage gewechselt wird.« Matthias kniff die Augen zu und drehte den Kopf weg.

»Ich weiß doch, Rebecca«, sagte sein Vater. »Aber ich kann nicht länger hier vor Anker liegen.« Er stand auf und lief unruhig zwischen dem Bett und den beiden Männern am Fenster hin und her. »Das Bier muss nach Danzig, bevor es schlecht wird. Mein Neffe wartet darauf. Und in Riga warten sie auf Salz und Rheinwein. Überall stehe ich im Wort. Matthias jedoch kann die lange Fahrt unmöglich mitmachen, da würde er nur noch kränker werden.«

Der Junge lauschte jedem einzelnen Wort nach: *Danzig, Riga, Salz, Rheinwein …* Von Rheinwein hatte er noch nie gehört. Das Wort klang, als käme dieser Wein von sehr weit her.

»Das sehe ich genau wie Ihr.« Rebecca warf den schmutzigen Verband in einen bereitstehenden Eimer, griff sich eine Wasserschüssel und Tücher vom Tisch und reinigte die Wunde. Matthias verzog den Mund und biss die Zähne zusammen. »Wollt Ihr ihn denn hier in Wismar zurücklassen?« Die Bisswunde sah aus wie eine durchlöcherte rotblaue Qualle. Der Junge zwang sich, sie nicht anzustarren.

»In deiner Obhut, ja, Rebecca. Für fünf Tage, ich würde dir ein Quartier hier im Gasthaus anmieten.« Er deutete auf den Jungen. »Auch für Moses selbstverständlich. Euer Essen würde ich im Voraus bezahlen. Sobald es meinem Matthis ein wenig besser geht, soll er zu seiner Mutter zurück nach Lübeck gebracht werden.«

Die Vorstellung, hier im Gasthaus in einem richtigen Bett zu schlafen und regelmäßige Mahlzeiten zu erhalten, behagte dem Jungen ungemein. Die Aussicht jedoch, nicht nach Danzig und Riga fahren zu dürfen, gefiel ihm gar nicht.

»Nach Lübeck segelt eine Kogge bei gutem Wind höchstens einen halben Tag lang.« Mit einem Spachtel löffelte Rebecca Pflanzenbrei aus einem Töpfchen und strich ihn behutsam auf die Wunde. Matthias stöhnte auf vor Schmerzen. »Das würde Euer Sohn selbst mit Fieber überstehen – falls er ansonsten gut versorgt wird.«

»Genau darum möchte ich dich bitten, Rebecca.« Der Kaufmann trat zu ihr und blieb dicht neben ihr stehen. Ein zärtlicher Ausdruck legte sich auf seine Züge, während er in ihr Gesicht hinuntersah. Sofort fiel dem Jungen Rebeccas Bemerkung ein, der Kaufmann habe Gefallen an ihr gefunden. »Ich bitte dich, Matthias nicht nur nach Lübeck zu begleiten, sondern ihn auch dort weiterzupflegen und zu versorgen, bis er geheilt ist.«

Matthias' Vater wandte sich an den Jungen. »Und dich auch, Moses. Dich in seiner Nähe zu haben wird Matthias guttun.« Er drehte sich nach seinem Sohn um. »Nicht wahr, Matthis?« Der Angesprochene schlug die Augen nieder, betastete wie aus Versehen seine Bälle und nickte ein wenig. »Matthis hat mir nämlich gesagt, dass er dich gernhat, Moses.«

Der Junge war so überrascht, dass ihm nicht gleich eine Antwort einfiel. Matthias hatte ihn gern? Er schaute zu ihm und begegnete seinem Blick. Matthias lächelte verlegen und errötete ein wenig. Der Junge bewunderte den Älteren wegen seiner schönen Kleider und für die Selbstverständlichkeit, mit der er sich im Hafen bewegte. Und natürlich, weil er mit vier Bällen jonglieren konnte. Aber hatte er ihn deswegen genauso gern?

Doch, sagte er sich, nachdem er in sich hineingelauscht

hatte, *eigentlich habe ich ihn gern.* Diese Einsicht laut auszusprechen, hielt er allerdings für gänzlich überflüssig.

Er schaute zu Rebecca hin, die sich nach ihm umdrehte, und begegnete ihrem fragenden Blick. Es dauerte ein Weilchen, bis er begriff, dass sie auf seine Zustimmung wartete. Er dachte an Danzig, Gotland und Riga, doch dann nickte er ihr zu.

»Also gut.« Sie erhob sich und wandte sich an den Lübecker Kaufmann. »Dann danke ich Euch für Euer Vertrauen und verspreche Euch, mich um Euern Sohn zu kümmern, bis ich ihn der Obhut Eurer Gattin übergeben habe.«

»Und bitte auch darüber hinaus«, sagte der Kaufmann. »So lange, bis er vollständig genesen ist.«

Zwei Atemzüge lang musterte Rebecca ihn nachdenklich. Dann sagte sie: »Wie Ihr wünscht.« Sie drehte sich nach dem Jungen um. »Nicht wahr, Moses?«

Weit lieber wäre er nach Danzig, Gotland und Riga gesegelt – doch ohne Rebecca? Noch einmal nickte er. »Und wie kommen wir nach Lübeck?«, wollte er wissen.

»Mit mir«, sagte Jacobis Steuermann, und an Rebecca gewandt fuhr er fort: »Kapitän Jacobi steht mit über zehntausend Mark lübisch im Schuldbuch des Rates von Wismar. Alles, was er besitzt, gehört nun der Stadt. Ich habe die Kogge gepachtet und werde als Gesellschafter des Rates nach Schonen fahren, um Jacobis Waren teils für den Stadtkämmerer, teils für meine eigene Schatulle zu verkaufen. Und um Salzhering, Stockfisch und Butter zu laden. Wir stechen wie vorgesehen nach dem Auferstehungsfest in See und segeln über Lübeck. Ich als Kapitän und er als Steuermann.« Mit einer Kopfbewegung deutete er auf Jacobis Bootsmann. »Du kannst mit den Jungens in deiner gewohnten Kajüte fahren.«

Rebecca war einverstanden. Sie und die Männer besprachen Einzelheiten der Lübeckfahrt, während Rebecca dem Kaufmannssohn die Wunde verband und der Junge versuchte, sich mit den neuen Aussichten anzufreunden.

Nach Lübeck würde es also gehen statt nach Danzig, Gotland und Riga. Und selbst das erst, wenn das Osterfest vorüber war – er rechnete –, also in fünf Tagen. Als er versuchte, sich die Dauer von fünf Tagen zu verdeutlichen, merkte er, wie sehr er im Grunde darauf brannte, Wismar endlich den Rücken zu kehren – der Stadt, der Brandruine und vor allem den Menschen, die Rebecca für eine Mörderin und »jüdische Hure« hielten.

Der künftige Kapitän und der künftige Steuermann von Jacobis Kogge, die nun dem Stadtrat gehörte, verabschiedeten sich, Ersterer knapp und kühl, Letzterer freundlich und mit einem Segenswunsch. Dem Kaufmann gegenüber grüßten sie ehrerbietig, beinahe unterwürfig.

Der Junge fragte sich, was Matthias' Vater ihnen zahlen mochte dafür, dass sie seinen Sohn, Rebecca und ihn mit nach Lübeck nahmen. Er traute ihnen nicht über den Weg; nicht einmal dem Eisauge, dem ehemaligen Bootsmann, auch wenn der sich freundlich gab, seit er ihm auf die Palette und die Krankette geholfen hatte.

»Ich habe zwei Briefe nach Lübeck aufgesetzt, die ich dir mitgeben möchte.« Der Kaufmann zog eine Pergamentrolle aus dem Rock, als die beiden die Tür hinter sich geschlossen hatten. »Einen an einen Ordensmann, bei dem ihr Hilfe finden werdet, falls ihr Hilfe braucht, und einen an meine Gattin. Ich würde die beiden Schreiben gern in Ruhe und unter vier Augen mit dir besprechen.«

Rebecca zog erstaunt die Brauen hoch, erklärte sich aber einverstanden. Sie nickte dem Jungen zu und verließ an der Seite des Kaufmanns das Gastzimmer. Der Junge und der Kaufmannssohn blieben allein zurück.

Eine Zeit lang guckten sie nur stumm im Zimmer herum – Matthias zur Decke, zum Fenster und auf die bunten Bälle auf seiner Brust, der Junge auf den Nachttopf, auf den Boden und zur Schüssel mit dem blutigen Wasser.

»Wer war der kleine Mann mit dem weißen Haar?«, brach der Junge irgendwann das Schweigen.

»Mein Oheim«, antwortete Matthias. »Freust du dich auf Lübeck?«

Der Junge nickte. »Warum nimmt dein Vater ihn nicht mit nach Riga?«

»Er hat schon einen Kapitän und einen Steuermann. Außerdem bringt der Oheim Unglück.«

»Wirklich?«

Matthias nickte. »Viele sagen es.« Matthias winkte ab. »Lübeck ist die schönste Stadt des Kaiserreiches. Und die reichste sowieso. Sogar reicher als Köln.«

»Kennst du denn alle Städte des Reiches?«

»Ich werde sie alle noch kennenlernen, doch ich weiß es jetzt schon: Lübeck ist von Anbeginn die größte und reichste.« Er nahm zwei seiner Jonglierbälle von seiner Brust. »Ich könnte schon einmal anfangen, dir das Jonglieren beizubringen. Einverstanden?«

»Warst du schon in Danzig, Gotland und Riga?«

»Natürlich! Und in Bergen und Schonen war ich auch schon.«

Der Junge war sich nicht sicher, ob er Matthias das glauben konnte. »Könntest du deinen Vater fragen, ob er mich mitnimmt, wenn ihr das nächste Mal dorthin segelt? Ich kann nämlich ziemlich gut klettern und Feuer machen.«

»Ich werde ihn fragen. Was ist jetzt – soll ich dir Jonglieren beibringen oder nicht?«

»Wohnt ihr in Lübeck in einem großen Haus?«

»Sehr groß. Eigentlich gibt es nur große Häuser in Lübeck.

Wismar ist ein Fischerdorf gegen Lübeck.« Mit der Linken hob der Kaufmannssohn einen roten und einen gelben Ball. »Man beginnt mit zwei Bällen.«

»Hast du Geschwister?«

»Einen Hund, ein Pferd, eine Katze, zwei Schwestern und einen Bruder.« Matthias streckte ihm die beiden Bälle entgegen. »Nimm sie in eine Hand. Bist du Rechtshänder?«

»Wie heißen die?«

»Nero, Pegasos und Hannibal. Jetzt nimm schon, Moses!« Matthias wurde ungeduldig. »Bist du Rechtshänder?«

Der Junge verstand die Frage nicht. Im Stillen ging er die Namen durch, die Matthias genannt hatte. Sie erschienen ihm höchst fremdartig und verwirrten ihn. Hatte er sie nicht schon irgendwann einmal gehört? Es kam ihm so vor. Aber wo?

»Deine Schwestern haben Männernamen?«, fragte er, während er Matthias geistesabwesend die Bälle abnahm.

»Was für eine dumme Frage!« Eine Zornesfalte grub sich zwischen die rötlichen Brauen des Lübeckers ein. »Mein Hund heißt Nero, mein Pferd Pegasos, mein Kater Hannibal. Ist das so schwer zu verstehen?«

»Und wie heißen deine Geschwister?«

»Jetzt halte die Bälle in einer Hand, und zwar so, dass einer vor dem anderen liegt.« Matthias nahm zwei Bälle mit der Linken von seiner Brust und machte es ihm vor. »So.«

Der Junge tat, was der andere wollte. »Ich habe eine kleine Schwester und einen kleinen Bruder. Und weißt du was? Ich habe ihre Namen vergessen.«

»Du bist ja Linkshänder!«

»Ich weiß nicht einmal, wie ich selbst heiße. Hab sogar vergessen, wie alt ich bin.«

»Ich dachte, du heißt Moses. Ich kann's auch mit der linken Hand, schau.« Er warf den vorderen Ball, einen schwarzen, aus der linken Hand in die Höhe, und bevor er wieder auf seinen Fingern landete, flog schon der andere durch die Luft, der rote. »Kapiert?« Matthias verzog das Gesicht, als er den roten Ball fing, offenbar fuhr ihm der Schmerz in die zerbissene Schulter. »Sobald der vordere Ball den höchsten Punkt erreicht und einen Wimpernschlag lang stillsteht, um dann in deine Hand zurückzukehren, wirfst du den zweiten Ball hoch.« Matthias' Jongliereifer schien größer zu sein als sein Schmerz. »Und wenn der zweite seinen höchsten Punkt erreicht, wirfst du wieder den ersten los. Und immer so weiter.«

Der Junge machte es nach, und schon beim dritten Mal gelang es ihm, beide Bälle ein paarmal mit einer Hand kreisen zu lassen. Er nahm die Bälle in die andere Hand und versuchte es mit ihr.

»Jetzt machst du es ja mit der Rechten!«, staunte Matthias. »Kannst du es tatsächlich gleich gut mit beiden Händen?«

Der Junge nahm die beiden Bälle wieder in die Linke, und erneut ließ er sie schon im dritten Anlauf fünfmal hintereinander kreisen.

»Das ist gut!«, rief Matthias. »Das ist sehr gut!« Er beobachtete den Jungen aus großen braunen Augen. »Wie alt sind deine Geschwister?«

»Ich weiß es nicht.«

»Hast du auch Tiere?«

»Ich weiß es nicht.«

»Wo bist du geboren?«

»Ich weiß es nicht.«

»Und was dein Vater arbeitet, weißt du wahrscheinlich auch nicht.« Matthias verdrehte die Augen.

»Nein. Aber ich glaube, er war Kaufmann wie deiner. Auf jeden Fall war er ein Kapitän.«

»Du bist ja lustig!« Matthias grinste ungläubig. »Nenn mich Matthis. Bis du mit drei Bällen jonglieren kannst, ist dir alles wieder eingefallen, du wirst sehen. Und jetzt noch mal mit der anderen Hand.«

Der Junge ließ die beiden Bälle mit der Rechten kreisen und danach noch einmal mit der Linken. Bald schaffte er es mit beiden Händen mehr als zehnmal hintereinander. Matthis schaute ihm stumm vor Staunen zu. Das gefiel dem Jungen.

»Maria!«, rief er irgendwann. »Meine kleine Schwester heißt Maria! Wieso fällt mir das jetzt wieder ein?«

»Hab ich's dir nicht gesagt?!« Matthis wollte in die Hände klatschen, ließ aber sofort die Rechte mit schmerzverzerrtem Gesicht fallen, bevor er sie auch nur um eine Daumenbreite gehoben hatte.

In diesem Augenblick kehrten Rebecca und Matthias' Vater zurück ins Krankenzimmer. »Morgen steche ich in See, Matthis.« Der Kaufmann blieb vor dem Bett seines Sohnes stehen. »Und am Ostermontag werden Rebecca und Moses mit dir auf Jacobis Kogge gehen und dich nach Lübeck zu deiner Mutter geleiten.«

»Der Moses hat sein Gedächtnis verloren, Herr Vater, stellt Euch das nur einmal vor!« Matthis deutete auf den Jungen. »Und er kann schon links und rechts mit zwei Bällen jonglieren, dabei habe ich es ihm gerade erst beigebracht.«

Der Junge legte die beiden Bälle zurück auf Matthis' Brust. »Morgen komme ich wieder zu dir, Matthis. Dann zeigst du mir, wie man mit drei Bällen jongliert.«

Der Lübecker Kaufmann ließ seinen erstaunten Blick zwischen Matthias und dem Jungen hin und her wandern. Schließlich lächelte er. »Gut so, Moses.« Er strich dem Jungen über den Kopf. »Ich bin froh, wenn du Matthis ein wenig Gesellschaft leistest.«

Zum Abschied reichte er erst ihm und dann Rebecca die Hand. Ihre Hand hielt er viel länger fest als seine. Und wieder schaute er Moses' Schwester mit diesem halb bewundernden, halb zärtlichen Blick an, der dem Jungen schon mehrfach aufgefallen war.

Wenig später überquerten sie Seite an Seite den Kirchplatz vor der Marienkirche in Richtung des knapp hundertfünfzig Ruten entfernten Hafens. Der Junge kämpfte noch mit der Enttäuschung, nun doch noch nicht nach Danzig und Riga fahren zu können, und Rebecca lächelte seltsam verträumt vor sich hin. Der Junge fragte sich, was sie so zufrieden stimmte.

»Ich wäre lieber mit Matthias' Vater nach Danzig, nach Visby auf Gotland und nach Riga gesegelt«, sagte er. »Und mit dir.«

»Das geht nicht.« Rebecca fasste sich an den Bauch. »Ich bin froh, dass wir nach Lübeck fahren können.«

»Hast du Bauchschmerzen, Schwester?« Sie schüttelte den Kopf. »Tut dir der Bauch weh?«

»Manchmal.« Sie lächelte. »Tut dir nie der Bauch weh?«

»Doch. Vor allem, seit der Jacobi mir hineingetreten hat.«

»Lass uns nicht mehr von ihm sprechen, Moses.«

»Hat der Kaufherr dir die Briefe vorgelesen?«, wollte er wissen.

»Ich durfte sie selbst lesen.«

»Und was hast du in den Briefen gelesen?«

»Seiner Gattin schreibt Bertram, dass du Matthias …«

»Bertram?« Der Junge staunte. »Wieso nennst du den Kaufherrn beim Vornamen?«

»Weil er mich dazu aufgefordert hat.« Rebecca zuckte mit den Schultern. »Seiner Gattin schreibt Bertram also, dass du zehn Jahre alt bist, Matthias vor dem Hund gerettet hast und dass ich sein Fieber und seine Wunden geheilt habe. Er bittet sie, uns beide gnädig aufzunehmen und uns einen Platz an ihrer Tafel zu gewähren, bis Matthias vollständig gesund ist – dich, meinen Ziehsohn, und mich, Jacobis Witwe.«

»Ziehsohn und Witwe?« Der Junge traute seinen Ohren nicht. »Das schreibt er seiner Frau? Wirklich?«

»Ja, das schreibt er ihr wirklich. Ich habe ihn darum gebeten, es so zu schreiben.«

»Du wolltest, dass er dich Jacobis Witwe nennt?« Der Junge verstand überhaupt nichts mehr. »Aber warum denn das?«

Rebecca antwortete nicht gleich. Kurz bevor sie in eine der engen Gassen einbogen, die hinunter zum Hafen führten, blieb sie plötzlich stehen und ging vor ihm in die Hocke. »Das ist jetzt nicht wichtig, Moses. Wichtig für dich ist dies: Ich bin ab sofort Jacobis Witwe. Merk dir das gut, Moses. Ich bin Jacobis Witwe – verstanden?«

»Aber warum willst du denn unbedingt als Witwe dieses schlimmen Kerls gelten, Schwester?«

»Denk nicht darüber nach, Moses, bitte. Ich bin seine Witwe. Es ist sehr wichtig für mich – das muss dir fürs Erste reichen.«

Er musterte sie lange und aufmerksam. Was hatten sie und der Kaufmann da nur miteinander ausgehandelt? Andererseits: Rebecca war eine kluge Frau, die genau wusste, was sie tat.

»Na gut«, sagte er schließlich. »Du hast dich niemals auf mir ausgestreckt, du hast mich niemals gezwungen, ein Pergament mit einem Gotteswort zu essen, du kannst auch nicht zaubern, du warst aber Jacobis Ehefrau und bist ab sofort seine Witwe.«

»Sehr gut.« Sie tätschelte ihm die Wange, stand auf, nahm seine Hand und wollte ihn in die Gasse hineinziehen. Doch der Junge entzog ihr die Hand und blieb stehen. »Was hast du, Moses?«

»Du magst ab sofort Jacobis Witwe sein, ich aber werde niemals sein Ziehsohn sein.«

»Das bist du ja auch nicht, denn Jacobi ist tot.« Ihr Lächeln hatte etwas Listiges. »Du bist jetzt Waise eines Kapitäns, der dich als Ziehsohn angenommen hatte. Glaube mir, einen solchen Knaben behandelt die Welt besser als einen bettelarmen, elternlosen Balg. Es wird dir helfen, zu überleben und in Lübeck Fuß zu fassen.«

»Ich will es nicht!« Moses stampfte mit dem Fuß auf und wurde laut. »Ich bin der Sohn meiner Eltern! Wo meine Mutter und meine Geschwister leben, habe ich vergessen. Mein Vater war Kapitän und Kaufmann und hat ein Schiff gehabt. Ich weiß, dass er tot ist, doch deswegen bin ich immer noch sein Sohn!«

Rebecca schaute zu ihm hinunter und schluckte ein paarmal. Dann ging sie erneut vor ihm in die Hocke und flüsterte: »Wie du willst. Doch was in dem Brief geschrieben steht, steht geschrieben. Von mir aus sag den Leuten die Wahrheit, wenn sie dich als Jacobis Ziehsohn ansprechen. Doch akzeptiere auch meine Entscheidung: Ich will als seine Witwe gelten. Irgendwann wirst du es verstehen.«

Sie stand auf und ging in die Gasse hinein. Der Junge folgte ihr. Eine Zeit lang sprach keiner mehr ein Wort. Als schließlich der Hafen in Sicht kam, fragte er: »Und was steht im anderen Brief?«

»Der ist an den Meister eines Ritterordens gerichtet. Dieser Herr führt eine Art Hospital in Lübeck.«

»Was ein Ritter ist, weiß ich«, sagte der Junge, »doch was ist ein Ritterorden?«

»Eine Gemeinschaft von Kreuzfahrern, nehme ich an.« Rebecca zuckte mit den Schultern. »Jedenfalls sollen die Gründer des Ordens während des ersten Kreuzzuges vor über hundert Jahren vor den Toren Jerusalems ein Hospital gegründet und betrieben haben, um verletzte Kreuzritter zu pflegen. Heutzutage beschützen sie angeblich christliche Pilger im Heiligen Land.« Ein halb bitteres, halb verächtliches Lächeln trat auf ihre Lippen. »Und an den nördlichen Ostseeküsten bekehren sie Heiden mit dem Schwert.«

Nach allem, was der Junge zu wissen glaubte, schlossen sich nur Mönche in Orden zusammen. »Sind diese Männer denn nun Mönche, oder sind sie Ritter?«

»Beides. Sie kleiden sich wie Ritter, führen Kriege wie Ritter, beten aber wie Mönche und lesen Messen wie Mönche.« Wieder flog ein bitteres Lächeln über Rebeccas Gesicht. »So wie alle frommen Christen, nur ein wenig eifriger.«

»Aber was hat ein Ritter dieses Ordens in Lübeck zu tun, wo sein Hospital doch in Jerusalem steht?«

»Solche Ritterorden gibt es inzwischen an vielen Orten des Kaiserreiches.« Sie zuckte wieder mit den Schultern. Es fiel dem Jungen nicht schwer, in ihren Zügen zu lesen, wie wenig Rebecca solche Kreuzritterorden mochte. »Der in Lübeck steht einem Hospital vor, dem Heiligen-Geist-Hospital. Bertram gehört zu den Stiftern des Hospitals und kann über drei Quartiere darin frei verfügen. Zwei davon soll jener Ordensritter uns geben, falls wir aus irgendeinem Grund nicht mehr bei seiner Frau wohnen können.«

»Heiligen-Geist-Hospital?« Der Junge runzelte fragend die Stirn. »Ich bin doch nicht krank!«

»Es ist auch kein richtiges Hospital.«

»Was denn dann?«

»Bertram sagt, dort kümmern sich fromme Leute auch um Arme, Alte und Waisen. Er nennt es ›Haus des Erbarmens‹.«

8

Ratsherr und Maler II

Lübeck, Herbst 1275

»… am nächsten Tag dann stach der Lübecker Kaufmann in See, um über Danzig nach Riga hinaufzusegeln. Und stell dir vor, Johannes: Er ließ tatsächlich seinen Sohn in der Obhut der jungen Rebecca zurück. Die Leute in Wismar zerrissen sich natürlich das Maul, weil er diese Frau doch kaum kannte. Er muss wirklich großen Gefallen an ihr gefunden haben.« Der Ratsherr lächelte in sich hinein. »An ihr und ihren Heilkünsten.« Er schaute dem traurigen Maler ins Gesicht. »Jedenfalls, so erzählte man es sich in Wismar, standen Rebecca und der kleine Bursche, den sie Moses getauft hatte, am Kai unter dem Turmkran und winkten, als die Kogge aus dem Hafen segelte.«

»Der Junge war wahrscheinlich ein wenig traurig«, sagte der Maler. »So oft bekommt einer nicht die Gelegenheit, in ferne Länder zu reisen.«

Der Ratsherr Morneweg winkte ab. »Wir wissen ja nicht, ob der Lübecker ihn mitgenommen hätte. Schließlich wollte er, dass Moses seinen Sohn begleitete.« Er erhob sich von der Treppe und rieb sich sein Gesäß. Vom langen Sitzen war es ihm eingeschlafen.

»Moses hat's gewiss bereut, nicht wenigstens gefragt zu haben«, sagte Johannes. »Ich an seiner Stelle hätte jedenfalls keine Ruhe gegeben, bis dieser Kaufmann es sich anders überlegt und mich an Bord hätte gehen lassen.«

»Der Junge hat an Rebecca gehangen. Bedenke doch, was die alles für ihn getan hat, nachdem man ihn aus der Ostsee gefischt hatte. Ohne sie wäre er auf Jacobis Schiff gestorben, bevor der Turm der Wismarer Marienkirche überhaupt in Sicht gekommen wäre.«

»Wahrscheinlich.« Der junge Maler öffnete die rechte Faust und betrachtete nachdenklich das Papier darin. »Ganz gewiss aber hätte der Kapitän ihn vor dem Herd erschlagen, wenn die Rebecca nicht so beherzt eingegriffen hätte. Sein neues Leben wäre ganz schnell wieder vorbei gewesen.«

»Ja, das glaube ich allerdings auch.« Der Ratsherr Morneweg nickte und musterte den Jüngeren. Dessen Tränen waren getrocknet, seine Gesichtszüge ein wenig entspannter. Die Geschichte von Moses und Rebecca schien ihn tatsächlich von sich selbst und seinem Schmerz abgelenkt zu haben.

Der Ratsherr Morneweg betrachtete den Jüngeren von der Seite. Ob Johannes immer noch mit dem Gedanken spielte, Lübeck und seinem unvollendeten Christophorus den Rücken zu kehren? Morneweg war fest entschlossen, dem Maler diese Idee auszureden.

»Wie auch immer«, fuhr er fort, »nach dem Osterfest ging Moses mit ihr und dem verletzten Kaufmannssohn an Bord jener Kogge, auf der sie ihn zwei Sommer zuvor den kalten Armen des Todes entrissen hatte. Und segelte nach Lübeck in sein neues Leben.« Er wandte sich ab und begann, hin und her zu laufen.

»Hat der Kaufmannssohn ihm das Jonglieren mit drei Bällen beibringen können?«, wollte Johannes von Köln wissen.

»Mit drei Bällen und mit vieren, jawohl.« Wieder lächelte der Ratsherr. »Im Sommer, als er nicht mehr in Bertrams Kaufmannshaus wohnen wollte, sah man ihn oft hinter einem großen runden Hut auf dem Markt stehen und jonglieren oder zur Laute singen. Viele Lübecker hatten ihn gern und legten ihm Früchte, Eier oder Brot in seinen Hut. Etliche warfen ihm sogar Geld hinein.«

»Habe ich richtig verstanden – Moses wollte nicht mehr

im Kaufmannshaus wohnen?« Johannes runzelte ungläubig die Stirn. »Aber warum denn nicht?«

»Die Gattin des Kaufmanns verwies die Rebecca des Hauses. Da wollte der Junge auch nicht mehr bleiben.«

»Sie hat Rebecca hinausgeworfen?« Ratsherr Morneweg nickte. »Aus welchem Grund denn?«, wollte Johannes wissen. »Haben die Frauen so heftig gestritten, dass sie nicht mehr unter einem Dach wohnen konnten?«

»So ungefähr, doch das ist nicht so leicht zu erzählen.« Der Ratsherr blieb vor dem Maler stehen, ein Schatten flog über seine Miene. »Eine schlimme Geschichte, wirklich schlimm.« Er schaute zu Johannes hinunter. »Die Mutter des Matthias nahm Rebecca nicht gerade mit offenen Armen auf, weißt du? Die Rebecca war jung und von schöner Gestalt, und Matthias' Mutter war nicht nur eine standesbewusste Bürgerin, sondern auch eine sehr eifersüchtige …«

Der Ratsherr verstummte und lauschte, denn gellendes Geschrei erhob sich draußen.

»Das kommt vom Meer her.« Der junge Maler guckte erschrocken zur Gewölbedecke. »Jetzt kreischt's direkt über der Baustelle.« Und an den Ratsherrn gewandt: »Was ist das, Herr Morneweg?«

»Schön, nicht wahr?« Der Ratsherr lächelte und lauschte vergnügt. »So etwas kennt ihr Kölner nicht.« Das Geschrei schwoll an, und bald klang es, als würde eine große Kinderschar draußen auf dem Dach und den Gerüsten herumtollen. »Die ersten Kraniche. Sie ziehen nach Süden.« Die Vogelrufe entfernten sich nach und nach, und Morneweg dachte an die jungen Schwalben in seinem Stall. »Dann werden auch die anderen Zugvögel bald aufbrechen.« Kaum hatte er es ausgesprochen, ertönte oben eine Glocke.

»Schwester Victoria läutet zur Mittagspause«, sagte Johannes.

»Schon?!«, rief der Ratsherr verblüfft. »Habe ich denn wirklich so lange erzählt? Verzeih mir, dass ich dich mit meiner Geschichte aufgehalten habe, Johannes. Selbstverständlich werde ich Meister Silvester gestehen, dass ich es war, der dich von deinem Christophorus abgehalten hat.«

»Nein, nein, Herr Morneweg!«, wehrte der junge Maler ab. »Ich bin Euch doch dankbar für die Geschichte, außerdem steht mein Entschluss fest: Ich gehe fort, und ein anderer muss den Christophorus zu Ende malen! Was soll ich also noch da oben bei Meister Biersäufer? Aber ich bitte Euch: Erzählt weiter – was ist damals in Lübeck geschehen, dass Matthias' Mutter die Rebecca nicht mehr im Haus haben wollte? Und hat Moses es nicht doch bereut, nicht mit nach Danzig und Riga gefahren zu sein?«

»Ich kann jetzt nicht weitererzählen – meine Frau und mein Schreiber erwarten mich. Ich muss in die Schreibkammer.« Morneweg nahm sein Schwert von den Schalbrettern, steckte es in die Scheide und wandte sich zum Gehen.

»Bitte bleibt noch, Herr Morneweg! Bitte erzählt weiter.«

Der Ratsherr blieb stehen. Ihm gefiel, wie begierig der junge Maler auf die Geschichte war, und der Kaufmann in ihm erwachte. »Gut, du sollst es erfahren, Johannes.« Er drehte sich um und verschränkte die Arme auf dem Rücken. »Wenn du mir erzählst, warum du am helllichten Tag im neuen Keller des neuen Heiligen-Geist-Hospitals hockst und heulst.«

Verzweiflung und Trauer kehrten zurück in die Miene des Jüngeren und vertrieben Neugier und Anspannung aus ihr. Johannes senkte den Blick.

»Was betrübt dich, raus mit der Sprache.« Morneweg ging zu ihm und setzte sich wieder neben ihn. »Doch nicht Meister Biersäufers grobe Art und Sprüche? Es ist dieses Papier da, nicht wahr?« Mit einer Kopfbewegung deutete er auf das

Schriftstück in der Rechten des Malers. Statt zu antworten, presste Johannes das Papier an die Brust.

Der Ratsherr legte ihm den Arm um die Schulter und schüttelte ihn. »Ist es etwa eine Frau, die dich zum Weinen bringt?« Johannes starrte auf den festgestampften Lehmboden und schwieg. »Ist es Anna Warendorp?«

»Woher wisst Ihr …?«

»Nichts weiß ich, gar nichts. Habe dich und das Mädchen nur vor Ende des Morgenlobs aus der Marienkirche kommen sehen, zuerst dich und kurz darauf die Anna. Beide habt ihr's arg eilig gehabt, und beide habt ihr nicht gerade glücklich in den neuen Morgen geguckt.«

»Glücklich …« Der Maler seufzte. »Glücklich war gestern.« Ein bitterer Zug huschte über sein Gesicht. »Heute hat sie mir während des Morgenlobs diesen Brief zugesteckt.« Er öffnete die Faust.

Der Ratsherr betrachtete den zerknitterten Papierbogen. Warendorp war der einzige Kaufmann in Lübeck, der noch in großem Stil mit Papier handelte. Keine ganz ungefährliche Ware – seit sich herumgesprochen hatte, dass in Italien für Verträge und für Urkunden überhaupt kein Papier mehr verwendet werden durfte, war der Handel eingebrochen. Doch nicht nur wegen des Papiers stand es schlecht um die Geschäfte der Warendorps.

»Und was war gestern?«, fragte der Ratsherr.

»Ich hab die Anna lieb. Und sie mich auch. Das war gestern so, das ist heute so, das wird auch morgen noch so sein.«

Morneweg musterte Johannes aufmerksam. Offenbar meinte er jedes Wort genauso, wie er es sagte. »Seit wann?«

»Am Pfingstfest haben wir es uns gestanden.« Johannes zog die Beine an und legte den Kopf auf die Knie. »Und vor zwei Tagen habe ich ihr geschrieben, dass ich zu ihrem Vater gehen und um ihre Hand anhalten will.«

»Soso.« Der Ratsherr seufzte und lächelte traurig – wie einfältig zu glauben, ein Lübecker Kaufmann würde seine Tochter einem mittellosen Maler aus Köln zur Frau geben. Noch dazu ein Kaufmann in Geldnot. Andererseits …

»Gestern also die Liebe. Und heute schreibt sie dir, dass es vorbei ist damit?«

»Wo denkt Ihr hin?!« Johannes fuhr hoch. Empörung brannte in seinem Blick, und eine Mischung aus Verzweiflung und Zorn machte seine Züge hart. »Anna ist treu und ehrlich! Kein Blatt im Wind, wenn Ihr versteht, was ich sagen will, Herr Morneweg. Sie hat ein edles Herz. So eine findet Ihr nicht an jeder Straßenecke.« Der Ratsherr nickte nur und zog es vor zu schweigen. »Ihr Vater will sie mit einem anderen verloben.« Der junge Maler legte die Stirn zurück auf seine Knie. »Schon nächsten Monat.« Seine Stimme brach.

Morneweg atmete tief durch. »Wie schade.« Er zog Johannes an sich. »Doch so geht das bei den Geschlechtern der Lübecker Kaufleute. Da heiratet man nicht einfach so und irgendjemanden, und schon gar nicht wegen der sogenannten Liebe. Da schaut man, dass man durch eine Heirat auch Grund und Boden vermehrt. Und sein Geld sowieso. Denn darauf gründet das Schicksal einer Kaufmannsfamilie: auf Grund und Boden, auf Eigentum und Geld.«

»Nicht auf der Liebe?« Johannes flüsterte, ohne den Kopf von den Knien zu heben. »Sagt der Apostel Paulus nicht, dass mir alles, was ich habe und tue, nichts nützt, wenn ich nicht liebe? Sagt er nicht, dass die Liebe das Größte ist auf dieser Welt?«

»So ähnlich, doch.« Morneweg fuhr sich durch die langen grauen Locken. »Allerdings war er nie in Lübeck gewesen, der heilige Paulus.« Er lächelte traurig und klopfte dem Maler auf die Schulter. »Mit der Liebe zwischen Mann und Frau verhält es sich leider ein wenig anders als mit der barmherzigen Liebe zu den Menschen und den Geschöpfen Gottes, von der Paulus geschrieben hat. Liebe sie doch, die Anna. Ja, liebe sie, so fest du kannst, Johannes, und tue ihr Gutes bis an dein seliges Ende. Doch finde dich mit dem Willen ihres Vaters ab und suche dir als Ehefrau eine andere.« Er erhob sich.

»Niemals!« Der junge Maler ballte die Fäuste und schaute zu ihm hoch. »Ich werde um sie kämpfen! Wenn es nicht anders geht, werde ich …!« Er unterbrach sich und presste die Lippen zusammen.

»Wirst du was?« Der Ratsherr musterte den Jüngeren aufmerksam. Der Kölner hatte hellblaue Augen, und obwohl sein Gesicht verheult und verzweifelt aussah, erkannte der Ratsherr noch immer das ehrliche Wesen und den starken Willen, die aus den Zügen und dem Blick des Jüngeren sprachen. »Sie entführen? Den anderen töten?« Er zog die Brauen hoch. »Gefährliche Gedanken sind das, lebensgefährliche Gedanken. Aber glaub mir, Johannes – sie sind keinem Menschenherzen fremd. Und einem Menschenherzen, das liebt, schon gar nicht. Jetzt geh hoch, iss und trink etwas und mach dich wieder an die Arbeit.«

»Ich muss fort von hier!«

»Und ich sage dir: Male den Christophorus, wie er Christus über den Strom trägt, male ihn mit Herzblut. Und glaube mir – Christus wird dich über diesen Strom des Schmerzes und der Enttäuschung tragen. Je gründlicher und kunstvoller du malst, desto schneller.«

Der Ratsherr wandte sich ab, um zurück zur Treppe zu gehen.

»Und die Geschichte von Moses und Rebecca?«, rief der Maler ihm hinterher. »Ihr habt versprochen, sie weiterzuerzählen, wenn ich Euch meinen Kummer gestehe.«

Morneweg blieb stehen. »Du hast ihn ja nicht gestanden, ich habe ihn erraten.«

»Ihr habt auch geliebt, nicht wahr, Herr Morneweg?« Die Stimme des jungen Malers klang beinahe herausfordernd. »Ihr habt ebenfalls den Schmerz geschmeckt, den die Liebe zufügen kann, ich spür's doch Euern Worten ab!«

Der Ratsherr drehte sich nun doch noch einmal um. »Liebe tut weh, Liebe tut gut – gestern so, heute anders. Leben tut weh, leben tut gut – mal so, mal anders.« Er breitete die Arme aus, als würde er seine eigenen Worte bedauern. »So ist das, und so wird es immer bleiben. Schicke dich in Gottes Willen, junger Mann, dann wird er dir wieder glücklichere Tage schenken.«

»Es ist nicht Gottes Wille, es ist der Wille des Herrn Warendorp. Und in den schicke ich mich noch lange nicht.« Johannes sprang auf.

»Das solltest du aber.« Seufzend wandte der Ratsherr sich um und ging weiter. »Das solltest du wirklich.«

Plötzlich stand ihm das Bild seiner Frau vor Augen, ihr Bild, als sie noch sehr jung war. Und neben ihr glaubte er ihren Vater zu sehen, den strengen Kaufmann Bardewik.

»Andererseits ...« An der Treppe ins Querhaus blieb er stehen und blickte über die Schulter zum Maler zurück. »Mit wem will Warendorp seine Jungfrau denn verloben?«

»Mit dem Sohn eines reichen Kaufmanns.«

»Nun, das dachte ich mir schon. Doch wie heißt er?«

»Eckbert Stalbuk. Der Sohn von Matthias Stalbuk.«

»Matthis Stalbuk?« Die Gestalt des Ratsherrn straffte sich, er senkte den Blick. Eine Zeit lang kam kein Wort über seine Lippen. Natürlich kannte er die Stalbuks, und wie gut er sie kannte! Manchmal wünschte er sich, sie niemals so gut kennengelernt zu haben. Morneweg blickte auf die Kellerwand, so hellwach und angespannt, als öffnete sich darin ein Fenster in eine andere Welt oder in eine andere Zeit. »Matthis' Stalbuks Sohn also«, murmelte er.

»Ich weiß ja, dass Ihr recht habt, Herr Morneweg.« Mit gesenktem Kopf und hängenden Schultern kam der junge Maler auf ihn zu. »Für einen wie mich ist es völlig unmöglich, sie zu heiraten. Aber ich kann es nicht ...«

»Unmöglich?«

»Ja, Herr Morneweg, unmöglich. Auch wenn ich es einfach nicht glauben kann, nicht glauben will.«

Der Ratsherr musterte ihn zweifelnd. »Plötzlich klingst du gar nicht mehr wie einer, der die Anna unbedingt haben will.«

»Ich will sie!« Der Jüngere machte ein empörtes Gesicht. »Und wie ich sie will! Und sie mich.«

»Und da bist du dir ganz sicher?« Johannes nickte. Eine Zeit lang schaute der Ratsherr ihm prüfend ins Gesicht. »Wenn du so sicher bist, dann komm am Montag nach der Arbeit in unser Haus an der Mengstraße«, sagte er schließlich.

»Zu Euch, Herr Morneweg?« Johannes blieb stehen und staunte den Ratsherrn an. »Zu Euch nach Hause?«

»Ja, zu mir nach Hause. Am Montag. Wir essen und trinken zusammen. Und danach werde ich fortfahren, dir diese Geschichte zu erzählen, damit du erfährst, was alles möglich ist.« Er hob mahnend den Zeigefinger. »Aber bis dahin musst du weiter am Christophorus malen! Heute, morgen und am Montag. Versprochen?«

»Und dafür werdet Ihr mir übermorgen die Geschichte von Moses und Rebecca weitererzählen, Herr Morneweg? Ist das gewiss?«

»Du hast mein Wort.« Der Ratsherr drehte sich um. »So wahr ich Morneweg heiße: Ich werde dir diese unmögliche Geschichte erzählen.«

»Bis zu ihrem Ende?«

»Soweit ich sie kenne.«

Zweites Buch

Vom Unmöglichen und vom Erbarmen

I

Ratsherr und Maler III

Lübeck, Herbst 1275

Der Hofmarschall lehnte neben dem Fenster zur Mengstraße und spielte Flöte. In der Küche klapperte Geschirr, und der Duft von Bratheringen, Zwiebeln und Kohlrüben zog aus der offenen Tür in die Speisestube. Die Katze sprang dem Ratsherrn auf den Schoß und rollte sich schnurrend zusammen. Herr Morneweg saß noch allein an der langen Tafel, blätterte in einer mit lauter Listen vollgeschriebenen Kladde und versuchte, die Namen zu buchstabieren, die am linken Seitenrand all den Zahlen und Lettern vorangestellt waren.

Vom Dom und vom Katharinenkloster her hatte es gerade zur Vesper geläutet, über den Dächern Lübecks zog die Abenddämmerung auf, und jene Tageszeit brach an, die der Ratsherr besonders gernhatte: die blaue Stunde. Weit lieber wäre er jetzt an der Trave spazieren gegangen, statt hier in der Kemenate seines Hauses auf Tischgenossen zu warten und Namen und Rentenposten zu buchstabieren.

Mit einer großen Schüssel in den Armen, aus der gebratene Heringe dampften, kam seine Frau aus der Küche, ging zu Petrus am Fenster und schaute auf die Straße hinaus. Sie trug ein dunkelblaues Oberkleid und hatte sich ein moosgrünes Gebände auf ihr dunkles, zu einem dicken Zopf geflochtenes Haar gebunden.

»Er kommt.« Die zierliche Frau stellte sich auf die Zehenspitzen und spähte mit mal nach links, mal nach rechts geneigtem Kopf hinunter. Lächelnd betrachtete der Ratsherr ihre Gestalt. Seit vierundzwanzig Jahren war er mit seiner fünf Jahre jüngeren Gattin verheiratet, und noch immer liebte und begehrte er sie wie am ersten Tag. »Schwester Victoria ist bei ihm«, sagte sie. »Was bringt er da bloß für ein Säckchen mit?«

»Was wird er schon mitbringen, mein Herz?«, sagte der Ratsherr und versenkte sich wieder in seine Listen. »Ein Geschenk doch wahrscheinlich.«

Petrus unterbrach sein Flötenspiel und spähte ebenfalls zur Straße hinunter.

Frau Morneweg trug die Schüssel herbei und schüttelte unwillig den Kopf. »Was hast du dir nur dabei gedacht, diesen jungen Burschen einzuladen, Wolf?« Sie hatte ein schmales Gesicht mit weichen, aber energischen Zügen. »Ich verstehe dich nicht.« Unwillig runzelte sie die Stirn und stellte die Schüssel mit den Heringen auf den bereits mit Bechern, Brettchen, Löffeln, Messern, Kerzenleuchtern und Wasserschüsselchen gedeckten Tisch. »Erkläre es mir bitte.«

»Er ist verliebt in eine, die er nicht kriegen kann.« Der Ratsherr fuhr fort, in der Kladde zu blättern. Der Hofmarschall am Fenster lächelte und stimmte eine wehmütige Melodie an. »Deswegen ist er verzweifelt, und weil er verzweifelt ist, kann er nicht mehr malen. Jedenfalls nicht so, wie ich es mir wünsche.«

»Muss denn alles perfekt sein?«

Petrus fiel übergangslos in eine rasend schnelle Melodie. Herr Morneweg hob den Blick und schaute seiner Frau ins Gesicht. Sie musterte ihn aus hellwachen bernsteinfarbenen Augen. Ihm wurde ganz warm ums Herz. Obwohl seine Gattin schon auf die fünfzig zuging und bereits die ersten silbernen Fäden ihr volles Haar durchzogen, wirkten ihre Züge kraftvoll und jung und in manchen Momenten, etwa wenn sie versonnen in sich hineinlächelte, beinahe mädchenhaft.

»Ich will einen schönen Christophorus für unsere neue

Hospitalkirche, mein Herz«, erklärte der Ratsherr, »den schönsten, den es gibt unter Gottes Sonne. Also muss ich dem Jungen irgendwie aus seiner Verzweiflung helfen.«

Petrus' wilde Melodie klang in einem Tremolo aus und mündete in ruhigere und fließendere Tonfolgen.

»Den schönsten Christophorus unter Gottes Sonne!« Frau Morneweg verdrehte die Augen. »Übertreib doch nicht immer gleich so. Reicht nicht der schönste Christophorus in Lübeck? Außerdem kann keiner einen Liebeskranken heilen, das kann nur die Liebe selbst.«

»Warten wir's ab.«

»Vergiss es, Wölflein, da muss der Junge allein durch. Ganz allein, so wie alle, so wie auch wir allein hindurchmussten damals. Gott helfe ihm.« Seine Frau stellte sich hinter ihn und stemmte die Fäuste in die Hüften. »Was tust du da eigentlich?« Sie sah ihm über die Schulter und runzelte missbilligend die Stirn. »Weg mit dem Rentenbuch, Wolf! Die Herren aus dem Kontor werden gleich klopfen.«

Zärtlich lächelnd schaute er auf zu ihr. Er liebte es, wenn sie *Wolf* zu ihm sagte. Aus ihrem Mund klang das wie ein Kosewort. Der Erste, der ihn so genannt hatte, war Petrus gewesen; damals, als der Hofmarschall noch hatte sprechen können.

»Hier.« Der Ratsherr legte den Finger auf einen Namen, den er entziffern konnte. »Warendorp – fünfhundert Mark lübisch.« Er streckte seiner Frau das Rentenbuch hin. »Was haben sie bei uns beliehen? Lies vor!«

»Fünfhundert Mark lübisch auf ihr Haus in der Johannesstraße«, las sie laut, »achthundert Mark lübisch auf die beiden Speicher am Hafen, je hundertfünfzig auf zwei ihrer Schiffe.« Sie hob den Blick und runzelte missbilligend die Stirn. »Was soll das, Wolf? Warum kommst du mir vor dem Essen mit solchen Sachen?«

»Ich war mit dem Hofmarschall im Rathaus und hab mir

das Schuldbuch zeigen lassen. Der Hofmarschall hat mir die Namen der Familien herausgesucht, von denen die Warendorps Geld geliehen haben. Und weißt du was? Ich bin erschrocken. Für mehr als die Hälfte ihrer Häuser, Grundstücke und Schiffe zahlen sie inzwischen Renten.«

»Wirklich?« Frau Morneweg wechselte einen flüchtigen Blick mit Petrus. Der nickte, ohne sein Flötenspiel zu unterbrechen. »So fängt jeder Untergang an.« Sie seufzte. »Erst verpfändet ein Kaufmann Grund und Boden, dann seine Schiffe, dann die Warenwerte seiner laufenden Geschäfte. Armer Warendorp! Gott sei ihm gnädig. Weg jetzt mit dem Buch!«

»Gott gebe ihm Verstand!«, rief der Ratsherr. Seine Frau wollte ihm die Kladde wegnehmen, doch er hielt sie fest. »Lies mir erst noch vor, was die Stalbuks bei uns beliehen haben.«

»Mein stures Wölflein, du«, seufzte sie, doch sie fügte sich und las die Posten der Schulden vor, die der Kaufmann Matthias Stalbuk bei ihnen hatte. »Bald so viel wie die Warendorps«, schloss sie, »und wie man hört, hat Matthis auch bei Klingenberg und bei van der Brügge Renten auf Häuser, Höfe und Äcker aufgenommen. Zufrieden?« Die Frau des Ratsherrn schlug die Kladde zu. »Und bist du jetzt klüger als zuvor?«

»Leider«, sagte der Ratsherr und bekreuzigte sich. »Der arme Warendorp will seine Tochter einem Mann geben, bei dem er sie gut versorgt glaubt. Dabei wird Stalbuk bald genauso übel dran sein wie er selbst.«

»Was geht es dich an?« Prüfend musterte sie ihren Gatten. »O ja, ich weiß schon, was es dich angeht.« Es klopfte an der Tür. »Vergiss endlich den Matthis, Mann«, flüsterte sie ihm ins Ohr. »Lass endlich den Geist ruhen, ich bitte dich.«

Sie schlug das Rentenbuch zu und trug es nach nebenan in ihre kleine Schreibkammer. Die war durch eine Wendeltreppe mit der großen Schreibkammer im ersten Stockwerk verbunden, mit dem *Kontor*, wie manche die beheizbaren Räume auch nannten, in denen die Geschäftsbücher geführt und die Briefe und Rechnungen geschrieben wurden.

»Immer herein!«, rief der Ratsherr. Die Tür zur Speisestube öffnete sich, Schwester Victoria trat ein und winkte den jungen Maler aus Köln hinter sich her. »Willkommen, Victoria! Willkommen, Johannes!« Petrus' Flötenspiel verstummte. Der Ratsherr schob die Katze vom Schoß, stand auf und begrüßte erst die Ordensfrau und dann den jungen Gast.

Der war bleich, hatte müde Augen und wirkte seltsam scheu. »Die Nüsse sind für Euch und Eure Frau, Herr Morneweg«, sagte er mit heiserer Stimme und streckte dem Ratsherrn ein mit Nüssen prall gefülltes Säckchen aus altem Fischernetz hin.

»Wie schön, die ersten Walnüsse!« Morneweg nahm das Geschenk entgegen, hob es hoch und streckte es seiner Frau hin, die aus ihrer kleinen Schreibkammer zurückkam.

»Habe ich selbst gesammelt.« Der junge Maler begrüßte die Frau des Hauses. »Danke für die Einladung.«

»Bedanke dich bei meinem Gatten.« Frau Morneweg wies auf einen Hocker am gedeckten Tisch. »Du sitzt neben Petrus.« Wie meistens Fremden gegenüber gab sie sich kühl.

Petrus ging zum Kamin, hielt einen Fettholzspan ins Feuer und entzündete mit der Flamme die Öllampen an den Wänden ringsum. Unter zweien stand auf einem Marmorsockel eine alte, abgegriffene Marienstatue, von der an vielen Stellen die Farbe abblätterte. Kein besonders schönes Stück, aber eines der liebsten des Ratsherrn. Ein Lächeln huschte über Herrn Mornewegs Gesicht, als sein Blick darauf fiel. Er nickte dem Hofmarschall zu, als der an die Tafel kam und dort die letzten Kerzenleuchter entflammen ließ. Warmes, flackerndes Licht breitete sich in der Kemenate aus.

Sie nahmen Platz, der Ratsherr an der Stirnseite der Tafel, seine Frau und Victoria zu seiner Rechten und Linken. Nur diese drei saßen auf Stühlen, die anderen auf vier- oder dreibeinigen Hockern ohne Lehne; der älteste Sohn der Mornewegs, Hermann, hatte ihnen die drei teuren Lehnstühle als Geschenk aus London mitgebracht, wo er sie von einem venezianischen Händler erstanden hatte.

Morneweg schnitt das Brot auf und verteilte die Scheiben auf die Brettchen. Kaum saß er wieder, sprang die Katze zurück auf seinen Schoß. Petrus trug Wein auf, die Küchenmagd Kohlrüben und Sauerrahm und ihre drei Kinder Meerrettich, Kräuter und Salz. Herr Morneweg lobte sie dafür und hieß sie an der Tafel Platz nehmen. Während er die Katze streichelte, erkundigte er sich nach dem Tagesgeschehen auf der Baustelle.

Der junge Maler erzählte vom Wachsen des mittleren Turmes, vom Fortschritt des Dachstuhls über dem nördlichen Seitenschiff und von Meister Silvester, der auf dem Malergerüst neben seinem leeren Bierkrug eingeschlafen war, als die Gesellen am Abend die Baustelle verließen.

Die Magd grinste schadenfroh und suchte den Blick ihrer Herrin, doch die blieb ernst und schüttelte missbilligend den Kopf über das, was sie da erfahren musste. Der Ratsherr jedoch tat, als hätte er es gar nicht gehört.

»Und wie geht es unserem heiligen Christophorus?«, wollte er wissen.

»Seine Hände sind am Sonnabend fertig geworden, mit dem Gesicht habe ich schon begonnen.« Johannes senkte Blick und Stimme. »Das will ich noch vollenden, bevor ich Lübeck verlasse.«

»Du willst uns verlassen?«, staunte Schwester Victoria, und Frau Morneweg zog überrascht die Brauen hoch. Der junge Maler nickte stumm.

»Soso«, sagte der Ratsherr, mehr nicht. Die Katze schnurrte laut unter seinen kraulenden Fingern.

Immer wieder klopfte es an der Tür, und nach und nach versammelten sich in dem kleinen Saal alle, mit denen der Kaufmann und seine Frau in diesen Tagen zu Tisch zu sitzen pflegten: ihr jüngster Sohn, der Vorsteher des Kontors, der oberste Kontierer, der Verwalter der Speicherhäuser, ein Kapitän und sein Steuermann, die mit Fracht für Morneweg gerade aus Bergen zurückgekehrt waren, und zuletzt drei Boten. Alle nahmen sie an der langen Tafel Platz.

Irgendwann sprach der Hausherr ein Tischgebet, die Küchenmagd und ihre älteste Tochter reichten die Schüsseln herum, jeder legte sich Hering und Rüben auf seine Brotscheibe, der Hofmarschall schenkte Wein ein, und dann wurde gegessen und getrunken.

Während der Mahlzeit berichtete Morneweg junior vom Markttag und vom Treiben an den Buden der Familie. Der Dreizehnjährige hieß Konrad, war von ähnlich schmaler und drahtiger Gestalt wie sein Vater und hatte ähnlich dichte und blonde Locken, wie dieser in seiner Jugend gehabt hatte.

»Der Truchsess des Herzogs ist in der Stadt und hat ein Fass Rheinwein und drei Gänse gekauft«, erzählte Konrad mit glühenden Wangen. »Und für morgen hat er vier Fass Bier, zwei Fass Salzheringe und vierzig Ellen Antwerpener Tuch bestellt. Lauter Männer in Harnisch und mit Schwert und Spieß sind bei ihm, und dennoch, so schien mir, fürchtet er den Heimweg nach Schleswig.«

»Das wundert mich nicht«, ergriff ein Bote das Wort, der am Vortag aus Hamburg zurückgekehrt war. »Ritter des Schauenburger Grafen machen die Straßen unsicher. Dem Lüdinghausen und dem Steffens haben sie Fuhrwerke und Reiter angehalten und Zoll verlangt, sogar Gebühren für die Fahrt auf ihrer Straße und durch ihre Dörfer, und …«

»Was für eine unglaubliche Frechheit!« Frau Morneweg schlug mit der flachen Hand auf den Tisch.

»… und als Lüdinghausens und Steffens' Kaufgesellen die Zahlung verweigert und dabei auf die Rechte gepocht haben, die der Herzog dem Rat von Lübeck verbrieft und besiegelt hat, gab's erst Prügel, und dann haben die Ritter die ganze Ladung mitgenommen. Samt Wagen und Ochsen!«

»Raubritter, elende!«, schimpfte Frau Morneweg, und Victoria rief: »Das muss sofort vor den Rat und den Vogt gebracht werden!«

»Eine schlimme Landplage, dieses adlige Gesindel!«, sagte der Ratsherr. Er tunkte ein Stück Brot in die Rahmschüssel und wandte sich an den Boten: »Was hatte der Tross für Hamburg geladen?«

»Bärenfelle, Hirschgeweihe, Elchhäute, Bernstein und Buchenasche.«

Morneweg nickte und biss von seinem Brot ab – begehrte Waren aus Schweden und Russland also. Seine Miene verdüsterte sich. Ein Raubzug wie dieser könnte leicht auch ihn treffen. »In der Woche vor Sankt Martin wollen wir mit van der Brügge und Klingenberg den nächsten Tross für Hamburg beladen.« Er blickte in die Runde. »Ich werde ihn selbst begleiten.«

»Das wirst du nicht tun, Wolf!« Frau Morneweg wurde ganz bleich.

»Das werde ich wohl tun, mein Herz! Und hoffentlich bekomme ich Gelegenheit, die Prügel denjenigen zu verpassen, die sie verdienen!«

Frau Morneweg sog scharf die Luft ein und presste die Lippen zusammen. Ihr Mann aber griff sich ein großes Stück Hering, legte den Kopf in den Nacken und ließ es sich zwischen die Zähne gleiten. Mit vollem Mund sprach er weiter: »Sigfrid van der Brügge ist nicht recht bei Kräften, doch vielleicht hat der alte Goswin Klingenberg ja Lust, noch einmal sein Schwert anzulegen.«

»Der Hamburger Rat hat seinen Vogt um Hilfe angerufen«, erzählte der Bote weiter. »Und der ist mit seinen Waffenknechten losgeritten, um die Straßenräuber zu fangen.«

»Dann kannst du also getrost zu Hause bleiben, Wolf.« Frau Morneweg warf dem Boten einen dankbaren Blick zu.

»Wir werden lieber selbst nach dem Rechten schauen, nicht wahr, Hofmarschall?«, wandte Herr Morneweg sich an Petrus. Der nickte grimmig. Der Ratsherr tunkte die fettigen Finger ins Wasserschälchen, trocknete sie am Tischtuch und hob seinen blau und golden schimmernden Weinkelch. »Auf unsere stolze und Freie Reichsstadt Lübeck und auf alle, die ihr Recht achten und verteidigen!«

Die Tischgenossen hoben ihre Weinbecher, prosteten einander zu und tranken.

»Aus was für einem wunderschönen Weinkelch Ihr da trinkt!«, staunte Johannes. »Und Petrus hat den gleichen?«

»Es ist nicht der gleiche, doch beide ähneln einander sehr.« Morneweg hob seinen Weinbecher, sodass auch Kapitän und Steuermann am anderen Ende der Tafel ihn betrachten konnten. »Ein goldemailliertes Glas aus dem Morgenland.«

Fuß und Rand des Kleinods waren mit goldenen Lettern auf blauem Grund verziert – Lettern einer orientalischen Sprache. In der Mitte sah man einen mit Gold und blauer Emaille gemalten Mann mit weißem Turban, der auf einem schwarz gestreiften Saiteninstrument spielte.

Im Schein des Kerzenleuchters drehte der Ratsherr das Glas in der Hand und betrachtete es mit beinahe andächtigem, zugleich auch ein wenig stolzem Blick. »Abgesehen von Petrus und meiner Schimmelstute Nedschinka ist dies hier der schönste Schatz, den ich von meinen Fernreisen mitgebracht habe.«

»Aus dem Morgenland, sagtet Ihr?« Die Stimme des Kapitäns klang heiser vor Bewunderung. »Das Glas muss ein Vermögen gekostet haben!«

»Das kann man durchaus so sagen, Herr Kapitän. Diese beiden Gläser hätten uns beinahe das Teuerste gekostet, das Gott uns geschenkt hat, nicht wahr, Petrus?« Der Hofmarschall nickte und zog sich dabei ein paar Gräten aus dem Mund. »Nichts weniger nämlich als unser Leben.« Herr Morneweg stellte das Glas ab. »Doch davon ein andermal.« Er blickte in die Runde. »Was gibt es sonst noch Neues? Erzählt.«

»Der Pfarrherr Burchard war wieder auf der Baustelle«, berichtete Schwester Victoria. Sie war die Ordensmeisterin der Brüder und Schwestern des Heiligen-Geist-Hospitals. Trotz ihres Alters – sie zählte über sechzig Jahre – und obwohl sie nicht dazu verpflichtet war, schaute sie beinahe täglich beim Neubau am Kolberg vorbei und legte mit Hand an. »Burchard wirkte verärgert und wollte dich sprechen.«

»Solltest du Burchard von Serkem einmal heiter und gut gelaunt erleben, musst du mir unbedingt davon erzählen«, entgegnete der Ratsherr. »Alles andere will ich lieber nicht wissen.«

»Wie man hört, konnte er seine Beschwerde über Euch und die Bettelmönche noch nicht beim Bischof vortragen«, sagte der Vorsteher der Schreibkammer, ein ehemaliger Dominikanermönch namens Benedikt von Magdeburg. »Bischof Johann empfängt ihn nicht.«

»Das muss den Burchard mächtig wurmen.«

»Unser Bischof ist krank und kann keine Besucher empfangen«, erzählte der halbwüchsige Konrad. »Das habe ich den Truchsess des Herzogs sagen hören.«

»Von Serkem hat über die Fassade und die Türmchen des neuen Heiligen-Geist-Hospitals geschimpft«, fuhr Victoria fort. »Das sei neumodischer Tand und eine Schande für die Ehre Gottes, polterte er, und wenn er etwas zu sagen hätte in Lübeck, dürfte so etwas nicht gebaut werden.«

»Danken wir Gott, dass er so wenig zu sagen hat in der Stadt.« Frau Morneweg bekreuzigte sich. »Und beten wir, dass es noch lange so bleiben wird.«

Sie bat um die Heringsschüssel und erzählte der Tischgesellschaft dann das Neuste von ihren Enkeln in Riga. Die Tochter der Mornewegs lebte dort in Livland an der Düna und hatte ihren monatlichen Brief an die Eltern geschickt. Die Miene des Ratsherrn entspannte sich – von seinen drei Enkeln und seiner geliebten Tochter hörte er weit lieber als von dem ständig gekränkten Pfarrherrn der Marienkirche.

»Warum willst du Lübeck denn schon verlassen?«, wandte Victoria sich irgendwann und völlig unvermittelt an den jungen Maler. »Gefällt es dir nicht bei uns?«

»Und noch dazu, bevor der Christophorus ganz fertig ist.« Frau Morneweg runzelte unwillig die Stirn. »Hat dich etwa Meister Silvester, dieser unflätige Narrenesel, schon so vergrault, dass du es nicht mehr aushältst auf der Baustelle?« Ihr vorwurfsvoller Blick suchte den des Ratsherrn.

»Nun, ich …« Der überrumpelte Maler schluckte und suchte stammelnd nach Worten. »Ich muss halt fort …«, sagte er kleinlaut.

»Dringt doch nicht in den jungen Herrn.« Der Ratsherr griff nach der Weinkaraffe und schenkte den Frauen und sich selbst nach. »Noch ist ja nicht ausgemacht, dass er uns wirklich verlässt. Nicht wahr, Johannes?«

Der Angesprochene reagierte nicht, starrte nur auf seinen Hering und versuchte vergeblich, Schwanz und Gräte aus dem dampfenden Fleisch zu lösen.

»So vieles im Leben kann uns zwingen, unsere Pläne zu ändern, ist es nicht so?«, ergriff nun der Kapitän das Wort.

»Eigene Krankheit, ein Todesfall in der Familie, die Taten böser Menschen, ein schwerer Sturm – und von einem Tag auf den anderen sind die Dinge nicht mehr dieselben, die sie zuvor gewesen waren.« Mit wundem Blick schaute er in die Tafelrunde. »Ist es nicht so?«

»Wie wahr!«, sagte der Vorsteher von Mornewegs Schreibkammer. »Bei mir war es zum Glück keines dieser üblen Dinge, die Ihr anführt, Herr Kapitän, bei mir war es –« In der Rechten einen Brocken Kohlrübe, in der Linken ein Stück Hering, breitete Benedikt von Magdeburg die Arme aus, machte eine lange Pause und guckte erst einmal in alle Gesichter, bevor er seinen Satz endlich beendete: »– die Liebe!«

Der Ratsherr sah genau, wie Johannes zusammenzuckte. Außer ihm und dem jungen Maler hingen plötzlich alle an den Lippen des ehemaligen Dominikaners, der nun ganz freimütig erzählte, wie er als junger Novize und kurz bevor er das Mönchsgelübde ablegte, seiner späteren Frau begegnete.

»Auf der Baustelle des neuen Magdeburger Doms war's. Da habe ich einen alten Steinmetzmeister in geistlichen Dingen beraten. Der Mann schlug nämlich gerade eine Apostelfigur in den Stein.« Theatralisch breitete er erneut die Arme aus. »Und auf einmal stand sie vor mir – die Tochter des Steinmetzes, die ihm das Essen brachte. Ich schaute ihr in die Augen und sie mir, und ich wusste nicht, wie mir geschah, und sie nicht, wie ihr geschah. Und danach war nichts mehr so, wie es gewesen war.«

Johannes rutschte unruhig auf seinem Schemel hin und her, rührte keinen Bissen mehr an und tunkte seine Finger schon zum vierten Mal in das Wasserschüsselchen. Der Ratsherr suchte nach einem Gegenstand, über den sich unverfänglicher sprechen ließ, doch auf den meisten Gesichtern lag jetzt ein verträumtes Lächeln, und Victoria und die Küchenmagd wollten von Benedikt genau wissen, wie seine Ehegeschichte weiterging und warum er mit seiner Gattin nach Lübeck gekommen war. Morneweg entging nicht, wie der junge Maler um seine Fassung rang.

Es kam, wie es kommen musste – ehe er den Kapitän und seinen Steuermann auffordern konnte, von ihrer Bergenfahrt zu berichten, verbreiteten sich seine Tischgenossen schon über allerhand Lübecker Liebestratsch. Seine Frau berichtete von einer Scheidung in einem Kürschnerhaus, Victoria erzählte von einer überraschenden Heirat in der Nachbarschaft des Hospitals, und die Magd und sogar sein Sohn Konrad wussten, wer in nächster Zeit mit wem verheiratet oder verlobt werden sollte.

Und so geschah es dann: »Der Warendorp verlobt seine Anna mit dem Eckbert Stalbuk«, verriet die Küchenmagd, »und wisst ihr, warum?« Sie beugte sich über den Tisch, tat sehr wichtig und senkte die Stimme: »Weil sie was Kleines erwartet.«

»Was?« Schwester Victoria machte große Augen. »Die brave Jungfrau Anna Warendorp?«

»Das glaube ich nicht!« Frau Morneweg runzelte unwillig die Brauen.

»Es ist wohl wahr«, ergriff Konrad Morneweg das Wort. »Ich habe zwei Frauen vor der Nachbarbude darüber tratschen hören. Die Anna Warendorp kriegt wahrhaftig ein Kind.«

Johannes von Köln sprang so abrupt auf, dass sein Schemel umstürzte. Aschfahl war er plötzlich. Er murmelte irgendetwas, das kein Mensch verstand – jedenfalls der Ratsherr nicht –, und stürmte fluchtartig aus der Kemenate.

Drei Atemzüge lang herrschte Totenstille an der Tafel. Alle schauten einander ratlos an. »Da habt ihr's!« Herr Morneweg schleuderte seinen Hering über die halbe Tafel zurück in die Schüssel. »Bravo, sag ich!«

Die Magd begriff nicht gleich, dass sie der Grund seines Zornes war, und staunte ihn treuherzig an. »Ist dieser junge Maler etwa der Kindsvater?«

Der Ratsherr schlug mit der Faust auf den Tisch, dass Gläser, Schüsseln und Brettchen hochsprangen und klirrten. »Schluss jetzt mit der elenden Tratscherei!«

*

Früh am nächsten Morgen ritt Herr Morneweg allein zur Baustelle am Kolberg. Mit dem Vollmond hatte das Wetter gewechselt, und kühler Wind blies dem morgendlichen Reiter Regen ins Gesicht. Nur wenige Menschen zeigten sich auf den schlammigen Gassen und den von Pfützen übersäten Straßen, und selbst die Baustelle des neuen Heiligen-Geist-Hospitals wirkte wie ausgestorben.

Wegen des schlechten Wetters arbeiteten weder Zimmerleute noch Maurer im Dachstuhl oder auf den Gerüsten. Von einer der Bauhütten her winkte einsam grüßend der Baumeister, Jakob von Metz, und aus dem Inneren des neuen Kirchenschiffes hörte Herr Morneweg das Gehämmer der Steinmetze.

Bei ihnen im Neubau fand er Meister Silvester mit drei seiner Gesellen auf dem von Dutzenden Fackeln und Öllampen erleuchteten Malergerüst.

»Wo ist Johannes?«, rief er zu ihnen hinauf.

»Bin ich denn seine Amme?«, antwortete Meister Silvester mürrisch. »Nicht zur Arbeit gekommen, der faule Strick! Einfach nicht zur Arbeit gekommen! Habe ich's Euch nicht gleich gesagt, dass er nichts taugt?«

Morneweg hörte nicht mehr hin, denn irgendetwas am Christophorus fesselte seine Aufmerksamkeit. Er trat näher zur Wand mit dem großen Gemälde, betrachtete erst die vollendeten Hände des Heiligen und dann das unvollendete Gesicht. Etwas daran kam ihm eigenartig vor.

Gut gelungen erschienen ihm die Hände, wahrhaftig, doch was hatte Johannes dem Heiligen da für einen eigenartigen Mund in den Bart gemalt? Und was waren das für Augen über dieser nur angedeuteten Nase und unter diesen noch nicht ganz ausgeführten Sorgenfalten auf der breiten Stirn? Solch einen ausdrucksstarken Mund und derart lebendige Augen hatte er noch auf keinem Gemälde gesehen.

Herr Morneweg schaute und schaute, kraulte sich den Bart und versuchte zu erkennen, was an diesem unvollendeten Christophorus ihn so eigenartig berührte. Und plötzlich sah er es: Der Heilige hatte *seinen* Mund, er hatte *seine* Augen.

Der Ratsherr fuhr herum. »Wo könnte ich Johannes finden, was meint Ihr?«

»Wo schon?« Meister Silvester schloss die Augen, neigte den Kopf auf die zusammengelegten Hände und mimte den Schlafenden. »Wo man um diese Zeit alle faulen Hunde findet – im Bett …«

»Genug!« Mit einer herrischen Geste brachte der Ratsherr den Meister zum Schweigen und wandte sich an die drei Gesellen. »Wo hält Johannes sich gewöhnlich auf, wenn er nicht hier oder zu Hause ist? Wisst ihr es?«

Die jungen Männer machten betretene Gesichter, schauten sich ratlos an und warfen ihrem Meister verstohlene Blicke zu. »Ich habe ihn öfter mal im Dom gesehen«, sagte schließlich der älteste der drei. »Ich glaube, er geht dort zur Beichte.«

»Manchmal reitet er auch hinaus zum Kormoranwerder an der Wakenitz«, erinnerte sich der Nächste. Er lief rot an und sprach den nächsten Satz so leise, dass der Ratsherr ihn kaum verstand. »Dort habe ich ihn neulich mit einem Mädchen gesehen.«

Und der Dritte erzählte von einer Schänke am Pferdemarkt, in der er mit Johannes hin und wieder beim Wein gesessen hatte. »*Zum Wilden Löwen* heißt sie«, sagte er.

Grußlos wandte der Ratsherr sich ab und verließ das Kirchenschiff. Er schwang sich in den Sattel und ritt aus der Baustelle. Johannes wohnte nahe dem Hafen in einem Haus in der Fischergrube, das dem Rat von Lübeck gehörte.

Hast du gesehen, gütiger Gott?, betete er im Stillen, während er den Koberg hinaufritt. *Er malt dem Christophorus mein Gesicht. Heißt das nicht, dass er mich gernhat und mir vertraut? Vielleicht lässt er sich ja helfen von mir. Gib also, dass ich ihn finde, bevor er die Stadt verlassen kann. In deiner großen Gnade, Amen.*

»Auf geht's, Nedschinka!« Er beugte sich über die Mähne seiner Schimmelstute und trieb sie in den Galopp. Vorbei an der großen Hallenkirche des heiligen Jakobus und über die Breite Straße hinweg preschte er in die Fischergrube hinein und zum Hafen hinunter. Hier rollten trotz des stürmischen Regenwetters schon viele Fuhrwerke herauf und hinab, und viele Reiter und Männer mit Leiterwagen, Zugkarren oder mit großen Bündeln und hohen Körben auf dem Rücken waren unterwegs.

Auf dem Markt fragte ja keiner nach gutem oder schlechtem Wetter – die Waren mussten aus den Schiffen und Speicherhäusern hinauf in die Marktbuden gebracht werden. Und an den Prahmbrücken im Travehafen warteten, wie jeden Tag, Schiffe von nah und fern darauf, ihre Ladung zu löschen und neu beladen zu werden.

Je näher der Ratsherr den Kais an der Untertrave kam, desto öfter riss er an den Zügeln – bis die Schimmelstute nicht einmal mehr trabte, sondern nur noch behäbig an den Werkstätten, Läden und Torbögen rechts und links der Fischergrube vorübertrottete.

Wegen des Regens arbeiteten die hier lebenden Handwerker – Ringdreher, Schuhmacher und Bernsteindreher zumeist – heute nicht auf der Straße, sondern hinter ihren offenen Türen und Fenstern. Zwischen ihren Werkstätten und Läden öffneten sich in den Fassaden etwa alle vierzig, fünfzig Schritte dunkle Eingänge zu Torwegen, die in die Höfe und zu den Behausungen der Handwerker führten, den sogenannten Buden.

Nur ein einziges Mal war der Ratsherr Morneweg in Johannes' Bude gewesen, an jenem Tag im Vorfrühling nämlich, als er dem jungen Maler gemeinsam mit der Ordensschwester Victoria gezeigt hatte, wo er künftig wohnen würde. Das Tor zum Gang, der zu seinem Hofplatz und seiner Bude führte, erkannte Morneweg schon von Weitem an der Viehtränke davor und an dem Schnitzwerk über dem Torbogen. Er hielt die Schimmelstute an, schwang sich aus dem Sattel und band sie an der Tränke fest.

Sein Blick streifte die Bildhauerarbeit über dem Torbogen nur. Die sieben Figuren, die dort oben in Eichenholz geschnitzt waren – die sieben Todsünden –, hätte er im Schlaf schildern können. In seinen ersten Monaten in Lübeck hatte er oft hier gestanden und wie gefesselt dieses Bildwerk betrachtet. Vor allem die Darstellung des Zornes hatte ihn damals tief beeindruckt – ein Mann mit wütender Grimasse und die Faust mit dem Dolch erhoben, um auf einen anderen Mann einzustechen.

Doch heute Morgen hatte er es viel zu eilig, um den skurrilen Figuren in den Eichenbalken mehr als nur flüchtige Aufmerksamkeit zu schenken. Er tauchte in das Halbdunkel des Torweges ein, der von der Fischergrube zu den Wohnbuden führte.

Die Unruhe, die ihn befallen hatte, seit Johannes gestern Abend so fluchtartig seine Tafel verlassen hatte, erschien ihm selbst rätselhaft. Es war mehr als nur die Sorge um das Bild des heiligen Christophorus, das ihn in die Fischergrube und diesen düsteren Gang hier getrieben hatte. Doch was nur?

Er wollte ein schönes neues Heiligen-Geist-Hospital, gewiss, vielleicht sogar ein perfektes; und dazu gehörten nun einmal gelungene Decken- und Wandgemälde. Er mochte den jungen Maler sehr, auch das gestand er sich ein; doch andere Männer und Frauen mochte er genauso und ließ sich dennoch nicht von der Sorge um ihre Angelegenheiten den Schlaf rauben.

Nein, es war etwas anderes, das ihn umtrieb. Es war die Verzweiflung des Malers, es waren sein Liebesleid und die Todesnähe, die der Ratsherr aus seinen Worten herausgehört hatte. Morneweg spürte deutlich, dass hier einer in Gefahr schwebte. Und wann immer er Menschen begegnet war, die an den Bürden des Lebens scheiterten oder auch nur zu scheitern drohten, hatte das seit jeher sein Mitgefühl, ja, sein tiefes Erbarmen geweckt.

Warum war er nur so leicht berührbar vom Schmerz anderer Menschen? Darüber dachte Herr Morneweg oft nach.

Vorbei an kleinen Fenstern hastete er durch den Gang, der gerade noch breit genug war, um einen Sarg hindurchtragen zu können. Eine Ratte huschte vor ihm zwischen den Fassaden hin und her, bis sie durch eine Lücke zwischen zwei Brettern in ein Haus schlüpfte. Schrille Frauenstimmen und Kindergeschrei hallten zwischen den Wänden wider. Die feuchte Luft roch nach Milchsuppe, schalem Bier, Rauchfleisch und Harn. Hinter einem Fenster arbeitete in einem von Kerzen und Öllampen erleuchteten Raum ein Goldschmied, in einem anderen ein Bernsteindreher.

Der düstere Torweg mündete in einen schmalen und langen Hof. Trotz des Regens, des Schlammes und der Pfützen spielten hier Kinder; am Brunnen zankten ein Mann und eine Frau miteinander. Kaum hatten sie den Ratsherrn erkannt, senkten sie die Stimmen und neigten die Köpfe zum Gruß. Der Mann schielte erschrocken nach dem Schwert des Besuchers.

Zweistöckige Häuser säumten den Hof, in denen viele Türen und Außentreppen in die kleinen Wohnklausen führten, die Buden. In den beheizbaren, größten und saubersten lebten gewöhnlich die Familien der Handwerker, in den weniger komfortablen Tagelöhner und Dienstboten und in den kleinsten und schmutzigsten hausten bettelarme Leute.

So hielt man es in allen Gängen Lübecks – eine Bude, die verkommenste, durften immer die Ärmsten der Armen bewohnen. Und überall in der Stadt hatte diese eine Bude denselben Namen: *Gotteskeller*. Für seinen Gotteskeller durfte der Eigentümer nicht einen Pfennig Rente kassieren.

Die Bude des Malers lag im Untergeschoss. Sie war verriegelt. Durch eine Lücke in den Brettern, die das Fenster von innen verschlossen, spähte der Ratsherr hinein. Trotz der Dunkelheit im Inneren konnte er an der Wand eine Laute und einen fleckigen Malerkittel erkennen und auf dem Tisch einen Becher und daneben einen aufgeschlagenen Folianten.

»Seine Sachen sind da«, murmelte er erleichtert, »er hat Lübeck also noch nicht verlassen. Gütiger Gott, ich danke dir!«

Er drehte sich nach dem Paar am Brunnen um; das zankte inzwischen schon wieder laut und hitzig. An allen Häusern hingen inzwischen Frauen und Kinder an den Fenstern.

»Wisst ihr, wo der Maler steckt?«, rief Morneweg den Streithähnen zu.

Die verstummten und guckten verblüfft zu ihm her. »Den habe ich zuletzt gestern in der Messe gesehen«, antwortete der Mann und schaute seine Frau fragend an. Die zuckte mit den Schultern und rief: »Der ist in dieser Nacht überhaupt nicht in seiner Bude gewesen!«

Eine Tür öffnete sich, und eine Greisin erschien auf der Schwelle. »Seltsam, nicht wahr?«, rief sie dem Paar zu; offenbar hatte sie mitgehört. Sie schüttelte ratlos den Kopf. »Wo der Junge doch sonst kein liederliches Leben führt!« Und an den Ratsherrn gewandt: »Muss man sich denn Sorgen machen um unseren Maler, Herr Morneweg?«

»Ich hoffe nicht.« Der Ratsherr bedankte sich und ging. Und gleich fiel ihm die nächste Last aufs Herz – was, wenn Johannes sich etwas angetan hatte?

Allein schon, unter Meister Silvester arbeiten zu müssen konnte einen empfindsamen Mann am Leben verzweifeln lassen, wie man an Johannes' Vorgänger hatte sehen müssen. Doch Meister Silvester *und* Liebesleid? Das mochte auch robusteren Naturen als Johannes zu viel werden.

Herrn Mornewegs Unruhe wuchs, und seine Kehle fühlte sich eng und trocken an. Er schwang sich auf seine Schimmelstute, lenkte sie zum Hafen hinunter und trabte zwischen dem befestigten Traveufer mit seinen Prahmbrücken und den schier endlosen Fassaden von Speicher- und Kaufmannshäusern vorbei nach Süden. An Galopp war hier am Hafen nicht zu denken – zu viele Fuhrwerke, Karren und Lastenträger kreuzten den Weg, der *An der Untertrave* hieß.

In der Marienkirche war Johannes an diesem Morgen nicht gewesen. Das wusste der Ratsherr, weil er das Morgenlob in der Hoffnung besucht hatte, ihn dort zu treffen. Auch Anna Warendorp hatte er während des Stundengebetes nirgendwo in der Kirche stehen sehen. Doch vielleicht hatte Johannes ja die Frühmesse im Dom besucht, um anschließend zur Beichte zu gehen. Oder hatte er sich dort womöglich mit der Angebeteten verabredet?

Der Wind peitschte ihm Regen ins Gesicht und drohte

ihm seinen dunkelroten Hut vom Kopf zu fegen. Er zog ihn tiefer in die Stirn. Immer wieder musste er Nedschinka anhalten, um ein Fuhrwerk oder eine Kolonne von Lastenträgern vorbeizulassen, die von einer der vielen Prahmbrücken kamen, an denen die meisten Koggen anzulegen pflegten. Und ständig rief ihm jemand einen Morgengruß zu. Herr Morneweg grüßte kaum oder nur flüchtig zurück.

Längst hatte er die Holstenbrücke hinter sich gelassen und ritt nun auf dem Weg, den man *An der Obertrave* nannte. Hafen, Fuhrwerke und Menschengetümmel blieben zurück, und die Dankwartsbrücke kam in Sicht. Hier begegneten ihm weniger Reiter und Wagen, und er konnte die Schimmelstute in einen leichten Galopp treiben. Von ihren Hufen spritzte Wasser aus den Pfützen bis zu seinen Knien und Rockschößen herauf.

Bald ragten die Umrisse der Domtürme aus Regenschleiern und Dächermeer. Die Rodungen mit den Öfen, in denen die Backsteine für die neuen Lübecker Kirchenbauten und das Heiligen-Geist-Hospital gebrannt wurden, und die ausgedehnten Wälder dahinter ahnte der Ratsherr mehr, als dass er sie schon sah.

Im Bereich des Binnenhafens musste er aus Rücksicht auf Fuhrwerke und Lastenträger erneut langsamer reiten. Hier ankerten die kleineren Flussschiffe und Salzprähme aus Oldesloe und dem Binnenland. Der Ratsherr war nass bis auf die Haut, als er schließlich die Hartengrube hinaufpreschte. Er ritt vorbei an leeren Karren, Bauholzstapeln und Steinhaufen beim Großen Bauhof und erreichte endlich den Domplatz.

Wie eine Festung war ihm der Lübecker Dom vorgekommen, als er ihn vor mehr als vierzig Jahren zum ersten Mal gesehen hatte: düster, schwer, grobklotzig und tief zur Erde geduckt. Dieses alte Bauwerk hatte in seinen Augen lange nichts von der Leichtigkeit und dem Himmelsstreben des modernen französischen Baustils an sich gehabt, den Herr Morneweg im französischen Amiens oder im rheinischen Köln gesehen hatte, wo seit Jahrzehnten eine neue Kathedrale gebaut wurde. Das änderte sich seit einiger Zeit nach und nach, denn der alte Dom Heinrich des Löwen teilte das Schicksal der Marienkirche: Seit zehn Jahren ungefähr wurde er zu einer Kirche im neuen französischen Stil umgebaut.

Das war die Bauweise, die Herr Morneweg auch für den Neubau des Heiligen-Geist-Hospitals empfohlen und für den er Meister Jakob nach Lübeck gerufen hatte.

Wegen des Umbaus bedeckten Bauhütten, Mörtelkübel und Stapel von Bauholz und Sandsteinblöcken den Domplatz. Außerhalb der Hütten ließen sich nur wenige Bauleute blicken. Die Gerüste waren menschenleer, und das Tretrad des Trommelkrans stand still. Zwischen ihm und dem Hauptportal machte der Ratsherr seine Schimmelstute an der Pferdestange fest.

Ein paar Schritte weiter tönte aus einem Verschlag an der Domfassade zuerst böses Knurren, dann Gekläff. Ein großer Hund richtete sich hinter einem Gitter auf den Hinterläufen auf und bellte drohend – der Wachhund, der nachts in den Dom eingeschlossen wurde, um Reliquien, silbernes Gerät und wertvolle Bildnisse zu bewachen. Der Ratsherr achtete nicht auf ihn, ging an seinem Zwinger vorbei und trat in den Dom.

Steinmetze arbeiteten in den Seitenschiffen, Gehämmer dröhnte durch die Stille des Gotteshauses. Vor den Beichtstühlen warteten Beichtwillige, in den Seitenkapellen und im Schatten der Mittelschiffsäulen knieten Beter, dazwischen tummelten sich spielende Kinder. Um die Säulen und unter den Fenstern hockten Leute auf dem Boden, die vor dem Regen Schutz gesucht hatten. Manche würfelten.

Männer standen in kleinen Gruppen im Eingangsbereich, und vor dem Lettner flüsterten und tuschelten welche. An den teuren Kleidern erkannte der Ratsherr Angehörige des Kaufmannsstandes. Manche ritzten Notizen in Wachstäfelchen, andere lasen einander aus Pergamentrollen vor. Die Transportlisten ihrer Schiffe oder den Bestand ihres Warenspeichers, vermutete Morneweg. Auch er selbst hatte ja hier schon Händler aus Flandern, Dänemark, Norwegen oder England getroffen, um Gespräche über Geschäfte zu führen oder einen Handel zu vereinbaren.

Im nördlichen Seitenschiff, wo die Bauarbeiten bereits ihrem Ende zugingen, schritt er zur Sakristei. Hier würde er am ehesten einen Angehörigen des geistlichen Standes abpassen können. Und wahrhaftig: Er musste nicht lange warten, bis die Tür sich öffnete und ein Priester heraustrat. Er entbot ihm seinen Gruß und fragte nach Johannes von Köln.

»Zufällig bin ich der Beichtvater Eures Malers, Herr Morneweg«, sagte der Priester, der ihn mit dem ersten Blick erkannte. »Ja, er war beichten heute, schon bei Sonnenaufgang.«

»So früh?«, staunte der Ratsherr.

Der Priester musterte ihn nachdenklich, und seine Miene wirkte alles andere als zuversichtlich oder gar heiter. »Ja, das ist wirklich ungewöhnlich. Sonst kommt der junge Mann immer erst am Abend nach der Arbeit.«

»War er …« Der Ratsherr suchte nach Worten. »Ich meine – kam er Euch irgendwie krank oder gar verzweifelt vor, Hochwürden?«

Der Priester senkte den Blick und begann, von einem Fuß auf den anderen zu treten. »Tja, Herr Ratsherr, was soll ich sagen?« Er zuckte mit den Schultern und schaute Herrn Morneweg an; ein wenig ratlos, wie es dem schien.

»Ich weiß schon, Ihr dürft nichts erzählen von dem, was im Beichtstuhl geschieht, Hochwürden, doch ich mache mir wirklich Sorgen um meinen Maler.«

»Das solltet Ihr auch.« Der Priester seufzte. »Es gilt das

Beichtgeheimnis, Herr Morneweg, doch so viel darf ich Euch sagen: Man muss achtgeben auf diesen jungen Mann.«

»Wie kommt Ihr darauf?«

»Ich bin nicht sicher, ob er wirklich noch Herr seiner Sinne ist, wenn Ihr versteht, was ich meine, Herr Morneweg. Wie aufgelöst kam er mir vor, geradezu verwirrt.« Der Priester schaute nach allen Seiten, trat dann näher und sagte mit flüsternder Stimme. »Ich habe ihn schon vor seiner Beichte während des Morgenlobs gesehen. Da stand er etwas abseits der Menge bei der hinteren Säule im Seitenschiff. Und neben ihm eine junge Frau.«

»Habt Ihr sie erkannt, Hochwürden?«

»Anna, die Tochter des Kaufmanns Fredericus Warendorp.« Wieder schaute er sich um, bevor er weiterflüsterte. »Ich glaube, sie hat ihm einen Brief gegeben.« Seine Miene nahm einen traurigen Ausdruck an. »Manche missbrauchen die Messen und Horen, um Liebesbriefe auszutauschen.« Er seufzte tief. »Und nicht nur junge Leute, das könnt Ihr mir glauben, Herr Morneweg.«

»So?« Der Ratsherr zog die Schultern hoch, denn er fror in seinen nassen Kleidern. Langsam, als sei er tief in Gedanken versunken, nickte er. »Und wartete die Anna Warendorp auf ihn, während er in den Beichtstuhl ging? Oder ging die Jungfrau vielleicht ebenfalls zur Beichte?«

Der Priester schüttelte den Kopf. »Sie verließ sogar noch vor Ende des Morgenlobs den Dom. Sie hat geweint. So laut, dass ich's im Chorgestühl noch hören konnte.«

*

Frau Morneweg schimpfte mächtig mit ihm, weil er völlig durchnässt nach Hause kam. »Bist du denn von allen guten Geistern verlassen?«, entfuhr es ihr, als er ihr erzählte, dass er auf der Suche nach Johannes durch den Regen geritten war. »Was hätte denn dieser liebeskranke Mann davon, wenn du dir den Tod holst?!«

Sie zerrte ihn aus der Kemenate in die Küche und vor den Herd. Den Hofmarschall bat sie, ihm ein heißes Bad zu bereiten, und die Küchenmagd wies sie an, Holz nachzulegen und ein Töpfchen Wein aufs Herdfeuer zu setzen. Während sie ihrem Mann Schwert und Überrock abnahm und ihm aus den nassen Kleidern half, hörte sie sich seine Sorgen um den Maler an. Die rührten sie nicht sonderlich, galt ihre Sorge doch ausschließlich der Gesundheit ihres geliebten Mannes.

»Wenn einer um jeden Preis ein Ende machen will, kann keiner ihn daran hindern«, sagte sie. »Wer sich unbedingt in Sünde und Tod stürzen will, den muss man stürzen lassen.«

»Mein Herz …« Seufzend legte der nackte Ratsherr seiner Frau die Hände auf die Schultern und schaute ihr tief in die Augen. »Du kannst so unglaublich hart sein.«

»Ich bin nicht hart«, sagte sie leise und hüllte ihn in eine Decke. »Doch ich kenne die Menschen. Und das Leben.«

Später lag er vor dem Herdfeuer im Zuber. Rauch sammelte sich rund um den Herd und schwebte unter der Decke. Behaglich streckte der Ratsherr sich im heißen Wasser aus.

Der Hofmarschall lehnte im Türrahmen und hörte zu, wie Morneweg laut über den jungen Maler nachdachte. Wasserdampf schlug sich auf den Pfannen, Schüsseln und Messern nieder, die neben dem Herd an der Wand hingen. Die Küchenmagd reichte dem Ratsherrn einen Daubenbecher mit heißem Wein. Genüsslich schlürfte er das mit Honig gesüßte und mit Salbei und Kamille gewürzte Getränk.

»Sehr gut«, seufzte er, »danke. Gib dem Hofmarschall auch davon.« Er wartete, bis sie Petrus Glühwein gereicht und die Küche verlassen hatte. »Würdest du mir einen Gefallen tun, Petrus?« Der Hofmarschall neigte den Kopf auf die Schulter und lauschte, und der Ratsherr fuhr fort: »Ich mache mir große Sorgen um meinen Maler. Einem jungen Mann, dem die Liebe den Kopf krank macht, ist alles zuzutrauen. Das wissen wir beide, denn wir waren auch einmal jung und vor Liebe krank im Kopf. Selbst wenn du damals wirklich der keusche Mönch gewesen sein solltest, für den du dich ausgegeben hast.«

Der Hofmarschall runzelte die Brauen und mimte den Empörten. Mit ein paar knappen Gesten forderte er Morneweg auf zu sagen, was er von ihm wollte.

»Würdest du mit einem unserer Boten an den Kormoranwerder hinausreiten und schauen, ob du den Kölner irgendwo dort an der Wakenitz findest?«

Petrus nickte, leerte in Ruhe seinen heißen Wein und verließ dann die Küche. »Nimm vorsichtshalber einen kleinen Ochsenkarren mit!«, rief Morneweg ihm hinterher. »Ich hoffe nicht, dass du ihn brauchen wirst, aber weiß man's?«

Er lauschte seiner eigenen Stimme nach und den sich entfernenden Schritten des Freundes. Eine Zeit lang lag er noch im Zuber, hing seinen düsteren Gedanken nach und dachte an den Maler, der sich an der Wakenitz aufgehängt hatte.

»Barmherziger Gott«, betete er laut und mit geschlossenen Augen. »Gib, dass wir so etwas nicht wieder erleben müssen. In deiner großen Güte, Amen.«

Nach dem Bad erledigte der Ratsherr die anstehende Arbeit im Kontor: Briefe nach Wismar, Brügge, London und Riga schreiben, Rechnungen und Bestellungen für die Boten nach Lüneburg, Oldesloe, Hamburg und Schwerin zusammenstellen, die Waren verbuchen, die der Kapitän aus Norwegen mitgebracht hatte, die Geschäftsbücher auf den neusten Stand bringen und so weiter.

Seine Frau und Benedikt von Magdeburg lasen die Entwürfe von ihren Wachstafeln vor, Morneweg ergänzte und korrigierte, seine Frau und sein Vorsteher schrieben die gültige Fassung auf Pergament ins Reine. Als sie fertig waren, versiegelte er die Briefe mit dem Familienwappen, und Benedikt trug die Vorgänge in die Bücher ein; erst in das lateinisch geführte, dann ins niederdeutsche. Es lag nicht an Herrn Morneweg, dass strenge Ordnung herrschte in den Büchern und im Kontor, es lag einzig und allein an seiner Frau.

Danach saßen sie bei einer heißen Hafersuppe zu Tisch. »Ich habe mich umgehört«, sagte Frau Morneweg. »Warendorp hat Annas Verlobung mit Eckbert Stalbuk bekannt gegeben. Und die Vermählung soll schon in acht Wochen stattfinden.«

»Ach!«, staunte der Ratsherr. »Noch dieses Jahr also?«

Sie nickte. »Die Anna scheint tatsächlich schwanger zu sein.«

Nach dem Essen behauptete der Ratsherr, auf der Baustelle nach dem Rechten sehen zu müssen. Frau Morneweg glaubte ihm nicht und verwies auf den anhaltenden Regen. »Bitte bleibe, Wolf. Du bist nicht mehr der Jüngste und musst auf deine Gesundheit achten.«

»So weit kommt es noch!« Unter ihren lautstarken Protesten legte er seinen Schwertgurt an, warf sich einen ledernen Umhang über und ging zur Tür. »Außerdem habe ich heißen Wein getrunken – was glaubst du, wie jung und gesund ich mich fühle!«

Als er seine Schimmelstute aus dem Stall in den Hof führte, lenkte der Hofmarschall gerade den Ochsenkarren durch die Toreinfahrt herein. Petrus trug eine Armbrust auf dem Rücken. Ein Stein fiel dem Ratsherr vom Herzen, als er an den Wagen trat und nur drei tote Kormorane auf der Ladefläche sah.

»Wir haben den Kölner nirgends gefunden«, erklärte der Bote, der neben dem Hofmarschall auf dem Kutschbock saß. »Und keiner der Leute, die wir nach ihm fragten, hat ihn gesehen – kein Fischer, kein Bauer, kein Flussschiffer, kein Jäger.« Er zuckte mit den Schultern. »Niemand.«

Im Stillen dankte Herr Morneweg Gott. »Ich werde in den Schänken und Gasthäusern der Stadt nach ihm suchen«, erklärte er. »Wollt ihr mir helfen?« Die Männer nickten. »Dann lasst euch von meiner Frau eine Suppe schöpfen und danach schaut in die Schänken westlich von Breiter Straße und Klingenberg hinein. Ich übernehme die Schänken östlich davon bis zur Wakenitz hinunter. Mit dem *Wilden Löwen* fange ich an.«

Weil er die vage Hoffnung hegte, Johannes könnte doch noch zur Arbeit erschienen sein, ritt er zuerst zur Baustelle. Dort war der junge Maler jedoch den ganzen Tag über nicht aufgetaucht. Ein paar Atemzüge lang blieb der Ratsherr vor dem unvollendeten Christophorus stehen und betrachtete ihn nachdenklich. Dabei spürte er die forschenden Blicke von Meister Silvester.

Zu seiner Verwunderung kam keine Beschimpfung über dessen Lippen, nicht ein einziges abfälliges Wort. Möglicherweise erinnerte auch der Meister sich ja in diesen Stunden an den bedauernswerten Maler, der bis zu seinem Selbstmord hier mit ihm an den Wandgemälden des Kircheneubaus gearbeitet hatte, bevor Johannes nach Lübeck gekommen war. Vielleicht aber hatte er auch einfach nur schon zu viel Bier getrunken und wollte seine schwere Zunge verbergen.

Der Ratsherr stieg aufs Pferd, ritt zur Breiten Straße hinauf und auf ihr und der Sandstraße zum Klingenberg. Der Regen hatte nachgelassen. Am Eingang zum Pferdemarkt kam er am alten Heiligen-Geist-Hospital vorbei, für das der Rat seit Mitte Oktober einen Käufer suchte. Morneweg hoffte, bis zum Umzug ins neue Gebäude einen Lübecker zu finden, der bereit war, den geforderten Preis zu bezahlen. In spätestens drei Jahren sollte der Neubau am Koberg bezogen werden.

Am Pferdemarkt band er seine Schimmelstute vor der Schänke *Zum Wilden Löwen* fest. Drinnen fegte der Wirt noch den Dreck vom Vortag zusammen, und seine Frau wischte die Tische ab. An einem saßen zwei Fremde und aßen eine Ente. Morneweg rief ihnen einen dänischen Gruß zu, denn er hörte, dass sie sich auf Dänisch unterhielten. Dann fragte er nach Johannes von Köln. Der sei heute noch nicht hier gewesen, beschieden ihm die Wirtsleute.

Morneweg drückte der Wirtin eine Münze in die Hand und bat sie, heimlich einen Boten in die Mengstraße zu schicken, sollte der Maler noch auftauchen. Sie riss die Augen auf und staunte den Silberpfennig an.

Der Ratsherr trat wieder hinaus auf den Pferdemarkt. »Weiter geht es, Nedschinka.« Er klopfte der Schimmelstute auf den Hals und schwang sich in den Sattel. Inzwischen hatte es aufgehört zu regnen, und man sah blauen Himmel zwischen den Wolken.

In den meisten Schänken saßen zu dieser frühen Nachmittagsstunde nur wenige Gäste bei Wein oder Bier. Vor den kleineren hielt der Ratsherr sein Pferd am Fenster an und schaute vom Sattel aus hinein, in die größeren trat er ein und fragte nach Johannes. Er ließ nicht locker, ritt immer weiter, ritt von Schänke zu Schänke. Seine innere Stimme sagte ihm, dass der junge Maler irgendwo in Lübeck beim Wein saß, um seinen Liebesschmerz zu betäuben.

Je näher der Abend rückte, desto voller wurden die Schänken und Gasthäuser. In fast allen traf er Männer, die er kannte: Kaufleute, Domherren, Handwerker, Krämer. Und manch einem konnte er einen Plausch und einen Becher Wein nicht verweigern. So wurde es nach und nach Abend.

Der Ratsherr befreundete sich schon mit dem Gedanken, dass es Johannes wohl eher zur Westseite Lübecks in irgendeine Hafenschänke gezogen hatte. Unten an der Wakenitz-

Mauer, unweit der Kleinen Gröpelgrube kannte er noch zwei Gasthäuser. Dort wollte er hineinschauen, bevor er über den Stadthügel zum Hafen hinüberritt.

Aus dem Fenster des ersten der beiden Gasthäuser drang Lauten- und Flötenmusik zur Straße hinaus. Morneweg hielt sein Pferd an und lugte vom Sattel aus hinein. An den Wänden und Deckenpfosten leuchteten Kienholzflammen, Rauchschwaden drangen aus dem Herd und schwebten über den Köpfen von Musikern, Tänzern und Zechern. Auf einer Bank ganz hinten im Schankraum, zwischen der Treppe ins Obergeschoss und der Hintertür zum Hof, entdeckte er Johannes. Der Maler hockte allein an einem kleinen Tisch und stierte in seinen Weinkrug.

»Gütiger Gott, ich danke dir«, murmelte der Ratsherr und stieg aus dem Sattel. Über dunklen Wolkenbänken im Osten ging der Vollmond auf.

In der Schänke bestellte Herr Morneweg Wein und nahm seinen Becher mit an Johannes' Tisch. »Na, so ein Zufall.« Er mimte den Überraschten.

»Zufall?« Johannes hob den Kopf. »Ihr habt mich doch gesucht.« Seine Augen waren gerötet, sein Blick war müde, seine Stimme schleppend.

»Stimmt.« Der Ratsherr legte sein Schwert ab und setzte sich. »Woher weißt du das?«

»In der Fischergrube haben sie's erzählt.« Das Sprechen bereitete dem Maler Mühe. »Und meinen Beichtvater habe ich auch getroffen. Und die Wirtin des *Wilden Löwen*.« Mit ungelenken Bewegungen kramte er die Münze aus dem Wams, die Morneweg der Frau gegeben hatte. »Euer Pfennig.« Er legte sie vor ihn auf den Tisch. »Einen ganzen Pfennig war es Euch wert zu erfahren, wo Ihr mich findet?«

»Es ist nur Geld, Johannes.« Der Ratsherr steckte die Münze ein. »Wie kommst du zu dem Pfennig?«

»Ich hab der Wirtsfrau gesagt, dass ich selbst zu Euch in die Mengstraße gehe.«

»Wohin du gewiss gleich aufbrechen willst.«

»Ich war vorhin dort und habe Eurer Frau ausrichten lassen, wo Ihr mich findet.« Johannes stierte wieder in seinen Weinbecher.

Eine Zeit lang schwiegen sie. Morneweg lauschte der Musik und beobachtete die Tänzer. Zwei Frauen darunter drehten und bewegten sich auf eine Weise, die verriet, dass sie um ihre Reize wussten. Die Blicke fast aller Männer in der Schänke hingen an ihnen.

Johannes' Blick nicht. Er schien völlig abwesend. Und völlig betrunken.

»Du hast die Anna im Dom getroffen.«

»Kurz.« Johannes warf einen Blick neben sich an die Wand, wo Mornewegs Schwert lehnte. »Ihr geht nie ohne Schwert aus dem Haus. Manche wundern sich darüber.«

»Und manche lästern. Der Pfarrherr Burchard zum Beispiel. Doch nicht weil ich einen Kampf fürchte, lege ich es jeden Tag an, sondern weil mein Vater es getragen hat.«

»Ihr tragt das Schwert Eures Vaters?«

Der Ratsherr nickte. Und begriff, dass Johannes auswich. »Die Anna und du – ihr habt euch verabredet?«

»Ich habe ihr gestern Abend eine Nachricht mit einer Frage in unserem Beichtstuhl in Sankt Marien hinterlassen. Und heute Morgen, während der Frühmesse im Dom, hat sie mir die Antwort gebracht.«

Beichtstühle als Briefkästen – darauf musste man erst einmal kommen. *Die Liebe findet doch immer einen Weg*, dachte Morneweg. »Und dann?«, fragte er.

»Hat sie geweint.«

»Es stimmt also?« Morneweg beugte sich ans Ohr des Jüngeren und fragte flüsternd: »Sie ist also wirklich schwanger?« Johannes nickte, sein Blick war leer. »Bist du der Kindsvater?« Natürlich glaubte der Ratsherr das nicht, doch er brauchte Gewissheit.

»Was?!« Zum ersten Mal schaute Johannes ihm ins Gesicht. Ganz straff war sein Oberkörper in diesem Augenblick, und sein Mienenspiel wurde lebendig und schwankte zwischen Schrecken und Empörung. »Traut Ihr mir das wirklich zu, Herr Morneweg?« Der Gedanke, dass dieser Verdacht nahelag, erschien ihm offenbar vollkommen abwegig. Nein, er war wirklich nicht der Kindsvater!

»Eigentlich nicht.« Der Ratsherr zuckte mit den Schultern. »Andererseits sind wir alle nur aus Fleisch und Blut.« Er griff zu seinem Becher und trank. Der Wein schmeckte ihm nicht.

»Die Anna hat ein geschwollenes Auge gehabt.«

»Ist das wahr?«

»Und hier einen blauen Flecken.« Johannes zeigte auf sein Jochbein. »Ihr Vater hat sie geschlagen.«

»Woher weißt du das?«

»Ich habe sie gefragt, und sie hat genickt.« Johannes langte nach seinem Weinbecher und leerte ihn. »Und der Stalbuk hat sie gezwungen.«

»Wie?« Der Ratsherr verstand nicht oder wollte nicht verstehen.

»Er hat der Anna Gewalt angetan. Und davon ist sie schwanger geworden.«

Alles in Morneweg sträubte sich dagegen, Derartiges glauben zu müssen. »Wie kommst du nur auf so eine Ungeheuerlichkeit?« Seine eigene Stimme kam ihm fremd vor in diesem Moment.

»Ich hab sie gefragt.« Johannes guckte in seinen leeren Weinkelch, wie einer, der in den Sarg seiner Mutter schaut. »Weil ich doch weiß, dass sie mich liebt. Weil ich doch weiß, dass sie sich niemals einem anderen hingeben würde.«

»Und die Anna hat es bestätigt?«

»Sie konnte nichts mehr sagen. Sie hat das Kinn auf die Brust gedrückt – so.« Johannes senkte den Kopf und machte es vor. »Und dann hat sie sich auf die Unterlippe gebissen. Und dann hat sie geweint und ist aus dem Dom gerannt.«

Eine Zeit lang schwiegen sie wieder. Morneweg konnte nicht fassen, was er da hatte hören müssen. Er suchte nach Worten und fand keine, und je länger er sprachlos blieb, desto elender fühlte er sich. Irgendwann stand Johannes schließlich auf, nahm seinen Weinkelch, ging zum Wirt und redete ein paar Worte mit ihm. Danach wankte er zur offenen Hintertür und trat in den Hof hinaus, wo sich der Abtritt befand. Während er mit der Dunkelheit verschwamm, füllte der Wirt seinen Weinkelch.

Der Ratsherr blies die Backen auf, atmete ein paarmal tief durch und versuchte, ein wenig Ordnung in seine aufgewühlten Gedanken zu bringen. Wenn stimmte, was Johannes ihm da eben offenbart hatte, wenn also der junge Stalbuk Warendorps Tochter wirklich Gewalt angetan hatte, dann gab es keinen Weg mehr für die beiden Verliebten. Dass Johannes jemals Anna als Ehefrau gewinnen konnte, musste man in diesem Fall wahrhaftig als unmöglich betrachten.

Bei Notzucht – so nannte das Gesetz einen erzwungenen Beischlaf, und Herr Morneweg mochte das Wort nicht – sah das Lübische Recht nur zwei Möglichkeiten vor: Der Beschuldigte hatte die vergewaltigte Jungfrau zur Gattin zu nehmen, oder er musste seinen Kopf auf den Hackklotz des Henkers legen.

Selbstverständlich würde Eckbert Stalbuk das Mädchen lieber heiraten als sterben, zumal er ja schon so gut wie verheiratet war mit ihr. Der Ratsherr dachte an die Neuigkeiten, die seine Frau ihm berichtet hatte – an die vorgezogene Verlobung und die überstürzten Hochzeitsplanungen im Hause Warendorp. Beide Familien hatten sich wahrscheinlich längst geeinigt. Und der alte Warendorp seine Tochter mit Schlägen gefügig gemacht.

Herr Morneweg schüttelte sich. »Armes Kind.« Ihn grauste plötzlich. Er griff zum Weinbecher und leerte ihn zur Hälfte, um den aufkommenden Ekel herunterzuspülen.

Am Eingang der Schänke tauchte auf einmal Silvester von Bamberg auf und schaute sich um. Auch das noch! Herr Morneweg wandte sich ab und zog sich seinen großen roten Hut so tief in die Stirn wie nur irgend möglich. Doch wahrscheinlich war es längst zu spät, denn Nedschinka stand ja vor der Schänke, und jedermann in Lübeck kannte die weiße Schimmelstute des berühmten Ratsherrn Morneweg. Auch der Bamberger.

Meister Silvester jedoch schien ihn nicht zu bemerken, ging zum Tresen und ließ sich Bier einschenken. Der Ratsherr atmete auf, und als der untersetzte Maler seinen Bierkrug packte und in der Menge hinter den Tänzern untertauchte, verfolgte er seinen Gedankengang weiter.

Er kam schnell zu einem ebenso eindeutigen wie niederschmetternden Ergebnis: Wenn die Rechtslage so klar war, wenn also alles darauf hinauslief, dass Matthias Stalbuks Sohn die Anna ehelichen musste, dann würde es ihm, dem Ratsherrn Morneweg, nicht gelingen, Johannes in Lübeck zu halten. Dann musste er sich einen neuen Maler für seinen heiligen Christophorus suchen.

Morneweg hob den Blick und schaute hinüber zur Hintertür. Warum kehrte Johannes eigentlich nicht vom Abtritt zurück? War er womöglich gestürzt in seinem Weinrausch? Der Ratsherr machte Anstalten aufzustehen, um in den Hof zu gehen und nach dem Maler zu sehen, da ragte auf einmal eine hünenhafte Gestalt an seinem Tisch auf, und vor seinen Augen baumelte über einem speckigen Wams eine kleine Flöte an einem Silberkettchen.

»Du, Petrus?« Der Ratsherr schaute dem Kahlkopf ins Gesicht. »Ich habe Johannes gefunden. Er ist draußen im Hof …« Der Ratsherr unterbrach sich, denn in Petrus' bestürzter Miene las er Dringlichkeit und Gefahr. »Was willst du mir sagen?«

Der Hofmarschall schüttelte heftig den Kopf, bewegte aufgeregt die Lippen, schnitt Grimassen und gestikulierte wild – und endlich verstand Herr Morneweg: Petrus hatte Johannes aus dem Hof der Schänke und zur Stadtmauer torkeln sehen, offenbar mit einem Sattel oder Ähnlichem auf dem Rücken. Er war durch ein Tor geschlüpft und Richtung Wakenitz verschwunden.

Sofort sprang der Ratsherr auf und folgte dem winkenden Petrus aus der Schänke und in die Dunkelheit hinaus. Sie liefen zum nächsten Tor, bückten sich hindurch und sprangen auf der anderen Seite der Mauer in die Uferböschung der Wakenitz. Mondlicht schimmerte auf dem ruhig der Trave entgegenströmenden Fluss.

Der Ratsherr fühlte die schwere Hand des Hofmarschalls auf seiner Schulter, und als er seinen Blick auf die Anlegestelle richtete, auf die Petrus zeigte, entdeckte er knapp hundert Schritte entfernt den jungen Maler. Der stand ganz am Ende des Stegs über dem Wasser, sein blondes Haar schimmerte im Mondlicht, und etwas Großes, Sperriges hing ihm auf Schultern und Rücken. Er schwankte mächtig.

Gras raschelte, Geäst splitterte, eine raue Stimme hallte durch die Nacht, und dann polterten schwere Schritte über die Bohlen. »Du springst nicht, du Hundsarsch!« Ein Mann lief über den Steg und auf Johannes zu. »Zur Hölle mit dir, wenn du springst!«

Johannes drehte sich nicht einmal mehr nach dem Mann

um – er sprang einfach in den Fluss und versank wie ein Stein.

Petrus rannte los und in die Böschung hinein, Morneweg hinterher. Als sie die Anlegestelle erreichten, hatte der fluchende Mann sich schon die Stiefel von den Füßen getreten und riss sich gerade Rock und Wams vom Leib. Dann sprang auch er in die Wakenitz.

Petrus und Morneweg liefen zu seinen Kleidern, legten Stiefel und Oberkleidung ab, fielen auf die Knie und beugten sich am äußersten Rand des Stegs über den gurgelnden und aufgewühlten Fluss.

Wie in einen bösen Traum gestürzt kam der Ratsherr sich vor. Hatte er eben wirklich Johannes hier stehen sehen? Waren hier eben wirklich zwei Männer in den Fluss gesprungen? Das Halbdunkel, der Vollmond, die bizarren Wolkenformationen, das Gurgeln des schwarzen Wassers, die keuchenden Atemzüge des Hofmarschalls – all das verstärkte in ihm den Eindruck des Albtraumhaften. Und dann dieser Mann, der wieder und wieder prustend auftauchte, nach Luft schnappte und erneut untertauchte. Bis er irgendwann unten blieb.

Sie schauten einander an, der Ratsherr den Hofmarschall, der Hofmarschall den Ratsherrn. Der Ratsherr war schneller auf den Beinen – er dachte nicht einen Augenblick lang nach, sprang ins Wasser und tauchte zum Grund des Flusses.

Etwa fünf Ellen unter Wasser bekam er einen Arm zu fassen. Er packte ihn, hielt ihn so fest, wie er nur konnte, machte kehrt und schwamm der Wasseroberfläche entgegen. Der fremde Arm fühlte sich schlaff an, was daran hing, träge und schwer. Prustend tauchte Morneweg auf, neben sich blondes Haar und ein Korbgeflecht und neben dem Korbgeflecht ein breites, schwarzbärtiges, von nassem Haar umrahmtes Gesicht.

»Hilf uns, Petrus!«, keuchte der Mann, der Johannes vom

Flussgrund heraufgeholt hatte, und was der Ratsherr bisher nur ahnte, wurde ihm nun zur Gewissheit: Meister Silvester war es, der sich da eine Armlänge entfernt über Wasser zu halten versuchte. *Er* war dem jungen Maler hinterhergesprungen.

Der Hofmarschall kniete auf dem Steg und streckte ihnen die Hand entgegen, bis er den ohnmächtigen – oder schon toten? – Johannes am Kragen zu fassen kriegte. Morneweg und Meister Silvester zerrten ihm den noch halb mit Steinen gefüllten Tragekorb von den Schultern und stemmten den schweren und schlaffen Körper, so hoch sie nur konnten. Petrus packte zu und zog ihn auf den Steg hinauf.

Im Mondlicht erkannte der Ratsherr ein paar Armlängen entfernt die Umrisse von Sprossen und Holmen. Er schwamm hin und hielt sich an der Leiter fest. »Hierher, Silvester!«, rief er und winkte. Er wartete, bis auch der Bamberger die Hand nach der Leiter ausstreckte, dann erst kletterte er an ihr aus dem Fluss und auf den Steg.

An dessen Ende sah er den ausgestreckten Leib des jungen Malers liegen. Der Hofmarschall kniete neben ihm, wälzte ihn hin und her, schüttelte ihn, schlug ihm mit der flachen Hand auf Brust und Bauch, bis der Ratsherr irgendwann hörte, wie einer sich erst übergab und dann hustete. Petrus stand auf und bedeutete ihm mit ein paar Gesten, dass Johannes wieder atmete.

Der Ratsherr ließ sich rücklings auf die Bohlen fallen und rang nach Luft. Er dachte an den mit Steinen gefüllten Korb auf dem Rücken des Malers, und eine Gänsehaut nach der anderen perlte ihm über Nacken und Arme.

»Stockbesoffen in den Fluss gestürzt«, hörte er Meister Silvester keuchen. »Wenn man nicht versteht zu saufen, soll man's lassen, oder?« Morneweg sah den Malermeister über sich hinwegsteigen und hörte seine schweren Schritte sich entfernen. »Muss nach Hause, hol mir sonst noch den Tod hier. Und einer muss ja morgen die Arbeit machen.«

*

In der Mengstraße legten sie den lebensmüden Maler in Decken gewickelt vor den Herd. Der Hofmarschall eilte ins alte Heiligen-Geist-Hospital und holte Schwester Victoria. Mit ihr wachte der Ratsherr die ganze Nacht bei Johannes. Alle zwei Stunden schaute seine Frau in die Küche, machte ihrem Mann Wein heiß, legte Holz nach und erneuerte die warmen Steine an den Füßen des Geretteten.

Victoria blieb, bis der Morgen graute; blieb mit ihren Kräutern, ihren Tinkturen, ihrem rätselhaften Gemurmel. Zweimal streckte sie sich auf dem Geretteten aus in dieser Nacht. Wenn der Ratsherr einzuschlafen drohte, griff er zu seiner Laute und zupfte ein Liedchen. Und Victoria sang dazu. Als Johannes zu sich kam, kehrte sie ins Heiligen-Geist-Hospital zurück.

Im Fortgehen strich sie Morneweg über die grauen Locken und lächelte. »Gut gemacht.«

Johannes' erste Worte waren eine Frage: »Warum habt Ihr mich nicht sterben lassen, Herr Morneweg?«

»Meister Silvester wollte wohl sein Gewissen nicht mit noch einem Selbstmörder belasten«, antwortete der Ratsherr. »Und ich wollte vor deinem Tod noch mein Versprechen erfüllen.«

»Was für ein Versprechen?« Johannes sprach schleppend und mit schwerer Zunge.

»Ich hatte versprochen, dir die Geschichte von Moses und Rebecca weiterzuerzählen, wenn du bis Montag am Christophorus arbeitest und danach zum Essen in mein Haus kommst.« Morneweg zuckte mit den Schultern. »Du hast mir keine Gelegenheit gegeben, mein Versprechen einzulösen, musstest ja unbedingt von der Tafel aufspringen und zum Sterben eilen.«

Johannes wandte sein Gesicht ab und blinzelte zum Herdfeuer. »Ich schäme mich.«

»Weil du ohne Abschied von meiner Tafel geflüchtet oder weil du in die Wakenitz gesprungen bist?«

Johannes antwortete nicht, und der Ratsherr hakte nicht nach.

Gegen Mittag kam Victoria, um nach dem Maler zu schauen. Da löffelte der bereits eine heiße Brühe, die Frau Morneweg aus einem Kormoran gekocht hatte. Sie und ihr Mann saßen bei Johannes in der Kemenate.

Die Ordensschwester wartete, bis er seine Suppenschüssel geleert hatte, dann schaute sie dem jungen Maler in den Rachen, fühlte seinen Puls, setzte ihm das breite Ende eines Trichters auf Brust und Rachen und steckte das schmale ins Ohr, um seinen Herzschlägen und Atemzügen zu lauschen. Am Ende zeigte sie sich zufrieden mit ihrem Patienten.

»Und?«, fragte sie. »Willst du immer noch sterben?« Johannes senkte den Blick und blieb stumm. »Überleg es dir gut«, sagte sie leise, »das Leben ist nichts für Feiglinge. Doch es ist auch durch nichts zu ersetzen.«

»Sprich nicht so grob mit ihm.« Der Ratsherr wollte Victoria zum Schweigen bringen, denn er kannte sie: Wo andere diskret schwiegen oder beschönigten, nannte sie die Dinge beim Namen.

»Lass sie doch, Wolf!« Frau Morneweg runzelte unwillig die Stirn. »Wo sie recht hat, hat sie recht.«

»Johannes ist kein Feigling«, erklärte der Ratsherr. »Er ist nur verzweifelt.«

»Verzweifelt!« Die Ordensschwester lachte bitter, und vom Maler wollte sie wissen: »Hast du dir mal die alte Apostelskulptur in Sankt Jakobi angeschaut?« Johannes nickte. »Dieser Jakobus ist noch nie verzweifelt gewesen – denn er ist aus Stein.« Victoria beugte sich über den Tisch und schaute dem bleichen Maler in die Augen. »Willst du aus Stein sein oder aus Fleisch und Blut? Willst du kalt sein und tot oder heiß und lebendig? Dann wirst du hin und wieder auch ein bisschen Verzweiflung ertragen müssen.«

»Lass gut sein, Schwester.« Morneweg legte ihr beschwichtigend den Arm um die Schulter.

»Lass Victoria sagen, was sie zu sagen hat!«, verlangte seine Frau.

»Manchen ist die Seele krank geworden vor Trauer.« Die Ordensschwester ließ es noch lange nicht gut sein. »Denen mag man nachsehen, wenn sie ihren Qualen ein Ende machen und Hand an sich legen. Alle anderen, die das tun, nenne ich Feiglinge. Niemand darf sein eigenes Leben zerstören. Dein Leben gehört dir nämlich nicht, Johannes, es gehört dem Leben selbst. Gott hat es dir geschenkt. Und du hast den größeren Teil dieses Geschenkes noch vor dir, das spüre ich. Danke Gott dafür, und schäme dich, Johannes!«

»Nun höre endlich auf, Victoria«, sagte der Ratsherr. »Bitte.«

»Sprich weiter, Victoria.« Frau Morneweg verdrehte die Augen. »Bitte.«

Victoria achtete nicht auf die beiden, schaute nur dem Johannes ins Gesicht. »Hat Herr Morneweg dir nicht die Geschichte von Moses und Rebecca erzählt?«

»Doch, aber nur den Anfang.«

»Bring dich um, wenn du unbedingt willst, junger Mann«, sagte sie. »Doch vorher höre die Geschichte von Moses und Rebecca zu Ende.«

»Genug jetzt!« Morneweg wandte sich an Johannes. »Schwester Victoria hat viel erlitten, weißt du? Schlimmeres als du. Doch wer könnte ein Leben gegen das andere aufwiegen, wer ein Leid gegen das eines anderen?«

»Warum redest du nur von ihr, Wolf?« Seine Frau erhob sich aus ihrem Lehnstuhl, schritt in die Küche hinüber. »Warum nicht von dir?«, rief sie. »Auch dich hat das Schicksal nicht immer auf Rosen gebettet.«

Der Ratsherr winkte ab, und der junge Maler sagte mit heiserer Stimme: »Ich will hören, wie die Geschichte von Moses und Rebecca weitergeht, Herr Morneweg.«

»Ein anderes Mal.« Der Ratsherr schüttelte den Kopf. »Ich bin müde, wir alle sind müde nach dieser Nacht.«

Seine Frau kam in die Kemenate zurück, stellte eine Schüssel mit Walnüssen auf den Tisch und legte zwei Nussknacker daneben.

»Ihr habt es mir versprochen, Herr Morneweg.«

Der schüttelte erneut den Kopf. »Wozu noch? Es ist sowieso alles zu spät – die Anna und der junge Stalbuk werden …«

»Kein weiteres Wort darüber!« Victoria schlug mit der flachen Hand auf den Tisch. Und dann mit sanfterer Stimme und an den jungen Maler gewandt: »Man darf niemals die Hoffnung aufgeben, Johannes.« Wieder sah sie ihm in die Augen. »Nur wer unerschütterlich an Wunder glaubt, erlebt auch welche.« Sie richtete ihren Blick auf Morneweg. »Nun erzähl schon.«

Der Ratsherr zog die Brauen hoch und seufzte.

»Bitte«, sagte seine Frau mit auf einmal sehr weicher Stimme und legte dabei ihre Hand auf seine.

»Also gut.« Morneweg schob seiner Frau sein leeres Prachtglas hin. »Aber nur, wenn du mir noch einen heißen Wein zubereitest, mein Herz.«

Sie stand auf, nahm das Glas und verschwand erneut in der Küche.

»Wie ich dir erzählt habe, segelten die beiden auf des toten Jacobis alter Kogge nach Lübeck, der Moses und die Rebecca.« Tief atmend beugte der Ratsherr sich über den Tisch, stemmte die Ellenbogen auf ihn und stützte das Kinn auf die gefalteten Hände. »Mit Bertram Stalbuks Brief gingen sie zu seiner Frau ...«

»Zur Mutter vom Matthias?«, unterbrach Johannes.

»Ja, zur Mutter von Matthias. Die las also den Brief ihres Gatten, wohl dreimal oder viermal. Und danach nahm sie die beiden auf. ›Aber nur, bis sich etwas anderes findet‹, sagte sie, und das mit durchaus unfreundlicher Miene. Sie mochte diesen kleinen, abgerissenen Jungen nicht, in den ihr Matthias sich verguckt hatte. Und die junge Frau, die ihren Matthias gepflegt und seine Wunden geheilt hatte, die mochte sie zweimal nicht.«

»Wie undankbar!«, entfuhr es Johannes.

»Ja, wie undankbar.« Herr Morneweg rang die Hände, starrte dabei erst auf den Tisch und dann an Johannes vorbei auf die Fensterwand. Er schien auf einmal in eine weite Ferne zu blicken, als hätte an der Wand sich eine Tür in eine andere Welt geöffnet.

»Erzähle ihm, was sie gegen Rebecca hatte«, verlangte die Ordensschwester.

Der Ratsherr wandte den Kopf und schaute Victoria ein paar Atemzüge lang schweigend an. Dann zuckte er mit den Schultern und lehnte sich in seinen venezianischen Stuhl zurück. »Nun ja, wie sage ich das? Die Rebecca war eine schöne Frau, weißt du? Und noch keine zwanzig Jahre alt. Und der alte Bertram Stalbuk – er ist längst tot – hatte eine Schwäche für schöne junge Frauen.«

»Matthias' Mutter war eifersüchtig?«, fragte Johannes.

»Eifersüchtig, misstrauisch und falsch«, sagte die Ordensschwester. »Das ist sie bis zum heutigen Tag.«

»Genug davon.« Der Ratsherr fuhr sich mit der flachen Hand über Augen und Stirn, als wollte er böse Bilder vertreiben. »Die Rebecca hatte gehofft, in Lübeck eine jüdische Gemeinde zu finden, doch der Rat hatte von jeher verfügt, Juden die Niederlassung in Lübeck zu untersagen. Es gab also keinen einzigen Juden in Lübeck, so wie bis heute noch nicht. Habe ich recht, Schwester?«

»Fast keinen«, sagte die Ordensschwester.

»Ihr habt Rebecca auch gekannt, Schwester Victoria?«, staunte Johannes.

Victoria senkte den Blick, und der Ratsherr lächelte und sagte: »Sie hat sie besser gekannt als irgendjemand sonst, besser noch als der Moses.«

Frau Morneweg brachte das Glas mit dem heißen Wein. Ihr Mann bedankte sich, nippte daran, pustete ein paarmal hinein und nahm einen größeren Schluck.

»Das tut gut«, seufzte er.

»Trink langsam«, mahnte Frau Morneweg. »Nicht dass du uns einschläfst. Du musst erzählen.«

»Jaja.« Der Ratsherr nahm noch einen Schluck. »Ich erzähle ja schon. Sie kamen also nach Lübeck, der Moses und die Rebecca, und lebten dort eine Zeit lang im Hause Stalbuk.« Er schlürfte Wein und schien nachzudenken. »Natürlich merkten sie, dass sie Bertrams Frau nicht willkommen waren. Anfangs versuchte Frau Stalbuk noch, das zu verbergen …«

»Vielleicht dem Moses gegenüber«, sagte Victoria, »der Rebecca zeigte die Stalbuk ziemlich schnell und unverhohlen, dass sie gefälligst zu verschwinden hatte.«

»Schon möglich, ja. Sie war eifersüchtig, wie gesagt, und das nicht ohne Grund. Moses gegenüber versuchte sie, ein freundliches Gesicht zu wahren, wenigstens eine Zeit lang. Ihr Sohn hing nämlich sehr an dem fremden Jungen. Der Matthias wollte ihn gar nicht mehr missen. Doch Rebeccas Stolz gestattete es ihr nicht, sich an der Tafel der Stalbuks aushalten zu lassen …«

»Es war unerträglich für sie«, sagte Schwester Victoria leise. »Und beinahe so entwürdigend wie die Zeit als Jacobis Sklavin.«

»… also bot sie bald ihre Dienste als Heilerin an, damit sie etwas zum Haushalt beisteuern konnte. Und vom Jungen verlangte sie, dass er selbst für Essen und Kleidung sorgte. So kam es, dass der Moses auf dem Markt, am Hafen und in den Stadttoren allerhand Tand verkaufte …«

»Tand?« Eine Zornesfalte grub sich zwischen Schwester Victorias Brauen ein. »Wertvolle Heilkräuter hat er verkauft!«

»… dass er Heilkräuter und allerhand Tand verkaufte, jonglierte und Lieder zur Laute sang. Eines Tages dann begegnete er am Hafen der Traudi.«

»Der Traudi?« Der junge Maler runzelte fragend die Brauen.

»Der Gertrud.« Frau Morneweg knackte eine Nuss. »Die war noch recht klein damals, erst fünf Jahre alt, und alle nannten sie Traudi. Die Nachbarn, ihre Amme, ihr Vater, die Männer in seinem Kontor.«

»Ihr habt sie gekannt, Frau Morneweg?«

»O ja.« Sie lächelte versonnen in sich hinein, als hätte sie jener Traudi besonders nahegestanden. »Eines Tages war Traudi mit einem Priester und ihrem Vater auf der neuen Kogge des Vaters. Der Priester hatte das Schiff geweiht, und als sie hinter ihm her in einer Weihrauchwolke an der Hand ihres Vaters über die Prahmbrücke zurück zum Kai ging, stand da ein Junge mit blonden Locken und verschlissenen Kleidern neben einem Fuhrwerk und jonglierte.«

»Gesungen hat er, nicht jongliert«, widersprach ihr Mann.

»Jongliert!«, beharrte Frau Morneweg.

»Gesungen und Laute gespielt«, beharrte der Ratsherr. Er

wandte sich an Johannes. »Das machte er, um die Leute anzulocken. Er wollte ihnen ja seinen Tand verkaufen – Muscheln, Strandgut oder Kräutermischungen, die Rebecca ihm zusammengestellt hatte. Manchmal sang er zur Laute, manchmal jonglierte er – Hauptsache, die Leute blieben stehen …«

2

Die Tochter des Kaufmanns

Lübeck, Frühsommer 1233

... anfangs staunte er, wie viele Leute stehen blieben, um ihm beim Jonglieren zuzuschauen oder seinem Gesang und seinem Lautenspiel zu lauschen. Selbst hier am Hafen, wo vorwiegend Männer vorüberkamen – Lastenträger, Windenknechte, Ochsentreiber, Mönche, Fischer, Seeleute und Händler, die ihre Ware von einer der vielen Koggen aus verkauften, die hier im Hafen ankerten. Nach und nach erst fand er heraus, dass es der Gesang seiner eigenartig rauen und etwas wehmütigen Kinderstimme war, der sie anzog. Selbst auf dem Markt sprach man schon davon.

Rebecca hatte es ihm erzählt. Und Moses konnte es kaum glauben – in dieser großen, reichen und stolzen Stadt mochten sie die Lieder eines Betteljungen?

Im Hafen dieser reichen und stolzen Stadt, am Ufer der Trave, hielt er sich am liebsten auf. Hier beobachtete er stundenlang die einlaufenden Schiffe, schaute zu, wie sie vor Anker gingen und be- oder entladen wurden. Jedes Mal, wenn wieder ein Schiff eingelaufen war, sprach er die von Bord gehenden Seeleute an, um zu erfahren, welche Städte sie auf ihrer Fahrt angelaufen hatten. Und wenn sie dann die zauberhaften Namen nannten – Brügge, Antwerpen, London, Bergen, Visby, Riga, Nowgorod –, dann sprach er sie im Stillen nach, und sein Herz schlug höher.

Noch lieber sah er die Männer an Bord gehen und schaute ihnen zu, wie sie die Anker hochzogen, die Segel hissten und wie die auslaufenden Schiffe langsam die Stadt hinter sich ließen, um zur Travemündung zu segeln. Dann träumte er sich an Bord, am liebsten aufs Heckkastell an den Platz des Steuermanns oder, noch lieber, an den des Kapitäns. Und träumte und träumte: von wogender See, von Möwenschwärmen, Delfinherden, Sternennächten über endlosen Wellen und Hafenkränen in Brügge, Antwerpen, London, Bergen, Riga oder Nowgorod.

Er wusste ja, welche Städte sie anlaufen würden, begleitete ja jedes Mal die Seefahrer bis zu den Prahmbrücken, an denen ihre Koggen lagen, oder zu den Prahmen, auf denen sie zu ihnen übersetzten, ging ihnen mit hundert Fragen auf die Nerven und ließ sich erzählen, zu welcher Stadt sie segeln würden und wie es im Hafen dieser Stadt aussah.

Hier am Uferkai der Trave sang und jonglierte er am liebsten, und wie immer, wenn er seinen Leiterwagen am Kai abgestellt hatte und in die Saiten griff oder die Bälle wirbeln ließ, wanderte auch in jener Morgenstunde, als er Traudi und ihrem Vater zum ersten Mal begegnete, sein Blick über die breiten Bäuche, die Heckkastelle und die hohen Masten der Koggen. Und wie immer, so blieben auch an jenem Morgen nach und nach die Leute stehen und lauschten seinem Gesang und seinem Saitenspiel oder schauten seiner Jonglierkunst zu.

Der Junge guckte ihnen in die Gesichter und versuchte zu bestimmen, welcher ein Seemann war und welcher nur ein Kaufmann, Handwerker, Krämer oder Ochsentreiber. Inzwischen glaubte er, es den Männern anzusehen, ob sie zur See fuhren oder nicht. An ihren wilden Bärten und wirren, von der salzigen Luft steifen Haaren meinte er es zu erkennen, an ihren sonnenverbrannten, knochigen Gesichtern, ihren sehnigen Armen und ihren verwegenen Blicken. Er sang und spielte gern für sie, auch wenn sie ihm kaum jemals etwas abkauften und nur selten eine Münze in seinen Hut warfen.

An diesem Morgen jonglierte er zuerst ein wenig. Das Singen würde ihm nicht halb so leichtfallen wie sonst, das spürte er. Er hätte ja selbst jemanden gebrauchen können, der für ihn sang und ihn mit Musik und Liedern ein wenig tröstete, denn ihm war schwer ums Herz: Er hatte Rebecca weinend im Gänsestall der Stalbuks gefunden, als er sich von ihr in den neuen Tag verabschieden wollte.

»Du bist schon wieder gewachsen«, hatte sie geschluchzt, als er sich durch die Stalltür bückte, und hatte versucht zu lächeln. Es stimmte: Vor ein paar Wochen noch hatte er nicht einmal den Kopf einziehen müssen, wenn er Gänseeier holen oder den Stall sauber machen wollte.

»Ich wachse wohl nicht mehr in diesem Leben«, hatte Rebecca noch gesagt und ihn dann weggeschickt, ohne ihm zu verraten, was sie so traurig machte.

Rebecca war krank, so viel stand für ihn fest. Und ihre Krankheit musste mit ihrem Bauch zu tun haben, auch daran gab es für den Jungen inzwischen keinen Zweifel mehr. Doch welche Krankheit sie quälte, sie bleich und mager machte und zugleich ihren Bauch anschwellen ließ, darüber schwieg sie eisern. Und vergrößerte damit nur des Jungen Angst und Sorge um sie.

Acht Männer und zwei Frauen standen schon am Kai um ihn herum, als er seine Bälle einsteckte und zur Laute griff, und es wurden immer mehr. Er sang ein Lied, das Rebecca ihm erst ein paar Tage zuvor beigebracht hatte, einen Psalm in der Sprache ihrer Väter. Ein *Siegeslied* hatte Rebecca diesen Psalm genannt; ein Siegeslied, das Gott bereits vor dem Kampf für den Triumph dankte.

Von einer Prahmbrücke her, die bis zu einer großen neuen Kogge fast in der Mitte der Trave reichte, lief, geleitet von einem Priester, eine Gruppe von Männern zur Braunstraße hin. Einer von ihnen führte ein kleines Kind an der Hand. Der Junge stutzte, denn neben diesem Mann tänzelte jener schmächtige Weißhaarige, den er Wochen zuvor in Wismar gesehen hatte. Der führte einen Esel mit hellem Fell am Zügel hinter sich her.

Abgelenkt von dem kleinen, wild gestikulierenden Mann, geriet der Junge mit den Worten seines Liedes durcheinander und musste noch einmal von vorn anfangen. Aus dem Augenwinkel sah er, wie das Kind auf ihn zeigte und der Mann, an dessen Hand es lief, zunächst zögernd stehen blieb und dann aus der Gruppe ausscherte, um zu ihm und der Menge seiner Zuhörer zu kommen. Der Weißhaarige mit seinem Esel wich nicht von der Seite des Mannes, hörte auch nicht auf zu gestikulieren; der Priester und die anderen Männer zögerten kurz und folgten schließlich.

Der Junge zupfte und sang weiter, versuchte, nicht auf die Leute zu achten, die sich jetzt zu seinen Zuhörern gesellten. Die bildeten eine Gasse, als sie auf den Mann mit dem Kind und den Weißhaarigen aufmerksam wurden; offenbar kannten sie beide. Und als kurz nach diesen dreien auch der Priester zwischen ihnen auftauchte, rückten die Leute noch enger zusammen, damit der Mann im Messgewand und mit dem Weihrauchfass an ihnen vorbei ganz nach vorn treten konnte.

Das Kind, ein kleines Mädchen mit dunkelbraunen Haaren, ließ seinen Vater los, schaute neugierig zu dem singenden Jungen auf und beugte sich dann über den Leiterwagen, der neben dem Musikus stand.

Wie klein sie noch ist, dachte Moses, *pass nur gut auf sie auf, lieber Gott.*

Sofort stand ihm Rebecca vor Augen, wie sie im halbdunklen Gänsestall kauerte und murmelte: *Ich wachse wohl nicht mehr in diesem Leben.* Was sie damit wohl sagen wollte?

»So hör mi doch wenigschdens a!« Eine tiefe und sehr raue Männerstimme drang in Moses' Bewusstsein. Er hob den

Blick: Der kleine Weißhaarige hielt den Vater des Mädchens am Arm fest und rief: »Bitte lass mi noch oimal für dich nach Bergen fahre, Martinus! Nur oi oinziges Mal noch! I mach au koi Blödsinn mehr, i kenn sämtliche Meere und Küschde zwische Genua und Nowgorod, das weisch du doch!«

»Genug jetzt, Frido!« Der Vater des Mädchens machte sich von dem aufdringlichen Mann los. »Lass mich endlich in Ruhe damit!« Sprach's und ging neben seiner Tochter in die Hocke. Der Weißhaarige aber ließ Kopf und Schultern sinken und schlich davon. Der, den er Martinus genannt hatte, schaute sich die Sachen im Leiterwagen des Jungen an.

Dieser Martinus sah nicht arm aus, wahrhaftig nicht. Sein dunkelroter Rock war aus Samt, die Knöpfe daran glänzten wie poliertes Silber, und die Säume und Knopfleisten waren mit schwarzem Pelz besetzt. Eine Kranichfeder steckte an seinem hohen, runden Hut. Ein Kapitän, schätzte der Junge, oder mindestens ein Steuermann. Eher sogar ein Kaufmann und Ratsherr. Der Junge hatte gelernt, die Menschen in Lübeck einzuschätzen.

Er hörte auf zu singen, zupfte nur noch die Saiten und blickte zwischen seinen Zuhörern hindurch dem davonschleichenden Weißhaarigen hinterher. *Frido* – hatte ihn nicht schon der verfluchte Jacobi so genannt? Den kleinen, dürren Mann einzuordnen fiel Moses ungewohnt schwer. Vielleicht ein ehemaliger Kapitän? Ob er ein Lübecker war? Oder verrückt?

Seine Art zu sprechen war dem Jungen trotz der rauen Stimme weicher und melodiöser vorgekommen, als er es von den Lübeckern gewohnt war. Angeblich brachte dieser Mann ja Unglück – hatte Matthias das nicht gesagt? –, vielleicht wollte ihn ja deswegen keiner auf seinem Schiff haben.

Moses beobachtete, wie das weißhaarige Männlein umständlich auf seinen noch jungen und auffällig hellpelzigen

Esel stieg. Seine ganze Haltung kam dem Jungen jetzt traurig und mutlos vor: Den Kopf hielt er tief gegen die Brust gebeugt, und seine schmächtige Gestalt wirkte zusammengesunken und krumm. Nicht ein einziges Mal blickte er zurück, während er zwischen die hölzernen Fassaden der Braunstraße hineinritt und dort in die Menge der Lastenträger, Waschfrauen, Kinder, Reiter und Ochsentreiber eintauchte.

Moses senkte den Blick und schaute zu Vater und Tochter vor seinem Leiterwagen. Dem Mann namens Martinus hatten es Rebeccas Kräutersäckchen angetan, nacheinander nahm er sie hoch, um die Pergamentschildchen zu studieren, die Rebecca auf sie genäht hatte. Er ließ sich Zeit, las sorgfältig. Das kleine Mädchen nahm Muscheln, bunte Steine oder Glasperlen hoch und konnte doch dabei seine Augen nicht von Moses lassen.

Der beachtete die Kleine nicht – jedenfalls versuchte er es –, sondern beobachtete aus dem Augenwinkel, wie der Mann neben ihr sich erneut eines der Stoffsäckchen aus dem Leiterwagen griff, wieder die Schrift auf dem Aufnäher las und das Säckchen schließlich öffnete, um an seinem Inhalt zu riechen.

»Was ist das für eine Sprache, in der du da singst, Bürschlein?«, sprach ihn plötzlich mit harter Stimme der Priester an.

Der Junge, der gar nicht mehr auf den Geistlichen geachtet hatte, ließ sich seinen Schrecken nicht anmerken und zuckte nur mit den Schultern.

»Das ist doch Hebräisch, oder täusche ich mich?« Der Priester belauerte ihn aus schmalen Augen. »Woher kannst du denn diese Sprache? Bist du etwa ein Jude?«

»Ich bin getauft.« Der Junge hörte auf, die Saiten zu zupfen. »Und die Sakramente der Kommunion und der Beichte habe ich auch empfangen.« Dies ungefähr waren die Worte, die Rebecca ihm vorgesagt und die er für so einen Fall auswendig gelernt hatte. »Meine Schwester hat mir das Lied beigebracht.«

»Deine Schwester, soso. Ist sie eine Jüdin?«

»Nein. Sie ist eine Witwe.«

Die Männer und Frauen lachten, und der Junge guckte unsicher in die Gesichter ringsum. An einem schmalen, kantigen, aus dem ein Paar wässrig blaue Augen schauten, blieb sein Blick hängen. Der Mann hatte wallendes Grauhaar und musterte ihn forschend. Kalter Schrecken fuhr dem Jungen in die Glieder – Jacobis Bootsmann! Gehörte das Eisauge etwa zur Gruppe um den Priester und den reichen Mann mit dem Kind? Was, wenn er jetzt verriet, dass Rebecca keineswegs mit dem toten Kapitän verheiratet gewesen war?

»Eine Witwe, soso.« Der Priester hängte sich das Weihrauchfass über die Schulter, als wäre es ein Sack. »Lügst du mich etwa an, du Lauskrodd, du? Wenn deine Schwester eine Jüdin ist, dann bist doch auch du ein Jude!«

»Sie ist aber keine Jüdin!« Statt dem Priester schaute Moses dem Bootsmann ins Gesicht. Der verriet gar nichts, nickte nur lächelnd, als wollte er stumm grüßen. »Und ich bin getauft.«

»Wie alt bist du?«

»Zehn.« Dessen war sich der Junge nicht sicher. Doch weil Rebecca das glaubte, hatten sie eines schönen Tages in Jacobis Ochsenstall seinen zehnten Geburtstag gefeiert. Weil er sich an sein Wiegenfest so wenig erinnern konnte wie an alles andere aus seinem früheren Leben, war es ein beliebiger Tag im Januar gewesen.

»Wie heißt du?«

»Moses.«

»Sag ich's nicht?« Triumphierend schaute der Priester in die Runde. »Ein hebräischer Name!«

»Ein biblischer Name.« Der Vater des Mädchens erhob

sich. »Lasst ihn doch, Hochwürden. Der Junge singt hier für sein täglich Brot.« Er hielt Moses das Kräutersäckchen hin. »Diese Mischung hilft gegen Bauchgrimmen?« Misstrauisch runzelte er die dunklen Brauen. »Wirklich?«

Der Junge ließ die Laute sinken, nahm dem Mann das Säckchen ab und betrachtete die kleinen Blumenzeichnungen unter der Schrift auf dem Aufnäher. Er rief sich die Worte in Erinnerung, die Rebecca ihm zu dieser Kräutermischung mit diesen Zeichnungen eingeschärft hatte, und nickte schließlich. »Ja, Herr. Ein Tee, der gegen Bauchgrimmen hilft. Aber nur, wenn Ihr zugleich regelmäßig die Messe besucht und zur Beichte geht.«

Einige der umstehenden Männer feixten verstohlen. Der Mann ließ sich nicht anmerken, was er von der Auskunft des Jungen hielt. Er hob das Säckchen und runzelte die Stirn. »Welche Kräuter sind da drin?«

Konnte er denn nicht lesen? Die Antwort stand doch auf dem Aufnäher! Aus den Gesichtszügen versuchte Moses die Gedanken des Mannes zu lesen. Wahrscheinlich wollte dieser reiche Herr ihn auf die Probe stellen. Also zählte Moses die Pflanzen auf: »Schleifenblume, Blutwurz, Fenchel und Kamille. Und weiße Taubnessel.«

»Fenchel und Taubnessel empfiehlt auch unser Klostergärtner«, sagte einer von zwei Mönchen, die inzwischen stehen geblieben waren.

»Hat deine Mutter das Kraut gesammelt?«, wollte der Kaufmann namens Martinus wissen.

»Nein, meine Schwester. Und ich habe ihr geholfen.«

»Seine Schwester ist eine Heilerin«, ergriff auf einmal der Bootsmann das Wort.

Der Herr in den guten Kleidern wandte sich erstaunt nach ihm um. »Woher kennt Ihr die Frau, Herr Kapitän?«

»Aus Wismar, Herr Bardewik. Sie ist die Witwe meines

verstorbenen Kapitäns und wohnt jetzt im Haus des Kaufmanns Bertram Stalbuk. Die Frau ist sehr klug und weiß Kräuter hilfreich zu mischen und allerhand Leiden zu lindern.«

Nacheinander beugten sich nun auch andere Männer und die beiden Frauen über die Kräutersäckchen.

»Der Herr Stalbuk ist doch noch auf Gotlandfahrt«, wunderte sich der Mann namens Bardewik. »Vor dem Herbst wollte er nicht zurückkehren.«

»In Wismar hat ein scharfer Hund seinen Sohn gebissen«, erzählte der Bootsmann. »Das habe ich mit eigenen Augen gesehen. Der Matthias Stalbuk ist sehr krank geworden davon und hat hohes Fieber gekriegt. Weil die Heilerin ihm helfen konnte, hat der Herr Stalbuk sie und ihren Knaben hier gebeten, seinen Sohn zurück zur Mutter nach Lübeck zu begleiten.«

»Das sind ja Geschichten!« Der andere nickte, schien zufrieden und wandte sich wieder an den Jungen. »Was kostet denn diese Kräutermischung?«

»Drei Silberpfennige«, sagte Moses und blickte dankbar zum Bootsmann hinauf. Sein Rock und sein Hut erschienen dem Jungen eleganter als früher. Auch trug er ein Schwert. Kein Wunder – offenbar war er ja Kapitän geworden inzwischen.

»Drei Pfennige?!« Der Mann namens Martinus Bardewik neigte den Kopf, runzelte die Brauen und musterte den Jungen, als hätte der gerade die Heilige Jungfrau gelästert. »Das meinst du nicht ernst, Moses!«

»Doch, mein Herr, das meine ich ernst.« Es gelang dem Jungen nicht, seine Stimme so fest und klar klingen zu lassen, wie er es sich vorgenommen hatte. »Drei Silberpfennige.« Er dachte daran, wie viel Zeit und Mühe es Rebecca und ihn gekostet hatte, die Kräuter für die etwa zwölf Säckchen zu suchen, zu bestimmen, zu sortieren und zu trocknen. »So viel ist diese Kräutermischung gegen Bauchgrimmen ganz gewiss wert, das versichere ich Euch.«

»Das glaube ich nicht!« Der Kaufmann warf das Kräutersäckchen zurück in den Wagen. »Mehr als einen Pfennig bezahle ich dafür auf gar keinen Fall!« Auf einmal machte er eine ziemlich unfreundliche Miene.

Dem Jungen wurde bange. »Das … das wäre aber …« Unsicher guckte er in die Gesichter ringsum. Die meisten Männer schauten ihn an, als warteten sie darauf, dass er einen Witz oder einen Fehler machte, der Priester feixte verächtlich, und der Bootsmann zog warnend die grauen buschigen Brauen hoch. Doch wovor genau wollte das Eisauge ihn warnen?

»Ich meine …« Ganz wirr wurde dem Jungen im Kopf, stammelnd suchte er nach Worten. »Das ist schade«, sagte er schließlich und holte tief Luft. »Dann müsst Ihr Euch die Kräutermischung leider woanders kaufen.«

»Bitte?!«, zischte der Mann namens Bardewik, während ein Raunen durch die Menge ging. Der Priester schüttelte fassungslos den Kopf, der Bootsmann senkte lächelnd den Blick. »Du würdest diesen kleinen Sack Kräuter lieber wieder mit nach Hause nehmen, als ihn mir für zwei Pfennige zu verkaufen?!« Der Kaufmann tat entrüstet. »Das glaube ich dir nicht, Moses!«

Der Junge holte tief Luft, um auf dem Preis zu beharren, denn Rebecca hatte ihm eingeschärft, sich auf keinen Handel einzulassen. Doch dann stutzte er. »*Zwei* Silberpfennige, sagt Ihr?« Der Kaufmann nickte, sein Blick hatte nun etwas Hartes und Kaltes. Der Junge räusperte sich. »Schaut, Herr Bardewik – wenn Ihr zwei Silberpfennige nehmt und davon zwei Tagelöhner einen Sommertag lang in den Wald und in die Wiesen schickt, werden sie Euch am Abend vielleicht einen Sack voller Kräuter bringen. Aber werden es auch

Kräuter sein, die gegen Bauchgrimmen helfen? Schließlich habt Ihr ja keine Kräuterkundigen, sondern einfache Tagelöhner auf die Suche geschickt.« Der Schweiß brach ihm aus, so sehr strengte es ihn an, diese Sätze zu formulieren und auszusprechen. »Und sortiert und getrocknet habt Ihr die Pflanzen dann auch noch lange nicht.«

Der Kaufmann stemmte die Fäuste in die Hüften und musterte ihn verblüfft. Schließlich drehte er sich nach den anderen Männern und den beiden Frauen um und guckte beinahe jedem ins Gesicht. Die meisten wichen seinem Blick aus, manche wiegten zweifelnd die Köpfe, und der Priester zischte ein Schimpfwort und guckte den Jungen kopfschüttelnd und so streng an, dass diesem das Herz in den Hosenbund rutschte.

»Wo der Moses recht hat, hat er recht, nicht wahr?«, sagte der Kaufmann schließlich, wandte sich wieder um, kramte in seiner Rocktasche und drückte dem Jungen die drei geforderten Münzen in die Hand. Dabei schaute er ihm tief in die Augen, und etwas wie Bewunderung lag in seinem auf einmal wieder freundlichen Blick. Moses wurde ganz schwindlig vor Erleichterung.

Danach steckte Bardewik das Kräutersäckchen ein und wandte sich zum Gehen.

»Kauft Ihr mir bitte diese Muschel und diesen Kamm, Herr Vater?« Das Mädchen ergriff die Hand des Kaufmannes und hielt eine rosafarbene Muschel und einen großen Kamm aus Elchhorn hoch. Beides hatte Moses unter anderem Strandgut unweit der Travemündung gefunden. Von Rebecca gereinigt und mit roter und gelber Farbe bemalt, sah der Kamm aus wie neu.

»Was willst du denn mit all den Muscheln, Traudi?« Martinus Bardewik verdrehte die Augen. »Und Kämme hast du ja nun wirklich schon mehr als genug zu Hause.«

»Aber keinen, der so bunt ist, und keine Muschel, die so eine schöne Farbe hat.«

»Ganz bestimmt hast du so einen bunten Kamm und so eine rosa Muschel, Traudi!«

»Bitte, bitte, Herr Vater! Ich hab doch Wiegenfest gehabt.«

Der Vater winkte ab. »Das ist schon einen Monat her!«

Sie bettelte, bis der Mann sehr tief seufzte und endlich nachgab. »Nenn mir einen Preis«, forderte er den Jungen auf. Für den Kamm nahm Moses einen Pfennig, die Muschel schenkte er dem Mädchen. Das strahlte ihn voller Dankbarkeit an. Und er beneidete sie, weil sie einen Vater hatte.

Ein Mann und die beiden Frauen kauften nun ebenfalls Kräuter, und ein Mönch hob eine Wolldecke aus dem Leiterwagen, die aus dem gleichen Strandgutfund wie der Kamm stammte und für die der Mönch einen Pfennig bot. Der Junge verlangte zwei.

»Du wohnst im Hause Stalbuk?«, fragte der Priester schon halb im Gehen. Der Junge nickte. »›Ja, Hochwürden‹, heißt das!«, fuhr der Priester ihn an.

»Ja, Hochwürden«, murmelte Moses, nahm die Münzen der Käufer entgegen und schielte aus dem Augenwinkel danach, um sie zu zählen.

»Das neue Haus der Stalbuks steht doch Königsstraße, Ecke Johannisstraße!«

»Ja, Hochwürden.«

»Das ist doch mein Kirchspiel, zum Donnerwetter!« Der Priester schnitt eine strenge Miene.

»Ich weiß nicht, Hochwürden.«

»Warum habe ich dich und deine Schwester noch nie in der Marienkirche bei der Messe gesehen, wenn ihr in meinem Kirchspiel wohnt?« Der Priester trat immer näher und sprach immer lauter. »Sagtest du nicht, du bist getauft und gehst zur Beichte?«

»Wir gehen in Sankt Jakobi zur Messe und zur Beichte, Hochwürden.«

Das stimmte, denn Rebecca, die sonst alles tat, um in dieser stolzen und reichen Stadt nicht aufzufallen, mochte nicht auch sonntags noch die Frau Stalbuk in der Kirche sehen. Und der Frau Stalbuk – so kam es dem Jungen vor – war das ganz recht so. Die beiden Frauen mochten sich nämlich überhaupt nicht und stritten oft.

»Ihr gehört in meine Kirche«, sagte der Priester mit strenger Miene. »Sag das deiner Schwester.« Sprach's und beeilte sich, die Männer um den Herrn Bardewik einzuholen.

Während Moses ihm hinterherschaute und Gott im Stillen dankte, diesen unfreundlichen Menschen und seine harte Stimme endlich los zu sein, drehte sich Bardewiks Töchterchen auf einmal um und winkte ihm zu.

Der Junge stutzte und sah sich staunend um. Als er schließlich begriff, dass ihr Gruß ihm galt, wurde ihm ganz warm ums Herz, und er winkte zurück.

*

Am nächsten Vormittag schon sah er das Mädchen wieder. Diesmal sang und jonglierte Moses auf dem Markt neben der Bude eines Gewandschneiders.

Der hatte Gefallen an dem Jungen gefunden und gestattete es ihm gern; wahrscheinlich auch deswegen – so vermutete Moses –, weil viele Marktbesucher dann stehen blieben und auf das Tuch aufmerksam wurden, obwohl sie eigentlich gar kein Tuch kaufen wollten. Manche taten es dann doch, und daran wiederum fand der Gewandschneider erst recht Gefallen.

Der Schreck vom Vortag über die harschen Worte des Priesters steckten Moses noch in den Knochen, und so sang er an diesem Morgen nur Lieder in niederdeutscher oder englischer Sprache; niemand sollte einen Anlass haben, ihn nach der Sprache von Rebeccas Vätern zu fragen. Die meisten dieser Lieder hatte Rebecca ihm beigebracht, einige wenige Matthias.

Gut zwei Dutzend Lübecker standen um Moses, seinen Hut und seine Blechschüssel herum und lauschten, am meisten Frauen und Kinder, doch auch einige meist ältere Männer. Den Leiterwagen mit seinem Tand und Rebeccas Kräutern mit auf den Lübecker Markt zu nehmen, hatte ihm Frau Stalbuk verboten. Nur wer eine Bude oder einen Stand besaß oder gemietet hatte, durfte dort seine Waren verkaufen. So wollte es der Rat, und so hatte Matthias' Mutter es ihm erklärt.

Zum Glück war noch keiner auf den Gedanken gekommen, seinen Gesang oder seine Jonglierkünste als Ware zu betrachten.

Die Umstehenden hatten ihren Spaß an seinen Liedern und seinem Lautenspiel, etliche sangen sogar mit, vor allem die Kinder. Das beflügelte den Jungen, sodass er seine Sorge um Rebecca vergaß. Die nämlich war an diesem Morgen nicht von ihrem Nachtlager aufgestanden und hatte beim Abschied nur das Nötigste mit ihm gesprochen.

Eine glockenhelle Stimme fiel ihm auf, während er sang, und als er genauer hinschaute, entdeckte er das Mädchen von gestern, das so schön sang, die Tochter des Herrn Martinus Bardewik. Heute begleitete sie nicht ihr Vater, sondern eine aschblonde Frau mit einem runden, gütigen Gesicht. Die hielt einen Korb mit Eiern, Fischen, Rauchfleisch und einem Mehlsack vor dem Bauch fest.

Der Name des Mädchens fiel dem Jungen sofort wieder ein – Traudi –, und er zwinkerte ihr zu, während er sang. Sie strahlte ihn an, und ihre bernsteinfarbenen Augen leuchteten.

Als er am Schluss ein Kinderlied anstimmte, das Matthias ihm beigebracht hatte, sang sie am lautesten von allen mit.

Um dem Mädchen Freude zu machen, sang er ein paar Lieder mehr, als er geplant hatte. Nach dem letzten verneigte er sich; auch das hatte Rebecca ihm beigebracht. Fast alle Umstehenden klatschten, manche sagten anerkennende Worte, und nicht wenige warfen eine Münze oder eine schöne Muschel in seinen Hut oder legten ein Stück Brot, einen Salzhering oder Kirschen in die Blechschüssel daneben. Das Mädchen Traudi schaute bettelnd zu der Frau mit dem gütigen Gesicht hinauf, woraufhin die einen ganzen Pfennig in Moses' Hut warf.

Der Junge bedankte sich und kniete vor seiner Schüssel und dem Hut nieder, um seine Schätze in einem Sack zu verstauen. *Lieber Gott, auch dir danke ich*, betete er im Stillen und dachte daran, wie stolz und froh Rebecca sein würde, wenn er ihr zeigte, was er an diesem Vormittag ersungen und erspielt hatte.

»Willst du etwa schon Schluss machen?« Der Gewandschneider beugte sich aus seiner Bude. »Komm schon, Moses – lass noch ein bisschen deine Bälle kreisen!« Der dicke Grauschopf fuchtelte mit seiner Elle herum. »Ein paar Knöpfe passen doch noch rein in deinen großen Hut!«

»Na gut.« Eigentlich wollte er so schnell wie möglich nach der kranken Rebecca schauen, doch dem freundlichen Gewandschneider konnte er den Wunsch nicht abschlagen. Also kramte er vier seiner fünf bunten Jonglierbälle aus der Jacke. Rebecca hatte sie ihm aus Leder gemacht und mit Hirse gefüllt. Das kleine Mädchen klatschte erwartungsfroh in die Hände und nötigte die Frau mit dem gütigen Gesicht, noch stehen zu bleiben.

»Moses heißt du?«, fragte ein Mann mit dem wilden Bart und dem verwitterten Gesicht eines Seemanns. »Wo bist du denn her?«

»Aus Wismar. Doch seit mein Ziehvater gestorben ist, wohne ich mit seiner Witwe, meiner Schwester, beim Ratsherrn Stalbuk in der Königsstraße an der Ecke Johannisstraße.« Das war die Antwort, die er nach Rebeccas Willen auf solche Fragen gab.

»Verstehst du denn überhaupt, was du da singst?« Der Mann spielte wohl auf seine englischen Lieder an.

»Du meinst das Lied von der Sehnsucht?« Moses fand es ziemlich lästig, schon wieder die Sprache seiner Lieder erläutern zu müssen, doch was sollte er tun? So freundlich wie nur irgend möglich erklärte er also: »Das Lied erzählt von einem jungen Seefahrer, den das Fernweh plagt, wenn er zu Hause ist, und das Heimweh, wenn er in der Ferne weilt.«

»O ja«, sagte der Schwarzbärtige und lächelte. »Das kenn ich.«

Und ein anderer rief: »Erzähl mir bloß nicht, dass sie in Wismar seit neustem Englisch sprechen!«

»Nein, aber meine Schwester spricht Englisch«, entgegnete Moses geduldig. »Von der habe ich es gelernt.«

Das stimmte nicht – er konnte diese Sprache einfach verstehen und sprechen, als hätte man sie ihm in die Wiege gelegt. Immer, wenn Rebecca ihm ein englisches Lied beibrachte, erfasste er sofort, was die Worte bedeuteten, und konnte den Text auf Niederdeutsch wiederholen. Und immer, wenn er ihr die englischen Sätze nachsprach, kehrte ein neues Stück Erinnerung in seinen Kopf zurück.

An die Namen seiner beiden Geschwister erinnerte er sich inzwischen. Auch an die Vornamen von Mutter und Vater und an die Namen der Tiere im Stall erinnerte er sich wieder. Vieles jedoch wollte ihm noch immer nicht einfallen – die Stadt, in der sie lebten, der Name des Landes und sein König, der Name des Schiffes seines Vaters und weder dessen Familienname noch sein eigener Vorname.

Um weiteren neugierigen Fragern von vornherein die Aussicht auf eine Antwort zu nehmen, steckte er sich einen roten Jonglierball zwischen die Zähne und begann, mit den drei anderen Bällen zu jonglieren. Dicht vor seinen Augen und nie höher als in Scheitelhöhe ließ er die Bälle kreisen. Eine ganze Zeit ging das so, und das Töchterchen des Kaufmanns klatschte in die Hände vor Freude. Die meisten anderen tuschelten und schauten ihm mit wohlwollenden Mienen zu.

Irgendwann fing der Junge an, die drei Bälle hoch über seinen Kopf zu werfen, damit sie länger flogen. Sobald alle drei in der Luft waren, klatschte er einmal in die Hände, fing die Bälle nacheinander, warf jeden sofort wieder hoch in die Luft, klatschte in die Hände, fing einen nach dem anderen auf, warf jeden, den er fing, sofort wieder hoch, klatschte und ließ sie auf diese Weise immer weiter kreisen.

Das kleine Mädchen – Moses schätzte es auf höchstens sechs Jahre – klatschte jedes Mal in die Hände, wenn auch er das tat, und bald machten einige der Umstehenden es ihr nach. Angelockt durch das Klatschen, blieben noch mehr Marktbesucher stehen und schauten zu.

Irgendwann, als die drei Bälle hoch über ihm durch die Luft flogen und ihre Flugbahnen sich kreuzten, klatschte der Junge nicht in die Hände, sondern ließ den Ball aus seinem Mund in die leere Hand fallen und warf ihn den anderen dreien hinterher. Nun ließ er vier Bälle kreisen.

Daraufhin klatschten die meisten der umstehenden Leute Beifall, einige riefen »Bravo!«, und die Tochter des Kaufmanns Bardewik hüpfte vor Vergnügen auf und ab. Eine Art Hochgefühl beseelte den Jungen, denn dieses Kunststück hatte er sich selbst beigebracht.

Beflügelt von der eigenen Begeisterung über sich selbst, warf Moses die vier Bälle höher und höher – bis sie weit genug nach oben gestiegen und lange genug in der Luft waren, um ihm Zeit zu verschaffen, blitzschnell in seine Jacke zu greifen, den fünften Ball herauszuziehen und in das bunte Kreisen hineinzuwerfen. Staunende Rufe wurden laut.

Mit fünf Bällen zu jonglieren, hatten Matthias und der Junge erst vor wenigen Wochen von einem Gaukler gelernt. Und weil er diese Kunst noch nicht vollkommen sicher beherrschte, führte er sie nur ein paar Atemzüge lang vor. Dann fing er alle Bälle auf, presste sie an die Brust und verbeugte sich.

Die Zuschauer applaudierten, riefen abermals »Bravo!« und »Sehr gut!« und ähnliche Sachen, und in Moses' Hut klimperten erfreulich viele Münzen. Auf einmal stand das Mädchen vor ihm, Traudi Bardewik, und hielt ihm fünf Eier hin. »Kannst du es auch damit, Moses?«

»Nicht doch, Traudi!« Die Frau mit dem gütigen Gesicht sprang herbei und wollte ihr die Eier abnehmen, die Traudi wohl heimlich aus dem Korb genommen hatte. »Das ist Nahrung, eine Gottesgabe und kein Spielzeug!«

»Bitte, Frau Brunhilde!« Das Mädchen wandte sich ab, um der Frau den Zugriff auf die Eier zu erschweren. »Bitte, bitte! Und wenn er es damit schafft, darf er die Eier behalten.«

»Famose Idee!«, rief der Seemann mit dem wilden Schwarzbart und dem verwitterten Gesicht. »Ich bezahl jedes Ei, das zerbricht!«

»Und für jedes, das hält, kaufe ich dem Moses ein zusätzliches Ei!«, erklärte eine Frau in den feinen Kleidern einer Ratsherrengattin unter den Zuschauern.

Die mit dem gütigen Gesicht – Traudis Amme, wie Moses vermutete – hob seufzend die Schultern, nickte und trat zurück in die Menge. Moses nahm dem strahlenden Mädchen die fünf Eier ab und bekam weiche Knie. Er sah genau, wie die Leute um ihn herum den Atem anhielten. Ihm war auf einmal gar nicht mehr wohl in seiner Haut.

»Wenn du es schaffst, spendiere ich dir Stoff für ein Hemd!«, rief der Gewandschneider: »Doch gehe lieber ein bisschen abseits, nicht dass mir das Eigelb auf mein schönes Tuch spritzt, wenn ein Ei am Boden zerplatzt.« Einige Leute lachten, aber nicht viele.

Alle Augen richteten sich nun auf den Jungen, und der spürte genau, dass er in der selbst errichteten Falle saß. Es gab keinen Weg zurück mehr. Sicher, er hätte die Eier einfach in den Korb der Amme legen und nach Hause gehen können, doch dann würde ihm so schnell niemand mehr beim Jonglieren zuschauen. Also nahm er drei Eier in die rechte Hand, zwei in die linke und begann, mit allen fünfen zu jonglieren.

Es gelang auf Anhieb. Von allen Seiten staunten und klatschten die Leute, selbst vor der Bude des Gewandschneiders hatten sie sich umgedreht und schauten ihm zu. Der Junge hörte nichts mehr und sah nichts mehr, für ihn gab es nur noch seine fünf auf- und absteigenden Eier. Er verschmolz vollkommen mit ihnen und mit dem, was er mit ihnen anstellte. Wie außer sich kam er sich vor, wie entrückt.

Diese Fähigkeit, seine Aufmerksamkeit ganz und gar auf eine Sache zu richten und alles andere darüber zu vergessen, war sein größtes Pfund. Damit zu wuchern, lernte er zu jener Zeit gerade. Nicht mehr lange, und diese Gabe würde seinen Lebensweg in Gefilde führen, von denen er jetzt noch nichts ahnte.

»Moses!« Auf einmal hörte er jemanden seinen Namen rufen. »Moses, schnell!« Er erkannte Matthias' Stimme, und weil sie ängstlich und dringend klang, dachte er sofort an Rebecca. Er erschrak so sehr, dass es ihm nicht länger gelang, die Eier kreisen zu lassen. Er versuchte noch, eines nach dem anderen aufzufangen – eines zerbrach in seiner Hand, ein zweites am Boden. Wie Wehklagen ging es durch die Menge der Zuschauer.

Zwischen den Marktständen erkannte er Matthias' roten Haarschopf. Als wäre der Henker selbst hinter ihm her, rannte er herbei.

»Schnell, Moses!« Völlig außer Atem blieb er vor ihm stehen. »Komm schnell mit nach Hause! Rebecca stirbt.«

3
Jacobis Witwe

Zwei Knechte der Stalbuks hievten die schwerkranke Rebecca auf einen Karren, der nur über eine Achse mit zwei hohen Rädern verfügte. Verwirrung und Angst hatten den Jungen ergriffen. Starb Rebecca denn wirklich? Warum verlangte Frau Stalbuk dann, dass man sie aus ihrem Haus schaffte?

Er zitterte am ganzen Leib, als er sich über die Ladefläche des hohen Karrens beugte und Rebeccas Kopf auf seiner Jacke bettete. Sie war aschfahl und ihr Mund ein grauer Strich.

»Wir bringen dich ins Haus des Erbarmens«, sagte er mit bebender Stimme.

Sie öffnete die Augen, blinzelte hinauf zu ihm und bewegte die Lippen. Ganz nah an ihren Mund musste er sein Ohr beugen, um sie zu verstehen.

»Der Lederbeutel mit meinem Geld liegt am Kopfende meines Strohsacks«, flüsterte sie. »Unter der lockeren Bodendiele.« Große Schweißperlen glänzten auf ihrer Stirn, die fühlten sich kalt an, als Moses sie mit der Hand abwischte. »Nimm das Geld, wenn ich sterbe«, flüsterte sie. »Es soll dir gehören. Hast du mich verstanden, Moses?«

»Verlass mich nicht«, flüsterte der Junge. »Bitte, bitte verlass mich nicht.« Ein schwarzer Kater sprang auf den Karren, schnurrte und rieb sich an seiner Schulter.

»Geh schon«, flüsterte Rebecca. »Birg den Beutel. Bevor sie ihn findet.« Moses richtete sich auf und schob Hannibal weg. Der Kater fauchte und sprang vom Karren, und Moses lief zurück zum Haus.

Frau Stalbuk hatte verlangt, dass man Rebeccas Unterleib

mit einem alten Sack zudeckte, damit niemand das Blut sehen konnte. Sie stand mit verschränkten Armen unter der Hoftür ihres Hauses und dirigierte die Knechte und den Jungen mit strenger Miene. Neben ihr hockte ein massiger schwarzer Hund und äugte gleichmütig in den Hof.

»Alles muss mit«, verlangte Frau Stalbuk, »jedes Tüchlein, jeder Krautsack, jede Bürste, auch die Laute.« Sie hielt den Jungen fest, als er an ihr und dem Hund vorbei noch einmal ins Haus schlüpfen wollte. »Wo willst du hin?«

»Rebeccas Rucksack holen.«

»Beeil dich.« Sie ließ ihn los. »Nur weg mit ihrem Zeug!«, rief sie ihm hinterher. »Und vergiss ihren Strohsack nicht! Er ekelt mich! Keine einzige Spur ihrer Sünde dulde ich noch in meinem Haus!«

Moses, der drei Stufen der engen Treppe auf einmal nahm, wusste nicht, wovon sie sprach. Er wusste nur, dass diese Frau seine geliebte Schwester hasste.

Aus einer Schlafkammer schlüpfte Matthis und hastete hinter ihm her. »Ich kann nichts dafür«, beteuerte er immer wieder. »Ich kann nichts dafür. Es tut mir so leid, ich kann nichts dafür.«

Moses stürzte in die kleine Gesindekammer, die er bis zum Morgen mit Rebecca bewohnt hatte. Matthis blieb auf der Schwelle stehen und sah zu, wie er die Bodendiele lupfte, einen schmutzigen schwarzen Lederbeutel herauszog und in Rebeccas Rucksack steckte. Der Beutel roch nach Viehstall und Mäusedreck und war ziemlich schwer; Moses hatte ihn noch nie zuvor gesehen, doch was ging ihn das Eigentum seiner geliebten Schwester an? Hastig suchte er ihre Habseligkeiten zusammen. Matthis half ihm und trug die Kräutersäckchen in einem Korb hinunter.

Zurück im Hof der Stalbuks legte der Junge den Strohsack über Laute, Blechteller und Rucksack und nahm Matthis den

Korb ab. Stumm verabschiedeten sich die Knaben voneinander. Matthis wandte sich schnell ab, wohl, um seine Tränen zu verbergen, und schlich an seiner Mutter und seinem Hund Nero vorbei zurück ins Haus.

Moses packte die beiden Deichseln des Einachsers und hob sie hoch. Das ging nicht annähernd so leicht, wie er sich das vorgestellt hatte. Er griff die Deichselholme fester und zog daran, vermochte aber nicht, den Karren mit Rebecca und ihren gemeinsamen Habseligkeiten anzuziehen. Mit noch immer verschränkten Armen stand Frau Stalbuk auf der Türschwelle und verfolgte seine verzweifelten Versuche ohne sichtbare Regung. Der schwarze Nero bellte heiser.

Matthis, der eben wieder neben dem Hund aufgetaucht war und dem seine Mutter verboten hatte, das Haus noch einmal zu verlassen, drängte sich an ihr vorbei und rannte zu Moses. Der Hund trottete hinter ihm her.

»Matthias!«, rief Frau Stalbuk und stemmte die Fäuste in die Hüften. »Wirst du wohl im Haus bleiben, du ungehorsamer Lümmel, du!«

»Geh nach hinten und schiebe!«, zischte Matthis und packte beide Deichselholme.

»Wirst du wohl deiner Mutter gehorchen und zurück ins Haus kommen!« Der Hund bellte, Frau Stalbuk lief hinter ihm her zum Karren, überholte ihn und schlug ihren Sohn mit der flachen Hand auf den Kopf. Matthis tat, als kümmere es ihn nicht weiter, und ließ die Schläge über sich ergehen, wie man Platzregen über sich ergehen ließ, wenn man unverhofft hineingeriet und kein Unterstand in der Nähe war. Er zog den Wagen an, zog ihn aus dem Hof und unter dem Torbogen hindurch, zog ihn, begleitet von seiner schlagenden Mutter und seinem blaffenden Hund, auf die Königsstraße hinaus und auf ihr entlang immer weiter.

Hinten schob Moses. »Das vergiss ihm nicht, barmherziger Gott«, murmelte er, während ihm die Tränen übers Gesicht rannen. »Das vergiss dem Matthis niemals.«

Weil die Leute auf der Königsstraße und der Johannisstraße stehen blieben und gafften, und weil sich Frauen und Kinder links und rechts aus den Fenstern lehnten, hörte Matthias' Mutter auf zu zetern und zu hauen. Jammernd und sich bekreuzigend packte sie den schwarzen Nero beim Halsstrick und zog sich mit ihm in ihren Hof zurück.

Der schwarze Kater sprang an ihr vorbei auf die Königsstraße, lief dem Karren nach und strich mit buschigem und hoch aufgerichtetem Schwanz neben Matthis her.

Schritt für Schritt zogen und schoben die beiden Jungen den Karren mit Rebecca die Königsstraße nach Süden hinunter, Rute um Rute. Die Leute blieben stehen, schauten den beiden Knaben hinterher, steckten tuschelnd die Köpfe zusammen und bekreuzigten sich. Manche liefen auch herbei, lugten über die hohen Seitenverschläge des Karrens auf die bleiche und schwer atmende Rebecca und bekreuzigten sich erst dann.

»Verscheucht bloß die schwarze Katze!«, rief ein Ochsentreiber, dessen Fuhrwerk ihnen entgegenrollte. »Die bringt nur Unglück!« Er deutete mit seiner Peitsche auf Hannibal. »Weg mit dem Biest, oder die Frau ist nicht mehr zu retten!«

Der Schrecken fuhr dem Jungen in alle Glieder, und er beugte sich zur Seite, um am Wagen vorbei nach vorn zu Matthis und Hannibal zu spähen. Vom Straßenrand her warf ein Mönch einen Stein nach dem Kater. Der verfehlte das Tier nur knapp und knallte polternd gegen den Verschlag. Hannibal sprang fauchend auf den Karren.

»Keine Steine!«, schrie Moses. »Bloß keine Steine werfen! Ihr trefft sonst noch meine Schwester!« Der Kater duckte sich zwischen dem Strohsack und Rebeccas Kopf auf die Ladefläche. Sie zogen und schoben den Wagen mit der Kranken weiter und immer weiter.

»Hat sie etwa die Blattern?«, fragte irgendwann eine Männerstimme auf der anderen Seite des Wagens. Ein Mann in gutem Rock und mit elegantem Hut lief neben Matthis her und blickte ängstlich hinter sich und auf die Kranke. Moses hörte Rebeccas viel zu rasche Atemzüge, sah die großen Schweißperlen auf ihrer bleichen Stirn, und schmerzlich schnürte es ihm das Herz zusammen.

»Nein«, antwortete Matthis mit fester Stimme. »Keine Blattern.« Wusste er denn, an welcher Krankheit Rebecca litt? Warum hatte er es ihm nie gesagt?

»Hat sie womöglich den Aussatz?«, fragte der Mann, wohl ein Kaufmann und Ratsherr. Matthis schüttelte den Kopf. »Das Fleckfieber?« Wieder verneinte Matthis. »Bringt ihr sie ins Siechenhaus?«

»Nein«, antwortete Matthis. »Ins Heiligen-Geist-Hospital. Mein Vater besitzt dort Bettstellen.« Der Mann warf einen letzten Blick auf die schwer atmende Frau, bekreuzigte sich und ging endlich weiter seines Weges. Moses schaute ihm hinterher, sah seinen Gang, seine hochgezogenen Schultern und im Geist seine von Schrecken gepeinigten Züge – kein Mann, sondern die fleischgewordene Angst mischte sich hundert Schritte weiter unter die Menge der Gaffer.

Eine Schar Kinder sammelte sich vorn bei Matthis und hinten beim Jungen. Sie halfen ziehen und schieben. Die Kleineren wollten wissen, was die Frau auf dem Karren denn nun für eine Krankheit habe und mit welcher Sünde sie sich diese verdient hatte.

»Sie muss sterben«, beschied Matthis ihnen knapp, und Moses antwortete gar nichts. Ihm war, als würde gleich ein Abgrund sich auftun, in den er samt Rebecca und dem Karren hineinstürzte.

Als Matthis den Karren nach rechts in die Aegidienstraße hineinzog, rannte eine große Ratte über die Straße. Hannibal sprang vom Wagen und hetzte hinter ihr her. Nacheinander verschwanden Jäger und Gejagte in einem schmalen dunklen Gang.

Bald darauf weitete sich endlich der Klingenberg vor ihnen. Der Wagen holperte durch die vielen Löcher und Fahrrinnen auf dem großen, freien Platz, auf dem sich an jenem Tag zahllose Menschen und Tiere tummelten. Ein Pferdemarkt wurde abgehalten, und es roch streng nach Ross. Gewieher und das Gewirr vieler Stimmen lagen über dem Platz.

Vorbei an Fuhrwerken, Pferdehändlern, Koppeln voller Rösser und Männern fast jeden Standes, die die Tiere beschauten, erreichten die beiden Jungen mit ihrem Krankenkarren den Eingang jener Straße, die in Lübeck schon damals *Pferdemarkt* genannt wurde, und mit ihm das Tor zum Hof des Heiligen-Geist-Hospitals.

Sie zogen und schoben den Wagen unter dem Torbogen hindurch und hinein in einen quadratischen Innenhof von etwa zwölf Ruten Seitenlänge. Mindestens dreißig Männer und Frauen lagen oder saßen ringsum an den Fassaden auf dem strohbedeckten Boden oder auf Holzstapeln. Der Junge wunderte sich, weil nur wenige dieser Menschen gebrechlich oder gar krank aussahen und kaum der Hälfte weiße oder graue Haare wuchsen. Hatten Matthis und Rebecca nicht gesagt, das Heiligen-Geist-Hospital nehme Kranke und Alte auf?

Einige erhoben sich oder stießen sich von der Fassade ab und liefen rund um den Karren zusammen. Auch drei junge Nonnen und Mönche waren darunter, die trugen Gewänder aus grober, ungefärbter Wolle. Die Jungen rollten den Wagen bis vor die weit geöffneten Flügel eines großen Portals.

»Wir sind da, Rebecca.« Moses beugte sich über die aschfahle Frau und wischte ihr den kalten Schweiß von der Stirn. Dann ging er zu Matthis, der schon auf der Schwelle des Portals stand.

»Und wenn sie nun die Rebecca hier nicht aufnehmen?«, flüsterte er. »Vielleicht ist sie ja zu jung für dieses Haus.«

»Du hast doch den Brief von meinem Vater, oder?« Matthis flüsterte ebenfalls. »Außerdem nehmen sie hier alle Sterbenden auf und spenden ihnen das Sterbesakrament.« Matthis kannte sich wohl aus an diesem Ort, denn ohne zu zögern trat er durch das Portal ins Innere des Hauses.

Der Brief! Der Junge hatte ihn vergessen. Er drängte sich durch die Menge, die sich inzwischen um den Wagen herum gebildet hatte, kehrte zu dessen Heckseite zurück und beugte sich über die Ladefläche.

»Hast du auch den Brief des Herrn Stalbuk im Rucksack?«, fragte er und zog den Beutel zu sich. Rebecca nickte schwach, und Moses öffnete ihn und durchwühlte seinen Inhalt nach dem Pergament.

»Wer ist diese arme Frau?«, fragte einer der Männer, die sich rings um den Karren versammelt hatten. Ein dicker Kahlkopf im Mönchsgewand erkundigte sich nach Moses' Namen und nach Rebeccas Krankheit, und eine alte Frau riss die Augen auf und rief: »Gott sei uns gnädig – sie wird uns doch keine Seuche ins Haus einschleppen?!«

Der Junge antwortete keinem, wühlte nur betend im Rucksack. Das Herz schlug ihm in den Schläfen, denn er fürchtete, Stalbuks Brief nicht zu finden, fürchtete, samt Rebecca abgewiesen zu werden, fürchtete, sie zu verlieren.

»Großer Gott, gib, dass ich den Brief finde«, betete er murmelnd. Das Innere seiner Brust war eine einzige Zusammenballung von Furcht. »In deiner großen Güte, Amen.«

»Ganz ruhig, Moses«, hörte er Rebecca flüstern. »Er muss im Rucksack sein.« Sie hob ihre Hand so langsam, als wäre die aus Blei, und langte nach seinem Arm. »Irgendwo ganz unten. Bleib nur ruhig.« Endlich tastete er die Pergamentrolle und zog sie heraus.

Der dicke Kahlkopf hockte auf einmal im Karren. Er beugte sich über Rebecca, tupfte ihr mit einem Tuch den Schweiß aus dem Gesicht, hob sie hoch und setzte ihr einen Becher mit Wasser an die Lippen. »Du musst trinken, Frau«, sagte er mit sanfter Stimme. »Du musst viel trinken.«

Eine hohe Männerstimme ertönte, die die Leute aufforderte, zur Seite zu treten. Als Moses sich aufrichtete, sah er Matthis neben einem großen, hageren Ritter mit braun gebranntem Gesicht und kurzem schwarzem Haar aus dem Portal treten. Der trug einen ehemals weißen Wappenmantel mit einem schwarzen Tatzenkreuz auf dem Brustteil. Von seiner rechten Hüfte ragte der Knauf eines Schwertes auf, und er guckte, wie wichtige Männer zu gucken pflegten, Männer, die nichts Neues mehr zu sehen erwarteten und sich zutrauten, das Rad des Schicksals anzuhalten oder zu beschleunigen.

»Lasst mich durch!« Fuchtelnd und schimpfend bahnte sich der Mann einen Weg durch die Menge. »Zur Seite, sag ich! Lasst mich zum Karren durch!« Vom Heck aus drängte sich Moses dicht an die Karrenräder gepresst und hinter den vielen Menschen vorbei zu den Deichselstangen und dem Ritter zwischen ihnen und streckte ihm die Pergamentrolle entgegen.

»Was soll das?« Der Mann runzelte die Brauen und musterte ihn verdutzt. »Wer bist denn du, Bürschlein?« Er nahm die Briefrolle, warf erst einen Blick auf das Siegel und dann auf Rebecca. »Das Siegel deines Herrn Vaters«, wandte er sich an Matthis. »Ist das Weib verwandt mit euch?«

»Das ist meine Schwester«, erklärte Moses, ehe Matthis antworten konnte. Der Mann mit dem schwarzen Kreuz auf der Brust trat zwischen die Deichseln und so nahe an den Karren, dass er sich über Rebeccas Beine beugen konnte. Auch auf dem Rücken seines fleckigen Umhangs prangte das schwarze Tatzenkreuz. Dieses kriegerische Zeichen passte zu ihm, denn seine dürre und steife Gestalt anzuschauen und in seine harte Miene zu sehen fühlte sich für Moses an, wie jenen prachtvollen Grabstein aus weißem Marmor zu betrachten, vor dem er am Ostersonntag mit Rebecca stehen geblieben war, weil der Stein alle anderen Grabmale des Lübecker Friedhofs überragte.

»Das ist Kasimir von Lyon«, flüsterte Matthis. »Der Abt des Deutschritterordens. Er lässt sich ›Meister‹ nennen. Gibst du dich respektlos, hast du verloren.«

»Bist du wach, Weib?«, sprach der Kreuzträger Rebecca an. »Ich bin Kasimir, der Meister des Ordens der Brüder vom Deutschen Hospital Sankt Mariens in Jerusalem.« Nach dieser langen Vorstellung runzelte er die Stirn und senkte den Blick ein wenig. »Was ist denn das für ein feuchter Flecken da auf dem Sack?« Mit einer raschen Bewegung zog er das Sacktuch von Rebeccas Unterleib weg. »Blut?!« Erschrocken wich er einen Schritt zurück. »Bist du etwa schwanger?«

»Das seht ihr doch an ihrem dicken Bauch, Meister Kasimir«, sagte der dicke Kahlkopf in der Mönchskutte, der noch immer neben Rebecca im Karren hockte und ihr Wasser einflößte.

Schwanger – Moses hatte das Wort noch nie gehört, wusste es nicht einzuordnen. Ob es tatsächlich eine Seuche war?

»Wer ist der Vater deines Kindes?« Der Ritter schluckte und blickte gehetzt nach allen Seiten. »Den Vater will ich sprechen! Wo ist er?«

Kind? Moses schüttelte sich. Wieso denn Kind? Erwartete Rebecca etwa ein Baby? Ihm wurde ganz schwindelig, als ihm die Bedeutung des Wortes »schwanger« dämmerte.

»Tot«, sagte Matthis. »Der Vater ist verbrannt. In Wismar. Noch nicht einmal vier Monate her.«

»Conrad Jacobi hat er geheißen.« Endlich fand Moses seine Sprache wieder. »Meine Schwester ist eine Witwe.«

»Kann sie das beweisen?« Die hohe Stimme des Ordensmeisters überschlug sich schier vor Erregung. »Nicht dass wir am Ende eine Unzüchtige oder Ehebrecherin hier aufnehmen! Gott bewahre!« Er trat noch weitere zwei Schritte zurück und stolperte schier über die Deichsel.

Moses sah, wie Matthis sich abwandte und zum Portal lief. »Sie ist eine Witwe«, erklärte er mit fester Stimme, und weil er bei jedem Wort spürte, was für ein schlechter Lügner er war, wiederholte er den Satz mit noch festerer Stimme. »Meine Schwester ist eine Witwe!«

»Ins Siechenhaus mit ihr!« Meister Kasimir deutete zum Torbogen. »Raus mit euch!«

Stimmengewirr erhob sich, einige der umstehenden Leute empörten sich, und der Kahlkopf sagte: »Bis sie aus der Stadt und im Siechenhaus sind, ist die arme Frau verblutet.«

Verzweiflung überwältigte den Jungen. Heulend lief er hinter Matthis her.

»Ab ins Siechenhaus, sag ich!«, hörte er den Meister Kasimir hinter sich befehlen. »Mag sie dort sterben, wenn Gott will.« Eine Gänsehaut rieselte Moses über Nacken und Rücken.

Im Haus holte er Matthis vor einer breiten Treppe nach oben ein. »Wohin gehst du denn, Matthis?«, schluchzte er. Mit beiden Händen hielt er den Arm seines Freundes fest. »Lass mich doch nicht allein!«

»Ich lass dich doch nicht allein, Moses.« Der Größere tat beleidigt und machte sich los von ihm. »Ich will nur meinen Oheim holen, der hilft uns.« Sprach's und stieg die Treppe hinauf.

Moses wankte zurück in den Innenhof. Dort war ein Disput zwischen dem Ordensmeister Kasimir einerseits und dem Kahlkopf und einigen Bewohnern des Heiligen-Geist-Hospitals andererseits entbrannt.

»Ich kann kein Weib aufnehmen, das womöglich eine Ehebrecherin oder Schlimmeres ist«, beharrte der hagere Mann mit dem schwarzen Kreuz auf dem Umhang.«

»Was ist das für ein jämmerliches Erbarmen, das sich nach solchen Erwägungen verschenkt oder auch nicht?«, schimpfte der Kahlkopf, der Rebecca weiterhin festhielt und tränkte. Die Ärmste rang nach Luft und krümmte sich vor Schmerzen. »So machen's die Krämer und Kaufleute mit Geld und Waren, aber kein fühlender Mensch mit seiner Barmherzigkeit und seiner Liebe!« Lautstark pflichteten die meisten ihm bei, die rund um den Karren standen.

»Wie redest du mit mir?!« Meister Kasimir stampfte mit dem Fuß auf und stemmte die Fäuste in die Hüften. »Was fällt dir ein, Bruder Lampert? Wenn es eine Ehebrecherin oder Unzüchtige ist, hieße ich damit ihre Sünde gut. Bist du denn schon so verstockt, dass du das nicht verstehen willst, du Klappermaul?«

»Wenn diese blutende Frau eine Sünderin ist und du nimmst sie auf, hießen der Heiland im Himmel, seine Mutter Maria und alle ihre Engel *dich* gut, Bruder Kasimir!«

»Was für eine ungeheuerliche Respektlosigkeit!« Braunrot wurde der Mann mit dem Tatzenkreuz auf dem Mantel. »Dafür wird Gott, der mir die Verantwortung für dieses Haus anvertraut hat, Rechenschaft von dir fordern, du Arschloch eines Bockes!«

»Ich werde für dich beten, Hundsfott!«, versicherte ihm der Kahlkopf, inzwischen ebenfalls ziemlich laut geworden. »Beten und fasten werde ich für dich, damit der barmherzige Gott nicht für deine Kaltherzigkeit Rechenschaft von dir fordert!«

So ging das hin und her – ein Wort gab das andere, immer lauter klagte einer den anderen an, und mit immer wüsteren Schimpfworten beleidigten die beiden Männer einander. Moses begriff gar nichts mehr, stand nur fassungslos daneben. Schließlich kroch er zitternd auf den Wagen und griff nach Rebeccas Hand. Die war feucht und kalt. Mit geschlossenen Augen lag sie in den Armen des schimpfenden Kahlkopfs, und bei jedem ihrer Atemzüge bäumte sie sich auf, als wäre ihr das Luftholen zur Qual geworden.

Er drängte sich gegen den Kuttenträger, den der Herr Kasimir »Bruder Lampert« genannt hatte, schob seinen Arm zwischen ihn und Rebecca und zog sie aus dessen Umarmung an seine schmale Brust. Behutsam rückte er ein Stück weg von dem Kahlkopf, denn er wollte nicht, dass er ihr all das ins Ohr rief, was er gegen seinen Meister vorzubringen hatte. Und wenn Rebecca schon hier auf dem Wagen sterben musste, dann sollte sie wenigstens in den Armen eines Menschen sterben, der sie liebte.

Der Junge zog die Beine an und barg die geliebte Schwester zwischen seinen Knien und seiner Brust. Vom Bauch abwärts sah ihr Kleid aus wie ein einziger feuchtroter Lappen.

»Rebecca.« Er flüsterte ihren Namen, presste seine Stirn auf ihre, und seine Tränen tropften auf ihr Gesicht.

Auf einmal schlug sie die Augen auf und schaute ihn an. Ihre grünen Augen waren trübe und sahen aus wie vom Morgentau beschlagene Smaragde. Kaum noch Leben vermochte er in ihrem Blick zu erkennen.

»Verlass mich nicht, Rebecca«, flüsterte er, »bitte, bitte, verlass mich nicht.«

Über ihnen tönten die wütenden Worte des Ordensmeisters und die harten Worte des Bruders Lampert, und um den Karren herum zischten, schimpften und palaverten Ordensleute, Sieche, Alte und die jüngeren Bewohner des Hospitals. Und dennoch erschien es dem Jungen, als wäre auf einmal eine große Stille angebrochen. Eine Stille, die sie beide umfing, Rebecca und ihn, und die sie für diesen letzten gemeinsamen Augenblick vor der lauten und gehässigen Welt beschirmte.

Leise weinend und mit bebenden Lippen schaute er in ihre immer trüber werdenden grünen Augen und musste an all die Geschichten denken, die sie ihm aus ihrem Leben erzählt hatte: an ihr brennendes Elternhaus in Erfurt, an ihren zu Tode gehetzten und gequälten Vater, an das, was er über ihre Gefangenschaft und Sklaverei wusste. Und vor allem an die Schläge und Qualen, die der Kapitän Conrad Jacobi ihr zugefügt hatte.

Er kniff die Lider zusammen und sah die gesunde Rebecca vor sich, wie sie an seinem Krankenlager Zaubersprüche murmelte und sich auf ihm ausstreckte, wie sie ihn aus dem Ochsenstall zu sich ins Bett holte, wenn Jacobi über Nacht unterwegs war, und wie sie über dem sterbenden Kapitän stand und sich die Faust festhielt, mit dem sie ihm den Dolch in den Rücken gestoßen hatte.

»Gütiger Gott, wo bist du?«, murmelte er und küsste ihr den kalten Schweiß von der Stirn. »Barmherziger Gott, wo sind deine Allmacht und Liebe? Bitte gib meiner Schwester ein glücklicheres Ende als dieses hier, bitte tu ein Wunder an Rebecca und gib …«

Plötzlich erbebte der Wagen, und die Erschütterung schleuderte den Kopf des Jungen gegen den Seitenverschlag. Er hielt Rebecca fest und riss die Augen auf – Meister Kasimir kniete mit einem Bein vorn auf der Ladefläche, streckte die Linke über Rebecca hinweg nach Bruder Lampert aus und schwang in der Rechten einen langen Stock.

»Ich werd dich lehren, deinen dir von Gott vorgesetzten Ordensmeister zu lästern, du bekackter Tellerlecker, du!«, schrie er mit sich überschlagender Fistelstimme und holte zum Schlag aus.

Moses beugte sich tief über Rebecca, um sie mit seinem Oberkörper zu schützen. »… in deiner großen Güte, Amen!«, rief er.

Bruder Lampert griff nach dem Strohsack hinter sich und schleuderte ihn gegen Meister Kasimir. »Stinkender Hundsarsch, vermaledeiter!«

»Sofort uffhöre!«, brüllte eine tiefe und raue Stimme. Moses hob den Blick – mit gezogenem Schwert stürmte ein schmächtiger weißhaariger Mann mit rötlichen Fellen um die Knie aus dem Portal des Heiligen-Geist-Hospitals und zum Karren. »Ja, seid ihr denn vollkomme übag'schnappt?«

Kein anderer als der schmächtige weißhaarige Mann, den Moses erst gestern am Hafen und vor Wochen in Wismar gesehen hatte, stand zwischen den Deichseln. Der Mann, den Jacobi, Matthis' Vater und Herr Bardewik »Frido« genannt hatten.

»Ja, spinnsch denn du, Meischter?« Er packte den Meister Kasimir und riss ihn von der Ladefläche herunter. Der Ordensherr strauchelte, schrie auf und ging zwischen den Deichseln zu Boden.

Aus seinen großen, leicht aus den Höhlen tretenden Augen starrte der Weißhaarige erst Moses an und dann das blutige Kleid Rebeccas. Ein starker Duft nach Zwiebeln ging von ihm aus.

»Bei de Heilige Jungfrau!«, rief er. »Warum muss denn dieses arme Weib noch hier drauße in diesem schmutzige, würdelose Karre liege?« Wütend schaute er erst in die Menge, die rund um den Wagen stand, und dann auf den am Boden liegenden Ritter hinunter. »Warum, will i wisse!«

Kasimir fluchte und schlug mit dem Stock nach Matthis' Oheim, doch der trat ihm den Prügel aus der Hand und setzte ihm die Spitze seiner Klinge auf die Brust. »Du schlägsch mi net nochemal!« Der wilde Blick des Weißhaarigen flog nach allen Seiten. »Was isch hier los!?«

Erneut erhob sich Palaver, und jeder wollte der Erste sein, der dem Weißhaarigen seine Sicht der Ereignisse schildern konnte. Moses hörte nicht zu – an dem Weißhaarigen vorbei blickte er zum Hospitalportal, denn dort erschien jetzt neben Matthis eine zierliche Greisin in grober Ordenstracht. Sofort verstummte auf dem Hof jedes Palaver und alles Geschrei. Auch Frido, der Weißhaarige, hörte auf, mit Kasimir zu schimpfen, und nahm das Schwert von dessen Brust.

Die Greisin nickte nach allen Seiten und schritt auf den Wagen zu; alle machten ihr Platz. Beinahe kam es Moses vor, als würde jeder, an dem sie vorüberging, den Kopf neigen. In ihrem Blick und auf ihrem knochigen und tausendfach zerfurchten Gesicht lagen eine strenge Würde und zugleich eine Güte, wie Moses sie noch nie auf einem Menschengesicht gesehen hatte.

Zwischen den Deichseln blieb die Greisin stehen und blickte verwundert auf den jammernd am Boden sitzenden und sich die getretene Hand haltenden Ordensherrn.

»Habt Ihr Euch wehgetan, Bruder Kasimir?«

Leise schimpfend langte der Meister nach seinem Prügel, stemmte ihn in den Boden und zog sich daran hoch. Er klopfte den Schmutz von seinem Wappenmantel, schoss hasserfüllte Blicke auf Bruder Lampert und den Weißhaarigen ab. Dabei zischte er etwas von »Unzucht, Sünde und Ungehorsam«, doch nicht allzu laut.

Die Greisin schien ihm gar nicht zuzuhören, sondern schritt an ihm vorbei bis zur Ladefläche des Wagens.

»Die jung' Frau braucht Hilf, Meischterin«, erklärte der weißhaarige Frido und steckte endlich sein Schwert zurück in die Scheide. »Hoffentlich ischs no nit zu spät.«

Die Greisin nickte Moses zu und beugte sich dann über Rebecca. Behutsam nahm sie die Hand der schwer atmenden Kranken und betrachtete kopfschüttelnd das blutige Kleid. »Armes Kind«, seufzte sie und verzog ihr zerfurchtes Gesicht, als hätte sie Zahnschmerzen.

Matthis, inzwischen hinter ihr, hob die zu Boden gefallene Pergamentrolle auf, flüsterte der Greisin irgendetwas zu, das Moses nicht verstand, und reichte ihr den Brief seines Vaters. Die Greisin betrachtete das Siegel, brach es und entrollte das Pergament. Murmelnd las sie den Brief.

»Bring sie in den Krankensaal, Bruder Lampert«, sagte sie, während sie den Brief wieder zusammenrollte, und an den Weißhaarigen gewandt: »Sorg für heißes Wasser, Bruder Frido, und für alles, was ich sonst auch brauche bei einer Geburt.«

4
Haus des Erbarmens

Hinter Matthis und seinem Oheim her schlich Moses in den Krankensaal. Gleich hinter der Tür blieb er stehen und riss Augen und Mund auf – einen derart großen Raum hätte er hier nicht erwartet. Der Saal war nur wenig kleiner als die Kirchenhalle von Sankt Jacobi. Mittendrin stand ein von einem Baldachin überdachter Altar mit einem wuchtigen Kruzifix. Selbst in der Jakobikirche hing kein derart überlebensgroßer Gottessohn an einem derart gewaltigen Kreuz!

Matthis, mit Frido schon fast am Altar, wandte sich um und winkte unwillig; er schien unbeeindruckt, war wohl schon öfter hier gewesen. Staunend blickte der Junge sich um, während er tiefer in den Saal hineinschritt. Von beiden Schmalseiten des Altars aus strebte je eine etwa brusthohe Balustrade, die bis zur Wand reichte und mit Schnitzereien verziert war. Der Altar und die von zwei Schranken unterbrochenen Geländer teilten den Saal in zwei Hälften. Der fassungslose Blick des Jungen wanderte über die Wände – sie waren großflächig mit bunten Bildern bemalt: Engel, Heilige und die Gottesmutter selbst blickten auf ihn und die Kranken herab.

In jeder Saalhälfte zählte er acht hölzerne Bettgestelle, jedes breit genug für zwei Kranke. Soweit er das erkennen konnte, lagen alle Kranken nackt unter ihren Decken. Diesseits des Altars sah Moses ausschließlich Männer, in den Betten auf der anderen Seite der Balustraden nur Frauen.

Kerzenflammen flackerten auf dem Altar. Es roch nach Harn, Schweiß, Blut und Weihrauch. Vielstimmiges Gemurmel erfüllte den Saal und übertönte Stöhnen, Röcheln und

Schnarchen, das aus manchen Betten zu hören war. Irgendwo im Dachgestühl des Hauses verklang das Läuten einer Glocke.

Ohne den Ordensmeister Kasimir um Erlaubnis zu fragen, hatte Matthis' Oheim Frido die beiden Jungen mit in den Krankensaal genommen, denn Moses wollte unbedingt wissen, wo Rebecca untergebracht war und was nun mit ihr geschah. Frido, trotz seiner lauten und polternden Art ein eher weicher und liebenswürdiger Mann, hatte dem Flehen und Bitten des Jungen nicht lange widerstehen können.

Er war der Witwer der früh verstorbenen ältesten Schwester von Frau Stalbuk und hieß mit vollem Namen Fridolin Sak. Das hatte Matthis dem Jungen zugeflüstert, während sie hinter ihm und Bruder Lampert her das Hospital betreten hatten. Die beiden Männer hatten die Trage mit Rebecca in den Krankensaal gebracht.

Genau wie hier auf der Männerseite teilten sich auch auf der Frauenseite jenseits des Altars und der Balustrade je zwei Kranke ein Bett. Zwei leere Betten entdeckte Moses und drei, in denen nur ein Mann oder nur eine Frau lag. Auch Rebecca hatte zum Sterben ein ganzes Bett für sich allein.

Seine geliebte Rebecca selbst konnte Moses nicht sehen, denn die greise Hospitalmeisterin und eine jüngere Nonne beugten sich über sie und machten sich an ihr zu schaffen. Eine dritte Schwester lief gerade vom Bett weg, durch den Altarraum hindurch auf die Männerseite und dann hinaus aus dem Saal.

»Wird sie's denn schaffe, bis der Priester komme tut?«, flüsterte der weißhaarige Frido ihr zu, als sie wenig später zurückkehrte. Die Ordensfrau winkte ab und schüttelte bedrückt den Kopf. Der Kloß in Moses' Hals schwoll und schwoll.

Sein Blick fiel auf die lange, fensterlose Wand auf der

Frauenseite: Das mittlere Bild dort zeigte den Heiland auf einem von Licht umfluteten Thron. Zu seiner Rechten schwebten hellblaue Engel über Verstorbenen und trugen deren Seelen in den Himmel hinauf. Zu seiner Linken zerrten schwarzbraune pelzige Wesen, die wie feixende, gehörnte Hunde aussahen, die Seelen Verstorbener in einen Flammenschlund herab. Heißer Schrecken fuhr Moses in die Glieder.

»Was haben denn all die Kranken hier zu murmeln?«, hörte er Matthis seinen Oheim fragen.

»Was scho? Fleißig bete tue die.« Frido deutete zur Saaldecke. »Hasch du net die Glock' g'hört? Des Mittagsgebet isch grad zuend' gange. Da wird hier gebetet, dass die Flöh' springet und die Läus' platzet.«

Moses kniff die Lider zu und presste die gefalteten Hände gegen seinen Mund. Rebecca, wie sie vor dem erdolchten Jacobi aufragte und ihre rechte Faust festhielt, stand ihm vor Augen. Das Bild der Dämonen und des Feuerschlundes flackerte grell und grässlich in seinem Kopf. Um es zu vertreiben, schüttelte er sich, öffnete die Augen und sah zu Matthis hin.

»Das Mittagsgebet ist doch schon ausgeläutet«, hörte er ihn flüstern, »wieso beten sie dann immer noch?«

»Weil se halt no net fertig sin, du Nas'weis.« Frido legte den Zeigefinger auf die Lippen, um Matthis zu bedeuten, dass er leiser sprechen möge. »Zu jeda der siebene Gebetsstunde habe die Kranke dreißig Vaterunser zu bete, das dauert halt. Natürlich müsset die nur dann bete, wenn sie noch ihr Maulwerk bewege könne. Die Schnarcha und Stöhna könnet nimma bete, scho klar. Doch die werde sowieso bald sterbe.«

Der Junge dachte an Rebecca, die auch nicht mehr beten konnte. Doch hätte ihr das überhaupt noch etwas genützt? Als Jüdin war sie ja nicht einmal getauft. Das Bild der Hölle und ihrer Teufel zog seinen Blick magisch an.

»Dreißig Vaterunser?« Matthis riss staunend die Augen auf. »Da würde ich mich jedes Mal verzählen!«

»Sowieso.« Frido winkte ab. »I rund' immer auf.«

»Ihr müsst hier auch beten, Oheim?«, wunderte sich Matthis. »Ich habe Euch noch nie beten hören, wenn ich Euch besucht habe.«

Frido legte wieder den Zeigefinger auf die Lippen und spähte zur alten Meisterin hinüber. »Manchmal hat ma' halt Wichtigeres zu schaffe, oda?«

Moses hörte nur mit halbem Ohr, was Matthis und sein Oheim weiterhin zu besprechen hatten. Immerhin begriff er, dass der Weißhaarige hier im Heiligen-Geist-Hospital wohnte. Er blinzelte zu Rebeccas Bett hinüber und bewegte stumm die Lippen. *Bitte mach sie gesund, guter Gott*, betete er im Stillen. *Und niemals lass sie in die Hölle kommen, bitte, bitte. Du weißt doch, wie gut sie ist und dass sie schon zweimal die ganze Welt gerettet hat.*

Die Greisin und die junge Schwester machten sich noch immer an ihr zu schaffen, ohne dass er erkennen konnte, was genau sie taten. Nur stöhnen hörte er die Rebecca, und einmal schrie sie so laut auf, dass es ihm durch Mark und Bein ging und alles Gemurmel im Saal einen Atemzug lang verstummte.

Bruder Lampert zog einen Leiterwagen in den Krankensaal. Auf ihm klapperte silbernes Geschirr: ein Krug, eine große Schüssel, ein Kelch, eine kleine Schale mit Oblaten und ein Ölfläschchen.

»Sakramentsgeschirr«, flüsterte Matthis, der Moses' fragenden Blick bemerkte. »Alles für die Nottaufe, die Kommunion und die Letzte Ölung.« Sein Freund schien sich auch mit den Gebräuchen im Hospital gut auszukennen.

»Letzte Ölung?« Moses' Stimme zitterte.

Ein Mann im Priesterhabit betrat den Saal und folgte Bruder Lamperts Leiterwagen zum Altar. Auf der Höhe des

Weißhaarigen und der Jungen blieb er stehen und musterte Moses. Und jetzt erst erkannte der den Priester, der ihn gestern am Hafen so harsch und unfreundlich angegangen hatte und der heute um keine Spur freundlicher guckte.

Der Priester wandte sich an Frido, deutete auf die Jungen und wies zur Tür. Dann ging er hinter Lampert und dem Messgeschirr her und trat in die Frauenhälfte des Saales. Als die Schwestern ihn kommen sahen, deckten sie die nackte Rebecca zu; auch die Frauen in den anderen Betten zogen sich die Decken bis unter das Kinn herauf.

So verlangte es die Hausordnung des Heiligen-Geist-Hospitals, wie Moses später erfuhr: Führten heilige Geschäfte einen Priester auf die Frauenseite des Krankensaals, hatten die kranken Frauen sich zu bedecken, um ihn keiner fleischlichen Versuchung auszusetzen.

»'Naus mit euch!« Frido schob die beiden Jungen vor sich her zum Saalportal.

Moses fühlte sich wie betäubt. An der Wand über dem Ausgang zeigte ein Bild in kräftigen Farben den Gottessohn in himmlisches Licht getaucht und wie er gebieterisch die Rechte zu einem Grabschacht hin ausstreckte. Und aus dem Grab stieg, in zahllose Tücher und Binden gehüllt, ein Mann. Moses blieb stehen, so tief erschütterte ihn das Bild.

»Die Auferweckung des tote Lazarus«, flüsterte Frido und schob ihn zur Schwelle. »Damit alle, die hier sterbe müsse, wisset, was am Jüngschde Tag uff sie zukomme tut.«

Seite an Seite mit Matthis stolperte Moses durch die Tür. »Gnädiger Gott, warte nicht bis zum Jüngsten Tag«, betete er flüsternd. »Bitte erwecke die Rebecca heute schon von den Toten, am besten jetzt gleich. Und am allerbesten lässt du sie gar nicht erst sterben. In deiner großen Güte, Amen.«

Frido schob sie über den Hof und durch ein Portal in ein flaches Nebengebäude.

»Schade um sie«, sagte Matthis und legte den Arm um Moses. »Traurig, traurig. Doch immerhin hast du noch mich.«

Der Kloß in Moses' Hals platzte, die zurückgehaltene Tränenflut schoss ihm aus den Augen, und er sank dort auf die Knie, wo er gerade ging, und weinte bitterlich.

Als er viel später wieder den ersten klaren Gedanken fassen konnte, lag er in einem schlauchartigen Saal auf einem mit Stroh gefüllten Wollsack. Alte Männer und Frauen hockten um ihn herum, hielten seine Hände, streichelten ihn und murmelten Gebete. Matthis kniete vor seinem Lager und machte ein betretenes Gesicht, und Meister Kasimir, der am Fußende des Strohsacks aufragte, erklärte, dass dies hier vorläufig sein Nachtlager sei.

Der Junge richtete sich auf und schaute sich um. Der Saal war ein wenig kleiner als der Krankensaal. Auch gab es keinen Altar hier; ein Kruzifix und eine den Saal trennende Balustrade allerdings schon. Entlang der Wand auf der anderen Seite saßen oder lagen Frauen auf ihren Matratzen. Die Schlafstätten diesseits der Balustrade waren Männern vorbehalten. Moses sah viele faltige Gesichter und graue oder weiße Häupter, doch auch etliche Frauen und Männer, die vom Greisenalter noch weit entfernt waren. Einen Halbwüchsigen oder gar ein Kind seines Alters sah er jedoch nirgends; abgesehen von Matthis natürlich.

Dafür entdeckte er hinter Matthis, auf dem Strohsack links neben seinem künftigen Nachtlager, einen Schwertknauf und daneben eine Holzstatue mit dem Gesicht einer Frau. Eine Madonna, wie Moses auf den zweiten Blick erkannte. Sie hatte ungefähr die Größe des Schwertes, war also kaum einen Kopf kleiner als er selbst. Beides, Schwert und Marienfigur, war sorgfältig auf ein Kissen gebettet und zur Hälfte mit einer Decke aus zusammengenähten Schaffellen zugedeckt.

»Das ist die Schlafstatt meines Oheims Fridolin«, sagte Matthis, der Moses' verblüfften Blick bemerkte.

Später erfuhr der Junge, dass hier, in diesem Gebäude des Heiligen-Geist-Hospitals, dem sogenannten *Hospitale pauperum*, Alte und Arme beherbergt und versorgt wurden. Etwa dreißig Männer und Frauen wohnten hier.

An der Tür erschienen Matthis' Oheim und der Bruder Lampert. Kasimir sah sie, und seine Miene versteinerte. Frido und der Kahlkopf winkten Moses zu sich. Jemand half ihm hoch und stützte ihn. Auf weichen Knien und begleitet von Matthis und dem Meister Kasimir ging er zu ihnen. Der Ordensmeister schoss böse Blicke auf die beiden Männer an der Tür ab.

Frido hielt ein sehr kleines Leintuchbündel voller feuchter Flecken im Arm, und Bruder Lampert fasste den Jungen am Arm und zog ihn nahe zu sich.

»Ist sie getauft?«, flüsterte er. Moses starrte ihn an und verstand nicht. »Der Priester will es wissen – ist deine Schwester getauft?«

Der Junge wusste nicht, was er antworten sollte. Rebecca wollte nicht, dass man sie als Jüdin erkannte, deswegen hatte er ja gestern am Hafen den Priester belogen. Zuzugeben, dass sie nicht getauft war, hieße demnach, ihren Willen zu missachten und dem gehässigen Priester gegenüber die Lüge einzugestehen. Er suchte nach Worten, stammelte, schluckte und – schwieg.

»Bei der Heiligen Jungfrau!« Der Kahlkopf schlug einen strengen Tonfall an. »Wieso antwortest du mir nicht? Deine Schwester flüstert, sie wünsche eine Nottaufe, doch der Priester ist nicht sicher, ob sie vielleicht im Fieberwahn spricht.« Er packte Moses bei den Schultern und rüttelte an ihm, als wäre er ein Apfelbaum im Spätherbst. »Sag schon! Ist sie getauft oder nicht?«

Der Junge schüttelte den Kopf, Bruder Lampert fuhr herum und rannte zum Hof hinaus und auf der anderen Seite in das große Gebäude, in dem der Krankensaal lag.

»Mitkomme.« Mit einer Kopfbewegung bedeutete Frido dem Jungen und Matthis, ihm zu folgen. Den Ordensmeister beachtete er überhaupt nicht. Zu dritt gingen sie auf den Hospitalhof hinaus. Ein Knecht hatte dort eine hellgraue, beinahe weiße Eselstute vor den einachsigen Karren der Stalbuks gespannt.

»Uffsteige«, sagte Frido. Sein Atem roch nach Zwiebel.

»Wohin fahren wir denn?«, wollte der Junge wissen. Alles in ihm sträubte sich dagegen, das Heiligen-Geist-Hospital und damit Rebecca zu verlassen.

»Zum Friedhof.« Matthis' Oheim legte das kleine Bündel vor ihn auf den Wagen. »Oder willsch du net wisse, wo's Grab von deinem Neffe' liege tut?« Frido fasste den Zügel der Eselin und führte ihn und den Karren aus dem Hospitalhof.

*

Früh am nächsten Morgen schlich Moses aus dem Armensaal, noch bevor die Glocke zu den Laudes rief, den morgendlichen Lobgesängen. Durch die Morgendämmerung huschte er über den Hof und zum Portal des Krankensaals. Er öffnete einen der beiden Flügel einen Spalt weit und spähte zur Frauenseite hinüber. Zum Glück konnte man von hier aus Rebeccas Bett sehen. Eine Ordensschwester beugte sich über sie, wusch sie und flößte ihr Suppe ein.

Rebecca lebte noch! Die Erleichterung machte sein Herz weit. Murmelnd dankte er Gott und ging zurück in den Hof. Die Glocke läutete zum Morgengebet.

Am Eingang zum *Hospitale pauperum*, dem Armenhospital, lief er dem Meister Kasimir in die Arme. Der hielt ihn am Ohr fest.

»Hörst du nicht die Glocke?« Sein rechtes Auge war blau unterlaufen und seine Unterlippe blutverkrustet und geschwollen. War er denn gestürzt? Er deutete zurück zum Hauptportal. »Dorthin geht es, wenn sie läutet! Zu den Laudes!« Seine Stimme klang ein wenig verwaschen, geradeso, als hätte er sich bei seinem Sturz auf die Zunge gebissen und als wäre auch die nun geschwollen.

Am Ohr zog er den Jungen in die Mitte des Hofes, dort erst ließ er ihn wieder los. »Siehst du das Licht der Morgensonne auf dem Dachfirst leuchten?« Natürlich sah Moses das Morgenlicht. »Die aufgehende Sonne erinnert uns an Christus, die Sonne unseres Lebens.« Meister Kasimirs verwaschene Stimme nahm einen feierlichen Klang an. »Deswegen bringen wir ihm zu dieser Stunde unsere Lobgesänge dar.«

Moses war sich nicht sicher, ob er wirklich verstand, was Meister Kasimir ihm sagen wollte. Dafür aber war er sich ganz sicher, dass er diesen Ritter nicht mochte.

Aus allen Gebäuden des Heiligen-Geist-Hospitals liefen oder hinkten inzwischen die Männer und Frauen, die hier lebten, auf den Hof: Arme, Sieche, Knechte, Mägde, Ordensleute. Sogar Ritter mit schwarzen Kreuzen auf den Wappenmänteln entdeckte Moses in der Menge.

Vor dem Eingang zum Hauptgebäude bildete sich eine Warteschlange. Drinnen dann, um den Altar und das Kruzifix herum, entstand ein großes Gedränge. Der Junge entdeckte Frido und schob sich dicht neben ihn.

»Wie geht es Rebecca?«, flüsterte er. Der Weißhaarige zuckte nur mit den Schultern. Eine blutige Schnittwunde zog sich quer über seine rechte Gesichtshälfte, die Fingerknöchel seiner Rechten waren aufgeschürft. Auf einmal ahnte er, dass

Meister Kasimir sich sein Gesicht keineswegs bei einem Sturz verwundet hatte.

Bruder Lampert eröffnete die Laudes mit einem Psalm. Moses verstand kein Wort, denn der Kahlkopf betete lateinisch. Nach dem Amen stimmte Bruder Lampert den Morgenhymnus an, und zahllose Frauen und Männer im Krankensaal begannen zu singen. Moses hielt den Atem an und lauschte wie verzaubert. Der vielstimmige Gesang hüllte seine Seele ein und hob sie hoch über all seine Ängste und Sorgen. Sogar die gehässige Frau Stalbuk und den lästigen Meister Kasimir mit seiner aufgeplatzten Lippe vergaß er. So schön klangen die Lobgesänge, so tief berührten sie ihn, dass er weinen musste.

Nach den Laudes entdeckte er bei Bruder Lampert am Altar die zierliche Greisin, die Hospitalmeisterin. Er wischte sich Rotz und Tränen aus dem Gesicht und arbeitete sich durch die Menge bis zu ihr durch. Vorsichtig zupfte er an ihrem Gewand.

»Wie geht es meiner Schwester?«, flüsterte er.

»Mein lieber Junge.« Sie neigte den Kopf, schaute ihn an und lächelte wehmütig. »Wir wollen beten und glauben, nicht wahr?« Dann legte sie ihm die Rechte auf die Locken und sprach einen Segen. Danach zog sie ihn ein Stück näher, schnüffelte und rümpfte die Nase. »Der Junge braucht ein Bad, Bruder Lampert, und seine Kleider müssen gewaschen werden. Und schau doch mal in unserer Kleiderkammer, ob du nicht ein paar Sachen findest, die ihm passen könnten.«

Später, um die Mittagszeit, erfüllten Kampfschreie und das Klirren von Klingen den Hof. Dutzende Ritter in Kettenhemden und Kreuzmänteln übten sich dort im Schwertkampf. Und mitten unter ihnen: Matthis' Oheim Fridolin Sak. Der kleine Mann schwang sein Schwert am wildesten von allen, und seine Kampfschreie hallten am lautesten von den Gemäuern wider.

An den Rittern und ihren Zuschauern vorbei lief Moses in den Krankensaal, er war frisch gebadet und steckte in einem grauen Leinenhemd, das ihm bis zu den Knien reichte. Im Saal nahm er am Mittagsgebet teil, um zu erfahren, wie es Rebecca ging. Gleichgültig, wen er fragte, alle zuckten sie nur mit den Schultern und machten sorgenvolle Gesichter. Doch immerhin lebte sie.

Auch am Abend, zur letzten Hore des Tages, der Vesper, war sie noch am Leben. Moses tauchte erneut ein in die herrlichen Gesänge. Überwältigt von ihrer erhabenen Klanggewalt, ließ er sich von dem vielstimmigen Gotteslob mitreißen, fühlte sich plötzlich willenlos wie früher manchmal in Jacobis Haus, wenn er zu viel vom Bier des Kapitäns getrunken hatte. Ohne die lateinischen Worte des Psalms zu kennen, stimmte er mit ein, sang, wie ein Kleinkind sang, das der Sprache noch nicht mächtig war, sang, bis Tränen seine Stimme erstickten.

Verwundert über sich selbst merkte er, dass es Freudentränen waren, und spürte, wie seine Angst dahinschmolz und eine unerklärliche Gewissheit ihn erfüllte.

»Rebecca wird leben«, murmelte er schluchzend. »Ich danke dir, du gütiger Gott, sie wird leben.«

Zurück im Hof fand er Matthis auf einem Holzstoß sitzen. Daneben stand sein Pferd Pegasos, ein schwerer dunkelbrauner Ackergaul mit klobigen Hufen und aschblonder Mähne. Es dämmerte bereits, und ein Knecht mit einer Fackel schritt an den Fassaden und der Hofmauer entlang und entzündete die Kienspäne in den Wandhalterungen. An den kämpfenden Rittern vorbei wankte Moses zu seinem Freund, setzte sich neben ihn und lächelte still in sich hinein. Er wusste selbst nicht, was ihn tief drinnen in seiner Brust so sanft und so froh stimmte.

»Die Frau Mutter hat mich geprügelt.« Matthis merkte

ihm seine Heiterkeit nicht an, hob kaum einmal den Blick, um ihm ins Gesicht zu schauen. Mürrisch wirkte er und schlecht gelaunt. »Mit dem Kehrwisch, mit der Ochsenpeitsche, mit dem Rohrstock – mit allem, was sie greifen konnte, hat sie draufgeschlagen.« Matthis musste rufen, um das Geschrei der Ritter und das Klirren der Klingen zu übertönen. »Den Kehrwisch habe ich ihr entrissen und in die Güllegrube geworfen, den Rohrstock zerbrochen und die Ochsenpeitsche mit auf den Heuboden genommen. Ich hab die Leiter hochgezogen, und sie hat unten gestanden und gemeckert und geblökt.« Er zog den Rotz hoch und spuckte in den Hof. »Ich hau ab!«, zischte Matthis. »Morgen bin ich weg!« Sein Gaul Pegasos senkte den Schädel und schnaubte, als hätte dazu auch er etwas zu sagen. »Dann kann sie sich die Seele aus dem Leib heulen. Gehst du mit?«

Moses schaute dem Freund in die großen braunen Augen. Es war Matthis ernst, das las er in seinem Blick. Doch noch ernster als seine Sehnsucht nach der Ferne war sein Verlangen, die Mutter zu bestrafen; auch das las Moses in der Miene des Freundes. »Wohin?«

»Nach Gotland oder Bergen.« Matthis holte ein in Wachstuch geschlagenes Bündel aus der Jackentasche und packte es auf Moses' Knie. »Nach Riga oder Nowgorod, ganz egal. Hauptsache, weg von hier.«

Moses lauschte den Namen der Städte nach – *Gotland, Riga, Nowgorod*. Klang nicht jeder wie ein Versprechen? Wie eine Verheißung von Abenteuer und Glück? Sehnsucht und wilde Freude regten sich in seiner Brust.

Doch gleich dachte er wieder an Rebecca. »Warte noch, bis ich groß genug bin, Matthis.« Er nickte langsam. »Dann gehen wir gemeinsam fort.«

»Schwör's mir.«

»Ich schwöre.« Neugierig schlug Moses das Tuch auseinander – eine Entenkeule, eine Handvoll Zwiebelringe und eine gekochte Rübe lagen darin.

»Damit du schneller groß wirst«, sagte Matthis.

Das Wasser lief dem Jungen im Mund zusammen, denn viel mehr als ein paar Kirschen, einen Stockfisch und eine Milchsuppe hatte er noch nicht gegessen an diesem Tag. Ein Jauchzer entfuhr ihm.

»Danke, Matthis!« Er schlang die Arme um den anderen und küsste ihn auf die Wange. Dann machte er sich mit Heißhunger über das Essen her.

»Was ist mit dir los?« Verblüfft wischte Matthis sich die Backe ab.

Eine Zeit lang saßen sie schweigend. Moses verschlang die Entenkeule und die Rübe und steckte sich die Zwiebelringe dazu in den Mund. Und Matthis schaute den Rittern und seinem Oheim bei den Schwertübungen zu.

»Warum kennst du dich eigentlich so gut aus hier?«, fragte Moses irgendwann mit vollem Mund.

»Wegen der Muhme und dem Oheim.« Matthis deutete auf den schwertschwingenden Weißhaarigen. Mit grimmigem Gesicht hieb der schmächtige Mann auf einen viel jüngeren Ritter ein und trieb ihn in die Ecke zwischen Torbogen und Stallung. Nur mit Mühe gelang es dem Ritter, Fridos Hiebe zu parieren.

»Er hat eine Schramme im Gesicht.« Moses biss von der Rübe ab. »Und Schürfwunden an den Fingerknöcheln. Der Meister Kasimir hat den Frido verprügelt, weil der ihn gestern am Karren umgerissen hat. Stimmt's?«

»Falsch«, entgegnete Matthis. »Der Oheim hat den Kasimir verprügelt, weil der heute Nacht mit dem Schwert auf ihn losgegangen ist.«

»Mit dem Schwert?« Moses verschlang den letzten Bissen Entenfleisch. »So rachsüchtig ist der Ordensmeister?«

»Rachsüchtig und gefährlich. Sagt mein Oheim Fridolin. Und dumm muss er wohl auch sein. Sonst hätte er kaum meinen Oheim angegriffen.«

»Besuchst du den Frido oft hier?« Moses warf das abgenagte Entenbein einer Katze hin, die schon seit einer Weile über den Hof strich und sein Mahl aus wachsamen Augen beobachtet hatte. Nun schnappte sich das Tier den Knochen und flüchtete sich damit in den Schatten der Hofmauer.

»Einer aus der Familie muss es ja tun, sonst zerreißen die Leute sich doch das Maul. Und da keiner den Oheim mag, hat die Frau Mutter mir befohlen, ihn wenigstens einmal im Monat zu besuchen.« Pegasos stieß ihm die Nüstern gegen den Arm. »Außerdem ist seine erste Frau hier gestorben, meine Muhme. Die habe ich gern besucht.«

»Warum hat er sich Felle um die Beine geschnürt?«

»Weil ihm die Knie wehtun.«

»Du kannst ihn nicht leiden, stimmt's?«

Matthis zuckte mit den Schultern und tätschelte den Hals seines Pferdes. »Man kann viel von ihm lernen, weißt du ja selbst. Was hat der Oheim nicht alles zu erzählen! Versteht sich sogar aufs Lesen und Schreiben. Doch guck ihn dir an – sieht er nicht peinlich aus? Und hast du in Lübeck schon jemals einen so komisch reden gehört wie ihn?«

In der Hofecke ließ Fridos junger Gegner schwer atmend sein Schwert sinken, und der Weißhaarige setzte ihm die Spitze seiner Klinge auf die Brust. Sein raues Lachen hallte von den Fassaden wider.

»Ich fass es nicht.« Matthis schüttelte ungläubig den Kopf. »Unter all den Rittern hier ist er der älteste, kleinste und dünnste, und trotzdem schwingt er das Schwert am kraftvollsten. Das werde ich nie verstehen.«

»War er selbst mal ein Ritter?« Moses leckte sich das Fett von den Fingern.

»Vor sieben Jahren hat er im Krieg gegen den König von Dänemark gekämpft, den Waldemar. Der Herr Vater war auch auf dem Schlachtfeld bei Bornhöved und hat erzählt, dass der Oheim da mehr Dänen erschlagen hätte als sonst einer.«

Die berühmte Schlacht hatte Moses sich schon von Frido schildern lassen. Ohne die Hilfe der Lübecker Bauern, Kaufleute und ihrer Knechte hätten die niederdeutschen Fürsten und Bischöfe das dänische Heer wohl kaum besiegt. Seitdem erst war die Stadt an der Trave wirklich eine Freie Reichsstadt. Dass Frido so schlagkräftig zum Sieg beigetragen hatte, hörte Moses jedoch zum ersten Mal.

»Und hoch im Nordosten, schon fast in Russland, da hat der Oheim mit dem Bischof Berthold gegen wilde Heiden gekämpft«, erzählte Matthis weiter. »Gegen die Prußen. Dort hat er auch die Eichhörnchen erlegt, deren Felle er um die Knie trägt. Sieht das nicht lächerlich aus?« Matthis schüttelte den Kopf. »Ein komischer Kauz, der Oheim. Und seit dem Tod seiner zweiten Frau wird er immer komischer.«

»Er war zweimal verheiratet?«

»Er ist zum dritten Mal verheiratet. Diesmal jedoch wird seine Frau nicht sterben.«

Moses verstand nicht, was sein Freund da sagte, und dass Matthis spöttisch grinste, verwirrte ihn. »Eine unsterbliche Frau?«

»Jedenfalls wird er gewiss vor ihr sterben, denn sie ist aus Holz und hat kein Problem damit, dass er Zwiebeln isst wie andere Leute Fisch.« Immer noch grinsend senkte Matthis die Stimme und neigte sich zu Moses. »Ein Priestermönch der Minderen Brüder hat ihn mit der Marienstatue getraut, die du in seinem Bett gesehen hast«, flüsterte er und tippte sich an die Stirn. »Das erzählen Leute, die dabei gewesen sind.«

»Das glaube ich dir nicht.« Fassungslos schüttelte Moses den Kopf, doch Matthis zuckte nur mit den Schultern. »Warum redet Frido eigentlich so anders als du und die anderen hier in Lübeck?« Moses wischte sich die Finger an der Jacke ab. »So komisch, und als würde er singen?«

»Er kommt von weit her.«

»Von woher denn?«

»Von einem großen Fluss irgendwo aus dem Süden des Kaiserreiches.« Matthis zuckte mit den Schultern. »Aus einer Gegend jedenfalls, wo es kein Meer gibt.«

»Wenn dein Oheim so stark ist und schon so viel gesehen hat, sollten wir ihn mitnehmen, wenn wir eines Tages abhauen. Vielleicht kann er uns ein Schiff nach Gotland, Riga oder Nowgorod lenken.«

»Du spinnst ja!« Matthis schaute Moses an, wie man einen Menschen anschaute, von dem man nicht sicher sein konnte, ob er noch bei Verstand war. »Außerdem bringt es Unglück, ihn auf dem Schiff zu haben.«

*

Gegen Mitternacht – Matthis war längst nach Hause gegangen – schlich Moses durch die Dunkelheit ins Hauptgebäude und zum Krankensaal. Nur wenige Männer und Frauen hatten sich zum Nachtgebet am Altar versammelt: ein paar Alte, Meister Kasimir mit einigen Ordensrittern und Bruder Lampert mit sieben Brüdern und Schwestern des Heiligen-Geist-Hospitals. Alle schauten erstaunt auf ihn herab. Er gesellte sich zu ihnen, als wäre es das Selbstverständlichste der Welt, dass auch zehnjährige Knaben die nächtliche Komplet sangen.

Altarkerzen und Kienholzflammen an den Wänden tauchten den Saal in mattes, flackerndes Licht, und so konnte Moses die greise Meisterin auf Rebeccas Bett sitzen sehen. Sie sang die Psalmen mit und hielt dabei Rebeccas Hand.

Während des Gesangs guckte der Junge manchmal zum Eingangsportal hin und auf das Bild darüber. Im flackernden Schein der vielen Flämmchen schienen die Figuren sich zu bewegen – der Christus hob seine Rechte und öffnete die Lippen zu seinem göttlichen Machtwort gegen den Tod, und Lazarus stieg eben jetzt aus dem Grab und legte seine Leichentücher ab.

Niemand merkte, wie Moses nach dem Nachtgebet unter ein Männerbett kroch und sich dort zusammenkauerte. Vom Altar und von den Wandleuchtern her fiel Lichtschein bis unter das Bett. Der Boden dort war dick mit Staub bedeckt, und Moses begann, mit dem Finger in den Staub zu zeichnen – eine Harfe, Wellen, ein Schiff, einen Mann mit einer Axt. Darüber schlief er schließlich ein.

Nach ein paar Stunden weckte ihn die Glocke im Dachgestühl zu den Laudes. Er kroch unter dem Bett hervor und drängte sich zwischen all den Sängern und Sängerinnen des Morgenlobs hindurch bis an die Balustrade. Gegen ein paar Kissen gestützt, saß Rebecca in ihrem Bett. Moses winkte ihr zu. Rebecca lächelte und winkte müde zurück.

*

Sie lebte auch am folgenden Tag noch. Und am nächsten und übernächsten auch. Nach einer Woche stand sie zum ersten Mal auf. Und als einen Monat später der Juli zu Ende ging, half sie bereits im Krankensaal, die Kranken zu waschen und zu speisen. Moses schwelgte in Dankbarkeit und Glück.

Eines sonnigen Nachmittags kam er mit Laute und Leiterwagen vom Hafen zurück und fand im Hof ein kleines Mädchen mit kastanienbraunem Haar. Das hockte im Sand vor einer alten Frau, spielte mit den jungen Katzen, die zum Hospital gehörten, und lauschte den Geschichten der Alten.

Das Mädchen drehte sich um, als es die Wagenräder quietschen hörte, lachte und sprang auf.

»Moses! Endlich kommst du!«

Es war Traudi, die Tochter des Kaufmanns und Ratsherrn Martinus Bardewik. »Bringst du mir bei, die Bälle so zu werfen, wie du es kannst?«

Es war schön, mit Namen gerufen und begrüßt zu werden; es war schön, dass jemand sich freute, ihn zu sehen. Der Junge holte seine Bälle aus dem Rucksack, den Rebecca ihm geschneidert hatte.

»Mit zweien fängt man an. Hoffentlich sind deine Hände nicht zu klein dafür.«

Traudi nahm die beiden bunten Bälle, die Moses ihr reichte, und tatsächlich konnte ihre kleine Mädchenhand sie kaum halten.

»Dann versuchen wir es eben mit Eiern«, lachte sie. Eine Frau rannte in den Hospitalgarten und kehrte mit zwei unreifen Pflaumen zurück. Die konnte Traudi in einer Hand halten und hochwerfen.

Nachdem sie eine Weile geübt hatten, kam Traudis Vater aus dem Hauptgebäude. »Ein Wunder!«, rief er und meinte Rebeccas Heilung und Genesung. »Dem allmächtigen Gott sei Dank!«

Moses fragte sich, warum er aus dem Krankensaal kam und nicht aus dem Armensaal. Dort nämlich besuchten Herr Bardewik und seine kleine Tochter mindestens einmal im Monat Fridolin Sak.

»Alle im Heiligen-Geist-Hospital sind davon überzeugt, dass Gott ein Wunder an deiner Schwester getan hat«, sagte Herr Bardewik mit leuchtenden Augen.

Der Kaufmann wusste natürlich, was geschehen war. Frido hatte es ihm erzählt. So wie er alle Geschichten wortreich weitererzählte, die er jemals gehört und erlebt hatte.

Wahrscheinlich wusste Herr Bardewik auch längst, dass Moses der einzige Überlebende eines geenterten und gesunkenen Schiffes war und dass man ihn halbtot aus der Ostsee gezogen hatte. Und dass er seitdem nicht einmal mehr seinen eigenen Namen wusste.

Der bedauernswerte Frido war tatsächlich ein doppelter Witwer: Bevor er Matthis' Muhme ehelichte, war er mit der Mutter der Frau Bardewik selig verheiratet gewesen und somit der Schwiegervater des Kaufmanns, Traudis Großvater *und* Matthis' Oheim.

»So ein Wunder geschieht nicht oft«, sagte der Kaufmann traurig. »An meiner geliebten Frau hat Gott leider kein Wunder getan.« Er seufzte. »So geht das, und wir Menschen müssen uns in seinen Willen fügen.«

Moses wagte nicht zu fragen, wie lang es her war, dass Traudis Mutter gestorben war, und ob das Mädchen sich noch an sie erinnerte. Der Ratsherr Martinus Bardewik erzählte dennoch von ihr.

»Sie war ein wunderbarer Mensch«, sagte er. Er strich seiner Tochter über den Scheitel. Seine Augen glänzten feucht, und Traudi stand mit hängenden Schultern neben ihm und wirkte so verloren, wie der Junge sich manchmal fühlte.

»Es ist noch nicht ganz vier Jahre her«, sagte der Kaufmann und zog seine Tochter an sich. »Es ging ihr wie Rebecca, weißt du? Nur, dass sie unserem toten Sohn gleich in den Himmel folgte.« Er drückte Traudi, strich ihr übers Haar und küsste sie, und dem Jungen kam es vor, als bräuchte dieser große und reiche Mann selbst jemanden, der ihn drückte. Rebeccas Schwangerschaft, Krankheit und Heilung mussten ihn sehr aufgewühlt haben.

»Gehst du noch regelmäßig zum Singen und Jonglieren an den Hafen, Moses?«, wollte Herr Bardewik wissen.

Der Junge nickte. »Und auf den Markt. Doch nicht mehr

so oft. Ich helfe fast jeden Tag in der Hospitalküche, und mit Rebecca gehe ich Kräuter suchen und helfe ihr, wenn sie bei den Kranken Verbände oder Wickel zu machen hat.«

»Davon hat mir die Schwester Meisterin erzählt. Rebecca gilt neben ihr, der Hebamme, ja schon als Medikus des Heiligen-Geist-Hospitals.« Nachdenklich betrachtete er den Jungen und kraulte sich seinen schwarzen Bart dabei. »Und was machst du sonst den ganzen Tag hier, Moses?«

»Der Frido lehrt mich und den Matthis, mit dem Schwert zu kämpfen.« Sie hatten sich Holzschwerter geschnitzt und übten jeden Tag mit Matthis' Oheim. »Auch Reiten bringt er mir bei. Anfangs auf dem Esel, doch seit einer Woche darf ich auf Pferden der Ordensritter reiten.«

Der Kaufmann lauschte, als würde er sich wahrhaftig dafür interessieren, wie ein kleiner Junge seine Tage zubrachte. Auch Traudi in seinem Arm schaute aufmerksam zu Moses hoch. Dem Jungen kam das eigenartig vor. Was wollte der Bardewik von ihm?

»Und natürlich erzählt er uns viel aus seinem Leben«, fuhr er fort. »Von seinen Reisen nach London, nach Genua, nach Riga und nach Nowgorod.«

Herr Bardewik lachte trocken, und das hörte sich nicht besonders heiter an. »Nun, zu erzählen hat er ja eine Menge, der Pechvogel.« Gleich wurde er wieder ernst und schaute dem Jungen mit forschendem Blick ins Gesicht, sodass es Moses plötzlich ganz anders zumute wurde.

Von Matthis wusste er, dass sein Vater und der Herr Bardewik je zur Hälfte für Fridos Platz und Verpflegung im Heiligen-Geist-Hospital aufkamen. Er sei arm wie eine Kirchenmaus, seit kein Kaufmann und Kapitän ihn mehr anheuern wollte, hatte Matthis erzählt, und weder sein Vater noch der Herr Bardewik würden besonders gern für ihn bezahlen. Doch es galt als Schande, einen Verwandten auf der Straße verhungern und verkommen zu lassen. Also zahlten sie, denn als Kaufmänner waren sie auf ihren guten Ruf bedacht.

Es war durchaus üblich, dass wohlhabende Lübecker Bürger verarmte Verwandte, die sie nicht in ihrem Haus aufnehmen wollten, im Heiligen-Geist-Hospital unterbrachten; selbst wenn die gar nicht krank oder gebrechlich waren. Nicht jeder in Lübeck sah das gern. Vor allem der Bischof, die Domherren und die Pfarrer schimpften darüber.

»Jetzt fragt ihn endlich, Herr Vater.« Traudi stieß den nachdenklichen Kaufmann an und schaute zu ihm hoch. Von Matthis wusste der Junge inzwischen, dass sie im Mai fünf Jahre alt geworden war.

Der Kaufmann räusperte sich und sagte: »Ich habe über dich nachgedacht, Moses, weißt du? Gewiss – hier im Hospital sind sie froh um jeden, der mit anpackt. Doch du bist viel zu jung, um an diesem Ort dein Leben zu verbringen.« Wieder räusperte er sich. »Die Traudi hat mich da auf eine Idee gebracht …«

Die Gestalt des Jungen straffte sich jäh – auf einmal wusste er, was nun kommen würde. Frido hatte ihm erzählt, dass sein Schwiegersohn, Martinus Bardewik, Gefallen an ihm, Moses, gefunden hatte. Nicht nur, weil er sich seinen Lebensunterhalt selbst verdiente, sondern vor allem, weil er bei der Verhandlung über den Preis für die Kräuter gegen Bauchgrimmen so standhaft auf drei Silberpfennigen beharrt hatte.

»… ich könnte jemanden wie dich gebrauchen, weißt du?« Lächelnd schaute Herr Bardewik zu seiner Tochter hinunter. »Und Traudi und ich sind uns einig, dass du ein ziemlich guter Kaufgeselle wärst. Was meinst du, Moses? Du bist zwar noch klein und zierlich von Gestalt, Rebecca sagte jedoch, du seist schon zehneinhalb Jahre alt. Du würdest selbstverständlich in meinem neuen Haus unten an der Trave wohnen.«

Dem Jungen schwoll ein Kloß im Hals. »Was ist das, ein ›Kaufgeselle‹?«

»Nun, das ist einer, der lernt, wie man die Arbeit macht, die in einem Kaufmannskontor anfällt.«

Aufmerksam guckte Moses dem Herrn Bardewik ins Gesicht. Sein Herz schlug schneller, denn er spürte deutlich, dass Gott ihm in diesem Moment eine Tür öffnete, durch die er einfach nur hindurchzugehen brauchte. Doch die Angst vor dem Neuen lähmte ihn, und er zögerte. »Und was ist ein Kontor, Herr Bardewik?«

»Zweierlei.« Offenbar setzte der Kaufmann zu einer längeren Erklärung an, denn er holte tief Luft. »Zum einen heißen die Warenhöfe einiger großer Seestädte so – in Brügge, London, Visby und seit einiger Zeit auch in Nowgorod. Dort bringen Kaufleute von überallher ihre Waren hin, um sie zu verkaufen. Gleichzeitig kaufen sie neue Waren aus anderen Städten und Königreichen. Waren, die sie auf dem Rückweg in ihrer Heimat zum Verkauf anbieten. So ein Schiff muss immer mit möglichst vollem Laderaum unterwegs sein, verstehst du? Schließlich müssen wir den Kapitän und die Mannschaft bezahlen.« Seine Miene nahm einen schmerzlichen Zug an, und er winkte seufzend ab. »Von Zöllen, Krangebühren, Ladeknechten und so weiter gar nicht zu reden.«

Der Junge nickte. Ganz fiebrig war ihm zumute, und die schönen Städtenamen gellten ihm in den Ohren – Brügge, Visby, Nowgorod. Auf einmal glaubte er, die Stimme seines Vaters zu hören: *Folge deiner Angst, sie zeigt dir den Weg.*

»Zum anderen nennen wir Kaufleute unsere eigenen Schreibstuben und Warenspeicher so«, fuhr Traudis Vater fort. »Und du sollst in meinem Kontor lernen, was einer können muss, um ein guter Kaufmann zu sein.«

»Was denn, Herr Bardewik?«

»›Was denn, was denn‹!« Der Kaufmann wurde ungehalten. »Warenlisten aufstellen, Schiffsladungen prüfen, Briefe überbringen, Geschäftsbücher führen, Warenfässer verplomben, Rechnungen schreiben und so weiter und so weiter.«

»Lesen und Schreiben kann ich aber gar nicht.«

»Deswegen sollst du es ja lernen, du Grindskopf!« Herr Bardewik guckte ungnädig auf einmal.

Moses merkte es kaum. »Und irgendwann darf ich mit Euerm Schiff nach Danzig und Riga segeln?« Er hielt den Atem an.

»Nicht gleich übermütig werden, Bürschlein!« Traudis Vater drohte mit dem Zeigefinger. »Einen Schritt nach dem anderen! Erst schauen wir mal, wie du dich so anstellst als mein Kontordiener und Kaufgeselle.« Herr Bardewik nahm Traudi an der Hand und wandte sich zum Gehen. »Mit deiner Schwester habe ich schon darüber gesprochen.« Seine Miene war verschlossen plötzlich, seine Stimme kühl. »Bis Erntedank will ich eine Antwort!«

5
Abschied und Neubeginn

Lübeck, Herbst 1233

Mehr als fünfzig Männer und Frauen standen im Hof des Heiligen-Geist-Hospitals, winkten und riefen Abschiedsgrüße, als Moses seinen Leiterwagen hinter Rebecca her unter dem Torbogen hindurchzog. Zum letzten Mal drehte er sich um und winkte zurück.

»Ich komm euch besuchen!«, rief er mit brüchiger Stimme. »Vielleicht schon morgen!«

Am liebsten wäre er umgekehrt und in die Hospitalküche gelaufen, um die vertraute Arbeit zu erledigen – Kartoffeln schälen, Kohl putzen, Becher und Schalen spülen. Doch damit war es nun ein für alle Mal vorbei – auf der anderen Seite der Stadt, an der Untertrave, wartete eine andere Arbeit auf ihn, ein anderes Leben. Schon wieder.

Er zog den Leiterwagen weiter und zu Rebecca hin, die auf der Straße bei einer jungen Bäuerin, deren Kindern und kleiner Ziegenherde stehen geblieben war. Hinter den beiden plaudernden Frauen, den streitenden Kindern und den Ziegen her zog Moses seinen Wagen zum Klingenberg, wo an jenem Herbsttag ein Viehmarkt abgehalten wurde. Sie tauchten in das Menschengetümmel ein. Und in den Geruch von Rindern, Eseln, Ziegen und Schafen. Bei einer Kleinviehkoppel verabschiedete sich die Bäuerin und wünschte ihm Glück für den Neubeginn.

Seite an Seite überquerten Moses und Rebecca den großen, lärmenden Platz. »Ich bin so froh.« Rebecca lächelte zu ihm hinunter. Das tat sie nicht oft, seit sie dem Tod ins Auge gesehen hatte: lächeln; und jedes Mal, wenn sie es tat, machte es den Jungen froh. »Ich freu mich so für dich«, sagte sie.

Was sie derart heiter stimmte, bedrückte ihn eher: dass nämlich der Kaufmann und Ratsherr Martinus Bardewik ihn in sein Kontor aufnahm; dass er ab heute bei ihm in seinem neuen Haus wohnen würde; und dass er das Heiligen-Geist-Hospital und seine große Schwester verlassen musste.

»Bis Erntedank warten?«, hatte sie ausgerufen, als Moses ihr vier Wochen zuvor von dem Gespräch mit Bardewik erzählt hatte. »Kommt überhaupt nicht infrage! Du bist ein armer Waisenjunge und kriegst ein solches Angebot? Du gehörst zu keiner der reichen Familien dieser stolzen Stadt, und ein Ratsherr will dich in sein Haus und Kontor aufnehmen? Da sagt man ›ja‹ und ›danke‹ und sonst gar nichts!«

Ganz aufgeregt war sie gewesen. Und hatte den Jungen gleich am nächsten Tag an der Hand genommen und sich auf den Weg in die Mengstraße gemacht, wo das alte Haus der Familie Bardewik stand.

»Danke für Euer großzügiges Angebot, Herr Ratsherr«, hatte sie zu Martinus Bardewik gesagt. »Es ist uns eine große Ehre, und wir freuen uns sehr darüber.«

Der Junge sprach nicht viel bei diesem Besuch in der Mengstraße, sagte nur, was Rebecca ihm eingeschärft hatte – »ja« und »danke« –, und der Herr Bardewik hatte zufrieden gelächelt. Seitdem besuchte er seinen Schwiegervater im Heiligen-Geist-Hospital viel öfter als früher. Auffällig oft, fand Moses. Während er und Traudi den Geschichten des Großvaters Frido lauschten, ging ihr Vater mit Rebecca im Hospitalgarten spazieren. Oder half ihr beim Sortieren der Kräuter, die sie gesammelt hatten.

Manchmal fragte sich Moses, ob der Herr Bardewik ihn auch dann in sein Haus und Kontor aufnehmen würde, wenn es die Rebecca nicht gäbe.

Er zog seinen Leiterwagen in die Sandstraße hinein, und das Geschrei und Geblöke auf dem Klingenberg blieb hinter ihnen zurück. Rebecca, die neben ihm herging, summte ein Liedchen. Manchmal murmelte sie auch kurze Gebete in der Sprache ihrer Väter. Und manchmal unterbrach sie ihr Summen oder ihr Gemurmel und sagte Sachen wie »Ich bin so froh«, »Ich danke Gott so sehr«, »Ich freu mich so für dich, Moses«. Der Junge antwortete kein einziges Mal.

Mit Kälbern beladene Fuhrwerke rollten ihnen entgegen; Reiter, die mit Führstricken an ihre Sättel gebundene Kühe zum Viehmarkt brachten, trabten an ihnen vorbei; ein Bauer und sein Knecht zerrten einen störrischen Bullen die Sandstraße entlang; Halbwüchsige trieben eine Schafherde zum Klingenberg hinunter.

»Ich darf dich doch besuchen, oder?«, fragte Moses.

»So oft du willst«, antwortete Rebecca. »Und wann immer meine Arbeit im Hospital es zulässt, werde ich hinunter an die Trave kommen und nach dir schauen.«

Gleich nach dem Morgengebet hatten sie sich heute um den Jungen gedrängt: Ordensleute und Hospitalbewohner, Alte und Junge, Sieche und Gesunde. So viele hatten sich von ihm verabschieden und ihm Glück und Segen wünschen wollen, dass Moses sehr tapfer hatte sein müssen, um seine Tränen zurückzuhalten.

Von Krankenbett zu Krankenbett war er gegangen, um Lebewohl zu sagen. Die Meisterin hatte ihn gesegnet und auf die Stirn geküsst, bevor sie ihm als Abschiedsgeschenk eine wollene Decke in die Arme drückte. Bruder Lampert hatte ihm ein kupfernes Kruzifix an einer Halskette geschenkt und der Küchenbruder ein Stück Käse und ein Stück Speck. Ordensritter, deren Pferde Moses gepflegt hatte, gaben ihm einen Brustgurt, Fußlappen und Geld für ein Paar Schuhe mit auf den Weg in sein neues Leben.

Sogar Matthis' Oheim Frido hatte sich am Portal des Hauptgebäudes eingefunden, um ihn zu verabschieden.

»Mach dir koi Hoffnung«, hatte der Weißhaarige gerufen, während er Moses in die Luft stemmte. »Mi wirst eh so schnell nimmer los.«

Nur einer hatte sich nicht von ihm verabschieden wollen: der Ordensmeister Kasimir.

Die Abschiedsgeschenke hatte Rebecca zu seinen wenigen Habseligkeiten auf den Leiterwagen gepackt. Den zog Moses nun neben ihr her die Sandstraße hinunter und seinem neuen Zuhause entgegen, dem vierten in seinem noch nicht ganz elfjährigen Leben. Auch seine Jonglierbälle lagen in der Kiste, die auf seinem Leiterwagen stand. Und jene Axt mit dem schwarzen Stiel. Die roten Zeichen darauf konnte er inzwischen zeichnen: einen Bärenschädel und die Buchstaben *L v T*.

Abgesehen von seinem großen dunklen Hut trug er ganz und gar neue Kleider: eine ungefärbte Leinenbluse, einen roten wollenen Wams, einen blauen wollenen Rock und schwarzes Beinkleid, ebenfalls aus Wolle. Rebecca hatte ihm all das genäht.

»Damit mein Brüderchen anständig angezogen ist an seinem großen Tag«, hatte sie gesagt.

Sogar richtige Schuhe aus Rindleder hatte sie ihm machen lassen, und zwar solche mit langen Spitzen. Die hatte der Junge sich gewünscht, seit er sie an den Füßen des Kaufmanns Bertram Stalbuk zum ersten Mal gesehen hatte.

Alle paar Schritte grüßte jemand – aus einer Tür, einem Fenster oder von einem Kutschbock oder einem Pferd herab. Nicht wenige Lübecker kannten Moses inzwischen; den »Ballwirbler« nannten sie ihn oder den »kleinen Sänger«. Auch Rebecca war in der Stadt längst keine Unbekannte mehr. Vielen war ihr Gesicht aus der Messe in Sankt Jacobi oder vom Markt bekannt, einigen von Krankenbesuchen im Heiligen-Geist-Hospital. Manch einer hatte sie auch schon als Heilerin ans Krankenbett eines Familienmitglieds in sein Haus gerufen.

»Die schöne Mutterschwester meines kleinen Sängers«, hatte jener Gewandschneider Rebecca genannt, neben dessen Bude der Junge den Sommer über mindestens einmal in der Woche gesungen und jongliert hatte.

Es ist gut, gegrüßt zu werden, dachte Moses, während sie von der Sandstraße in das Getümmel auf dem Kohlmarkt eintauchten. *Es tut gut, erkannt zu werden und dazuzugehören. Und es tut gut, eine große und schöne Schwester zu haben.* Mit verstohlener Geste bekreuzigte er sich und murmelte: »Mein gütiger Gott, ich danke dir dafür.«

Auf dem Markt herrschte bereits großes Gedränge. Vor nicht wenigen Ständen und Buden hatten sich Warteschlangen gebildet. Laut ging es zu, denn überall wurde getratscht, gefeilscht und palavert, und von allen Ständen und Buden priesen die Händler mit kräftigen Stimmen ihre Waren an – ihr Bier, ihre Früchte, ihre Fische, ihr Gemüse, ihr Fleisch.

Etliche Männer fielen dem Jungen auf, weil sie Rebecca wieder und wieder angucken mussten; und sich an ihrem Anblick wohl nicht sattsehen konnten. Das kannte er schon – aus dem Heiligen-Geist-Hospital, aus Wismar und vom Schiff, das sie nach Lübeck gebracht hatte.

Ja, er kannte diese Männerblicke, seit er Rebecca kannte – sehnsüchtige Blicke, gierige Blicke, zärtliche Blicke. So ähnlich hatte schon Matthis' Vater, der Bertram Stalbuk, die Rebecca angeschaut, und so ähnlich guckte der Kaufmann und Ratsherr Bardewik sie an, wenn er sie im Hospital besuchte.

Moses schaute zu ihr hoch: Die Schultern unter ihrem ungefärbten Leinenkleid wirkten eckiger, seit sie so krank gewesen war, ihre Glieder sehniger, und ihr Gesicht war knochiger. Ihr kastanienrotes Haar glänzte nicht mehr so wie früher, und der herbe, ernste Zug in ihrer Miene hatte sich verstärkt. Das Mädchenhafte und Anmutige hatte Moses lange nicht mehr an ihr gesehen, doch er fand sie immer noch unvergleichlich schön.

Eines schien ihm ganz sicher: Nicht mehr lange, und irgendein Lübecker würde die schöne große Schwester, die Gott ihm geschenkt hatte, zur Frau nehmen.

An der Bude des Gewandschneiders, neben dem der Junge so oft gesungen und jongliert hatte, machten sie halt. Rebecca bezahlte die letzte Rate für den Stoff, aus dem sie Moses' neue Kleider genäht hatte. Sie hatten zusammengelegt: Eine Hälfte bezahlte sie aus dem ersparten Geld, das sie mit den Kräutern verdient hatte, die andere mit dem, das Moses sich ersungen und erspielt hatte.

»Viel Glück in Bardewiks Kontor, kleiner Sänger.« Der Gewandschneider reichte ihm eine Rolle dunkelroten Filz über seine Tuchauslagen hinweg. »Für dich. Ganz bestimmt findest du jemanden, der dir daraus einen neuen Hut macht.« Er zwinkerte Rebecca zu und deutete mit einer Kopfbewegung auf Moses' große Kopfbedeckung. »Dein alter musste doch gar zu oft im Dreck liegen und sich mit schmutzigen Münzen bewerfen lassen.«

Der Junge bedankte sich, und sie zogen weiter. Ein Knochenhauer, der oft bei ihm stehen geblieben war, um seinen Liedern zu lauschen, winkte ihn zu sich an seine Bude. Mit gesenkter Stimme und finsterer Miene warnte er ihn vor dem Schreiber und den beiden Gesellen des Kaufmanns Bardewik. Dann griff er in seine Räucherwaren und reichte ihm ein Stück Speck und zwei Würste heraus. »Damit du ein bisschen schneller wächst, kräftiger wirst und dich wehren kannst gegen Bardewiks Räuberbande.«

»Danke schön«, sagte der Junge, doch seine Stimme klang dünner auf einmal, denn die Aussicht auf die Gesellschaft einer *Räuberbande* machte ihm Angst.

Sie gingen weiter; aus irgendeinem Grund wollte Rebecca noch in die Marienkirche. In deren Schatten ging sie langsamer und sagte: »Alle haben dich gern, Moses, merkst du das?« Mit hängendem Kopf und den Karren durch allerhand Löcher und Spurrillen hinter sich herzerrend schlurfte der Junge neben ihr her und blieb stumm. »Du bist einer, dem die Herzen zufliegen, Moses. Das ist ein großes Pfund, das der Allmächtige und Barmherzige, gelobt sei er!, dir da in die Wiege gelegt hat. Sieh zu, dass du damit wucherst, wann immer und wo immer du kannst.«

Die Gedanken des Jungen kreisten noch um Bardewiks Schreiber und Räuberbande, und ein wenig ängstlich schaute er zu Rebecca hoch. »Und wie mache ich das?«

»Das wird das Leben dich schon noch lehren.«

An der Westseite von Sankt Marien, kurz bevor man um die Ecke zum Hauptportal bog, lärmte eine Schar Kinder vor einem beinahe mannshohen Verschlag aus ungeschältem Birkenholz. Dünne Gitterstäbe verschlossen seine Vorderseite, und dahinter knurrten und blafften zwei große Hunde – ein pechschwarzer mit langem und ein dunkelgrauer mit kurzhaarigem Fell.

Zwei größere Jungen stocherten mit Stöcken durch das Gitter und zielten auf die Tiere, die daraufhin wütend bellten und gegen die Eisenstäbe sprangen. Die Kinderschar wich schreiend und kichernd zurück, doch nur, um sofort wieder eng zusammenzurücken und die großen Jungen vor sich her zum Verschlag zu schieben, damit sie fortfuhren, die Hunde zu reizen und zu quälen. Das taten die beiden mit großer Freude, steckten ihre Stöcke erneut durch das Gitter, spießten nach den auf den Hinterläufen stehenden und heiser bellenden Tieren und stachen sie in die Bäuche, in die Hälse, in die Schnauzen.

Den schwarzen Hund traf ein Stock so schmerzhaft, dass er winselnd zurückwich. Ein kleiner Junge mit schwarzen Locken, gut vier Jahre jünger als Moses, wollte besonders kühn sein, sprang dicht ans Gitter und spuckte nach dem grauen Kläffer. Die anderen Kinder klatschten, kicherten und juchzten, und einige fassten Mut und machten es dem Lockenkopf nach.

»Weg mit den Stöcken!« Wie eine Furie stürmte Rebecca unter die Kinder, stieß sie zur Seite und riss den beiden Jungen die Stecken aus den Händen. »Schwachsinnige Bocksärsche, ihr!« Ehe die Burschen sich's versahen, hatte Rebecca jedem eine schallende Ohrfeige verpasst. »Schämt euch!« Und an die anderen Kinder gewandt: »Hat euer Priester euch nicht gelehrt, eure Mitgeschöpfe zu achten?!« Mit herrischer Geste wies sie zur Mengstraße hin. »Fort mit euch!« Die meisten Kinder zogen die Köpfe ein und trollten sich.

Nur der Kleine mit den schwarzen Locken und einer der großen Jungen blieben stehen. Der Große zischte ein Schimpfwort und schnitt eine empörte Miene – und fing sich die nächste Ohrfeige. Da ballte er die Fäuste, schaute grimmig zu der jungen Frau empor und versuchte, ihr seinen Stock zu entwinden.

Ganz schmal wurden Rebeccas Augen auf einmal, ganz kantig wurde ihr bleiches Gesicht, und ihr strenger, lauernder Blick bohrte sich in den des Burschen. Da hielt er nicht länger stand, ließ seinen Stock los und zog ab. Der kleine Lockenkopf aber spuckte Rebecca vor die Füße, machte fast im selben Augenblick blitzschnell kehrt und rannte dem Älteren voraus zur Mengstraße.

»Wir sehen uns wieder, Zwerglein!«, rief Rebecca ihm hinterher. Dann wandte sie sich dem Verschlag zu. Der graue

Hund stemmte sich noch immer mit den Vorderläufen gegen das Gitter und bellte geifernd.

»Der heißt Greif«, sagte sie, »und der hört auf Wolf.« Sie zeigte auf den schwarzen Hund mit dem langen Fell; der winselte und jaulte und hatte sich an die Rückwand des Verschlages zurückgezogen.

»Woher weißt du das?« Moses packte eine der Würste aus, die der Knochenhauer ihm geschenkt hatte.

»Wenn ich die Meisterin auf den Markt begleite, gehen wir oft zum Beten in die Marienkirche«, erzählte Rebecca. »Einmal sprach ein Domherr hier mit den Hunden und segnete sie. Er nannte ihre Namen.«

»Wozu brauchen sie denn Wachhunde hier bei der Kirche?« Moses riss ein kleines Stück von seiner Wurst ab und steckte es durchs Gitter. Greif, der graue Hund, hörte auf zu kläffen und schnappte danach.

»Das weißt du nicht?«, staunte Rebecca »Ein Knecht des Domkapitels bringt die Hunde in die Kirche, wenn es dunkel wird, und schließt sie ein. Damit keiner sich am Messgeschirr und an den Reliquien vergreift. So eine reiche Stadt zieht allerhand diebisches Volk an.«

Moses ging in die Hocke und steckte das größere Wurststück durchs Gitter. »Für dich, Wolf«, lockte er. »Lass dich trösten.« Der schwarze Hund schlich heran, schnappte nach der Wurst. Moses aber streckte die Hand durch das Gitter und kraulte ihm das Fell zwischen den Ohren.

»Bist du denn von Sinnen?« Rebecca wurde bleich, Moses aber raunte dem Hund namens Wolf gute Worte zu und streichelte ihn. Schließlich langte sie nach der Deichsel und zog den Leiterwagen um die Ecke. »Komm schon.« Moses lief ihr hinterher.

Mit einer Kopfbewegung deutete sie zur anderen Straßenseite. Dort stand schräg gegenüber das alte Haus der Familie

Bardewik. Es war aus Holz wie damals die meisten Häuser in der Stadt. Knechte und Mägde trugen Hausrat und Kisten aus dem Eingang und dem Hoftor und luden sie auf ein Fuhrwerk.

An Bettlern vorbei traten sie durch das Portal der Marienkirche, tunkten die Finger ins Weihwasserbecken, bekreuzigten sich und tauchten ein in das von Gemurmel, Getuschel, Schrittlärm und Gelächter erfüllte Halbdunkel der großen Kirche.

Frauen und Männer standen in kleinen Gruppen am Taufbecken und in den Seitenkapellen und schwatzten. Kinder tollten um die Säulen herum, zwischen zwei Beichtstühlen lag ein Schläfer, auf einem Fenstersims hockte eine Katze, und vor Lettner und Chor knieten oder standen einzelne Beter. Dorthin zog Rebecca den Leiterwagen.

Die Räder holperten über die alten Bodenfliesen, und ihr Rattern hallte durchs Kirchenschiff, bis sie weit vorn neben dem westlichen Vierungspfeiler stehen blieben. Rebecca machte einen Knicks zum Hochaltar hin und schaute sich winkend nach dem Jungen um. Der ließ sich zwischen ihr und seinem Wagen auf dem Boden nieder.

Durch den Lettner hindurch schaute er zum Altar hin. Obwohl es noch Stunden hin war bis zur nächsten Hore, entdeckte er doch zwei Domherren und einen Mönch im Chorgestühl. Sie schliefen oder waren ins Gebet versunken, so genau war das nicht zu erkennen. Auch Rebecca hatte die Augen geschlossen und bewegte murmelnd die Lippen. Moses fragte sich, warum sie auf dem Weg hinunter an die Trave unbedingt noch hierher in die Marienkirche hatte gehen müssen.

»Gib, dass keine Räuberbande in Herrn Bardewiks Kontor auf mich wartet.« Moses betete nun ebenfalls. »Gib, dass sie mich nicht schlagen dort, gnädiger Gott.« Er betete flüsternd. »Gib, dass ich groß und stark werde und ein guter

Kaufgeselle, damit ich bald nach Gotland, Riga und Nowgorod segeln kann.« Er zog die geräucherte Wurst aus der Rocktasche und biss hinein. »In deiner großen Güte, Amen!«

Über ihm murmelte Rebecca ihre Gebete, und um ihn herum flüsterten und raunten andere stehende und kniende Beter. Ein Mann in guten Kleidern schlurfte vom Portal her durchs Kirchenschiff und an allen Betenden vorüber, stand einen Augenblick zitternd, seinen zerknautschten Hut in den Fäusten und warf sich schließlich dicht vor dem Lettner auf den Boden, um laut zu beten.

Moses kaute seine Wurst, und bei jedem Schlucken spürte er die Angst in seiner Kehle kleben wie einen trockenen Hautlappen. Die Angst vor dem Neubeginn und der Räuberbande, vor der ihn der Knochenhauer gewarnt hatte. Und auf einmal war ihm, als würde er sich an einen Traum erinnern.

Wohltuende, jedoch verschwimmende Bilder tauchten vor seinem inneren Auge auf; Bilder, in denen eine kräftige Frau mit hellbraunem Haar einen Säugling über ein Taufbecken hielt, ein kleiner Junge im Arm eines blonden Mannes quäkte und dieser Mann ihm, Moses, zärtlich über den Scheitel strich. Beim Singen und beim Beten drängten sich solche Bruchstücke der Erinnerung an sein erstes Leben manchmal ganz unvermittelt in seine Gedanken.

Er hörte auf zu kauen und schloss die Augen, um die Bilder festzuhalten, die wohltuenden und leider so verschwommenen Bilder.

»Sie soll Maria heißen«, hörte er seine Mutter zum Priester sagen, der den Säugling taufen wollte, und sein Vater beugte sich zu ihm herab und raunte ihm ins Ohr: »Nur Dummköpfe haben keine Angst. Folge deiner Angst, sie zeigt dir den Weg. Hast du das verstanden, Sohn?«

Moses nickte mit geschlossenen Augen und vollem Mund und wollte gar nicht mehr aufhören zu nicken.

Das Gewicht der Hand auf seinem Scheitel wich nicht mehr, ihre Wärme strömte in seinen Kopf und in seine Gedanken. Jemand heulte laut, und als Moses die Augen wieder öffnete und weiterkaute, saß Rebecca neben ihm und zog ihre Hand von seinem Kopf. Der Beter, der sich vor dem Lettner am Boden ausgestreckt hatte, schrie und jammerte und raufte sich das Haar.

»Ein Kaufmann«, flüsterte Rebecca. »Schlimme Botschaft hat ihn erreicht. Piraten haben seine Kogge geplündert und versenkt, und nun weiß er nicht, was aus seinem Sohn geworden ist, der Schiff und Ware nach Bergen begleitet hat.« Sie seufzte. »Armer Mann.«

Im Chorgestühl schreckte ein Domherr auf – das laute Gejammer hatte ihn geweckt. Der Mönch stemmte sich aus dem Gestühl, trat an die Innenseite des Lettners und redete zischend auf den Unglücklichen ein. Doch der wollte sich gar nicht beruhigen lassen.

Rebecca stand auf, ging zu ihm, legte ihm die Hand auf den Hinterkopf und beugte sich an sein Ohr hinunter. Trotz des Gejammers und des Gezisches konnte Moses sie murmeln hören.

Nach einer Weile beruhigte der Verzweifelte sich ein wenig, betete leiser, schluchzte nur noch. Ein Priester ging neben ihm und Rebecca in die Hocke, andere Männer und Frauen kamen hinzu, standen um ihn herum, besprachen kopfschüttelnd und sich bekreuzigend das Unglück, das den Mann getroffen hatte. Rebecca kehrte zu Moses zurück und setzte sich neben ihn auf den Boden.

Irgendwann halfen die Leute dem bedauernswerten Kaufmann auf die Beine und führten ihn zum Portal.

»Gut möglich, dass ich ihn bald im Armenhospital wiedersehe«, murmelte Rebecca, und Moses dachte an die Kaufmänner Bardewik und Stalbuk und an seinen Vater. Und an die Piraten, die sein Schiff versenkt und ihn getötet hatten.

»Geschieht das oft?«, fragte er.

»Dass Piraten reiche Kaufmänner zu Bettelmännern machen?« Rebecca seufzte. »Immer öfter, seit die Lübecker und die niederdeutschen Fürsten den Dänenkönig geschlagen haben. Seitdem fehlt eine starke Hand, die den räuberischen Adel im Zaum hält. Es gibt keine Macht mehr, die er zu fürchten hätte, weißt du? Und der Kaiser sitzt im fernen Italien.«

»Die Seeräuber sind Adlige?« Das hörte Moses zum ersten Mal.

»Ihre Anführer leider allzu oft. Und die Anführer der Straßenräuber sowieso.«

Nach und nach wurde es ruhiger um sie und den Jungen herum. Rebecca rückte näher, griff unter ihren Mantel und legte Moses ein in gelbliches Leder gewickeltes Bündel in den Schoß. »Im Heiligen-Geist-Hospital konnte ich ihn dir nicht geben«, flüsterte sie. »Dort ist man ja kaum einmal unbeobachtet.«

»Ihn?« Verblüfft betrachtete Moses das schmale, längliche Bündel. Er tastete es ab – ein langes Messer, eindeutig! Mit flinken Fingern wickelte er es aus dem Leder: ein Dolch! Das rote Leder des Griffes roch neu.

»Kapitän Jacobis Dolch«, flüsterte Rebecca. »Ich habe den Griff erneuert, damit ihn keiner wiedererkennt, der von ihm weiß.«

Moses hatte es eilig, den Dolch wieder einzuwickeln. »Du hast ihn nicht weggeworfen?« Der Junge konnte es kaum glauben.

»Das siehst du doch.« Ein unwilliger Zug flog durch Rebeccas Gesicht.

»Warum gibst du ihn mir?« Er schaute sie an, suchte in ihrem Mienenspiel nach einer Antwort und fand ganz unverhofft und zum ersten Mal Worte für diesen einen, so vertrauten Ausdruck, der ihr schönes Gesicht beherrschte: *Wille* und *Kraft*. Dieser geliebte Mensch wusste genau, was er wollte, und hatte Kraft genug, seinen Willen unter allen Schlägen des Schicksals und gegen allen Widerstand der Menschen zu verfolgen und zu behaupten. Er schaute sie an und vergaß für einen Moment zu atmen.

»Was guckst du so?« Eine Falte grub sich zwischen ihre Brauen ein. »Sollte ich vorläufig im Heiligen-Geist-Hospital bleiben – und darauf läuft im Moment alles hinaus –, muss ich mein Hab und Gut abgeben. Alles, was ich besitze. Deswegen habe ich dir auch meine Laute zu deinen Sachen auf den Wagen gelegt.« Mit verschwörerischem Blick musterte sie ihn. »Was würden wohl die Brüder und Schwestern denken, sollten sie eines Tages Jacobis Dolch bei mir entdecken?«

»Du hättest ihn wegwerfen sollen«, flüsterte Moses.

»Ich hätte das Zeichen meines Sieges über die Sklaverei weggeworfen. Außerdem wollte ich, dass du ihn eines Tages trägst, Moses. Er hat dir deine Haut gerettet und soll dich daran erinnern, wie flüchtig und gefährdet dein Leben ist.«

»Du hast mir das Leben gerettet.« Moses steckte das Lederbündel in die Jackentasche. »Zweimal schon.«

Eine Zeit lang hockten sie schweigend nebeneinander. Bis Rebecca irgendwann Anstalten machte aufzustehen. »Wir sollten gehen, Martinus Bardewik erwartet uns.«

»Sag mir noch eines, Schwester.« Moses langte nach ihrem Arm und hielt sie fest. »Warum hast du dich taufen lassen?«

Sie senkte den Blick, atmete tief. »Ich wusste, dass du das irgendwann fragen würdest.«

»Warum?«

»Warum, warum. Ist das so wichtig?« Sie zuckte mit den Schultern. »Vielleicht, um mich nicht so allein zu fühlen in dieser stolzen Stadt? Um dazuzugehören zu ihren Menschen? Vielleicht auch um deinetwillen, damit du nicht mehr lügen musst, wenn du nach deiner großen Schwester gefragt wirst.«

»Es macht mir nichts mehr aus, für dich zu lügen. Und ich hab es gern, wenn du in der Sprache deiner Väter betest. Und ich bin stolz darauf, eine Jüdin als Schwester zu haben, die heilen und zaubern kann …«

»Still!« Sie entriss ihm ihren Arm, legte ihren Zeigefinger auf die Lippen und guckte verstohlen zu allen Seiten. »Eine Jüdin zaubert nicht.« Mit brennendem Blick schaute sie ihn an. »Merk dir das endlich.«

»Jedenfalls hättest du dich meinetwegen nicht taufen lassen müssen«, flüsterte der Junge.

»Den Ausschlag gab das Bild über dem Portal des Krankensaals, weißt du? Die Auferweckung des Lazarus. Bedenk doch, Moses – ich lag im Sterben. Ich war schwach, ich litt Todesangst, und ich will doch ewig leben wie alle. Und dann das Kindchen, seine Nottaufe – plötzlich habe ich, die Ertrinkende, einen Strohhalm erblickt und zugegriffen.«

»Und bist gesund geworden«, sagte Moses. Rebecca schloss die Augen und nickte. Moses strich ihr über die Wangen. »Glaubst du denn nun auch an den Heiland?«

Rebecca öffnete die Augen und lächelte wehmütig. »Muss ich davon sprechen?« Sie stand auf und zog ihn mit hoch. »Ich glaube, dass er den Lazarus auferweckt hat, dass er die Ehebrecherin geliebt hat und dass er voller Erbarmen für die Menschen war. So will ich ebenfalls werden.«

»Das bist du doch schon.« Der Junge schlang die Arme um ihre Hüften und drückte sich an sie. Ja, so war sie schon – voller Erbarmen.

Wenig später gingen sie die Mengstraße hinunter, der Leiterwagen ratterte und klapperte. Die Marienkirche und das große Haus der Bardewiks blieb hinter ihnen zurück. Es war sehr alt und sollte vollständig umgebaut und dann verkauft oder vermietet werden. Das hatte Traudi erzählt. Sie zog nur ungern in das neue Heim an den Hafen hinunter, viel lieber wäre sie in dem Haus geblieben, in dem sie geboren wurde und ihre Mutter gestorben war.

In der Beckergrube machten sie vor dem Laden und der Werkstatt eines Schuhmachers halt. Mit dem Geld, das der Ordensritter dem Jungen zum Abschied geschenkt hatte, bezahlte Rebecca die letzte Rate für Moses' neue Schuhe.

Bald darauf bogen sie nach Norden ins Traveufer ein. In diesem neu entstehenden Hafenabschnitt, der »An der Untertrave« hieß, hatte der Rat in den letzten Jahren das Ufer weit in den Fluss hinein mit dem Schutt einer uralten Siedlung aufschütten und mit Tausenden Eichenstämmen befestigen lassen. Das hatte Frido Sak dem Jungen erzählt. Inzwischen lagen an den Kais schon erste Schiffe vor Anker.

Hier, zwischen Beckergrube und Engelsgrube, waren auch etliche große Neubauten entstanden. Martinus Bardewiks neues Haus lag nahe einer neuen Prahmbrücke, an der gerade eine Kogge entladen wurde. Es war ein Eckhaus an der Einmündung in die Fischergrube. Erst vor zwei Wochen war es endgültig fertig geworden, und erst in diesen Tagen konnte der Kaufmann seinen Umzug abschließen. Deswegen hatte er den Jungen nicht früher in sein Kontor aufnehmen wollen.

Rebecca kannte das neue Haus bereits, denn der Herr Bardewik hatte sie am vergangenen Sonntag nach der Messe eingeladen, es zu besichtigen. Für sie gab es hier offenbar nichts mehr zu staunen, denn sie stieg sofort zwischen den beiden Säulen rechts und links der Außentreppe zur Haustür hinauf, einem Spitzbogenportal. Moses jedoch, der noch nicht bis in diesen neuen Teil des Hafens vorgedrungen war, blieb stehen wie vom Donner gerührt: Noch nie hatte er ein derart prachtvolles Haus gesehen.

Die Fassade war aus Backstein und fast zwanzig Fuß lang. Erst später, drinnen im Haus, begriff er, dass dies die schmale Fassade des Vorderhauses war und das Gebäude sich noch gut und gern sechzig Fuß weit an der Fischergrube entlang zum Stadthügel hin erstreckte.

Mit ihrem stufenförmigen und von Zinnen bekränzten Giebel und ihren vielen Spitzbogenfenstern erinnerte ihn die Fassade mehr an eine Kirche als an ein Wohnhaus. Er musste den Kopf weit in den Nacken legen, um zu der Wetterfahne über den Zinnen der letzten Giebelstufe hinaufblicken zu können, so hoch war das Haus. Mindestens fünf Reihen von Fenstern zählte er; oder waren es sogar sechs?

»Nun komm doch, Moses!« Rebecca winkte ungeduldig. »Dir bleibt noch genug Zeit, alles genau anzuschauen.« Sie hatte bereits den Türklopfer in der Hand, einen bronzenen Ring im Maul eines bronzenen Wals. »Jetzt aber wartet Herr Bardewik.« Sie ließ den Ring gegen den Türbeschlag fallen, und fast im selben Moment, als hätte sie hinter der Tür gewartet, zog eine Frau einen Flügel des schweren Portals auf.

Moses erkannte die aschblonde Frau mit dem runden, gütigen Gesicht: Traudis Amme. Rebecca begrüßte sie und nannte sie beim Vornamen – Brunhilde –, und neben der Amme stand Traudi und strahlte Moses an. Das liebliche Gesicht des Mädchens machte es ihm ein wenig leichter, die Treppe zu seinem neuen Leben hinaufzusteigen.

Schon tauchte hinter Frau Brunhilde der Herr des Hauses aus dem Halbdunkeln auf – Martinus Bardewik. »Schön, dass ihr da seid.« Mit Handschlag, Verneigung und ausgesuchter Herzlichkeit begrüßte er Rebecca, mit musterndem Blick, der zwischen Strenge und Wohlwollen schwankte, den Jungen. »Nur herein mit euch.«

Sofort lief Traudi zu Moses und ergriff seine Hand. »Bleibst du jetzt für immer hier?« Sie zog den verdutzten

Jungen über die Portalschwelle und ins Haus hinein. »Ich freu mich so.« Moses stand sprachlos, fühlte seine Hand fest in ihrer und schaute in ihr strahlendes Gesicht. Er schien an diesem Morgen der Einzige zu sein, der sich nicht richtig freuen konnte.

»Geh nur, mein Liebling«, sagte der Kaufmann und Ratsherr Bardewik zu seiner Tochter. »Geh nur mit Frau Brunhilde und zeig unserem neuen Hausgenossen das Haus. Ich habe noch ein paar Worte mit seiner Schwester zu sprechen.«

Moses wunderte es nicht, das zu hören; im Grunde hatte er nichts anderes erwartet. Jedes Mal, wenn er in den letzten Wochen ins Heiligen-Geist-Hospital gekommen war, sorgte der Kaufmann dafür, dass er Zeit allein mit Rebecca verbringen konnte.

Die Amme ging voraus, und der Junge ließ sich von Traudi wie willenlos hinter ihr herziehen – in eine große, beheizbare Schreibkammer, wo sich an einem langen Tisch neben einer großen quadratischen Bodenöffnung ein rundlicher Mensch mit verkniffenem Gesicht über einen Holzrahmen beugte. Frau Brunhilde stellte den Schreiber vor, doch sein Name rauschte an Moses vorbei.

Der stämmige Mann mit dem fusseligen Graubart und dem lichten weißen Haar nahm kaum Notiz von ihm, zuckte nur kurz mit den Augäpfeln in Moses' Richtung und fuhr dann fort, einige der vielen Kugeln hin und her zu schieben, die in dem Holzrahmen an Drähten aufgereiht waren.

»Das ist ein Rechenbrett«, erklärte Traudi auf dem Weg an einer Wendeltreppe vorbei zur nächsten Tür, als sie Moses' neugierigen Blick zurück auf den Holzrahmen und die farbigen und unterschiedlich großen Kugeln bemerkte.

Sie betraten einen saalartigen Raum, den Traudi *Kemenate* nannte. Danach ging es eine schmale Stiege hinauf zu Räumen voller Säcke, Ballen, Fässer und Kisten; und noch höher zu weiteren Speicherräumen voller Säcke, Ballen und Kisten, schließlich bis unters Dach, wo an einer eisernen Achse ein großes Kurbelrad befestigt war, mit dem man an einer Kette Lasten durch eine Bodenöffnung bis ins Kontor, ja bis in die Kellerräume hinunterlassen oder von dort heraufziehen konnte.

Im Hinterhaus führten das Mädchen und seine Amme ihn in weitere, kleinere Speicherräume und dahinter durch den Wohnflügel über eine Treppe hinunter ins Erdgeschoss zu den Schlafkammern der Knechte und Mägde. Moses' künftige Bettstatt lag zwischen den Strohsäcken zweier junger Knechte des Herrn Bardewik, eines Boten und eines Fuhrmanns.

Danach zeigten Traudi und die Amme ihm den Abort, die Küche und schließlich die vielen zum Teil ebenerdigen Kellerräume: Wohnkeller, Pferdeställe, Werkstätten und zum Schluss drei Kaufkeller, die zur Fischergrube hin geöffnet waren. Dem Jungen schwirrte der Kopf.

Im Kaufkeller begrüßten ihn mit hellwachen Blicken und spöttischem Lächeln ein Halbwüchsiger und ein Bursche von nicht ganz zwanzig Jahren – die beiden älteren Kontordiener und Kaufgesellen, vor denen ihn der Knochenhauer gewarnt hatte.

»Das ist Moses«, sagte Traudi, »er kann Laute spielen und wunderschön singen und mit fünf Eiern jonglieren.«

»Aha?« Das Grinsen der beiden wurde noch um eine Spur spöttischer. »Soso.« In ihre gleichgültig feixenden Gesichter zu schauen verursachte dem Jungen körperliche Schmerzen. Er fühlte sich von ihnen belauert, und er fühlte ihre Langeweile und die Enge ihrer Herzen. Ihm wurde angst und bange.

»Unser neuer Kaufgeselle«, erklärte Frau Brunhilde. »Herr Bardewik hat ihn euch ja schon angekündigt. Seid nur recht freundlich zu ihm und erklärt ihm alles, was er wissen muss, um sich bei uns zurechtzufinden.«

»Stimmt ja, Herr Bardewik hat etwas von einem Neuen erzählt!« Der Ältere, ein hoch aufgeschossener Mensch mit Hakennase und strohblondem Bartflaum und Haar, ging auf Moses zu. »Natürlich sind wir freundlich zu ihm.« Dicht vor dem Jungen blieb er stehen. »Wie heißt dein Vater?« Ein Kloß schwoll in Moses' Hals, er blieb stumm. »Was denn, Kerlchen! Deine Familie, die hat doch gewiss einen Namen, oder etwa nicht?«

»Er ist nicht von hier.« Der Jüngere, ein sommersprossiges Bleichgesicht mit rötlichem Haar von vielleicht vierzehn Jahren, trat neben den anderen, neigte den Kopf und machte schmale Augen. »Bist du ganz sicher, Kleiner, dass du den Beruf des Kaufmanns lernen willst?«

Und schon fand Moses sich mittendrin in seinem neuen Leben.

6

Prügel

Todmüde wankte der Junge am Abend hinter Traudi her zur Schlafkammer. Sein erster Tag als Kaufgeselle war vorüber. Endlich! Im Stillen dankte er Gott.

»… neunundzwanzig, dreißig, einunddreißig …« Die Tochter des Kaufmanns hielt eine Öllampe vor sich ausgestreckt und zählte laut die Stufen der Wendeltreppe vom unteren Speicher hinab ins Erdgeschoss. »… zweiunddreißig, dreiunddreißig …« Einmal mehr hielt sie inne, wandte den Kopf und strahlte ihn an. Unfassbar: Ihre Freude über seinen Einzug schien noch genauso groß wie bei der morgendlichen Begegnung an der Haustür. »… vierunddreißig, fünfunddreißig …«

Den ganzen Tag über war sie nicht von seiner Seite gewichen. Nicht, während ihr Vater mit ihm durch die Speicherräume unter dem Dachstuhl schritt, nicht, während er ihm die Herkunft und genaue Bezeichnung der Waren in den Fässern, Säcken und Kisten erklärte, nicht, während der Kaufmann versuchte, Begeisterung für das Rechenbrett in ihm zu wecken. Sogar in der kurzen Pause um die Mittagszeit, als Moses sehnsüchtig die auslaufenden Koggen beobachtete, hatte sie bei ihm am Kai gesessen. Und geplappert. Und nach Geschichten verlangt.

»… neununddreißig, vierzig …« Stufe um Stufe stiegen sie hinab. Irgendwo weiter unten im Haus schnarchte einer.

Gnädiger Gott, betete der Junge murmelnd, *mach, dass sie mich in die Kammer gehen lässt, ohne noch eine Gute-Nacht-Geschichte hören zu wollen*. Diese nämlich wäre bereits die fünfte Geschichte heute, die er sich dann hätte ausdenken müssen. Oder schon die sechste?

Sein Kopf fühlte sich immer noch so ähnlich an wie am Morgen nach der ersten Hausführung: Ein Bienenschwarm schien sich unter seinem blonden Lockenschopf eingenistet zu haben. Und was hatte er seitdem nicht alles an Neuem gesehen und gehört!

Genaue Erinnerungen hatte Moses allerdings nur noch an die Gesichter des Schreibers und der beiden Halbwüchsigen, an den Mantel, den der Herr Bardewik der Rebecca geschenkt hatte, und an dessen strenge Mahnung, am nächsten Morgen, gleich nach dem Läuten zu den Laudes, auch ja pünktlich unten vor dem Pferdestall an der Fischergrube zu erscheinen. Ein Fuhrwerk musste mit Stoffballen, Fellen und Gewürzen für den Markt beladen werden.

»... fünfundvierzig.« Endlich die Tür zur Schlafkammer! Dahinter schnarchte einer. Moses legte die Hand auf die Klinke und holte Luft, um Traudi eine gute Nacht zu wünschen, da hielt sie seinen Arm fest und sagte: »Eigentlich habe ich mir immer einen kleinen Bruder gewünscht, doch jetzt merke ich, dass ein großer viel besser ist. Von dem kann man lernen, und der kann einen beschützen.«

»Stimmt.« Moses wurde weh ums Herz, denn er musste sofort an seinen kleinen Bruder und seine kleine Schwester denken und daran, dass sie nicht wussten, dass er am Leben war.

»Der kann einem Geschichten erzählen.« Mit erwartungsfroh glänzenden Augen schaute Traudi zu ihm herauf. »Bitte erzähle mir noch eine Geschichte, Moses. Aber eine lange – die vom Herrn Vater sind immer so kurz.«

Moses seufzte. Doch er fügte sich in sein Schicksal, nahm die Hand von der Klinke und fing an zu erzählen: »Es war einmal in einer Stadt, die hieß Erfurt. Da lebten brave Menschen, die nennt man ›Juden‹ ...«

»Maul halten, da draußen!«, tönte es aus dem Inneren der Schlafkammer.

Moses verstummte. Die Stimme klang böse; und erinnerte ihn an die gleichgültig-missmutige Miene des Schreibers und die verächtlich-spöttischen Gesichter der beiden älteren Kaufgesellen. Er zuckte mit der Schulter, versuchte, seine Erleichterung zu verbergen, und flüsterte: »Gute Nacht, Traudi. Und danke, dass du bei mir geblieben bist heute.«

Auch wenn er heilfroh war, sich ohne Gute-Nacht-Geschichte in die Kammer zurückziehen zu können, meinte er das durchaus ernst. Allein mit dem strengen Kaufmann, dem griesgrämigen Schreiber und den frechen Kaufgesellen nämlich wäre er sich ganz und gar verloren vorgekommen in diesem fremden Haus.

»Gute Nacht, mein Moses.« Traudi griff nach seiner Hand, hauchte einen Kuss darauf und huschte davon.

Verdutzt schaute Moses ihr hinterher. Was fand dieses Mädchen nur an ihm? Seine so ganz und gar unverhüllte Zuneigung war ihm ein Rätsel. Und verwirrte ihn.

Leise öffnete er schließlich die Kammertür. »Unter die Decke mit dir!«, zischte es aus der Dunkelheit. »Und keinen Mucks will ich mehr hören!« Die Stimme des Boten, des älteren und unfreundlicheren seiner beiden Kammergenossen. Der andere, der Fuhrmann, hörte nichts und schnarchte weiter.

Auf Zehenspitzen tastete der Junge sich zu seinem Strohsack. Verwundert spürte er dem Kuss auf seinem Handrücken nach – das Mädchen schien ihn wirklich sehr gern zu haben. Woran lag das nur? Vielleicht an seinem kleinen Bruder, der bei seiner Geburt zusammen mit der Mutter gestorben war?

Während Moses seine Kleider und Schuhe abstreifte, dachte er an Traudis strahlendes Gesicht und ihre liebevollen Blicke. Warum dieser kindlichen Zuwendung auf den Grund gehen wollen? Es reichte doch, dass ihre bloße Gegenwart ihn froh machte. Im Stillen dankte er Gott für diesen Lichtblick.

Leise tastete er nach Strohsack und Kissen und schlüpfte endlich unter seine Decke – um im nächsten Moment schreiend wieder aufzuspringen: Etwas Kaltes, Glitschiges war über seinen Rücken und zu seinem Hintern hinuntergeflutscht.

Der Bote schimpfte mit donnernder Stimme, und der Fuhrmann hörte auf zu schnarchen. Schnelle Schritte näherten sich der Kammertür, und ein Lichtschein fiel herein, als Traudi sie aufstieß. Der Schein ihrer Lampe wanderte über die nackten Füße des Fuhrmanns, den nackt im Bett sitzenden Boten und den nackten Jungen bis zu dessen Strohsack: Inmitten eines großen feuchten Fleckens lag dort ein schwarzer, glänzender Aal.

*

Früh am nächsten Morgen hockte er müde am Küchentisch und löffelte seine Milchsuppe. Vor den kleinen Giebelfenstern ging gerade die Sonne auf. Irgendwo in der Stadt läuteten Glocken zu den Laudes. Weit lieber wäre er ihrem Ruf gefolgt und zum Morgengebet gegangen, als hier mit lauter fremden Leuten in einem fremden Haus an einem fremden Tisch zu sitzen.

Er hatte schlecht geschlafen nach dem Schrecken wegen des toten Aals; und nach der Ohrfeige, die der wütende Bote ihm wegen seines Geschreis verpasst hatte. Der grobe Kerl hockte am anderen Ende des Tisches und plauderte so gleichmütig mit dem Fuhrmann und dem Stallknecht, als wäre nichts geschehen. Der Herr Bardewik arbeitete wohl schon in der Schreibkammer.

Die beiden älteren Kaufgesellen saßen dem Jungen gegenüber, beobachteten ihn und tuschelten grinsend. Moses war längst klar, dass sie den Aal unter seine Decke gelegt hatten.

»Glotz nicht«, sagte der ältere. »Und iss schneller, damit du pünktlich unten am Stall bist!«

Moses sehnte sich nach dem Krankensaal des Heiligen-Geist-Hospitals und den schönen Lobgesängen der Kranken und der Brüder und Schwestern.

Nach dem Morgenmahl huschte er ins Hinterhaus und auf den Abort. Eine Maus flitzte vor dem Sitz über den Boden und schlüpfte in eine Fuge zwischen den noch frisch gehobelt aussehenden Wandbrettern. Die störte ihn nicht; nicht einmal das Geplätscher unter ihm in der Kloake störte ihn – Ratten waren allgegenwärtig in dieser Stadt. Doch dass die Aborttür sich nach seinem Geschäft nicht öffnen ließ, das störte ihn sehr, denn er wollte um keinen Preis zu spät am Fuhrwerk für den Markt ankommen.

Vergeblich stemmte er sich gegen die Tür – sie wollte sich einfach nicht öffnen lassen. Er untersuchte den Riegel, doch an dem lag es nicht, der war vollständig zurückgezogen. Er rüttelte an der Tür, aber sie gab um keine Daumenbreite nach.

Irgendwann kniete er nieder, untersuchte den Spalt zwischen Boden und Türblatt und entdeckte einen breiten Holzkeil. Vergeblich versuchte er, ihn mit Daumen und Fäusten aus dem Türspalt zu drücken. Schimpfend stand er wieder auf und rüttelte weiter am Türblatt, stemmte und warf sich dagegen, doch es nützte alles nichts – die Tür ließ sich einfach nicht mehr öffnen.

Die Angst, zu spät zu kommen, ließ sein Herz schneller klopfen. Was würde der Herr Bardewik sagen? Moses begann zu rufen und mit den Fäusten gegen die Tür zu trommeln. Niemand kam, um ihn zu befreien. Seine innere Anspannung wuchs und trieb ihm schier die Tränen in die Augen. Ganz bestimmt würde der Herr Bardewik fürchterlich mit ihm schimpfen, wenn er sich verspätete. Er pochte lauter, trat gegen die Tür und schrie.

Irgendwann hörte er Traudis Stimme vor dem Abort. Doch auch sie vermochte nicht, die Tür zu öffnen. »Ich hole Hilfe!«, rief sie und kam kurz darauf mit der Küchenmagd zurück. Die brauchte eine Weile, bis sie den Keil zwischen Boden und Türblatt entdeckte. Mit einem Schürhaken gelang es ihr endlich, ihn herauszuziehen.

»Ein gottloser Scherz!«, schimpfte sie und zeigte ihm den Keil.

»Das waren die Gesellen!« Traudi nahm ihr das Holz aus der Hand. »Ich sag's dem Herrn Vater!«

Der Junge eilte sofort in die Kellerräume hinunter. Die Pferde standen schon ins Joch gespannt vor dem Fuhrwerk auf der Fischergrube, die Kaufgesellen und zwei Knechte luden bereits die Waren für den Markt auf. Der Kaufmann und Ratsherr Martinus Bardewik stand neben einem Fass, an dem mit krummem Rücken wie ein großer Käfer der dicke Schreiber hockte und die verladenen Waren verzeichnete.

Kalt musterte der Herr Bardewik den Jungen. »Du kommst zu spät, Moses!«, rief er wütend und gab dem Schreiber ein Zeichen. Der erhob sich von seinem Hocker, schaukelte auf Moses zu und schlug ihn auf die Wange. »Pünktlichkeit gehört zu den höchsten Tugenden des Kaufmannsberufs!«, erklärte Herr Bardewik mit strenger Stimme und unerbittlicher Miene. Hinter ihm, am Fuhrwerk, feixten verstohlen die beiden Kaufgesellen.

Traudi, die dem Jungen gefolgt war, sah ihren Vater vorwurfsvoll an und reichte ihm den Holzkeil. Die Küchenmagd, die sich ebenfalls im Kaufkeller eingefunden hatte, erzählte von der so hinterhältig verschlossenen Aborttür. Da ließ der Kaufmann sich vom Fuhrmann dessen Peitsche reichen und winkte die beiden älteren Kaufgesellen zu sich.

*

Am nächsten Vormittag, nachdem er mit dem Fuhrmann und dem leeren Fuhrwerk vom Markt zurückgekehrt war, sollte Moses in der Schreibkammer die arabischen Ziffern kennen- und schreiben lernen. Das gefiel ihm, und die Freude, etwas Neues zu erfahren, erregte und beflügelte ihn.

An einem kleinen, niedrigen Tisch beugte er sich abwechselnd über eine Wachstafel und ein altes Pergament, das schon vielfach beschrieben und wieder leer geschabt worden war. In die kleine Wachstafel hatte der Herr Bardewik selbst ihm die arabischen Zahlen von Null bis Neun geritzt und dem Schreiber befohlen, darüber zu wachen, dass der Junge sie sauber und korrekt mit Feder und Tinte auf das Pergament übertrug.

Er halte die lateinischen Zahlen für altmodisch, hatte der Kaufmann erklärt, denn mit ihnen sei weitaus schwerer zu rechnen als mit den modernen arabischen. Weil der Junge bis zu diesem Tag weder lateinische noch arabische Zahlen lesen, geschweige denn schreiben konnte, wusste er mit Herrn Bardewiks Erklärung ganz und gar nichts anzufangen.

Zwischen Moses' kleinem Tisch und dem großen des Schreibers schwebten Säcke und Ballen an Haken und Kisten herab und sanken durch die quadratische Öffnung im Boden ins Untergeschoss. Waren für die Kaufkeller.

Die Kette rasselte, und von oben, aus der letzten Speicherebene, drang das Quietschen des Kurbelrades. Am großen Tisch klapperte der Schreiber mit den Kugeln des Abakus, des Rechenbretts. Der Junge hörte es kaum: Sorgfältig prägte er sich die fremdartigen Zeichen ein, zeichnete eines nach dem anderen auf dem Pergament ab und murmelte dabei den Namen der jeweiligen Ziffer. Ihm war, als würde er ein unbekanntes Land betreten.

Hin und wieder polterte der jüngere der beiden anderen Kaufgesellen die Wendeltreppe herunter und verschwand in den Kaufkellern des Untergeschosses; wegen seiner fahlen

Haut und seiner rötlichen Augen nannte Moses ihn insgeheim das *Gespenst.* Manchmal stieg auch der ältere herab und brachte dem Schreiber eine Warenliste. Wegen seiner großen und gebogenen Nase hatte Moses ihn den *Haken* getauft. Ihn hasste er noch mehr als das Gespenst.

Beide konnten nicht an seinem Tisch vorbeigehen, ohne feindselige Blicke auf ihn abzuschießen. Dem Jungen war völlig klar, dass sie ihn um nichts weniger hassten als er sie, seit der Kaufmann sie am Morgen zuvor mit dem Peitschenstiel gezüchtigt hatte. Er wusste genau, dass sie auf Rache sannen und er auf der Hut sein musste.

Als er die Zahlen auf sein altes Pergament übertragen hatte, ging er um die Bodenöffnung herum und legte es dem Schreiber hin. Der kleine, dicke Mann runzelte unwillig die buschigen Brauen. »So schnell?« Dann überflog er Moses' Ziffern und konnte sein Staunen kaum verbergen – offenbar hatte der Junge seine Sache gut gemacht. Der Schreiber korrigierte hier und da und drückte ihm das Pergament in die Hand. »Noch einmal.«

Der Junge kehrte zu seinem Tischchen zurück und fing von vorn an. Diesmal war er noch schneller fertig, und der mürrische Schreiber hatte nichts zu beanstanden, was er wohl bedauerte, wie Moses aus seiner Miene lesen konnte.

»Wie weit kannst du zählen?«, wollte er von ihm wissen.

»Einmal habe ich an einem Tag neunundzwanzig Schiffe gezählt, die von der Ostsee in den Hafen eingelaufen sind, und einmal einundvierzig, die ausliefen.«

Der Schreiber sog scharf die Luft durch die Nase ein und verdrehte die Augen. Seine unwirsche Miene verriet Moses, dass er höhere Zahlen erwartet hatte.

»Vom oberen Speicher bis zu den unteren Schlafkammern sind es fünfundvierzig Stufen«, beeilte er sich zu sagen, »und im Sommer habe ich siebenundfünfzig Schafe in den Auen der Wakenitz gezählt, und an meinem besten Tag am Hafen hatte ich dreiundsechzig Münzen im Hut.«

Der Schreiber brummte ein paar unverständliche Worte, nahm eine frische Wachstafel und ritzte Zahlen hinein. »Zehn bis neunzehn«, murmelte er, als er fertig war. »Vorlesen!« Der Junge las die Zahlen vor, ohne zu stocken. Der Schreiber reichte ihm ein vielfach abgeschabtes Pergament. »Abzeichnen! Aber ordentlich, sonst setzt es was!«

Der Junge zog die Schultern hoch und wollte schnell zu seinem kleinen Tisch zurückkehren, da rief ihm der käferhafte Mann hinterher: »Und zeichne auch gleich die lateinischen Ziffern drunter! Es ist wichtig, dass du lernst, die einen sofort in die anderen zu übersetzen, denn einige unserer Gesellschafter rechnen noch mit lateinischen Zahlen.«

»Lateinische Zahlen …?« Moses drehte sich nach ihm um, schluckte und suchte nach Worten. »Ich kann die lateinischen Zahlen nicht schreiben«, erklärte er schließlich.

»Du kannst die lateinischen Zahlen nicht schreiben?« Über seine Bücher und Pergamentrollen hinweg starrte der Schreiber ihn an, als hätte der Junge soeben die Heilige Jungfrau gelästert. »Kannst du sie wenigstens lesen?«

Moses schüttelte den Kopf. Das Mienenspiel des Schreibers schwankte zwischen Verachtung und Mitleid, und Moses fühlte sich wie das dümmste Geschöpf auf Gottes Erdenrund.

»Herkommen!«, befahl der Schreiber schließlich. Der Junge ging wieder zu ihm, ließ sich die Ordnung der lateinischen Zahlen erklären und sah zu, wie sein Lehrer ihm die lateinischen Ziffern von Eins bis Neun ins Wachs kerbte.

Zurück am Tisch tunkte Moses die Feder ins Tintenfass und machte sich an die Arbeit. Sein Kopf fühlte sich ganz heiß an. Die zweistelligen arabischen Ziffern gingen ihm flott von der Hand, denn die einzelnen Zahlen konnte er ja schon schreiben, nur hatten sie jetzt, mit der Eins zusammengesetzt, andere Namen. Halblaut sprach er sie aus, während er sie von der Wachstafel aufs Pergament übertrug. Die neuen lateinischen Ziffern zu schreiben und sich einzuprägen forderte dagegen all seine Aufmerksamkeit.

Statt Ballen und Säcken schwebten nun Fässer und Kisten auf einer Palette aus der Bodenöffnung in die Schreibkammer, und zwar vom Keller zu den Speichern herauf. Eine von Herrn Bardewiks Koggen war wohl im Hafen vor Anker gegangen und wurde entladen. Unten, in den Kellern, konnte Moses die Stimme des Kaufmanns hören.

Herr Bardewik rief nach dem Schreiber und dem Warenbuch. Der käferartige Dicke brummte unwillig, stand von seinen Briefen und den Rechenbrettern auf und stieg mit dem Warenbuch nach unten. Bald darauf hörte Moses den Kaufmann Zahlen und die Namen von Waren rufen: »Zwanzig Ellen Seide«, »Ein Fass Weihrauch«, »Vier Kisten Brasilholz«, »Sieben Fässer Mehlzucker« und so weiter.

Moses horchte auf – solche Waren kamen aus Venedig über Brügge nach Lübeck, das wusste er von Frido und einigen Seeleuten, von denen er sich ihre Fahrten hatte schildern lassen. Er vergaß seine Zahlen und lauschte gespannt den Worten, die der Kaufmann dem Schreiber zurief: Alaun, Hutzucker, Pfeffer, Sandelholzöl, Zimt …

Fernweh packte ihn, und am liebsten wäre er aufgesprungen und zum Hafen gelaufen, um das Schiff aus Brügge zu sehen und die Seeleute zu befragen.

Der ältere der beiden Kaufgesellen, der Haken, stieg die Wendeltreppe herab – das half Moses, seine Gefühle zu bändigen und seine Aufmerksamkeit wieder auf die Ziffern in der Wachstafel zu richten.

Der Haken belauerte ihn mit bösem Blick und ging dicht an ihm vorüber zum Tisch des Schreibers. Aus dem Augenwinkel beobachtete Moses, wie der hochgewachsene Bursche sich über die Arbeit des Schreibers beugte – die Pergamente, Wachstafeln und Geschäftsbücher. Und immer wieder lauerte er herüber zu ihm. Moses versuchte, seine Gegenwart zu vergessen, und zeichnete die Siebzehn auf sein Pergament.

Unten wurden neue Stimmen laut, Hufschlag auf der Fischergrube verstummte, woraus Moses schloss, dass ein Reiter sein Pferd angehalten hatte. Laut sprach der Mann jetzt mit Herrn Bardewik und dem Schreiber. Jedes Wort konnte Moses verstehen – irgendjemand war gestorben.

Im Speicher quietschte das Kurbelrad, die Zugkette scharrte, aus der Bodenöffnung schwebte langsam eine dunkle, nicht besonders große Holzkiste herauf. Der Junge tunkte die Feder ins Tintenglas, um die Achtzehn zu zeichnen und stutzte, denn unten im Keller fiel ein Name, den er kannte – Lampert. Die Feder noch in der Tinte haltend lauschte er – und vergaß zu atmen: Bruder Lampert war tot! Am Rand des Uferwegs nach Lüneburg hatte man seinen Leichnam an der Trave gefunden!

Auf einmal verdunkelte ein Schatten sein Blickfeld, etwas schwebte seitwärts auf ihn zu, und er schreckte zusammen – die dunkle Holzkiste! Sie schwankte stark und stieg schwankend nach oben, schwankte bis zu seinem Tisch und stieß schwankend dagegen. Das Tintenfass kippte um, die Tinte ergoss sich über Wachstafel, Pergament und Tischplatte und tropfte vom Tisch auf den Boden.

»Stinkender Hundsarsch du!«, zischte der Haken und hielt die schwankende Kiste fest. »Schreiben sollst du, nicht schlafen!«

Was da oben los sei, rief von unten der Schreiber. Der Neue habe das Tintenfass umgestoßen, antwortete der Kaufgeselle, und eine Tirade von Schimpfworten erhob sich dort, von wo die schwankende Kiste heraufgeschwebt war. Dicht an Moses vorbei ging der Haken zur Treppe, machte einen großen Schritt über die Tintenpfütze und stieg die Wendeltreppe hinauf. »Geschieht dir recht!«

Dem Jungen schossen die Tränen aus den Augen. Der Schreiber stürzte polternd die Treppe herauf. Kaum sah er die Bescherung, fing er auch schon an, die teure Tinte zu bejammern, hieß Moses einen Grindskopf und ohrfeigte ihn.

Niemand glaubte ihm, als er von der plötzlich schwankenden Kiste erzählte, nur Traudi, mit der er am Abend auf der Treppe vor der Schlafkammer saß. Sie flüsterten.

»Das war der Birger«, zischte sie. *Birger* – so hieß der Haken in Wirklichkeit.

»Morgen bin ich weg.« Der Junge stierte finster die Knöchel seiner Fäuste an. »Sie wollen mich hier nicht.«

»Aber ich will dich hier«, erklärte das Mädchen.

»Dein Vater findet mich tollpatschig und dumm.«

»Kein Tolpatsch jongliert mit fünf Eiern.«

»Dem Schreiber verschwende ich zu viel Tinte, Wachs und Pergament, ansonsten bin ich ihm vollkommen gleichgültig.«

»Mir bist du überhaupt nicht gleichgültig, Moses.«

»Er hält mich für einen Schwachkopf, weil ich mich nicht an meine Heimat und meinen Namen erinnern kann.«

»Du bist der klügste Junge, den ich kenne. Keiner weiß so gute Geschichten, und keiner kann so schön singen wie du.«

»Für den Haken und das Gespenst bin ich nur ein dummer Hundsarsch, in den sie wieder und wieder hineintreten können. Sie hassen mich.«

»Aber ich hab dich lieb.« Sie nahm seine Hand. »Und die Frau Brunhilde findet dich fromm und brav. Sie hofft, dass du für immer bleibst.«

»›Für immer‹.« Moses schnaubte verächtlich. Sofort dachte er an Rebecca. Und an ihr Gespräch auf Herrn Stalbuks Kogge im nächtlichen Hafen von Wismar – *Darf ich für immer bei dir bleiben?* Er glaubte, Rebeccas glockenhelles

Gelächter zu hören. »Das sagt die Frau Brunhilde nur, weil ich manchmal versehentlich laut bete und immer meine Breischüssel leer esse.« Er schaute dem Mädchen ins besorgte Gesicht. Hatte es eben wirklich gesagt: *Aber ich hab dich lieb*? »Und weißt du was? Ich hasse die beiden auch.«

»Sie sind böse zu dir.« Traudi nickte energisch. »Ich habe es dem Herrn Vater schon gesagt.«

»Und was hat er geantwortet?«

»Alles, was dich zu einem harten Mann macht, ist gut für dich, hat er geantwortet. Wer ein Kaufmann werden will, muss sich auch mit Piraten schlagen können, also muss er ein harter Mann werden. Das ist seine Antwort gewesen.« Sie drückte seine Hand und schmiegte sich an ihn. »Ich werde ihm noch einmal erzählen, was die Gesellen dir antun. Er muss sie strafen.«

»Lass es bleiben. Sie werden dann nur noch kräftiger zutreten.« Der Junge senkte den Kopf und presste die Fäuste gegen die Stirn. »Ich wünschte, sie wären tot. Ich wünschte, ich wäre schon stark und groß genug, um sie töten zu können.«

Traudi hielt sich die Ohren zu. »So etwas darfst du nicht einmal denken!«

»Wer will mir verbieten zu denken, was ich denken muss?«

»Maul halten da draußen!«, tönte die Stimme des Boten aus der Schlafkammer.

»Morgen bin ich weg«, flüsterte Moses.

»Bitte bleib noch.« Traudi nahm die Hände von den Ohren, hakte sich bei ihm unter und drängte sich an ihn. »Bitte, bitte bleibe.«

Verblüfft schaute der Junge auf ihren kastanienbraunen Scheitel. Sie schluchzte leise. Eine warme Blase schwoll in seiner Brust, platzte und flutete sein Herz mit Wärme.

»Na gut«, flüsterte er und legte den Arm um das Mädchen.

»Einen Tag bleibe ich noch. Doch wenn sie morgen wieder zutreten, bin ich weg.«

Und sie traten wieder zu.

Als er am nächsten Nachmittag erneut Zahlen übte und der Schreiber unten im Kaufkeller zu tun hatte, kamen die beiden älteren Kaufgesellen in die Schreibkammer. Am Rechentisch tauchte der Haken Feder des Schreibers ins Tintenfass und schrieb etwas auf ein kleines Stück Pergament. Das rollte er zusammen und versiegelte es mit Bardewiks Kontorsiegel.

Mit ernster Miene hob er die Briefrolle hoch und fragte in beinahe feierlichem Tonfall: »Wer überbringt den Gesellen des Nachbarn diese Botschaft?«

»Der da ist zu neu.« Mit einer Kopfbewegung deutete das Gespenst auf den Jungen. Sein bleiches, sommersprossiges Gesicht wirkte verschlossener als sonst und ähnlich ernst wie das des Hakens.

»Irgendwann wird auch der Neue die Ehre erlangen, Botschaften mit dem Bardewik-Siegel zu überbringen«, entgegnete der Haken. »Je früher er es lernt, desto besser für das Kontor.«

»Wie Ihr meint.« Das Gespenst nahm dem Haken das versiegelte Pergamentröllchen ab, kam zu Moses und reichte es ihm. »Eine wichtige Botschaft des Bardewik'schen Kontors an die Gesellen des Klingenberger Kontors.«

»Klingenberg?« Zögernd nahm der Junge ihm das Pergament ab.

»Der Ratsherr und Kaufmann Goswin Klingenberg wohnt im Eckhaus auf der anderen Seite der Fischergrube.« Wie tadelnd schüttelte das Gespenst den Kopf. »Bist den vierten Tag hier und weißt es noch immer nicht?«

Sie gingen mit ihm an ein Fenster der Nordseite des Hauses, deuteten über die Straße zu einem offenen Kaufkeller und einem Pferdefuhrwerk. Drei junge Burschen hockten auf dem Wagen und sonnten sich.

»Das sind Klingenbergs Kontordiener und Kaufgesellen«, sagte der Haken. »Machen Mittagspause. Bring ihnen unsere Botschaft, wenn du dich stark genug fühlst.«

Irgendetwas stimmte nicht, irgendetwas führten sie im Schilde, doch Moses wusste nicht, was. Stark genug fühlte er sich natürlich. Die Fischergrube überqueren und den Gesellen des Kaufmanns Klingenberg die versiegelte Botschaft überbringen – was sollte daran so schwierig sein?

Moses verließ also das Haus durch einen Kaufkeller, ging über die Fischergrube und übergab demjenigen der drei Gesellen den Brief, der ihm der älteste zu sein schien. Der brach neugierig das Siegel und las stumm. Seine Miene verfinsterte sich zusehends.

Als er den Brief gelesen hatte, richtete er seinen kalten Blick auf den Jungen und reichte dem zweiten Gesellen die Botschaft. Vermutlich konnte der dritte noch nicht lesen, denn der zweite las laut: »Geht endlich ins Haus, ihr Bocksärsche, und schließt gefälligst die Tore. Wisst ihr nicht, dass eure Fürze so widerlich stinken, dass bei uns sogar die Ratten aus dem Haus fliehen und man hier drüben nicht wagt, den Kopf zum Fenster hinauszustrecken?«

Der dritte Geselle, ein dunkelhaariger bulliger Bursche von vielleicht dreizehn Jahren, zögerte keinen Augenblick – er zog das Bein an und trat den völlig unvorbereiteten Moses vor die Brust, sodass er rücklings in den Dreck der Fischergrube stürzte. Und im nächsten Moment waren sie über ihm und droschen auf ihn ein.

Nur weil er wendig und flink war wie eine junge Katze, gelang es dem Jungen, sich ihren prügelnden Fäusten und tretenden Füßen zu entwinden und zurück zum schützenden Kaufkeller zu fliehen. Dort empfing ihn der zeternde Schreiber mit einem Satz Ohrfeigen. »Muss ich's euch in die Haut gerben, dass ihr euch nicht zu schlagen habt mit Klingenbergs Gesindel?!«

Moses zog seinen Leiterwagen aus dem Pferdestall in den Hof, lud seine Sachen auf und verließ noch vor Anbruch der Abenddämmerung das Haus des Martinus Bardewik.

7
Todsünden

In der Gegend, wo der alte Hafen in den neuen überging, trottete ihm ein großer Hund entgegen, massig und schwarz. Nero, Matthis' Hund – der Junge erkannte ihn schon von Weitem. Auf Höhe der Braunstraße dann, in Sichtweite der Prahmbrücke, an der die Koggen des Kaufmanns Stalbuk anzulegen pflegten, fand er Matthis selbst auf den Stufen des Speicherhauses seines Vaters hockend. Nero streckte sich vor der Treppe auf dem Boden aus.

Neben dem Treppenaufgang saß Matthis' Oheim Fridolin Sak auf der weißen Eselin des Heiligen-Geist-Hospitals, die er oft benutzte, um Botengänge für das Hospital zu erledigen. Matthis' Pferd Pegasos stand etwas abseits am Kai und knabberte am Löwenzahn, der dort zwischen den ins Erdreich getriebenen Stämmen der Uferbefestigung spross. Moses stellte den Leiterwagen an die Hausfassade und ließ sich neben seinem Freund auf der Treppe nieder.

Matthis saß oft hier in den letzten Wochen. Er wartete auf seinen Vater, der gewöhnlich kurz vor den Herbststürmen nach Lübeck zurückkehrte.

Und Frido wartete auf den Kapitän, der ihn anheuern würde. Weder dessen Namen noch den seiner Kogge kannte er, doch seine Gattin, die hölzerne Madonna, hatte ihm Mann und Schiff angekündigt. Das jedenfalls erzählte Frido bei jeder Gelegenheit. Irgendwann, so habe Maria ihm verheißen, würde sein künftiger Kapitän hier vor Anker gehen. Und ihn fragen, ob er nicht seine Kogge übernehmen wolle.

Weder der weißhaarige Eselreiter noch Matthis sprachen

den Jungen wegen seiner düsteren Miene, seiner Schrammen und seiner geschwollenen und verheulten Augen an. Wahrscheinlich nahmen sie weder das eine noch das andere wahr.

»Hast du's schon gehört?«, fragte Matthis. »Bruder Lampert ist tot.«

Moses nickte stumm, und Frido sagte: »Der Gottseibeiuns soll mich hole, wenn nicht uns'rer saub'rer Meischter Kasimir hinner'm Mord am Lampert stecke tut.«

»Mord?!« Zum ersten Mal seit vielen Stunden vergaß der Junge den Haken, das Gespenst und die Gesellen des Kaufmanns Goswin Klingenberg. »Wieso Mord?«

»Hasch's nonet g'hört?« Vom Rücken des Esels aus guckte Frido auf Moses herunter und runzelte die Stirn angesichts der Schrammen und blauen Flecken auf dessen Gesicht. »Wie siehsch denn du aus, Bub?« Ohne eine Antwort abzuwarten, erzählte er von Bruder Lampert: dass der Kahlkopf vor vier Tagen einen Brief von einem Vetter aus Lüneburg erhalten habe, dass er sich vorgestern auf den Weg gemacht habe, um in Lüneburg jenen Vetter zu treffen, und dass er drei Meilen südwestlich von Lübeck mit gespaltenem Schädel am Ufer der Trave gefunden worden sei.

»Der Kasimir isch'n Zornigel und'n elend eitler Sack dazu!«, schloss Matthis' Oheim seinen Bericht. »Den beleidigsch du net, ohne zu zahle.« Er deutete auf die Narbe, die sich über seine rechte Gesichtshälfte zog. »I weiß, wovon i spreche tu.«

Der Junge saß kerzengerade auf der Stufenkante und versuchte zu fassen, was er da gerade gehört hatte. Bruder Lampert ermordet? Ganz bestürzt war er plötzlich. Gewiss – er wusste bereits seit gestern vom Tod des Ordensmannes, doch von Mord war in Herrn Bardewiks Kontor nicht die Rede gewesen. Dass jemand starb, betrachtete in einer Stadt wie Lübeck jedermann als gewöhnliches Übel wie Hochwasser,

Blitzeinschlag, Bettwanzen oder Wegelagerer; nicht schön, aber unvermeidlich. Jedoch Mord?

»Wer hat dich denn verdroschen, Moses?«, fragte Matthis, der den Jungen schon eine ganze Weile von der Seite musterte.

Moses kämpfte mit den Tränen – wegen Bruder Lampert? Wegen der Prügel und Gemeinheiten, die er im Kontor hatte dulden müssen? In diesem Augenblick wusste er es selbst nicht so genau. Als er die Tränen heruntergeschluckt hatte und seine Stimme ihm wieder gehorchte, erzählte er, was ihm in den letzten Tagen zugestoßen war.

»Und jetzt?«, fragte Matthis.

»Zurück ins Heiligen-Geist-Hospital.« Moses senkte den Blick. »Zurück zu Rebecca.«

Matthis schüttelte heftig den Kopf. »Ein Fehler, Moses.« Er stand auf und kramte vier bunte Bälle aus seinem Rock. Sein Hund setzte sich auf die Hinterläufe und äugte erwartungsvoll zu ihm hoch. »Weißt du, was du da verspielst?« Matthis begann zu jonglieren. »Normalerweise nimmt kein Kaufmann einen wie dich als Gesellen auf.«

»›Einen wie mich‹?!«, brauste Moses auf. Aus schmalen Augen und durch das Gewirbel der Bälle hindurch spähte er zu seinem Freund hinauf. »Was willst du damit sagen?!« Die Wut, die er seit Tagen tief in sich einschloss, brach sich nun Bahn, und er wurde laut. »Dass ich nur ein Waisenjunge bin?! Dass ich nicht einmal meinen Namen kenne, geschweige denn den meines Vaters? Dass ich zu arm und zu dumm bin, um als Kaufgeselle das Kaufmannshandwerk zu lernen?«

»Blödsinn.« Matthis ließ seine kreisenden Bälle nicht aus den Augen. »Aber die Lübecker Kaufleute nehmen gewöhnlich nur Söhne aus reichen Kaufmannsfamilien in ihr Kontor auf. Der Vater eines Kaufmannsgesellen sollte wenigstens ein eigenes Schiff haben. Noch besser ist's, wenn er außerdem im ehrwürdigen Rat der Stadt Lübeck sitzt.«

»Mein Vater hatte ein Schiff!«

»Ich weiß schon. Doch wir sind hier nicht in irgendeiner Stadt, Moses, wir sind hier in Lübeck.« Ein schwarzer Ball fiel zu Boden – sofort schnappte Nero ihn sich und trug ihn etwas abseits. Matthis schaute Moses ins Gesicht. »Ich will nur sagen, dass du ein Riesenglück hast, von Herrn Bardewik in sein Kontor aufgenommen zu werden, kapiert?« Er pfiff nach seinem Hund. »So ein Glück schmeißt man nicht einfach weg.« Nero sprang herbei und ließ den schwarzen Ball vor ihm fallen. »Für so ein Glück dankt man Gott und allen Heiligen, und dann beißt man die Zähne zusammen.« Matthis bückte sich danach und jonglierte weiter.

Der Junge wusste nichts zu antworten. Stumm stierte er auf die Trave hinaus. Ein Flusskahn voller roter Steine glitt auf dem Gewässer in Richtung Norden vorüber. Frisch gebrannte Backsteine für das neue Kloster jener Mönche in den weißen Kutten, die sich Dominikaner nannten. Matthis' Pferd zupfte noch immer stoisch die Grashalme aus dem Boden des Kais.

»Wo der Matthis recht hat, hat er recht«, ertönte die tiefe und melodiöse Stimme des Weißhaarigen über dem Jungen.

»Ich lass mich aber nicht länger treten!«, zischte Moses.

»Getrete wird derjenig', der sich zum Wurm mache tut.« Moses' Kopf fuhr hoch. Er blitzte den Oheim an und versuchte zu verstehen. »Überleg's dir gut, Bub.« Mit sorgenvoll hochgezogenen Brauen blickte der Weißhaarige auf ihn herab. »Es isch dei Lebe, un morge isch's vorbei.« Frido wedelte mit den Zügeln der Eselin, klopfte ihr mit den Fersen gegen die Flanken und ritt los. »I reit' hoim. Gut' Nacht.«

Eine Zeit lang schwiegen Matthis und Moses. Matthis jonglierte und schien alles um sich herum zu vergessen. Sein Hund lauerte darauf, dass endlich wieder ein Ball zu Boden fiel, und der Junge beobachtete den schweren Gaul und wunderte sich über die Ausdauer, mit der er auch das kleinste Kraut zwischen den Pfählen herauszupfte.

Und er dachte über Fridos Worte nach: *Getreten wird, wer sich zum Wurm macht*. Das hatte der Weißhaarige doch gesagt, oder?

Er nagte an den Fingernägeln und grübelte. Hatte er sich wirklich zum Wurm gemacht im Haus des Herrn Bardewik? War er denn mehr als ein Wurm gegen die Übermacht des Schreibers und der beiden älteren Gesellen? Was konnte er schon ausrichten gegen so viel Bosheit und Niedertracht?

»Gehen wir.« Matthis verstaute schon die Bälle in seinen Rocktaschen; Nero winselte enttäuscht. »Das Schiff meines Vaters wird heute wohl nicht mehr einlaufen.« Er pfiff nach seinem Pferd und lud den Jungen ein, hinter ihm auf Pegasos zu steigen. Sie banden Moses' Leiterwagen am Sattel fest, kletterten auf den schweren Gaul und ritten los. Nero trottete neben ihnen her.

Statt die Braunstraße hinauf, lenkte Matthis sein Pferd die Untertrave hinunter nach Norden.

»Glaubst du auch, dass Meister Kasimir den Bruder Lampert erschlagen hat?«, fragte Moses seinen Freund.

»Das hat der Oheim nicht behauptet.«

»Frido glaubt aber, dass er hinter dem Mord steckt.«

»Hast du dem Kasimir mal in die Augen geschaut?« Matthis zuckte mit den Schultern. »Meine Mutter hat gesagt, dass sie den Ordensrittern diesen Mord schon zutrauen würde. Und keiner der Nachbarn hat ihr widersprochen.«

Der Junge dachte an den Tag zurück, als sie die blutende Rebecca auf dem Karren in den Hospitalhof geschoben hatten, wo der Ordensmeister sie nicht aufnehmen wollte. »Nur weil der Lampert ihn wegen seiner Kaltherzigkeit getadelt und ihn einen Hundsfott genannt hat? Deswegen schlägt man doch keinen tot!«

»Wegen viel Geringerem noch.« Matthis blies verächtlich die Backen auf und winkte ab. »Und es war ja nicht das erste Mal, dass der Bruder Lampert den Kasimir zurechtgewiesen und beschimpft hat. Dazu kommt noch, dass der Lampert sich im Streit mit dem Bischof und dem Pfarrer der Marienkirche nicht auf die Seite der Ordensritter gestellt hat.«

»Die haben gestritten?« Davon wusste Moses nichts.

»Schon seit der Gründung des Heiligen-Geist-Hospitals, seit sechs Jahren also. Die Ordensritter und alle Ratsherren, die es mit ihnen gehalten haben, sind sogar exkommuniziert worden.«

»Was bedeutet das?« *Exkommuniziert* – in Moses' Ohren hörte das Wort sich hart und erbarmungslos an.

»Keine Messe, keine Letzte Ölung, keine Beichte, nichts! Wenn du exkommuniziert bist und zufällig krank wirst, gibt's kein Sakrament für dich, verstehst du? Und wenn du an deiner Krankheit stirbst, fährst du auf direktem Weg in die Hölle.«

»Wie schrecklich!«

»Ja. Und das nur, weil sie Messe gefeiert und Kommunion und andere Sakramente gespendet haben, ohne den Bischof zu fragen.«

»Aber der Priester von Sankt Marien hat doch Rebecca getauft und geölt und nicht der Kasimir.«

»Jetzt haben sie sich ja auch wieder vertragen, und der Papst will die Exkommunikation aufheben. Weil der Lampert und der Herr Bardewik vermittelt haben. Doch der Meister Kasimir und sein Orden müssen die Leitung des Heiligen-Geist-Hospitals an die Meisterin und den Rat abgeben. Kannst dir ja vorstellen, wie giftig der Kasimir und seine Ritter deswegen sind. Vor allem auf den Bruder Lampert, denn der hat die ganze Zeit zum Bischof und zum Domkapitel gehalten. Und jetzt ist er auf einmal tot. Schon komisch, oder? Kein Wunder, reden die Leute.«

Der Junge versuchte zu verstehen, was Matthis ihm da erzählte. Priester und Bischof hatten Macht genug, einen Menschen auf direktem Weg in die Hölle zu schicken? Das gefiel ihm nicht. Er nahm sich vor, Rebecca zu fragen, was sie davon hielt. Vier Tage schon hatte er sie nicht mehr gesehen, und es gab so vieles, was er mit ihr zu besprechen hatte.

Indessen kreisten Matthis' Gedanken längst um andere Dinge, und er erzählte, dass Lübeck erst vor wenigen Tagen durch die Hiobsbotschaft von einem jungen Kaufmann erschüttert worden war, der Leben und Schiff durch Piraten verloren hatte, und dass seine Mutter seinem Vater seit Langem genau dieses Schicksal prophezeite, wenn er nicht endlich zu Hause bliebe und seine Geschäfte vom Kontor aus führte.

»So macht's nämlich der Herr Bardewik, weißt du?«, sagte Matthis. »Und der Herr Klingenberg macht's auch so. Wozu hat man denn Kaufgesellen? Sollen doch die nach Schonen oder Riga fahren.«

Der erregten Stimme seines Freundes hörte der Junge an, wie viel Angst der um seinen Vater ausstand. Doch darüber verlor Matthis weiter kein Wort, stattdessen schimpfte er über seine Mutter. »Die kann einem das Leben zur Hölle machen durch ihr Misstrauen und ihr ständiges Gezeter. Kein Tag, an dem sie mir nicht die Ohren vollkläfft! Keine Woche ohne Prügel!« Er spuckte aus. »Du glaubst ja nicht, wie froh ich bin, wenn endlich mein Vater wieder zu Hause ist.«

Der Junge hörte nur noch mit halbem Ohr zu. Mit jeder zurückgelegten Rute wurde er unruhiger, denn er ahnte, wohin sein Freund wollte – zur Badestube seines Vaters in der oberen Fischergrube. Dieser Umweg jedoch würde sie unweigerlich am neuen Speicherhaus des Kaufmanns Bardewik vorbeiführen. Schon konnte man die Wetterfahne erkennen.

»Ich will nicht über die Fischergrube reiten«, protestierte Moses schließlich.

»Du musst aber, denn ich will noch nicht nach Hause.«

»Mach kehrt, Matthis! Bitte!« Der Stufengiebel der neuen Fassade rückte näher und näher. »Ich will das Haus nicht sehen, aus dem ich gerade erst geflohen bin.«

»Guck's dir an und denk über das Glück nach, das du wegschmeißen willst.« Matthis konnte stur sein wie ein alter Ochse, wenn er sich einmal etwas in den Kopf gesetzt hatte; und so ritten sie auf Pegasos am Bardewik'schen Kontor und Haus vorbei und bogen danach in die Fischergrube ab.

Zum Glück brach schon die Dämmerung an, und niemand stand mehr an der Tür. Auch schaute niemand zum Fenster hinaus, und die Tore der Kaufkeller und der Ställe waren längst verriegelt. Sie ließen das neue Haus hinter sich, und Moses war erleichtert.

Doch dann drehte er sich um und blickte zurück, und plötzlich stand ihm Traudis strahlendes Gesicht vor Augen. Ob sie heute Abend weinen würde? Auf einmal schlug ihm das Gewissen.

Vorbei an Werkstätten und Läden und den Eingängen zu den Torwegen, die sich alle vierzig, fünfzig Schritte zwischen ihnen öffneten, ritten sie die Fischergrube hinauf. Nero lief voraus zu einer Viehtränke und soff. Als er satt war, trottete er zu einem Torbogen, schnüffelte am Eingang herum und hob schließlich das Bein.

Matthis lenkte das Pferd zu ihm und deutete auf das Schnitzwerk im Torbalken über dem Durchgang.

»Die sieben Todsünden«, sagte er. »Dieser da, der Wollust, kann mein Herr Vater nicht immer widerstehen.« Mit ausgestrecktem Arm und Zeigefinger deutete er auf halbnackt ineinander verschlungene Figuren zweier Männer und zweier Frauen. »Das sagt jedenfalls meine Frau Mutter.« In seinem Lächeln konnte Moses ohne Mühe lesen, wie gut ihm die Darstellung der halbnackten Menschen gefiel.

Moses hätte jeden Teil des hölzernen Bildwerkes mit geschlossenen Augen beschreiben können, wenn ihn jemand dazu aufgefordert hätte. Auf seinem Weg zum Hafen oder zurück zum Haus der Stalbuks – und später zum Heiligen-Geist-Hospital – war er oft hier vorbeigekommen. Nicht selten hatte er sogar einen Umweg in Kauf genommen, um die Schnitzereien betrachten zu können.

Besonders das Bildnis des Zornes hatte ihn von Anfang an gefesselt: ein Mann mit wütender Grimasse und zum tödlichen Stich erhobenem Dolch über seinem ängstlichen Opfer. Hin und wieder hatte er sogar von diesem Bild geträumt. Und manchmal war es Rebecca gewesen, die in seinem Traum den Dolch hob.

»Wut und Rachsucht«, sagte Matthis und zeigte auf genau jene Darstellung. »Sicher hat auch die Rebecca das Bildwerk schon gesehen. Was sie wohl dazu sagt?«

»Wozu?« Heißer Schrecken durchzuckte den Jungen.

»Na, zu dem Dolchmann und dem armen Kerl, den er da gleich erstechen wird.« Matthis drehte sich im Sattel nach ihm um. »Ich frage mich, was sie denkt, wenn sie dieses Bild anguckt.«

»Was soll sie schon denken?«

»An euren Kapitän Jacobi vielleicht.«

Ganz eng wurde es dem Jungen im Hals. »Wie kommst du denn darauf?« Er schluckte.

»Wollte nur mal schauen, wie du reagierst.« Matthis feixte, als hätte er einen Scherz gemacht; dann wandte er sich wieder ab. »Die Leute haben nämlich geredet damals in Wismar. Und der Vater auch. Mit dem Bootsmann des Jacobi, der nun als Kapitän für den Bardewik arbeitet.«

Nero blaffte und trottete weiter. Matthis trieb das Pferd an und folgte ihm, und der Junge wollte wissen, was die Leute von Wismar geredet hatten.

»Jacobis Bootsmann hat sich nicht vorstellen können, dass ein erfahrener Mann wie sein Kapitän aus Versehen sein Haus anzündet.« Zum ersten Mal und ganz freimütig erzählte Matthis, was damals geredet worden war. »Und sein Steuermann hat behauptet, dass dem Kapitän so etwas nicht einmal im Suff passiert wäre. Und dann hat er noch gesagt, dass selbst ein Berauschter das brennende Haus rechtzeitig verlassen hätte. Zumal ja zwei Hausgenossen unter seinem Dach wohnten, die nicht dafür bekannt waren, dass sie soffen.«

Moses zwang sich zu langsamen Atemzügen. »Und warum haben sie uns nicht beim Vogt verklagt, wenn sie das alles so sicher zu wissen glaubten?« Er hoffte, dass Matthis sein laut und schnell pochendes Herz nicht hören konnte.

»Ganz einfach: weil sie genauso sicher zu wissen glaubten, dass ein schlimmer Kerl wie der Jacobi Tod und Hölle verdient hat, egal ob Suff, Feuer oder Menschenhand ihn hineinstieß. Und weil sie euch gönnten, dass ihr ihn los wart.«

Weil der Junge stumm blieb, drehte Matthis sich wieder im Sattel um und guckte ihn fragend an. »Nun sagst du gar nichts mehr.«

»Was soll ich schon sagen?« Bilder blitzten Moses durch den Kopf: er auf dem Boden vor dem Herd, Jacobi den Säbel zum Schlag erhoben, das durch die Luft wirbelnde brennende Holzscheit.

Hatte er sich zertreten lassen wie ein Wurm? Nein, er hatte gekämpft! Und gemeinsam mit Rebecca hatte er den Schrecklichen besiegt, der ihn zertreten wollte.

Unter seinem neuen Rock langte er nach Jacobis Dolch, den er dort im Gurt trug, seit er am Nachmittag Herrn Bardewiks Haus verlassen hatte. In diesem Moment war er dankbar, dass Rebecca ihm die Klinge geschenkt hatte.

»Die Leute reden und reden und tun nichts«, sagte er schließlich, und es klang durchaus wütend. »Der Bootsmann und der Steuermann haben zugeguckt, wie ihr Kapitän die Rebecca und mich ausgenutzt und gequält hat, als wären wir Vieh. Und dann reden und reden sie und tun nichts. Der Jacobi hat gesoffen und ist verbrannt. Vorbei! Ich will nicht mehr von ihm sprechen.«

Matthis musterte ihn aufmerksam. Dann nickte er, wandte sich wieder um und sagte: »Ist ja gut.«

Wenig später lenkte er seinen Pegasos auf eine Hausfassade zu, aus deren hohen Fenstern Gelächter und Palaver drangen und Dampf nach draußen stieg. Neben der Flügeltür hing ein Schild an der Wand, auf dem *Badestube* stand und darunter ein Name: *Bertram Stalbuk*.

Das konnte Moses nicht lesen, das wusste er von Matthis, denn der nahm ihn hin und wieder mit hierher. Aus irgendeinem Grund liebte sein drei Jahre älterer Freund es, von den Fenstern aus die nackten Leiber der Badenden zu betrachten. Vor allem die Leiber der Frauen, wie Moses schnell herausgefunden hatte.

Sie stiegen von Pegasos, banden ihn zwischen anderen Pferden an einer Stange über der Tränke vor der Badestube und den Hund am Leiterwagen fest. Die Laute zu bewachen, traute Moses dem schwarzen Nero nicht recht zu, also hängte er sich das Instrument lieber um die Schulter. Dann folgte er seinem Freund durch den Eingang zur Badestube.

Weil er in Matthis sofort den Sohn des Besitzers erkannte, winkte der Badestubenmeister ihn und Moses wortlos an der Kasse vorbei. Die beiden zogen die Schuhe aus, traten durch die hintere Tür in den größten der fünf Räume und tauchten ein ins warme, flackernde Licht von Fackeln und Kienhölzern, in Stimmengewirr, Dampfschwaden und lautes Gelächter. Sie bewegten sich so unauffällig, wie es ihnen eben möglich war, und setzten sich still auf eine Bank an der Stirnwand.

Was dann folgte, kannte Moses schon von seinem ersten

Besuch hier: Eine junge Magd brachte ihnen einen kleinen Zuber, füllte ihn mit warmem Wasser und drückte jedem eine Bürste in die Hand. Die Jungen zogen ihre Hosen aus, zwängten ihre Füße in den gemeinsamen Zuber und begannen, sie zu bürsten und zu schrubben.

Nur kurz jedoch, denn nicht zum Füßewaschen war Matthis hierhergeritten, sondern um die Leute anzugucken. *Um der Augenlust alle Zügel fahren zu lassen*, wie Frau Stalbuk es nannte, wenn ihr Gatte abends das Haus in Richtung Badestube verließ und sie ihn zum Abschied beschimpfte; so jedenfalls zitierte Matthis seine Mutter gern.

Auch Moses ließ seinen scheuen Blick über die drei großen und vier kleineren Zuber wandern, die der größte Raum der Badestube fasste. Eine Szene aus seinem ersten Leben blitzte ihm durch den Kopf – er mit Vater, Mutter, Bruder und Schwester im Zuber einer Badestube. Schon beim ersten Besuch hier hatte er sich daran erinnert, gleich, als er hinter Matthis her eingetreten war.

Was hatte er hier verloren? In dieser Stadt, in dieser Badestube? Wie hatte es nur geschehen können, dass er hier war und nicht bei seiner Familie und in seiner halb vergessenen Heimatstadt? Sehnsucht überfiel ihn. Sehnsucht nach seinem Vater, nach dem Meer, nach Rebecca, sogar nach dem Mädchen Traudi.

Sein Blick glitt über die Gesichter und Leiber der Badenden. Gleich im zweiten Zuber entdeckte er den Knochenhauer, der ihm auf dem Weg in sein kurzes Leben als Kontordiener und Kaufgeselle die Rauchwürste und den Speck geschenkt hatte. Er bürstete seiner Frau den Rücken, und eine Frau, die der Junge nicht kannte, bürstete seinen Rücken.

Moses vergaß zu atmen, als er in einem der kleineren Zuber die dürre Gestalt, den strohblonden Schopf und die gebogene Nase des ältesten Kaufgesellen erkannte. Er zog sich den Hut tiefer in die Stirn, konnte aber seine Augen nicht von seinem Feind abwenden.

Und nicht von der schwarzhaarigen Frau, die sich mit dem Haken den Zuber teilte. Sie war erheblich älter als er, wusch ihm das Haar und flüsterte ihm dabei ins Ohr. Obwohl sie lächelte, erschien sie dem Jungen unfreundlich und kalt.

Im großen Nachbarzuber badeten zwei Männer und drei Frauen. Die Männer kannte Moses: den strengen Priester der Marienkirche und den Mann, der an jenem Tag, als sie die blutende Rebecca die Königsstraße hinuntergeschoben hatten, wissen wollte, ob sie womöglich die Blattern hatte. Den allerdings erst auf den zweiten Blick, denn statt aus seinen eleganten Kleidern wie damals schaute er heute nackt aus dampfendem, brusthohem Schaum. Er scherzte mit den drei Frauen, darunter eine junge Schwester des Heiligen-Geist-Hospitals. Ihr gackerndes Gekicher erhob sich zeitweise über das allgemeine Stimmengewirr wie das Gezwitscher einer Lerche über dem Summen und Zirpen einer Sommerwiese.

Zwei Mägde gingen von Zuber zu Zuber und füllten heißes Wasser nach. An der rechten Wand – zwischen Öfen, auf denen in großen Töpfen Wasser kochte – verliefen terrassenförmig übereinander angeordnet drei Reihen Holzbänke. Das Dampfbad. Dort rieben in Dampfschwaden eingehüllte Männer und Frauen einander mit groben Lappen und feinen Bürsten ab.

»Schau dir den Grauhaarigen an«, flüsterte Matthis und deutete mit einer Kopfbewegung zum Dampfbad. »Und vor allem die Frau bei ihm. Erkennst du die beiden?« Am langen grauen Haar und am kantigen Gesicht erkannte der Junge das Eisauge – früher Bootsmann von Conrad Jacobi, jetzt ein Kapitän, der für Herrn Bardewik fuhr. Hatten sie nicht gerade erst von ihm gesprochen?

Und welcher aschblonden Frau massierte er da so geschickt Nacken und Rücken mit einem Schwamm, das die sich behaglich bog und ihm über die Schulter ins Gesicht lachte? Moses traute seinen Augen kaum: Traudis Amme, Frau Brunhilde Jessen. Auch sie hätte er ohne den Hinweis des Freundes wohl nicht entdeckt. Wie anders Menschen doch aussahen, wenn man sie so unverhofft ganz ohne die gewohnte Kleidung zu sehen bekam.

Der Anblick des Paares erschien dem Jungen wie eine Warnung – wo der Haken und Traudis Amme sich aufhielten, war womöglich auch der Herr Bardewik nicht weit! Lauernd spähte Moses zu allen Seiten. Vergnügte Traudis Vater sich vielleicht in einem der Nebenräume, wo die Ratsherren und ihre Gattinnen badeten?

Sein Blick fiel auf den Zuber des Hakens. Die schwarzhaarige Frau, die mit dem flaumbärtigen Kaufgesellen das Bad teilte, stieg eben aus dem Wasser. Mit wiegenden Hüften ging sie zu einem schmalen Durchgang, den ein roter Vorhang verschloss. Dort zog sie ein großes Handtuch vom Wandhaken, hüllte sich ein und blickte zurück zu Moses' Feind.

Der erhob sich, kletterte linkisch aus dem Zuber und stakste steifbeinig zur wartenden Frau, wobei er mit beiden Händen seine Scham bedeckte. Die Frau öffnete ihm den Vorhang. Bevor er hindurchschritt, griff er in die Tasche seines Rockes, der neben dem Türrahmen an einem Wandhaken hing.

»Was gibt es denn hinter diesem Vorhang da?«, fragte der Junge flüsternd.

»Ruheräume«, antwortete Matthis. Moses legte die Bürste weg, hob die Füße aus dem Zuber und stand auf.

»Wo gehst du denn hin?«

»Auf den Abort.« Moses ließ Matthis allein. In diesem Moment hätte er selbst nicht sagen können, was ihn auf die andere Seite des großen Baderaumes zu jenem roten Vorhang trieb.

Neben dem Dampfbad öffnete sich ein bogenförmiger Durchgang in ein kleines Gewölbe, durch das man auf den Abort gelangte. Krüge, Eimer, Liegen und Hocker standen hier. In einer Kuhle für Waschungen und Güsse entdeckte Moses, als er dort vorbeilief, den Gewandschneider. Ein Bader saugte Schröpfgläser an seinem Rücken fest. Der Gewandschneider winkte dem Jungen zu, als er ihn erkannte. Moses winkte zurück und huschte weiter.

Dicht an der Wand entlang schlich er bis zu dem roten Vorhang, hinter dem der Haken und die Frau verschwunden waren. Durch das Gelächter, die Dampfschwaden und das allgegenwärtige Stimmengewirr fühlte er sich selbst wie hinter einem Vorhang, fühlte sich den neugierigen Blicken der Badenden entzogen.

So wagte er es, blieb stehen, schob den vom Dampf feuchten und schweren Vorhang eine Daumenbreite beiseite und lugte dahinter: ein Gang im matten Schein von Öllampen, links und rechts je vier Vorhänge und am Ende des Ganges ein Paar. Die Frau in aufreizender Nacktheit, der hochgewachsene, dürre Kaufgeselle mit hohlem Kreuz, knochigem Rücken und einem Handtuch um die Lenden, unter dem sich deutlich sein aufgerichtetes Glied abzeichnete.

Er reichte der Frau ein kleines, bauchiges Fläschchen aus grünem Glas und kaum daumengroß. Sie schloss es in ihre Faust, nickte und zog den Vorhang hinter sich beiseite. Der Haken bückte sich in die Kammer hinter dem Vorhang, sie schlüpfte hinterher und zog den Vorhang wieder zu.

Was geschah hier? Fiebrige Erregung befiel den Jungen. Warum zog es die beiden gemeinsam in den Ruheraum? Was hatte der Haken dieser nackten Frau gegeben? Ein Geschenk?

Auf einmal hörte er eigenartige Laute – ein Raunen, ein übermäßig lautes Atmen, ein Keuchen und Stöhnen. Es erinnerte ihn an die Laute, die er manchmal in Wismar gehört hatte, wenn der Kapitän seine Schlafkammer hinter sich und der armen Rebecca verriegelt hatte. Angst und Ekel vermischten sich in seiner Brust, er ließ den Vorhang los und huschte entlang der Wand zurück zu Matthis.

»Was machen die Leute in den Ruheräumen?« Er zitterte ein wenig, als er seine Füße wieder zu Matthis' Füßen in den Zuber stellte.

»Willst du, dass ich es dir genau beschreibe, oder weißt du es wirklich nicht?« Matthis feixte spöttisch.

Moses öffnete den Mund, wusste aber nicht, was er sagen sollte. Ratlos schaute er den Freund an. Der schien sich über ihn lustig zu machen und schüttelte grinsend den Kopf.

»Denk doch an das Schnitzwerk vorhin, Moses, denk an das Bildnis von der Wollust.« Er boxte ihn gegen die Schulter und sah ihm erwartungsvoll in die Augen. »Na?«

»Ach so …«, murmelte der Junge, dachte an Jacobi und Rebecca und ahnte nun dunkel, was sein Feind und diese Frau miteinander im Ruheraum zu schaffen hatten.

Seine vage Ahnung warf allerdings mehr Fragen auf, als sie beantwortete. Doch bevor er seinem älteren Freund eine davon stellen konnte, riss Matthis plötzlich die Beine aus dem Zuber, griff nach seiner Hose, sprang auf und rannte so flink aus dem Baderaum, als wäre einer hinter ihm her.

Verwirrt und erschrocken blickte Moses ihm nach. Er suchte noch nach einer Erklärung für den fluchtartigen Aufbruch des Freundes, da merkte er, wie die Köpfe der meisten Badenden sich dem vorderen Portal zuwandten, dem Haupteingang. Viele Männer und Frauen in den Zubern nickten, winkten oder riefen Grüße, und alle Blicke richteten sich für einen Augenblick auf eine einzige Frau: Die stand, in Mantel und Haube, auf der Türschwelle, stemmte die Fäuste in die Hüften und ließ ihren ungnädigen Blick über die Zuber, die Baderhöhle und die Bänke des Dampfbades gleiten, ohne auch nur einen einzigen Gruß zu erwidern – Matthis' Mutter, Frau Stalbuk.

Als sie den Jungen entdeckte, marschierte sie sofort zu ihm. »Wo steckt Matthias!?« Das klang wie ein Befehl, nicht wie eine Frage. Der Junge blinzelte zu ihr hinauf und suchte nach einer Antwort. Sie packte ihn am Ohr und riss grob daran. »Wo?!«

Moses hasste Menschen, die glaubten, ihn an den Ohren ziehen zu müssen. Er nutzte die einzige Möglichkeit zur Rache, die sich ihm in diesem Moment bot, und sagte: »Auf dem Abort.« Frau Stalbuk ließ sein Ohr los und stürzte zwischen den Zubern hindurch ins Gewölbe des Baders und von dort in den Abort.

*

Schweigend gingen sie wenig später die Breite Straße hinunter, es war längst dunkel. Matthis führte Pegasos am Zügel, Moses zog seinen Leiterwagen hinter sich her. Noch stand kein Mond über den Dachfirsten; hinter einigen Fenstern flackerte Lichtschein; unter den Torbögen zu den Gängen in die Hinterhöfe pendelten hier und da Öllampen, und manchmal kamen ihnen Fußgänger oder Reiter mit Fackeln entgegen oder kreuzten die Straße.

An der Kreuzung bei der Marienkirche, wo rechts die Mengstraße und links die Johannisstraße abzweigten, blieb Nero stehen und bellte heiser. Er wollte zur Königsstraße hinunter, in der er das Haus seiner Herren, der Stalbuks, wusste. Matthis beachtete seinen Hund jedoch nicht, sondern ging einfach weiter. Er hatte es offenbar nicht eilig, nach Hause zu kommen, wollte seinen Freund unbedingt bis zum Heiligen-Geist-Hospital begleiten.

Moses nahm an, dass Matthis darüber nachdachte, wie er

seiner Mutter die Verspätung und den Abstecher in die Badestube erklären sollte. Vielleicht sprach er ein stummes Gebet und wappnete sich so für die Prügel, die Fragen und das Gezeter, die unweigerlich auf ihn warteten.

Moses schwieg, weil jedenfalls er im Stillen betete. Er legte Gott all die Fragen vor, die ihm durch den Kopf schwirrten wie ein Hornissenschwarm: Wie sollte er Rebecca beibringen, dass er aus Herrn Bardewiks Haus und Kontor geflohen war? Was hatte es mit der Wollust auf sich? Was wussten Matthis' Vater und Jacobis ehemaliger Bootsmann über Jacobis Tod? Was hatte der Haken der nackten Frau für ein Geschenk gemacht, bevor er mit ihr hinter dem Vorhang in der dunklen Kammer verschwunden war? Und so weiter und so weiter.

Mitten auf dem menschenleeren Klingenberg blieben sie stehen. Hier war es so dunkel, dass Moses die Gestalt seines Freundes mehr ahnte, als dass er ihre Umrisse wirklich sah.

»Ein paar Tage noch, dann setzen die Herbststürme ein«, sagte Matthis. »Wenn mein Vater bis dahin nicht zurückgekehrt ist, muss ihm etwas zugestoßen sein.« Moses hörte seiner Stimme an, dass der Freund weinen würde, wenn er gleich allein in die Königsstraße hinein und nach Hause ritt. »Dann sollen meine Geschwister sich das Erbe teilen. Ich jedenfalls bin dann weg.« Er legte Moses die Hand auf die Schulter. »Wirst du mit mir gehen?« Moses nickte. »Versprichst du es mir?«

Der Junge dachte an Rebecca und zögerte einen Atemzug lang. Doch schon im nächsten Augenblick erfüllte der verheißungsvolle Klang jener Namen seine Brust: Bergen, Riga, Nowgorod. Und schließlich brachte er es doch über die Lippen: »Ja. Ich hab es dir versprochen und ich versprech's dir noch einmal.«

Sie umarmten einander. Dann stieg Matthis auf sein Pferd und ritt dorthin, wo Lampenschein über den Eingängen zweier Eckhäuser die Einmündung der Königsstraße verriet. Nero trottete hinter ihm her. Moses zog seinen Leiterwagen in die andere Richtung über den Klingenberg und dem Heiligen-Geist-Hospital entgegen.

Ein Feuerschein im Hospitalhof enthüllte ihm die Umrisse des Torbogens. Er stolperte durch Spurrillen und Kuhlen ausgetrockneter Pfützen. Stimmen rückten näher. Kleine Schatten flitzten von Torpfosten zu Torpfosten – Ratten.

Ein Dutzend Männer und Frauen hockte im Hof um ein Feuer: eine Schwester und ein Bruder des Hospitals, ein paar Bewohner, der Stallknecht, die Küchenmagd. Ein Ordensritter drehte einen Spieß mit Fischen über der Glut, ein Weinkrug kreiste.

»Du, Moses?«, rief die Küchenmagd. »Mitten in der Nacht kommst du uns besuchen?«

»Nein.« Der Junge deutete auf den Leiterwagen mit seinen Habseligkeiten. »Ich bin aus dem Haus des Kaufmanns ausgezogen und ziehe wieder zu euch ins Haus des Erbarmens ein.« Die Männer und Frauen machten große Augen. »Ist Rebecca im Krankensaal?«

Die meisten staunten ihn an, einige schüttelten die Köpfe, und eine alte Frau in Ordenstracht sagte: »Rebecca hat die Schwester Meisterin in die Glockengießerstraße begleitet. Die Frau des Hufschmiedes ist niedergekommen. Sie sind schon seit dem frühen Nachmittag bei ihr. Eine schwere Geburt, wie man hört.«

Moses musste schlucken, denn die Enttäuschung tat weh. Er brachte kein Wort heraus, nickte nur und zog seinen Wagen zum *Hospitale pauperum* und durch die Tür in die Vorhalle. Er konnte jetzt nicht allein sein, musste mit irgendjemandem reden. Wenn nicht mit Rebecca, dann eben mit Frido. Dem hörte er ja auch oft genug und lang genug zu.

Es roch schlecht im Armenasyl – jetzt, wo Moses ein paar

Tage lang fort gewesen war, fiel es ihm auf –, und hinter der Tür zum Schlafsaal lärmte ein Chor von Schnarchern, Betern und Traumrednern. Der Junge ließ seinen Leiterwagen stehen, zog leise einen Türflügel auf und trat ein. Zwei Fackeln an der Fensterwand sprenkelten flackernden Lichtschein über die Schlafstätten. Auf der Frauenseite weinte jemand im Schlaf, und zwei Frauen hockten auf ihren Strohsäcken, beteten flüsternd und wiegten dabei ihre Oberkörper vor und zurück.

Auf der Männerseite jammerte einer leise, und ein anderer fuchtelte träumend mit den Armen, als wollte er Fledermäuse oder Stechfliegen vertreiben. An etlichen Schnarchern vorüber schlich Moses zu seinem Strohsack. Auf dem kauerte ein alter Mann unter einem Schaffell und schlief tief und fest. Fridos Platz neben ihm war leer. Auch die hölzerne Gottesmutter steckte nicht unter Fridos Decken.

Traurig verließ der Junge den Schlafsaal. Vielleicht hatte der Oheim sich mit seiner Madonnengattin in den Hospitalgarten zurückgezogen, um in Ruhe mit ihr sprechen zu können? Das tat er manchmal.

Zurück im Hof erfuhr er jedoch, dass Frido das Hospital nach dem Mittagsgebet verlassen hatte und seitdem nicht mehr aufgetaucht war. Einer der Knechte wollte am Abend gesehen haben, wie der Weißhaarige über die Wakenitz geschwommen war. Auch das tat Frido oft, und der Junge kannte sogar die Uferstelle, an der der wunderliche Mann gewöhnlich in den Fluss sprang.

Die Männer und Frauen rund um das Feuer bestürmten ihn mit Fragen: ob es Streit mit Bardewik gegeben habe, ob es ihm nicht gefiele im Kontor und so weiter. Moses winkte nur ab und bedeutete den Leuten so, dass ihm nicht nach Reden zumute war. Nicht mit ihnen jedenfalls. Plötzlich erschien es ihm wichtig, dass es Frido war, bei dem er seine Sorgen loswurde.

Er entzündete eine Fackel in der Glut des Hoffeuers, ließ seinen Leiterwagen stehen und nahm den kürzesten Weg zur Wakenitz: den über Aegidien- und Krähenstraße. Im Osten stieg endlich die Sichel des Halbmondes über den Horizont und spendete ein wenig Licht.

Am Ende der Krähenstraße gab es bereits damals ein kleines Tor, das durch die Stadtmauer zu einem Bootshaus und einer alten Brücke führte, die hier den Fluss überspannte. In den Uferwiesen rechts und links des Pfades zum Brückenaufgang weideten die Bewohner der Mauerhäuser ihre Ziegen und Schafe. Und links des Pfades, nahe dem Bootshaus, pflegte Matthis' Oheim Fridolin Sak in den Fluss zu steigen.

Moses ging durch das Tor, blieb auf dem äußeren Weg stehen und blinzelte in die Dunkelheit der breiten Uferböschung. Er hob die Fackel, doch ihr Schein enthüllte Gras, Gestrüpp und Weidenschösslinge kaum sieben Schritte weit. Im Mondlicht konnte er immerhin den Brückenbogen und sogar ein Stück des Pfades erkennen.

Plötzlich packte ihn jemand von hinten am Arm und riss ihn mit roher Kraft zurück in das Tor.

»Was fällt dir ein, um diese Zeit durch die Stadt zu stromern?«, zischte jemand.

Die Umrisse einer hochgewachsenen Gestalt ragten vor Moses auf. Weil es dunkel war, konnte er ihr Gesicht nicht erkennen. Dann brach sich mattes Mondlicht in einem Kettenhemd, und einen Atemzug lang sah er blonde Zöpfe, Züge eines zum Kampf entschlossenen Piratengesichts und den schwarzen Stiel einer Axt in einer kräftigen Faust.

Sofort schloss sich das flüchtige Fenster in die Vergangenheit wieder, und an der hohen und gepressten Stimme erkannte der Junge den Ordensmeister. Sein harter Griff tat ihm weh.

»Bist du auf Raubzug unterwegs, Lasterbalg, verfluchter?!« Kasimir zerrte ihn durchs Tor und zurück auf die Straße diesseits der Mauer. »Ich schaff dich zu den Waffenknechten des Vogtes, damit sie dich prügeln und in Ketten legen.«

Schon wieder einer, der ihn zertreten wollte, schon wieder sollte er den Wurm geben. Nur mit Mühe gelang es dem Jungen, die Fackel festzuhalten. Grenzenlose Verwirrung lähmte ihn. Doch nur einen Atemzug lang – dann schossen ihm zwei Dinge auf einmal durch den Kopf: Fridos grimmige Worte über den Ordensmeister Kasimir und das Bild des Vaters.

Der Gottseibeiuns soll mich holen, wenn nicht Meister Kasimir hinter dem Mord am Lampert steckt, hörte er den Weißhaarigen sagen, und seinen starken Vater sah er das Schwert erheben.

In diesem Augenblick war ihm, als würde er im Mondlicht die in die Klinge eingravierten Namen aufstrahlen sehen, die Namen, die er doch nie hatte lesen können. Und funkelte nicht auch sein eigener Name dort? Wie ein Hitzestoß ging es ihm durch Blut und Glieder, und er riss den Dolch aus dem Gurt und hieb ihn in Meister Kasimirs Handrücken.

Der schrie auf, ließ Moses sofort los und zuckte zurück. Im Schein der Fackel sah der Junge das Gesicht des obersten Ordensritters – ein Kretin hätte ihn nicht blöder und ungläubiger angestiert.

Der Junge fuhr herum, sprang durchs Tor und rannte in die Uferböschung hinein und zum Brückenpfad hinunter.

»Frido!«, schrie er, und seine Stimme hallte gespenstisch über den nächtlichen Fluss. »Du musst achtgeben, Frido!«

Er rannte durch hüfthohes Gras und unter Weiden hindurch. Äste peitschten ihm Stirn und Wangen, Dornen rissen ihn an den Locken und wollten seinen Rock festhalten. Bis zu den Knöcheln sank er mit den neuen Schnabelschuhen gurgelnd im morastigen Boden ein, stolperte über eine Axt, schlug lang hin, sprang wieder auf, langte die Fackel aus dem

Gras – und stand plötzlich wie erstarrt vor einem menschlichen Schädel.

Er vergaß zu atmen, glaubte, in einen Albtraum gestürzt zu sein, hob die Fackel. Ihr Schein fiel auf ein schwarzbärtiges Gesicht, ließ das Weiß blickloser Augen aufstrahlen und brach sich im dunklen, nassen Rot dampfenden Blutes, das aus dem Hals des abgetrennten Schädels sprudelte.

Der dazugehörige Rumpf zuckte zwei Schritte weiter im Ufergras neben dem Pfad, und vor ihm ragte die nackte und vor Nässe triefende Gestalt Fridos auf. Das weiße Haar klebte ihm nass an den Schultern und in den Gruben der knochigen Wangen. Sein Unterkiefer bebte, in seinen Händen zitterte sein blutiges Schwert, und sein Adamsapfel tanzte auf und ab.

Frido hob den Blick – den Blick eines Irren, eines panisch Erschrockenen, eines Fassungslosen – und richtete ihn auf Moses.

»Du und ich«, sagte er mit heiserer und bebender Stimme, »mir zwoi Todeskandidate.« Er schüttelte den Kopf wie einer, der nicht glauben konnte, noch am Leben zu sein. »I hör', wie du mich rufe tusch, i dreh mi um, und da steht seller Kerl da und holt mit der Axt aus.« Mit einer Kopfbewegung deutete er auf den nur noch schwach zuckenden Torso. Dem Jungen lief es eiskalt den Rücken hinunter. »Grad noch so im letzschte Augeblick hab i's Schwert packe könne.« Mit der blutigen Klinge deutete er auf einen Kleiderhaufen, aus dem ein Brustgurt und eine Schwertscheide ragten. »Hätsch du net nach mir geschrie, wär' i jetzt hinüber.« Er schaute Moses ins Gesicht, und nun gelang ihm doch noch ein gequältes Lächeln. Er ließ sein Schwert fallen, kam zu Moses und riss ihn an seine Brust. »I glaub, mir zwoi solltet zusammehalte in Zukunft. Oda was moinsch du, Bub?«

8
Klug wie die Schlangen

Nicht Matthis mit seinen Fluchtplänen, sondern Herrn Bardewiks ältester Kaufgeselle und die Wollust sorgten dafür, dass der Junge endlich auf Fahrt gehen konnte. Und schon bald einen seiner Sehnsuchtsorte zu sehen bekam. Doch der Weg dahin war wahrhaftig kein leichter.

Bertram Stalbuk, Matthis' Vater, kehrte in der Woche nach Erntedank in den Hafen von Lübeck zurück, und Matthis empfand erst einmal kein Verlangen mehr, seiner Heimatstadt den Rücken zu kehren. Zum einen, weil sein geliebter Vater wieder zu Hause war, zum anderen, weil seine Mutter nun mit diesem zanken konnte und ihn selbst in Ruhe ließ.

Matthis' Eltern stritten lange und heftig, sodass bald die ganze Stadt davon sprach. Frau Stalbuk glaubte nämlich, ihr Gatte sei der Vater von Rebeccas totem Kind gewesen. Das erfuhr der staunende Moses aus dem Tratsch auf dem Marktplatz.

Sein Feind, der Haken, aber konnte es nicht lassen, jener Frau, mit der er in den Ruheraum der Badestube gegangen war, Dinge zu schenken, die ihm nicht gehörten. Und das Schicksal – oder der allmächtige Gott? – wollte es, dass Moses ihm auf die Schliche kam.

In den Wochen vor dem Christfest schickte der Herr Bardewik ihn oft in die Speicher hinauf, um dort den Warenbestand zu zählen und die Zahlen in Listen einzutragen. Moses tat sich von Anfang an schwer mit dem Lesen und Schreiben, doch die arabischen und lateinischen Ziffern beherrschte er inzwischen, und die Namen der Waren auf den Listen konnte er, wenn sie sauber geschrieben waren, immerhin am Schriftbild erkennen.

Der Kaufmann hatte ihn nach strenger Ermahnung wieder in sein Haus aufgenommen, denn Rebecca, die es nicht dulden wollte, dass er das Kontor verließ, hatte Herrn Bardewik darum gebeten. Gleich am Tag nach seinem Auszug war sie in ihren neuen Mantel geschlüpft, das Geschenk des Kaufmanns, und hatte den zerknirschten Moses samt Leiterwagen mit seinem Hab und Gut zurück ins neue Haus an der Untertrave gebracht.

Frido hatte sie begleitet und seinem Schwiegersohn in grellsten Farben und in der ihm eigenen Ausführlichkeit geschildert, was in der Nacht zuvor an der Wakenitz geschehen war. Bei der Gelegenheit lobte er den Jungen in den höchsten Tönen, sodass diesem ganz peinlich zumute wurde.

In der Vorweihnachtszeit also zählte Moses nun die Waren auf dem Speicher. Dazu musste er die Kisten, Fässer, Körbe und Ballen öffnen. In einer von drei dunklen, nicht besonders großen Kisten lagen, sorgfältig in Stroh und Stoffreste gebettet, bauchige Fläschchen aus grünem Glas.

Mit einer Kiste dieser Art hatte der verhasste Haken ihm Wochen zuvor den Arbeitstisch beinahe und das Tintenfass gänzlich umgestoßen. Doch nicht nur beim Anblick der dunklen Kisten musste Moses an seinen Feind denken. Hatte nicht genauso wie die grünen bauchigen Fläschchen darin auch jenes Fläschchen ausgesehen, das der Haken der nackten Frau hinter dem Vorhang im Ruheraum überreicht hatte?

Moses entkorkte eines und roch daran. Betörender Duft entströmte der kleinen Glasamphore. Goldene und rote Zeichen zierten den Flaschenbauch – Schnörkel, Häkchen, Wellen und Kringel. Die fremdartigen Buchstaben hatten so gar nichts gemeinsam mit der niederdeutschen Schrift, die zu erlernen er sich bislang vergeblich bemühte.

Vom Schreiber wusste er, dass die drei Kisten mit dem wertvollen Duftöl aus dem Morgenland über Venedig und Brügge nach Lübeck gekommen waren. Seine Hand mit dem Ölfläschchen zitterte ein wenig, als er daran dachte, welch weiten Weg es hinter sich hatte.

Was er inzwischen auch wusste: wie viel Geld so ein Fläschchen Duftöl kostete – fast zwei Lübische Mark nämlich. Eine Lübische Mark aber hatte 192 Pfennige, und wie viele Tage man von einem einzigen Pfennig leben konnte, hatte Rebecca ihm ja schon in Wismar beigebracht.

Besaß denn der Haken so viel Geld, dass er einer Frau ein derart teures Geschenk machen konnte?

Moses legte die kleine Glasamphore zurück in die Kiste, vergaß seine Frage fürs Erste und fuhr fort, die Waren des Herrn Bardewik zu zählen.

Einige Wochen später, schon im neuen Jahr und kurz nach seinem elften Geburtstag, zog er sich um die Mittagszeit auf den Speicher zurück, um sich auszuruhen. Dort oben nämlich war es trotz der klirrenden Februarkälte draußen recht warm, weil die Luft aus der beheizten Schreibkammer nach oben stieg. Traudi, die seine Gewohnheiten inzwischen kannte, erwartete ihn zwischen den Stoffballen aus Flandern und wollte ihre tägliche Geschichte hören.

Während Moses erzählte, hörten sie Schritte auf der Stiege. Einer Eingebung folgend legte der Junge den Zeigefinger auf die Lippen, und beide lauschten stumm. Der Schrittlärm verstummte, Pergament raschelte, Atemgeräusche und das Kratzen einer Feder waren deutlich zu hören.

Leise richtete Moses sich auf den Knien auf und spähte über die Stoffballen hinweg zu den Kisten und Fässern hinüber. Der älteste Kaufgeselle, der Haken, stand dort, hielt Feder und Pergamentkladde und tat sehr geschäftig. Vermutlich stellte er die Lieferung zusammen, die morgen früh mit dem

Fuhrwerk zu den Marktbuden des Kaufmanns hinaufgehen sollte.

Beiläufig, als hätte es nichts zu bedeuten, klemmte der Haken sich plötzlich die Feder zwischen die Zähne, lauerte zur Stiege hin, beugte den langen Rücken und griff unter den Deckel einer der dunklen Kisten aus dem Morgenland. Mit flinken Fingern langte er ein Ölfläschchen heraus und steckte es in seine Wamstasche. Als wäre nichts gewesen, richtete er sich wieder auf, nahm die Feder aus dem Mund und schrieb weiter.

Geräuschlos ließ der Junge sich wieder neben Traudi nieder.

»Birger?«, flüsterte sie. Er nickte nur, sagte jedoch kein Wort. Auch später nicht, als sie wieder allein waren. Der Anblick des in die Kiste greifenden Kaufgesellen erschien ihm so ungeheuerlich, dass er zunächst einmal seinen Sinnen misstraute. Er wagte kaum zu denken, dass einer, dem der Herrn Bardewik Haus und Kontor geöffnet hatte, zu einem Diebstahl fähig sein könnte.

Im Frühjahr dann, nicht lange nach dem Osterfest des Jahres 1234, machte er eine Beobachtung, die ihn zwang, der Wahrheit ins Auge zu sehen.

Eines Abends saß er mit Matthis und Frido vor dem Speicherhaus der Stalbuks. Pegasos und ein weiteres Pferd weideten neben der Treppe, der schwarze Nero lag dösend davor. Matthis wartete auf seinen Vater, der die Ladung seiner Koggen überprüfte, die nicht weit entfernt an der Prahmbrücke ankerten und mit denen er am nächsten Morgen zusammen mit den Schiffen anderer Kaufleute nach Visby auf Gotland auslaufen wollte. Ohne seinen ältesten Sohn.

Matthis stierte meist mit finsterer Miene und stumm zu den väterlichen Schiffen hinüber – er wäre gern mit seinem Vater auf Gotlandfahrt gegangen. Hin und wieder brach er sein Schweigen, um auf seine Mutter zu schimpfen. Die nämlich hatte darauf bestanden, ihn bei sich in Lübeck zu behalten, damit er das Frühjahr und den Sommer über in den Marktbuden der Familie arbeitete. Bei einem Bettelmönch sollte er außerdem Lateinisch lernen.

Frido schimpfte auf Matthis' Vater, denn der hatte sich aufs Neue geweigert, ihn als Steuermann anzuheuern.

Weil von der Obertrave her Hufschlag und Wagengeratter sich näherten, wandte Moses den Kopf – hinter zwei Fuhrwerken und unter einer wehenden Tatzenkreuzfahne ritt eine große Schar von Ordensrittern heran. Mehr als diese fesselte jedoch etwas anderes seine Aufmerksamkeit: Hinter den Reitern vorbei huschte ein hochgewachsener, dürrer Mann mit strohblondem Haar unter ein Hoftor. Der Haken! Moses erkannte ihn sofort. Was hatte der in diesem Hof zu suchen?

Das Ritterheer zog vorüber und verdeckte ihnen den Blick auf die Trave. Auf einem der Fuhrwerke an seiner Spitze saß neben dem Kutscher der oberste Ordensritter: Meister Kasimir von Lyon. Streng blickte er zu ihnen herunter, doch weder Frido noch Moses grüßten ihn, und Matthis, der zu seinem Hund murmelte, schien ihn nicht einmal wahrzunehmen.

Die Ritter des »Deutschordens«, wie man in Lübeck den langen Namen der Kreuzfahrergemeinschaft abkürzte, wollten morgen bei Sonnenaufgang in See stechen. Nicht Jerusalem, sondern der Weichselstrom war ihr Ziel und die Wildnis nördlich davon. Der oberste Meister der Ordensritter hatte einen Brief nach Lübeck geschrieben und rief Kasimir und seine Ritter dorthin.

Seit Tagen sprach man in der Stadt von nichts anderem als von dem bevorstehenden Kreuzzug gegen die heidnischen Prußen, zu dem Meister Kasimir seine frommen Ritter führen wollte. Dieser wilde Stamm, der nördlich des Königreichs Polen zwischen den Strömen Weichsel und Memel an der Ostseeküste hauste, wollte sich um keinen Preis taufen lassen.

Auch eine Handvoll Lübecker Handwerker, Kaufmannssöhne und deren Knechte hatten sich dem Meister Kasimir angeschlossen, denn der Rat von Lübeck plante, eine Stadt in dieser wilden Gegend zu gründen. Einmal besiegt und getauft, so die Hoffnung, ließe sich mit den Prußen gewiss auch Handel treiben. Die Flotte der Kreuzfahrer, mehr als dreißig Schiffe, lag im neuen Hafengebiet und in der Travemündung vor Anker.

»Den sin'mer los«, seufzte der weißhaarige Oheim, während er dem Fuhrwerk mit dem Ordensmeister nachschaute. »Wurd' au höchschde Zeit.« Seit Bruder Lamperts Ermordung und dem Anschlag auf sein eigenes Leben verabscheute Frido den obersten Ordensritter. »Besser wär's g'wese, der Henker hätt' ihn uns vom Hals g'schafft. Galgeschwengel, verfluchter!«

Der Junge, der die ganze Zeit den Torbogen im Auge behielt, unter dem der Haken verschwunden war, dachte an jene schreckliche Herbstnacht zurück, und an die Tage, die ihr gefolgt waren.

Niemand hatte den Ordensmeister wegen des Mordes an Lampert oder des Überfalls auf Frido verklagt. Im Gegenteil: Kasimir hatte Frido die Ermordung des Fremden vorgeworfen, der mit der Axt auf ihn losgegangen war. Und den Jungen hatte er beschuldigt, auf nächtlicher Diebestour durch die Stadt gestreunt zu sein. Er selbst habe den kleinen Dieb lediglich verfolgt, um ihn am Sündigen zu hindern und die Lübecker Bürger vor Schaden zu bewahren.

Die Meisterin des Heiligen-Geist-Hospitals, die Männer und Frauen, die am Feuer gesessen hatten, und der Herr Bardewik hatten schließlich dafür gesorgt, dass man Moses mehr glaubte als dem Ordensmeister und ihn sogar vor dem Vogt als Zeugen für Fridos Unschuld zuließ.

Weil man bei dem von Frido enthaupteten Wegelagerer einen Rosenkranz aus Bernstein fand, der Bruder Lampert gehörte, hatte der Vogt den Toten zu dessen Mörder erklärt und ihn außerhalb der Stadt bei den Exkommunizierten verscharren lassen.

Im Tratsch auf dem Markt und in den Gassen aber galt Meister Kasimir seitdem als verdächtig und gefährlich. Rat und Bischof hatten ihm und seinem Orden die Leitung des Heiligen-Geist-Hospitals weggenommen und sie der greisen Meisterin, zwei Ratsherren und dem Priester der Sankt-Marien-Kirche übertragen. Das hatte den obersten Deutschritter tief gekränkt.

Statt über Matthis' Vater schimpfte Frido inzwischen über den Meister Kasimir, Matthis schimpfte noch immer über seine Mutter, und Moses behielt den Torbogen im Blick. Jener Augenblick, als er den Haken in die dunkle Kiste mit dem Duftöl hatte greifen sehen, war ihm wieder ganz gegenwärtig. Hatte nicht schon die Art, wie er eben hinter den Rittern vorbei in den Hof geschlichen war, etwas Verbotenes an sich gehabt?

Fünfzig Ruten entfernt, an einem Ufersteg nahe der Holstenbrücke, legte ein kleiner Lastkahn an. Wenige Männer und Frauen stiegen aus, bevor eine Kolonne von Lastenträgern an Bord ging. Die ausgestiegenen Menschen zerstreuten sich rasch, zwei Frauen mit dunklen Gewändern über gelben Kleidern kamen die Obertrave herab. Am Torbogen blieben sie kurz stehen, schauten hinein und sprachen mit jemandem, bevor sie weitergingen.

Einen Atemzug lang konnte er ihre Gesichter sehen, besonders deutlich das jener Frau, die nackt beim Haken im Zuber gesessen hatte. Sie lächelte wie damals – kalt und unfreundlich.

Was ist das, gnädiger Gott?, dachte er. *Warum kann sie lügen, ohne den Mund aufzumachen?*

»Wer sind diese Frauen?«, fragte der Junge die anderen beiden.

»Des sin Weiber, für die du dich besser net interessiere tusch, Bub«, sagte Frido, wobei er sichtlich bemüht war, keinen zweiten Blick auf die beiden näher kommenden Frauen zu werfen. Matthis sagte gar nichts, feixte nur.

Auch an ihrem schwarzen Haar und der Art, wie sie beim Schreiten die Hüften wiegte, erkannte Moses schließlich die Frau, mit der der Haken in der Badestube den Zuber geteilt hatte. Seite an Seite mit der anderen bog sie in die Braunstraße ab. Nur einen Atemzug später schob sich der Haken aus dem Schatten des Torbogens, zog den runden Hut tiefer in seine Stirn und kam ebenfalls auf die Einmündung der Braunstraße zu.

Kaum war er in sie eingebogen, stand Moses von der Treppe auf. »Rebecca wartet auf mich, sie will mit mir Lesen und Schreiben üben.« Er zwang sich zu einem gemächlichen Schritt, während er zur Einmündung ging. Bloß nicht die Aufmerksamkeit der anderen beiden erregen!

»Du Ärmster«, hörte er Matthis noch hinter sich sagen. »Wenigstens musst du nicht mit meiner Mutter üben.« Dann bog auch Moses in die Braunstraße ein. Inzwischen zog die Abenddämmerung auf.

Schneller nun und dicht entlang der Fassaden, an Wäschetrögen, Werkbänken und über Feuerstellen gehängten Wasserkesseln vorbei und zwischen spielenden Kindern, Hunden, Hühnern und Kleinvieh hindurch huschte der Junge hinter dem Haken her. Die beiden Frauen hatten sich längst im abendlichen Gedränge verloren.

Kurz sah er sie noch, wie sie in die Lederstraße einbogen. In die folgte ihnen kurz darauf der Haken. Am Eckhaus, einer Bäckerei, blieb Moses stehen und spähte um die Ecke. Es roch nach frisch gebackenem Brot, und das Wasser lief ihm im Mund zusammen.

Er zwang seine Aufmerksamkeit zurück zum die Lederstraße hinabschleichenden Haken und zu den beiden Frauen. Die standen am Torbogen vor einem Gang – warteten sie also auf Herrn Bardewiks ältesten Kaufgesellen?

Die Schwarzhaarige, die der Junge im Badehaus gesehen hatte, winkte, zeigte in den Gang und verschwand darin. Der Haken beschleunigte seinen Schritt. Vor dem Gang verharrte er kurz, blickte flüchtig nach rechts und links und bückte sich dann ebenfalls in den Gang. Der Junge rannte los.

Am Torbogen vor dem Gang angekommen, spähte er erst einmal um die Ecke: Die Schwarzhaarige zog Herrn Bardewiks blonden Kaufgesellen in ein Haus, über dessen Eingang eine Öllampe brannte. Der Junge lief hin, drückte sich neben der Tür an die Holzwand und lauschte. Dabei fiel sein Blick auf den Boden vor der Tür – jemand hatte dort die Silhouette eines Hahnes in den Sand gemalt.

Die Frau und der Haken sprachen miteinander. »Hast du mir Duftöl mitgebracht?«, hörte Moses eine Frauenstimme fragen. Dann eine Pause. Moses lugte durch den Spalt zwischen Türblatt und -rahmen. Die Frau schloss eben ihre Faust um etwas, das der Haken ihr gegeben hatte.

»Brav«, sagte sie lächelnd. »Danke.« Sie küsste ihn auf die Lippen. »Dann darfst du jetzt wieder mit in meine Kammer kommen.«

*

Tagelang sprach Moses mit niemandem über seine Entdeckung. Wie Herr Bardewik es von ihm verlangte, begleitete er Fuhrwerke voller Waren zum Marktplatz hinauf, zählte die

Salzfässer, Tuchballen und Getreidefässer, die aus den Speichern des neuen Hauses in die Koggen nach Bergen, Schonen und Visby verladen wurden, räumte Küche und Schreibkammer auf, versuchte vergeblich, das Prinzip des Rechenbrettes zu verstehen – des Abakus –, half beim Verkauf in den Marktbuden und schrieb altes Pergament mit Buchstaben und Worten voll. Und schwieg.

Allerdings richtete er ein wachsames Auge auf die drei kleineren dunklen Kisten aus dem Morgenland. Noch einmal, so hatte er sich vorgenommen, würde er den Haken nicht hineingreifen lassen. Doch wie sollte er damit umgehen, dass der älteste Kaufgeselle genau das schon mindestens zweimal getan hatte?

Zwei der Kisten sanken in jenen Wochen am Flaschenzug aus dem Speicher in den Kaufkeller, um im Laderaum einer Kogge zu verschwinden, die sie nach Visby auf Gotland bringen würde. Der Junge sah es mit Erleichterung. Er wünschte den Tag herbei, an dem auch die dritte Kiste aus dem Morgenland auf große Fahrt nach Norden oder Osten gehen würde.

Mit dem Schreiben und Lesen ging es auch in diesen Monaten noch nicht voran. Jedes Mal, wenn Moses dem Schreiber – dem *Käfer*, wie er ihn nannte – das Pergament mit seinen Übungsworten vorlegte, schloss der arme Mann die Augen und schüttelte so traurig den großen Kopf, als sei am Morgen seine Mutter verstorben.

Wenigstens hielt er sich mit den Ohrfeigen zurück, denn mit den Rechenkünsten des Jungen war er nicht nur zufrieden, die machten ihn geradezu sprachlos. Und das, obwohl Moses das Geheimnis des Abakus noch immer nicht zu durchdringen vermochte. Dafür zählte er im Kopf mühelos die größten Summen zusammen, und zwar schneller als dieselben Berechnungen dem Käfer auf dem Abakus gelangen.

Manchmal, wenn Buchstaben und Worte ihm allzu sehr

widerstanden und er sich langweilte, zeichnete Moses die Ränder des Pergaments mit Wellen, Harfen und Axtklingen voll. Auch Segel und Schiffe zeichnete er, Flaggen mit Sanduhren und Männer mit Äxten. Inzwischen gelang es ihm, den Menschen, die er zeichnete, richtige Glieder und Gesichter zu geben.

Erst Mitte Mai, drei Tage nach Traudis Wiegenfest, brach der Junge sein Schweigen. Allerdings ließ er die drei Vertrauten, die er in sein Geheimnis einweihte, zuvor feierlich schwören, niemandem auch nur ein Wort über die Verfehlung des ältesten Kaufgesellen zu verraten. Sie schworen.

Dem weißhaarigen Fridolin von Sak erzählte er im Hospitalgarten von den Diebstählen des Hakens und dessen Neigung zu jener Hure. Der Weißhaarige lachte heiser und schlug ihm herzhaft auf die Schulter.

»Glückwunsch, Bub! Jetzt hasch'n in der Hand. Mach se fertig, die Rotznas'!«

Mit seinem Freund Matthis ging er sogar in die Ledergasse bis in den Gang zu jener Tür.

»Hier ist er mit ihr hineingegangen?« Matthis deutete auf die Hahnenzeichnung im Sand; sie war größer als neulich und ganz frisch. »Der Hahn ist das Zeichen der Huren.«

Matthis hatte es eilig, den Gang und die Lederstraße wieder hinter sich zu lassen. »Das Lübische Recht verbietet Hurerei und Bordelle in der Stadt. Wer zu einer Hure geht, wird streng bestraft. Zwei Wochen bei Wasser und Brot im Turmkerker mindestens. Dazu ein saftiges Bußgeld. Wer's öfter tut, verliert sein Bürgerrecht in Lübeck. Und gestohlen hat er auch, der Galgenschwengel, da freut sich der Henker.«

»Er muss sterben?« Moses erschrak.

»Wer fünf Mark lübisch stiehlt, geht als Mann an den Galgen, als Frau unter das Henkersbeil.« Weil Moses stehen geblieben war, zog sein Freund ihn in die Braunstraße hinein.

»Unter fünf Mark gibt's Kerker und Pranger. Auch kein Spaß.«

»Zwei Fläschchen Duftöl hat er sicher gestohlen, wahrscheinlich noch mehr.«

»Das reicht für den Galgen.« Matthis nickte grimmig.

»Und was mach ich jetzt?«

»Da fragst du noch?« Auf der Braunstraße zog Matthis den Jungen in den Eingang einer Gerberei. Hier stank es säuerlich und bitter. »Schlimm genug, dass du dem Herrn Bardewik die Diebstähle noch nicht angezeigt hast.« Matthis flüsterte und machte eine strenge Miene. »Lass dir eine hieb- und stichfeste Erklärung dafür einfallen, gehe zu ihm und erzähle ihm, was der Birger ihm gestohlen und wo er's hingeschafft hat. Erzähle ihm alles. Und am besten noch heute. Glaub mir – von morgen an wirst du die Nummer eins in seinem Kontor sein.«

Seiner geliebten Rebecca offenbarte der Junge das Geheimnis nach einer Sonntagsmesse in der Marienkirche. Er zog sie in eine Seitenkapelle und erzählte. Aufmerksam hörte sie zu, fragte nach, wollte Einzelheiten wissen, schaute schließlich nachdenklich durch Moses hindurch und schwieg eine Zeit lang.

Irgendwann hob sie den Blick. »›Seid klug wie die Schlangen und ohne Falsch wie die Tauben‹«, murmelte sie.

»Was?« Moses schaute verständnislos in ihr schönes entschlossenes Gesicht. Grenzenloses Vertrauen erfüllte ihn.

»So gibt der Evangelist Matthäus einen Ausspruch des Jesus von Nazareth wieder.«

»Und was soll ich damit anfangen?«

»Zu keiner Menschenseele auch nur ein Wort über das, was du mir erzählt hast«, flüsterte Rebecca. »Warte auf deine Stunde, dann zeige dem Birger, dass du Bescheid weißt, und drohe ihm. Du jedoch warte weiter, und erst, wenn die Zeit reif ist, lass ihn für dein Schweigen bezahlen. Und denke sorgfältig über den Preis nach, den du verlangen willst.«

Der verblüffte Junge glaubte, nicht recht zu hören. »Ich soll dem Herrn Bardewik also gar nicht verraten, dass sein Vertrauter ihn bestiehlt?« Mit offenem Mund und aus großen Augen staunte er Rebecca an.

Die spähte wieder nach allen Seiten und legte den Zeigefinger auf die Lippen. »Bloß nicht«, flüsterte sie. »Dafür hast du schon viel zu lange geschwiegen. Und was noch wichtiger ist: Gibt es außer dir noch andere Zeugen für die Diebstähle?« Warnend zog sie die Brauen hoch. »Der Vater des Kaufgesellen ist der mächtige Ratsherr Johann von Kamen, musst du wissen. Wenn einer wie der auf einem Gerichtstag vor dem Vogt erscheint, dann müssen klare Beweise her und glaubwürdige Zeugen auftreten, bevor man den Sohn eines solchen Mannes als Dieb verurteilt.«

»Und wenn er noch mal ein Fläschchen mit Duftöl für seine Hure stiehlt?« Moses fiel es nicht leicht, seine große Schwester zu verstehen. »Oder etwas anderes?«

»Wenn du ihn ertappst, warne ihn. Ansonsten schweige, bis deine Stunde kommt.« Der ernste und durchdringende Blick ihrer grünen Augen hielt seinen unsicheren Blick fest. »Hör auf mich, Moses.« Rebecca legte ihm die Hände auf die Schultern. »Es war die Weisheit Gottes, die dich schweigen ließ. Denn glaube mir: Der Herr Bardewik meint es momentan nicht wirklich gut mit dir.«

»Aber …« Moses schüttelte ungläubig den Kopf und suchte nach Worten. »Wie kommst du denn darauf?«

»Er hat um meine Hand angehalten. Und ich habe Nein gesagt.«

*

Die Gelegenheit, dem Haken zu drohen, kam schneller als erwartet. Im Frühsommer, als schon sämtliche Schiffe des Herrn Bardewik nach Brügge, London, Gotland und Nowgorod unterwegs waren, wurde im Travehafen die letzte Flotte beladen, die in diesem Jahr nach Bergen auslaufen sollte.

Auf drei Schiffen hatte der Herr Bardewik je einen halben Laderaum gemietet, um flandrisches Tuch, holsteinischen Weizen und Lüneburger Salz nach Norwegen zu schaffen. Dazu die letzte Kiste mit Duftöl aus dem Morgenland. Die norwegischen Fürsten waren reich und konnten derart wertvolle Ware bezahlen.

Es geschah oft, dass zwei oder mehr Kaufleute sich den Laderaum eines Schiffes teilten. Die wertvollen Güter auf mehrere Schiffe zu verteilen minderte die Gefahr, alles auf einmal zu verlieren, wenn ein Schiff im Sturm, auf einer Sandbank oder durch Seeräuber verloren ging. Und in größeren Flotten auf Handelsfahrt zu gehen war in Lübeck sowieso seit Langem üblich. Dadurch konnte man einander beistehen, wenn Gefahr durch Seeräuber drohte. Ein solcher Schiffsverband hieß im Niederdeutschen *Hanse*.

Im Auftrag des Herrn Bardewik führte der älteste Kaufgeselle die Aufsicht über die Verladung der Handelsgüter. Jede Kiste, jedes Fass, jeden Ballen, die das Kontor verließen, vermerkte er in einer Warenliste.

Moses schöpfte Verdacht, weil der Haken die Kiste mit den Glasamphoren bis fast zum Schluss im Speicher ließ. Als nur noch sie und wenige Tuchballen mit dem Flaschenzug hinunterzulassen waren, kletterte der Junge heimlich zur obersten Speicherebene hinauf und streckte sich unter dem Dachfirst auf den beinahe leeren Bohlen aus. Durch die Fugen hindurch konnte er zur nächsten Speicherebene hinunterspähen. Dort stand, auf einem Tuchballen, die kleine dunkle Kiste aus dem Morgenland.

Gemeinsam mit dem jüngeren Kaufgesellen und einem Knecht stieg der Haken aus dem Keller herauf, wo er die Beladung der Fuhrwerke beaufsichtigt hatte, die Fässer und Ballen zu den Koggen bringen sollten. Oben angekommen luden sie gemeinsam vier Tuchballen auf die Palette. Der Haken trat ans Kurbelrad des Flaschenzugs, um sie hinunterzulassen.

»Geht zurück in den Keller«, sagte er zu den anderen beiden, »und seht zu, dass die Ballen ordentlich verladen werden.«

Der Knecht und das Gespenst stiegen die Wendeltreppe hinunter. Kaum waren sie außer Sichtweiter, geschah, was Moses befürchtet hatte: Der Haken schob die kleine Kiste an die Bodenöffnung, hob den Deckel ein wenig und langte ein Fläschchen mit Duftöl heraus. Schneller, als Moses gucken konnte, versenkte er es in seiner Rocktasche.

Einen Atemzug lang schloss er die Augen und betete stumm: *Allmächtiger Gott, gib mir Kraft*. Dann stand er auf und stieg hinunter zum ältesten Kaufgesellen. »Tu es nicht«, sagte er, noch bevor er von den letzten Stufen sprang.

»Was soll ich nicht tun?« Der Haken gab sich selbstgewiss, wurde aber leichenblass.

»Leg das Fläschchen mit dem Duftöl zurück in die Kiste.« Moses ging auf ihn zu und deutete auf seine Rocktasche. »Es gehört dem Herrn Bardewik.«

»Ich habe den Deckel nur gelüpft, um zu schauen, ob noch alle Amphoren in der Kiste sind.« Der Ältere tat, als sei er verwundert über Moses' abwegigen wie unverschämten Verdacht. Doch seine Stimme verriet ihn: Sie klang heiser und zitterte ein wenig.

»Es fehlen bereits einige.« Moses vermied es, eine Zahl zu nennen. »Und nun hast du wieder eines gestohlen.«

»Wie redest du denn mit mir?!« Der Haken mimte den Empörten – seine Stimme wurde laut, seine Miene glatt und hochmütig. Wenigstens holte er das Duftöl aus der Rocktasche.

»Ziemlich höflich dafür, dass du ein Dieb bist.«

»Was für eine gottlose Verleumdung!« Der Ältere duckte sich wie zum Sprung, und Moses' Rechte zuckte kurz zu seinem Dolch. Doch dann besann sich der Ertappte, räusperte sich und sagte: »Mir hat der Ratsherr Bardewik aufgetragen, die Verladung seiner Güter zu beaufsichtigen!«

Er entkorkte das Fläschchen und roch daran. »Dazu gehört auch, dass ich Stichproben vom Inhalt der Fässer und Kisten überprüfe.« Er öffnete den Kistendeckel und legte das grüne Fläschchen wieder in die Kiste. »Natürlich kommt es danach zurück zu den anderen, was denkst du denn?« Feindselig und von oben herab musterte er Moses. »Und nun troll dich, Bürschlein! Sonst gibt's eine Tracht Prügel, die du so schnell nicht vergessen wirst.«

»Das glaube ich nicht.« Moses nahm all seinen Mut zusammen. »Ich bleibe bei dieser Kiste.« Er schlug die linke Knopfleiste seines Rocks zurück und schloss die Finger seiner Rechten um den roten Griff des Jacobi-Dolches. »Ich werde sie auf die Prahmbrücke und zur Kogge begleiten.« Unwillkürlich wich der Haken einen halben Schritt zurück. Deutlich konnte Moses den Schrecken in seinem Blick erkennen. »Und ich werde mit ihr an Bord gehen und bis hinein in den Laderaum.«

9
Widerlegung

Lübeck, Herbst und Winter 1234

Der Sommer kam, der Sommer ging. Den Kaufmann Martinus Bardewik sah man nur noch mit verschlossener, oft sogar finsterer Miene. Er haderte mit Rebecca, weil sie ihn abgewiesen hatte. Er haderte lange, und bei jeder Gelegenheit ließ er den Jungen seine Verbitterung spüren.

Wochenlang musste Moses Fässer schrubben, Salz und Weizen abfüllen und den Knechten beim Binden der Tuchballen helfen. An Tagen, an denen der Kaufmann besonders übel gelaunt war, verurteilte er Moses für viele Stunden dazu, über dem Rechenbrett zu schwitzen. Und wenn der Junge dann die gestellten Aufgaben nicht richtig löste, gab es Schläge. Durch Bardewiks harte Strenge lernte Moses den Abakus aus tiefstem Herzen zu hassen.

Andererseits aber zwang ihn die Angst vor Tadel und Schlägen, im Kopfrechnen noch schneller zu werden. Irgendwann gelang es ihm, so zu tun, als würde er eine Aufgabe am Abakus lösen wollen, schob auch die Zahlenkugeln hin und her, berechnete aber die Summe in Wirklichkeit längst im Kopf. Und immer stimmte das Ergebnis.

Traudi hörte von den Schlägen, die Moses erleiden musste, und wollte ihrem Vater so viel Härte nicht verzeihen. Manchmal, wenn er Moses geschlagen hatte, sprach sie tagelang kein Wort mit ihm. Und oft schimpfte sie unter Tränen mit ihm, zweimal sogar, als der Käfer, das Gespenst und der Haken dabei waren.

In dieser Zeit belauerten Moses und der Haken einander

wie Wildkatzen, die auf eine Gelegenheit zum Angriff warteten.

»Sei auf der Hut«, schärfte Rebecca dem Jungen ein. »Verwundete Raubtiere sind lebensgefährlich.«

Der jüngere Kaufgeselle, das Gespenst, zeigte sich seit Moses' Flucht und Rückkehr zumeist von seiner zahmen Seite. Vermutlich hatte der Kaufmann ihn und den Haken mächtig gezüchtigt, weil sie Moses mit dem Beleidigungsbrief und dem missbrauchten Siegel zu den Gesellen des Herrn Klingenberg in die Falle geschickt hatten. Und nachdem Moses den Haken beim Stehlen erwischt und zur Rede gestellt hatte, verhielt das Gespenst sich geradezu freundlich ihm gegenüber. Irgendetwas musste der Ältere ihm erzählt haben.

Rebecca, die früher regelmäßig zu Besuch gekommen war, mied Haus und Kontor des Herrn Bardewik, seit sie die Brautwerbung des Kaufmanns und Ratsherrn zurückgewiesen hatte. Dafür besuchte Matthis' Oheim den Jungen jetzt viel häufiger als früher. Moses nahm an, dass Rebecca den weißhaarigen Kauz darum gebeten hatte.

Mindestens dreimal in der Woche tauchte Frido unerwartet auf, meistens um die Mittagszeit, und meistens brachte er Traudi und dem Jungen eine Frucht, ein Stück Käse oder eine Geschichte mit. Immerhin war Traudi sein Enkelkind.

Wenn das Gespenst anwesend war, berichtete Frido ausführlich über alle Neuigkeiten aus dem Stadttratsch. Matthis' Vater, so hörte Moses am Tag vor Allerheiligen, verlange die Scheidung. Und als ob das nicht Skandal genug wäre, hieß es in der Woche nach Sankt Martin, er mache nun Rebecca den Hof. Kurz vor dem ersten Advent erzählte man sich laut Frido vor allen Marktbuden, dass Rebecca den Bertram Stalbuk schroff abgewiesen habe.

Sie sei »Gottes Braut«, habe sie gesagt, und sie wolle beim

nächsten Auferstehungsfest in den Orden der Brüder und Schwestern des Heiligen-Geist-Hospitals eintreten.

Moses hörte es mit Verblüffung, und alle im Kontor machten große Augen. Viele Lübecker hatten damit gerechnet, dass die Rebecca sich vom Herrn Bardewik heiraten ließe. Und wenn schon nicht von ihm, dann eben von Bertram Stalbuk oder irgendeinem der anderen reichen Kaufmänner Lübecks.

Moses hegte bald den Verdacht, dass Fridos Tratsch vor allem für die Ohren des Kaufmanns bestimmt war, und wirklich: Zu Beginn der Adventszeit gab er sich auf einmal wieder freundlicher Moses gegenüber. Immerhin wusste er nun, wer sein Rivale war: nicht Bertram Stalbuk, nicht sonst irgendein Mann, sondern Gott selbst. Wie hätte er dem Allmächtigen seine Braut missgönnen sollen? Dazu war er nun doch zu fromm.

Und dann kam der Sankt-Nikolaus-Tag.

Um die Mittagszeit ließ der Herr Bardewik alle seine Gesellschafter, Kapitäne und Kaufgesellen in seinem Kontor antreten. Drei Neffen, zwei Vettern und ein Oheim des Kaufmanns fanden sich ein. Dazu drei Kapitäne – unter ihnen der Graumähnige mit dem kantigen Gesicht und den Eisaugen.

Freundlich nickte er dem Jungen zu, und Moses musste daran denken, dass er ihn kannte, seit sein zweites Leben begonnen hatte. Er, der frühere Bootsmann Jacobis, hatte ihn damals aus dem Meer gezogen. Moses nickte ebenfalls, doch das Lächeln des Seefahrers zu erwidern, das versuchte er erst gar nicht. Denn auch dies hatte er nicht vergessen: Eisauge hatte ihn damals als Sklaven an die Heiden verkaufen wollen. Und er zweifelte nicht daran: Wer sich zum Wurm machte, den würde einer wie Eisauge jederzeit zertreten.

Während Moses sich solchen düsteren Gedanken hingab,

stießen noch vier Gesellschafter des Herrn Bardewik zu der feierlichen Versammlung, Männer, die in seinem Kontor als Kaufgesellen den Beruf des Kaufmanns gelernt hatten.

Lauter ernste und stolze Herren umgaben den Jungen nun, lauter angesehene Bürger einer mächtigen und stolzen Stadt. Sogar dem Eisauge sah man sein wildes Wesen und früheres Abenteuerleben nicht mehr an, jetzt, wo er hier unter all den noblen Bürgern stand in seinem teuren Rock, mit seinem hohen Hut und seinen ledernen Schnabelschuhen. Die meisten dieser ernsten und stolzen Herren, das wusste Moses inzwischen, betrieben Herrn Bardewiks Fernhandel zu Schiff bis hin nach Brügge, Bergen und Nowgorod.

Natürlich hatte man ihm, dem Gespenst und dem verhassten Haken ebenfalls befohlen, sich in der Schreibkammer einzufinden. Der Haken trug nagelneue Kleider, sorgfältig gebürstetes Haar und teure Schnabelschuhe aus gelblichem Elchleder. Auch sein Vater war im Hause Bardewik erschienen, ein älterer Herr mit spitzem Schnurrbart und würdevoller Miene. Bardewik sprach ihn mit *Johann* an, die anderen nannten ihn *Herrn von Kamen*. Sogar den schroffen Priester von Sankt Marien entdeckte der Junge unter den Anwesenden, die sich in der Schreibkammer drängten.

Er begriff schnell, wer in dieser Stunde im Mittelpunkt stehen sollte: kein anderer als der verhasste Haken.

Traudi, die sich wie meist dicht neben ihm hielt, zog manchmal an seiner Hand, damit er sich zu ihr herunterbeugte und zuhörte, was sie ihm Wichtiges zu sagen hatte.

»Pass nur gut auf«, flüsterte sie, als sich der Schreiber neben Herrn Bardewik an den großen Rechentisch setzte und ein Geschäftsbuch aufschlug. »Was jetzt geschieht, heißt ›Widerlegung‹. Es wird auch dir eines Tages widerfahren.«

Moses verstand überhaupt nicht, wovon sie sprach. *Widerlegung* – er mochte grübeln, wie er wollte, dieses Wort hatte er noch nie gehört. Und war sehr gespannt, was nun geschehen würde.

Der gestrenge Priester trat mit wichtiger Miene an den großen Schreib- und Rechentisch, bekreuzigte sich, hob sein Weihrauchfässchen und schwenkte es erst in Herrn Bardewiks Richtung, dann in die des Hakens.

Der rieb sich abwechselnd den Flaumbart und seine Rockschöße; wahrscheinlich schwitzten seine Hände. Auch kaute er auf seiner Unterlippe herum und trat ständig von einem Fuß auf den anderen. Der Priester sprach ein langes Gebet, der Herr Bardewik schloss eine große Schatulle auf, und der Käfer schlug ein Geschäftsbuch auf und tauchte seine Feder ins Tintenfass.

»Die Widerlegung ist eröffnet«, verkündete Herr Bardewik und öffnete die Schatulle. Die war aus schönem rötlichen Holz mit schwarzer Maserung und glänzte wie poliertes Kupfer.

Der Priester schnarrte etwas, das nach einem Segen klang, und ließ endlich sein Weihrauchfässchen sinken. Herr Bardewik aber langte viele große und noch mehr kleine Silbermünzen aus der Schatulle und stapelte sie vor sich auf dem Tisch. Der Schreiber half ihm dabei. Dennoch dauerte es, denn es lag ziemlich viel Geld in der Schatulle. Moses wurde unruhig. Im Kamin knisterte das Feuer, und die Luft in der Schreibkammer kam ihm stickig vor. Verstohlen begann er, die stolzen Herren zu beobachten, die ihn umgaben.

Keiner schien die Geduld zu verlieren, keinen schien es zu langweilen, dem Herrn Bardewik und dem Käfer beim Geldstapeln zuzuschauen. Wie gebannt kamen sie Moses vor. Ihm fiel ein, was Herr Bardewik nach Traudis Bericht auf ihre Klage über den Haken und das Gespenst geantwortet hatte: Nur ein harter Mann könne ein Kaufmann sein. Waren diese Herren hier harte Männer?

Moses versuchte, sie sich auf einem Schiff auf hoher See vorzustellen oder im Kampf mit Piraten. Das gelang ihm bei den wenigsten. Kaum die Hälfte hatte ähnlich schwielige Hände und ein sonnenverbranntes Gesicht wie das Eisauge, und nur wenige trugen ein Schwert. Vermutlich führten die meisten ihre Geschäfte von ihrem Kontor aus.

Der Junge dachte an Matthis' Vater, Herrn Bertram Stalbuk. Der fuhr seine Waren noch selbst nach Gotland oder Riga. Der trug auch ein Schwert und hatte ein braun gebranntes Gesicht.

Und der Herr Bardewik selbst? War der ein harter Mann? Je länger Moses ihn betrachtete, wie er da so feierlich und mit großem Ernst die Münzen sortierte, desto unwirklicher erschien ihm sein Brotgeber auf einmal. Wie eine Gestalt aus einer Geschichte, die man nicht glauben konnte. Bleich war er, feine Finger hatte er, und mit einem Schwert hatte Moses ihn noch nie gesehen. Ein harter Mann? Harmlos, ja beinahe witzig kam der Geldsortierer dem Jungen plötzlich vor.

Er lugte zum Priester hin, der neben dem Kaufmann stand. Wie wichtig dessen Miene war, wie steif seine Haltung! Dazu blass und von schlaffer Gestalt. Erstaunlich, wie viel Selbstgewissheit dennoch aus seiner ganzen Erscheinung sprach! Wie fühlte man sich wohl, wenn man sich so unentbehrlich, so angesehen und von Gott gesegnet und erwählt wissen konnte? Um das herauszufinden, versuchte der Junge, eine ähnliche Miene zu schneiden wie der Priester von Sankt Marien. Doch plötzlich spürte er dessen Blick auf sich gerichtet und guckte schnell zum Käfer hin.

Beim Anblick des tief gebeugten Schreibers mit seinem runden Rücken und seinem verbissenen Gesicht überkam ihn zuerst Mitleid und dann ein großer Schrecken. Was nun, wenn er selbst den Rest seines Lebens in diesem oder einem anderen Kaufmannskontor zubringen musste? Wenn sein eigener Rücken Jahr für Jahr runder und sein eigenes Gesicht immer verbissener wurde?

Das konnte ihm ebenfalls geschehen, ganz plötzlich erkannte er es! Schließlich, so dachte er, war auch der Käfer einmal ein Junge mit geradem Rücken und offenem Gesicht gewesen. Und er selbst, Moses, würde natürlich genauso einmal alt werden.

Bewahre mich, barmherziger Gott, betete er im Stillen. *Bewahre mich davor, in einen großen Käfer verwandelt zu werden. In deiner grenzenlosen Güte, Amen.*

Als die Männer endlich mit dem Geldstapeln fertig waren, ragten mehr als zwölf Türme aus lübischen Markstücken vor dem Kaufmann auf und gut und gern dreimal so viele Türme aus Brakteaten, also aus Silberpfennigen. Der Junge betrachtete das viele Geld aus großen Augen und mit offenem Mund.

Der Schreiber zählte die Münzstapel, verkündete eine Summe von zweihundert Mark lübisch und trug sie in das Geschäftsbuch ein. Danach richteten aller Augen sich auf die dürre Gestalt des ältesten Kaufgesellen, den Haken.

Der trat gegenüber von Herrn Bardewik an den großen Tisch und blickte zu seinem Vater. Johann von Kamen reichte ihm ein nicht eben kleines Säckchen aus blauem Samt. Der Haken nahm es mit einer Verneigung entgegen, schnürte es auf und begann nun seinerseits, etliche Stapel aus Markstücken und Brakteaten zwischen sich und dem Geld des Kaufmanns zu errichten.

Das dauerte wieder seine Zeit, doch die anwesenden Männer blieben geduldig und sahen ihm genau auf die Finger. Als er fertig war, zählte der Käfer und verkündete die Summe von fünfundsiebzig Mark lübisch. Die trug er ins Geschäftsbuch ein.

»Zweihundertfünfundsiebzig Mark lübisch.« Der Herr Bardewik erhob sich von seinem Hocker. »Diese Summe und drei Schiffsladungen mit Waren werden dir, Birger von Kamen, am Tag nach dem Osterfest anvertraut. Damit du nach Gotland und Schonen fahren und in Treue verkaufen und einkaufen kannst, damit unser beider Gesellschaft, so Gott will, bei deiner Rückkehr einen gesegneten Gewinn verzeichnen darf.«

Das war der Augenblick, in dem Moses erkannte, dass seine Stunde gekommen war.

*

Am Abend besuchte er Rebecca im Heiligen-Geist-Hospital und erzählte ihr von der Zeremonie, die die Traudi *Widerlegung* genannt hatte. Er wollte ganz genau wissen, was es damit auf sich hatte. Weil sich Rebecca jedoch mit Kaufmannsangelegenheiten nicht gut auskannte, holten sie Matthis' Oheim Frido dazu.

»Sie werfet ihr Geld zusamme, deswege tue sie sich ›Gesellschaft‹ nenne«, erklärte der. »Wenn der Kaufg'sell g'schickt verkauft und günschtig oikauft, macht die G'sellschaft G'winn. Manchmal tut der ältere Kaufmann seinem jüngere G'sellschafter nach Anteil von seinere Kapitaleinlag' auszahle. Oft teilet sie sich au den G'winn.«

»Sie teilen?« Rebecca runzelte zweifelnd die Stirn. »Obwohl der junge von Kamen viel weniger eingezahlt hat als der Martinus Bardewik?«

»Ja. Denn der Bardewik bleibt dahoim in Lübeck un tut sich's gut gehe lasse. Der Birger aber geht uff Fahrt und setzt sich allene Gefahre für Leib und Lebe aus, die man sich denke kann. Bardewik tut sich des erspare. Dafür zahlt er halt. Und der Birger kriegt Gelegeheit, annere Kaufleut' kennezulerne und Geld und Ansehe zu erlange.«

»Und was haben die anderen Gesellschafter und der Priester bei so einer Widerlegung zu schaffen?«, wollte Moses wissen.

»Die sind Zeuge von dere Widerlegung. G'wiss hat der Schreiber ihre Name ins G'schäftsbuch unter die Geldsumme g'schriebe.« Frido zuckte mit den Schultern. »Dass a Prieschter an oinere Widerlegung teilnehme tut, hab i persönlich noch selte g'hört. Vielleicht wollt der Vatter vom Birger den Sege der Kirch zu dere feierliche Stund', denn immerhin isch sei Sohn nun fertig mit seinere Lehr.«

*

Gleich am nächsten Morgen ergab sich auf dem Speicher des Hinterhauses die Gelegenheit, mit dem Haken allein zu sein und ihn zur Rede zu stellen. Der Junge nahm zweimal Anlauf, fand aber den Mut nicht, und schon war die Gelegenheit vorüber.

»Wie ein Wurm benimmst du dich«, schimpfte Moses leise mit sich selbst. »Geschieht's dir nicht recht, wenn du zertreten wirst?«

Am späten Vormittag überraschte ihn der Kaufmann mit der Erlaubnis, gemeinsam mit Traudi und ihrer Amme einer Seelenmesse beiwohnen zu dürfen, die er in der Marienkirche für seine verstorbene Frau lesen ließ. Weil er selbst unerwarteten Besuch von einem Gesellschafter aus Flandern bekommen hatte, konnte Herr Bardewik nicht teilnehmen und gab dem Jungen das Geld, damit er an seiner Stelle die Messe beim Priester bezahlen konnte.

»Was für eine Ehre«, sagte Frau Brunhilde, während sie das Haus verließen, und Traudi strahlte ihn an, wie nur ein kleines Mädchen strahlen konnte, das wunschlos glücklich war.

Moses begriff: Sie hatte bei ihrem Vater darum gebettelt, den Jungen mit ihr zur Messe gehen zu lassen. Und als Geste der Versöhnung – an seine Tochter *und* an seinen jüngsten Kaufgesellen – hatte Herr Bardewik es gestattet.

Etwas verloren standen ungefähr dreißig Männer und Frauen zwischen den hohen Säulen des mächtigen Kirchenschiffes, während am Altar der gestrenge Priester die Seelenmesse feierte. Gut die Hälfte von ihnen waren Domherren, Nonnen oder Mönche.

Gesang und Gebete rauschten an Moses vorüber, denn im Geist stand er nicht hier in der Marienkirche, sondern im Hinterhausspeicher des Bardewik'schen Kontors und suchte nach Worten, um seinen Feind, den Haken, anzusprechen. Moses haderte mit sich, weil er die gute Gelegenheit ungenutzt hatte vorüberziehen lassen.

Gib mir Mut, allmächtiger Gott, betete er im Stillen, *schenk mir die richtigen Worte und hilf mir, mehr zu sein als ein Wurm, der sich zertreten lässt.*

Manchmal flatterten Tauben über die singende und betende Messgemeinde hinweg, einmal sah der Junge eine Katze mit einer Maus im Maul von einer Säule zur anderen schreiten, und hin und wieder unterbrach neben ihm Traudi ihr Gebet, fasste nach seiner Hand und lächelte zu ihm herauf.

Frau Brunhilde sah es, und ein mildes Lächeln huschte über ihr gütiges Gesicht.

Moses berührte es eigenartig, dass die Kleine ihr Gebet unterbrach, nur um ihn anzuschauen und zu berühren, denn die Sechsjährige betete so inbrünstig, dass manchmal sogar flehende Seufzer über ihre sich stumm bewegenden Lippen kamen. Er nahm an, dass sie in Gedanken ganz bei ihrer toten Mutter war. Oder spielte sie am Ende nur die andächtige Beterin, die von ihm gesehen und bewundert werden wollte?

Nach diesem Gedanken, für den er sich ein wenig schämte, beobachtete er sie aus dem Augenwinkel. Wie fest sie die Augen schloss, wie sie die zusammengelegten Hände gegen

Stirn und Nase presste! Wie sie sich wand und vor- und zurückbeugte und wie sie aus einem lauten Seufzen heraus in Geflüster und Gemurmel überging, sodass alle Umstehenden sie hören konnten, wann immer die Gesänge oder Gebete für Augenblicke verstummten; dann wandten sie die Köpfe und guckten lächelnd oder verwundert nach Traudi.

Moses blickte sich verstohlen um – niemand hier betete so wie die Kleine. Es war ihm etwas peinlich zumute, durch Traudis geräuschvolles und leidenschaftliches Beten von so vielen gesehen zu werden.

Gegen Ende der Seelenmesse ergriff sie seine Hand und ließ sie nicht mehr los. Sie schaute kurz zu ihm auf und lächelte aus verweinten Augen. Nein, da war nichts Gespieltes in ihrer Art zu beten. Vermutlich versuchte sie nur, ihrer Mutter so nahe zu kommen wie nur möglich. Andererseits – konnte sie überhaupt eine Erinnerung an die Verstorbene haben?

Traudi drückte seine Hand auf eine Weise, dass dem Jungen ganz anders wurde. Sie rückte näher zu ihm, bis ihre Schulter sich gegen seinen Arm schmiegte und hielt ihn fest, als wollte sie ihn ganz gewiss nicht mehr loslassen. Der Mädchenduft stieg von ihr hoch und in seine Nase, und unversehens stand er in einer anderen Kirche, und der Duft eines anderen kleinen Mädchens hüllte ihn ein. Seine kleine Schwester Maria stand neben ihm und betete seufzend. War sie sechs wie Traudi? War sie älter? Und wie alt war er in diesem Erinnerungsbild?

Moses drückte die Mädchenhand in seiner Hand und schloss die Augen, um die unverhoffte Erinnerung festzuhalten. Er lauschte der Mädchenstimme neben sich – die betete um die gesunde Rückkehr des Bruders und des Vaters –, er lauschte den Stimmen der Männer und Frauen um sich herum. Das Mädchen zog an seiner Hand, und als er sich an sein

Ohr beugte, hörte er es auf Englisch sagen: *Du wirst wieder zurück nach Hause kommen.* Das ging ihm durch und durch.

Ich will dich wiedersehen, kleine Maria, flüsterte er. Zum ersten Mal seit Langem packte ihn das Heimweh. *Gib, dass ich sie noch einmal wiedersehen kann, barmherziger Gott, gib, dass ich sie alle noch einmal wiedersehen kann.*

Kaum hatte er es gedacht, fuhr es ihm wie ein Stich durchs Herz: Den Vater würde er niemals wiedersehen; höchstens im Himmel, doch dorthin wollte er noch lange nicht. Und um die anderen wiederzusehen, musste er auf Fahrt gehen, bald. Wo sonst wollte er ihre Spuren finden, wenn nicht auf dem Meer? Genauso wie die Spuren seines eigenen Lebens, seines ersten.

Nach der Messe ging er in die Sakristei und bezahlte den Priester. Mit unbewegter Miene nahm der das Geld entgegen, der Gestrenge, der Erwählte. Nur seine linke Braue hob sich ein wenig, und mit spitzen Lippen sagte er: »Sieh an, sieh an – unser kleiner Sänger und Jongleur darf das Geld für die Seelenmesse überbringen. Welch eine Ehre selbst für einen wie ihn.«

Der Junge schaute dem Geistlichen ins dünkelhafte Gesicht. Und spürte, wie Wut in ihm hochstieg, spürte, wie seine Kaumuskeln bebten, seine Augen und Lippen schmal wurden. *Noch so einer, der nach Würmern Ausschau hält, die er zertreten kann*, dachte er. Er fuhr herum und verließ grußlos die Sakristei.

Unter den Menschen auf dem Kirchplatz warteten Frau Brunhilde und Traudi. »Ich zeig dir jetzt unser altes Haus«, sagte das Mädchen, nahm seine Hand und führte ihn über die Mengstraße.

»Ein anderes Mal, Traudi«, sagte Frau Brunhilde. »Das Essen und der Herr Vater warten doch.«

»Ich will dem Moses aber zeigen, wo ich zur Welt gekommen bin und wo der liebe Gott die Frau Mutter zu sich gerufen hat.« Sie rannte los und zog ihn mit sich.

Erst unter dem Torbogen zum Innenhof hielt sie an und blickte zu ihm herauf. »Ich habe für dich gebetet.«

»Für mich?« Der Junge staunte sie an.

»Ich habe gebetet, dass Gott dir hilft, ganz schnell ein großer und reicher Kaufmann zu werden.« Weil die Frau Brunhilde sich seufzend näherte, stellte Traudi sich auf die Zehenspitzen und fügte flüsternd hinzu: »Damit wir bald heiraten können.«

Zuerst starrte der Junge sie aus großen Augen und mit offenem Mund an. Doch als er sicher war, sich nicht verhört zu haben, brach es laut aus ihm heraus, und er lachte schallend.

Traudi aber entriss ihm ihre Hand. Ihre bernsteinfarbenen Augen blitzten zornig. Schließlich fuhr sie herum und rannte allein in ihr ehemaliges Elternhaus.

*

Noch am selben Abend passte Moses einen Augenblick ab, in dem der Haken allein in den Kaufkeller hinabstieg, um die aufgeladenen Waren zu verzeichnen, die am nächsten Morgen zum Markt gefahren werden mussten. Er fühlte sich zu allem entschlossen.

»Ich gratuliere dir zum Abschluss deiner Lehrzeit«, sagte er knapp. »Und zum baldigen Beginn deines Lebens als Kaufmann.« Der Haken zog verblüfft die Brauen hoch und murmelte einen Dank.

»Nun ist auch die Zeit gekommen, in der du mich für mein Schweigen belohnen kannst«, flüsterte Moses ihm zu, winkte und trat in den Stall, wo weder Knechte noch das Gespenst sie belauschen konnten.

Der Haken schnitt eine missmutige Miene, folgte ihm

jedoch. »Für dein Schweigen?« Ohne Vorwarnung packte er den Jungen am Kragen seines Rocks und riss ihn zu sich. »Worüber hast du denn geschwiegen, he?«

Moses trat ihm ans Scheinbein, sprang zurück und zog seinen Dolch aus dem Gurt. »Über die Duftfläschchen, die du unserem Kaufmann gestohlen hast.«

»Hundsfott, verdammter!« Mit schmerzverzerrtem Gesicht rieb der andere sich das Schienbein. »Nichts hab ich gestohlen! Und nichts weißt du, gar nichts! Worüber also willst du geschwiegen haben, du Tellerlecker, du elender?!«

Heiße Wut stieg dem Jungen aus dem Bauch in den Kopf. »Hurenbock!«, zischte er. »Darüber, dass du mit Herrn Bardewiks Eigentum die Hure mit dem schwarzen Haar bezahlt hast, damit sie dich mit in ihre Kammer nimmt.«

Birger von Kamen schluckte. »Beweise es!«, zischte er dann.

Grimmige Genugtuung erfüllte Moses. Wie so oft in diesen Wochen dachte er an Fridos Worte: *Getreten wird, wer sich zum Wurm macht*. Seit er sie verstanden hatte, ließ er sich nichts mehr gefallen. Stehen wollte er künftig, nicht kriechen.

Seine Gestalt straffte sich. »Wer einmal mit einer Hure verkehrt, sitzt zwei Wochen bei Wasser und Brot im Schuldturm, das weißt du doch. Wer es öfter tut, zahlt mindestens zwanzig Mark lübisch Strafe und muss die Stadt verlassen. Wer stiehlt, wird dem Henker übergeben …«

»Beweise es, Hundsfott!«

»… stiehlst du mehr als fünf Mark lübisch, hängst du.«

»Beweise es!«

»In der Badestube habe ich gesehen, wie du der Hure in den Ruheraum gefolgt bist und ihr hinter dem Vorhang das Duftöl gegeben hast. Als Preis für die Wollust.« Die Redewendung hatte der Junge von Matthis gehört; sie gefiel ihm. »In der Lederstraße hat sie dich in das heimliche Hurenhaus gezogen und dich mit in ihre Kammer genommen. Auch dort hast du mit einem Fläschchen Duftöl aus dem Morgenland bezahlt.«

Feindselig und aus schmalen Augen belauerte der Ältere ihn. »Lügen, unverschämte Lügen!«, zischte er. »Dafür wirst du bezahlen, Lügenmaul!«

»Und ich habe es nicht allein gesehen.« Moses beschloss kurzerhand, wirklich zu einer Lüge zu greifen. »Der Matthias Stalbuk war dabei, er wusste, was der Hahn bedeutet, der vor der Tür des Hurenhauses in den Sand gemalt ist.«

Der frischgebackene Jungkaufmann wurde plötzlich aschfahl. Und weil Moses nun einmal zu täuschen angefangen hatte, trug er noch dicker auf: »Und der Fridolin Sak, sein Oheim, ist ebenfalls dabei gewesen. Wenn wir zu dritt am Gerichtstag aussagen, ist es vorbei mit dir. Der Vater vom Matthis, der Herr Stalbuk, ist genauso ein Ratsherr wie deiner.«

Der Ältere ballte die Fäuste, fuhr herum, wandte Moses den schmalen Rücken zu und senkte den Kopf. So stand er eine Zeit lang gebeugt und schien angestrengt zu grübeln. Schließlich drehte er sich wieder um und sagte: »Du willst Geld. Wie viel?«

»Ich will kein Geld.«

Birger von Kamen, der Haken, neigte den Kopf zur Schulter und runzelte ungläubig die Stirn. »Was dann?« Wieder nahm seine Miene jenen bösen, lauernden Ausdruck an.

»Ich will, dass du Fridolin Sak und mich auf einer deiner Koggen mitfahren lässt, wenn du im nächsten Frühjahr nach Gotland in See stichst.«

Die Gesichtszüge des anderen erschlafften vor Verblüffung. Ungläubig schüttelte er den Kopf, dann stieß er ein freudloses Lachen aus. »Das bestimmt der Kaufmann, wer auf seinen Koggen fährt und wer nicht. Und den Frido nimmt er ganz gewiss nicht mit.«

»Dann sorg dafür.«

»Hör zu, Moses.« Der Haken trat näher und senkte die Stimme. »Ich gebe dir Geld. Wie viel willst du?« Moses schüttelte den Kopf. »Ich biete dir zehn Mark lübisch.«

»Ich brauch kein Geld.«

»Zwanzig Mark lübisch.«

»Nein.«

»Fünfzig.«

Moses schüttelte den Kopf. »Nicht einmal hundert würd ich nehmen. Sieh zu, dass ich und der Fridolin Sak im Frühjahr mit dir nach Gotland segeln.«

»Wie soll ich das denn anstellen?!« In einer Geste der Ratlosigkeit hob der Haken die Hände, und seine Miene nahm einen flehenden Ausdruck an. »Wie denn?«

»Das ist dein Problem«, entgegnete Moses seelenruhig. »Ich will Plätze auf deinen Koggen für Frido und mich. Fährt einer von uns beiden im Frühjahr nicht mit dir, gehst du in den Kerker oder an den Galgen.«

»Also gut.« Der andere atmete tief aus und ein. Gab er seinen Widerstand endlich auf? »Ich will es versuchen.«

Moses nickte langsam und griff in seine Wamstasche. »Ich habe einen Vertrag vorbereitet.« Er entrollte ein Pergament; das hatte Rebecca ihm gegeben. Und den Text darauf hatte sie geschrieben. »In der Schreibkammer ist niemand mehr.« Der Junge ging zur Wendeltreppe. »Gehen wir hinauf, damit du dort unterschreiben kannst.«

10
Victoria

Lübeck, Ostern 1235

Es nieselte, scharfer Wind wehte von der Ostsee her, und kalt war's auch, viel zu kalt für Mitte April. Moses fror trotz des langen Wollmantels, den eine todkranke Frau, die den Krankensaal des Heiligen-Geist-Hospitals schon lange nicht mehr verlassen konnte, ihm geliehen hatte. Die weiten Ärmel hatte er umgekrempelt, und obwohl er das teure Stück mit einem Gurt über den Hüften zusammengerafft hatte, reichte es ihm bis fast zu den Knöcheln.

Die ersten Möwen schrien, und von überallher krähten Hähne und riefen Glocken zur Ostermesse. Aus allen Straßen, Gassen, Gängen und Hoftoren strömten die Lübecker auf die Breite Straße. Über vielen Köpfen flackerten Fackeln im Wind.

Zwischen Frido und Rebecca ging der Junge über den Marktplatz und versuchte, Pfützen und Schlammkuhlen auszuweichen, was wegen der Dunkelheit und des Gedränges gar nicht so einfach war. Trotz der tönenden Glocken, kreischenden Möwen und krähenden Hähne kam es ihm seltsam still vor. Wegen der schlammigen Straßen trug jeder, der sie sich leisten konnte, hölzerne Unterschuhe, und das allgegenwärtige Scharren dieser Trippen verstärkte den Eindruck der Stille noch. Die Menschen, viele noch schlaftrunken, redeten kaum, flüsterten nur oder tuschelten allenfalls.

Die meisten wollten heute Morgen zur Marienkirche, wo der Bischof selbst die Ostermesse halten würde, denn der Dom bot wegen eines Wasserschadens nach einem Hagelsturm nur wenig Platz. Auch Moses wollte um jeden Preis den Bischof Johannes sehen, von ihm gesegnet werden, seinen Ring küssen. Vielleicht würde das ja dabei helfen, dass der Kaufmann Bardewik endlich dem Drängen seines ältesten Kaufgesellen nachgab und Frido und ihn, Moses, auf einer der Koggen mit nach Gotland fahren ließ.

In der Dunkelheit des ersten Morgengrauens sahen die düsteren Umrisse der Marienkirche aus wie der Schatten eines titanischen Engels, der in eiserner Kriegsrüstung über seine Schutzbefohlenen wacht; so jedenfalls kam dem Jungen das gewaltige Gotteshaus vor. In der Menge Hunderter Männer, Frauen und Kinder ließ er sich mit Rebecca und Frido die Breite Straße hinunter und schließlich über den Kirchplatz zum Nordportal schieben.

Er dachte an den Haken und an den Vertrag, den der im vergangenen Jahr unterschrieben hatte. Noch hatte er ihn nicht erfüllt, und nur der Umstand, dass zwei jener Koggen, die Herr Bardewik nach Gotland schicken wollte, in einen schweren Seesturm geraten und beschädigt worden waren, hatte ihm noch eine Galgenfrist verschafft.

Zwei Wochen, dann sollten die Koggen wieder seetüchtig und abfahrbereit sein. Zwei Wochen Zeit für Birger von Kamen, ihm und Frido Plätze an Bord zu beschaffen. Zwei Wochen Zeit für Moses, die Hoffnung zu pflegen, zu träumen, zu beten und seltsame Dinge zu tun, von denen er sich Zauberkräfte versprach. Zum Beispiel dem Bischof den Ring zu küssen oder mit Jacobis Dolch unter dem Strohsack zu schlafen.

Er dachte an die Kaufmannstochter, während vor dem Portal die Menge sich staute und man nur noch in Gänseschrittchen vorankam, an Traudi und ihre bedingungslose Zuneigung. Sein Gelächter wegen ihrer Heiratsspinnerei hatte sie ihm schnell verziehen. Seit sie jedoch wusste, dass er sich auf eine Kogge ihres Vaters und aufs Meer hinaussehnte, lag ein Schatten auf ihrem unschuldigen Mädchenlächeln.

Und schließlich dachte er an seinen eigenen Vater, dessen Stimme und Gesicht ihn in den letzten Wochen durch so manche unruhige Nacht begleitet hatten. Vorgestern erst, an Karfreitag, hatte er von ihm geträumt.

In Visby auf Gotland hatte er plötzlich vor ihm gestanden in seinem langen roten Rock, seinem schwarzen Brustgurt und seinen hohen schwarzen Bärenlederstiefeln. Voller Leben und Kraft war er gewesen, der schöne, starke Herr Vater mit seinen breiten Schultern, seinem langen blonden Haar und dem sonnenverbrannten Gesicht.

»Sehr gut«, hatte er gesagt, und seine blauen Augen hatten geleuchtet. »Du machst das sehr gut, mein Sohn.« Er hatte sein Schwert gezogen und es ihm gereicht. »Es gehört dir.«

Derart wirklich war ihm der Herr Vater erschienen, dass Moses beim Aufwachen erst nicht glauben wollte, dass es nur ein Traumbild gewesen war. Auch die Insel Gotland, ihre Küstenlinie, ihre Hauptstadt Visby und deren Hafen und Gemäuer – alles war ihm vollkommen wirklich erschienen; dabei war er doch nie dort gewesen. Und deutlich und klar hatte er die Buchstaben auf der Schwertklinge des Herrn Vaters erkennen können, jedes einzelne Wort. Nur lesen konnte er keines.

Auf einmal griffen Frido und Rebecca nach seinen Armen, weil er über die Stufe vor dem Eingangsportal stolperte und zu stürzen drohte.

»Gute Morge«, sagte Frido, und Rebecca hob die Fackel und musterte ihn mit fragend hochgezogenen Brauen.

Der Junge, dem sein Straucheln peinlich war, schaute so vorwurfsvoll zu ihr hoch, als hätte sie ihm ein Bein gestellt. Von der Westseite der Kirche her drang das Gebell der Wachhunde in sein Bewusstsein. Er streifte die Hände der beiden Erwachsenen ab und ging voraus.

Knechte des Domkapitels nahmen den Leuten die Fackeln ab und steckten sie in Sandkübel. Durch das Portal quoll die Menge in das schon halb gefüllte Kirchenschiff hinein, das im Glanze zahlloser Kerzen und Öllampen erstrahlte. Menschen beugten die Knie und bekreuzigten sich. Das Klappern und Scharren Hunderter Trippenpaare hallte durch das hohe Kirchengewölbe.

An der südlichen hinteren Säule des Mittelschiffs stieg Frido auf die Kiste, die er mitgebracht hatte, und gab dem Jungen ein Zeichen, damit der auf seine Schultern kletterte. Rebecca blieb vor ihnen stehen. Aufmerksam schaute sie sich um und nickte grüßend zu allen Seiten. Schatten und Lichtschein flackerten auf ihrem schmalen, stillen und in letzter Zeit so ernsten Gesicht.

Was wohl in ihr vorging? Noch selten war es dem Jungen gelungen, ihre Gedanken zu erraten.

Immer mehr Menschen strömten ins Kirchenschiff – von seinem erhöhten Platz auf den Schultern des Weißhaarigen aus sah Moses auf steife Hüte, grobe Kapuzen, schäbige Mützen, weiße und farbige Hauben, glänzende Tonsuren, fadenscheinige Kopftücher und silbrig im Lichterglanz schimmernde Helme.

Bald hatten sich Tausende in der Marienkirche versammelt. Zwischen den Säulen, in den Seitenkapellen, rund um das große Taufbecken, in allen Eingängen und weit bis auf den Kirchplatz, die Mengstraße und die Breite Straße hinaus drängten sich die Leute von Lübeck. Das warme, wohlige Gefühl, ganz und gar geborgen zu sein, erfüllte Moses' Knabenbrust.

Noch nie hatte der Zwölfjährige so viele Menschen auf so engem Raum gesehen. Oder doch? Aus den Tiefen seiner Erinnerung wollte ein Bild von einem vergangenen Osterfest aufsteigen – oder war es ein Christfest gewesen? –, doch kaum nahmen Menschen und Gebäude schärfere Konturen an, lösten die Bilder sich schon wieder auf.

Ganz vorn neben dem Lettner bewegte sich nun eine Schlange aus Lichtern von der Sakristei her und zur Mitte hin; unter ihr geleiteten prachtvoll gewandete Männer den Bischof zum Altar. Gebete und Gesänge erklangen, Weihrauchschwaden breiteten sich aus, die Ostermesse begann.

Auf den Schwingen hallender Gebetsrufe und vielstimmiger Klangteppiche ließ Moses sich davontragen in die feierliche Stimmung der Osterfreude.

»Der Herr ist auferstanden!«, hallte eine Männerstimme durch die Kathedrale.

»Er ist wahrhaftig auferstanden!«, antwortete ein vielstimmiger Chor. Und wer wollte daran zweifeln bei derart festlichem Gesang? Eingehüllt in derart süßen Weihrauchduft? Und geborgen in der Gemeinschaft so vieler Tausender, die unter der Osterbotschaft erschauerten?

Moses dachte an seine eigene Auferstehung – an die endlosen Stunden im kalten Meer, an die groben Kerle, die ihn aus dem Wasser gefischt hatten, an Rebecca, wie sie gesungen, Kräuter verbrannt und sich auf ihm ausgestreckt hatte.

Jetzt stand sie unter ihm in der andächtigen Menge, ganz still und mit geschlossenen Augen. Wer war diese Frau, der er sein neues Leben und seinen neuen Namen zu verdanken hatte? Moses sah eine Träne über ihre Wange rinnen und im Kerzenschein aufglänzen.

Was musste in einem Leben geschehen, dass jemand wurde, wie diese Frau da unten geworden war? Woher das große Herz voll Erbarmen? Und was bewegte dieses Herz dazu, am folgenden Tag in den Orden der Brüder und Schwestern des Heiligen-Geist-Hospitals eintreten zu wollen?

Ein Rätsel, ja, Rebecca war und blieb dem Jungen ein Rätsel.

Es machte ihm nichts aus, im Gegenteil: Er liebte sie auch dafür, dass sie ihm ein Rätsel blieb.

Nach der Messe wollte halb Lübeck den Segen des Bischofs erlangen und seinen Ring küssen. Es war jener Bischof Johannes, der denselben Obersten des Heiligen-Geist-Hospitals und denselben mit ihnen verbündeten Räten die Absolution erteilt hatte, die sein Vorgänger, der Bischof Berthold, fünf Jahre zuvor mit der Exkommunikation aus der Gemeinschaft der Kirche ausgeschlossen hatte. Hunderte drängten nach vorn zu Lettner und Altar, wo er mit seinem Bischofsstab stand und seinen Segen erteilte.

»Der Bischof muss auch mich segnen«, erklärte Moses; und Frido, den er lange nicht mehr derartig gelöst und heiter erlebt hatte, sagte das Gleiche. Rebecca nickte nur, bedeutete ihnen, sich dicht hinter ihr zu halten, und machte sich auf den Weg durch das lange Kirchenschiff nach vorn zum Altar.

Sie schlug nach niemandem, wie andere es taten, sie benutzte nicht die Ellenbogen, trat auch nach niemandem, und dennoch machten die Leute ihr Platz. Warum gelang ihr so etwas und anderen nicht? Moses wusste keine Erklärung dafür.

Bei Bischof Johannes angelangt, flüsterte sie ihm ins Ohr, trat dann zur Seite und wies auf Moses und Frido. Dass sie keinen Segen begehrte, nicht einmal den Ring küssen wollte, fiel dem Jungen erst später auf, als sie die Marienkirche verließen.

Er jedenfalls wollte weder auf das eine noch auf das andere verzichten. Und der fromme Frido sowieso nicht. Ein Schauer durchrieselte Moses, während er sich über den Bischofsring beugte, die warme Hand des Lübecker Oberhirten auf seinem Lockenkopf spürte und ihn die Segensworte murmeln hörte.

Als sie kurz darauf aus dem Kirchenportal auf den Kirchplatz traten, schien die Sonne aus einem strahlend blauen Himmel. Und genauso ging der Tag weiter – strahlend und in jeder Hinsicht voller Licht: Die Menschen grüßten sie freundlich; sie spazierten durch blüten- und girlandengeschmückte Gassen und Gänge; ein Goldschmied, den Rebecca von einer Krankheit geheilt hatte, lud sie zum Festmahl in sein Haus; am Nachmittag fuhren sie in einem österlich geschmückten Kahn mit einer Schiffsprozession bis zur Travemündung hinaus; und am Abend, im letzten Glanz des Ostertages, gingen sie inmitten einer festlichen Prozession hinter dem Bischof her zum Dom.

Als die Stadt sich anschickte, im Festglanz des Auferstehungsfestes schlafen zu gehen, läuteten die Glocken sämtlicher Kirchen, die einen Glockenstuhl besaßen. Ganz berauscht von so viel Feierlichkeit fühlte Moses sich am Abend dieses Ostersonntags. Und überzeugt davon, dass der Tod keine Rolle spielte. Und das Leben davor nur eine untergeordnete.

Es war längst dunkel, als Frido und Rebecca ihn zurück an die Untertrave ins Haus des Herrn Bardewik brachten. Rebecca hatte zuvor den alten Rucksack aus dem Heiligen-Geist-Hospital geholt, mit dem sie zwei Jahre zuvor aus Jacobis brennendem Haus geflohen war. Während Moses und Traudi in der Kemenate saßen, jonglierten und sich Geschichten ausdachten, steckten die drei Erwachsenen in der Schreibkammer die Köpfe zusammen und hatten Wichtiges zu besprechen.

Am Ostermontag dann nahm der kleine Orden der Brüder und Schwestern des Heiligen-Geist-Hospitals Rebecca in seine Mitte auf. Das geschah während eines Gottesdienstes, der am Altar des Krankensaals gefeiert wurde. Der Bischof selbst las die Messe, während der gestrenge Priester der Marienkirche, dem Moses anzusehen glaubte, dass er sich auserwählt wähnte, ihm am Altar diente.

Sämtliche Bewohner des Armenflügels drängten sich unter den farbenprächtigen Wandbildern, zwischen den Krankenbetten und rund um den Altar. Auch viele Gäste aus der Stadt waren gekommen, unter ihnen etliche Ratsherren.

Bei den Alten und Siechen am Portal, direkt unter dem aus dem Grab steigenden Lazarus, entdeckte Moses zu seiner Überraschung das graumähnige Eisauge. Ganz vorn am Altar standen Martinus Bardewik und Johann von Kamen, der Vater des Hakens. Im Auftrag des Rates und gemeinsam mit dem Pfarrherrn der Marienkirche führten sie seit einigen Monaten die Aufsicht über das Heiligen-Geist-Hospital.

Nach der Eucharistiefeier legten die greise Meisterin und jene junge Schwester, die Moses hin und wieder in der Badestube gesehen hatte, Rebecca das schlichte Ordensgewand aus ungefärbter Wolle an. Danach kniete seine geliebte große Schwester vor Bischof und Altar nieder, um das Ordensgelübde abzulegen und den bischöflichen Segen zu empfangen. Rebecca gelobte Armut, Keuschheit und Gehorsam den Ordensmeistern und Gott gegenüber. Danach fragte Bischof Johannes sie feierlich: »Wie lautet künftig dein Name, Schwester?«

»Victoria!«, verkündete Rebecca mit lauter und fester Stimme, und Moses hielt den Atem an.

Der Bischof aber sprach sie wie selbstverständlich mit diesem Namen an und erteilte ihr den Segen. Der verblüffte Junge, der nichts von dem bevorstehenden Namenswechsel gewusst hatte, suchte ratlos Fridos Blick. Doch der zuckte nur mit den Schultern, während Herr Bardewik, neben ihm, sich verstohlen die Augen auswischte.

Nach der Messe entzündeten Hospitalknechte drei Feuer im Hof, und bald drehten sich geschlachtete Lämmer an Spießen über der Glut. Hefekuchen wurde verteilt, Wein und Bier wurden ausgeschenkt. Ein Geiger strich seine Fidel, ein Dudelsackbläser veranstaltete hübsches Gepfeife dazu, und jemand schlug eine Trommel. Nicht lange, und Dutzende Tänzer drehten sich um die Feuer und die bratenden Lämmer.

Moses und Rebecca entfernten sich von Musik und Menschengetümmel und gingen in den großen quadratischen Garten des Heiligen-Geist-Hospitals. Rebecca kam dem Jungen sehr ernst vor, beinahe bedrückt.

Eine Zeit lang wandelten sie stumm durch den Kreuzgang, der den Garten und die Rückseiten der Hospitalgebäude trennte. Irgendwo in der Mitte des Gartens, am Brunnen, hörten sie Fridos Stimme. Der lachte von Zeit zu Zeit laut auf, und der Junge fragte sich, mit wem er da wohl plauderte und scherzte.

Sie verließen den Kreuzgang und spazierten an den Kräuter- und Gemüsebeeten und unter den Obstbäumen des Hospitalgartens entlang.

»Du hast mir gar nicht erzählt, dass du einen neuen Namen kriegst«, brach der Junge irgendwann das Schweigen. »Was bedeutet er denn?«

»Victoria heißt ›Siegerin‹.«

»Und wer hat sich diesen neuen Namen für dich ausgedacht? Der Bischof? Die Meisterin?«

»Den habe ich mir selbst ausgesucht«, antwortete Rebecca. »Niemand weiß so gut wie ich, dass ich eine Siegerin bin.«

Moses nickte langsam und dachte an die schrecklichen Dinge, die sie in Erfurt erlebt hatte und in der Sklaverei bei jenem wendischen Fürsten. Und an die Misshandlungen, die sie bei Jacobi hatte erfahren müssen und die er ja zuletzt selbst miterlebt hatte. Im Geist sah er sie über dem erdolchten Kapitän stehen und sich die rechte Faust festhalten.

»Und ich muss dich jetzt mit deinem neuen Namen ansprechen?«, fragte er.

»Versuche es einfach mal, mein Moses, du wirst dich schon

daran gewöhnen. Erinnere dich doch daran, wie schnell du dich an deinen eigenen neuen Namen gewöhnt hast, den ich dir gegeben habe.«

»Weil ich keinen anderen mehr habe. Victoria …« Moses betonte jede Silbe und lauschte dem Klang des Namens nach. »Es fühlt sich irgendwie fremd an. Du bist doch meine geliebte Rebecca – meine Gedanken nennen dich einfach so, ohne dass ich etwas dagegen tun kann.«

Schmunzelnd legte sie den Arm um ihn und zog ihn an sich. Hinter der Hecke vor dem Brunnen schwatzte Frido, ohne dass Moses jemanden antworten hörte.

»Wir müssen reden«, sagte Rebecca. »Ich habe eine schlechte und zwei gute Nachrichten für dich. Die guten zuerst.« Sie räusperte sich, blieb stehen und legte dem Jungen die Hände auf die Schultern. »Du hast vorhin gehört, dass ich Gott versprochen habe, arm zu sein. Alles, was ich besitze, gehört jetzt dem Heiligen-Geist-Hospital. Ich wollte aber, dass du mein Geld bekommst, deswegen habe ich es gestern Abend Martinus Bardewik gegeben, damit er es für dich aufbewahrt.«

»Das ist nett von dir.« Der Junge schaute ihr ins Gesicht. Obwohl es schon dunkel wurde, konnte er noch das leuchtende Grün ihrer Augen erkennen. »Aber ich brauche kein Geld. Von mir aus kannst du es ruhig dem Hospital schenken.«

»Rede keinen Unsinn, Moses.« Sie schüttelte ihn, und eine Falte des Unwillens trat zwischen ihre Brauen. »Nur ein paar Jahre noch, dann wirst du Geld brauchen. Oder hast du etwa deine Träume, nach Riga und Nowgorod zu fahren, schon aufgegeben?«

»Nein, aber …«

»Nichts aber! Eines Tages wird Herr Bardewik dich zur Widerlegung laden, so wie er es mit Birger von Kamen getan hat. Dann wirst du das Geld brauchen.«

»Aber …« Der Junge stammelte, suchte nach Worten. »Es ist doch dein Geld.«

»Jetzt nicht mehr. Wir haben gestern Abend eine Schenkungsurkunde aufgesetzt und unterschrieben, eine Abschrift behält Bardewik, eine bewahrt Frido für dich auf.«

Kopfschüttelnd stand Moses vor ihr und konnte kaum fassen, was er da hörte. Schließlich fiel er ihr um den Hals und flüsterte mit tränenerstickter Stimme: »Ich danke dir so sehr, Rebecca.«

»Es ist nur Geld, Moses, hörst du? Nur Geld.« Sie schob ihn von sich und schaute ihm wieder in die Augen.

»Nur Geld.« Er nickte langsam, verstand gut, was sie meinte.

»Allerdings ganz besonderes Geld«, fuhr sie fort. »Sieben sächsische Mark aus unserem Familienvermögen, die mir meine Muhme vor ihrem Tod übergeben hat. Dazu zwölf englische Pfennige, die mir ein Kapitän aus London gezahlt hat. Wofür, soll mein Geheimnis bleiben.«

Moses machte große Augen. Eine sächsische Mark war in den meisten Fürstentümern des Reiches zweihundertvierzig Silberpfennige Wert. Von so viel Geld, das wusste er inzwischen, konnte man selbst zu zweit ein Jahr und länger leben.

»Das meiste aber stammt von einem sizilianischen Ritter des Kaisers Friedrich. Ich bin diesem Mann in Brügge begegnet und habe ihn sehr lieb gewonnen. Als Pfand für sein Heiratsversprechen schenkte er mir eine sehr wertvolle sizilianische Goldmünze, einen Augustalis.«

»Du wolltest ihn heiraten?« Moses staunte, denn Rebecca hatte ihm nie zuvor von diesem Geliebten erzählt.

»Und er mich.« Ein flüchtiges Lächeln huschte über ihre Miene und wich sofort einem schmerzlichen Ausdruck. »Als man sein Testament öffnete, zeigte sich, dass er mir zwanzig venezianische Silbergroschen hinterlassen hat.«

»Hinterlassen?« Der Junge griff nach ihrer Hand. »Der Ritter ist gestorben?«

»Ja.« Sie ließ seine Hand los, ihre Gestalt straffte sich. »Wir haben zwei wunderschöne Monate miteinander verbracht, als Jacobi im Schuldturm von Brügge in Ketten lag.« Ihre Stimme klang heiser jetzt, ihre Miene war hart. Wahrscheinlich unterdrückte sie ihre Tränen. »Es war die schönste Zeit meines Lebens.«

»Warum …?« Moses suchte nach Worten. »Warum endete sie denn so schnell?«

»Einen Tag, bevor wir miteinander nach Italien fliehen wollten, ist Jacobi freigekommen. Sein Bootsmann hat uns verraten, woraufhin Jacobi meinen Ritter in einen Hinterhalt lockte und tötete. Offenbar hatte mein Geliebter mit etwas Derartigem gerechnet, sonst hätte er mich nicht in seinem Testament bedacht.«

»Wann ist das alles geschehen?«

»Im Frühsommer Anno 1230. Ein Jahr, bevor der Bootsmann dich aus der Ostsee fischte.« Ihr Gesicht war jetzt kantig und bitter, ihre Augen waren sehr schmal.

»Wie gemein«, flüsterte Moses. Und machte sich im selben Moment klar, dass er wahrscheinlich nicht mehr leben würde, wenn Rebecca mit ihrem Geliebten nach Italien gesegelt wäre. Weder hätte sie ihn heilen, noch hätte sie Jacobi töten können. Wahrscheinlich wäre er niemals bis in die Travemündung und nach Lübeck gelangt, und ganz gewiss wäre er jetzt kein Kaufgeselle im Kontor des Martinus Bardewik.

»Gott hat sich etwas dabei gedacht«, sagte Rebecca leise. »Wie rätselhaft das Leben doch ist, das er seinen Menschen zumutet. An den Stellen, an denen es am schmerzhaftesten zerreißt, fällt oftmals zugleich das meiste Licht herein.«

Sie gingen weiter, und Moses versuchte, ihre Worte zu verstehen. Dabei wurde ihm ganz wirr im Kopf.

»Wie auch immer, Brüderchen – das Geld gehört jetzt dir und ist für die Widerlegung bestimmt, zu der Martinus dich eines Tages auffordern wird. Vorher kriegst du es nicht in die Hände.«

Moses nickte stumm, war mit allem einverstanden, konnte ja kaum fassen, was Rebecca für ihn tat. Und sich vorstellen, dass der Kaufmann ihn eines Tages zur Widerlegung laden würde, konnte er erst recht nicht.

»Wenn es so weit ist und du mit diesem Geld und für Martinus in die Welt hinausfährst, um Handel zu treiben, und wenn Gott deinen Handel segnet und du Gewinn machst, dann soll der zehnte Teil deines Gewinns dem Heiligen-Geist-Hospital gehören. Auch das haben wir in die Schenkungsurkunde geschrieben.«

Wieder nickte der Junge, auch wenn er kaum die Hälfte dessen wirklich verstand, was Rebecca ihm da sagte. Immerhin begriff er: Das Haus des Erbarmens würde einen Nutzen davon haben, dass sie ihm so viel Geld schenkte. Das beruhigte ihn ein wenig und machte es ihm leichter, ihr Geschenk anzunehmen.

Sie griff nach seiner Hand und musterte ihn von der Seite. »Und noch etwas, Moses: Ohne dich wäre ich noch heute bei dem Scheusal Jacobi und mein Geld unter dem Mist seiner Ochsen. Vielleicht hat der Allmächtige und Barmherzige selbst – gelobt sei er! – Jacobi die Augen verschlossen, damit er das Geld nicht entdeckte und es in deine Hände gelangen konnte.«

Moses entgegnete kein Wort, obwohl hundert Fragen ihm durch den wirren Kopf schossen. Es gelang ihm einfach nicht, seine aufgescheuchten Gedanken und Gefühle zu sammeln und einen klaren Gedanken zu fassen. Als sie am Buschwerk vor dem Brunnen vorüberkamen, hörten sie Frido flüstern.

»Die zweite gute Nachricht betrifft ihn.« Im Weitergehen

deutete Rebecca mit einer Kopfbewegung zum Brunnen hin. »Er wird eine der drei Bardewik'schen Koggen befehligen, die in den nächsten Tagen nach Gotland in See stechen. Martinus hat es ihm gestern Abend eröffnet.«

Moses' Herz machte einen Sprung. »Ist das wirklich wahr?«

Rebecca nickte, doch ihre Miene war plötzlich noch düsterer geworden. »Vielleicht hat dein Feind Birger von Kamen ihn von Fridos Fähigkeiten überzeugt, vielleicht liegt es auch einfach daran, dass einer von Martinus' Kapitänen schwer erkrankt ist. Jedenfalls fährt unser Freund Frido nach Gotland, sobald alle Koggen wieder seetüchtig sind.«

Moses blieb stehen und sah ihr ins Gesicht. »Und ich?«

Sie atmete tief, bevor sie antwortete. »Das ist die schlechte Nachricht, mein Moses – dich will Martinus um keinen Preis auf einer Kogge mitfahren lassen.«

Einen Atemzug lang stand Moses wie festgefroren. Hatte er richtig gehört? Abrupt wandte er sich schließlich ab, senkte den Kopf und ging weiter. Mit aller Kraft kämpfte er gegen die Tränen an. Matthis und sein Oheim würden nach Gotland fahren und er nicht? Konnte das wahr sein?

Rebecca holte ihn ein und legte den Arm um seine Schulter. »Dein Feind, der junge von Kamen, hat wohl mit Engelszungen geredet, wollte dich unbedingt dabeihaben, weil du so flink, so zuverlässig und so ehrlich seist, wie er gesagt hat. Er hat dich vor dem Kaufmann und seinen Gesellschaftern in höchsten Tönen gelobt, sodass Martinus schon misstrauisch wurde. Dennoch will er dich nicht fahren lassen.«

»Der Gottseibeiuns soll ihn holen!« Der Junge verschränkte die Arme vor der Brust und stampfte wütend in eine vom Morgen übriggebliebene Pfütze. »Warum denn nicht?!«

Am Brunnen begann Frido, ein frommes Lied zu singen. Als Moses hinschaute, sah er den Weißhaarigen zwischen den

Büschen auftauchen. Singend und die hölzerne Madonna mit beiden Armen umschlingend lief er zum Durchgang in den Hospitalhof.

»Warum lässt Bardewik diesen alten Sack nach Gotland fahren und mich nicht? Der Bertram Stalbuk nimmt seinen Matthis doch auch mit.«

»Matthis ist bald fünfzehn und zwei Köpfe größer als du.«

»Ich kann klettern, kochen, putzen und Wache halten. Mein Vater hat mich mitfahren lassen, da war ich erst acht. Hätt' er's nicht getan, wär ich nicht hier.«

»Das habe ich Martinus alles geschildert. Auch dass schon manch Achtjähriger als Schiffsjunge zur See fährt, doch er sagt, du seist trotz deiner zwölf Jahre noch zu klein und zu schwach von Gestalt. Außerdem brauche er dich im Kontor. Ich glaube fast, das ist sein heimlicher Hauptgrund.«

*

Viele Tage lang vergällten Wut und Enttäuschung dem Jungen das Leben. Es kostete ihn große Muhe, den Herrn Bardewik auch nur zu grüßen. Matthis und vor allem dessen Oheim Frido Sak, die nun ohne ihn nach Gotland fahren würden, ging er aus dem Weg – der Neid auf sie erstickte seine Liebe zu ihnen.

Mit großem Widerwillen nur tat er seine tägliche Arbeit, und Abend für Abend weigerte er sich, Traudi auch nur eine einzige Geschichte zu erzählen. Ob er Salz in Fässer scheffelte, Botengänge erledigte, in Herrn Bardewiks Marktbude Fuchsfelle oder Stockfisch verkaufte oder ob er im Kontor eingehende Waren zählte – seine Miene blieb finster, sogar beim Essen.

»Ich bring dir ein schwedisches Jagdmesser mit«, versprach ihm Matthis. Um ihn zu trösten, lieh er ihm ein Pferd seines Vaters, damit sie gemeinsam an die Travemündung hinausreiten konnten. Und am Tag drauf nahm er ihn mit in die Badestube und zahlte den Eintritt für ihn.

Doch weder das Bad noch der Anblick der nackten Frauenleiber oder der Ausritt an die Küste konnten Moses trösten. Im Gegenteil: Am Strand entlangzureiten und die sich entfernenden Segel auf der Ostsee zu zählen machte ihn nur noch trauriger und wütender.

Der Haken suchte jeden Tag eine Gelegenheit, mit ihm allein zu sein. Dann schwor er ihm, dass er bereits alles Mögliche versucht hatte, um ihm, Moses, einen Platz unter der Besatzung einer Kogge zu verschaffen. Doch der Kaufmann, so jammerte er, wolle einfach nicht auf ihn hören. In seiner Angst vor dem Henker bot er dem Jungen fünfzig Mark lübisch für sein Schweigen.

»Versuche es noch einmal!«, zischte Moses grimmig. »Die Flotte läuft ja erst in vier Tagen aus.« Doch noch während er das sagte, wurde ihm deutlich, dass er sich selbst der Gefahr einer Strafe aussetzen würde, wenn er dem Herrn Bardewik die Diebstähle erst jetzt verriet, ein halbes Jahr nachdem er sie beobachtet hatte. Er kam sich plötzlich lächerlich und dumm vor und ging dem Haken aus dem Weg.

Zwei Nächte, bevor die Flotte mit Herrn Bardewiks Koggen ausliefen, träumte er wieder von seinem Vater. Früh am Morgen ging er zu den Laudes ins Heiligen-Geist-Hospital und schilderte Rebecca – Schwester Victoria – die vielen Vaterträume, die ihn in letzter Zeit heimsuchten.

Sie hörte geduldig zu, dachte lange nach und sagte dann: »Du wirst auf Spuren deines Vaters treffen, Moses. Schon bald. Halte dich bereit.«

Am frühen Abend des Tages, bevor die Lübecker Handelsflotte aus neun Schiffen nach Gotland aufbrechen sollte, bat ihn Frau Brunhilde, nach Traudi zu suchen.

»Sie hat sich sicher wieder im alten Haus an der Mengstraße versteckt.« Die Amme seufzte. »Das arme Mädchen kann sich einfach nicht verabschieden von den Kammern seiner Kindheit.«

Moses machte sich auf den Weg. Schon als er in die Mengstraße einbog, hörte er die Wachhunde der Marienkirche kläffen. Ein Schwarm Kinder hatte sich einmal mehr vor dem Hundeverschlag zusammengerottet, darunter jener vorlaute Lockenkopf und einige andere, die der Junge schon kannte.

Er lief schneller und fing auch gleich an zu schimpfen. »Weg von den Hunden!« Die Kinder fuhren herum. »Sofort lasst ihr die Tiere in Ruhe!« Augenblicklich rannten die Kinder um die Ecke und verschwanden durch das offene Portal in der Kirche. Vielleicht hatten seine grimmige Miene und seine wütende Stimme ihnen Angst eingejagt.

An der Eingangsfassade der Kirche vorbei wollte Moses über den Kirchplatz zur Mengstraße und zum alten Haus des Herrn Bardewik gehen, da hörte er, wie jemand in der Kirche Traudis Namen rief. Er machte kehrt und betrat das Gotteshaus.

Es war bereits düster im Kirchenschiff, nur ein paar Öllampen an den Säulen und Kerzen auf dem Altar und in den Seitenkapellen spendeten ein wenig Licht. Über dem abgedeckten Taufbecken spielten drei Lastenträger Karten. Männer schlenderten zwischen den Säulen entlang und hatten allerhand zu besprechen. In einer Seitenkapelle presste ein Mädchen von vielleicht acht Jahren die Stirn gegen eine Apostelfigur und zählte laut. Überall in der Kirche duckten andere Kinder sich hinter Sarkophagen, Statuen oder Säulen. Manche huschten auch die Treppe zur Empore hinauf oder krochen unter den Altar. Offenbar spielten sie Verstecken.

Moses entdeckte ein Mädchen mit dunkelbraunem Haar,

das in die Seitentür eines Beichtstuhls schlüpfte. Im letzten Augenblick erkannte er Traudi. Während das Kind in der Seitenkapelle einen lauten Ruf ausstieß und zu suchen begann, ging Moses zum Beichtstuhl, öffnete die mittlere Luke und setzte sich auf den Hocker zwischen die beiden Sprechgitter.

Eine Zeit lang schwieg er und lauschte den Atemzügen auf der anderen Seite des Sprechgitters.

»Ich hab dich!«, zischte er schließlich.

»Moses?«, kam es erstaunt von der anderen Seite. »Du? Spielst du mit?«

»Die Frau Brunhilde schickt mich, ich soll dich zum Essen holen.«

»Bist du immer noch böse?« Moses schwieg. »Schade. Dann erzählst du mir auch heute Abend keine Geschichte?« Moses antwortete nicht.

Von der anderen Seite aus drückte Traudi irgendwann Nase und Stirn gegen das Sprechgitter, beobachtete ihn. Eine Zeitlang war es ganz still im Beichtstuhl.

»Übrigens kannst du gleich wieder lachen«, sagte Traudi plötzlich. »Ich habe jetzt nämlich sogar schon geträumt, dass wir heiraten sollen.«

Moses, in trübe Grübeleien versunken, schreckte hoch. »Wer soll heiraten?«

»Bist du taub? Ich soll dich heiraten, und du sollst mich heiraten.«

»Wer sagt denn so was?« Moses verdrehte die Augen – fing die Kleine schon wieder an mit ihrem Hochzeitsquatsch?

Auf der anderen Seite des Sprechgitters herrschte drei Atemzüge lang Schweigen; Traudi schien nachzudenken. »Gott, glaube ich«, erklärte sie schließlich. »Vielleicht war es aber auch mein Herz. Oder ein Engel?«

»Unsinn!«, zischte Moses. Das Wort benutzte Rebecca

häufig. Es tat gut, es selbst zu verwenden und dabei sehr missmutig zu gucken. »Dein Vater bestimmt, wen du heiratest.« Draußen im Kirchenschiff rief eine strenge Männerstimme; Moses achtete nicht darauf. »Und der wird den Sohn eines reichen Kaufmanns für dich aussuchen.«

»Unsinn!« Zu Moses' Ärger benutzte nun auch die Kleine Rebeccas Wort. »Gott bestimmt, wen ich heirate. Und ich.« Sie begann, ihren Traum zu erzählen, zahllose Menschen mit zahllosen Namen, die an zahllosen Orten alles Mögliche erlebten, kamen darin vor.

Moses gähnte und hörte irgendwann nicht mehr richtig zu. Seine Gedanken flogen zum Haken, zu Frido, zu Herrn Bardewik und dessen Koggen, die morgen ohne ihn in See stechen würden.

Erst als Traudi von weißen Pferden, einem Hochzeitsfest und einer feierlichen Messe erzählte, in der ein Priester sie und ihn traute und zu Mann und Frau erklärte, wurde Moses wieder wach.

»Hör auf mit dem Quatsch«, sagte er streng. »Du bist noch viel zu klein zum Heiraten.«

»Aber nicht mehr lange!« Auf der anderen Seite des Sprechgitters wurde Traudi ungehalten und laut. »Noch einen Monat, dann werde ich schon sieben!«

»Noch anderthalb Monate.«

»Wenn dann noch fünf Jahre vergehen, bin ich schon so alt wie du und groß genug zum Heiraten.«

Sie hatte recht, und Moses musste an die Geschichte eines Fischers denken, die er kurz vor dem Auferstehungsfest auf dem Markt gehört hatte: Der Mann hatte seine beiden Töchter, Zwillinge, an einem einzigen Tag an einen Köhler und dessen Bruder verheiratet. Da waren die beiden Mädchen gerade zwölf gewesen.

Irgendjemand stieß irgendwo im Kirchenschiff einen erstickten Schrei aus. Moses saß plötzlich kerzengerade auf dem Hocker. Irgendwo draußen schlug etwas auf den Fliesen auf.

»Sie findet mich nicht«, flüsterte Traudi und lauschte. »Wenn ich die Letzte bin, die sie noch sucht, hab ich gewonnen.«

Moses vermutete, dass sie von dem Mädchen sprach, das mit Suchen dran war. Aufmerksam lauschte er, doch draußen im Kirchenschiff hörte er nun überhaupt nichts mehr. Das kam ihm merkwürdig vor.

»Bitte erzähl mir eine Geschichte, Moses«, bettelte die Traudi.

Obwohl sie es ja nicht sehen konnte, legte er den Zeigefinger auf die Lippen und öffnete die Tür des Beichtstuhls einen Spalt weit. »Nichts mehr zu hören«, flüsterte er. »Findest du das nicht auch komisch?«

Er hörte, wie Traudi aus dem Beichtstuhl sprang. »Sie haben uns eingeschlossen!«, rief sie, und dann entfernten sich ihre schnellen Schritte.

Er drückte die Tür auf und beugte sich aus dem Beichtstuhl. Düsternis, wohin er blickte. Auf dem Altar und in einer Seitenkapelle leuchteten noch Flämmchen von Öllampen.

»Warte, Traudi!« Wenn sie recht hatte, mussten auch die Wachhunde jetzt irgendwo hier in der Kirche sein. »Warte, sag ich!« Er sah sie durch das westliche Seitenschiff auf das geschlossene Portal zulaufen. Niemand außer ihr war sonst zu sehen. »Bleib stehen, Traudi!«

Sie blieb stehen – wie festgewachsen stand sie auf einmal zwischen einer Säule und einer Seitenkapelle, und der Schatten, der sich langsam und drohend auf sie zuschob, knurrte böse. Er hatte kurzes dunkelgraues Fell. Moses rannte los.

Im Laufen sah er, wie der Schatten die Kleine ansprang, hörte er sie schreien, zog er Jacobis Dolch aus dem Gurt. Er warf sich auf den großen grauen Hund, packte ihn am Ohr und riss ihn von dem Mädchen herunter.

Hatte er so etwas nicht schon einmal erlebt? Hatte er nicht auch in Wismar einen großen Hund angefallen, um einem Menschen zu helfen? Nur hielt er diesmal einen Dolch in der Faust. Und stach zu. Wieder und wieder. Bis Knurren und Jaulen des Tieres verstummten, sein Zucken erschlaffte und sein pelziger Leib zusammen mit Moses' Dolchhand in warmes Blut sank.

Da war Traudi längst aufgesprungen, da rannte sie längst kreischend zum Kirchenportal. Aus der Seitenkapelle sprang ein zweiter Schatten, einer mit langem schwarzen Fell. Moses stemmte sich hoch, tat zwei große Schritte und versperrte ihm den Weg zum Portal und zu Traudi.

»Sei klug, Wolf«, raunte er und streckte dem knurrenden Tier die Hand mit dem Dolch entgegen. »Ich hab einen Reißzahn wie du, siehst du? Nur einen zwar, aber der ist aus Eisen und länger als deine.« Moses wusste nicht, woher ihm die Worte kamen, sie purzelten ihm einfach über die Lippen. »Sei klug, Wolf, und guck dir den Greif an. Du willst doch nicht auch schon sterben, oder? Komm, Wolf, lass uns Freunde sein.«

So raunte er, so flüsterte er, so stammelte er, während am Portal die schreiende Traudi gegen die Tür schlug und trat. So raunte und flüsterte er, bis Wolf zu ihm kam und sich streicheln ließ. So raunte er, bis sein Blick auf den kleinen Körper fiel, der hinter dem schwarzen Kirchenwachhund vor dem Altar der Seitenkapelle lag. Im Licht der roten Kerze, die darauf brannte, erkannte Moses den kleinen Lockenkopf. Der lag seltsam krumm und guckte und guckte und schien doch nichts mehr zu sehen.

Moses' rechte Hand begann, schrecklich zu zittern, so schrecklich, dass er die Linke aus Wolfs Fell zurückziehen und nach dem neuen roten Ledergriff des Dolches greifen musste, damit die Klinge ihm nicht aus der Faust glitt. Der schwarze Wolf aber schob sich wieder rückwärts in die Seitenkapelle hinein.

*

Als Erstes lief ein Mann in schwarzem Habit und violettem Barett herbei und nahm den Wolf an die Kette; ein Domherr, wie Moses später erfuhr. Wie lange kauerte er da schon auf den Fliesen, den Dolch in seiner Rechten und den Blick auf den schwarzen Hund gerichtet, der sich von ihm streicheln ließ? Er hätte es nicht sagen können.

Danach kamen viele Menschen. Nachtwächter, Priester, Mönche, Kaufmänner, Marktfrauen, Handwerker aus den benachbarten Werkstätten. Alle wollten sehen, was geschehen war, alle verfluchten den Greif, alle wollten sich um den Lockenkopf und um Traudi kümmern.

Irgendwann erkannte der Junge den Herrn Bardewik und Rebecca. Herr Bardewik flüsterte seiner wie durch ein Wunder nur leicht verletzten Tochter tröstende Worte zu. Manchmal guckte er zu Moses wie einer, der etwas zum ersten Mal sieht und seinen Augen noch nicht recht trauen will.

Rebecca kniete vor dem kleinen Lockenkopf, drehte den Leblosen hin und her, tastete ihn ab, legte ihr Ohr auf seine Brust und drückte ihm schließlich die Lider über die großen staunenden Augen.

Wie sie dann hinaus aus der Marienkirche, hinunter an die Untertrave und hinauf in die Kemenate von Martinus Bardewiks Haus gelangten, konnte Moses später nicht sagen. Er erinnerte sich einfach nicht mehr.

Woran er sich jedoch deutlich entsann und was er niemals wieder vergessen sollte, war Folgendes: Herr Bardewik umarmte ihn und sagte, er wisse nicht, wie er ihm das jemals danken könne.

»Ich schon«, antwortete Moses mit hohler und müder Stimme. »Lasst mich morgen früh auf eine Eurer Koggen gehen und mit nach Gotland fahren.«

11

Traum und Wirklichkeit

Ostsee, Frühjahr und Sommer 1235

Endlich auf einem Schiff, endlich auf See! Wilde Freude erfüllte ihn, am liebsten hätte Moses sie herausgeschrien. Er hatte es geschafft, er hatte es tatsächlich geschafft! Es war kein Traum: Er stand tatsächlich an der Heckreling einer Kogge von Martinus Bardewik und schaute zurück nach Süden, wo Travemündung und Küste ferner und immer ferner rückten. Gut so!

Nach Norden und Osten hin dehnte das Meer sich aus, grenzenlos wie der Himmel. Möwen kreischten, die Segel schlugen, Fridos raue Befehlsstimme donnerte vom Ruderdeck her über das Schiff, Wellen klatschten gegen die Bordwand. Die kühle Luft schmeckte nach Salz und Tang. Tief sog Moses sie ein. Wann zuletzt hatte er derart frei durchatmen können?

Zu beiden Seiten der Kogge segelten die anderen Gotlandfahrer, Schiffe der lübischen Kaufherren Stalbuk, van der Brügge, Klingenberg, von Kamen und Warendorp. Zwei Wismarer Koggen hatten sich ihnen angeschlossen. Das neuste Schiff von Herrn Bardewik segelte an der Spitze des Verbandes aus nun neun Koggen; ihr Kapitän war das Eisauge, Jacobis ehemaliger Bootsmann.

Nicht selbst an der Spitze fahren zu können verdross Matthis' Oheim ein wenig, wie Moses schon am Morgen gemerkt hatte, denn Frido hielt sich für den erfahrensten Kapitän der Flotte. Doch allzu laut beklagte er sich nicht darüber, dem Eisauge die Flottenführung überlassen zu müssen, schließlich war er gottfroh, überhaupt wieder Planken unter den Sohlen spüren und ein Schiff befehligen zu dürfen.

Zehn Mann Besatzung unterstanden dem Weißhaarigen – Moses nicht mitgerechnet –, lauter raue und verwildert aussehende Männer, niederdeutsche Seeleute zumeist. Wie es zu jener Zeit Sitte war, hatte Frido sie mit Zuruf im Hafen angeheuert, manche mit Handschlag.

Ein Flame, ein Däne und ein Pole waren darunter und ein Kaufgeselle des Herrn Klingenberg. Auch auf den anderen Koggen arbeiteten in der Regel zehn oder elf Mann; auf dem Führungsschiff des Eisauges zwölf, weil dort Moses' Feind, Birger von Kamen, mitfuhr. Im Stillen dankte Moses Gott dafür, den Haken nicht Tag und Nacht sehen zu müssen.

Er hatte sich an das Schiff seines Vaters erinnert, als er ringsum die Koggen aus der Travemündung segeln sah. Das war schmaler und viel niedriger gewesen als die Lübecker Koggen und hatte weder Bug- noch Heckkastell gehabt wie diese. Der Platz des Ruderschwengels und des Steuermanns hatte auf gleicher Ebene gelegen wie das gesamte Deck. Hier, auf Herrn Bardewiks Kogge, standen Steuermann und Kapitän oben auf dem erhöhten Kastell, denn dort ragte auch der Ruderschwengel aus dem Achterdeck – der Kolderstock, wie manche Seeleute das Steuer nannten.

Die Koggen verfügten wie das Schiff seines Vaters über lediglich einen einzigen Mast, doch sie waren größer und vor allem erheblich breiter. Fridos Kogge maß ungefähr neunzig Fuß in der Länge und fast fünfundzwanzig Fuß in der Breite. Ihre erstaunliche Höhe von mehr als zwölf Fuß in der Schiffsmitte sollte es Seeräubern erschweren, sie zu entern. Ihr Kiel lag sieben Fuß unter Wasser.

Alle diese Schiffsmaße hatte Moses von Frido erfahren. Matthis' Oheim konnte man in Sachen Schiffbau und Seefahrt fragen, was man wollte – sogar, was der große Laderaum der Kogge fasste, wusste er: zweiundvierzig Lasten. Das entsprach in etwa 170.000 Pfund Weizen oder ungefähr vierundachtzig großen Fässern mit Bier.

Weil der Junge ein aufmerksamer Zuhörer war – ein ungewöhnlich aufmerksamer! –, vergaß er selten etwas, das er gehört hatte. Am allerwenigsten Zahlen.

Ein kalter Schauer rieselte ihm über den Rücken, wann immer er vom Mittelschiff der Kogge aus auf die Wellen hinunterschaute und an den Grund für den hohen Schiffsrumpf dachte. Denn sofort fiel ihm dann der Seeräuber mit den blonden Zöpfen und dem weißen Pelzmantel ein und wie schnell der Pirat damals auf das niedrigere Schiff des Herrn Vaters hatte klettern können.

Ein letztes Mal blickte Moses zurück – nur als schmaler Streifen erschien die Südküste ihm jetzt noch, die Travemündung war längst nicht mehr zu erkennen. Im Westen dagegen sah man deutlich die Konturen der Holstein'schen Küste mit ihren Steilklippen, Landzungen, Kirchen, Burgen und Türmen, und das würde sich vorerst auch nicht ändern, denn tagsüber orientierte sich der Steuermann vor allem an den Landmarken entlang der Küstenlinie, um das Schiff sicher zu lenken.

Und an den Zurufen des Lotsen. Den hatte Frido schon bald nach der Ausfahrt aus der Travemündung aufs Vorderschiff gescheucht, um das Senkblei auszuwerfen. Das Lot zog ein Seil zum Meeresgrund hinab, das in regelmäßigen Abständen mit Knoten versehen war, an denen der Lotse die Wassertiefe ablesen konnte. Nicht einmal Seeräuber fürchtete Kapitän Fridolin Sak so sehr, wie in Untiefen zu geraten und sein Schiff auf eine Sandbank oder ein Riff zu setzen.

Dieses Unglück nämlich musste er schon einmal erleben, wie er dem Jungen ein paarmal erzählt hatte. Wollte Moses allerdings Matthis glauben, dann hatte der weißhaarige Seefahrer bereits zwei Schiffe auf Sandbänken verloren und eines an Seeräuber. Seit jenem angeblichen dritten Verlust hing ihm der Ruf an, einer Schiffsbesatzung Unglück zu bringen.

Moses gab nichts darauf. Abgesehen von Rebecca und Matthis vertraute er keinem Menschen so rückhaltlos wie Frido.

An der Bugreling eines der Schiffe am Ende des Verbandes, vielleicht vierzig Ruten entfernt, leuchtete Matthis' Rotschopf in der Morgensonne. Der ältere Freund winkte, und Moses winkte zurück. Vor ein paar Stunden waren sie im ersten Morgengrauen gemeinsam über die Prahmbrücke zu den Koggen gelaufen und hatten ein paar Worte gewechselt. Die letzten für die nächsten acht bis zehn Tage, denn so lange brauchte ein Schiff selbst bei günstigstem Wind und ruhiger See für die Seereise von Lübeck nach Visby auf Gotland.

Der inzwischen fünfzehnjährige Matthis freute sich genauso wie Moses, endlich auf Fahrt gehen zu können, wenn auch aus anderen Gründen. Zank und Zwietracht in seinem Elternhaus machten ihm zu schaffen, und weil er daran vor allem seiner Mutter die Schuld gab, war er froh, ihr eine Zeit lang den Rücken kehren zu können.

Neben dem Priester und etlichen Mönchen mit ihren Äbten waren am Morgen auch viele Frauen, Mütter und Kinder der Seeleute zum Hafen heruntergekommen, um den Gotlandfahrern Gottes Segen zu wünschen und Lebewohl zu sagen. Jede Seefahrt war ja ein lebensgefährliches Wagnis, und keiner konnte gewiss sein, lebendig und gesund in den Heimathafen zurückzukehren.

Rebecca hatte Frido und Moses in den Arm genommen, den Jungen sehr lange und fest. Traudi hatte ihn auf die Wange geküsst und Frau Brunhilde ihm mit feuchten Augen über die blonden Locken gestrichen. Frau Stalbuk jedoch hatte sich nicht an der Untertrave blicken lassen, um Gatten und Sohn zu verabschieden.

Das Gerede auf dem Markt ließ inzwischen keinen Zweifel mehr daran, dass Bertram Stalbuk, für den fähige Gesellschafter und zuverlässige Kapitäne arbeiteten, nur deswegen die Mühen der gefährlichen Handelsfahrten auf sich nahm, um wenigstens ein paar Monate lang seine Frau nicht ertragen zu müssen. Inzwischen glaubte auch Moses dem Lübecker Tratsch.

Bald glitt im Westen die Küste der Insel Fehmarn vorüber. Der Steuermann, ein noch recht junger in Lübeck geborener Hüne mit langem schwarzen Haarzopf, ging auf Ostkurs. Auf dem Ruderdeck, am Kolderstock, wich nun Frido nicht mehr von seiner Seite.

Mit einem Ohr immer bei den Meldungen des Lotsen, las er dem Steuermann aus einem kleinen Buch die Segelanweisungen vor, die er darin für diese Meeresgegend aufgezeichnet hatte. Die beschrieben ausführlich Landmarken und Küstenlinien, schilderten den genauen Verlauf von Riffen und Sandbänken, gaben Meerestiefen und -strömungen an und empfahlen an bestimmten Stellen Kursänderungen und Neuausrichtungen der Takelage.

Nach Moses' Einschätzung hätte Frido sich die Lesung sparen können. Es hätte gereicht, einfach hinter dem Schiff an der Spitze herzusegeln, denn auch Eisauge ließ ja nach aufgezeichneten Segelanweisungen navigieren. Der Junge vermutete allerdings, dass Frido nur seinen eigenen Aufzeichnungen vertraute. Und das auch gern vor aller Ohren und Augen zeigte.

Als Stunden später fern im Norden die Südspitze der dänischen Insel Falster auftauchte, schlossen sich der Lübecker Flotte drei Koggen aus Rostock an. Man hatte mit zwei Rostocker Gotlandfahrern gerechnet, die sich per Briefboten mit den Kapitänen aus Wismar in dieser Gegend verabredet hatten und hier auf sie warten wollten. An der schwedischen Küste später, und erst recht auf dem offenen Meer, boten nämlich selbst kleinere Flotten dem einzelnen Schiff keinen ausreichenden Schutz vor Seeräubern.

»Zwei Kogge aus Roschtock sollet hier zu uns stoße!«, hörte der Junge die tiefe Stimme des Kapitäns rufen. »I seh' aber drei! Kennt oiner von euch die Flagge des dritten Kahns?« Frido deutete hinüber zu der Kogge, die unter einer fremden Flagge segelte. Die war noch ziemlich neu, das sah man am tiefen Schwarz des geteerten Rumpfes und am Bugkastell. Bugkastelle baute man erst in letzter Zeit vermehrt, und unter den neun Koggen der Gotlandfahrer war nur die neuste damit ausgestattet: Herrn Bardewiks Führungskogge.

Die Seeleute liefen an der Backbordreling zusammen, winkten hinüber zu den drei Koggen, die sich nach und nach in den lübischen Verband einreihten, und palaverten über das Schiff mit der unbekannten Flagge. Der gekrönte schwarze Bullenkopf auf den Mastfahnen der Rostocker war allen vertraut, auch Moses. Doch den weißen, aufrecht stehenden Bären mit aufgerissenem Rachen auf der dritten Flagge hatte selbst der Älteste unter ihnen, ein Pole, noch nie gesehen.

»Auf dem Schiff fährt ein Gefangener mit!«, rief Moses. »Seht ihr den Käfig am Bug?« Das Palaver verstummte jäh, alle spähten sie nun aufmerksam hinüber, und bald erkannten es auch die mit den schlechtesten Augen: Auf dem Bugkastell des fremden Schiffes erhob sich ein Käfig aus ungeschälten, armdicken Birkenästen, und darin hockte ein Mann in dunkler Kutte und mit Tonsur.

»Ein Mönch«, sagte jemand, »ziemlich großer Kerl.«

»Wird scho net umsonscht hinner Gitter hocke!«, rief Frido. »Wer weiß, was der ausg'fresse hat?«

Die Männer gingen wieder an ihre Arbeit, und Moses

hörte den Seemann nach ihm rufen, der für die Verpflegung zuständig war. Da er als Schiffsjunge eingestellt war und bezahlt wurde, hatte er beim Kochen zu helfen. Der Koch war ein alter Pole, der schon sämtliche Küsten der Ostsee befahren hatte.

Am gusseisernen Herd unter dem Achterkastell bereiteten sie eine Fischsuppe zu. Der weitgehend zahnlose Pole sang, während er Zwiebeln und Rüben für die Suppe schälte. Und ständig machte er Witze, über die er dann lauthals lachen musste. Leider sprach er ein ziemliches Kauderwelsch, sodass Moses ihn kaum verstand.

Nach seinem ersten Essen an Bord schöpfte der Junge Wasser aus dem Meer, um Töpfe und Schüsseln zu reinigen. In welche Himmelsrichtung er dabei auch schaute, überall dehnte nun das Meer sich aus. Nur im Nordwesten war noch ein schmaler, bereits verschwimmender Streifen Land zu erkennen – der Südzipfel von Falster.

Die zwölf Schiffe fuhren in einer Kolonne aus zwei Reihen, denn Untiefen reichten von der dänischen Inselküste aus weit in das Meer hinein. Landmarken gab es hier weit und breit keine mehr, und so orientierten sich Kapitän und Steuermann am Sonnenstand und an den sehr genauen Anweisungen in Fridos Buch. In immer demselben monotonen Tonfall rief der Lotse die Wassertiefe aus, die sein Senkblei anzeigte. Manchmal ertönte seine Stimme alle zwei Atemzüge.

Die Kogge mit der Bärenflagge segelte keine fünfzig Ruten entfernt, deutlich konnte Moses nun den Mönch im Birkenholzkäfig erkennen. Er blies auf einer Flöte, und manchmal trug der Wind Melodienfetzen über das Rauschen des Meeres hinweg bis zu Fridos Kogge.

Moses schützte seine Augen vor der Nachmittagssonne und spähte hinüber. Zwischen Heckkastell und Mast entdeckte er jetzt noch weitere Käfige, mindestens vier zählte er. In einigen glaubte er Tiere zu erkennen, einen Hirsch und einen Hund, beide mit sehr hellem Fell.

Auf dem Heckkastell der Bärenkogge löste sich plötzlich ein Mann aus einer kleinen Gruppe und stieg aufs Mitteldeck hinunter. Moses sah blondes Haar und einen roten Rock unter einem weißen Pelzmantel. Seine Knie wurden weich.

Mit offenem Mund und beiden Händen an den Brauen stand er da und traute seinen Augen nicht. Er schüttelte sich, kniff die Lider zu, riss die Augen wieder auf, schaute noch einmal hin – doch niemand stieg mehr vom Heckkastell.

Ein Wachtraum? Ein Phantom? Oder eine Erscheinung des Herrn Vaters, wie sie ihm früher schon widerfahren war? Doch sein Vater hatte nie einen weißen Pelzmantel getragen. Oder täuschte ihn seine Erinnerung?

»S'Meer moints gut mit uns!«, rief Frido plötzlich. »D'Sonn scheint so hell ussem blaue Himmel, dass man vom Krähenescht aus d'Sandbank wahrscheins mit bloßen Aug sehe tät!« Der Kapitän deutete zur Mastspitze hinauf, auf der ein fassartiger Ausguck saß. »Warum zum Henka isch noch koiner da drobbe?!«

Moses sprang vom Zuber mit den Töpfen und Schüsseln auf und rannte zum Mast. Kaum griff er dort in die Takelage, sah er sich einem dunkelhaarigen bulligen Halbwüchsigen gegenüber.

»Was hast du hier zu suchen?!«, fuhr der ihn an. Es war Goswin Klingenbergs jüngster Kaufgeselle.

»Halt suche ich«, erklärte Moses mit fester Stimme. Mit Unbehagen erinnerte er sich an die Prügel, die er vor fast zwei Jahren von diesem Burschen und seinen Kameraden bezogen hatte. »Denn ich klettere in den Ausguck hoch.«

»Das glaubst du«, sagte der bullige Bursche.

»Das weiß ich.«

»Ich werde ins Krähennest hinaufklettern«, erklärte der

Klingenberggeselle mit grimmiger Miene. »Gehe du nur wieder zu deinem Abwasch, Bürschlein.«

»Ich bin der Schiffsjunge, ich gehöre in den Korb.« Moses kletterte los, doch der andere hielt ihn am Knöchel fest.

»Was isch los da drunne?«, donnerte Frido vom Ruderdeck hinunter. »Gibt's Stroit?«

»Der Kleine hier glaubt, das Krähennest sei sein Revier!«, rief der Klingenberger dem Kapitän zu.

»An'd Reling!«, befahl Frido. »De Jan backbords, de Moses steuerbords!« Zögernd gehorchten die beiden Streithähne. »Wer zuerscht drobbe isch, dem g'hört's Kräheneschd bis ma, so de Herrgott will, im Herbscht wieda in Lübeck vor Anker gehe!« Sämtliche Seeleute vergaßen ihre Arbeit und schauten zu Moses und dem Klingenberger. Manche schlossen Wetten ab. »Uff drei geht's los!«, rief Frido. »Oins, zwoi …«

Bei *drei* spurteten die beiden Jungen zum Mast und sprangen in die Takelage. Flink wie eine Katze kletterte Moses die Taue und Spiere hinauf. Der Klingenberger Kaufgeselle, größer und schwerer, hatte gerade einmal die Hälfte der Masthöhe bewältigt, da stand Moses schon im Krähennest und jubelte.

Die Seeleute brachen in Hochrufe aus oder applaudierten, und ihr Kapitän rief: »Die Sach isch entschiede! Koi Wort mehr drübber!«

Das ging zweifellos an die Adresse des Kaufmannssohns. Der stieg mit hängendem Kopf und sauertöpfischer Miene zurück aufs Deck.

Moses aber verbrachte herrliche Stunden im Krähennest. Sein Blick wanderte die Horizonte entlang, und das Herz wurde ihm sehr weit. Er hielt Ausschau nach Ausläufern von Sandbänken und beschrieb ausführlich die Lage der wenigen, die er unter Wasser entdeckte. Ansonsten genoss er die Weite des Meeres und ließ sich den Wind durch Blondschopf und Kleider blasen.

Und beobachtete die Bärenkogge. Der Gefangene im Käfig auf dem kleinen Bugkastell spielte unentwegt Flöte. Auf dem Mitteldeck standen tatsächlich vier weitere Käfige. Einer war leer, in einem strich ein Wolf mit sehr hellem, fast weißem Fell hin und her, in einem ein weißer Fuchs und im vierten stand ein weißer Hirsch. Ein fünfter Käfig auf dem Heckkastell war ebenfalls leer.

Einen Mann mit blondem Haar, weißem Mantel und rotem Rock konnte Moses nirgendwo an Bord mehr entdecken. War es also ein Tagtraum gewesen? Er atmete auf.

Weil Frido es gut mit ihm meinte – oder vergaß er ihn vor lauter Blättern in seinem Segelbuch? –, blieb der Junge im Ausguck, bis die untergehende Sonne den Himmel im Westen in leuchtendes Rot tauchte.

Alle wunderten sich, dass ihm nicht übel geworden war, als er sich zum Essen zwischen die Seeleute auf die Planken setzte. Naturgemäß war ja das Krähennest an der Mastspitze den Schwankungen des Schiffes weitaus heftiger ausgesetzt als das Mitteldeck oder das Heckkastell mit dem Ruderschwengel, und wer nicht schwindelfrei war oder zur Seekrankheit neigte, hielt es dort oben nicht lange aus.

»Das ist doch niemals deine erste Fahrt«, mutmaßte der Bootsmann mit skeptisch gerunzelten Brauen, und der Steuermann sagte: »Dir hat Gott die Seefahrerei wohl in die Wiege gelegt.«

Moses antwortete mit keinem Wort, vor seinem inneren Auge aber stand er auf einmal neben seinem Vater an der Reling eines Schiffes. Nein, es war nicht seine erste Fahrt, wahrhaftig nicht! Und während er sein Brot und seinen geräucherten Speck kaute, stieg ihm ein Bild nach dem anderen aus der verschütteten Erinnerung hoch: er als kleiner Junge mit dem großen und starken Herrn Vater und anderen Seeleuten in einer Pinasse, die sie von einer Kogge zum Hafen einer Stadt brachte; er mit dem schnarchenden Vater im Dunkeln einer Kapitänskajüte; er mit dem Vater unter einem Hafenkran, der Fässer und Kisten aus dem Laderaum eines Schiffes hob und auf Ochsenwagen lud; er mit den streitenden Eltern an einer Laufplanke – die Mutter jammerte: *Lass mir meinen Sohn!*, und der Vater rief: *Der muss ein Seefahrer werden!*

Nach dem Essen stieg er zum Heckkastell hinauf und rollte sich hinter Frido und dem Steuermann in den viel zu großen Mantel, den ihm jene Frau im Krankensaal des Heiligen-Geist-Hospitals kurz vor ihrem Tod geschenkt hatte. Er verschränkte die Arme unter dem Kopf und schaute in die dunkelnde Bläue des Abendhimmels.

Ein Stern nach dem anderen flammte im zunehmenden Nachtblau auf, und der Junge wartete darauf, dass in ihm weitere Bilder aus seiner verschütteten Erinnerung aufstiegen. Er wartete vergeblich, denn es ging wie sonst auch: Erinnerungen an sein erstes Leben stellten sich immer nur schlagartig und unverhofft ein, niemals jedoch, wenn er wie jetzt darauf wartete oder gar über die vergessenen Zeiten zu grübeln begann.

Die Nacht brach an, und weil sie sternenklar war, ließ das Eisauge auf dem Führungsschiff die Segel gesetzt; zur schwedischen Küste hin war nun nicht mehr mit Untiefen zu rechnen. Die Hälfte der Besatzung holte Decken und Strohsäcke aus dem Laderaum und legte sich auf dem Heckkastell oder am Mast zum Schlafen nieder. Die andere Hälfte blieb wach und wartete auf Befehle des Kapitäns.

Moses stemmte sich auf den Ellenbogen hoch und blickte sich um. An Bord aller Koggen sah er nach und nach kleine Lichter aufflammen, Talglampen zumeist, hier und da auch Fackeln, die er am helleren Schein erkannte. Zumindest auf der vorderen Kogge tat man nun ganz gewiss das, was auch der übervorsichtige Frido und sein Steuermann taten: Die nämlich hoben eine kleine, im Fackelschein silbrig glänzende Scheibe zum Sternenhimmel hinauf und richteten sie auf den Polarstern.

Ein Astrolabium, dachte Moses und wunderte sich über sich selbst – woher kannte er den Namen der Scheibe in Fridos Hand? Woher wusste er, dass man damit die Höhe des Polarsterns über dem Horizont und so nachts nicht nur die Zeit, sondern auch die Himmelsrichtung bestimmen konnte?

Der Nachtwind drückte ihm die Kälte durch den Mantel und bis auf die Haut. An Frido und dem Steuermann vorbei kletterte er vom Ruderdeck, stieg über schlafende oder dösende Seeleute und bückte sich in eine der beiden Kajüten unter dem Heckkastell. Kapitän und Steuermann schliefen hier. Der Steuermann teilte seine Kajüte mit Jan, dem Kaufgesellen des Herrn Klingenberg, Frido ließ den Jungen bei sich schlafen. Rebecca hatte ihn darum gebeten und, wie Moses später erfuhr, den Weißhaarigen sogar dafür bezahlt.

Genau genommen bewohnten sie die Kapitänskajüte zu dritt, denn natürlich hatte Frido seine hölzerne Madonna mit auf die Gotlandfahrt genommen, seine dritte Ehegattin. Der Junge entzündete eine Öllampe, blieb einen Augenblick vor der Koje des Weißhaarigen stehen und betrachtete die Marienskulptur. Ihre Farben waren teilweise verblichen, an manchen Stellen schimmerte das helle Holz durch. Ihm war, als würde die Madonna ihn anlächeln.

Zufrieden wandte er sich ab und ging zu seiner Koje. Die Axt mit dem schwarzen Stiel, sein neuer roter Hut und der Rucksack, den Rebecca ihm für diese Reise genäht hatte, lagen noch darin; in der Eile des morgendlichen Aufbruchs hatte er beides hineingeworfen. Nun legte er Axt, Hut und den ledernen Rucksack, in dem die Laute steckte, in seine Kleiderkiste, streckte sich in seiner Koje aus, deckte sich mit seinem Wollmantel zu und schlief sofort ein.

Er träumte sich in Rebeccas armselige Schlafkammer unter Jacobis Dach zurück. Am Fenster hantierte die Madonna mit einem Astrolabium und hielt es in den nächtlichen Himmel.

»Das ist der Weg«, sagte sie, »der Weg durch die Angst und über Riga bis nach Nowgorod.« Als er das hörte, stand Moses auf, trat zur Gottesmutter Maria und freute sich über ihr plötzlich so vertrautes Gesicht: Es hatte sich in Rebeccas schönes Antlitz verwandelt.

Gemeinsam schauten sie zum Fenster auf Jacobis nächtlichen Hof hinaus. Der Stall brannte lichterloh, und im Feuerschein erkannten sie Jacobi, der seinen Kopf auf den Holzpflock legte, auf dem er die Hühner zu köpfen pflegte. Über ihm hob der Herr Vater sein Schwert und schlug ihm den Kopf ab. Moses und die Madonna, die in Wirklichkeit Rebecca war, lachten. Lachend wachte Moses auf.

Zwei Tage später erreichten sie die schwedische Küste und segelten wieder auf Sicht. Am fünften Tag jedoch begann es zu regnen, sodass man nachts keinen Stern und tagsüber vor lauter Regen, Dunst und Wolken oft kaum die Küstenlinie erkennen konnte. Ganze Nächte und halbe Tage lang kamen sie nicht vom Fleck, weil sie die Anker auswerfen mussten.

Dazu machte raue See ihnen das Leben schwer. Die zwölf Koggen schaukelten mächtig in den hohen Wellen, und wenn man über das Deck ging, musste man achtgeben, dass man nicht ausrutschte. Moses wurde kaum noch trocken in diesen Tagen und die Seeleute, die unter freiem Himmel schlafen mussten, sowieso nicht.

Eine Woche lang regnete es fast ununterbrochen, und nur während weniger Stunden am Tage konnte die Flotte weiter nach Norden segeln. Moses kam es vor, als würde Gotland immer ferner rücken. Die Seeleute waren nicht besonders lustig in dieser Zeit, selbst dem alten Polen verging das Singen und Witzemachen. Einmal gerieten der Steuermann und der

Bootsmann so heftig aneinander, dass sie sich schlugen. Frido ging mit einem Stock dazwischen.

Moses erschrak, als er das sah. Er erwartete, dass die beiden jüngeren und größeren Männer sich wehren oder dem Kapitän wenigstens mit Beschimpfungen widerstehen würden. Doch das geschah nicht – sie steckten die Prügel ein wie ungezogene und schuldbewusste Kinder, ließen sich von Frido die Leviten lesen, und als der Weißhaarige anschließend die gesamte Besatzung auf dem Achterschiff antreten ließ und ihr vom Heckkastell aus eine Predigt über Brüderlichkeit und die Verwerflichkeit der Todsünde des Zorns hielt, standen sie mit gesenkten Köpfen in der ersten Reihe und schienen sehr brav zuzuhören.

Moses, neben dem Klingenberger Kaufgesellen unter all den wilden Männern, staunte. Er fragte sich, was von dem kleinen, dünnen und doch schon ziemlich alten Mann ausging, dass die Seeleute sich seine harte Hand und strengen Ermahnungen gefallen ließen.

Nach seiner Predigt verkündete Frido einen Zahltag und ließ einen nach dem anderen aufs Heckkastell steigen, damit er ihm seinen Wochenlohn auszahlen konnte. Offenbar legte Frido ein wenig drauf, denn hinterher stieg die Stimmung an Bord beträchtlich.

Das Wetter schlug um, der Regen hörte auf, die See beruhigte sich. Die Handelsflotte kam nun schneller voran. Moses hörte den alten Polen wieder Witze machen und die Seeleute darüber lachen. Planken und Segel trockneten, die Landmarken auf dem schwedischen Festland waren wieder deutlich zu erkennen.

Am zweiten Tag nach dem Wetterumschlag setzte Bertram Stalbuk in einer Pinasse erst zu dem Bärenschiff über, danach zu Eisauges Kogge und schließlich zu Fridos Schiff. Er hatte einen Teil seines Weizens, seines Salzes und seines flämischen

Tuches auf den Schiffen von Herrn Bardewik geladen und wollte sich vergewissern, dass der Regen seine Ware nicht beschädigt hatte. Mit ihm kam auch Matthis an Bord.

Die Lübecker Kaufmänner hatten es gehalten wie sonst auch und ihre Waren einigermaßen gleichmäßig auf die Flotte verteilt. Auf diese Weise konnte man den Verlust geringer halten, falls ein Schiff unterging oder sonst wie zu Schaden kam. Nur die Fässer mit der englischen Wolle von Goswin Klingenberg hatte man vollständig im Laderaum der von Frido befehligten Kogge verladen, weswegen auch dessen Kaufgeselle auf ihr mitfuhr.

Während Frido und der Klingenberger mit dem Kaufmann die Ladung auf Wasserschäden untersuchten, lehnten sich Moses und Matthis am Bug über die Reling, schauten in Fahrtrichtung und hatten sich allerhand zu erzählen.

»Hast du den Gefangenen an Bord der Bärenkogge gesehen?«, fragte Matthis. Moses nickte. »Ein schottischer Mönch. Der soll dem schwedischen König Erik ausgeliefert werden.«

»Was hat er denn verbrochen?«

»Ein Verräter, sagen die Seemänner auf dem Schiff des Grafen. Wahrscheinlich kassiert der Graf ein fettes Kopfgeld für ihn, sonst würde er sich kaum die Mühe machen, ihn ans schwedische Festland zu schaffen.«

»Von was für einem Grafen sprichst du?«

»Dem Mann, dem das Schiff mit der Bärenflagge und die Tiere gehören. Die verkauft er nach England und Frankreich. In Rostock hat er dem Herzog von Mecklenburg schon eine weiße Hirschkuh und einen weißen Hirsch abgeliefert, die der im letzten Jahr bestellt hat.«

»Ein Graf als Kaufmann?« Bisher hatte Moses nie von adligen Kaufleuten gehört.

»Jawohl. Ein starker Mann, der Schwert und Kettenhemd

trägt. In Visby will er meinem Vater zwölf Fässer Bier, zehn Zentner Weizen und drei Ballen flandrisches Tuch abkaufen. Sie haben sich schon die Hand drauf gegeben. Hast du den Grafen noch nicht auf dem Ruderdeck seiner Kogge gesehen? Der fällt doch auf in seinem Eisbärenmantel und mit seinen blonden Zöpfen.«

12
Der Todgeweihte

Am sechzehnten Tag, nachdem die lübischen Gotlandfahrer aus der Travemündung gesegelt waren, entdeckte Moses in der ersten Abenddämmerung einen verwaschenen Flecken zwischen dem dicht bewölkten Himmel und dem Meer. Der Flecken wurde länger und dunkler, und Moses beugte sich aus dem Krähennest und schrie: »Land! Land in Nordost! Land in Sicht!«

Die Seemänner liefen an der Bugreling zusammen, Frido bekreuzigte sich, auf den anderen Koggen winkten sie, und dann ging es wie ein einziger Jubelschrei über das Deck: »Land!«

»Gotland!«, rief der Steuermann. »Morgen sind wir in Gotland! Morgen gehen wir in Visby vor Anker!«

Moses blickte hinüber zur Bärenkogge: Der Blondzopf im Eisbärenmantel stand unter seinen Männern an der Reling und blickte der gotländischen Küste entgegen. Im Käfig auf dem Bugkastell lag zusammengekauert der Mönch. Schlief er?

Der Junge kletterte aus dem Krähennest; fiebrige Erregung hatte ihn ergriffen. Weil er morgen den Boden von Gotland betreten würde? Ja, auch deswegen. Mehr noch aber, weil er morgen dem Mörder seines Vaters gegenüberstehen würde. Das jedenfalls hoffte er. Und er fragte sich, was dann geschehen würde.

Dunkelheit fiel über Koggen und Meer, Eisauge auf dem Führungsschiff ließ die Segel bergen und die Anker setzen, denn keine Wolkenlücken und kein Stern zeigte sich, und an der Küste von Gotlands Südspitze war kein Leuchtfeuer zu erkennen. Auf allen Koggen flammten Lichter auf. Auch Frido schickte die Seemänner in die Takelage, damit sie die Segel einrollten. Den Anker kurbelte er selbst ins Meer hinab.

An der Steuerbordreling pisste Moses ins Meer. Die Männer, die neben ihm pissten, schmiedeten hoffnungsvolle Pläne für den ersten Landgang. Sie sprachen von Huren und Schänken, die sie in Visby kannten, von Freunden, die sie zu treffen hofften, und vom Markt an der Sankt-Maria-Kirche, wo sie eigene Waren verkaufen wollten, wenn die Geschäfte der Kaufleute, deren Güter sie transportierten, abgeschlossen sein würden.

Einige von ihnen hatten nämlich von ihrem sogenannten »Führungsrecht« Gebrauch gemacht und bestimmte Nischen im Laderaum mit eigenen Besitztümern vollgestopft, die sie zu Geld machen oder gegen Wachs oder russische Felle eintauschen wollten: kleinere Schmiede- oder Tischlerarbeiten, Dörrobst, Trockenkräuter, selbst gebrannten Schnaps, Handarbeiten ihrer Frauen und dergleichen. Die Miete für den Laderaumanteil, den die Einzelnen damit belegten, wurde ihnen von der Heuer abgezogen. So war es im Lübischen Recht festgelegt.

Moses dachte an die kommenden Tage, als er in seine Koje kletterte. Zusammen mit Frido hatte er die Entladung der Waren des Herrn Bardewik zu überwachen, die der Haken für den Weitertransport nach Russland verkaufen würde. Und die Verladung der russischen Waren, die er für die Märkte in Schonen, Lübeck, Hamburg und Brügge einkaufen würde.

Vielleicht dauerten die Geschäfte des Hakens drei oder vier Tage, vielleicht auch eine Woche. Moses hoffte, in dieser Zeit mit Matthis und seinem Vater auf die Bärenkogge zu gelangen. Er fürchtete sich vor der Begegnung mit jenem Grafen. Sollte er Frido einweihen? Oder Matthis? Er wünschte, Rebecca wäre da.

»Gib mir Kraft, gnädiger Gott«, betete er in sein Kissen hinein. »Gib mir Mut und Kraft, dem adligen Seeräuber gegenüberzutreten, dem Mörder. Zeig mir, was ich tun soll, damit ich seine Schwertklinge zu sehen bekomme. In deiner großen Güte, Amen.«

In der Kapitänskoje flüsterte Frido mit der Madonna. Moses rollte sich in seinen Mantel und versuchte einzuschlafen.

*

Den ganzen nächsten Tag über segelten die Gotlandfahrer an der Westküste der Insel entlang. Gotland war nicht klein – obwohl Eisauge, Frido und die anderen Kapitäne schon im ersten Morgengrauen die Anker lichten und die Segel setzen ließen, erreichte die Flotte den Hafen von Visby erst kurz vor der Abenddämmerung.

Moses erlebte die Einfahrt vom Krähennest aus. Und wieder musste er staunen: Kaum etwas an diesem großen Seehafen erinnerte ihn an den Travehafen von Lübeck. Mit gut hundert Ruten so lang wie die Meerseite Visbys selbst, war er zu beiden Seiten von bogenförmigen Holzstegen eingefasst, die wie Verlängerungen der Stadtmauern wirkten. Von der gut siebzig Ruten breiten Einfahrt bis zum befestigten Kai vor der Häuserfront segelte man noch etwa dreißig Ruten. Vom Hafenkai aus ragten sechs breite Anlegestege so weit ins Hafenbecken hinein, dass an jeder ihrer Seiten mindestens zwei Koggen festmachen konnten. Zwei Stege rahmten eine Landzunge ein, an deren Breitseite Moses ebenfalls Ankerplätze entdeckte. Er zählte nur drei Koggen und fünf kleinere Lastkähne im Hafen.

An den Türen und Fenstern der Häuser zeigten sich schnell die ersten Menschen, die riefen und winkten. Von einigen Kirchtürmen der Stadt läuteten die Glocken. Bald strömten die Leute von Visby aus den Höfen und Straßen am Kai zusammen, viele liefen auch hinaus auf die Landungsstege, etliche bereits mit Fackeln und Talglampen. Rasch waren es Hunderte von Männern, Frauen und Kindern, die in der einsetzenden Abenddämmerung die Flotte der niederdeutschen Kaufleute begrüßten.

Eisauge steuerte Herrn Bardewiks neue Kogge zu einem Ankerplatz in der Mitte des Hafenbeckens und zur Breitseite der Landzunge. Die Flotte teilte sich, denn wer schon in Visby gewesen war, wusste auch, wo er anzulegen hatte. Zwei Kapitäne, die Gotland zum ersten Mal erreichten, ließen die Segel einholen und die Anker im äußeren Hafenbecken setzen, denn es würde dunkel werden, bevor man ihnen einen Anlegeplatz zuweisen konnte.

Am Kai oder an einem Landungssteg anzulegen war eine durchaus heikle Arbeit, die bei Nacht nur schwer zu bewältigen war. Nicht einen Augenblick gab der Steuermann in dieser Zeit das Ruderschwengel aus der Hand, und Frido rief unentwegt Befehle, um die Takelage so auszurichten, dass seine Kogge sich nur langsam mit der Steuerbordseite an den Ankerplatz heranschob. Vier Seeleuten befahl er, die langen Stangen von der Reling zu binden und sie gegen die Kaimauer zu stemmen, um einen Aufprall zu vermeiden.

Doch endlich war es geschafft, und die Kogge konnte vertäut werden. Von Eisauges Schiff, das Heckkastell an Bugkastell links neben ihnen lag, wurde schon die Laufplanke auf den Kai der Landzunge geschoben. Zur rechten Seite, jedoch längs der Landzunge, rasselten Ankerketten und flogen Haltetaue von Stalbuks Schiff an Land. Moses erkannte Matthis unter den Tauwerfern.

Dahinter, Bugkastell an Heckkastell mit der Stalbuk'schen Kogge, ging unter der Flagge des weißen Bären das Schiff jenes Grafen vor Anker, in dem Moses den Mörder seines Vaters zu erkennen glaubte. Wegen des weißen Mantels und des roten Rocks darunter war seine Gestalt auf dem Ruderdeck gut zu erkennen. Wie eben noch Frido rief auch er nun unentwegt Befehle. Seine harte und heisere Stimme war Moses widerwärtig. Er kannte den Mann nicht, hatte ihn nur dreimal von Weitem gesehen und hasste ihn doch.

Er lehnte sich über den Rand des Krähennestes und sah zur Stadt hin. Im nach und nach erlöschenden Licht des Tages zählte er vierzehn Kirchtürme, die über den Dächern Visbys in den Abendhimmel ragten. Er überlegte, was er nun tun sollte. Frido einweihen und um Rat fragen? Hinüber zur Kogge von Matthis' Vater gehen und sich mit seinem Freund besprechen?

Unter ihm, auf der Landzunge und am Kai, wurde es laut. Fackelschein und Lampenlichter näherten sich. Niederdeutsche Kaufleute, die in Visby residierten, kamen an Bord der lübischen Gotlandfahrer, um die Kapitäne und die Kaufleute oder deren Gesellschafter zu begrüßen. Der Junge stieg hinunter aufs Deck. Eine Gruppe von Männern umringte Frido und den Kaufgesellen des Herrn Klingenberg, ließ sich ausführlich die Fahrt schildern und wollte Neuigkeiten aus Lübeck erfahren.

So ging es nun auf allen Koggen zu, die bereits angelegt hatten. Nachrichten wurden ausgetauscht, Warenlisten wechselten von Hand zu Hand, man traf Verabredungen für den nächsten Morgen, und für den übernächsten Abend wurde eine Dankmesse in der Mariakirche von Visby vereinbart. Moses nutzte das Getümmel, um von Bord zu schleichen und auf Herrn Stalbuks Kogge zu gehen.

Bürger von Visby tummelten sich auf dem Mitteldeck, Frauen verteilten frisches Brot und Stockfisch. Fackeln und Talglampen spendeten Licht. Am geöffneten Laderaum drängten sich einige Männer um Herrn Stalbuk und schauten über seine Schulter in die Warenliste, die er im Schein einer Schiffslampe mit ihnen durchging. Eine sanfte Flötenmelodie schwebte über Stimmengewirr und Gelächter. Der Junge hörte Matthis auf dem Heckkastell lachen.

Er stieg hinauf und entdeckte den Rotschopf des Freundes in einer Gruppe von Seeleuten, die alle hinüber zum Bugkastell der Bärenkogge gafften und riefen. Dort, kaum acht Fuß entfernt, schaukelten mit dem Schiffsbug auch der Birkenkäfig und der darin eingesperrte Mönch im leichten Wellengang auf und ab. Der Gefangene hockte auf einem umgedrehten Daubenkübel und blies in eine kleine Flöte. Er trug eine ehemals weiße Tunika mit einem schwarzen Kapuzenüberwurf, einem Skapulier. Moses meinte, die Mönchstracht der Zisterzienser zu erkennen.

An geöffneten Kisten voller Dörrobst und Stockfisch und einem Korb mit Zwiebeln und Brot vorbei ging er zu Matthis und drängte sich zwischen den Männern hindurch, um ganz vorn bei ihm stehen zu können. Der Freund hatte sich einen halben Laib Brot unter den Arm geklemmt, riss davon ab und aß gedörrte Apfelstücke dazu.

»Endlich sind wir da«, sagte Moses und strich dem Freund über den Rücken.

»Ja«, sagte Matthis mit vollem Mund, »doch den da drüben scheint das gar nicht glücklich zu machen. Spielt schon sein Sterbelied, der Galgenstrick, hörst du's?« Tatsächlich klang die Flötenmelodie des Mönchs recht traurig.

»Wundert's dich, Matthis?«, fragte einer der Männer; er trug eine Fackel. »Weit hat er's nicht mehr bis zur schwedischen Küste, und dort wartet der Tod auf ihn.«

»Was hast du denn angestellt, Kerl?«, rief ein anderer. Der Mönch sah nicht einmal auf, spielte einfach weiter auf der Flöte.

»Hast du in die Schatulle des Grafen gegriffen oder sein

Mädchen gevögelt?«, rief der Nächste, und raues Gelächter ertönte. »Oder seine Hirschkuh?« Noch lauter lachten die Seeleute jetzt. »Oder hast du dem schwedischen König ins Bier gepisst?«

So machten sie ihre Sprüche und bogen sich vor Lachen, auch Matthis. Der Mönch aber flötete mit geschlossenen Augen.

Er war sehr kräftig von Gestalt und so groß, dass er in seinem Käfig wohl nur in gebückter Haltung hätte stehen können, wenn er sich von seinem Kübel erheben wollte. Sein rundes Gesicht mit der stumpfen Nase wirkte ein wenig jungenhaft und sehr friedlich. Ein schwarzer, struppiger Bart rahmte es ein; auch sein Haarkranz war tiefschwarz. Moses glaubte nicht, dass er viel älter als zwanzig war. Er fragte sich, wie einer mit derart großen Händen und solch kräftigen Fingern ein zartes Instrument wie diese kleine Flöte blasen konnte.

Die Männer machten sich einen Spaß daraus, immer absurdere und unflätigere Verbrechen zu erfinden, für die er nach Schweden zum König und dessen Henker geschafft werden sollte. Irgendwann öffnete der Mönch die Augen, setzte die Flöte ab und sagte auf Englisch: »Der allmächtige Gott segne und behüte euch, meine Brüder. Er lasse sein Angesicht leuchten über euch und sei euch gnädig. Amen.« Sprach's, schloss die Augen und spielte weiter.

Schlagartig verstummten die Männer. Verblüfft schauten sie einander an, und einer fragte: »Was hat er gesagt?« Doch er erntete nur ratlose Blicke und Schulterzucken. Offenbar verstand keiner der Seeleute Englisch.

»Er hat uns gesegnet«, erklärte Moses und übersetzte die Segensworte des gefangenen Mönches.

»Gesegnet? Bist du sicher?« Die Männer wollten's kaum glauben, und Matthis musste ihnen versichern, dass sein jüngerer Freund Moses die Sprache der Engländer genauso gut sprach und verstand wie das Niederdeutsche.

Das Flötenspiel verstummte, der Mönch öffnete erneut die Augen und schaute Moses direkt ins Gesicht. Der Blick seiner braunen Augen war warm und freundlich.

»Wie heißt du, Junge?«, fragte er auf Englisch.

»Man nennt mich Moses«, antwortete Moses in derselben Sprache, »meinen wirklichen Namen habe ich an dem Tag vergessen, als ein Mann im Eisbärenmantel meinen Vater erschlug und unser Schiff versenkte.«

Die Männer bedrängten Moses, wollten wissen, was er da redete. Über das breite Gesicht des Mönchs aber glitt ein düsterer Schatten. Er nickte langsam und schaute Moses traurig an.

»Ja, Lothar von Turku war wirklich ein wilder Pirat. Gott allein weiß, wie viele er in den Tod gerissen hat. Wirst du ihm vergeben, Moses? So wie Gott dir vergibt?«

»Nein«, erwiderte Moses. »Ich werde ihn töten. Wie heißt du?«

»Ich bin Petrus von Edinburgh«, antwortete der Mönch, immer noch auf Englisch. »Gott hat mich gesandt, um den Heiden in Kurland und Livland die Liebe unseres Herrn Jesus Christus zu verkünden. Und jetzt soll ich schon sterben.« Er wandte den Blick vom Jungen zu den Seeleuten hin und sprach auf Niederdeutsch weiter. »Ich habe Hunger. Der Graf lässt mir nur hinwerfen, was seine Männer übrig lassen – so gut wie nichts.«

»Er spricht ja unsere Sprache!«, staunten die Seeleute. »Dann hat er auch unseren Spott verstanden.« Sie stritten, ob man ihm von dem frischen Brot hinüberwerfen solle, und einer sagte, das würde sich nicht lohnen, weil er ja eh bald sterben müsse. »Sei doch froh, wenn du am Hunger stirbst, das ist besser, als vom Henker des Königs aufs Rad geflochten zu werden.« Zaghaftes Gelächter erhob sich wieder.

Moses aber fuhr herum, drängte sich durch die Männer und holte Brot aus dem Korb und Stockfisch und Dörrobst aus den Kisten, die wohl auch die Frauen von Visby an Bord gebracht hatten. Zurück bei Matthis und den Seeleuten schob er sich ganz nach vorn bis zum Bugspriet und warf dem Mönch Obst und Fisch hinüber.

Die Seeleute hinter ihm schimpften, hinderten ihn aber nicht am Werfen, weil Matthis ihn verteidigte. Moses riss das Brot in Stücke, zielte und warf es hinüber auf den Bug der Bärenkogge und zum Birkenkäfig des Todgeweihten. Manches fiel ins Hafenbecken, das meiste aber zwischen die Gitterstäbe auf den Mönch oder zu seinen nackten Füßen.

Erst als ein kleiner, rundlicher Seemann mit einer Fackel zum Bugkastell der Bärenkogge heraufkletterte, sich schwankend vor den Käfig stellte und mit schwerer Zunge Flüche und Drohungen ausstieß, hörte der Junge auf. Doch da hatte Petrus schon genug Fisch, Obst und Brot aufgelesen.

»Danke!«, rief der Mönch ihm auf Englisch hinterher, als Moses wieder zum Deck hinunterstieg, und: »›Was du einem meiner geringsten Brüder tust, das hast du mir getan‹, hat unser Heiland Jesus Christus gesagt!«

Als Moses später in seiner Koje lag und Lärm und Menschengetümmel auf den Schiffen allmählich nachließen, staunte er schon wieder und diesmal über sich selbst: Was um alles in der Welt hatte ihn veranlasst, den wildfremden Mönch in sein Herz blicken zu lassen? Warum nur hatte er ihm vom Mord an seinem Vater erzählt und den Kapitän der Bärenkogge als Mörder verdächtig gemacht?

In dieser Nacht träumte er, die Madonna würde aus der Koje des schnarchenden Frido kriechen und sich über seine Koje beugen.

»Wer bist du?«, fragte sie mit strenger Miene. »Wir werden dir sagen, wer du bist: ein Niemand, ein elender Waisenbalg, ein lächerlicher Eierjongleur, ein Nichts.«

Moses zog die Beine an, krümmte sich wie ein Wurm und wagte nicht, sich zu rühren. Doch die Gottesmutter beugte sich noch tiefer zu ihm herunter und packte ihn am Ohr. »Was fällt dir ein, den schönen Graf Lothar von Turku des Mordes zu beschuldigen?« Sie riss so heftig an seinem Ohr, dass Moses weinen musste. »Seine Geschäfte willst du stören? Den Frieden auf Visby gefährden? Den mächtigen Edelmann gar töten?« Sie spuckte ihn an. »Verkriech dich in die Erde, Würmchen, und vergehe vor Furcht!«

*

Am nächsten Morgen fühlte der Junge sich krank. Wie Gift krochen ihm die Traumbilder durch den Leib und wollten einfach nicht verblassen. Die Glieder taten ihm weh, ihm war schwindlig, seine Beine trugen ihn kaum die Stiege zum Ruderdeck hinauf, als er dort sauber machen wollte. Bei jedem Schatten, den er aus dem Augenwinkel wahrnahm, schrak er auf und fürchtete, die Madonna könnte wieder an seiner Seite erscheinen – lebendig, streng und gehässig. Hatte ihre Stimme nicht ein wenig wie die von Meister Kasimir geklungen?

Er versuchte, nicht daran zu denken, nicht mehr auf Schatten zu achten, putzte das Deck, die beiden Kajüten, bereitete das Essen. *Nur Dummköpfe haben keine Angst.* Wieder und wieder rief er sich die Stimme seines Vaters in Erinnerung. *Wo die Angst ist, da geht's lang*. Das Gift des Traumes verflüchtigte sich nach und nach.

Männer in guten Kleidern und mit hohen Hüten kamen an Bord, Kaufmänner aus Visby. Frido ließ sie Herrn Bardewiks Tuch sehen, zeigte ihnen die silbernen Gerätschaften für russische Kirchen, erlaubte, dass sie Weizen und Roggen durch die Finger rieseln ließen.

Als Birger von Kamen an Bord hetzte, der Haken, durchbohrte Frido ihn mit einem strafenden Blick, weil er viel zu spät kam. Moses war zu erschöpft, um sich darüber freuen zu können. Der Kaufgeselle stellte sich den deutschen Kaufleuten des gotländischen Kontors vor und begann zu verhandeln. Mit dem einen über den Preis für Weizen, mit dem anderen über den für flandrisches Tuch, mit dem dritten über Messgefäße.

Als der Junge mit der Arbeit fertig war, bat er den Kapitän, an Land gehen zu dürfen.

»Lass bloß die annere Weize und Tuchballe schleppe«, sagte Frido. »Geh' du in'd Stadt, schau di um und tu mit de Leut schwätze, dass ebbes lerne tusch. Fort mit dir, auf geht's!«

Moses lief in die Kajüte, zog den Wollmantel über Rock und Wams und steckte den Jacobidolch in den Gurt; dazu die Axt mit dem schwarzen Stiel und den roten Zeichen. Drei Atemzüge lang verharrte er, schloss die Augen und dachte an Rebecca. War sie nicht eine Königin gewesen, als sie über dem sterbenden Jacobi stand und sich die Hand festhielt, mit der sie ihm den Dolch in den Leib gestoßen hatte? *Victoria, Siegerin* – der Name passte zu ihr.

Er rief sich Fridos Worte ins Gedächtnis: *Getreten wird, wer sich zum Wurm macht*. Danach knöpfte er den Mantel über Dolch und Axt zu und verließ die Kogge. Er fühlte sich besser, viel besser.

Auf dem Kai wimmelte es von Menschen. Fuhrwerke rollten von der Stadt heran oder fuhren beladen von den Schiffen weg und zurück in die Stadt. Lastenträger mit großen Tragekörben stapften über die Laufplanken an Bord der Koggen oder verließen sie mit gefüllten Körben.

Auf der Nachbarkogge sah es ähnlich aus wie auf Fridos Schiff und wie wahrscheinlich auf allen niederdeutschen Koggen heute Morgen: Kaufmänner aus Visby verhandelten mit Bertram Stalbuk über Preise für seine Waren, und Matthis und ein Kaufgeselle beaufsichtigten mit Warenlisten in den Händen den Abtransport.

Bei seinem Kaufmann Martinus Bardewik hatte Moses gelernt, dass hier in Visby vor allem der Zwischenhandel stattfand. Die skandinavischen und deutschen Kaufleute, die in der großen Inselstadt lebten, kauften deutsche, englische, flämische oder nordländische Waren für das gotländische Kontor ein, um sie in den nächsten Wochen an Russland- und Livlandfahrer weiterzuverkaufen. Am begehrtesten waren Tuche, Getreide jeder Art, Schmuck und Bier.

Und den Kaufmännern der Wendischen Städte – so nannte man Küstenstädte wie Lübeck, Wismar oder Rostock – verkauften die Gotländer, was sie im Herbst den Russland- und Livlandfahrern abgekauft hatten: vor allem Pelze, Wachs und Bernstein aus Russland und Livland, der Landschaft nördlich von Riga, aber auch Seide, Gewürze und Weihrauch aus dem fernen Osten.

Moses machte Anstalten, die Laufplanke der Stalbuk-Kogge zu betreten, zögerte aber, denn ein Schiff weiter zogen sie den Käfig mit dem weißgrauen Wolf über den Landgangsteg auf den Kai herunter. Von einem Fuhrwerk herab dirigierte der Graf selbst die Entladung des Tieres – der Mann mit den blonden Zöpfen und dem roten Rock unter seinem Eisbärenmantel, den Moses für den Rock seines Vaters hielt. Hatte der Herr Vater nicht ebenfalls so einen breiten schwarzen Brustgurt getragen? Wahrscheinlich war es auch das Schwert des Vaters, das nun dieser Graf am Gurt des Vaters trug. Bitterkeit schnürte dem Jungen die Kehle zu.

Er ließ Matthis und die Kogge seines Vaters rechts liegen,

ging weiter und auf die Bärenkogge und das Fuhrwerk zu, auf dem er stand, der Graf, der Pirat, der Tierhändler, der Mörder des Herrn Vaters. Moses fühlte in schmerzlicher Schärfe, wie die Wut, ja der Hass sich in ihm regte. Und je wütender er wurde, desto besser fühlte er sich.

Er gelangte ans Fuhrwerk, verlangsamte seinen Schritt. Auf der Ladefläche des Wagens, vor den sechs Pferde gespannt waren, standen bereits zwei Käfige. In einem strich der weiße Fuchs aufgeregt am Gitter entlang, im anderen stand auf zitternden Beinen der weiße Hirsch. Der hochgewachsene Graf kommandierte mit rauer Stimme und befahl seinen Leuten, den Käfig mit dem Wolf zu ihm auf den Wagen zu stemmen.

Verkaufte er die seltenen Tiere also hier in Visby? Um dann mit seinem Gefangenen noch bis an die schwedische Küste zu segeln? Moses fragte sich, wer für solche Tiere bezahlte und warum. Er ging am Fuhrwerk vorbei, vermied es, zum Mörder hinaufzusehen, und lief über den hölzernen Steg und entlang der Landzunge auf die Häuserfront der Stadt zu.

Grell und schmerzhaft leuchtete sein Traumbild vor ihm auf. Er glaubte, wieder die gehässige Stimme der Gottesmutter zu hören. Wahrhaftig, so hatte auch Meister Kasimir giften können! So verächtlich, so feindselig.

Zweifel überkamen den Jungen – wenn er sich nun täuschte? Wenn der Graf Lothar von Turku nur zufällig den gleichen Mantel und das gleiche Kettenhemd trug wie jener Piratenführer, der vier Jahre zuvor über den Rammdorn seiner Galeere hinüber zum Schiff des Herrn Vaters geklettert war? Wenn er nur zufällig sein langes blondes Haar zu genau den gleichen Zöpfen flocht wie jener?

Es war die Angst, die ihm Erklärungen wie diese anbot, das spürte Moses. Er ließ Fuhrwerk und Bärenkogge hinter sich, ging bis zum Kai, der sich entlang der vorderen Häuserfront Visbys erstreckte, und wartete dort. Wo auch immer er seine seltenen Wildtiere hinbringen wollte, er musste hier vorbeikommen, der Herr Graf.

Und er kam. Das Fuhrwerk rollte heran, der Weißpelz mit den blonden Zöpfen hockte neben seinem Kutscher auf dem Bock. Auf der Ladefläche standen vier seiner Seeleute zwischen den Käfigen. Moses trat auf den breiten Holzsteg, knöpfte seinen Mantel auf und zog die Axt mit dem schwarzen Stiel aus dem Gurt.

Das Sechsergespann trabte heran, Moses hievte die Axt auf die Schulter. Der Kutscher fluchte und riss an den Zügeln, das Fuhrwerk rollte langsamer, und erst, als es bis auf zehn Schritte heran war, gab Moses den Weg frei und trat zur Seite.

Vom Kutschbock herab musterte der Graf ihn mit gerunzelten Brauen. Seine Augen wurden schmaler, je näher sein Gespann heranfuhr. Betont langsam nahm Moses die Axt von der rechten Schulter und legte sie umständlich auf die linke. Er sollte sie sehen, der Blondzopf, sollte irgendwie reagieren, der Mörder, sollte ihm die letzten Zweifel nehmen.

Die Pferde trabten dicht an Moses vorüber und tatsächlich – der Graf richtete seinen Blick auf die Axt, und seine Augen wurden noch schmaler. Das Fuhrwerk war schon fast vorübergerollt, da blaffte er seinen Kutscher an. Der riss an den Zügeln, und das Pferdegespann stand still. Der Blondzopf beugte sich vom Bock, blickte zurück und bedeutete Moses mit herrischem Winken, zu ihm zu kommen. Moses rührte sich nicht von der Stelle.

Der Graf zischte einen Fluch, sprang vom Bock, kam auf ihn zu. »Woher hast du diese Axt, Bürschlein?«

»Die hier?« Moses nahm sie in beide Hände und drehte sie so, dass der Graf die roten Initialen auf dem schwarzen Stiel sehen musste. »Von meinem Vater.« Er fasste das Schwert des

Mannes ins Auge. Es war das Schwert seines Vaters – gab es denn daran noch irgendeinen Zweifel?

»Her damit.« Der Graf streckte die Rechte aus.

»Nur, wenn Ihr mir Euer Schwert zeigt, Herr Graf.«

»Was schwatzt du da, Bursche?« In drohender Haltung kam der Graf näher. Er sah nicht harmlos aus mit seinem Kettenhemd unter dem roten Rock und dem weißen Pelz darüber und dem Schwert am Waffengurt. »Her mit der Axt.«

»Gehört sie denn Euch?«

»Das will ich meinen.«

»Wenn Ihr behauptet, dass diese Axt Euch gehört, dann behauptet Ihr zugleich, ein Mörder zu sein.« Moses wich weiter zurück, obwohl der blonde Mann im Eisbärenmantel stehen blieb, als wären ihm schlagartig die Beine erlahmt. »Sie hat nämlich im Kopf meines armen Herrn Vaters gesteckt.«

Der Graf schluckte. »Sofort gibst du mir die verdammte Axt, du stinkender Ziegenarsch.« Er setzte sich wieder in Bewegung.

»Wollt Ihr mir mein Eigentum nehmen, Herr Graf?« Moses wich schneller vor ihm zurück. »So wie Piraten ehrlichen Menschen ihr Eigentum rauben?« Moses wunderte sich über seine feste Stimme. Rückwärts ging er in Richtung Ankerplätze.

Der Graf im Eisbärenmantel und in des Vaters Rock wurde aschfahl. Er schaute nach allen Seiten, als fühlte er sich beobachtet. Moses beschleunigte seinen Schritt, drehte sich schließlich um und rannte los. Als er kurz vor den Ankerplätzen stehen blieb und zurückschaute, stand der Graf Lothar von Turku noch immer neben dem Fuhrwerk mit seinen weißen Wildtieren und schaute ihm hinterher.

*

Zurück auf dem Schiff, zeigte Moses dem Kapitän die Axt, deutete auf die roten Initialen und erzählte, dass der Seefahrer Graf Lothar von Turku ein Pirat gewesen sei, seinen Vater getötet und dessen Schiff versenkt habe. Frido schaute ihn nur zweifelnd an, sagte aber nichts.

Um die Mittagszeit beobachteten sie gemeinsam, wie der Graf zu seinem Schiff zurückkehrte. Er ließ die leeren Käfige zurück an Bord schaffen, dazu einige Waren, die er wohl im gotländischen Kontor oder auf einer anderen Kogge gekauft hatte: Seilrollen, Bündel aus eisernen und hölzernen Stangen und ein paar schwere Kisten. Er selbst spähte über die kleine Ecke der Landzunge hinweg, die seine Kogge von Fridos Schiff trennte. Sein Blick suchte und fand den Jungen. Kurz verharrte er, dann sprang er mit großen Schritten über den Landungssteg an Bord seiner Kogge.

Moses fror. Und dachte an die Worte des gefangenen Mönchs. »Nein«, murmelte er, »ich vergebe dir nicht, ich verfluche dich. Und ich werde dich töten.«

»Was sagsch du da?« Frido packte ihn am Mantelkragen und riss ihn an sich. »Du wirsch niemand' töte, hörsch mi? Du wirsch di zusammereiße, isch des klar?« Er ließ ihn los, zog den Rotz hoch und spuckte ins Hafenbecken. »Bevor du au nur nach dei'm Dolch lange kansch, hat der da drübe dich scho um oin Kopf kürzer g'macht. Und des könnt i net ertrage, vastehsch des?«

Am späten Nachmittag begleitete der Junge Matthis und seinen Vater auf die Bärenkogge. Bertram Stalbuk wollte seinen Handel mit dem Grafen besiegeln. Vater und Sohn stiegen die Stufen zum Ruderdeck hinauf, wo Lothar von Turku mit seinem Steuermann und seinem Bootsmann beim Essen saß. Moses ging zum Bugkastell.

Auf der untersten Stufe der schmalen Stiege, die hinaufführte, hockte der dicke Seemann, der den Birkenkäfig mit

Bruder Petrus wohl bewachen sollte. Er schlief. Und er roch nach Bier. Moses stieg über ihn und den leeren Bierkrug auf der Stufe über ihn hinweg und dann auf leisen Sohlen zum Käfig hinauf.

»Ich wusste, dass du kommen wirst«, begrüßte ihn Bruder Petrus auf Englisch. Er stand auf, stieß sich aber den Kopf am Käfigdeckel an und sank zurück auf seinen Kübel. Moses griff unter seinen Mantel, zog die Axt mit dem schwarzen Stiel aus dem Gurt und streckte sie durch das hölzerne Gitter.

Der junge Mönch griff zu, ohne auch nur einen Augenblick zu zögern. Während er hinter sich blickte, verschwand die Axt unter seiner Kutte. Er stank entsetzlich.

»Dein Bewacher schläft«, sagte Moses.

»Der arme Kerl musste schon bei Sonnenaufgang seinen ersten Bierkrug leeren«, flüsterte Petrus. »Doch meistens sind außer ihm noch mindestens zwei weitere Seeleute an Bord. Und die wachen mit Argusaugen über mich.«

»Versuche trotzdem zu fliehen«, flüsterte der Junge.

Der Mönch deutete auf die Konturen der Axt unter seiner schmutzigen Kutte. »Wenn ich damit die Käfigtür aufhebele oder gar das Gitter zerschlage, wird der Lärm selbst den Säufer wecken.« Er zuckte mit den Schultern. »Und wenn ich zum Betteln in die Stadt gehe – und das muss ich, wenn ich nicht verhungern will –, wird Lothar mich spätestens dann finden und wieder einfangen.«

Moses griff erneut unter seinen weiten Mantel, kramte Brot, Stockfisch und zwei geschälte Zwiebeln hervor und steckte alles nacheinander durch die Gitterstäbe.

»Gott segne dich, Moses.« Blitzschnell verschwanden die Speisen unter Petrus' Kutte. »Doch ich will nicht, dass du meinetwegen in Gefahr gerätst. Der Graf kennt keine Gnade.«

»Ich weiß. Warum will er dich dem Schwedenkönig ausliefern?«

»Erik hat ein Kopfgeld von zehn Goldstücken auf mich ausgesetzt. Wie alt bist du?«

»Bald dreizehn. Was hast du ihm getan?«

»Ich habe einem verliebten polnischen Fürstensohn geholfen, König Eriks verliebte Tochter zu entführen.« Petrus senkte den Blick und seufzte. »Das ist gelungen. An den Fürstensohn traut er sich nicht ran, der König, an mich schon. Er hat sich wohl gedacht, dass einer, der weiße Bären, nordische Wölfe und weiße Hirsche finden und fangen kann, dass so einer auch mich finden und fangen wird.«

»Wem verkauft der Graf die Tiere?«

»Wenn grad kein Krieg in Aussicht steht, langweilen sich manche Fürsten entsetzlich, weißt du, Moses? Und ein seltenes Tier zu besitzen – und weiße Tiere sind sehr selten – zerstreut sie ein wenig. Und vor irgendwelchen sich langweilenden fürstlichen Besuchern mit einem weißen Wolf oder einem nahezu weißen Hirsch angeben zu können zerstreut solche Schwachköpfe erst recht.«

»Könige und Fürsten zahlen Geld für weiße Tiere?« Davon hatte dem Jungen selbst Martinus Bardewik noch nie erzählt.

»Der Wolf aus Grönland geht an einen französischen Erzbischof, der Hirsch an den König von England.« Bruder Petrus zog die schwarzen Brauen hoch. »Sie bezahlen viel Geld dafür. Mehr als ein Kaufmann mit einer Schiffsladung Gerste verdienen kann.« Er stutzte, denn unterhalb der Stiege zischte und fluchte der dicke Seemann.

»Nicht mehr lange, dann werde ich für meinen Lübecker Kaufmann nach Riga segeln«, flüsterte Moses. »Wo finde ich dich dort?«

»Im Kloster Dünamünde, falls Gott mir die Flucht gelingen lässt. Das liegt an der Mündung des Stroms in die Ostsee.« Unten auf dem Deck entfernten sich die schlurfenden

Schritte des Wächters. »Doch werde ich aus diesem Käfig ausbrechen können?«

»Warte bis morgen Abend«, flüsterte Moses. »Bis ich noch einmal bei dir gewesen bin. Ich habe gehört, dass viele Seeleute die Dankmesse besuchen werden, die man morgen Abend für uns feiern lässt.«

Er nickte dem anderen zu und schlich die Stiege hinunter. Von den Kajüten unter dem Ruderdeck aus schlurfte ihm der dicke Seemann entgegen. Er trug einen Bierkrug, aus dem der Schaum quoll. »Du schon wieder, Grindskopf?« Er knurrte, wie der Kirchenhund Greif geknurrt hatte.

Moses machte einen Bogen um ihn, doch als er die Landungsbrücke erreichte, erschien der Graf an der Balustrade des Heckkastells.

»Was hast du auf meinem Schiff verloren, Bursche?!«, brüllte er herunter.

»Er ist unser Freund, edler Herr«, beschwichtigte Bertram Stalbuk, der mit Matthis neben ihm auftauchte.

»Ich wollte dem Mann die Axt zurückbringen, der sie in den Kopf meines Vaters geschlagen hat.« Moses sprach laut, jedoch mit zitternder Stimme. »Das seid doch Ihr, oder?«

Der Blonde erbleichte, blickte nach links und rechts zu Matthis und seinem Vater und rief: »Verschwinde, oder ich vergesse mich!«

*

Am nächsten Nachmittag, als auf der Kogge nichts mehr zu tun war, zog der Junge seinen Hut auf, steckte seine Laute, die Jonglierbälle und zwanzig Fuß eines starken Seiles in seinen Rucksack. Dann bat er Frido um Erlaubnis, in die Stadt gehen zu dürfen. Der musterte ihn zwar misstrauisch, gestattete es aber.

Vor Herrn Stalbuks Schiff pfiff er zweimal kurz und wartete auf Matthis. Er hatte den Freund gebeten, ihn auf den Markt zu begleiten, denn die Angst vor dem Grafen Lothar saß ihm im Nacken wie ein Alb.

Gemeinsam verließen sie den Hafen und gingen zum Markt. Der wurde vor dem Rathaus und einem Gotteshaus abgehalten, das Katharinenkirche hieß. Während Matthis erst einmal an den Buden und Marktständen entlangschlenderte, um die angebotenen Waren und ihre Preise zu studieren, bat Moses einen Fischhändler an der Nordseite des Marktplatzes, neben seinem Stand singen und jonglieren zu dürfen. Der Mann, ein Däne, hatte nichts dagegen.

Moses legte also seinen neuen, dunkelroten Hut auf den Boden und holte die bunten Bälle aus dem Mantel. Er stellte sich so auf, dass er freien Blick über die Straße hinweg zur Sankt-Maria-Kirche hin hatte. Dann begann er zu jonglieren. Als sich nach etwa einer Stunde eine ansehnliche Menschentraube um ihn gebildet hatte, tauschte er die Bälle gegen die Laute ein und sang hebräische und niederdeutsche Lieder.

Die Leute von Visby hatten ihre Freude an seinem Gesang und seiner Jonglierkunst, und die Seemänner, die sich von Zeit zu Zeit unter sie mischten, sowieso. Im Hut klimperten die Münzen so oft, dass Moses stumme Dankgebete in den Himmel sandte.

Matthis hielt sich die meiste Zeit unter den Zuhörern oder wenigstens in Moses' Nähe auf. Erst als die Glocken der Mariakirche zur Dankmesse für die Seefahrer und Kaufmänner läuteten, winkte der Ältere dem Freund zu und lief zur Kirche hinüber, wo er mit seinem Vater am Portal verabredet war. Dort strömten sie schon zusammen, die Männer aus den Wendischen Städten.

Moses jonglierte und sang, bis auch der letzte Seemann durch das Kirchenportal gegangen war. Als der Glockenklang verebbte, packte er Laute und Bälle ein, bedankte sich bei den letzten noch lauschenden Frauen und Kindern und füllte die Münzen aus dem Hut in ein vorbereitetes Wollsäckchen. Danach ging er zurück zum Hafen.

»Mach, dass der Graf zur Messe gegangen ist, gütiger Gott«, betete er, während er sich der Bärenkogge näherte. »Mach, dass er alle seine Männer mitgenommen hat. In deiner großen Güte, Amen.«

Auf dem Ruderdeck der Bärenkogge saßen zwei Männer auf den Planken, tranken Bier und plauderten – der dicke Wächter und ein halbwüchsiger Schiffsjunge. Über die Laufplanke schlich Moses an Bord, ohne dass sie ihn bemerkten. Er huschte zum Bugkastell hinauf und reichte dem jungen Mönch wortlos das Geldsäckchen und das Seil durch die Käfigstäbe.

»Kein Engel im Himmel und kein Heiliger im Schoße Gottes wird dir das jemals vergessen«, flüsterte Petrus von Edinburgh, »und ich sowieso nicht.«

»Kloster Dünamünde?«, fragte Moses. Der Mönch nickte. »Sobald du Geschrei hörst, nimm die Axt. Lebewohl.« Lärmend sprang der Junge die Stiege hinunter.

»Gott segne dich!«, rief ihm Petrus hinterher.

Aufgeschreckt von Moses' Gepolter, stand der dicke Biersäufer bereits an der Treppe zwischen Mitteldeck und Heckkastell. »Du schon wieder?« Schwankend stieg er die Stufen herab. »Was beim Gottseibeiuns hast du auf unserem Schiff zu suchen?« Über ihm erschien der Schiffsjunge, sonst hatte der mörderische Graf offenbar niemanden an Bord zurückgelassen.

»Dich suche ich«, rief Moses. Der Dicke stutzte kurz, nahm aber weiter Stufe um Stufe. »Ich wollte dir sagen, dass du ein Drecksack bist.«

»Wassis?!« Der Seemann lief rot an und blieb stehen.

»Du bist ein Drecksack, sag ich.« Moses ging rückwärts zur Landungsbrücke. »Ein Drecksack und ein versoffener Schweinearsch.«

»Ich werd dir …!« Der Dicke drehte sich nach dem Schiffsjungen um. »Mein Prügel!« Der Schiffsjunge verschwand kurz und warf ihm dann einen Stock herunter. Moses aber, schon auf der Laufplanke, beschimpfte ihn weiter. »Drecksack, Schweinearsch, Hundsfott!« Der Seemann bückte sich nach dem Stock und stürmte ihm hinterher.

»Ein stinkender Bullenarsch bist du, ein versoffener Hundsfott!« Moses sprang über die Planke an Land, griff nach den Relingholmen der Brücke und wartete. Der Dicke schaukelte fluchend zur offenen Reling. »Ein versoffener Schweineschwanz bist du!«, rief Moses. »Ein Arschloch, wie man sich kein dümmeres und stinkenderes denken kann!«

Als der wütende und mit dem Stock fuchtelnde Mann sich anschickte, seinen Fuß auf die Laufplanke zu setzen, riss Moses sie mit aller Kraft zu sich, sodass der Dicke ins Leere trat. Und noch einmal riss er an den Geländerholmen und noch kräftiger – der brüllende und Halt suchende Seemann griff ins Leere und fiel zwischen Kai und Schiffswand ins Hafenbecken.

»Mann über Bord!«, schrie Moses und zog die Laufplanke so weit auf den Steg, dass sie nicht hinter dem Dicken her ins Wasser stürzen konnte. »Hilfe! Mann über Bord!«

Auch der betrunkene Seemann im Hafenbecken schrie schon um Hilfe. Sofort eilte der Schiffsjunge herbei, befestigte ein Seil an der Reling und kletterte zu ihm hinunter.

Vom Bug der Bärenkogge her hörte der Junge Holz unter Axtschlägen splittern …

13
Zwanzig Mark lübisch

Lübeck, Herbst 1275

»… zurück auf Herrn Bardewiks Kogge, sah er wenig später die hünenhafte Gestalt des Mönches über die Landzunge hasten und zwischen den Bäumen und Büschen dort verschwinden.«

Der Ratsherr atmete so tief, dass es wie ein Seufzen klang. »Moses war ziemlich aufgeregt, das kannst du dir sicher denken, Johannes. Aber ziemlich froh war er auch. Froh wie einer, der einen unerwarteten Sieg errungen hat.«

Er schob den blauen Glaskelch mit dem Goldrand und den goldenen arabischen Lettern über den Tisch zu seiner Frau und schaute sie bettelnd an. »Sei so lieb, mein Herz.« Auf seinem Schoß schnurrte die Katze.

Frau Morneweg legte den Nussknacker beiseite und guckte erst erstaunt in den schon wieder leeren Kelch und dann streng in das Gesicht ihres Gatten. »Na gut, aber nur, weil du so schön erzählt hast.« Sie nahm den Kelch, stand auf und verließ die Kemenate durch die Küchentür.

Stille trat ein. Im Kamin knackte die Glut, irgendwo im Haus rief jemand nach dem Hofmarschall, Schwester Victoria schnäuzte sich, und der liebeskranke Maler Johannes schaute den Ratsherrn an und schaute doch durch ihn hindurch. In seiner angespannten Miene und seinem entrückten Blick las Herr Morneweg, wie sehr die Geschichte von Moses und Rebecca ihn bewegte. Johannes war noch lange nicht ins Lübeck des Jahres 1275 zurückgekehrt, er weilte noch im Hafen von Visby anno 1235.

Frau Morneweg kam aus der Küche zurück und stellte den vollen Glaskelch vor ihren Gatten auf den Tisch.

»Danke, mein Herz.«

Draußen riefen die Glocken der Marienkirche zur Vesper. Der Ratsherr hob den Blick und staunte, dass es schon Abend war – so lange hatte er erzählt?

»Und der berauschte Seemann?« Auch Johannes brach nun das Schweigen. »Ist er ertrunken?«

»Beinahe. Der dicke Kerl konnte nämlich nicht schwimmen, doch das hatte der Junge nicht wissen können. Der Schiffsjunge zog ihn aus dem Wasser, Gott sei Dank!« Herr Morneweg bekreuzigte sich. »Als er den Säufer zurück an Bord geschleppt hatte, war der Birkenkäfig auf dem Bugkastell schon zertrümmert und Petrus ausgebrochen.«

»Der junge Mönch konnte also tatsächlich fliehen?«, wunderte sich der Maler. Der Ratsherr nickte und nippte an seinem heißen Wein. »Und was tat der Graf? Hat der den Jungen nicht totgeschlagen in seinem Zorn?«

»Viel fehlte nicht«, sagte der Ratsherr. »Hätte Frido sich dem Piraten nicht mit blanker Klinge in den Weg gestellt, wäre es um Moses geschehen gewesen.« Kopfschüttelnd sah er zur Marienkirche hinüber. Vor den Fenstern zog bereits die Dämmerung auf. »Ohne Frido hätte er die Angelegenheit nicht überlebt. Auch diese nicht.«

»Das ist schon der vierte Becher Glühwein heute Nachmittag, Wolf.« Frau Morneweg ging mit einem brennenden Kienholzspan herum und entzündete die Kerzen am Tischleuchter und die Öllampen an den Fenstern. »Du hast schon ganz müde Augen.«

»Weil unser Maler mir in der vergangenen Nacht den Schlaf geraubt hat.« Mit tadelndem Blick, doch lächelnd wandte der Ratsherr sich wieder an Johannes. »Lothar von Turku hat den Jungen allerdings vor dem Seegericht der niederdeutschen Kaufleute von Visby verklagt.« Er zog den Prachtkelch mit dem dampfenden Wein heran, als fürchtete er, seine Frau könnte ihm den wieder wegnehmen. »Weil er ihn um das Kopfgeld für den Mönch gebracht und seinen Seemann beinahe ersäuft hatte. Und wegen des zerstörten Käfigs natürlich. Die Axt des Jungen brachte er zum Gerichtstag mit, als Beweis. Die Schöffen, meist Kaufleute, verurteilten Moses zu sechs Wochen Kerker bei Wasser und Brot.«

»Dabei hat er eh nicht viel auf den Knochen gehabt«, warf Frau Morneweg ein.

»Zum Glück hat Frido ihn nach zwei Wochen auslösen können, mit Bardewiks Geld«, fuhr der Ratsherr fort. »Zwanzig Mark lübisch musste er für ihn zahlen. Viel Geld, doch es war gut angelegt, wie sich später erweisen sollte.«

Frau Morneweg schob einen Hocker dicht neben Schwester Victoria, setzte sich zu ihr und legte den Arm um sie. Die Ordensmeisterin saß mit gesenktem Kopf, eine ganze Weile schon, und hielt die gefalteten Hände mit einem nass geweinten Tuch im Schoß.

»Und der böse Graf?«, drängte Johannes von Köln. »Er hat doch hoffentlich seine Strafe bekommen!«

Herr Morneweg zuckte mit den Schultern. »Das ist eine andere Geschichte.« Er nahm einen Schluck Wein. »In Gotland jedenfalls hat er es in jenem Jahr sehr eilig gehabt weiterzusegeln. Auf den lübischen Koggen und in Visby machte nämlich das Gerücht die Runde, er habe in früheren Jahren als Pirat die Ostsee unsicher gemacht.«

»Er ist tatsächlich ungestraft davongekommen?« Der junge Maler war empört. »Wie ungerecht! Das kann ich gar nicht glauben. Und der Mönch? Moses hat sich doch mit ihm verabredet! Haben sie sich denn niemals wiedergesehen?«

»Sicher, sicher doch.« Herr Morneweg seufzte, trank einen Schluck heißen Wein und seufzte noch einmal. »Doch das ist eine andere Geschichte, wie gesagt. Und ich bin müde, habe ja die letzte Nacht kaum geschlafen, schließlich mussten wir einen lebensmüden und liebeskranken Maler aus der Wakenitz ziehen. Meine Zunge ist schon ganz schwer.«

»Kein Wunder bei dem vielen Glühwein, den du seit heute Mittag getrunken hast«, sagte seine Frau tadelnd.

»Mit trockenem Mund erzählt sich's halt schlecht.« Herr Morneweg schaute dem jungen Maler ins Gesicht. »Was soll ich sagen? Die lübische Handelsflotte segelte weiter nach Schonen. Dort standen die Heringe so dicht im Meer, dass man wie Jesus Christus übers Wasser hätte laufen können …«

»Du übertreibst mal wieder, Wolf!«

»… aber nicht sehr. Die Lübecker, Rostocker und Wismarer verkauften ihr Salz und ihr Getreide auf dem Markt von Schonen und was noch übrig war von ihrer Ware. Und natürlich die guten Dinge aus Russland und Riga: Wachs, Gewürze und Bernstein. Dafür füllten sie ihre Laderäume mit Stockfisch, Salz, Kupfer, Elchleder, Teer und vor allem mit Eisen. Die Geschäfte liefen wirklich sehr gut in jenem Jahr. Im Herbst schließlich, zwei Tage vor Erntedank, ging die Flotte wieder an der Untertrave vor Anker.«

Eine Zeit lang schwiegen alle vier. Schwester Victoria, der Ratsherr und seine Frau hingen ihren Gedanken nach, der Maler rutschte unruhig auf seinem Hocker hin und her. Auf der Treppe näherten sich Schritte, der Hofmarschall kam in die Kemenate. Er nickte den anderen grüßend zu, legte Holz nach und setzte sich auf den Boden vor das Kaminfeuer.

»Und dann?« Johannes von Köln wollte seine Ungeduld nicht länger zügeln. »Was geschah dann?«

Schwester Victoria schnäuzte sich und sagte: »Zurück in Lübeck musste der arme Moses ein zweites Strafgericht über sich ergehen lassen. Martinus Bardewik nämlich war sehr böse auf ihn wegen der Sache in Visby. Es hätte nicht viel gefehlt, und er hätte ihn aus seinem Haus und Kontor geworfen.«

»Wäre Traudi nicht gewesen, hätte er es sicher getan.« Herr Morneweg lächelte zu seiner Frau hinüber. Die knackte schon wieder Nüsse. »Meine Güte, war der Martinus wütend gewesen!«

»Er durfte also bleiben«, fuhr Schwester Victoria fort. »Die zwanzig Mark lübisch allerdings wollte Martinus auf Heller und Pfennig zurück, und zwar mit Zinsen. Also ließ er Moses mit diesem Betrag ins Schuldbuch des Rathauses schreiben.«

»Er konnte so streng sein, der Mann!« Frau Morneweg schüttelte den Kopf.

»Im folgenden Frühjahr segelte Moses mit Frido nach Danzig«, fuhr Schwester Victoria fort, »und ein Jahr später dann nach Brügge. Gütiger Himmel, war er glücklich gewesen! Im Jahr drauf ging es wieder nach Gotland und Schonen, wenn ich mich recht erinnere. So wurde Moses allmählich zum Kaufmann, und als er siebzehn war …«

»Achtzehn«, sagte Herr Morneweg und setzte den Weinkelch ab.

»… lud Martinus Bardewik ihn zur Widerlegung.«

»Damals kamen auch die ersten Freier ins Haus.« Frau Morneweg pulte eine Nuss aus der zerbrochenen Schale. »Traudi war ja inzwischen alt genug für die Ehe.«

»Genug jetzt!« Der Ratsherr schlug mit der flachen Hand auf den Tisch. »Ich muss schlafen gehen.«

»Bitte, Herr Morneweg«, bettelte der junge Maler, »bitte erzählt weiter. Die Geschichte von Moses und Rebecca ist doch noch nicht zu Ende, oder etwa doch?«

Der Ratsherr räusperte sich und nippte am Wein. »Für heute schon. Ich wollte dir davon erzählen, dass auch Unmögliches möglich ist. Damit du nicht verzweifelst an deiner verrückten Liebe zur Anna Warendorp. Das habe ich getan, und jetzt gehe ich schlafen.«

»Und wann erzählt Ihr weiter?«

Der Ratsherr musterte den jungen Maler aufmerksam und mit großem Ernst. Wie hartnäckig er sein konnte! »Wenn du mir versprichst, dass du noch mindestens bis Neujahr bei uns in Lübeck bleibst, und wenn ich im Laufe der nächsten Woche sehe, dass es vorangeht mit dem Wandbild vom heiligen Christophorus, dann lade ich dich für Sankt Martin zum Gänsemahl ein. Nach dem Essen werde ich weitererzählen.« Sein Blick suchte den seiner Frau. »Nicht wahr, Herz?«

Sie nickte.

»Das sind ja noch fast drei Wochen bis dahin!«, rief Johannes erschrocken aus.

»Ich muss übermorgen auf Reisen gehen. In Wismar braucht unser Sohn Martinus meine Hilfe, und in Rostock will ich mir eine Schiffsladung Bauholz aus Schweden persönlich anschauen, bevor ich sie für das neue Heiligen-Geist-Hospital kaufe.«

Der Maler schwieg. Herr Morneweg leerte seinen Weinkelch, Schwester Victoria schnäuzte sich, und vor dem Kamin fing der Hofmarschall an, auf seiner Flöte zu blasen. Frau Morneweg ließ den Nussknacker sinken, der Ratsherr lehnte sich zurück und schloss die Lider halb, Schwester Victoria stützte die Ellenbogen auf den Tisch und das Gesicht in die Hände. Alle lauschten sie der wehmütigen Melodie. Und jetzt erst, in diesem Augenblick, begriff Johannes von Köln.

Er richtete sich auf und starrte in den Rücken des Hofmarschalls. Er ließ seinen Blick durch die Kemenate wandern, sah die Laute an der Wand, die hölzerne, zerstoßene Marienstatue unter den Wandleuchtern, die Jonglierbälle auf dem Wandregal und Herrn Mornewegs dunkelroten Hut am Wandhaken neben der Tür. Er guckte in die feuchten Augen der Ordensschwester, murmelte ihren Namen – »Victoria« –, richtete seinen Blick auf den Dolch mit dem roten Griff, der mit schwarzem Brustgurt und Schwert unter dem Hut am Wandhaken hing, und wandte sich schließlich, beinahe flüsternd, an die Gattin des Ratsherrn: »Heißt Ihr nicht Gertrud mit Vornamen, Frau Morneweg?«

Sie nickte und lächelte.

Ungläubig schaute der Maler von einem zum anderen. »Es ist Eure Geschichte, die Ihr mir erzählt«, flüsterte er, und die sonst so kühle und beherrschte Ordensschwester fing wieder an zu weinen.

Drittes Buch

Vom Leben vor dem Tod

1

Ratsherr und Maler IV

Lübeck, Frühjahr 1276

Es war kalt, viel zu kalt für Ende März. Der Ratsherr trat an die Reling, schlug den Kragen seines Pelzmantels hoch und versenkte die Hände tief in den Manteltaschen. Backbords glitt das Burgkloster vorüber, dann die neuen Speicherhäuser an der Untertrave. Als er Ende Oktober zuletzt hier vorbeisegelte – damals in Richtung Travemündung –, hatten noch Baugerüste, Ziegelhaufen und Holzstapel sie umgeben.

Seine Frau hakte sich bei ihm unter und drängte sich an ihn. Der Kapitän schickte die Seeleute in die Takelage und an die Reling zu den Stangen. Die Prahmbrücke rückte näher, Seemänner stemmten die Stangen gegen Bohlen und Pfähle und hielten die Kogge auf Abstand. Die anderen vier Schiffe segelten weiter und steuerten südlichere Ankerplätze an.

»Schau nur.« Frau Morneweg winkte zu den Männern hin, die auf der Prahmbrücke warteten. »Der Hofmarschall. Woher weiß er, dass wir heute nach Hause kommen?«

Taue flogen zur Prahmbrücke hinüber, Hafenknechte vertäuten das Schiff, rasselnd glitten Kette und Anker über die Bordwand und ins Wasser. Der Hofmarschall winkte aus einer Gruppe von Lastenträgern und Ochsentreibern heraus.

»Vielleicht haben in der Travemündung Fischer unser Segel gesehen.« Der Ratsherr winkte zurück. »Vielleicht auch Reiter am Strand.« Daran glaubte er selbst nicht, denn auf die Ferne unterschied sich seine Kogge kaum von tausend anderen. Doch wie sollte er die unsichtbaren Fäden in Worte fassen, die Petrus und ihn schon seit so vielen Jahren verbanden?

Der Bootsmann öffnete das Relinggatter, seine Männer schoben die Laufplanke auf die Prahmbrücke. Das Ehepaar Morneweg ging als Erstes von Bord.

»Geliebtes Lübeck!« Frau Morneweg atmete tief ein und lautstark aus. »Es ist so gut, wieder zu Hause zu sein!« Der Ratsherr nickte, denn er war ein höflicher Mann. Er selbst hätte es gut und gern noch den Sommer über auf Planken und in fremden Häfen aushalten können.

Der Hofmarschall begrüßte Frau Morneweg mit Handschlag und Verbeugung, den Ratsherrn mit einer freundschaftlichen Umarmung. Danach bedeutete er ihm mit Gesten und stumm mit den Lippen geformten Worten, dass Schwester Victoria ihn im alten Heiligen-Geist-Hospital erwartete und dass es dringend sei.

»Was ist passiert?«, erkundigte sich der Ratsherr, während sie über die Prahmbrücke zum Uferkai gingen.

Wiederum mit Handzeichen und Lippenbewegungen gab ihnen der Hofmarschall zu verstehen, dass die Angelegenheit zu verwickelt sei, um sie mit Handzeichen und Lippenbewegungen erklären zu können. Herr Morneweg half seiner Frau auf den Ochsenwagen und beaufsichtigte die Verladung des Gepäcks, bevor er selbst hinaufkletterte. Petrus lenkte das Gespann zur Mengstraße und über sie hinauf zur Marienkirche. Deren Glocken läuteten zur abendlichen Vesper.

Herr Morneweg begleitete seine Frau ins Haus. In Schreibkammer und Kemenate war es warm, denn das Kaminfeuer brannte und heizte alle angrenzenden Räume. Der Ratsherr zog sich um und legte sein Schwert an. Als er wieder hinunter in den Hof kam, hatte Petrus die Pferde gesattelt.

»Hast du mich vermisst, meine Schöne?« Herr Morneweg streichelte seiner Nedschinka den weißen Hals und schmiegte seine bärtige Wange an ihren Kopf. Der Hofmarschall deutete auf die Schwalben, die aus dem Stallfenster schossen.

»Sie sind schon zurück?«, staunte der Ratsherr. »Trotz der Kälte?« Gewiss waren es dieselben Schwalben, um die er sich im Vorjahr gesorgt hatte und die doch noch rechtzeitig flügge geworden waren. Im Stillen dankte er Gott.

Die Männer stiegen in die Sättel und ritten Seite an Seite zum Klingenberg und ins Heiligen-Geist-Hospital. Die Vesper war vorüber, viele Menschen strömten aus Sankt Marien. An der Kirche vorbeizureiten und dann am Rathaus, am Markt und an den seit so vielen Jahren vertrauten Fassaden half dem Ratsherrn, auch mit seiner Seele wieder in Lübeck anzukommen.

Viele Männer und Frauen in der Breiten Straße und später in der Sandstraße grüßten ihn so freudig wie überrascht.

»Endlich zurück?«, riefen sie, oder: »Ihr lebt, Gott sei Dank!« oder: »Sind denn die Kinder wieder wohlauf?« Manchmal hielt der Ratsherr seine Schimmelstute an und berichtete.

Aus den drei Wochen, die er im vergangenen Oktober für die Reise zu seinem Sohn Martinus in Wismar eingeplant hatte, waren fast fünf Monate geworden. Erst hatte er mit seinem Zweitgeborenen und drei Wismarer Kaufleuten ein Piratenschiff verfolgt und geentert, das vor Rügen eine seiner Koggen überfallen und geplündert hatte, und als die Seeräuber hingerichtet waren, kam ein Hiobsbrief aus Riga: Seine Tochter sei schwer erkrankt und liege im Sterben.

Er hatte sofort einen Briefboten nach Lübeck an seine Frau geschickt, die daraufhin auf einer Morneweg'schen Kogge nach Wismar gekommen war. Trotz des Wintereinbruchs waren sie dann gemeinsam über Rostock nach Riga gesegelt.

Ihre zwanzigjährige Tochter Maria überlebte und kam

wieder auf die Beine – dem Himmel sei Dank! –, doch der harte Winter zog sich lange hin, und bis weit in den Februar hinein hatte das Eis die Dünamündung und den Hafen von Riga nicht freigeben wollen.

Sie erreichten den Klingenberg. Hoftorbogen und Vorderfront des alten Heiligen-Geist-Hospitals schoben sich in Herrn Mornewegs Blickfeld. Dem Ratsherrn wurde das Herz warm – er liebte diesen Torbogen, dieses alte Bauwerk und die Räume unter seinen Dächern. Er liebte das Haus des Erbarmens. Was wäre wohl aus ihm und Rebecca geworden, wenn es diesen Ort nicht gegeben hätte, als es sie vor mehr als vierzig Jahren nach Lübeck verschlagen hatte? Das fragte er sich oft.

Sie ritten in den Hof, stiegen aus den Sätteln. Ein Hospitalknecht versorgte die Pferde, eine junge Frau aus dem Orden der Brüder und Schwestern des Heiligen-Geist-Hospitals führte sie in das Hauptgebäude und am Portal des Krankensaals vorüber die Treppe hinauf ins zweite Obergeschoss, wo Schwester Victorias persönliche Kammer lag.

Darin sah es völlig anders aus als noch an jenem Tag im Oktober, als der Ratsherr Schwester Victoria – Rebecca – hier besucht hatte, um mit ihr Fragen des Hospitalneubaus am Koberg zu besprechen. Den schweren Arbeitstisch der Ordensmeisterin hatte man an die Wand gerückt, neben dem Schrank mit den Folianten standen eine schwere Kleidertruhe und ein niedriges Tischchen voller Tongefäße und Kräuterschalen.

Vor Tisch und Truhe lag eine junge schwarzhaarige Frau auf einem Strohsack, siebzehn, höchstens achtzehn Jahre alt. Ihre Haut war fahl und ihr schmales Gesicht hohlwangig. Schwester Victoria, die neben ihrer Bettstatt auf einem Hocker saß, zog ihr die Decke bis unter das Kinn. Erst auf den zweiten Blick erkannte der Ratsherr die junge Frau.

»Anna?« Er traute seinen Augen kaum. Ängstlich sah die Tochter des Kaufmanns Warendorp zu ihm hin. Dunkle Schatten umringten ihre Lider.

Schwester Victoria legte den Zeigefinger auf die Lippen und stand auf. »Es geht ihr nicht gut.« Sie kam zu ihnen. »Anna ist niedergekommen, vor fünf Tagen. Und vier Wochen zu früh.« Sie senkte die Stimme. »Das Kind ist vorgestern gestorben.«

Flüsternd berichtete sie, und der Ratsherr erfuhr, dass Eckbert Stalbuk in der Woche nach Sankt Nikolaus die Verlobung mit Anna aufgelöst und sie der Unzucht angeklagt hatte. Nicht von ihm sei das Kind, sondern von einem Waffenknecht des Vogtes, einem Hauptmann. Und mit einem unzüchtigen Weib wolle er selbstverständlich nichts mehr zu tun haben.

»Er hat Zeugen aufbieten können«, sagte Victoria, »einen alten Brauknecht und dessen Frau aus einer Bude in der Engelsgrube.«

»Und warum ist sie hier bei dir?«, wollte Herr Morneweg wissen.

»Ihr Vater hat sie verstoßen.« Noch leiser flüsterte Victoria jetzt, und ein Anflug bitteren Zornes machte ihre Miene hart und kantig. »Ihre Mutter aber kommt jeden Tag vorbei. Obwohl der alte Warendorp es ihr verboten hat.«

Der Ratsherr seufzte tief. »So ein kaltes Herz.« Seine Geschäfts- und Familienangelegenheiten in Wismar, Rostock und Riga hatten alles, was in Lübeck geschehen war, in weite Ferne rücken lassen. »Und erkennt der Hauptmann des Vogtes die Vaterschaft an? Wird er Anna heiraten?«

»Kann er nicht mehr, er ist tot. Wegelagerer haben ihn kurz vor dem ersten Advent bei Lüneburg totgeschlagen, Männer eines Holstein'schen Grafen.«

»Gütiger Gott …« Herr Morneweg schloss die Augen und schüttelte den Kopf. Eine schnelle Heirat hätte Anna wahrscheinlich vor der Härte des Lübischen Rechts retten können. Er sah Victoria ins Gesicht. »Hat man ihr schon den Prozess gemacht?«

»Nein. Die Schwangerschaft war schwierig, sie musste die ganze Zeit liegen. Und nun ist sie krank.« Victoria warf einen besorgten Blick zu der jungen Frau hin. Die schien eingeschlafen zu sein. »Doch sobald sie wieder gesund ist …?« Die Ordensmeisterin stellte sich auf die Zehenspitzen, um ihm ins Ohr zu flüstern. »Wenn einer im Rat noch den Gerichtstag verhindern kann, dann du, Bruder.«

Herr Morneweg blieb stumm. Victoria überschätzte seinen Einfluss. Kein noch so angesehener Ratsherr stand über dem Lübischen Recht, nicht einmal der Mächtigste von allen, der Bürgermeister.

Mindestens vier Wochen Kerker bei Wasser und Brot und ein Bußgeld von zwanzig bis sechzig Mark lübisch drohten Anna Warendorp. Wegen Unzucht und weil sie den Sohn des Matthias Stalbuk fälschlicherweise als Vater ihres Kindes angegeben hatte, um die Heirat zu erzwingen. So ungefähr würde der Richterspruch lauten. Wahrscheinlich würde man ihr sogar auf Lebzeiten das Lübecker Bürgerrecht entziehen und sie enterbt aus der Stadt verweisen.

Nun war der Ratsherr und Kaufmann Morneweg endgültig wieder angekommen in seiner Stadt. »Eine solche Strafe hat schon manchen die Gesundheit ruiniert«, murmelte er. »Und die Schatulle sowieso.«

»Zwei Dinge noch, Moses«, flüsterte die Ordensmeisterin. »Sie hat mir geschworen, dass Eckbert Stalbuk lügt. Sie weiß von keinem Mann, außer von ihm. Und der hat sie mit Gewalt genommen.«

»Wenn das stimmt und Anna kann es beweisen, dann ist sein Schicksal besiegelt.« Herr Morneweg seufzte tief. »Glaubst du ihr?«

»Eigentlich schon.« Victoria zuckte mit den Schultern. »Gewiss ist jedenfalls, dass der junge Stalbuk sich gleich nach Neujahr mit einer anderen verlobt hat.«

»Mit wem denn?«

»Mit der jüngsten Tochter des Ratsherrn Pepersak.«

»Eine lohnende Partie für den Sohn einer verschuldeten Familie«, sagte Herr Morneweg, der die Vermögensverhältnisse in Lübeck gut kannte. »Und das Zweite, das du mir sagen willst?«

»Johannes von Köln will den Eckbert töten.«

Herr Morneweg erschrak. »Woher weißt du das?«

Mit einer Kopfbewegung deutete Victoria auf die Kranke. »Von ihr.« Sie ergriff seine Hand. »Du musst etwas tun, Bruder.«

»Der Maler ist also noch in der Stadt?«

Sie nickte. »Er wollte die Anna nicht im Stich lassen, kommt jeden Morgen und jeden Abend. Das rechne ich ihm hoch an.«

Der Ratsherr schaute ihr in die grünen Augen. Was für eine Frau! Kein anderer hätte dem Maler und dem Mädchen ermöglicht, einander zu sehen. Eine Ordensfrau oder ein Geistlicher sowieso nicht.

»Sehr lobenswert«, sagte er. »War er heute schon hier?«

»Heute Morgen. Und er hat mir gar nicht gefallen.«

»Wie meinst du das, Rebecca?« Manchmal, in erregten oder sehr persönlichen Augenblicken, rutschte ihm ihr alter Name heraus. Und sie nannte ihn sowieso nur bei dem Namen, den sie ihm vor fünfundvierzig Jahren verliehen hatte. Als er sterbenskrank in ihrer Koje gelegen hatte.

»Er hat Anna lange umarmt zum Abschied«, sagte sie mit tiefen Sorgenfalten auf der Stirn. »Viel länger als sonst. Und er hat mit ihr gesprochen wie …« Sie drückte Herrn Mornewegs Hand und blickte zu Anna hin. Schließlich atmete sie tief und beendete ihren Satz: »Wie einer, der sich zum letzten Mal verabschiedet.«

»Was?« Er musterte die Schicksalsgefährtin und Seelenfreundin aus schmalen Augen und sehr aufmerksam. Hatte sie in den fünfundvierzig Jahren, die sie sich kannten, jemals leichtfertig dahergeredet? Nein, niemals. Und auch jetzt meinte sie jedes Wort ernst, das spürte er, das las er in ihren Zügen.

»Heute Abend scheint er nicht zu kommen. Sonst klopft er immer kurz nach der Vesper an der Tür, und die ist schon lange vorüber. Ich fürchte mich, wenn ich an ihn denke. Vielleicht findest du ihn noch im neuen Heiligen-Geist-Hospital.« Sie ließ seine Hand los. »Tu etwas, Moses. Und tue es bald, sonst nimmt das Drama seinen Lauf.«

*

Sie ritten zur Baustelle des neuen Heiligen-Geist-Hospitals. Kaum jemand arbeitete dort noch, denn es dämmerte bereits. Doch für den Ratsherrn war es noch hell genug, um die Fortschritte sehen zu können, die der Neubau während seiner Abwesenheit gemacht hatte.

Die Frontfassade aller drei Kirchenschiffe war beinahe fertig, soweit er das trotz des Gerüstes erkennen konnte. Die beiden Häuser, die sich dem nördlichen Seitenschiff anschlossen, standen jetzt schon bis zum dritten Obergeschoss hinauf. Die Dächer der Seitenschiffe schienen bereits vollständig gedeckt zu sein, das des Mittelschiffs zumindest bis zum Beginn des Langhauses. Und was ihn am meisten freute: Bis auf die geplanten Spitzdächer waren die vier vorderen Türmchen vollendet.

Der Hofmarschall stieß einen Freudenlaut aus und schlug ihm auf die Schulter. Herr Morneweg lächelte zu ihm hoch.

»Wie weit mögen wohl die Arbeiten am Gewölbekeller vorangekommen sein, Petrus, was meinst du?«

Der Größere und acht Jahre Ältere zuckte mit den Schultern. *Gehen wir hinunter und schauen uns den Keller an*, las der Ratsherr von seinen Lippen ab.

Hinter den drei großen Spitzbogenfenstern des mittleren Kirchenschiffs flackerte Lampenschein. Die Maler waren also noch bei der Arbeit. Herr Morneweg atmete auf. Sie banden die Pferde an einem Wagen voll roter Backsteine fest und gingen zum Portal. Da rief jemand seinen Namen.

Er schaute sich um. »Ihr lebt also!« Meister Jakob trat aus der Bauhütte und winkte. »Wie schön, dass Ihr zurück seid! Gott sei Lob und Dank!« Mit offenen Armen kam der alte Baumeister ihm entgegen. »Ich freue mich!« Sie umarmten einander, und einer klopfte dem anderen freundschaftlich auf den Rücken.

Jakob von Metz wollte wissen, wie die Reise gewesen war und wie es dem Sohn in Wismar und der Tochter in Riga gehe. Der Ratsherr erzählte.

»Und was sagt Ihr zu unserem Neubau?« Herr Morneweg hatte seinen Bericht beendet, und mit weit ausgestreckten Armen deutete der kleine, stämmige Baumeister zur Hospitalkirche hin. »Haben wir Euch nicht ein herrliches Gotteshaus gebaut?«

»Wunderbar, Meister Jakob. Vor allem die schönen Türmchen machen mich sehr glücklich.«

»Da seid Ihr nicht der Einzige, weiß Gott. Doch leider gibt es auch ganz andere Stimmen.«

»Burchard von Serkem?« Herr Morneweg winkte ab. »Gott wird uns immer wieder durch neidische und herrschsüchtige Menschen prüfen. Damit wir dankbar und demütig bleiben.«

»Diese Art von Prüfung könnte Euch bald zur Meisterschaft in Dankbarkeit und Demut zwingen.« Ein finsterer Zug legte sich auf die Miene des Baumeisters, und Herr Morneweg schaute ihn fragend an. »Habt Ihr es nicht gehört? Bischof Johann ist im Januar gestorben.«

»Ist das wirklich wahr?« Herrn Mornewegs Stimme brach schier. Bischof Johannes III. war ein enger Verbündeter des Lübecker Rats. Durch sein Wohlwollen war der Neubau des Heiligen-Geist-Hospitals hier am Koberg überhaupt erst möglich geworden. »Nein, diese böse Nachricht hat es nicht bis nach Riga geschafft. Aber warum hat man mir im alten Heiligen-Geist-Hospital nichts davon erzählt?«

»Über schlimme Dinge schweigt der Mensch lieber«, sagte Meister Jakob. »Zumal man im alten Hospital den Namen des neuen Bischofs nur unter Bauchschmerzen nennen wird, schätze ich.«

»Ihr wollt doch nicht etwa sagen, dass …?« Jetzt versagte dem Ratsherrn die Stimme wirklich.

»Leider doch, Herr Morneweg. Und Burchard wird bald einen Grund finden, ein Donnerwetter über Euch, den Rat von Lübeck und die Meisterin niedergehen zu lassen, und diesmal wird es ein bischöfliches Donnerwetter sein.«

Der Ratsherr unterdrückte einen Fluch und biss die Zähne zusammen. Zwei Atemzüge lang starrte er auf die langen Spitzen seiner Schuhe und schwieg. Bis der Hofmarschall den Arm um ihn legte und zu den vier Türmen hinauflächelte.

Die schönsten Türmchen, die ich je gesehen habe, sagte er mit wenigen Gesten und Lippenbewegungen. *Guck lieber dorthin und freu dich.*

Da lächelte auch der Ratsherr wieder. »Ich danke Euch für Eure großartige Arbeit, Meister Jakob.« Er klopfte dem Franzosen auf die Schulter und wandte sich dem Portal zu. »Bis morgen.«

Der Hofmarschall öffnete einen Flügel des Portals und

ging voran. Ein einziger Maler stand auf dem von zahlreichen Lampen und Fackeln erhellten Malergerüst im nördlichen Seitenschiff, ein untersetzter Mann mit rabenschwarzen Locken – Meister Silvester. Er fuhr herum, und seine Miene wirkte beinahe enttäuscht, als er den Hofmarschall und den Ratsherrn eintreten sah. »Ihr seid es, Herr Morneweg? Und der wackere Petrus?« Nun flog doch ein Lächeln über sein Gesicht. »Ich grüße Euch!« Er wandte sich wieder der Gottesmutter zu, an der er arbeitete, und erkundigte sich nach der Reise des Ratsherrn.

Gefolgt vom Hofmarschall schritt Herr Morneweg ins Seitenschiff und staunte, denn noch nie hatte Silvester ihn nach persönlichen Angelegenheiten gefragt. Während er höflich antwortete, wanderte sein Blick über die Wandmalereien, die während seiner Abwesenheit entstanden waren. Lauter rote und weiße Rosen in kreisförmigen Umrahmungen zierten die Laibungen der Gurtbögen im Seitenschiff.

»Sehr hübsch«, sagte der Ratsherr.

»Nicht wahr?«, erwiderte Meister Silvester, ohne seine Pinselstriche zu unterbrechen. »Die Arbeit meiner beiden älteren Gesellen. Ich bin stolz auf sie.«

Der Ratsherr stutzte – war das wirklich der immer missmutige und zum Zorn neigende Silvester von Bamberg, der da sprach? Irgendetwas stimmte nicht mit ihm. Er wandte sich dem Malergerüst zu, auf dem der Meister arbeitete. Kein Bierkrug stand neben ihm, seltsam.

Er betrachtete das Gemälde, an dem Silvester arbeitete: Christus, der seiner Mutter Maria das Zepter als Zeichen ihrer Mitherrschaft überreicht. Vom Christus und dem Zepter sah man nur die ersten Umrisse, die Gottesmutter jedoch erstrahlte bereits in leuchtenden Farben.

»Wunderbar!«, entfuhr es dem Ratsherrn.

»Dann müsst Ihr Euch erst einmal den Christophorus des

Johannes anschauen.« Silvester deutete hinüber zur Ostwand des Mittelschiffs. »Den nenne ich ›wunderbar‹!«

Der Ratsherr warf dem Hofmarschall einen erstaunten Blick zu, während er mit ihm zurück ins Mittelschiff ging. Petrus lächelte in sich hinein. Vor dem langen Malergerüst im Mittelschiff blieben sie stehen. In der oberen Wandhälfte waren drei Figuren in Umrissen erkennbar, der überlebensgroße Christophorus ganz rechts jedoch war fertig.

Der Hofmarschall schüttelte den Kopf, als könnte er nicht glauben, was er dort oben an der Wand sah, und dem Ratsherrn fehlten die Worte: So schön hatte er sich den Christophorus in seinen kühnsten Träumen nicht vorgestellt.

»Da staunt Ihr, was?«, rief Silvester herüber. »Eigentlich wollte Johannes heute Nachmittag mit der Farbgebung der anderen drei Heiligen beginnen.«

Der Hofmarschall gestikulierte und bewegte die Lippen, und dann sah es auch der Ratsherr: Nicht nur trug das Gesicht des heiligen Christophorus seine, Herrn Mornewegs, Züge, auch dem kleinen Christus auf seiner Schulter hatte Johannes von Köln durchaus bekannte Gesichtszüge gegeben – seine eigenen nämlich.

»Ich dachte zunächst, er käme endlich, als das Portal ging und Ihr eingetreten seid.« Meister Silvesters launige Stimme hallte aus dem nördlichen Seitenschiff. »Ich mache mir ernsthaft Sorgen um meinen jungen Maler.«

»Wie bitte?« Der Ratsherr traute seinen Ohren nicht. Was beim heiligen Nikolaus war mit dem Meister los? So hatte er ihn noch nie über einen seiner Gesellen reden hören. »Ihr macht Euch Sorgen?« Seine Blicke glitten über das Gerüst und den Tisch daneben und den Boden darunter – nirgendwo stand ein Bierkrug. »Warum macht Ihr Euch Sorgen um Johannes, Meister Silvester?«

»Er kommt mir traurig vor in letzter Zeit und übermäßig

ernst.« Der Meister bückte sich nach einem bunten, zerknüllten Lumpen und wischte seinen Pinsel ab. »Und er hat sich ein Schwert gekauft.«

»Ein Schwert?!«

»Ich hab's nicht gesehen, doch der Knappe, bei dem er das Fechten lernt, erzählte mir, es sei keine besonders gute Klinge.« Der Bamberger zuckte mit den Schultern und stellte den Pinsel in einen kleinen Eimer. »Wozu braucht ein Maler ein Schwert, frage ich Euch?«

»Bei welchem Knappen lernt er denn das Fechten?« Die Neuigkeiten beunruhigten Herrn Morneweg.

»Der Mann dient dem Vogt als Waffenknecht.« Auf dem Gerüst ging der Meister von Öllampe zu Öllampe und löschte sie nacheinander. »Letzte Woche war Johannes täglich im Vogthof und übte mit ihm den Schwertkampf.« Als alle Lampen gelöscht waren, zog er die Fackel aus der Wandhalterung und stieg vom Gerüst. »Was haltet Ihr davon, Herr Morneweg?«

»Es gefällt mir nicht.« Victorias Abschiedsworte gellten ihm in den Ohren. *Tue etwas, sonst nimmt das Drama seinen Lauf.* »Es gefällt mir überhaupt nicht.«

*

Die Nacht fiel über die Stadt. Der Ratsherr bat den Hofmarschall, zurück ins alte Heiligen-Geist-Hospital zu reiten und dort nach Johannes zu fragen. Vielleicht hatten sie ihn ja verfehlt, vielleicht war er ja doch noch in Victorias Kammer zu seinem abendlichen Besuch bei Anna Warendorp erschienen.

Herr Morneweg zog eine noch brennende Fackel aus einer Wandhalterung der neuen Hospitalkirche und ritt zur Bude des jungen Malers in der Fischergrube. Dort band er seine

Schimmelstute an der alten Viehtränke fest. Bevor er den engen Gang betrat, verharrte er kurz und hob die Fackel.

Der flackernde Lichtschein fiel auf das Schnitzwerk, auf Wollust, Gier und Zorn. Der Ratsherr dachte an die alten Zeiten, an Jacobis Dolch und an seinen ehemaligen Freund, den Matthias Stalbuk. Er schwenkte die Fackel ein Stück nach rechts – bis der Feuerschein auf die Darstellung des Neides fiel: ein Mann, der mit missgünstigem Blick nach seinem Nachbarn schielte. Ein bitterer Geschmack stieg dem Ratsherrn auf die Zunge. Er bückte sich in den Gang und lief zum Innenhof.

Nur hinter zweien der vielen Fensterverschläge sah er noch Licht flackern, in Johannes' Bude war alles dunkel. Er klopfte an einer Tür, hinter der es noch hell war. Eine jüngere Frau öffnete, wich zurück vor Schreck, einen leibhaftigen Ratsherrn vor sich zu sehen, und staunte ihn aus großen Augen an.

»Verzeih, aber ich suche Johannes von Köln. Hast du ihn heute schon gesehen?«

»Wer ist an der Tür?«, rief aus dem Inneren der Bude eine polternde Männerstimme.

»Der Herr Morneweg sucht den Maler«, antwortete die Frau mit dünner Stimme.

»Der ist bei Sonnenuntergang zur Grube rausgelaufen. Hat ein Schwert bei sich gehabt. Will wohl den Pinsel abgeben und ein Knappe werden. Oder gleich ein Ritter.«

Herr Morneweg bedankte sich und ging. Jetzt hatte er es eilig, die Fischergrube hinaufzureiten. Sein Schwert also hatte der Johannes dabeigehabt, als er seine Bude verließ – keine gute Nachricht.

Unter dem Torbogen vor seinem Haus traf er den Hofmarschall. Nein, Johannes war nicht im alten Hospital gewesen. Herr Morneweg dankte dem Petrus und ritt allein weiter in Richtung Vogtei. Er hegte die schwache Hoffnung, der junge Maler sei vielleicht einfach für ein paar weitere Schwertübungen dorthin gegangen und hatte keine Dummheiten im Sinn.

Die Vogtei lag am Koberg, nicht weit vom neuen Heiligen-Geist-Hospital entfernt. Herr Morneweg ritt hin und klopfte. Hier gebe es heute Nacht keine Schwertübungen mehr, beschieden ihm die Wachen freundlich, aber bestimmt.

Düstere Ahnungen befielen den Ratsherrn, während er zu jener Schänke unten an der Mauer vorm Wakenitz-Ufer ritt. Lärm drang aus dem Fenster auf die Straße, drinnen war es voll. Das Stimmengewirr senkte sich ein wenig, als er zum Tresen ging und den Wirt ansprach.

Ja, der Maler aus Köln komme regelmäßig in letzter Zeit, anders als sein Meister. Der nämlich lasse sich nicht mehr blicken, seit er sich in eine Witwe verliebt habe, die sein Leben ganz durcheinanderbringe. Johannes aber sei bis vor einer halben Stunde hier gewesen.

Andere Männer in der Schänke bestätigten das. Jemand hatte gesehen, wie der Maler zum Stadthügel hinaufgelaufen war. Er habe ein Schwert dabeigehabt.

Herr Morneweg stieg wieder auf seine Schimmelstute und ritt zum Marstall hinauf, bog grübelnd in die Große Burgstraße ein und hinter dem neuen Kloster in die Kleine Burgstraße. Vom Hafen her, aus der schmalen Gasse, in der der Kupferschmied seine Werkstatt hatte, lenkte zwanzig Ruten vor ihm ein Reiter seinen Rappen in die Kleine Burgstraße hinein.

Wer war das? Wer in Lübeck ritt einen Rappen? Mehr als ein halbes Dutzend Namen fielen dem Ratsherrn ein, darunter einer, den er lieber nicht denken wollte, würde er doch seine immer stärker werdenden Befürchtungen bestätigen. Kurz vor dem Koberg hielt der Reiter an einer Schänke, über deren Tür zwei Fackeln in der Fassade steckten. Er griff hinter sich, streckte etwas zur rechten Fackelflamme hinauf, und gleich flammte in seiner Hand eine dritte Fackel auf. Im Schein der Flammen erkannte der Ratsherr, dass der Reiter noch recht jung war und rote Haare hatte.

Ein rothaariger Reiter auf einem Rappen. Hatte er also recht gehabt. Matthias Stalbuk besaß einen Rappen, und der Reiter, der jetzt auf den Koberg hinausritt, war sein Sohn Eckbert! Ein Schwert ragte unter seinem Mantel heraus. Der Reiter bog ab, verschwand aus dem Blickfeld des Ratsherrn, ritt zum neuen Heiligen-Geist-Hospital hinunter.

Herr Morneweg trieb seine Schimmelstute an. Als er aus der Kleinen Burgstraße ebenfalls auf den Koberg abbog, sah er den Fackelschein unten durch die Baustelle gleiten. Er folgte dem jungen Stalbuk und hörte kurz darauf eine schwere Tür schlagen. Die Fackel des jungen Stalbuk war verschwunden.

Kein Zweifel: Er war ins Kirchenschiff gegangen!

Das schlechte Gefühl, das den Ratsherrn bis hierhin begleitet hatte, wuchs sich zu quälender Besorgnis aus. Er trieb die Schimmelstute an und galoppierte der Baustelle entgegen. Kurz davor kreuzten zwei Mönche in schwarz-weißem Habit seinen Weg, Dominikaner auf dem Nachhauseweg ins Burgkloster.

»Schnell zur Vogtei!«, rief er ihnen zu. »Waffenknechte müssen in den Neubau kommen. Gleich! Dort gibt es demnächst Mord und Totschlag!« Er wusste es nicht, doch er fühlte es. Die Mönche rannten in Richtung Vogtei davon.

Auf der Baustelle band der Ratsherr seine Nedschinka neben Stalbuks Rappen fest. Die Fackel in der Linken, trat er in die neue Kirche. Es roch nach frischer Farbe; fast vermisste er den Biergeruch, der im vergangenen Jahr noch das Kirchenschiff erfüllte. Behutsam schloss er den Portalflügel hinter sich und lauschte.

Aus dem Rohbau des Langhauses drangen ferne Stimmen. Er folgte ihnen bis zu einer Wendeltreppe, die in den Gewölbekeller hinabführte. Dort unten sprachen zwei miteinander, und das sehr erregt, wie es sich anhörte. Eine der Stimmen erkannte er sofort: die des Malers.

Weil er im Keller Lichtschein flackern sah, steckte er seine Fackel in eine Wandhalterung. Dann schlich er die Stufen hinunter. Die Stimmen klangen lauter, klangen wütend und gehässig. Plötzlich das Geräusch von aufeinandertreffenden Klingen. Dem Ratsherrn stockte der Atem, und seine Befürchtungen wurden Gewissheit: Heute Morgen hatte Johannes sich bei seiner Liebsten verabschiedet, heute Abend hatte er sich in der Schänke Mut angetrunken, und jetzt trat er im Schwertduell gegen den jungen Stalbuk an.

Der Ratsherr sprang die letzten Stufen hinunter, im Laufen riss er sein Schwert aus der Scheide. Im Fackelschein hieben die beiden jungen Männer aufeinander ein. Johannes strauchelte und stürzte, das Schwert entglitt ihm. Im nächsten Augenblick stand Eckbert Stalbuk breitbeinig über ihm und hob seine Klinge zum tödlichen Hieb.

»Runter mit dem Schwert!«, brüllte der hinstürmende Ratsherr. Der Rotschopf fuhr herum. Da prallte der Ältere schon gegen ihn, und Eckbert Stalbuk stolperte über seinen am Boden liegenden Gegner hinweg und schlug lang hin.

Sofort war Herr Morneweg über ihm. »Weg mit dem Schwert, habe ich gesagt!« Er setzte dem Jüngeren die Klingenspitze an die Kehle. Dem verzerrte die Wut das rote Gesicht, und er zielte mit seiner Klinge nach dem Ratsherrn.

»Dein Vater hat dir gewiss erzählt, wozu ich imstande bin!« Der Ratsherr brüllte. »Du lässt dein Schwert los, oder du stirbst!« Endlich gehorchte Eckbert Stalbuk – sein Schwert klirrte auf den Boden, fluchend ließ er den Rotschopf sinken.

Schritte polterten die Wendeltreppe herunter, Stimmen

riefen. »Hierher!« Ohne sein Schwert herunterzunehmen, trat der Ratsherr zur Seite. Zwei Waffenknechte rissen den jungen Stalbuk auf die Beine und fesselten ihm die Hände auf den Rücken. Zwei andere standen bei Johannes. Der stemmte sich eben hoch.

Schwer atmend steckte der Ratsherr sein Schwert in die Scheide und ging zu ihm.

»Warum habt Ihr den Dreckskerl nicht zuschlagen lassen?«, sagte Johannes leise und mit vorwurfsvoller Miene. »Dann hätte ich jetzt alles hinter mir und der Dreckskerl den Klotz des Henkers vor sich.«

»Schwachkopf!«, zischte der Ratsherr. »Der Weg zu Anna ist frei, und du willst sterben?« Und an die Waffenknechte gewandt: »Nehmt sie mit in die Vogtei, alle beide!«

*

Am nächsten Morgen türmte sich ein schier himmelhoher Berg Arbeit im Kontor – wie sollte es anders sein, wenn ein Kaufmann und vor allem seine kluge und schreibkundige Frau fünf Monate lang abwesend gewesen waren? Gemeinsam mit ihrem jüngsten Sohn Konrad, dem Kontierer und dem Schreiber Benedikt von Madgeburg ging das Ehepaar Morneweg angefallene Schriftstücke durch: Briefe, Rechnungen, Blätter des Geschäftsbuches, Schuldbucheintragungen, Bestellungen.

Der älteste Morneweg-Sohn Hermann war während der vergangenen fünf Monate gleich dreimal für jeweils eine Woche von London, wo er zurzeit lebte, nach Lübeck gereist, um seinem kleinen Bruder Konrad beizustehen und die wichtigsten Geschäfte im Sinne seiner Eltern zu regeln. Und tatsächlich stand um die Mittagszeit fest, dass sich die Verluste der letzten Monate trotz des Piratenüberfalls und der langen

Abwesenheit des Ehepaares Morneweg in überschaubaren Grenzen hielten.

Der Ratsherr dankte dem Schreiber, dem Kontierer und seinem Jüngsten für die treue und gute Arbeit, überließ das weitere Tagesgeschäft den Männern und seiner Frau und ging zu Sigfrid van der Brügge, der wie er selbst im Rat von Lübeck saß und wie er selbst Vorsteher des Heiligen-Geist-Hospitals war. Von ihm ließ er sich über die neusten Angelegenheiten des Rates und über den Stand der Dinge im Hospitalneubau berichten.

Van der Brügge bestätigte ihm außerdem, dass der Bamberger die Sauferei aufgegeben hatte. Seit der Christmette, erzählte der Kaufmann, seit er dort die Witwe des Zimmermanns Paul Steffens aus der Fischstraße kennengelernt hatte; Steffens, der im letzten Herbst aus dem Dachstuhl gestürzt und kurz darauf gestorben war. Bis zum Karneval, so erfuhr der staunende Ratsherr, hatte Meister Silvester um die Mutter der sieben Kinder geworben. An Aschermittwoch hatte sie ihm schließlich das Jawort gegeben.

Die Neuigkeit hob Herrn Mornewegs Stimmung beträchtlich. Er lächelte, als er das Haus des Kaufmanns van der Brügge in der Königsstraße verließ.

»Tausend Dank, du gütiger Gott!«, murmelte er, während er auf seine Schimmelstute stieg. »Nichts ist dir unmöglich, gar nichts.« Er ritt zum Koberg, um auf der Baustelle nach dem Rechten zu sehen.

Gegen Abend endlich fand er Zeit, Johannes im Kerker der Vogtei zu besuchen. Er traf einen zerknirschten Mann an, der allen Grund hatte, sich vor einer wochenlangen Kerkerhaft zu fürchten.

»Eckbert behauptet, er habe im neuen Heiligen-Geist-Hospital allein sein und beten wollen«, erzählte er, »und ich hätte ihm aufgelauert und sein Leben bedroht.«

»Hast du ja auch«, sagte der Ratsherr, der vor dem Kerkergitter saß und Bier aus einem Steinkrug schlürfte, den der Vogt ihm hatte bringen lassen.

»Man wird mich zu wochenlanger Kerkerhaft und mindestens zwanzig Mark lübisch Bußgeld verurteilen.« Johannes raufte sich das Haar. »Woher soll ich so viel Geld nehmen?«

»Eher vierzig Mark lübisch«, sagte der Ratsherr trocken. »Und da du nicht zahlen kannst, richte dich schon einmal auf sechs Monate Kerker ein. Im Anschluss musst du die Stadt verlassen, für immer. Und wenn die Anna nicht mit dir geht, was ich ihr empfehlen würde, so blöd wie du bist, dann wirst du sie nie mehr wiedersehen.«

»Gott sei mir gnädig«, jammerte Johannes mit brüchiger Stimme, »Gott sei mir armem Sünder gnädig.« Er schlug die Hände vors Gesicht und rieb sich die Augen.

Herr Morneweg nahm an, dass Johannes Tränen verbarg und abwischte. »So geht das immer«, sagte er, »auf die Leidenschaft folgt die Reue.« Dass er bereits eine gute Möglichkeit sah, dem jungen Maler all diese Strafen zu ersparen, verriet er ihm vorerst nicht. Sollte er ruhig ein bisschen leiden, er hatte es nicht anders verdient. »Was sind das für Leute, die dem jungen Stalbuk bezeugen, dass Anna mit diesem Hauptmann Unzucht getrieben habe?«

»Ein Brauknecht aus der Nordstadt. Er und sein Weib behaupten, sie hätten beobachtet, wie sich Anna mit einem hochrangigen Waffenknecht des Vogtes in einer Bude im selben Hof getroffen hat. Von ihrem Fenster aus hätten sie es beobachtet. Sie lügen.«

»Woher willst du das wissen?«

»Von der Schwester des Hauptmanns, einer Witwe. Ihr Bruder wollte sie und ihre Kinder nach Lübeck holen und hat deswegen die Bude gemietet. Inzwischen wohnt sie darin.

Und weiß nicht, wie sie ohne ihres Bruders Sold die Kinder satt kriegen soll.«

»Solange sie nicht eingezogen war, könnte der Hauptmann sich trotzdem dort mit der Anna getroffen haben.«

»Niemals!« Johannes wurde laut. »Warum sollte sie denn? Sie ist ein gottesfürchtiges Mädchen, und sie liebt nur mich!«

Darauf wusste der Ratsherr nicht viel zu entgegnen. »Und wie erklärst du dir, dass der Brauknecht und seine Frau bezeugen wollen, Anna und den Hauptmann in der Bude beobachtet zu haben?«

»Eckbert hat ihnen Geld gegeben.«

»Glaubst du das, oder weißt du das?«

»Sie trugen nagelneue Kleider, als ich sie kurz vor dem Christfest besuchte. Und ihre Fenster waren verglast.«

»Das kann sich kein Brauknecht leisten.« Herr Morneweg überschlug den Preis von Fensterglas für eine einfache Bude und den Arbeitslohn für das Einsetzen. »Hast du den Eckbert zum Duell herausgefordert?« Der Jüngere nickte hinter seinen vor das Gesicht geschlagenen Händen. »Wann?«

»Irgendwann zwischen Sankt Nikolaus und dem Christfest. Gleich, als er die Verlobung gelöst und Anna der Hurerei bezichtigt hatte. Er hat ihre Ehre in den Dreck gezogen, der Schweinearsch. Das konnte ich nicht hinnehmen.«

»Ihre Ehre, soso.« Der Ratsherr seufzte. »Und dann hast du gedacht: Kauf dir ein Schwert, übe ein bisschen und schlag ihm den Schädel ein.« Johannes antwortete nicht. »Sein Vater hat dem Eckbert in zahllosen Stunden beigebracht, mit dem Schwert umzugehen«, sagte Herr Morneweg. »Und glaub mir eins, Johannes: Wenn in Lübeck ein Kaufmann außer mir das Schwert zu führen weiß, dann Matthias Stalbuk. Ich weiß, wovon ich spreche.«

»Fast hätte er mich totgeschlagen«, flüsterte der Maler.

»Fast, ja.« Herr Morneweg setzte den Krug an die Lippen und schlürfte Bier. Das war mit Hopfen gebraut und schmeckte fantastisch – es stammte aus seiner eigenen Brauerei. »Nun lebst du aber noch, und wir sollten darüber nachdenken, wie es weitergeht.«

»Ich besitze nicht mehr als neun Mark lübisch«, flüsterte Johannes. »Könnt Ihr mir trotzdem hier heraushelfen?«

»Das könnte gelingen. Allerdings werde ich es nur versuchen, wenn du mir schriftlich gibst, dass du Lübeck nicht verlassen wirst, bevor die Wandmalereien im Heiligen-Geist-Hospital beendet sind.«

»Bis die Anna aus dem Kerker kommt, ist die Kirche zweimal ausgemalt.« Johannes seufzte. »Die kann ja auch kein Bußgeld zahlen. Und ihr Vater wird es ihr bestimmt nicht geben.«

»Du beginnst so langsam, dich mit der Wirklichkeit anzufreunden«, sagte Herr Morneweg. »Das freut mich und macht mir Hoffnung. Vielleicht kann ich den Eckbert dazu bewegen, die Anklage gegen dich fallen zu lassen.«

»Und wenn nicht ihn, dann vielleicht seinen Vater. Ihr wart doch mit ihm befreundet.«

Ein Schatten flog über das Gesicht des Ratsherrn. »Hast du einen Freund?«, fragte er. Johannes nickte. »Dann sieh zu, dass eure Freundschaft hält, bis einer von euch beiden stirbt. Zerbricht sie vorher, kann es sein, dass du einen Feind gewinnst.«

Endlich nahm der Maler die Hände vom Gesicht. Aus rot geweinten Augen sah er Herrn Morneweg an. »Matthias Stalbuk ist Euer Feind?« Der Ratsherr antwortete nicht. »Wie konnte es so weit kommen?«

»Eine lange Geschichte, und keine schöne.«

»Erzählt sie mir«, verlangte der Maler. Der Ratsherr betrachtete seine Hände. »Ihr habt mir eine Einladung zur Martinsgans versprochen und wolltet mir nach dem Essen die

Geschichte von Moses und Rebecca zu Ende erzählen, Eure Geschichte.«

»Piraten und eine schwere Krankheit meiner Tochter sind dazwischengekommen.«

»Ich habe davon gehört. Gott war mit Eurer Familie, und alles ist gut gegangen, ich freu mich sehr für Euch. Doch an Euerm Versprechen ändert das nichts. Jetzt wäre eine gute Gelegenheit, die Geschichte von Moses und Rebecca weiterzuerzählen.«

Der Ratsherr zuckte mit den Schultern. »Da gibt es nicht mehr viel zu erzählen.«

»Das glaube ich nicht«, sagte der Maler. »Seit Ihr mir nach der Nacht, an dem der Meister Silvester und Ihr mich aus der Wakenitz gezogen habt, Eure Geschichte anvertraut habt, hat sie mir keine Ruhe mehr gelassen.«

»Gut so. Aus keinem anderen Grund habe ich es getan.«

»Ich habe mich oft gefragt, wie ein bettelarmer Waisenjunge, dem keine Familie mit ihrem Vermögen den Rücken stärkt, wie so einer es bis zu einem Sitz im Lübecker Rat bringt …«

»Was glaubst du, wie oft ich selbst mich das gefragt habe?!« Herr Morneweg unterbrach ihn lachend.

»… und zu so viel Reichtum und Ansehen. Und warum gibt ein wohlhabender Kaufmann wie der Martinus Bardewik so einem – verzeiht mir, wenn ich das so unverblümt sage –, so einem Habenichts seine Tochter zur Frau, und wie kann eine Freundschaft wie die zwischen Herrn Stalbuk und Euch zerbrechen …«

»Denke an ihn und mich, wenn du einen Freund hast, und fürchte dich. Für hundert Schiffsladungen kannst du dir keinen neuen kaufen.

»Und was verschlägt einen wilden und groben Mann wie den Petrus in eine stolze Stadt wie Lübeck? Was hält ihn hier?«

»Dummes Zeug!« Herr Morneweg wurde laut. »Petrus ist weder wild noch grob! In ganz Lübeck kenne ich keinen so zartfühlenden und klugen Mann wie ihn. Du redest und weißt doch gar nichts!«

»Verzeiht mir.« Johannes von Köln machte eine schuldbewusste Miene. »Klärt mich auf, ich bitte Euch. Erzählt mir, wie es gewesen ist. Warum ging er mit Euch? Warum kann er nicht sprechen? Wieso seid Ihr Bardewiks Schwiegersohn geworden? Und warum habt Ihr mit Matthias Stalbuk gebrochen?«

»Er hat mit mir gebrochen.« Traurig senkte der Ratsherr den Blick und betrachtete seine gefalteten Hände. »Ich habe wenige Menschen so geliebt wie den Matthis«, sprach er mit leiser Stimme weiter. »Das kannst du mir glauben, Johannes. Als er eines Nachts zu mir kam, und mich fragte, ob ich mit ihm nach Nowgorod segle, habe ich keinen Augenblick gezögert und ›ja‹ gesagt.«

»Er kam in der Nacht?«, wunderte Johannes sich. »Musste er sich denn fürchten, dass jemand ihn beobachtet?«

»Er war schon einundzwanzig Jahre alt und musste sich dennoch fürchten. Vor seinem Vater.«

»Habt Ihr mir nicht geschildert, wie sehr er an seinem Vater hing?«

»Stimmt. Ich habe mich falsch ausgedrückt: Er musste sich vor seinem Stiefvater fürchten. Sein leiblicher Vater nämlich, der Bertram Stalbuk, ist ein Jahr, nachdem wir aus Gotland und Schonen zurückgekehrt waren, überraschend gestorben. Matthis' Mutter hat erstaunlich schnell wieder geheiratet, einen reichen Kaufmann aus Visby, einen Witwer. Der hasste Matthis, und Matthis hasste ihn. Der Mann war ungeheuer streng und noch gehässiger als Matthis' Mutter. Matthis ertrug ihn irgendwann nicht mehr. Doch Gott sei Dank: Bertram Stalbuk war weise genug gewesen, seinen ältesten Sohn im

Testament mit einer Kogge und tausend Mark lübisch zu bedenken.«

Johannes riss Augen und Mund auf. »So viel Geld?!«

Der Ratsherr nickte. »Außerdem hat sein Vater verfügt, dass ausschließlich der Matthis über Geld und Kogge entscheiden sollte.«

»Wahrscheinlich misstraute er seiner Frau.«

»Er kannte sie ja lange genug. Jedenfalls kam der Matthis in einer Nacht Ende Januar, einen Tag nach meinem achtzehnten Geburtstag, zu mir – wir schrieben das Jahr des Herrn 1241 – und erklärte, die Zeit für mich sei gekommen, mein Versprechen einzulösen und mit ihm auf sein Schiff zu gehen und Lübeck zu verlassen.«

»Und Ihr habt sofort Ja gesagt?«

»Sofort.« Herr Morneweg seufzte. Er schaute auf und durchs Gitter an Johannes vorbei in eine Ferne, die nur er selbst kannte. »Gut möglich, dass ich so schnell Ja sagte, weil ich ziemlich aufgewühlt und traurig war an diesem Abend.«

»Traurig? Warum?«

»Wegen Traudi. Ich habe es mir erst nicht eingestanden.«

»Eure Gattin muss damals ein Mädchen von fünfzehn oder sechzehn Jahren gewesen sein. Hat sie Euch einen Korb gegeben?«

»Im Gegenteil, doch das habe ich erst nicht begriffen. Sogar, dass ich sie liebte, ging mir zu spät auf. Sie war übrigens noch nicht einmal dreizehn.«

»*Zu* spät kann's ja nicht gewesen sein, sie ist ja jetzt Eure Gattin.«

»Ein Wunder.« Herr Morneweg schüttelte den Kopf. »Noch heute macht es mich ganz fassungslos, wenn ich daran denke.«

»Ein Wunder? Hier seht Ihr einen hinter dem Gitter sitzen, der nach einem Wunder lechzt. Bitte erzählt, Herr Morneweg.«

»Damals geschah etwas, das mich kränkte, ohne dass ich es mir gleich eingestehen wollte. Wie schildere ich dir das? Die Worte fallen mir schwer. Am besten beginne ich an dem Tag nach der Nacht, als Matthis bei mir war und ich ihm zusagte, mit ihm nach Nowgorod zu fahren.« Für einen Moment schloss der Ratsherr die Augen, schabte sich den Bart und wirkte sehr nachdenklich. »Für jenen Morgen nämlich war Moses mit Martinus Bardewik verabredet.« Er öffnete die Augen und hob den Blick. »Gestatte mir, dass ich dabei bleibe, von mir selbst in der dritten Person zu erzählen, so fällt es mir leichter, von all den unglücklichen Dingen zu sprechen. Und von den glücklichen erst recht.« Johannes nickte. »Moses' Zeit als Kaufgeselle ging zu Ende, und er war also an jenem Morgen mit Martinus Bardewik in der Schreibkammer zur Widerlegung verabredet ...«

2
Freier

Lübeck, Ende Januar 1241

... die Luft in der Schreibkammer war stickig, Moses schwitzte. Rings um ihn standen Männer, lauter würdevolle Lübecker Ratsherren und Kaufleute. Dazu das Gespenst, inzwischen ein Gesellschafter des Kaufmanns Bardewik, und der neue noch sehr junge Kaufgeselle. Und – dicht bei ihm – Traudi. So dicht, dass ihr Vater ihr nun schon zum zweiten Mal einen warnenden Blick zuwarf. Sie rückte noch näher zu Moses, berührte sogar seine Hand. Aus einem Grund, den er sich nicht recht erklären konnte, machte ihre Berührung, dass sein Herz schneller schlug und er tiefer atmen musste.

Auf dem großen Tisch zwischen ihm und Martinus Bardewik stapelten sich Türme aus Markstücken und Pfennigmünzen. Auch zwei Stapel mit englischen und sächsischen Pfennigen waren darunter. Und einige venezianische Silbergroschen. Eine einzelne Münze jedoch stach hervor und überstrahlte all die Silbertürme mit ihrem Glanz: Rebeccas sizilianische Goldmünze, der Augustalis.

Die Münze war größer als alle, die Moses bisher gesehen hatte. Der mit Lorbeer bekränzte Kopf eines Mannes war auf sie geprägt; wahrscheinlich der des Kaisers Friedrich. Moses' Gedanken schweiften ab zu Rebecca und zu der Geschichte dieser Münze, die sie ihm in jenen Ostertagen vor fast sechs Jahren erzählt hatte. Zwei Monate Liebe, Glück und Hoffnung – hatte sie das nicht gesagt? Und dann Niedertracht, Unglück und Tod. So nahe beieinander lag das alles? Einen

Atemzug lang überfiel ihn Angst – wie nahe beieinander würde all das in seinem Leben liegen?

Jemand berührte seine Hand. Aus dem Augenwinkel fing er einen Blick Traudis auf. Ihre Berührung holte ihn zurück in die Schreibkammer des Bardewik'schen Kontors. Der Kaufmann und sein Schreiber zählten noch immer Geld. Moses hörte die Stimme des Käfers Zahlen murmeln. Verstohlen blickte er sich um.

Kein Priester betete und vernebelte die Zeremonie mit Weihrauch wie damals, als der Haken hier am Tisch stand. Und Eisauge hatte sich auch nicht unter all den Herren eingefunden, die Moses' Widerlegung bezeugten. Im Frühsommer letzten Jahres war er in See gestochen, um über Visby nach Riga zu segeln. Und bislang nicht zurückgekehrt. Martinus Bardewik machte sich große Sorgen um Kogge, Besatzung und Ladung.

Der Käfer trug die Summen in das Geschäftsbuch ein – die Summe, die der Kaufmann in die Widerlegung eingebracht hatte, und Moses' Summe. Über sechshundertfünfzig Mark lübisch insgesamt. Moses wurde ganz schwindlig, als er die Zahl hörte.

»Diese Summe und eine halbe Schiffsladung Weizen, Tuch und Messgefäße werden dir, Moses Engländer, am Tag nach dem Himmelfahrtsfest anvertraut«, erklärte Martinus Bardewik mit feierlicher Stimme. »Damit du als mein Gesellschafter nach Gotland fahren und in Treue verkaufen und einkaufen kannst und durch Gottes Gnade und dein Geschick unser beider Gesellschaft bei deiner Rückkehr einen gesegneten Gewinn verzeichnen darf.«

Der Kaufmann nickte ihm zu, und Moses nickte brav zurück. Dabei hätte er durchaus etwas einzuwenden gehabt, denn nicht auf Herrn Bardewiks Kogge, sondern auf der von Matthis Stalbuk plante er, nach Gotland zu segeln, und das schon vor Palmsonntag. Und auch nicht nur bis nach Gotland wollten Matthis und er, sondern weit darüber hinaus nach Norden, nach Nowgorod. Doch dem Kaufmann das beizubringen, dafür war heute Morgen keine Zeit mehr gewesen.

Den Namen *Engländer* trug er seit seinem vierzehnten Geburtstag. Martinus Bardewik hatte ihn vorgeschlagen, weil Moses fließend Englisch sprach und man daher annehmen musste, dass er aus England stammte. Der Rat hatte die Benennung gestattet, weil ein Kaufmann einen Familiennamen brauchte.

Der seit zwei Tagen achtzehnjährige Moses hatte nichts dagegen, sich vorläufig *Engländer* zu nennen. Man hatte ihn schon bei so vielen Namen gerufen – erinnerten und vergessenen –, dass es auf den nun auch nicht mehr ankam. Irgendwann, daran zweifelte er nicht, würde er seinen richtigen Namen herausfinden.

»Fahren wir fort.« Martinus wies mit hastiger Geste auf das Geschäftsbuch. Der Kaufmann schien es eilig zu haben.

Der Käfer unterzeichnete Widerlegungstext und Summe und schob dann das Buch dem Mann neben sich zu. Auch der unterzeichnete und reichte es samt Tintenfass mit Feder an den nächsten weiter. So beugte sich ein Lübecker Kaufmann nach dem anderen über das Buch und unterschrieb als Zeuge das Dokument, das Moses Engländer und Martinus Bardewik als Gesellschafter und ihr gemeinsames Kapital bezeugte. Moses setzte ein *M* und ein *E* aufs Pergament. Das hatte er gestern mit Traudi geübt, denn mit dem Schreiben und Lesen haperte es noch immer bei ihm.

Der Käfer streute Sand über die feuchten Ziffern und Namen, und der Kaufmann hatte es eilig, die Lübecker Herren zu verabschieden. Moses wusste, warum er so drängte, und der Grund trübte seine Freude an der Widerlegung erheblich. Und die Vorfreude auf die Gotlandfahrt wollte gar nicht erst aufkommen.

Ein Freier hatte sich angesagt.

Moses hatte es gestern erst erfahren und zunächst einmal nachfragen müssen, was genau er sich unter einem Freier vorzustellen hatte.

»Du dummer Junge, du.« Lächelnd hatte Frau Brunhilde ihm einen Nasenstüber verpasst. »Traudi ist fast dreizehn! Alt genug zum Heiraten. Und morgen Vormittag kommt ein Kaufmann aus Hamburg ins Haus, der um sie wirbt.«

Moses, wie vor den Kopf gestoßen, hatte daraufhin die Traudi angeschaut – und gefunden, dass ein vergnügtes Mädchen anders aussah. »Heiraten?«, hatte er leise gefragt und die schlecht gelaunte Kaufmannstochter noch einmal angeschaut, und genauer. Und plötzlich sah er, dass kein Mädchen mehr vor ihm stand, sondern eine Frau. Zum ersten Mal sah er das: kein Mädchen, sondern eine süße, hübsche, kleine Frau.

Aus einem Grund, den er bis heute Morgen noch nicht richtig verstand, hatten ihn dieser knappe Wortwechsel und sein ungewohnter Blick auf die Kaufmannstochter dermaßen aufgewühlt, dass er in der Nacht nicht schlafen konnte. Dazu kam noch, dass kurz nach Mitternacht kleine Steine in die Kammer flogen und Matthis mit einer Fackel unten im Hof stand.

»Ich gehe«, hatte der Freund gesagt, als Moses Augenblicke später im nächtlichen Hof vor ihm stand. »Gehe mit mir, du hast es versprochen.«

Gewiss – auch der unerwartete Besuch hatte ihn aufgewühlt. Doch warum fühlte er sich so bedrückt und traurig seit gestern? Und warum hatte er Matthis ohne Zögern versichert, dass er mit ihm nach Gotland und Nowgorod fahren werde? Moses ahnte nur vage, dass es mit Traudi zu tun haben musste.

Die Herren Kaufleute drückten ihm nacheinander die Hand, einige feierlich und mit hochwichtigen Mienen, andere überschwänglich und ehrlich erfreut, manche flüchtig und ohne ihn anzuschauen. Auch der Käfer beglückwünschte ihn mit ein paar hingenuschelten Worten und reichte ihm die Hand. Die fühlte sich an wie ein Bündelchen ausgetrocknetes Kienholz.

»Freu mich für dich«, sagte das Gespenst und klopfte ihm auf die Schulter. Es hieß eigentlich Andreas Kröpelin und wohnte inzwischen in Wismar, wo es Bier braute, mit Getreide und Salz handelte und Herrn Bardewiks Geschäfte beförderte. »Und keine Sorge«, fügte es mit gesenkter Stimme hinzu. »Ich werde nach Himmelfahrt in derselben Flotte nach Visby segeln. Sollten sich dir Fragen ergeben oder Schwierigkeiten in den Weg stellen, dann wende dich ruhig und vertrauensvoll an mich.« Er lächelte gönnerhaft, und Moses nickte und murmelte einen Dank. Was hätte er sonst tun sollen?

Beim Rausgehen wich Traudi nicht von seiner Seite und schob sich so dicht an ihn, dass sie ihm ins Ohr flüstern konnte: »Bin ich hässlich?«

»Bitte?« Ihre Frage verwirrte Moses.

»Mein Kleid, meine Schuhe, mein Haar – sehe ich hässlich aus? Sag schon.«

Verstohlen betrachtete er sie. Ihre Schuhe waren ein wenig abgestoßen und schmutzig, ihr Kleid war von einem dunklen Braun, das ihr nicht besonders gut stand und auch sonst nicht gerade hübsch war. Und hatte sie sich an diesem Morgen überhaupt schon gekämmt?«

»Du siehst doch hübsch aus«, sagte er unsicher. Schon wieder pochte ihm das Herz bis in den Hals.

Sie richtete den Blick ihrer bernsteinfarbenen Augen auf ihn, und zum ersten Mal ging ihm das durch und durch. »Du lügst«, sagte sie. »Ich hoffe, dass du lügst und dass ich hässlich genug aussehe.«

»Gertrud!« Die strenge Stimme ihres Vaters tönte hinter

ihnen aus der Schreibkammer. Beide drehten sie sich nach ihm um. Der Kaufmann stand auf der Schwelle zwischen Kontor und Kemenate, und sein missbilligender Blick traf erst Moses und dann Traudi. »Komm zu mir, Gertrud. Wir wollen den Herrn Schilling hier in der Kemenate empfangen.«

Der Herr Schilling besaß zwei Koggen, zwei Speicherhäuser am Hamburger Hafen und hatte erst kürzlich das väterliche Haus am westlichen Ufer der Alster geerbt. Sein älterer Bruder, zugleich sein Gesellschafter, besaß ein Haus in Antwerpen und pflegte emsige Geschäftsbeziehungen dort und bis nach London und Genua. Kurz: Mit seinem Vermögen und seiner geschäftlichen Vernetzung entsprach der Herr Schilling ziemlich genau dem Bild eines Schwiegersohns, wie es Martinus Bardewik vorschwebte.

Moses bekam den Hamburger für wenige Augenblicke zu sehen, weil er sich nach der Widerlegung gegenüber dem Bardewik'schen Kontor im Kaufkeller des Herrn Klingenberg herumdrückte und so tat, als würde er dessen englische Wolle begutachten. Seine Hände schwitzten, und vergeblich versuchte er, einen Kloß im Hals herunterzuschlucken.

An der Spitze von sieben Reitern, darunter vier Bewaffnete, ritt der Herr Schilling die Untertrave herab, ein schmächtiger Mann von ungefähr fünfzig Jahren und mit steifer Miene. Er trug eng anliegende grüne Strumpfhosen zu schwarzen Schnabelschuhen und einem hellblauen Rock und darüber einen braunen Pelzmantel. Vor der Treppe stieg er umständlich aus dem Sattel und betrat, von einem strahlenden Herrn Bardewik willkommen geheißen, das Haus. Es schneite ein wenig.

Mit steifer Miene und den hohen Hut vor die Brust gepresst, verließ er es eine Stunde später wieder. Herr Bardewik, der ihn zur Tür begleitet hatte, strahlte nicht mehr. Der Herr Schilling aus Hamburg setzte seinen steifen Hut auf, stieg aufs

Pferd und ritt mit seiner Schar die Trave hinauf. Es schneite heftiger inzwischen.

Der Besuch des Hamburger Freiers im Hause Bardewik sprach sich verblüffend schnell in der Stadt herum. Schon am nächsten Morgen, als Moses zu den Laudes ins Heiligen-Geist-Hospital ging, um Rebecca zu sehen und die geliebten Gesänge zu hören und zu singen, nahm Frido ihn gleich nach dem Morgengebet zur Seite.

Er gratulierte zu seinem frisch erworbenen Kaufmannsstand. Dann kam er auf Traudi und Herrn Schilling zu sprechen, senkte die Stimme und sagte: »Sie hätt' ihm ins G'sicht g'sagt, dass sie so oin alte Kerl wie ihn net heirate tut – stimmt des?«

Moses konnte nur ratlos mit der Schulter zucken, denn er wusste von nichts. Nur dass Traudi und ihr Vater mächtig aneinandergeraten waren nach Herrn Schillings Besuch, konnte er bezeugen. Jeder im Haus hatte es ja gehört, so laut hatten sie gestritten. Und Moses hatte sich klammheimlich gefreut.

»Ganz schö frech für'e Zwölfjährige«, sagte Frido mehr bewundernd als empört. »Die Leut saget, ihr Vatter hätt ihr oine g'schmiert.«

»Schon möglich, dem Herrn Bardewik rutscht schnell mal die Hand aus.« Das wusste Moses aus eigener Erfahrung. Seit seinem fünfzehnten Geburtstag allerdings schlug ihn niemand mehr, auch nicht der Käfer. Er hatte es sich verbeten. »Doch mit Schlägen wird er Traudis Willen nicht ändern«, sagte er. »Sie ist, wie sie ist: Wenn sie will, will sie, wenn sie nicht will, will sie nicht.« Ihn kribbelte es im Bauch, als er an sie dachte. Das behagte ihm nicht. »Außerdem wird sie im Mai schon dreizehn.«

»Dreizehn …« Der Weißhaarige verdrehte die Augen. »En Kind isch des noch. Komm mit, i heb dir ebbes zu sage.« Frido tat geheimnisvoll, hakte sich bei Moses unter, der inzwischen eine Handbreit größer war als er, und zog ihn mit sich hinüber ins Armenhospital.

Dort wohnte er schon seit fünf Jahren nicht mehr. Von seiner Heuer hatte er sich eine Bude in der Braunstraße gemietet, half den Brüdern und Schwestern jedoch, das baufällige Hospital zu renovieren. Zurzeit strich man im *Hospitale pauperum* die Wände des Treppenhauses. Auch sonst traf Moses den Oheim seines Freundes häufig im Hospital, wenn er Victoria – Rebecca – besuchte. In den Wochen, in denen Frido nicht auf der Ostsee unterwegs war, machte er sich gern dort nützlich.

»Mir zwoi fahret zusamme nach Gotland, heb i g'hört. Noch vor'em Oschterfest.« Er legte den Zeigefinger auf die Lippen, blickte sich um und sprach flüsternd weiter: »Sogar bis nach Nowgorod soll's gehe'. Weisch du, wie i mi freue tu?«

»Du fährst mit?« Moses packte ihn bei den Schultern und strahlte ihn an. »Ehrlich?«

»Was glaubsch denn – i bin dem Matthis sein Kapitän!«

»Und ich muss den Herrn Bardewik erst noch davon überzeugen, dass er gut daran tut, wenn er mich, sein Geld und seine Ware schon nach Palmsonntag mit der Stalbuk-Kogge fahren lässt.«

»Das schaffsch du scho.« Frido gab sich zuversichtlich und klopfte ihm auf die Schulter.

Mit Matthis hatte er Stillschweigen über das wahre Ziel ihrer Reise vereinbart. Und Frido musste auch die Seeleute, die er anheuerte, zum Schweigen verpflichten. Mit Recht zweifelte Matthis daran, dass der Kaufmann Bardewik seinen jungen Gesellschafter mit seinen Waren bis nach Nowgorod fahren lassen würde.

Im Hof fand Moses Rebecca beim Schneeschieben. Auch sie gratulierte ihm und schaute ihm dabei voller Stolz in die Augen. Er bedankte sich, nahm ihr die Schaufel ab und bahnte sich einen Weg zwischen dem Hoftor und dem Portal des Hauptgebäudes.

Rebecca – Schwester Victoria – ging hinter ihm her, wollte wissen, wie genau es ihm ergangen war bei der Zeremonie seiner Widerlegung, und Moses erzählte. Jede Einzelheit ließ sie sich von ihm berichten – die Namen der anwesenden Kaufleute, die Summen, die Unterzeichnung, die Stimmung. Natürlich erzählte er auch vom Besuch des Freiers Schilling aus Hamburg.

»Sie muss ihm einen derart heftigen Korb gegeben haben, dass Martinus mächtig in Rage geriet, als der gegangen war.« Moses stützte sich auf die Schaufel, verschnaufte und schaute Rebecca ins halb von einem Wollschal verhüllte Gesicht.

»Das scheint dir zu gefallen«, sagte sie. »Oder warum grinst du so schadenfroh?«

»Stimmt.« Jetzt erst wurde ihm bewusst, wie sehr er sich freute.

Rebecca – Victoria – strich ihm über den blonden Bartflaum. »Willst du sie denn heiraten?«

»Ich?!« Moses schlug sich gegen die Brust. »Wie kommst du denn darauf?!« Sie musterte ihn forschend. »Ich habe keine Kogge, kein Haus, nicht einmal ein Pferd!«, rief Moses erregt. »Der Martinus Bardewik würde sie eher dem Käfer geben als mir. Ich hab ja nichts! Nichts!«

»Nichts? Bist du sicher?« Sie hörte nicht auf, seine Wange zu streicheln. »Denk darüber nach.«

*

Am Vormittag des nächsten Tages lief Traudi wie zufällig durch die Schreibkammer, als ihr Vater und der Käfer sich über Abakus und Warenlisten beugten.

»Heute Abend gehe ich zur Vesper in die Marienkirche«, sagte sie beiläufig und an ihren Vater gewandt. Moses aber, der auf der anderen Seite des Warenschachtes am kleineren Tisch saß und die Erträge des Herbstes zusammenrechnete, wusste sofort, dass diese Ankündigung ausschließlich ihm galt.

Am Abend standen sie also nebeneinander zwischen den hohen Säulen des Kirchenschiffs von Sankt Marien, der junge Kaufgeselle und die fünf Jahre jüngere Kaufmannstochter. Der gestrenge Pfarrherr betete einen Psalm, die Domherren im Chorgestühl sangen den Refrain. Das klang nicht schlecht, jedoch nicht halb so schön wie die Gesänge im Krankensaal des Heiligen-Geist-Hospitals.

»Der Schilling kommt nicht mehr«, flüsterte Traudi dem Moses ins Ohr. »Verlass dich drauf.«

Moses hörte es gern und konnte sich ein Lächeln nicht verkneifen.

Nach der Vesper strömten die Leute dem Ausgang zu, Moses und Traudi zogen sich hinter eine Säule zurück. »Kein Wort rede ich mehr mit dem Herrn Vater, bis er sich für die Ohrfeige entschuldigt.«

»Der nächste Freier wird bald vor eurer Tür stehen«, sagte Moses, »du kannst sie nicht alle vergraulen.«

»Kann ich doch.« Traudi machte ein trotziges Gesicht, trotz des Halbdunkels konnte Moses es deutlich sehen.

»›Du sollst Vater und Mutter ehren‹, heißt es. Wenn dein Vater einen Mann für dich aussucht, meint er es nur gut mit dir.«

»Gut?« Sie stieß ein bitteres Lachen aus. »Meiner Mutter hätte es das Herz gebrochen, mich mit so einem alten Mann verheiratet zu sehen!«

»Er ist dein Vater, du musst ihm gehorchen.« Moses hörte sich reden und verstand sich selbst nicht.

»Muss *er* mit dem Mann leben oder ich?«

»Es geht nicht nur um dich, Traudi. Es geht um euer Vermögen, um die Zukunft des Kontors Bardewik!«

»Wie du redest!« Sie packte ihn am Mantelkragen. »Wie der Vater. Hast du dieses Gerede bei ihm gelernt?«

Moses wich ihrem Blick aus, antwortete nicht. Sein Herz klopfte wie verrückt. Übergangslos wurde ihr Gesicht ganz traurig, und sie ließ Moses' Mantel los.

»Du magst mich nicht mehr.«

»Wie kannst du so etwas denken! Natürlich mag ich dich. Ich …« Er schluckte. »Ich hab dich sogar lieb, aber was soll ich denn tun?«

»Mich heiraten.«

»Was …?«

Draußen bellte der Wachhund. Traudis Gesicht war dunkel vor Schamesröte, sie fuhr herum und rannte zur Tür.

*

Früh am nächsten Morgen, noch bevor er auf dem Fuhrwerk zum Markt hochfuhr, fasste Moses sich ein Herz, ging ins Kontor und trat an den Schreibtisch vor Herrn Bardewik. Irgendwann musste es ja geschehen. »Ich muss mit Euch reden.«

»Was gibt's denn?« Der Kaufmann war schlecht gelaunt. Moses hätte es wissen müssen, denn so ging es immer – jeder Streit mit seiner Tochter hing dem Martinus Bardewik tagelang nach.

»Ich würde gern auf Matthis Stalbuks Kogge fahren, und das schon am Montag nach dem Palmsonntag. In seinem Laderaum ist noch genügend Platz für …«

»Was sind das denn für Flausen?!« Der Kaufmann schlug mit der flachen Hand auf den Tisch, sodass die Drähte und

Kugeln im Abakus klirrten. »Kommt überhaupt nicht infrage! Du fährst erst nach Pfingsten und auf meiner Kogge!«

*

Mitte Februar kam ein Freier aus Lübeck ins Haus, der hieß Jakob Crispin und war nur zwanzig, höchstens fünfundzwanzig Jahre älter als Traudi. Wie Moses an den Marktbuden hörte, hatte er viel Geld mit Lüneburger Salz und norwegischem Kupfer verdient. Noch zwei Jahre, so hieß es, dann säße er im Rat.

Der Herr Crispin war ein großer und kräftiger Mann, der gern und viel erzählte und laut lachte. *Ein netter Kerl*, dachte Moses, als Herr Bardewik ihm den Kaufmann in der Schreibkammer vorstellte. Lachend und Seite an Seite gingen die Männer in die Kemenate, wo Traudi und die Frau Brunhilde warteten.

»Gib, dass sie ihm zu jung ist«, betete Moses leise über seinen Rechenbüchern, »gib, dass er sie nicht will. In deiner großen Güte, Amen.«

Der Jakob Crispin blieb zwei Stunden in der Kemenate, und die Traudi war ihm keineswegs zu jung; er wollte sie unbedingt. Das merkte man daran, dass er in den folgenden zwei Wochen noch dreimal ins Haus kam. Die Traudi aber wollte ihn nicht.

Diesmal stritten Vater und Traudi nicht – jedenfalls nicht laut –, doch tagelang schnitt der Herr Bardewik eine Miene, als wäre seine Tochter gestorben.

*

»Bitte fahre nicht mit dem Matthis nach Gotland«, bat sie flüsternd, als sie sich am letzten Februartag wie zufällig bei einer Messe im Dom begegneten. »Bitte bleibe hier bei mir.«

»Um zu sehen, wie er dich einem anderen gibt?« Dass sie sogar nach Nowgorod fahren wollten, hatte er Traudi noch gar nicht erzählt.

»Wenn du weg bist, geht mir die Kraft zum Widerstand aus.«

»Ich kann nicht bleiben, ich muss nach Gotland fahren.«

»Nimm mich mit«, flüsterte sie. »Entführe mich.«

»Schnappst du jetzt über?«

»Das haben schon ganz andere so gemacht.«

»Nach Lübischem Recht verlierst du dein Erbe, wenn du dich entführen lässt«, entgegnete Moses. »Und wir dürfen nie mehr in die Stadt zurückkehren.«

»Das macht mir nichts aus«, erklärte sie trotzig.

»Mir schon. Ich habe einmal meine Heimat verloren, das reicht.«

*

Am nächsten Tag, dem ersten des Monats März, klopfte Moses am Abend an die Kemenatentür, hinter der er den Kaufmann wusste. Der studierte einen Folianten, als er eintrat.

»Bitte gebt mir Eure Tochter zur Frau«, sagte Moses ohne jede Vorrede.

»Was?!« Herr Bardewik machte ein Gesicht, als wüsste er nicht, ob er lachen oder weinen sollte. »Was denkst du dir denn, mein lieber Moses? Du bist noch viel zu jung, um zu heiraten. Du musst erst einmal Geld verdienen und beweisen, dass du ein tüchtiger Kaufmann bist. Abgesehen davon ist meine Gertrud keine Frau für einen wie dich! Lass uns nie wieder darüber sprechen.«

Moses stand vor ihm wie einer, dem man einen Kübel Eiswasser über den Kopf geleert hatte. Er wusste nicht, wohin mit sich, wusste nicht, was sagen, was tun. Also rief er lauter, als er's gewollt hatte: »Dann lasst mich wenigstens mit Matthis Stalbuk nach Gotland fahren!«

Wie ein Speer flog Herrn Bardewiks Arm und Zeigefinger ihm entgegen. »Raus!«

*

Herr Johann de Penze saß im Rat der Stadt Lüneburg und fuhr jeden Winter nach Nowgorod. Natürlich handelte er in erster Linie mit Lüneburger Salz, doch auch mit manch schönen Dingen wie Pelzen, Bernstein oder Goldschmuck. Er brachte Traudi das hellgraue Fell eines russischen Eichhörnchens als Geschenk mit.

Herrn Arnoldus Vorwerks Vater war Bürgermeister von Riga, und nichts sprach dagegen, dass sein Sohn ihm auf diesem Stuhle nachfolgen würde. Auch würde er ein großes Haus in Riga erben, und er besaß bereits zwei Koggen. Mit einer ging er auf der Trave vor Anker und übernachtete im Hause Bardewik.

Herr de Penze warb Mitte März um Traudi, Herr Vorwerk Ende März, eine Woche bevor Matthis nach Gotland und Nowgorod aufbrechen wollte. Beide Herren waren ungefähr vierzig Jahre alt und galten als angesehene Kaufmänner und sehr gute Partien, wie Moses dem Tratsch auf dem Markt entnahm. Solche Leute also schienen dem Kaufmann Bardewik die richtigen Ehemänner für seine Tochter zu sein.

Allerdings nützte weder dem Herrn de Penze das Eichhörnchenfell etwas noch dem Herrn Vorwerk die wochenlange Anreise. Beiden musste der Martinus Bardewik erklären, warum seine Tochter sie nicht heiraten wollte. Moses empfand nicht das geringste Mitleid mit ihm.

Am Abend nachdem Arnoldus Vorwerks Kogge den Hafen wieder verlassen hatte – er war übrigens sehr aufgebracht und wütend an Bord gegangen, wie ganz Lübeck bald wusste –, am Abend danach also schlich Traudi in Moses' Kammer und schlüpfte unter seine Decke. Sie wusste, dass der neue Kaufgeselle für ein paar Tage nach Kiel gefahren war, wo sein Elternhaus stand.

Moses sog den Duft ihres Haares ein, sah ihre schönen Bernsteinaugen von ganz nahe und spürte die Wärme ihres Mädchenkörpers. Und freute sich wie ein Kind. Vor lauter Freude fehlten ihm die Worte.

»Ich habe eine Idee.« Traudi drängte sich an ihn. »Wir machen ein Kind.«

Moses riss Mund und Augen auf. »Was sagst du da?«

»Das kann so schwer nicht sein.« Traudi lächelte sehr zärtlich und streichelte seine Wangen und seine Locken. »Du gehst morgen zu Schwester Victoria, die weiß doch, wie man's macht. Lass dir's genau erklären und erzähl's mir morgen Abend. Und dann machen wir's. Und wenn ich ein Kind krieg, kann er nicht anders als mich dich heiraten lassen.«

Moses, hin- und hergerissen zwischen Schrecken und Entzücken, dachte an Rebecca und sagte schweren Herzens: »Nein.« Und dann küsste er Traudi oder versuchte es wenigstens, und sie versuchte, ihn zu küssen. Niemand hatte ihnen je erklärt, wie man das macht: küssen.

*

Zwei Tage später rief der Herr Bardewik den Moses zu sich und sagte, er habe es sich noch einmal überlegt: Eigentlich sei es von Vorteil, wenn er, Moses, doch schon nach Palmsonntag und auf der Stalbuk-Kogge nach Gotland fahre, zumal an diesem Tag die Koggen vier weiterer Kaufleute nach Norden aufbrechen würden, wie er gestern erst erfahren habe. Und er wolle gleich morgen zu Matthias Stalbuk gehen, um mit dem jungen Kaufmann die Verladung seiner Waren auf dessen Schiff zu besprechen.

Für Moses lag es auf der Hand, warum Traudis Vater seine Meinung geändert hatte: Herr Bardewik hatte begriffen, dass Traudi seinetwegen jeden Freier vor den Kopf stieß und dass sie das, solange er im Hause war, auch weiterhin tun würde.

Kurz: Martinus Bardewik wollte ihn loswerden. Obwohl Moses innerlich jubelte, empfand er doch zugleich einen gewissen Ärger darüber. Aus Rache verschwieg er ihm seine wahren Reisepläne. Aus Rache, und damit der Kaufmann es sich nicht noch einmal anders überlegte.

Während der wenigen Tage, die bis zu seiner Abfahrt noch blieben, kroch Traudi jeden Abend zu Moses unter die Decke. Sie lernten das Küssen, sie lernten, einander auf eine Weise festzuhalten und zu berühren, die sie glücklich machte, und sie sagten einander Dinge wie »Du bist schön«, »Ich hab dich lieb« oder »Ich muss immer an dich denken«.

Gegen Mitternacht dann huschte Traudi aus der Kammer, und jedes Mal lag Moses schlaflos und konnte sein Glück nicht fassen.

Er spielte mit dem Gedanken, ihr anzuvertrauen, dass Frido, Matthis und er von Gotland aus nach Nowgorod weiterfahren wollten, ließ es dann aber bleiben. Es hätte sie unglücklich gemacht. Und wer wusste denn, ob sie es nicht ihrem Vater verraten hätte, um die Reise im letzten Augenblick doch noch zu verhindern?

»Bleibst du mir treu?«, fragte Traudi ihn in der letzten Nacht.

»Ja«, sagte er. »Und wirst du auf mich warten?«

»Ich werde warten, ich schwöre es.«

Als Matthis' Kogge früh am nächsten Morgen am Burgkloster vorüber und der Travemündung entgegenglitt, stand Moses hinter Frido an der Reling des Heckkastells und winkte. Traudi schwenkte ein weißes Tuch. Das verblasste nach und nach und verschwamm schließlich mit der Häuserfront und dem Morgendunst.

3
Blond

Visby, Frühjahr 1241

Nach acht Tagen anhaltenden Südwestwindes und durchgehend ruhiger See gingen die Lübecker Gotlandfahrer an einem sonnigen Nachmittag im Hafen von Visby vor Anker. Es war der Dienstag nach Ostermontag, ein 9. April.

»Acht Tag'!« Frido war begeistert. »So schnell bin i mein Leb'tag no net von Lübeck nach Gotland g'segelt! Wenn des koi gut's Ome isch, dann weiß i au net!«

Er sollte sich täuschen. Doch wer hätte das ahnen können an jenem glücklichen Tag, als der Schiffsjunge die Kirchtürme von Visby meldete und auf allen fünf Koggen die Männer in Jubel ausbrachen? Als Menschen in den Stadthäusern Visbys aus den Fenstern winkten und ganze Familien über den Anlegesteg heraneilten, um die Seefahrer zu begrüßen?

Moses und Matthis jedenfalls dachten nicht an schwere Zeiten und Misserfolg und ließen sich gern anstecken von der Zuversicht ihres weißhaarigen Kapitäns. Wie die Kaufleute und Kapitäne der anderen vier Koggen empfingen auch sie noch am selben Abend deutsche Kaufmänner des gotländischen Kontors an Bord.

Einige brachten ihre Frauen und Töchter mit, und diese wiederum brachten Geschenke: Brot, Dörrobst, Stockfisch, Bier und übrig gebliebenes Ostergebäck. Die Seemänner genossen sowohl die Gaben als auch den Anblick der Frauen, und Hochstimmung machte sich breit an Bord der fünf Schiffe aus Lübeck.

Während Moses den Laderaum öffnete und einigen Kaufmännern erste Blicke auf die mitgebrachten Waren gestattete, umgaben ihre Frauen und Kinder Matthis. An die Stiege zum Heckkastell gelehnt berichtete er von der angenehmen Fahrt und von Neuigkeiten, die sich im Verlauf des vergangenen Jahres in Lübeck ergeben hatten.

Matthis' Tuche und englische Wolle erregten die Aufmerksamkeit der Kaufleute, und mehr noch Moses' Rheinwein und Silberschmuck. Ein älterer Kaufmann namens Gottschalk Swerting, ein Vertreter des Bürgermeisters, wie er sagte, und schon beinahe so weiß wie Frido, stieg sofort in die Preisverhandlungen ein. Angeblich hatte er gute Beziehungen zum polnischen Fürstenhof und wollte Wein und Schmuck für den Herzog einkaufen.

Dieser Herr Swerting war der Oldermann – der oberste Kaufherr – des gotländischen Kontors und mit einer sehr jungen und sehr blonden Frau an Bord gekommen, einer Schwedin. Während Moses mit deren Gatten und den anderen deutschen Kaufleuten Verabredungen für den nächsten Tag traf, stand sie unter einem Dutzend Bürgern von Visby und lauschte wie alle anderen Matthis' Bericht aus Lübeck. Die Schwedin und der Rotschopf tauschten dabei Blicke aus, die nach Moses' Eindruck neugieriger und durchdringender waren als bei einer ersten Begegnung üblich.

Später behauptete Matthis, er habe die Frau für Swertings Tochter gehalten, doch das glaubte Moses ihm von Anfang an nicht.

Nach diesem überaus freundlichen Empfang der Gotländer besuchten Moses, Matthis und Frido ein Gasthaus in der Hafenzeile. Andere Kaufleute und Kapitäne schlossen sich ihnen an. Fröhlich und laut ging es zu, und Moses musste manch ein Trinklied auf der Laute begleiten. Matthis sang selten mit. Selbst nach vier Bechern Wein blieb er merkwürdig still und in sich gekehrt, was sonst nicht seine Art war.

Das beunruhigte Moses, denn der ahnte schon, wohin die Gedanken des Freundes schweiften. Während des Zechgelages dachte er an den Tratsch vor den Lübecker Marktbuden. Der nämlich bescheinigte dem Matthis, nicht nur in kaufmännischer Hinsicht in die Fußstapfen seines verstorbenen Vaters zu treten – auch als Schürzenjäger, so hieß es, mache er dem Bertram Stalbuk selig alle Ehre.

Am nächsten Morgen hielten Fuhrwerke an den Ankerplätzen. Moses, Matthis und die anderen Kaufleute ließen Proben ihrer Waren aufladen und sich mit ihnen ins deutsche Viertel von Visby bringen und dort ins gotländische Handelskontor. Matthis verhandelte über die Preise für sein Messgeschirr, sein Bier und seine englische Wolle. Moses verkaufte vier von seinen sechs Fässern Rheinwein, fast seinen gesamten Silberschmuck und seinen gesamten Weizen. Mit dem wollten die Gotländer nach Schweden fahren.

Als einer der beiden Verhandlungsführer trat wieder jener Ratsherr Gottschalk Swerting auf, der niederdeutsche Oldermann von Gotland. Er war nicht der Einzige, der seine Gattin mitgebracht hatte, denn wie in Lübeck, Wismar oder Hamburg war es auch in Visby durchaus üblich, dass die Frauen der Kaufleute ein gewichtiges Wort mitzureden hatten bei den Geschäften ihrer Männer. Arbeit und Erfolg so mancher Kontore wäre gar nicht denkbar gewesen ohne tatkräftige Hilfe einer Kaufmannsgattin.

Unüblich allerdings waren die begehrlichen Blicke, die Matthis und jene blonde Frau Swerting austauschten; oder die lange Zeit, die sie miteinander sprachen. So etwas ziemte sich nach Moses' Geschmack ganz und gar nicht, und er hoffte, dass er der Einzige blieb, dem diese Blicke und diese vertraulichen Wortwechsel auffielen.

Die Waren für den Petershof – das niederdeutsche Handelskontor in Nowgorod – kauften sie gemeinsam: dänischen

Salzhering und dänische Butter, Kupferblech und Stangeneisen aus Schonen, Stockfisch und Dorschtran aus Bergen. Der Herr Swerting grub die Einkaufsliste mit genauen Mengenangaben in eine Wachstafel, Matthis und Moses machten eine Anzahlung. Die Lieferung vereinbarten sie für die nächsten beiden Tage.

Sie gingen zu Fuß zurück an den Hafen, um unterwegs noch in einer Schänke am Marktplatz einzukehren und auf das Geschäft anzustoßen.

»Wir haben sehr gute Preise ausgehandelt, mein Freund«, sagte Matthis zufrieden. »Und unser Laderaum ist bald wieder mit Waren voll.« Er richtete sich zu voller Größe auf und hob seinen Weinbecher. »In drei Tagen können wir nach Nowgorod weiterfahren, wenn Gott uns günstigen Wind schenkt.« Darauf stießen sie an, und darauf tranken sie.

Beim zweiten Becher beugte Moses sich über den Tisch, senkte die Stimme ein wenig und sagte: »Nimm dich in Acht vor der blonden Frau, Matthis.«

»Vor Gudrun Swerting?« Matthis grinste und fuhr sich verlegen durch den Rotschopf. »Wieso? Hast du Angst, sie könnte mich beißen?« Er grinste und zuckte mit den Schultern. »Ich hätte nichts dagegen, ehrlich gesagt.« Während er in lautes – viel zu lautes – Gelächter ausbrach, schaute Moses betreten in seinen Becher.

Es war zu spät – sein Freund hatte längst Feuer gefangen. *Gütiger Gott, behüte den Matthis*, betete er im Stillen. *Bewahre ihn vor Sünde und Dummheit.* Die Kienholzflammen an den Wänden spiegelten sich im Rot seines Weines.

Am nächsten Morgen rollten wie erwartet einige Fuhrwerke auf den breiten Anlegesteg, Ochsentreiber schoben sie rückwärts bis zu den Laufplanken der Gotlandfahrer und spannten dann die Tiere wieder in die Joche. Lastenträger und Kontorknechte holten die bestellten Waren aus den Laderäumen. Während Frido seine Seemänner mit lauter Bassstimme in die Takelage, an die Reling und die Bordwand jagte, um die Kogge für die bevorstehende Nowgorodfahrt seetüchtig zu machen, beaufsichtigten Moses und Matthis die Verladung ihrer Handelsgüter auf die gotländischen Fuhrwerke.

Weil Matthis und Moses für den Petershof eingekauft hatten, sprach sich bald auch auf den anderen vier Koggen herum, dass sie nach Nowgorod weitersegeln wollten. Einige Lübecker stellten vor allem Moses zur Rede, wollten von dem jungen Kaufmann wissen, ob die Reise denn mit seinem Gesellschafter Martinus Bardewik abgesprochen sei. Moses wiegelte ab, und Frido beschwichtigte die teilweise recht aufgebrachten Männer.

Gegen Abend rollte das letzte Gespann mit Lübecker Waren der Stadt und dem Kontor entgegen, der Laderaum in Matthis' Kogge war nun zu zwei Dritteln leer. Zwei Fässer Bier und die Hälfte des flämischen Tuches sowie zwei Fässer Rheinwein, einige Fässer mit englischer Wolle und fünf Kisten mit Messgeschirr aus Silber und Messing hatten sie behalten, um im Petershof von Nowgorod damit zu handeln. Moses konnte es kaum erwarten, wieder in See zu stechen und die seit Jahren ersehnte russische Stadt endlich mit eigenen Augen zu sehen.

Mit dem letzten Ochsengespann fuhr auch Matthis in die abendliche Stadt hinein. Um sich einen Überblick über die Menge der Waren zu verschaffen, die sie gekauft hatten und die am nächsten Tag angeliefert werden sollten; das jedenfalls behauptete er.

Er kehrte erst am nächsten Morgen zur Kogge zurück – auf dem Fuhrwerk, das die erste Ladung Stangeneisen brachte. Der fromme Frido strafte ihn mit einem sehr strengen Blick, sagte aber nichts. Und Moses stellte dem unausgeschlafenen, aber aufgekratzten Freund keine Fragen.

Sie brauchten nur noch den nächsten Tag, um die für den Petershof eingekauften Waren aus Dänemark, Schweden und Norwegen zu verladen.

»Ich mache einen Abschiedsbesuch im deutschen Viertel«, erklärte Matthis, als alles bezahlt, die Warenliste abgehakt und der Laderaum verschlossen war. Mit seinem Schwert gegürtet und in seinen langen Mantel gehüllt zog er bei Sonnenuntergang inmitten der Seemänner, die Landgang hatten, der Stadt entgegen.

»Gleich nach Sonne'uffgang lichte mir die Anker!«, rief Frido den Männern hinterher. »Wer da nicht an Bord isch, tut hierbleibe!« Matthis' Kogge war das Führungsschiff der kleinen Flotte und sein weißhaariger Oheim dafür verantwortlich, dass pünktlich die Segel gesetzt wurden.

Moses blieb an Bord, zeichnete die Stadtansicht und sich selbst davor auf dem Kutschbock eines Ochsengespanns. Später diktierte er Frido ein paar Worte an Traudi, die der Kapitän unter das Bild schrieb. Den Brief wollte Moses dem Oldermann von Gotland zur Aufbewahrung anvertrauen, damit der ihn den lübischen Gotlandfahrern mitgab, die zwischen Himmelfahrt und Pfingsten im Hafen von Visby erwartet wurden.

In der Nacht wachte er ein paarmal auf, denn die heimkehrenden Seemänner stapften polternd über Landungssteg, Laufplanke und Deck. Einige sangen laut, und einer stürzte in seinem Rausch krachend auf die Planken. Die Letzten kamen im ersten Morgengrauen zurück an Bord. Matthis war nicht unter ihnen.

Keiner wusste, wo er steckte. Die Kaufleute und Kapitäne der anderen Koggen kamen an Bord, um sich zu verabschieden. Bald darauf lichteten sie die Anker, setzten die Segel und fuhren aus dem Hafen. Matthis ließ sich noch immer nicht blicken.

Immer lauter schimpfend stapfte Frido auf dem Heckkastell hin und her und lugte zur Stadt hinüber. Irgendwann am späten Vormittag schickte er sogar den Schiffsjungen zum Krähennest hinauf, um nach dem überfälligen Eigentümer der Kogge Ausschau zu halten.

Zu diesem Zeitpunkt machte Moses sich schon nichts mehr vor: Ein Unglück war geschehen; was denn sonst?

Zunächst glaubte er, sich getäuscht zu haben, als der Schiffsjunge den Matthis am Kai vor den Stadthäusern entdeckte und dem Kapitän vom Krähennest aus Herrn Stalbuks Rückkehr meldete. Erleichtert atmete er auf.

Frido aber sprang die Stiege vom Ruderdeck herunter und wartete mit grimmiger Miene und in die Hüften gestemmten Fäusten an der Laufplanke auf seinen Neffen. Als Moses den Freund in fleckiger Mönchskutte, mit verschrammtem Gesicht und aufgeplatzter Unterlippe heranhinken sah, wusste er, dass seine böse Ahnung ihn doch nicht getäuscht hatte.

»Wo bleibsch denn du?!«, fuhr Frido den Matthis an, als der die Laufplanke heraufhinkte. »Und wie siehsch du überhaupt aus?!«

Der atemlose Matthis antwortete ihm kein Wort, schaute ihn nicht einmal an – er hetzte an seinem Oheim vorbei und schrie: »Anker lichten! Segel setzen! Raus aus dem Hafen, schnell!«

»Hier tu' imma noch i die Befehle gebe!«, donnerte Frido zurück. »Die Anker weret g'lichtet, wenn i des …!« Er verstummte, denn nun sah auch er, was Moses längst entdeckt hatte: Bewaffnete preschten aus einer der Straßen, die vom Marktplatz zum Hafen herunterführten, und lenkten ihre Pferde auf den hölzernen Anlegesteg und zu den Ankerplätzen. Matthis hinkte zur Kajüte, die er sich mit Moses teilte, und zog die Tür hinter sich zu.

Über die Stegbohlen trommelnder Hufschlag näherte sich

rasch. Vor Matthis' Kogge rissen die Reiter an den Zügeln; sie trugen Kettenhemden und Helme. Zu viert stürmten sie an Frido vorbei und in die drei Kajüten unter dem Ruderdeck. Aus einer schleiften sie schließlich Matthis, stießen ihn auf die Planken, fesselten ihm die Hände auf den Rücken und zerrten ihn von Bord. Auf dem Steg banden sie ihn auf ein Pferd und ritten ohne ein Wort der Erklärung zurück in die Stadt.

*

Am Nachmittag fragten Moses und Frido im Rathaus von Visby nach Matthis. Dort verwies man sie ans Kontor und an Gottschalk Swerting, den Oldermann. Also machten sie sich auf den Weg ins Handelskontor.

Der Oldermann sei vorläufig nicht zu sprechen, erklärte ihnen dort sein Stellvertreter, ein junger schwedischer Kaufmann, der gebrochen Niederdeutsch sprach. Er gab sich kühl, und seine verschlossene Miene ließ nichts Gutes ahnen.

Wann Herr Swerting wieder zu sprechen sei, wollte er nicht sagen, und erst auf hartnäckiges Nachfragen hin erfuhren Moses und Frido, was dem Freund und Neffen vorgeworfen wurde.

»Schnöder, gotteslästerlicher Ehebruch«, sagte der Schwede und verzog angewidert das Gesicht. »Die Herren werden sich schon denken können, mit wem.«

Niedergeschlagen kehrten die beiden zum Ankerplatz zurück. Ohne viele Worte zu verlieren, waren sie sich einig darin, dass eine Weiterfahrt ohne den Freund und Neffen nicht infrage kam. Sie berichteten dem Steuermann und dem Bootsmann, was sie erfahren hatten, die sagten es der Mannschaft weiter. Einige machten sich sofort auf den Weg, um auf den Schiffen im Hafen nach einer Heuer zu fragen. Ehebruch nämlich klang nach Kerker und Gerichtstag, und beides konnte dauern.

In den folgenden Tagen versuchten Moses und Frido, auf dem deutschen Markt und in den deutschen Kirchen und Schänken der Stadt Genaueres über Matthis, seinen Aufenthaltsort und das Schicksal, das ihm drohte, zu erfahren.

Der sächsische Pfarrherr der Sankt-Maria-Kirche und der flämische Wirt einer großen Schänke berichteten übereinstimmend, dass der Lübecker Kaufmann Matthias Stalbuk und die gotländische Kaufmannsfrau Gudrun Swerting in der Nacht vor der geplanten Abreise nach Nowgorod auf frischer Tat beim Ehebruch ertappt worden seien. Die Küchenmagd des Oldermanns hatte sie verraten. Herbeigerufene Waffenknechte des Kontors, dänische Söldner, seien in einen Waffengang mit Matthis geraten, wobei einer von ihnen schwer verwundet wurde. Der junge Kaufmann, nur leicht verletzt, habe fliehen können.

Der Schänkenwirt wollte gehört haben, dass Matthis sich während der restlichen Nachtstunden in einem Kloster versteckt gehalten hatte. Mit leiser Stimme deutete er beim Abschied noch an, dass die junge Frau Swerting ihrem Gatten nicht zum ersten Mal die Treue gebrochen hatte.

»Ich war nie dabei gewesen«, feixte der alte Flame, »doch so erzählt man sich's halt in der Stadt.«

Der Pfarrherr vermittelte Moses und Frido eine Begegnung mit einem Kaufmann namens Heinrich Wittenborg, der früher in Lübeck gelebt hatte und den Frido kannte.

»Der war dem Bertram Stalbuk sei G'sellschafta gewese«, erzählte der Weißhaarige auf dem Weg ins deutsche Viertel, wo das Haus der Wittenborgs stand. »Und in Bornhöved habet se Seit' an Seit' gege die Däne g'fochte.«

Heinrich Wittenborg hörte ihnen sehr aufmerksam zu und zeigte sich betroffen über die Lage des Sohnes seines alten

Freundes Bertram. Im Laufe des Gespräches merkte Moses, dass er ihren Ankerplatz kannte, wusste, was sie geladen hatten und dass sie nach Nowgorod wollten. Herr Wittenborg wusste auch, dass Moses und Matthis enge Freunde waren. Und dass Moses sechs Jahre zuvor einige Wochen im Schuldturm von Visby zugebracht hatte, weil der Graf Lothar von Turku ihn wegen der Befreiung eines Gefangenen angeklagt hatte.

»Der junge Stalbuk liegt in Ketten«, sagte Heinrich Wittenborg. »Im Schuldturm der Stadt. Es geht ihm schlecht. Die Ehebrecherin hält ihr Gatte bis zum Gerichtstag im eigenen Haus gefangen.«

»Un wann wird der G'richtstag abg'halte?«, wollte Frido wissen.

»Vielleicht noch im Juni.« Der Kaufmann zuckte mit den Schultern. »Vielleicht aber auch erst im Herbst.«

»Welches Urteil wartet auf Matthis?«, fragte Moses mit bebender Stimme. »Was meint Ihr?«

Heinrich Wittenborg schaute ihn sehr ernst an. Doch aus irgendeinem Grund beantwortete er die Frage nicht, zuckte nicht einmal mit den Schultern.

»Ich werde mich dafür einsetzen, dass ihr ihn besuchen könnt«, sagte er nur und seufzte tief. »Allerdings werden Henker und Kerkermeister sich das teuer bezahlen lassen.«

Durch die abendliche Stadt liefen Moses und Frido zurück zum Ankerplatz. Moses war aufgewühlt, und die Angst um seinen Freund trieb ihn um. Der tiefe Seufzer des Kaufmanns hatte ihm mehr über die Gefahr, in der Matthis schwebte, verraten, als viele Worte es hätten tun können.

»Mir müsset de reschtliche Seeleut reine Woi oischenke«, sagte Frido. »Un die reschtliche zwoi Fässa Bier müsset ma asteche – bis Juni werdet die uns sauer.«

»Die Frage nach Matthis' Strafe hat er nicht beantwortet«, sagte Moses. »Werden sie ihn aufhängen?«

»Nach Lübischen Recht müsst er zahle un am Pranga stehe.« Wie schon der Kaufmann, hielt auch Matthis' Oheim sich bedeckt. »Hier gilt halt's schwedische Recht. Aufhänge werret se'n net glei, so wüscht sinse in Schwede au wider net.« Am Galgen aufgehängt zu werden galt als schändlichere und härtere Strafe als die Enthauptung. »Doch er wird wohl de Schädel uff de Hackklotz vom Henker lege müsse, der Grindskopf, der blöd'!«

*

Vorläufig lagen Matthis und sein Schädel noch auf einem Haufen stinkenden Strohs. Angekettet war nur sein linker Knöchel. Aus einleuchtenden Gründen: Sein rechtes Bein war eine einzige eiternde Wunde und sein rechter Arm knapp über dem Handgelenk gebrochen. Selbst bei offener Kerkertür hätte er nicht fliehen können. Sein Gesicht war dermaßen geschwollen und blutverkrustet, dass Moses ihn kaum wiedererkannte.

Er ließ sich neben dem Freund im Stroh nieder und suchte nach Worten. Durch das kleinc Turmfenster fiel ein wenig Tageslicht in das Verlies.

»Du, Moses?« Matthis blinzelte zu ihm hoch. »Bist du da?« Seine Linke tastete nach Moses' Arm. »Ich dachte, ich wäre längst vergessen.« Er sprach eigentlich nicht, und Geflüster konnte man das auch nicht nennen, was sich da seiner Kehle entrang. Für Moses hörte es sich an wie das Stoßgebet einer sterbenden Krähe. »Und jetzt kommst du doch noch, mein Freund.«

»Ich wäre schon vor vier Wochen hier gewesen.« Moses wusste nicht, wo er hinlangen sollte, hielt schließlich Matthis' tastende Linke fest und legte seine Hand auf die verschrammte Stirn seines Freundes. Die war heiß. »Wir haben vor zwei Wochen erfahren, wo du bist, und gestern erst die Erlaubnis erkauft, dich zu besuchen.« Er drehte sich nach Matthis' Oheim um, der auf der Schwelle der Kerkertür stehen geblieben war.

»So isch's«, sagte Frido ähnlich heiser wie Matthis. Der Schrecken stand ihm ins bleiche Gesicht geschrieben. »Wer, um Gott's Wille, hat dich so zug'richtet, Bub?«

»Der Henker … und seine Büttel.« Moses kam es vor, als versuchte Matthis zu grinsen. »Schätze, Swerting … der alte Schlappschwanz … hat sie dafür bezahlt.« Und dann wieder an Moses gewandt und mit ein wenig festerer Stimme: »Bleib bei mir, Moses, bitte … Dann könnt' ich's … vielleicht schaffen. Lass mich bloß nicht mehr allein … hörst du? Ich verreck' ja vor Angst.«

»Ich lass dich nicht allein, Matthis«, sagte Moses, »ich bleibe ab jetzt bei dir, so oft ich kann.« Und in Gedanken fügte er hinzu: *Bis zu der Stunde, in der du den Kopf unter das Henkersbeil legen musst.*

4

Flackerndes Lebensflämmchen

Der Medikus hatte dunkle Augen, braune Haut, weiße Schläfenlocken und einen weißen Bart, der ihm weit über die Brust reichte. Seine harte, scharf geschnittene Miene wirkte undurchdringlich und misstrauisch. Er sei Jude, hatte ein Lederhändler Moses hinter vorgehaltener Hand erzählt, und seine Familie sei auf der Flucht vor den Mongolen erst im vergangenen Jahr aus Kiew nach Gotland gekommen. Und er sei der beste Medikus auf Gotland.

Moses bekniete den Mann, in den Schuldturm zu kommen und Matthis zu behandeln. Er bezahlte ihn aus der gemeinsamen Kasse. Den Kerkermeister bezahlte er dafür, dass der Medikus ins Turmverlies und Moses selbst seinen Freund besuchen durfte, wann immer er wollte; und der Henker nahm Geld dafür, dass er Matthis keine weiteren Torturen zufügte.

Womöglich ließen diese drei Männer sich nur deswegen von Moses' Flehen bewegen, weil Heinrich Wittenborg sie darum bat. Der Kaufmann war mit der Tochter eines einflussreichen schwedischen Ratsherrn verheiratet.

Moses verbrachte ganze Tage und Nächte an Matthis' Seite im Kerker. Von Rebecca hatte er ja gelernt, dass menschliche Nähe und Berührung heilsamer waren als alle Medizin der Welt. Dennoch kaufte er sämtliche Kräuter, die der Medikus dem schwer kranken Matthis verordnete. Er sorgte dafür, dass sein Freund seine Medizin einnahm, machte ihm Wadenwickel gegen das Fieber und wechselte seine Verbände. Wie Rebecca damals an seinem Krankenlager spielte nun er neben Matthis' Strohhaufen auf der Laute und sang dazu.

Auch brachte er Bier in den Kerker und kaufte gutes und gesundes Essen auf dem Markt, damit Matthis nicht von Wasser und Brot allein leben musste. Den Kerkermeister musste er jedes Mal mit einem Silberpfennig bestechen, damit er wegsah, wenn Moses mit den frischen Speisen kam.

In der ersten Woche tauchte der russische Medikus täglich bei Matthis im Kerker auf. Seiner harten Miene war nicht abzulesen, ob er noch Hoffnung für den Freund hatte. Doch Moses sah ja selbst, wie es um Matthis stand: Er atmete hechelnd, glühte vor Fieber, war tagelang kaum ansprechbar, und auf seiner grauen Haut standen dicke Schweißperlen.

»War schon ein Priester bei ihm?«, fragte der Medikus beiläufig, während er am dritten Tag seine Tasche packte. Moses bat den Priester der Sankt-Maria-Kirche, zu Matthis zu kommen. Der spendete ihm das Sterbesakrament und ging recht schnell wieder. Die Kommunion zu empfangen oder gar die Beichte abzulegen, dazu war der arme Matthis nicht mehr imstande.

Nachdem der Priester gegangen war, entzündete Moses ein Kienholz an der Fackel draußen über der Turmtreppe und steckte es in eine Wandhalterung neben der Kerkertür. Die ganze Nacht über blieb er bei seinem sterbenskranken Freund sitzen, spielte auf der Laute und sang mit leiser Stimme.

Von Zeit zu Zeit ließ er das Instrument sinken und lauschte im Halbdunkel nach Matthis' fliegendem Atem. Und einmal, als er dabei die Konturen des eingefallenen und seltsam spitzen Gesichtes betrachtete, erinnerte er sich daran, wie er selbst schon halbtot in der Ostsee getrieben und sterbend erst auf den Deckplanken von Jacobis Kogge und später in Rebeccas Koje gelegen hatte. Er stellte sich vor, er müsste an Matthis' Stelle im Stroh liegen und dem Tod erneut ins Auge sehen. Die Vorstellung erschreckte ihn bis ins Mark.

»Gib mir noch Zeit, barmherziger Gott«, betete er flüsternd. »Ich will doch noch Nowgorod und Riga sehen. Ich will doch dem Mörder des Herrn Vaters noch den roten Rock und das Schwert des Herrn Vaters abnehmen. Ich will doch die Traudi noch heiraten. Ich will noch die kleine Maria wiedersehen und meinen Bruder.« Er biss sich auf die Lippe, glaubte, sie vor sich zu sehen, seine jüngeren Geschwister, glaubte, die Stimme der Frau Mutter zu hören. »Ich will meine Mutter noch einmal umarmen. Bitte gib mir noch Zeit genug. In deiner großen Güte, Amen.«

In der Woche nach Pfingsten gingen jene lübischen Gotlandfahrer im Hafen von Visby vor Anker, mit denen Moses ursprünglich hätte segeln sollen. Zwölf Koggen zählte der Schiffsjunge, auf zwei Masten wehten Flaggen der Stadt Hamburg. Andreas Kröpelin, den Moses vor Jahren *Gespenst* getauft hatte, kam ganz aufgeregt an Bord. Er wähnte Moses und Matthis längst in Schonen und wollte wissen, warum die Stalbuk-Kogge noch in Visby vor Anker lag. Moses bot ihm Wein und frisches Brot mit dänischer Butter an. Ihm blieb gar nichts anderes übrig, als Kröpelin zu erzählen, was geschehen war.

»Besinn dich«, sagte der nach langem und betretenem Schweigen. »Du bist Gesellschafter von Herrn Bardewik.« Er sprach eindringlich, und seine Miene war eine einzige Warnung. »Du hast mit seinen Waren zu handeln und sein Vermögen zu vermehren. Der Stalbuk hat sich selbst in diesen Schlamassel gebracht, soll er auch selbst sehen, wie er wieder herauskommt.«

Moses senkte den Blick; Bedrückung und innerer Zwiespalt machten ihm das Atmen schwer. Schließlich straffte sich seine Gestalt wieder, und er erkundigte sich, wie die Dinge in Lübeck stünden; unverblümt nach Traudi zu fragen, traute er sich nicht.

Um Martinus Bardewiks Kontor und Geschäfte stand es

gut, erfuhr er, und der Rat von Lübeck hatte ein Bündnis mit dem Rat von Hamburg geschlossen, um gemeinsam gegen die adeligen Wegelagerer an der Handelsroute zwischen beiden Städten vorzugehen. Eine gute Entscheidung, fand Moses.

»Von der Verheerung der Welt durch die Mongolen hast du sicher gehört«, sagte Kröpelin und erzählte von wilden Kriegern aus den Steppen Asiens, die Kiew erobert hatten, bereits in Ungarn einfielen und nun in das Königreich Polen stürmten. »Sie nennen sich die ›Goldenen Horden‹«, berichtete der Kaufmann. »Ihr Feldherr heißt Batu Khan. Der hat schon Krakau erobert und stürmt nun mit seinen Reitern der Oder entgegen. Ein Heer aus deutschen und polnischen Rittern will ihm den Weg abschneiden.« Er seufzte, Sorgenfalten türmten sich auf seiner Stirn. »Das war die neuste Nachricht, die wir hörten, bevor wir aus der Travemündung segelten.«

Die Männer hatten sich schon verabschiedet und Kröpelin bereits seinen Fuß auf die Laufplanke gesetzt, da kehrte er noch einmal um. »Übrigens – in Lübeck zerreißen sich die Leute inzwischen das Maul über die Tochter unseres verehrten Herrn Bardewik.« Er feixte. »Stell dir vor: Das Mädchen hat schon wieder einen Freier vor den Kopf gestoßen!« Moses versuchte, sich seine Erregung nicht anmerken zu lassen. »Für den Sommer hat sich der nächste angesagt, ein Dortmunder, kaum dreißig Jahre alt. Unter uns Kaufleuten werden schon Wetten abgeschlossen. Ich habe zehn Brakteaten darauf gesetzt, dass diesmal Gertruds Vater sich durchsetzen wird. Dieser Dortmunder sei nämlich reicher als wir alle zusammen und außerdem schön wie Adonis selbst.« Er wandte sich zum Gehen und winkte. »Ich dachte, das könnte dich interessieren.«

Bilder von greller Eindringlichkeit schossen Moses durch den Kopf, während er Kröpelin hinterherschaute: die siebenjährige Traudi mit ihm in der Dunkelheit des Beichtstuhls, die zwölfjährige mit ihm hinter einer Säule der Marienkirche,

Traudi unter seiner Decke, Traudis Küsse, Traudis Stimme – *Ich werde warten, ich schwöre es.*

Nach dem Besuch diktierte er Frido einen Bericht an Herrn Bardewik. Seine Zukunft sei völlig offen, ließ er den Kapitän an den Kaufmann schreiben, doch er werde sein Bestes tun, um mit Herrn Bardewiks Waren und dem gemeinsamen Geld so zu wirtschaften, dass beide Gewinn davon haben würden.

Diese Worte ließ er zwar schreiben, setzte aber sein *M E* mit einem bangen Gefühl unter den Brief, denn in Wahrheit hatte er kaum noch Hoffnung, lohnende Geschäfte zu machen: Den größten Teil der dänischen Butter und des norwegischen Dorschtrans hatte er bereits unter Einkaufspreis auf dem Markt von Visby verkaufen müssen, denn beides würde in der schon einsetzenden Sommerwärme bald ranzig werden. Ein Fass Bier hatten sie auf der Kogge geleert, und an Pfingstmontag hatten sie das zweite angestochen; das Bier daraus schmeckte inzwischen leicht säuerlich.

Dazu kamen die Ausgaben für Matthis, die Hafenpacht und die wöchentliche Heuer für die vier Seeleute, die bei Frido geblieben waren. Und Frido selbst musste ja ebenfalls bezahlt werden.

Auch an Rebecca – Schwester Victoria – diktierte Moses einen Brief. Allein, ihr sein Herz ausschütten zu können, tat ihm gut. Zusammen mit einem Brief an Traudi übergab er die versiegelten Pergamentrollen dem Andreas Kröpelin vor dessen Abreise. Der nämlich leitete die Geschäfte des Martinus Bardewik.

Der ehemalige Kontorkamerad bot ihm an, die Waren des Herrn Bardewik in den Laderäumen der Koggenflotte zu verteilen, mit der er nach Visby gekommen war. Vier davon gehörten sowieso ihm oder dem Herrn Bardewik. Wenn er den Kapitänen der anderen sechs eine ordentliche Summe an

Frachtgebühren böte, so sagte er, dann würde es ihm sicher leichtfallen, sie zu überreden. Und Moses könnte mitfahren, auf dem Markt von Schonen Handel treiben und noch im Herbst zurück in Lübeck sein. Vielleicht sogar pünktlich genug, um an Gertrud Bardewiks Hochzeitsfeier teilnehmen zu können.

Moses schluckte kurz und senkte den Blick. Er dachte drei Atemzüge lang über das Angebot nach. Dann lehnte er es ab.

Anfang Juni segelte Andreas Kröpelin mit Moses' Briefen und in der lübischen Schiffshanse nach Schonen.

*

Zum Hochsommer hin besserte sich Matthis' Zustand merklich. Er konnte seinen gebrochenen Arm wieder gebrauchen, und die Wunden an seinem Bein schlossen sich eine nach der anderen. Kerkermeister, Medikus und Henker schüttelten staunend die Köpfe, und Moses war so dankbar und froh, dass er manchmal laut singend vom Schuldturm zurück zum Ankerplatz ging.

Gute Nachrichten kamen auch aus dem Hause Wittenborg. Der lübische Kaufmann verhandelte seit Wochen mit dem Rat, und die niederdeutschen Ratsherren zeigten sich inzwischen bereit, Matthis Stalbuk und die Frau des Oldermanns nach Lübischem Recht zu verurteilen.

Die schwedischen Mitglieder des Rates von Visby jedoch blieben lange Zeit unnachgiebig. Trotzdem dachte Heinrich Wittenborg nicht daran, sich ihrer Hartnäckigkeit zu beugen, und im August endlich erklärten sie sich ebenfalls einverstanden damit, den Gerichtstag nach Lübischem Recht zu führen. Allerdings verlangten sie ein erheblich höheres Bußgeld, als Matthis nach dem Strafrecht seiner Heimatstadt hätte zahlen müssen.

Moses und Frido schöpften dennoch Hoffnung. Und Matthis ließ einen Priester kommen, beichtete, empfing die heilige Kommunion und legte ein feierliches Gelübde ab: Würde Gott ihm jemals wieder die Freiheit schenken, so wollte er den zehnten Teil seines Geldes dem Siechenhaus von Visby spenden.

»Nimm dem Bub eure Geldschatull' mit in de Kerker«, schlug Frido vor. »Lass ihn's Geld zähle, damit er weiß, wie's steht, und sich langsam wieda an'd Wirklichkeit g'wöhne tut.«

Moses folgte dem Rat des Kapitäns. Als Matthis das Geld gezählt hatte, blieb er sehr still. Moses reichte ihm ein Pergament mit den Ausgaben der letzten zwei Monate; Frido hatte sie ihm nach seinen Diktaten aufgelistet. Matthis las es und starrte danach stumm ins Stroh. Er wirkte erschrocken.

Das wunderte Moses nicht, denn trotz ihrer guten Handelsabschlüsse mit den Gotländern war ihr gemeinsames Kapital von über eintausendsechshundert auf weniger als neunhundert Mark lübisch geschrumpft. Vor allem die schwedischen Kupferbleche und Eisenstangen waren ziemlich teuer gewesen. Ganz zu schweigen natürlich von den Kosten, die Matthis' Gefangenschaft verursachte. Die stellten einen Großteil der Ausgaben dar. Und wer wusste denn, was die Gotländer ihrem Gefangenen noch an Strafgeldern für den Ehebruch mit der Frau des Oldermanns berechnen würden?

»Wenn ich frei bin, warten wir auf die Winterfahrer und fahren in ihrer Flotte nach Nowgorod«, brach Matthis das Schweigen und schlug den Deckel der Geldschatulle zu.

Weil es im Winter dort die schöneren Pelze zu kaufen gab, segelten nicht wenige Kaufleute der Wendischen Städte im Herbst nach Russland und blieben den Winter über dort, bis das Tauwetter einsetzte. Deswegen nannte man sie Winterfahrer. Wenn sie im Frühjahr zur Heimreise aufbrachen, blieb der Petershof bis zur Ankunft der Sommerfahrer unbesetzt.

»Die Russen zahlen gut für Eisenerz und Kupfer, und wir werden den Laderaum mit herrlichen Pelzen füllen. Du wirst dich noch wundern, wie schnell wir die Verluste wieder einfahren.«

Im September dann trat das Seegericht von Visby zusammen. Da der Oldermann Swerting nicht über seine eigene Frau zu Gericht sitzen durfte, führte sein Stellvertreter, jener junge Schwede, den Vorsitz. Er fragte Matthis, ob er sich des Ehebruchs und der Gewalt gegen Waffenknechte des Kontors schuldig bekenne. Und Matthis bekannte sich schuldig; er ging ja zu Recht davon aus, nur zu Pranger und zu Geldstrafe verurteilt zu werden und so dem Henkersschwert zu entgehen.

Nach ihm fragte der Vorsitzende die junge Frau, ob sie sich des Ehebruchs schuldig bekenne, und Gudrun Swerting sagte: »Nein.«

Sämtliche Teilnehmer des Gerichtstages hielten den Atem an. Frau Swerting aber deutete auf Matthis. »Der da, der Lübische, der hat mir Gewalt angetan. Wie hätte ich mich denn wehren sollen? Seht doch selbst, wie kräftig er ist!«

Moses blieb schier das Herz stehen, Frido wandte sich fassungslos ab, und Heinrich Wittenborg schlug die Hände vors Gesicht. Matthis geriet augenblicklich in maßlose Wut und fing an zu schreien: »Lügnerin! Elende Lügnerin!« Ein Tumult entstand, drei Waffenknechte und der Büttel des Henkers schleppten den schreienden Matthis zurück in den Kerker.

Allen war klar, dass der Oldermann und seine Frau diese Anklage miteinander ausgeheckt hatten, um ihr die Schande des Prangers und ihm das Strafgeld zu ersparen. Auch der Tratsch auf dem Markt und den Straßen von Visby wollte nichts von einer Vergewaltigung wissen. Trotzdem drohte Matthis nun der Tod durch das Schwert des Henkers.

*

In der Seitenkapelle, vor dem Bildnis des heiligen Nikolaus, dem Schutzpatron der Seeleute, zündete Moses eine Kerze an. Es war spätherbstlich kalt, und er hatte sich in den alten Wollmantel gewickelt, den jene Sterbende ihm Jahre zuvor geschenkt hatte. Wenn er ihn trug, musste er oft an den Krankensaal des Heiligen-Geist-Hospitals und an Rebecca denken. Und an den Ostermontag vor sechs Jahren, als sie zu Schwester Victoria geworden war. Inzwischen wurde der schwarze Mantel ihm fast zu klein.

Er betrachtete das im Luftzug flackernde Flämmchen und dachte an Matthis, der erneut sehr elend dran war.

»Gib, dass seine Lebensflamme ruhiger brennt«, murmelte er. »Gib, dass sie nicht erlischt.«

Er dachte an Rebecca und murmelte ein Dankgebet. Wie gut, einen vertrauten und geliebten Menschen wie sie am Leben zu wissen. Er dachte an Traudi, schloss die Augen und beschwor ihr Gesicht herauf.

Ob der Herr Bardewik es wohl geschafft hatte, sie mit dem Dortmunder verheiraten zu lassen? Mit dem schönen und reichen Mann? Wie ein Stich ging ihm der Gedanke durchs Herz. »Du allein weißt es, das soll mir reichen.« Unwillkürlich zog er die Schultern hoch und verjagte die düsteren Empfindungen. Schließlich kniete er nieder und betete für seinen gefangenen Freund.

Den Schuldturm und Matthis' Verlies durfte er seit dem Gerichtstag nicht mehr betreten. Dafür ging er fast täglich in die Mariakirche, um für seinen Freund zu beten; die Knie taten ihm schon weh. Zweimal in der Woche klopfte er bei Herrn Wittenborg, der gute Beziehungen zum Kerkermeister unterhielt, und erkundigte sich nach Matthis. Der hatte wieder Misshandlungen zu erleiden gehabt und war schwerkrank. Als Moses das dem Frido erzählte, gab der jede Hoffnung auf, seinen Neffen lebend wiederzusehen.

Seufzen, Flüstern, Tuscheln und das Scharren vieler Schritte hallte durch die Kirche. Manchmal gingen Männer an der Seitenkapelle des heiligen Nikolaus vorbei und redeten so laut, dass Moses ein paar Satzfetzen verstehen konnte. Kaufmänner – sie sprachen über Pelze, Wachs, Bernstein, Geld und eine Schlacht auf einem zugefrorenen See. Sie sprachen schwedisch, niederdeutsch, dänisch oder polnisch; und einer sogar russisch.

Neun Koggen hatten vorgestern im Hafen festgemacht, sogenannte Sommerfahrer auf dem Rückweg aus Nowgorod. Auf einer waren russische Kaufleute mitgefahren, Gesandte des Nowgoroder Fürsten Alexander, die dem dänischen König Botschaft zu überbringen hatten. Und für die nächsten Tage erwartete man im Handelshof von Visby Koggen aus Dänemark, Norwegen und den Wendischen Städten, die nach Nowgorod weiterfahren und dort überwintern würden. Die Winterfahrer.

Im August hatte Moses noch mit Matthis gehofft, sich ihnen anschließen zu können, doch mit jedem Tag, den der Freund im Kerker darben musste, schmolz diese Hoffnung weiter dahin.

Plötzlich hörte er zwei vorübergehende Kaufleute auf Englisch von weißen Elchen und weißen Pferden sprechen. Sofort erhob er sich und lief den beiden hinterher.

»Verzeiht, Ihr Herren«, sprach er sie auf Englisch an. »Habt Ihr nicht gerade von weißen Tieren gesprochen?« Die Männer drehten sich nach ihm um. »Ich suche nämlich einen bestimmten Kaufmann, der mit weißen Tieren handelt, den Grafen Lothar von Turku.«

Einer der Engländer zog die Brauen hoch und sagte: »Ob der ein Kaufmann ist, sei dahingestellt. Ich würde ihn eher einen wilden Jäger nennen, manche bezeichnen ihn sogar als einen Piraten.«

Moses fragte nach, und tatsächlich waren die Engländer in Nowgorod jenem Grafen im Eisbärenpelz und im roten Rock des Herrn Vaters begegnet. Alexander, der Fürst von Nowgorod, habe einen weißen Elch und ein weißes Pferd bei ihm bestellt.

Moses bedankte sich und kehrte in Grübeleien versunken zurück in die Seitenkapelle. Der Mörder des Herrn Vaters in Nowgorod? »Gib, dass er dort bleibt, bis auch ich in die Stadt gelange, gnädiger Gott.«

Vor der Skulptur des heiligen Nikolaus blickte er grübelnd ins Kerzenfeld auf dem Seitenaltar. All die Flämmchen flackerten auf einmal, als wollten sie erlöschen – wie immer, wenn jemand das Portal öffnete. Schritte näherten sich, Schritte entfernten sich; andere, schnellere Schritte näherten sich und verstummten.

Ein Schatten fiel auf Moses. Er wandte den Kopf: Heinrich Wittenborg stand neben einer Säule und wartete darauf, dass er sein Gebet beendete. Moses bekreuzigte sich und ging zu ihm.

»Neues aus dem Schuldturm?«, fragte er.

Der Kaufmann nickte. »Schlechtes und Gutes.« Er hakte sich bei ihm unter, gemeinsam schritten sie die Seitenkapelle entlang und zum Chor. »Matthis ist in einem elenden Zustand«, sagte er leise. Obwohl mehr als dreißig Jahre sie trennten, hatten sie sich angefreundet. »Es ist seine Seele, die leidet. Niemand hält so viele Prügel und so viele Monate im Kerker unbeschadet aus. Herrn Stalbuks zerbrechende Seele wird über kurz oder lang auch seinen Leib zerbrechen lassen.«

Wirkliche Neuigkeiten waren das nicht, doch die immer gleichen Hiobsbotschaften aus Matthis' Kerker legten sich auch diesmal wie eine Backsteinfuhre auf Moses' Herz. »Und die guten Nachrichten?«

»Der Bürgermeister hat verfügt, dass der Gerichtstag so schnell wie möglich abgehalten wird.« Heinrich Wittenborg klang keineswegs erleichtert, schließlich rückte damit auch Matthis' letzter Gang näher: der hinauf zum Henkerspodest. »Außerdem dürft ihr ihn besuchen. Obwohl der Bürgermeister es verboten hat, wollen Henker und Kerkermeister je zwei Mark lübisch für den Zutritt. Einmalig, wie sie versichern. Ich empfehle dir zu zahlen, um deines Freundes willen.«

Noch am gleichen Vormittag suchte Moses den Medikus auf, bezahlte ihn im Voraus und ging mit ihm zum Schuldturm. Matthis sprach kein Wort, als Moses an den Strohhaufen trat, auf dem er lag. Aus hohlwangiger, gelblicher Miene starrte er zu ihm herauf und sah doch durch ihn hindurch. Ob er ihn überhaupt noch erkannte? Moses bezweifelte es.

Der Medikus untersuchte ihn. Knochenbrüche fand er diesmal keine, allerdings zahlreiche eiternde Platzwunden. Außerdem hatte Matthis erneut Fieber. Moses besorgte Essen, Wein und Kräutertinkturen. Mit Frido wechselte er sich neben Matthis' Strohlager ab. Es dauerte Tage, bis der wieder sprach.

»Ich will in die Hölle«, sagte er da, »dort kann es nicht halb so schlimm sein wie hier.«

Die Winterfahrer nach Nowgorod gingen im Hafen vor Anker, die Sommerfahrer begrüßten sie und legten dann Richtung Danzig, Rostock und Lübeck ab. Zwei Lübecker Koggen waren unter den Winterfahrern, eine segelte für Goswin Klingenberg.

An Bord traf Moses bei seinem Besuch jenen bulligen Jan, der ihn vor Jahren verprügelt und später das Wettklettern zum Krähennest gegen ihn verloren hatte. Und noch einer, den er kannte, hielt sich auf dem Schiff auf: Birger von Kamen, den er *Haken* getauft und später mit seinem Diebstahl erpresst hatte. Die beiden luden ihn in ihre gemeinsame Kajüte und bewirteten ihn mit gutem lübischen Bier, Gotländer Brot und dänischem Rauchfleisch.

Man erzählte und gleich vorweg das für Moses Wichtigste – Traudi hatte sich geweigert, den schönen und reichen Dortmunder zu heiraten. Offenbar wussten die beiden Kaufmänner, dass Moses der Grund für Traudis »Starrsinn« war, wie der Lübecker Tratsch die Haltung der Kaufmannstochter nannte.

Kurz vor ihrer Abfahrt sei die greise Meisterin des Heiligen-Geist-Hospitals verstorben, berichteten sie weiter. Über neunzig Jahre alt sei sie geworden. Auf dem Markt habe man Schwester Victoria als ihre mögliche Nachfolgerin genannt.

Und natürlich erzählten sie, was man auf dem Festland über den sogenannten Mongolensturm wusste: Bei Liegnitz, unweit des Oderstromes, hatten die wilden Reiter aus dem Osten ein Heer aus deutschen und polnischen Rittern vernichtet und den Kopf des schlesischen Herzogs Heinrich an einem Spieß vor die belagerte Stadt getragen.

»Jetzt sind die wilden Krieger schon in Breslau«, schloss Birger. »Nicht mehr lange, dann werden sie die Ostseeküste erreichen. Und dann ist es nicht mehr weit bis nach Gotland oder Riga oder Lübeck.«

»Ruhig Blut.« Der bullige Jan winkte ab. »Sie sind Reiter, keine Seefahrer.«

»Leichtfertiges Gerede!«, hielt von Kamen dagegen. »Haben sie nicht das mächtige Reich der Rus erobert? Haben sie nicht Kiew zerstört? Und hast du nicht mit eigenen Augen gesehen, dass der Fürst von Nowgorod ihnen Tribut bezahlt?«

Moses hörte die Kriegsnachrichten mit Neugier, mehr aber nicht. Breslau und Liegnitz waren weit weg, und ihn bewegten andere Sorgen. Seine Gedanken schweiften ab, und er dachte an Matthis und die schwindende Summe in der Geldschatulle.

Bis auf einmal ein Name fiel, dessen Klang sofort seine Aufmerksamkeit fesselte.

»... Kasimir von Lyon, du erinnerst dich sicher«, sagte Birger von Kamen. »Vor fünfzehn Jahren hat er mit dem Rat das Heiligen-Geist-Hospital gegründet.«

»Ich weiß doch, ich weiß – was ist mit ihm?«

»Wie ich gerade sagte: Fürst Alexander hat ihn und andere Ordensritter in Ketten gelegt.«

Die Ritter des Deutschen Ordens, so erfuhr der erstaunte Moses, hatten ihr Herrschaftsgebiet nach Nordosten hin erweitern wollen. Ein großes russisches Heer unter der Führung des Fürsten von Nowgorod hatte sich ihnen auf dem zugefrorenen Peipussee in den Weg gestellt und sie vernichtend geschlagen.

»Das haben lübische Kaufleute uns erzählt«, sagte der Haken. »Sommerfahrer, die kamen ja vor ein paar Tagen erst mit den neusten Nachrichten aus Nowgorod zurück.«

Moses nickte, er hatte mit zwei Sommerfahrern in der Sankt-Maria-Kirche gesprochen und sich schon in den Tagen zuvor von anderen berichten lassen, was im Petershof von Nowgorod vor sich ging. Die Schlacht auf dem zugefrorenen See hatten die Sommerfahrer erwähnt, den Namen des Ordensmeisters jedoch nicht.

Kasimir also in Nowgorod? Während er die Besucher verabschiedete, dachte Moses darüber nach, was diese Neuigkeit für ihn bedeutete, falls er es bis nach Russland schaffte. *Nichts*, sagte er sich. *Ich will Handel treiben, ich will den Lothar erschlagen, und ich will nichts zu schaffen haben mit einem wie Kasimir.*

Als Frido am späten Nachmittag vom Schuldturm zur Kogge zurückkehrte, diktierte Moses ihm drei Briefe nach Lübeck, die er Birger von Kamen mitgeben wollte. Rebecca ließ er schreiben, dass sie für Matthis beten möge, dem Kaufmann Bardewik, dass er sich keine Sorgen um Geld und Waren zu machen brauche, und für Traudi beschränkte er sich auf wenige Worte, denn er traute den Briefboten und Martinus Bardewik durchaus zu, dass sie sein Siegel brachen und den Brief lasen.

»Was wir einander gesagt haben, gilt«, diktierte er dem schreibenden Frido. »Jedes Wort.« Danach ging er in den Laderaum, schätzte den Platz ab, der durch die notgedrungen verkauften Waren, die Butter und den Dorschtran, und die beiden geleerten Bierfässer frei geworden war. Dann eilte er zum Kontor und kaufte alles schwedische Stangeneisen ein, das dort noch eingelagert war.

Birger von Kamen und die Winterfahrer der Wendischen Städte ärgerten sich sehr, als sie am nächsten Vormittag Eisen für Nowgorod kaufen wollten und keines mehr bekamen; das erfuhr Moses von Herrn Wittenborg. Natürlich hatten diese Kaufleute aus den Kriegsnachrichten dieselben Schlüsse gezogen wie er: Einem russischen Fürsten, dessen Heer erst im April eine Schlacht geschlagen hatte, waren eine Menge Schwerter, Rüstungen und Lanzenklingen kaputtgegangen. Und um neue zu schmieden, brauchte er Eisen.

Zufrieden mit seinem Einkauf eilte Moses vom Handelskontor auf den Markt, kaufte Essen für Matthis und ging damit zum Schuldturm.

Eine Frau hockte beim Freund, eine rundliche Greisin mit breitem Gesicht und schmalen, ledrigen Lippen, die Moses noch nie in Visby gesehen hatte. Sie hielt ein kurzes Holzbrett mit einem Pergament auf Matthis' Schoß fest. Und Matthis schrieb mit einer Feder auf das Pergament.

Von hinten griff der Kerkermeister nach Moses' Arm. »Ihr müsst noch warten, Herr!« Er zog Moses weg von der Kerkertür. Der sah noch, bevor sie sich schloss, dass Matthis mit roter Tinte schrieb.

»Wer ist die Frau?«, wollte Moses wissen.

»Meine Großmutter.« Der Kerkermeister wandte sich ab und verschwand im Halbdunkel einer Wendeltreppe. Was seine Großmutter mit Matthis zu schaffen hatte, erfuhr Moses nicht mehr.

Unruhig lief er vor der Kerkertür auf und ab. Bald schlich die Frau aus dem Verlies. Auf dem Rücken trug sie einen schwarzen Lederbeutel, unter dem Arm Schreibbrett und Pergamentrolle. Vor Moses blieb sie stehen und musterte ihn, und trotz des Halbdunkels war es ihm, als glühe ein Feuer in ihren uralten Augen, ein Feuer, das ihn anspringen wollte. Unwillkürlich wich er zurück. Die Alte aber grunzte einen Gruß und huschte zur Wendeltreppe.

Moses drückte die nur angelehnte Kerkertür auf, ging zu Matthis hinein und begrüßte ihn. »Was hast du mit der Großmutter des Kerkermeisters zu schaffen?«

»Unwichtig.« Sein Freund winkte ab. Am linken Unterarm trug er einen frischen Verband.

Moses breitete ein Tuch vor ihm im Stroh aus, legte Brot, Käse, Rauchfleisch und einen Apfel darauf. »Ich will es wissen, sag es mir.« Er entkorkte eine Weinflasche und füllte die beiden Becher, die er mitgebracht hatte.

»Eine Botin, mehr nicht. Sie überbringt einen Vertrag, den ich geschlossen habe.« Matthis griff nach dem Becher, und Moses sah das frische Blut, das den Verband durchschlug. »Danke, mein Freund.« Matthis prostete ihm zu. Er wirkte ein wenig kräftiger und frischer als gestern noch.

»Was für einen Vertrag hast du geschlossen und mit wem?«

»Einen Vertrag mit jemandem, an den nur ein Mensch sich wendet, der in einem gewiss ist: dass Gott ihn vergessen hat.« Matthis langte nach dem Brot, und Moses sah, dass die Fingerspitzen seiner Rechten mit Blut beschmiert waren. Und plötzlich war ihm, als zöge ihm jemand eine schwarze Kapuze vom Kopf: Matthis hatte das Pergament mit seinem Blut beschrieben!

*

Im November endlich, kurz nach Sankt Martin, fand ein zweiter Gerichtstag statt. Jeder erwartete das Naheliegende: die Verurteilung des jungen lübischen Kaufmannes zum Tod durch das Henkersbeil wegen Vergewaltigung. Doch es kam anders.

Die Waffenknechte, die das Paar beim Ehebruch ertappt hatten, bezeugten übereinstimmend, dass Frau Swerting nicht um Hilfe geschrien habe, als sie vor der Schlafkammertür standen, hinter der sie Matthis kurz darauf unter Frau Swertings Decke fanden. Und ein Besucher des Hauses Swerting schwor, gehört zu haben, wie die Küchenmagd dem Hausherrn zuraunte, seine Gattin habe einem Liebhaber das Fenster geöffnet.

Daraufhin wendete sich das Blatt: Das Seegericht von Visby verurteilte Matthis zum Pranger und zu einer Strafe von hundert Mark lübisch. Gudrun Swerting wurde ebenfalls zum Pranger verurteilt, aber zu einer höheren Geldbuße, nämlich zu hundertzwanzig Mark lübisch, weil sie das Gericht belogen und Matthis zu Unrecht beschuldigt hatte.

Matthis war zu krank, um am selben Tag noch der öffentlichen Schande preisgegeben zu werden. Die blonde Gattin des Herrn Swerting jedoch brachte man auf direktem Weg zum Marktplatz, wo schon der Pranger aufgebaut stand. Die halbe Stadt strömte zum Marktplatz und begaffte die in den Schandpfahl gezwängte Ehebrecherin, auch Frido und seine Seeleute.

Moses dagegen ersparte sich das widerwärtige Spektakel.

Die Frau tat ihm leid. Gleichzeitig überwältigte ihn die unverhoffte Wendung von Matthis' Schicksal. So schnell hatte sich alles geändert, dass seine Gedanken und Gefühle kaum Schritt halten konnten. Er bezahlte die hundert Mark aus der gemeinsamen Kasse und bat darum, seinen Freund besuchen zu dürfen. Der heulte laut auf vor Freude, als er die gute Nachricht hörte.

Bis in den Dezember hinein verhandelten Moses und Frido mit dem Rat von Visby, um den Kranken aus dem Kerker auslösen und ins Gastzimmer eines Wirtshauses bringen zu dürfen. Weil es keineswegs ausgemacht war, dass Matthis das Christfest noch erleben würde, gestattete der Vertreter des Oldermanns es schließlich. Auf einer Trage schleppten Moses, der Steuermann und zwei Seeleute den Schwerkranken in ein Gasthaus hinter der Sankt-Maria-Kirche. Moses musste dem Wirt den Schlafplatz in dem Zimmer für zwei Wochen im Voraus bezahlen.

Zurück auf der Kogge, öffnete er die Schatulle und zählte das Geld. Von der Hälfte nahm er den zehnten Teil, knapp vierzig Mark lübisch, und steckte ihn in die Rocktasche.

»Was hasch mit dem Geld vor?«, fragte ihn Frido, der ihn beobachtete.

»Das bringe ich ins Siechenhaus von Visby.«

»Ja, spinnsch'n du?«, fuhr der Weißhaarige ihn an. »Das kannsch du dir überhaupt nit leischte! Oder wilsch jetzt scho selbscht für euern Bankrott sorge?«

»Matthis hat Gott ein Gelübde abgelegt«, sagte Moses, und der Kapitän verdrehte die Augen. »Ein Gelübde, verstehst du nicht, Frido? Und das hier –« Er schlug auf die Rocktasche, in der die Münzen steckten »– das hier ist nur Geld.« Sprach's und machte sich auf den Weg.

Das Christfest ging vorüber, Neujahr und Moses' Geburtstag gingen vorüber. Anfang Februar schmolz das Eis im

Hafen von Visby, Anfang März überbrachte Heinrich Wittenborg eine Botschaft des Rates: Man begnadige den kranken Kaufmann Stalbuk, und er möge aus Visby verschwinden und sich nie wieder blicken lassen.

5
Die Feier

Ostsee, Frühjahr 1242

Schwere See warf hohe Wellen gegen ihre Kogge. Über den anthrazitfarbenen Himmel jagten Wolkenfetzen von Nordost nach Südwest, Wind und Meer stemmten sich ihnen entgegen. Tagsüber sahen sie selten die Sonne und nur in manchen Nächten für wenige Stunden die Sterne. Selbst Frido und der Steuermann, beides Veteranen der Seefahrt, taten sich schwer, den Nordostkurs zu halten, und mussten viel zu oft die Segel einholen und den Anker setzen lassen. Den halben März über kam das Schiff nicht recht voran.

»Isch net schlimm«, sagte Matthis' Oheim wenigstens einmal am Tag. »Auf Kotlin müsset ma sowieso uff'd Sommerfahrer warte, allein kommt koiner nach Nowgorod.«

Kotlin, das wusste Moses inzwischen, hieß eine Insel an der russischen Küste vor der Newamündung. Dort warteten die Nowgorodfahrer gewöhnlich aufeinander, bevor sie ihre Waren auf kleinere russische Schiffe umluden, um dann gemeinsam und mit russischen Lotsen den gefährlichen Weg über die Newa und den Wolchow nach Nowgorod zu bewältigen.

Matthis fühlte sich inzwischen wieder kräftig genug, um einmal am Tag für ein paar Stunden seine Koje zu verlassen. Bald stieg er sogar die Stufen zum Ruderdeck hinauf, ohne dass Moses ihn stützen musste. Dort oben lag er dann auf dem Rücken und mit ausgebreiteten Armen, lauschte dem Meeresrauschen und dem Heulen des Windes und schien es zu genießen, vom starken Wellengang mit der Kogge auf und ab getragen zu werden. Oft sprach er dann mit sich selbst, hin und wieder auch mit dem Henker und dem Kerkermeister von Visby. Wortwechsel mit diesen für alle anderen unsichtbaren Männern führten bei Matthis regelmäßig zu heftigen Wutausbrüchen.

Meist, wenn Moses voller Sorge zu ihm kam, hatte er die Augen geöffnet und starrte in den von Wolkenfetzen zerwühlten Himmel. »Geht's dir besser?«, fragte Moses ihn jedes Mal.

Und Matthis antwortete jedes Mal: »Ich lebe, und ich bin frei. Sonst noch Fragen?«

Die Laune der Seeleute sank mit jedem weiteren Tag, den sie gegen die raue See zu kämpfen hatten. Moses wunderte es nicht, dass sie anfingen, auch gegeneinander zu kämpfen, und häufig in Streit gerieten. Immer öfter musste Frido mit seinem Stock und seiner rauen Befehlsstimme dazwischengehen. Weil Dörrobst, Rauchfleisch und geröstetes Brot zur Neige gingen, ließ Moses in der dritten Woche ein Fass Stockfisch aufmachen.

Die schwedische Küste hatten sie schon lange nicht mehr gesehen, und wenn hinter zerrissenen Wolkenschleiern mal die Sonne oder der Polarstern auftauchte, blätterte Frido aufgeregt in seinem kleinen Buch mit den Segelanweisungen und hantierte schimpfend mit dem Astrolabium. So hielt er die Kogge anfangs auf Nordost-, später auf Ostkurs. Jedenfalls behauptete er das.

Moses allerdings beschlich nach und nach das Gefühl, ins Nirgendwo zu segeln. Und da war er weiß Gott nicht der Einzige an Bord.

»So ähnlich war's au uff meinere erschte Fahrt nach Nowgorod g'wese«, erzählte Frido eines Abends, als sie nebeneinander in ihren Kojen lagen. »Damals heb i im Lebtag nimmer mit g'rechnet, jemals d'russische Küst' zu sehe.«

»Wann war das?« Moses drehte den Docht der Talglampe herunter.

»Bald fuffzig Jahr her. Im Winter davor war'd Hochzeit mit der Traudi ihrer Großmutter g'wese. Es muss des Jahr g'wese sei, als unser Kaiser Barbarossa uff sei'm Kreuzzug ersoffe isch, mei erschtes in Lübeck.«

Moses versuchte, sich zu erinnern, wann er den Namen Barbarossa schon einmal gehört hatte. Es gelang ihm nicht. »Matthis sagt, du wärst tief im Süden des Kaiserreichs geboren worden.«

»So tief au wieder net – i komm vom Rhein, allerdings vom Hochrhein. An Vatter un Mutter kann i mi genau so wenig erinnere wie du. Bin in Säckinge innem Kloschta uffg'wachse. Da hat's jede Tag Schläg' gebbe, doch dafür hat ma rechne, lese und schreibe g'lernt. Au net schlecht. Oines Tags hat ma's trotzdem g'langt, un i bin uff un davon. Immer am schöne Rhein lang ging's erscht nach Weschte, dann weiter nach Norde …«

Wie gebannt lauschte Moses der Erzählung des Veterans. Auf einem Flusskahn, so berichtete der, sei er über Köln bis nach Flandern gelangt. In Brügge nahm ein spanischer Kapitän ihn als Schiffsjungen mit ins Mittelmeer. Zehn Jahre lang segelte er dort zwischen Barcelona, Genua, Palermo und Venedig hin und her, bis er es mit Glück und Schläue zu Wohlstand und einem eigenen Schiff gebracht hatte. Als knapp Zwanzigjähriger segelte er dann mit seiner Kogge über Hamburg nach Lübeck, wo er Traudis Großmutter kennenlernte und heiratete. Zwei Havarien und ein Piratenüberfall hatten ihn schließlich wieder zu einem armen Mann gemacht.

Als Fridos tiefe und raue Stimme verstummte, hing Moses noch lange den Bildern nach, die der Lebensbericht des so viel Älteren in ihm wachgerufen hatte.

»Als Lothar von Turku das Schiff meines Vaters versenkte,

war ich so alt, wie du warst, als du aus dem Kloster am Rhein geflohen bist«, sagte er irgendwann.

»Weiß scho'.« Frido lachte. »Hab glei g'merk, dass mir zwoi so manches g'meinsam hän, als du zu uns ins Heiligen-Geischt-Hospital gekomme bisch. Doch vergiss oins net, Bub: I konnt' viel früher lese un schreibe als du.« Er lachte laut und spöttisch. Jeder wusste ja, wie schwer Moses sich mit den Buchstaben tat.

Moses nahm den freundlichen Spott hin. »Wie alt bist du eigentlich, Frido?«

»Isch des wichtig?«

»Nein.«

»Oi' Glück! I woiß es nämlich selbscht net g'nau. Doch i fühl mi so, als könnt' i noch e ganze Weil' 'rumspringe uff dere Welt.«

»Ich hoffe sehr, dass du das tun wirst.« Moses lächelte in die Dunkelheit. »Ich brauch dich nämlich noch.«

»Bisch dir da sicher, Bub?«

»Ganz sicher, Frido.«

Eine Zeit lang schwiegen sie, und Moses hing wieder seinen Gedanken nach. Tief beeindruckt von Fridos Lebensgeschichte erinnerte er sich an so vieles, das er mit dem Weißhaarigen erlebt hatte seit jenem Tag vor neun Jahren im Hospitalhof, als Rebecca niederkam und beinahe gestorben wäre.

Wie der kleine Weißhaarige da den Ordensmeister Kasimir einfach zu Boden gestoßen und sich um die blutende Frau gekümmert hatte! Wie er sich mit den Ordensrittern im Schwertkampf gemessen oder wie er dem gedungenen Mörder in der nächtlichen Wakenitz-Aue mit einem einzigen Hieb den Kopf abgeschlagen hatte. Oder wie gründlich und mit welcher Strenge er Matthis und ihn den Schwertkampf und das Reiten gelehrt hatte.

Und dann Fridos unglaubliche Hartnäckigkeit! Wie oft hatten Kaufleute und Kapitäne, bei denen er um eine Heuer bat, den auf den ersten Blick unscheinbaren Mann zurückgewiesen! Und er hatte sie dennoch weiter bedrängt und immer weiter und einfach nicht daran gedacht, seine Sehnsucht nach dem Meer und einem Schiff fahren zu lassen.

Moses bewunderte Matthis' Oheim mehr als irgendeinen anderen Mann in Lübeck. Ja, er liebte ihn sogar, und er wünschte sich in dieser Nachtstunde auf dem Weg nach Russland, dass er später einmal, wenn sein Haar ähnlich weiß wie Fridos sein würde, dass auch er dann ähnlich kraftvoll, zuversichtlich, klug und willensstark sein möge, wie dieser erstaunliche Seefahrer es war.

Die Tür der Nachbarkajüte knarrte. Dort schliefen Matthis und der Steuermann. Schritte schlurften über die Deckplanken und stapften die Stiege zum Ruderdeck hinauf.

»Matthis«, murmelte Moses. »Wahrscheinlich kann er mal wieder nicht schlafen.« Halbe Nächte verbrachte sein Freund schlaflos auf dem Heckkastell.

»Hat sich arg verännert, der arm' Hund«, flüsterte Frido.

»Ist es ein Wunder bei all dem, was er erlitten hat? Bedenk doch, Frido: Er hat dem Tod ins Auge sehen müssen. Ein Wunder, dass er überhaupt noch bei uns ist.«

»I würd's anderscht sage: Er isch dem Tod von der Schipp' gesprunge – jawoll und hallelujah! Aba da tut ma doch tanze un singe un sich freue! Und was macht de Matthis? Grüble un schweige un'e finschtere Gosch ziehe! Versteh' i net.«

Moses dachte über Fridos Worte nach. Er erinnerte sich an Heinrich Wittenborg, der von Matthis' zerbrechender Seele gesprochen hatte. Wahrhaftig, der Freund hatte sich wirklich verändert. Und plötzlich sah Moses die greise Mutter des Kerkermeisters vor sich und wie er sich von ihrem flammenden Blick angesprungen gefühlt hatte.

»Da gibt's etwas, das mich bedrückt, Frido, und das ich dir noch nicht erzählt habe.«

»Noch bin i wach.«

»Einmal, als die Winterfahrer noch neben uns im Hafen gelegen haben, bin ich zu Matthis in den Kerker gekommen, da hockte die alte Mutter des Kerkermeisters bei ihm. Sie hielt ihm ein Pergament hin, und er schrieb mit seinem eigenen Blut darauf.«

»Blödsinn!«, kam es unwillig aus der Dunkelheit.

»Doch, Frido. Seine Feder war blutig, die Finger seiner Schreibhand waren blutverschmiert. Er hatte sich den Unterarm aufgeschnitten, um die Bluttinte zu gewinnen.«

»Hör' bloß uff!«

»Und Matthis sagte, er habe einen Vertrag mit jemandem geschlossen, mit dem man nur Verträge macht, wenn man weiß, dass Gott einen vergessen hat.«

»Das hasch du dir oi'gebildet!« Moses hörte, dass Frido sich erst heftig in seiner Koje herumwarf und dann aufsetzte. »Hörsch mi, Bub?«

»Nein, Frido«, beteuerte Moses. »Ich habe doch mit eigenen Augen gesehen, wie ...!«

»G'nug!« Aus der Dunkelheit der Kajüte herrschte ihn Fridos tiefe Stimme an. »Du hasch's dir oi'gebildet! Un jetzt halt's Maul un schlaf!« Der Kapitän ließ sich in sein Lager fallen und wandte Moses den Rücken.

Lange flüsterte er noch mit seiner hölzernen Madonna, und es klang, als hätte er ihr schlimme Dinge anzuvertrauen. Moses konnte und konnte nicht einschlafen.

*

Die Frühjahrsstürme legten sich, das Wetter schlug um, milder und viel zu schwacher Westwind spielte mit den schlaffen

Segeln – eine zarte Brise, weiter nichts. Immerhin trockneten die Kleider, und nach und nach stieg auch die Stimmung an Bord. Und wenigstens spannte sich nun blauer Himmel über die Ostsee, und in der Nacht wölbte sich eine funkelnde Kuppel aus Abertausenden Sternen von einem Horizont bis zum anderen.

Um diese Zeit begann Matthis wieder zu jonglieren. Anfangs fiel es ihm schwer, doch bald gelang es ihm sogar mit vier Bällen. Auch andere Übungen vollführte er, um seinen entkräfteten Leib zu stärken: So stemmte er sich etwa auf dem Bauch liegend mit den Armen von den Planken hoch, oder er sprang über ein Seil, das er über den Kopf und unter den Sohlen hindurchschwang.

Früh am Morgen und gegen Abend ging Moses oft zu ihm aufs Ruderdeck hinauf, jonglierte mit ihm oder zupfte die Laute und sang Lieder dazu. Nicht selten stimmte einer der Seemänner mit ein und nach ihm die anderen, sodass bald auf dem ganzen Schiff gesungen wurde. Das gefiel dem weißhaarigen Kapitän, und er sang am lautesten.

Einmal, in einer klaren, von atemberaubendem Sternenglanz erleuchteten Nacht, war es so still an Bord und ringsum auf dem Meer, dass Moses auf dem Heckkastell hören konnte, wie der Bootsmann auf dem Bugkastell sich aufsetzte und sagte: »Diese Sternenpracht werde ich nie begreifen.«

»Des isch au nix zum Begreife«, antwortete Frido, der mit Talglampe, Segelbuch und Astrolabium neben dem Steuermann am Ruderschwengel stand. »Des isch ebbes zum Staune und zum sich Freue.«

»Ich darf gar nicht so lange hingucken«, sagte ein anderer Seemann irgendwo auf den Strohsäcken unter der Takelage. »Mich gruselt's da nur.«

»Wahrhaftig«, sagte Moses und strich leise über die Saiten seiner Laute. »Es berührt einen, wie das gewaltige Ein- und

Ausatmen von etwas, das größer ist als man selbst, etwas, das man nie verstehen wird. Bis ins Mark spür' ich's.«

»Es isch der Herrgott, den man spüre tut.« Frido richtete sein Astrolabium auf den Polarstern. »Was gibt's da noch nachzudenke? Der Herrgott isch's, den du spüre tusch.«

»Das wird es sein«, ergriff wieder der Bootsmann auf dem Bugkastell das Wort, und Moses konnte sehen, wie er sich bekreuzigte. »Deswegen werde ich diese Herrlichkeit auch nie begreifen.«

»Es ist das Nichts, das uns anrührt, wenn wir zu ausgiebig da hinaufsehen«, erklärte Matthis, der neben Moses stand. Seine Stimme klang kräftig wie lange nicht mehr, und alle Köpfe wandten sich nach ihm um. »Es weht uns hinein ins Leben, es weht uns hinaus aus dem Leben.«

»G'schwätz, gottloses!«, schimpfte Frido, ohne von seinen Segelanleitungen aufzusehen. Moses aber musterte seinen Freund von der Seite. Für übermäßig fromm hielt er Matthis seit jeher nicht, doch so hatte er ihn noch nie reden hören.

Am nächsten Tag drehte der Wind, und Frido musste einmal mehr die Segel einholen. Gegen Mittag rief der Schiffsjunge vom Krähennest herunter: »Segel auf Backbord!«

Alle versammelten sich an der Backbordreling. Moses, der die schärfsten Augen hatte, entdeckte die Segel als Erster – ein knappes Dutzend Koggen schaukelte mehr als dreihundert Ruten entfernt in die Richtung, aus der Matthis' Schiff gekommen war. Und weil sie mit dem Wind segelten, glitten sie bald vorüber.

»Das sind die Winterfahrer«, sagte Matthis, »jede Wette! Gewöhnlich treffen sie die Sommerfahrer noch in Visby.« Moses spähte den nach und nach entschwindenden Segeln hinterher. Birger von Kamen und der bullige Jan fuhren auf einer dieser Koggen. Und mit ihnen hoffentlich die drei Briefe, die er ihnen mitgegeben hatte.

»Wenn du recht hasch, wäre mir ja uffm richtige Kurs«, sagte Frido zufrieden.

Genau das bestätigte sich nur drei Tage später: Da kam am Abend die estnische Küste in Sicht. Inzwischen blähte günstiger Wind das Segel, und die Kogge kam schneller voran. Mit der Küste rückten Türme, Kirchen und Häusergiebel heran. Und ein Schiff.

»Das muss Reval sein«, sagte Matthis. Frido zuckte nur mit den Schultern, denn er kannte diesen Hafen nicht. Er schickte die Hälfte der Männer an die Takelage, die andere an die Steuerbordreling zu den Stangen.

Das andere Schiff, eine Kogge mit Bug- und Heckkastell, segelte dicht an der Küste entlang nach Nordosten. Für kurze Zeit kam Matthis' Kogge ihm so nahe, dass man Seeleute an der Reling stehen sah.

»Der hat zwei Käfige an Bord!«, schrie der Schiffsjunge vom Krähennest herab. »Käfige mit weißen Tieren!«

Alle rannten an die Backbordreling und spähten zu dem Schiff hinüber. Moses schirmte die Augen gegen die Abendsonne ab und versuchte, das weiße Bildnis auf der schwarzen Fahne zu erkennen, die über dem Mastkorb wehte. Sein Herz schlug schneller, als er einen weißen, auf den Hinterläufen stehenden Bären mit aufgerissenem Rachen erkannte.

»Verfluchter Pirat!«, entfuhr es ihm.

»Er isch's wirklich«, sagte Frido, »Graf Lothar von Turku.«

»Kannst du die Tiere in den Käfigen erkennen?!«, rief Moses zum Krähennest hinauf.

»In den Käfigen auf Deck sehe ich zwei weiße Pferde!«, rief der Schiffsjunge zurück. »Auf dem Heckkastell ein riesiges nahezu weißes Pferd mit Geweih!« Die Männer lachten.

»Ein Elch also.« Moses nickte grimmig. Die beiden Schiffe entfernten sich voneinander, und die Bärenkogge wurde kleiner und kleiner.

»Wenn mir Pech hän, sehet mir den Drecksack in Nowgorod wieder.« Frido machte eine bekümmerte Miene.

»Wenn wir Glück haben«, sagte Moses.

Tatsächlich hieß die kleine Küstenstadt Reval. Das erfuhren sie von deutschen Kaufleuten, die aus dem Städtchen an den Hafen heruntereilten, als Fridos Seeleute die Laufplanke auf eine Prahmbrücke geschoben und die Kogge vertäut hatten. Nirgendwo im Hafen war noch ein anderes Schiff zu sehen.

Die Kogge des Grafen, so erzählten die Einheimischen, hatte zwei Wochen lang dort vor Anker gelegen – mit vier Mann Besatzung und dem Elch. Den hatte der Graf wohl aus Finnland mitgebracht. Er selbst war erst am Vortag mit sechs Bewaffneten und zwei Schimmeln aus dem Binnenland zurückgekehrt. Angeblich hatte er die Pferde von mongolischen Kriegern erbeutet.

Frido schickte vier Männer mit einem leeren Bierfass los, um Frischwasser zu besorgen. Moses und Matthis kauften den Leuten von Reval Brot, Bier, Eier, Dörrfleisch und Käse ab. Die wiederum fragten nach ein paar Fässern Stockfisch und nach silbernen Kelchen, Schüsseln und Tellern für ihre neue Kirche. Weil sie gut bezahlten, verkauften Matthis und Moses ihnen alles, was sie begehrten.

Bis zum Abend kamen beinahe hundert Bürger von Reval an den Hafen herunter, denn allzu oft legten hier zurzeit weder niederdeutsche noch schwedische Kaufleute an. Das lag zum einen an dem verlorenen Krieg der Ritter des Deutschordens gegen den russischen Fürsten Alexander und zum anderen an einer zweiten Schlacht, die jener Fürst Alexander von Nowgorod zwei Jahre zuvor gegen die Schweden gewonnen hatte.

Zum ersten Mal wurde es Moses bewusst, dass er im Begriff war, sich in umkämpftes Gebiet zu begeben. Ein unbehagliches Gefühl beschlich ihn.

Die Menschen aus Reval, mit denen er an diesem Abend sprach und Geschäfte machte, stammten zum größten Teil von der Elbe oder von der Ruhr. Ritter des Deutschordens hatten Reval erst vor wenigen Jahren gegründet und zu diesem Zweck Kaufleute aus Sachsen und Westfalen hierhergerufen, damit sie sich mit ihren Familien rund um ihre Burg ansiedelten. Seit Kurzem jedoch gehörte die Stadt zu Dänemark, und dänische Ritter beherrschten sie nun von der Burg aus.

Auch dies ein deutliches Zeichen, dass es hier oben, im äußersten Norden der Ostseeküste, weitaus kriegerischer zuging als weiter südlich in Pommern und Mecklenburg.

Kaum zeigte sich am nächsten Tag die Morgensonne am Horizont, hetzte Frido seine Männer an die Arbeit – Laufplanke einholen, Anker lichten, Segel setzen und so weiter. Er hatte es eilig, in See zu stechen, und Moses und Matthis ebenso, denn sie wollten auf keinen Fall die Sommerfahrer auf der Insel Kotlin verpassen. Vor allem aber brannte Moses darauf, den Mörder seines Vaters einzuholen, doch darüber sprach er lieber nicht.

Bei günstigem Wind und immer der Küste entlang ging es nun durch eine See, die Frido den *Finnischen Meerbusen* nannte. Nach vier Tagen schon kamen die Insel Kotlin und dahinter die russische Küste in Sicht. Frido und der Steuermann, die Kotlin nicht zum ersten Mal anfuhren, steuerten die Kogge um das höchstens vierhundert Ruten breite und knapp dreitausend Ruten lange Eiland herum, denn seine Hafenbucht lag auf der Nordseite.

Ein einziges Schiff wartete dort auf die Sommerfahrer nach Nowgorod.

»Sie sind noch nicht da!«, rief der Junge aus dem Krähennest, und dankbare Stoßgebete wurden laut an Deck. Moses sprach kein Dankgebet, denn sein Blick hing an der Mastfahne der einzelnen Kogge: ein weißer Bär mit aufgerissenem Rachen auf schwarzem Grund. Käfige konnte er an Bord des Schiffes keine mehr entdecken.

Frido und Matthis hatten die Bärenkogge ebenfalls erkannt. »Leg an der äußersten Prahmbrücke an«, sagte Matthis. »Je weiter weg von denen, desto besser. Wenn sie Moses erkennen, gibt es Ärger.«

»Dich mit deinen roten Haaren werden sie vielleicht wiedererkennen«, entgegnete Moses. »Mich kaum – vor sieben Jahren war ich zwei Köpfe kleiner und trug noch keinen Bart.«

Matthis zog eine skeptische Miene.

Frido steuerte die Kogge zur nördlichsten Prahmbrücke und ließ dort anlegen. Vier Anlegestellen und etwa dreißig Ruten trennten sie von der Bärenkogge. Die Seemänner gingen von Bord und begrüßten die etwa vierzig Männer und Frauen, die sich am Hafen versammelten, die meisten von ihnen Finnen und Russen. Danach besuchten sie die Holzkirche des kleinen Hafendorfes, und wer genug gebetet hatte, eilte in den großen, der Kirche benachbarten Flachbau – die einzige Schänke der Insel.

Moses und Matthis blieben an Bord. Vom Heckkastell aus beobachteten sie das Treiben auf der Bärenkogge. Die Nacht dämmerte herauf, und Fackeln flammten an deren Deck auf.

»Ich zähle nur sechs Mann«, sagte Matthis. »Und die beobachten uns ebenfalls, besser, du wartest in deiner Kajüte die Ankunft der Sommerfahrer ab, Moses.«

»Wovor soll ich mich fürchten?« Moses streifte den Mantel zur Seite und langte nach dem roten Griff seines Dolches. »Ich habe nichts dagegen, wenn sie zu uns kommen. Schade, dass der mörderische Graf nicht an Bord ist.«

»Närrisches Gerede!«, fuhr Matthis ihn an. »Wir haben den weiten Weg nicht hinter uns gebracht, um uns mit denen da zu prügeln. Ich will in Nowgorod Handel treiben!« Aus unwilliger Miene musterte der Freund ihn. »Alles andere schlag auch du dir aus dem Kopf – Bardewik will eine gefüllte Schatulle und einen Laderaum voller Pelze, Wachs und Bernstein sehen, wenn wir nach Hause kommen.«

Am nächsten Morgen standen sechs Männer auf der Prahmbrücke vor der Laufplanke – die Besatzung der Bärenkogge. Sie sahen verwildert aus, und keiner war unbewaffnet. Den dicken Trunkenbold, dem er das Bad im Hafenbecken von Visby verschafft hatte, entdeckte Moses nicht unter ihnen. Genauso wenig wie den Schiffsjungen von damals.

Weil die gute Sitte es verlangte, lud Frido sie ein, an Bord zu kommen, und bot ihnen Bier, Brot und Dörrfleisch an. Als er dazu den Laderaum öffnete, beobachtete Moses vom Ruderdeck aus, wie die lauernden Blicke der Fremden über Stangeneisen, Kupferbleche und Tuchballen flogen.

Ihr Anführer – Bootsmann und einziger Niederdeutscher, wie sich schnell herausstellte –, der Anführer also berichtete, dass ihr Kapitän, der Graf, mit sechs Männern und drei Tieren für den Fürsten von Nowgorod vor zwei Tagen auf karelischen Lastkähnen in die Newamündung hineingefahren war.

»Nicht schlecht, euer Bier«, sagte er anschließend. »Wir haben zwei Fässer Hopfenbier an Bord, das schmeckt noch besser.« Sein schwarzes Haupt- und Barthaar war mächtig verfilzt, seine Augen waren tiefbraun und die meisten seiner Zähne so schwarz wie sein Pelzmantel. »Und ein Fass Rotwein von der Saale liegt auch noch im Laderaum, wenn mich nicht alles täuscht. Wollt ihr nicht morgen Abend an unseren Ankerplatz kommen und ein bisschen mit uns feiern?« Mit einer Kopfbewegung deutete er zum Dorf hin. »Die verkaufen uns sicher ein paar Gänse oder Hühner.« Er richtete seinen Blick auf Moses, der mit seiner Laute an der Balustrade des Heckkastells stand. »Und Musik haben wir auch, wie ich sehe.«

Fridos Männer strahlten, nickten und schauten erwartungsvoll zu ihrem Kapitän. Dem blieb gar nichts anderes übrig, als die Einladung anzunehmen.

»Was hätt' i tun solle?«, sagte er, als er später zu Moses hinaufstieg. »Mei Seeleut' hen sich des verdient.«

Moses zupfte seine Saiten und blickte den sechs Männern von der Bärenkogge hinterher. »›Nein, danke‹, hättest du sagen sollen. Du bist doch sonst auch nicht so zimperlich mit deinen Leuten.«

»Sie haben es wirklich verdient«, kam Matthis seinem Oheim zu Hilfe. »Denk doch, wie hart sie gearbeitet haben. Außerdem schlägt man eine solche Einladung nicht ab.«

Moses schon; er ging am nächsten Abend nicht mit von Bord. »Einer muss schließlich das Schiff bewachen«, gab er vor. Dabei hatte man es vom Ankerplatz der Bärenkogge aus bestens im Blick, doch seine innere Stimme gebot ihm zu bleiben.

Er setzte sich aufs Bugkastell, spielte Laute und sang. Selbst im Sitzen hatte er von hier aus freie Sicht über die Balustrade und die Anlegestellen hinweg auf den Birkenhain, wo die sechs Männer des Grafen Frido, Matthis und die anderen begrüßten. Der Birkenhain am Dorfrand stand höchstens zwanzig Ruten entfernt von der Prahmbrücke, an der die Bärenkogge lag.

Tagsüber hatten deren Seeleute im Dorf Mehl, Fleisch und Trinkwasser besorgt; wie es hieß, planten sie, am nächsten Tag nach Riga aufzubrechen, wohin ihr Graf auf dem Landweg kommen wollte. Jetzt zogen sie zwei Fässer auf Leiterwagen zum Birkenhain. Andere schichteten dort bereits Holz auf und machten Feuer. Bald kreisten Becher, und die Männer stießen an.

Als die Dämmerung einbrach, flirrend das letzte Abendlicht sich auf Dächer und Segel legte und das Weiß der Birken noch einmal aufleuchten ließ, sah Moses zwei große Braten sich über der Glut drehen. Ob Enten, Gänse oder Schwäne konnte er auf die Entfernung nicht entscheiden. Er selbst zupfte weiterhin die Saiten, schaute in den Himmel und genoss das herrliche Abendlicht – die *blaue Stunde*, wie Rebecca diese schönste aller Tageszeiten einmal genannt hatte.

Bald trug Westwind den Bratenduft über den Hafen und bis zu Moses' Bugkastell. Das Wasser lief ihm im Mund zusammen, doch er widerstand der Versuchung, vom Schiff und zu der feuchtfröhlichen Feier zu gehen.

Die Stimmen der Männer am Feuer wurden lauter, ihr Gelächter wurde wilder. So manchen sah Moses ins Buschwerk wanken, um sich dort zu erleichtern. Rasch fiel die Nacht auf Meer, Insel und Dorf. Hinter keinem Fenster des Dorfes flackerte noch eine Kienholzflamme, nicht einmal in der Schänke. Nur der Feuerschein inmitten der lärmenden Seeleute erhellte das Dunkel noch und die Fackeln an Bord der Bärenkogge.

Moses verzichtete darauf, eine Talglampe zu entzünden. Den Blick zum Sternengefunkel des Nachthimmels erhoben spielte und sang er leise und dachte an Traudi. Er versuchte, sich ihr Gesicht vorzustellen, ihre Bernsteinaugen, ihr schönes Lachen. Er beschwor ihre Stimme herauf und den Duft ihres Haares. An Abenden wie diesem überwältigte ihn die Sehnsucht nach ihr. Er verstummte, ließ die Laute sinken und entwarf in Gedanken einen Brief an sie.

Plötzlich fiel ihm auf, dass keiner mehr lachte und rief. Totenstille herrschte auf der anderen Hafenseite beim Birkenhain. Das Feuer glühte nur noch. Von der Hafenschänke her näherten sich Geräusche wie das Quietschen und Klappern von Karrenrädern. Als Moses sich aufrichten wollte, um genauer hinüberschauen zu können, fielen ihm Umrisse von Männern auf, die von Prahmbrücke zu Prahmbrücke huschten. Zwei führten einen Pferdewagen von der Schänke heran.

Hatten sie den Tieren die Hufe verhüllt? Vier schlichen dem Ankerplatz von Matthis' Kogge entgegen.

Heißer Schrecken durchzuckte Moses. *Sie wollen dich*, schoss es ihm durch den Kopf. Er legte die Laute weg. *Natürlich haben sie es auch auf die Waren im Laderaum abgesehen, es sind ja Räuber, doch vor allem wollen sie dich*. Er setzte den Hut ab und schälte sich aus dem Mantel. *Der Graf hat dich schon vor Reval erkannt und den Kerlen befohlen, dich hier zu greifen*.

Lautlos stieg er vom Bugkastell und schlich auf den Knien zur Laufplanke. Schon hörte er sie auf der Prahmbrücke flüstern, schon polterte das Fuhrwerk über die Bohlen. Was mochten sie Frido, Matthis und den anderen angetan haben? Ihm wurde himmelangst. Sollte er der Einzige sein, der noch am Leben war? Entsetzen packte ihn, Panik, Todesangst.

Eng an die Reling gedrückt, erreichte er die Laufplanke. Zu spät! Schon bewegte sich ein Schatten über sie auf das Deck zu, ein zweiter folgte mit zwei Schritten Abstand. Moses zog seinen Dolch, und als der erste Mann an Bord gehen wollte, sprang er auf und stieß ihm die Klinge in die Brust. Der Mann stieß einen ersterbenden Schrei aus, ließ das längst gezückte Schwert fallen, taumelte zurück auf die Laufplanke.

Moses setzte ihm nach, stieß ihn dem zweiten entgegen, bückte sich blitzschnell nach dem Schwert und stieß es unter die Bretter der Laufplanke. Er hebelte, er zog, er riss und hebelte, bis er sie hochstemmen konnte. Der zweite Mann darauf geriet ins Straucheln.

»Laufplanke festhalten!«, zischte es auf Englisch aus der Dunkelheit über der Prahmbrücke herüber. »Der Ziegenarsch will sie an Bord ziehen!«

Moses stieß die Planke von sich weg und ließ sie los – mit einem Ruck scheuerte sie drei Fuß weit hinüber auf die

Prahmbrücke. Der Mann darauf stolperte über den Toten, und als die Planke sich senkte, sprang er mit ausgestreckten Armen ab. An der Reling konnte er sich festhalten, der Tote rutschte von der Brücke und klatschte ins Wasser. Moses holte aus und schlug dem an der Reling die Schwertklinge mit aller Kraft auf den Kopf. Der Mann ließ los und stürzte dem ersten hinterher ins Meer.

Drüben auf der Prahmbrücke fluchten sie, packten die Taue und zogen die Kogge zu sich und an die Bohlen des Landungsstegs heran. Moses huschte in gebückter Haltung zum Bug. Dort riss er sich die Kleider vom Leib, klemmte sich die Dolchklinge zwischen die Zähne und ließ sich an der Ankerkette ins Wasser hinab.

Während die Angreifer Matthis' Kogge weiter und immer weiter zur Prahmbrücke hinzerrten, schwamm Moses zur nächsten Anlegestelle und hinter ihr ans nur teilweise befestigte Ufer.

Über Kies, Steine und Muscheln hinweg rannte er zur Bärenkogge. Steine bohrten sich in seine Fußsohlen, scheuerten ihm die Knöchel wund, die Zehen, die Fersen. An der letzten Prahmbrücke blieb er stehen, nahm den Dolch aus dem Mund, spähte einen Atemzug lang zum verglimmenden Feuer hinüber. Dort lagen sie wie schlafend: Frido, der Bootsmann, Matthis, der Steuermann, die anderen Seemänner. Konnte das denn wahr sein? All diese harten Kerle – waren sie denn so berauscht? Oder waren sie vergiftet?

Schritte näherten sich hinter ihm. Moses fuhr herum – ein Mann mit gezückter Klinge rannte aus der Dunkelheit heran, ein zweiter folgte zehn Schritte hinter ihm. Moses biss auf die Klinge, bückte sich nach einem mehr als faustgroßen Stein und rannte hinauf auf die letzte Prahmbrücke. Als hinter ihm Stiefelschritte über die Bohlen knallten, drehte er sich um, zielte und schleuderte den Stein auf die Umrisse des Verfolgers. Am Kopf getroffen, brach der zusammen. Im selben Augenblick erreichte der zweite die Prahmbrücke.

Moses nahm den Dolch in die Faust, rannte weiter. Endlich die Bärenkogge! Er löste die beiden Haltetaue, ließ sie ins Wasser gleiten. Endlich die Laufplanke! Er hetzte über sie hinweg und zog sie dann an Bord. Sein Verfolger blieb fluchend vor der Kluft stehen, die ihn von seinem Schiff trennte. Moses kümmerte sich nicht um ihn, sprang das Bugkastell hinauf und riss dort die Fackel aus ihrer Halterung.

Zurück am Mast, setzte er die Takelage in Brand. Als sie Feuer gefangen hatte, hetzte er zum Heckkastell hinauf, griff sich auch dort die Fackel und sprang wieder aufs Deck hinunter und hinein in die erste Kajüte. Eine Fackel warf er in die Strohsäcke, die sich dort stapelten. Plötzlich stutzte er: Auf einem Tisch standen zwei große entkorkte Amphoren, auf denen klebten Zeichnungen derselben Blume: Mohn. Die Buchstaben darunter brannten sich in sein Hirn ein.

Er machte kehrt, warf die zweite Fackel in den Laderaum. Als er kurz darauf vom Bugkastell ins Wasser hechtete, schlugen schon Flammen aus den Kajüten unter dem Ruderdeck, und die Takelage brannte lichterloh.

6
Nowgorod

Drei Tage später segelten die Sommerfahrer an einem verkohlten Schiffsbug vorüber, der am Rand der Bucht aus der Brandung ragte. Im kleinen Hafen von Kotlin ging die niederdeutsche Koggenhanse vor Anker: drei Schiffe aus Lübeck, zwei aus Wismar, zwei aus Rostock. Man traf sich vor der kleinen Kirche im Hafen, man begrüßte einander, man tauschte Neuigkeiten aus.

Schnell drehten die Gespräche sich nur noch um das Wrack. In der Schänke legte Frido den Arm um Moses und erzählte den Kaufleuten und Kapitänen von den Getreuen des Grafen Lothar von Turku und wie diese Räuber ihn und seine Männer mit Wein und Bier betäubt hatten, in die eine Schlafmohntinktur gemischt war. Für die, die Frido wegen seines eigenartigen Deutschs nicht verstanden, wiederholte Matthis die ganze Geschichte noch einmal.

Vor aller Ohren pries Frido am Ende Moses, der drei Räuber getötet, die Bärenkogge in Brand gesetzt und das Schwert eines Räubers erbeutet hatte. Den wilden Bootsmann des Grafen, so berichtete der Weißhaarige noch, hatten Fischer in einer gestohlenen Pinasse in die Newamündung hineinrudern sehen. Zwei Gefährten seien bei ihm gewesen.

Von dieser Stunde an begegneten alle Männer dem jungen Gesellschafter des Herrn Bardewik mit allergrößtem Respekt – angefangen vom Schiffsjungen bis hinauf zu den Kapitänen und Kaufleuten.

Ganz anders erging es Matthis. Die Männer, die ihn kannten – vor allem Wismarer und Lübecker also –, mieden ihn oder beäugten ihn misstrauisch. Sie alle hatten ja ein paar Tage in Visby vor Anker gelegen und von dem Prozess gegen ihn gehört. Bald wusste jeder, dass der Rotschopf auf Fridos Schiff jener Mann war, der in Visby um ein Haar seinen Kopf verloren hätte. Matthis selbst merkte natürlich, dass über ihn geredet wurde, und hielt sich von den Männern fern, so gut es eben ging.

Eine der beiden Wismarer Koggen gehörte Moses' ehemaligem Kontorkameraden, dem Andreas Kröpelin. Er lud Moses auf sein Schiff und bot ihm Wein und Käse an.

»Wie konnte der Stalbuk sich nur so gehen lassen?«, fragte der Mann, den Moses vor Jahren *das Gespenst* genannt hatte, als sie allein auf dessen Ruderdeck saßen. Obwohl er die Geschichte ja bereits vom Vorjahr kannte, machte sie ihn dennoch immer noch fassungslos. »So etwas fällt auf die gesamte Kaufmannschaft der Wendischen Städte zurück. Und die schwedischen Gotländer sind sowieso nicht gut zu sprechen auf uns Niederdeutsche. Sie betrachten uns zunehmend als Handelsrivalen.«

Kröpelin betrieb den Fernhandel inzwischen ganz auf eigene Rechnung. Er hatte ausschließlich Bier und Salz geladen. »Das Bier hält lange, seit ich es mit Hopfen braue, und Salz wird in Russland dringend gebraucht, seit die Mongolen die Handelswege zu den eigenen Salinen abgeschnitten haben.«

Überhaupt brachten die wilden Reiter den Handel gehörig durcheinander, berichtete Kröpelin. Im Handelskontor von Visby habe er nicht eine einzige Stange Eisen gefunden. »Die Schweden schicken keinen Nachschub mehr hinüber. Ihr König hat verboten, Eisen an Russland zu liefern.«

»Und was hat das mit den Mongolen zu tun?«, wollte Moses wissen.

»Mehr, als man meinen möchte. Obwohl Fürst Alexander von Nowgorod dem Batu Khan Tribut zahlt, bedrängen die wilden Reiter ihn noch immer von Osten her. Da haben der Deutschorden und die Schweden geglaubt, sie könnten ihm mal eben ein bisschen Land wegnehmen. Doch beiden hat der Alexander gewaltig aufs Maul gehauen.«

Der Kaufmann deutete nach Südwesten zur russischen Küste und zur Newamündung hin. »Die wollten die Schweden sich unter den Nagel reißen, dazu einen Teil des Sees, aus dem der Strom fließt, doch der Alexander hat ihr Kriegslager im Nebel niedergemacht, und zwar gründlich. Zwei Jahre her, und neben Tausenden toten Schweden, Norwegern und Finnen musste ihr Feldherr auch sein Auge am Ufer des Wolchows zurücklassen. Der Fürst persönlich hat's ihm im Kampf ausgeschlagen.«

Diese Geschichten kannte Moses bisher nur aus Gerüchten, die er in Visby gehört und denen er kaum Bedeutung zugemessen hatte, weil ihn während der Monate dort die Sorge um Matthis beschlagnahmte. »Der Fürst von Nowgorod scheint ein geschickter Feldherr zu sein«, sagte er.

»Ein großer Held sogar ist der Alexander nach allem, was ich über ihn gelernt habe.« Kröpelin griff in seine Rocktasche und zog drei Briefe heraus; Moses sah sie, und sofort schlug sein Herz schneller. »Ich bin gespannt, den Fürsten kennenzulernen«, sagte Kröpelin, während er Moses die Briefe reichte. »Er soll sich ja in Nowgorod aufhalten seit der Vorjahresschlacht auf diesem vereisten See.«

Rebecca, Traudi und ihr Vater hatten geschrieben. Nachdem er sich von Andreas Kröpelin verabschiedet hatte, ging Moses in die Kajüte, die er mit Frido teilte, zündete eine Talglampe an und brach zuerst das Siegel von Traudis Brief. Seine Hände zitterten, während er ihre schöne, gleichmäßige Handschrift betrachtete. Er küsste das Pergament, beugte sich aus der Kajüte und rief vergeblich nach Frido. Weil der in der Schänke saß, bat er Matthis, ihm den Brief vorzulesen.

An deinem 19. Geburtstag habe ich in der Marienkirche eine sehr große Kerze für dich angezündet, schrieb Traudi. *Heute, am Ostermontag, ist sie immer noch nicht niedergebrannt. Genauso wenig wie meine Liebe zu dir. Anders als die große Kerze wird sie niemals ausbrennen. Der Herr Martinus zürnt sehr mit dir. Weil du ohne sein Einverständnis nach Russland fahren willst – sagt er. In Wahrheit aber zürnt er, weil ich mich geweigert habe, mit zwei Freiern, die er ausgesucht hat, auch nur zu sprechen. Der eine ging in der Adventszeit unverrichteter Dinge wieder aus dem Haus, der andere in der Karnevalswoche. Der Herr Vater gibt dir die Schuld daran, mein Geliebter. Und er hat recht.*

Auf zwei eng beschriebenen Pergamentseiten berichtete Traudi über ihr persönliches Ergehen in Lübeck, über ihre Fortschritte in Latein und über ihre Arbeit im väterlichen Kontor. Ihr Brief schloss mit den Worten. *Du bist mir treu, nicht wahr? Und ich warte auf dich. In Liebe, dein treues Herz, Traudi.*

Matthis faltete das Pergament zusammen. Er war bleich, und seine Kaumuskeln arbeiteten. »Ich beneide dich sehr, mein Freund«, sagte er leise und mit bitterem Unterton.

Moses aber bekniete ihn, ihm den Brief noch einmal vorzulesen. Mit fliegendem Atem und heißem Kopf lauschte er Matthis' heiserer Stimme. Das Glück machte ihn ganz leicht, er fühlte eine nie gekannte Stärke in den Gliedern, und ihm war, als könnten ihm jeden Augenblick Schwingen wachsen. Nichts schien ihm auf einmal unmöglich. Im Stillen dankte er Gott, während er dem Freund Traudis Brief abnahm und ihn in seine Wamstasche steckte.

Matthis las den Brief des Herrn Bardewik vor. So froh und glücklich war Moses, dass ihm dessen strenge und tadelnde Worte gar nichts ausmachten. Er solle nach Lübeck zurückkehren, verlangte der Kaufmann, und er solle sich unterstehen, das gemeinsame Geld und seine, Herrn Bardewiks, Waren ohne Gewinn verkommen zu lassen.

»Gib ihm mehr Geduld und Zuversicht, du gnädiger Gott«, betete Moses, während er den Brief wieder zusammenfaltete, »in deiner großen Güte, Amen. Bitte lies mir auch noch Rebeccas Brief vor, Matthis.«

Matthis brach das Siegel auf und las. Rebecca bedankte sich für Moses' Zeilen und schrieb ihm, wie fest sie an ihn glaube und dass sie nicht einen Augenblick daran zweifele, ihn gesund und mit gut gefüllter Schatulle und vollen Laderäumen eines Tages wieder an der Trave begrüßen zu können.

Im Orden der Brüder und Schwestern des Heiligen-Geist-Hospitals bin ich nun die Meisterin, schrieb sie weiter, *ich trage große Verantwortung, doch es macht mich dankbar und glücklich, Gott in diesem Haus des Erbarmens dienen zu dürfen. Ohne dich, das musst du wissen, mein geliebter Bruder, wäre ich niemals hierhergelangt.*

Moses zerdrückte ein paar Tränen und lächelte still in sich hinein, während Matthis weiterlas. Am Schluss ihres langen Briefes stockte seine Stimme kurz, denn da kam Rebecca auf ihn zu sprechen. *Die schlimmen Nachrichten der zurückgekehrten Gotlandfahrer haben uns alle hier tief erschüttert*, las er mit immer leiserer Stimme. *Grüße Matthias Stalbuk von mir. Zu fallen ist keine Schande, für niemanden. Nicht wieder aufzustehen, das nur wäre eine Schmach. Richte ihm das aus, mein Moses, und erinnere ihn daran, dass Gott den Sünder liebt und ihm vergibt, wenn er nur aufrichtig bereut. Und stehe deinem Freund bei, so gut du kannst.*

Matthis faltete den Brief zusammen und gab ihn zurück. Eine Zeit lang schauten sie einander an und sprachen kein Wort. Irgendwann erhob sich Matthis von seinem Hocker und umarmte Moses.

»Danke«, flüsterte er. »Um Schwester Victoria beneide ich

dich auch.« Sprach's und verließ mit gesenktem Kopf die Kajüte.

*

Zwei Tage später legten russische Schiffe im Hafen an, schmale galeerenartige Boote mit Riemen und Ruderbänken auf dem Oberdeck, kleinem Segel und kurzem Kiel. Die Waren der Gotlandfahrer wurden auf sie umgeladen, denn die Newa und Teile des Ladogasees, dem sie entsprang, waren nicht schiffbar für die niederdeutschen Koggen mit ihren breiten Rümpfen und ihrem großen Tiefgang.

Als nach drei Tagen die Verladearbeiten bewältigt waren, versammelten sich die Nowgorodfahrer in der abendlichen Kirche und wählten einen erfahrenen Rostocker Kaufmann und Ratsherrn zum Ersten Oldermann und Andreas Kröpelin zu seinem Stellvertreter. Der Rostocker sollte während des Winters im Petershof die Oberaufsicht führen, Kröpelin war für die Einzelheiten der Geschäfte verantwortlich. Ihm hatten Moses und Matthis es zu verdanken, dass sie in der Gemeinschaft der Sommerfahrer mit nach Nowgorod fahren durften.

Am nächsten Morgen stiegen alle Kaufmänner und wenige Seeleute in die russischen Lastschiffe um und verließen den Hafen. Moses trug das erbeutete Schwert. Es war alt, und die Klinge wies etliche Scharten auf, doch allein seinen Knauf zu berühren erfüllte ihn mit Zuversicht und Selbstvertrauen.

Frido übergab den Befehl über Matthis' Kogge seinem Steuermann, denn er wollte es sich partout nicht nehmen lassen, Moses nach Nowgorod zu begleiten. Moses vermutete, dass Matthis' Oheim seine Entschlossenheit, den Grafen zu töten, richtig einschätzte und sich vorgenommen hatte, ihn zu beschützen. Im Stillen dankte Moses Gott für die Treue des Weißhaarigen.

Das Gespött der Niederdeutschen nicht achtend, nahm Frido auch seine hölzerne Maria mit in das Flussschiff. Die Russen machten kein Aufhebens deswegen, bedachten den Weißhaarigen und seine Madonna eher mit neugierigen, teilweise sogar bewundernden Blicken.

Die Leute von Kotlin und die Hälfte der zurückbleibenden Seeleute winkten ihnen vom Strand und von den Landungsbrücken aus hinterher. Bald rückten Koggen und Insel in die Ferne und Küste und Strommündung immer näher.

Bewaffnete Söldner und Lotsen aus Karelien, Estland und dem Fürstentum Nowgorod fuhren auf dem ersten und dem letzten Lastschiff mit. Die führten die Schiffskolonne mit den niederdeutschen Kaufmännern die einsame Newa hinauf. In den Uferwäldern und sumpfigen Buchten des Stromes nämlich lauerten häufig karelische und schwedische Flusspiraten, weshalb auch die niederdeutschen Kaufleute durchweg Waffen trugen. Kaum einer unter ihnen, der Haut und Waren noch nicht gegen die Flusspiraten der Newa hatte verteidigen müssen, und jeder kannte einen, den sie erschlagen hatten.

Während zu beiden Ufern die malerische Flussebene mit ihren Wäldern, Sümpfen und von Wildpferden, Wasserbüffeln und Auerochsen bewohnten Sumpfwiesen vorüberzog, kam Moses mit einem Lübecker Kaufmann ins Gespräch, der erst vor Kurzem aus Magdeburg zurückgekehrt war.

»Eine herrliche Kathedrale lassen sie dort bauen«, erzählte der Mann. »Der Chor ist schon fertig, und sie feiern bereits Messen im Rohbau des Kirchenschiffs.« Er berichtete von einem süddeutschen Baumeister, der einen wunderschönen Hochchor geschaffen, und einem Bildhauer, der den heiligen Mauritius als Mohren mit Ritterrüstung in Stein gehauen hatte. »Neben der Kathedrale errichten sie einen hohen Festungsturm«, schloss der Kaufmann seinen Reisebericht.

»Einen Festungsturm neben einer Kirche?«, wunderte Moses sich. »Warum denn das?«

»So würde jenseits der Elbe keiner fragen!« Der Mann lachte bitter. »Weil sie Angst vor den Mongolen haben natürlich! In Mittel- und Süddeutschland spricht man von nichts anderem mehr als von diesen gottlosen Horden. Sie haben bereits das Heer des ungarischen Königs besiegt, wisst Ihr das nicht? Jetzt ziehen sie plündernd und mordend durch das Königreich Polen.«

Moses dachte an Traudi und Rebecca. Magdeburg lag kaum fünfzehn Tagesmärsche von Lübeck entfernt; wenn man den Flussweg über die Elbe nach Hamburg nahm, noch weniger. Und in Magdeburg erwartete man bereits die Mongolen?

Gütiger Gott, gib Acht auf sie, betete er stumm. Die Angst um die geliebten Frauen schnürte ihm das Herz zusammen.

Ohne einem einzigen Flusspiraten ins Gesicht sehen zu müssen, gelangten sie auf den Ladogasee; da war es längst dunkel. Um Mitternacht gingen sie an der Mündung des Wolchows im Hafen von Ladoga vor Anker.

In der von niederdeutschen Kaufleuten erbauten Kirche der Stadt las ihnen ein niederdeutscher Priester am nächsten Morgen die Messe. Auf dem benachbarten deutschen Friedhof besuchten sie danach viele Gräber von Freunden und Verwandten, die während ihrer Fernhandelsreisen durch Krankheit, Räuber oder Schiffbruch ums Leben gekommen waren. Ein Grab entdeckten Matthis, Frido und Moses, das war über sechzig Jahre alt.

»So lange kommen unsere Vorfahren schon in diese Gegend?«, staunte Matthis.

»Möget se hierher segle, bis unser Herr Jesus Chrischtus am Himmel erscheine tut«, sagte Frido, »un dem ganze eitle Treibe hier unne a End macht.«

Bevor die Waren den Wolchow hinauftransportiert werden konnten, mussten sie erneut umgeladen werden, denn auf dem Fluss drohten Untiefen und zahlreiche Stromschnellen. Auf kleineren und wendigeren Lastkähnen brachen die Kaufleute drei Tage später nach Süden auf.

Auf den Ruderbänken sah Moses viele Männer mit hochstehenden Wangenknochen, bronzefarbener Haut und blauschwarzem Haar. Jäger und Fischer aus Nowgorod und den Wäldern rund um die Stadt, wie Frido wusste. Aus verwitterten Gesichtern und manchmal ungewohnt schlitzartigen Augen blickten sie ihn vergnügt an. Viele sangen, während sie sich in die Riemen legten. Sie wirkten freundlich und gut gelaunt, diese Leute hier in Russland, freundlicher und heiterer, als Moses es von den Lübeckern und Wismarern kannte. Das war ihm schon auf der Insel aufgefallen.

Dank der Schneeschmelze führte der Wolchow reichlich Wasser, wofür Frido mindestens einmal am Tag ein Dankgebet zum Himmel schickte. Dennoch konnten sie die vielen Stromschnellen nur durch Treidler überwinden, und an manchen Tagen stemmten sich diese durch Morast und über Fels stapfenden Männer von Sonnenaufgang bis in die Abenddämmerung in die dicken Taue, die sie an die Lastboote fesselten.

Endlich, nach elf Tagen, erreichten sie die ersten menschlichen Behausungen von Nowgorod: Hütten, Gehöfte und von Palisaden eingefriedete Gebäude aus geschälten und verteerten Baumstämmen. Bald rückten auch Türme und Mauerkronen näher.

Auf Höhe eines Klosterhofes mit Holzkirche ging der Rostocker Oldermann mit zwei Kaufleuten an Land. Bepackt mit Geschenken marschierten sie zu dem Kloster hinauf. Dessen Abt bewahrte einen der beiden Schlüssel auf, die den Zugang zum Mauertor des Peterhofes gewährten.

Bis auf das Schiff des Rostockers fuhr die Kolonne weiter.

Den zweiten Schlüssel nämlich hatten die Winterfahrer wie üblich beim Abt des Sankt-Georg-Klosters hinterlegt, das am Südrand der Stadt lag, an einer Flussbank nahe der Stelle, an der der Wolchow aus dem Ilmensee strömte. Bald glitten zu beiden Seiten des breiten Flusses Gärten, Türme, Kirchen, hölzerne Fassaden von Häuserzeilen und Anlegestege vorbei. Vom Ufer her winkten ihnen viele Menschen zu, und die hart schuftenden Männer auf den Ruderbänken riefen ihnen Grüße und Scherze hinüber, während sie sich in die Riemen legten.

Moses wunderte sich über die vielen Gebäude aus Stein und die zahlreichen Kirchen der Stadt. Und als sie an den hohen Burgmauern des Kremls vorbeiruderten, des Fürstensitzes Alexanders von Nowgorod, entfuhr es dem staunenden Matthis: »Hier geht's ja prachtvoller zu als zu Hause an der Trave!«

Tatsächlich sah man vielen Gebäuden aus Stein und den Gärten davor an, dass reiche Leute in ihnen lebten.

»Was denkt ihr Rotzlöffel denn?«, spottete Frido. »Nowgorod isch dreihundert Jahr älter als euer Lübeck, un größer sowieso! Alle Welt verkauft ihr Zeugs hier!«

Bald pflügten die Boote auf eine Art hölzerne Burg am Ostufer zu. Die bestand aus teilweise dreistöckigen Häusern und noch höheren Türmen mit Giebeldächern. Viele der Kaufleute erhoben sich von den Fässern, Ballen und Kisten, auf denen sie saßen, und spähten ihr aufgeregt tuschelnd entgegen.

»Das ist er, Moses!«, rief Andreas Kröpelin, der Nowgorod bereits zum zweiten Mal sah. »Das ist der Petershof!«

Ein gewaltiger Palisadenwall aus mehr als fußbreiten Baumstämmen umgab das niederdeutsche Handelskontor. Die Fläche dahinter schätzte Moses doppelt so groß ein, wie Klingenberg und Koberg zusammen haben mochten. Auch die Gebäude darauf waren aus übereinanderliegenden Stämmen gebaut: Warenlager, Stallungen, Backstuben, Speichertürme, eine Windmühle und das große Versammlungshaus. Nur ein einziges Gebäude aus Stein ragte hinter der Palisade auf – die Sankt-Peters-Kirche, der das Kontor seinen Namen zu verdanken hatte.

Fast die gesamte Flotte steuerte die Landungsbrücken am Ufer vor dem Kontor an. Das Schiff, das Moses und die Seinen trug, fuhr allein weiter. Der Petershof blieb schnell zurück, Häuser erhoben sich nun weniger häufig zwischen Bäumen und Buschwerk, Anlegestege ragten seltener in den Fluss hinein.

Dann schob der Ilmensee sich in ihr Blickfeld – und mit ihm eine große steinerne Kirche mit einem gewaltigen goldfarbenen Dach, das Moses an eine platt gedrückte Zwiebel erinnerte: die Klosterkirche des Sankt-Georg-Klosters. An einem Landungssteg unweit der Klostermauer ging das Schiff vor Anker. Andreas Kröpelin drückte Matthis eine Kiste mit Stockfisch, Frido eine kleine Rolle Tuch und Moses einen Schinken in die Hand, Geschenke für die Mönche. Er selbst schulterte ein Fässchen Bier. Wenig später klopften sie ans Klostertor.

Ein vergittertes Türfenster öffnete sich, ein sehr knochiges, gelbliches Gesicht erschien hinter dem Gitter, schnarrte ein paar fragende Worte erst auf Russisch, dann auf Lateinisch. Kröpelin sagte, dass er den Schlüssel für den Petershof abholen wolle. Der Torbruder öffnete, und sie begrüßten ihn mit der Ehrerbietung, die er durch Mienenspiel, Haltung und Gesten einforderte. Während hinter ihnen das schwere Tor ins Schloss krachte, schritten sie über einen weiten Hof auf die Klausur zu.

Von rechts warf die große Kirche ihren Schatten auf die Niederdeutschen. Am linken Rand des Klosterhofes, neben einem steinernen Bogen, hinter dem der Klostergarten lag, sah Moses einige Männer und Pferde. Ein kleiner, geradezu zierlicher Mann fiel ihm auf, weil er einen eleganten, pelzbesetzten dunkelroten Rock und darunter ein schwarzes mit Goldstickereien verziertes Wams trug. Auch sein enges gelbes Beinkleid und die Schnabelschuhe sahen schon aus der Ferne recht teuer aus. Ein langer, buschiger Schnurrbart beherrschte seine untere Gesichtshälfte, und unter seinem mit einer Pfauenfeder geschmückten Barett quollen dichte graue Locken hervor.

Von den Männern, die ihn umringten, trugen drei einfache, derbe Kleider, zwei davon Schwert und Helm. Der jüngste, ein Halbwüchsiger, ging barfuß. Die anderen drei mussten wohl Mönche sein, denn ihre Schädel waren kahl bis auf schmale Haarkränze und ihre Kutten und Umhänge hell, beinahe weiß.

Einer, ein großer, hünenhafter Mann, war in einen weißen Habit gehüllt, wie Dominikaner ihn zu tragen pflegten. Jedenfalls schienen Tunika und Kapuzenüberwurf einmal weiß gewesen zu sein oder wenigstens hell. Moses sah zum zweiten Mal hinüber, stutzte, blieb stehen und betrachtete zweifelnd den Dominikaner – während der hünenhafte Mönch seinerseits zu ihm herüberblickte.

So standen sie vielleicht drei Atemzüge lang. Plötzlich rannte der Mönch los, breitete die Arme aus und rief: »Mein Retter!« Petrus von Edinburgh – kein Zweifel, er war es. »Moses, mein Retter!«, rief er wieder, dann war er bei Moses, schloss ihn samt dem Schinken in die Arme und drückte ihn an seine fassartige Brust.

7
Der Fürst

Andreas Kröpelin trug den Torschlüssel an einer Kette um den Hals, als er aus der Klausur zurückkam. Moses, der noch nie einen Menschen mit einem Schlüssel um den Hals gesehen hatte, bemerkte es nur beiläufig. Das unverhoffte Wiedersehen mit Petrus nahm ihn so sehr in Beschlag, dass er sich nicht weiter wunderte.

»Du bist groß geworden«, scherzte Petrus. »Und bärtig dazu. Ich hab dich an deiner stolzen Haltung und deinem federnden Gang erkannt.« Während des gesamten Weges vom Kloster bis zum Petershof erzählte einer dem anderen, wie es ihm ergangen war seit der letzten Begegnung vor dem Birkenholzkäfig im Hafen von Visby. Andreas Kröpelin und die anderen hörten aufmerksam zu.

Kurz bevor sie an einer Landungsbrücke vor dem Petershof vor Anker gingen, wandte der Mönch sich an Kröpelin und deutete auf den Schlüssel: »Bist du der wahre Petrus, und ist das der Schlüssel ins Himmelreich?« Alle im Boot, die es hörten, lachten; auch Moses, obwohl er den Scherz nicht wirklich verstand.

Der Abt des Klosters Dünamünde hatte den englischen Mönch mit zwei Brüdern aus Riga nach Nowgorod gesandt, um beim Fürsten Freiheit für den Ordensmeister Kasimir von Lyon zu erbitten. Das Kloster sei dem Deutschorden eng verbunden, sagte Petrus.

Sein zierlicher und so elegant gekleideter Begleiter stammte aus Venedig und war mit seinem Sohn, einigen Waffenknechten und einer Pferdekarawane aus China nach Riga gekommen. Durch den Mongolensturm war ihnen nun der Landweg zurück nach Venedig abgeschnitten.

Der Venezianer handelte mit teuren Gewürzen und Stoffen aus China und mit Schmuck, Duftölen und edlem Geschirr aus dem Morgenland. Er nannte sich Theodorus von Venedig, hatte seinen Sohn und den größten Teil seiner Waren in Riga zurückgelassen und sich Petrus angeschlossen, um die Handelsmöglichkeiten hier in Nowgorod zu erkunden.

Als das Schiff vertäut wurde, stand Petrus von Edinburgh auf, legte Moses die Hand auf die Schulter, blickte in die Wolken und rief laut: »Himmlischer Vater, ich danke dir, dass du meinen Retter am Leben erhalten und mir wieder über den Weg geschickt hast.«

Er hatte sich mit seinen Begleitern im Sankt-Georg-Kloster versteckt, als er hörte, dass sich Lothar von Turku im Kreml von Nowgorod aufhielt. Gestern erst hatte ihn die Nachricht aus dem Kreml erreicht, dass der finnische Graf aus der Stadt geflohen sei und ihm, Petrus, keine Gefahr mehr drohte.

Die niederdeutschen Kaufleute waren durchaus angetan von dem freundlichen Mönchshünen mit der kräftigen Stimme und den breiten Schultern, der so lieblich seine Flöte zu blasen wusste. Gern nahmen sie ihn und seine Begleiter ins Gästehaus des Kontors auf.

Mehr noch als von Petrus allerdings zeigten sich die Kaufleute vom kleinen Venezianer beeindruckt – oder vielmehr von seinen Schätzen. Eine kleine Auswahl seiner Waren hatte er nämlich aus Riga mitgebracht, um damit vor dem Fürsten von Nowgorod seine Handelskraft unter Beweis zu stellen. Noch bevor die eigenen Waren entladen und in die Speicherhäuser gebracht waren, umringten viele den Theodorus, schnupperten an seinen Duftölen, bestaunten seine herrlichen Gläser und Vasen und betasteten seine chinesische Seide.

Am nächsten Morgen schickte der Fürst von Nowgorod einen Boten ins Kontor und lud die beiden Oldermänner mit sieben Begleitern zu einem abendlichen Festmahl in den Kreml. Auch Petrus und der Venezianer waren geladen. Ausdrücklich verfügte Fürst Alexander, dass der junge Kaufmann Moses aus Lübeck sich an seiner Tafel einzufinden habe.

Moses erschrak, als er den Boten seinen Namen nennen hörte. Was wollte der Fürst von ihm? Er sträubte sich gegen die Bootsfahrt in den Kreml, doch der Oldermann gab sich streng.

»Ohne die Privilegien, die uns der russische Fürst gewährt hat, könnten wir hier niemals in Ruhe Handel treiben«, erklärte er. »Wir sollten es uns nicht erlauben, seine Wünsche zu missachten.«

Also stieg Moses gegen Abend in das Schiff, das die Geladenen zum fürstlichen Festmahl in den Kreml abholte. Wenigstens gelang es ihm, beim Oldermann durchzusetzen, dass Matthis und Frido ihn begleiten durften.

Das Festmahl fand im Palas der fürstlichen Burg statt. Es wurde schon dunkel, als schwer bewaffnete Wächter sie ins Portal winkten. Nie zuvor hatte Moses eine derart große Tafel gesehen: An die hundert Männer und Frauen nahmen dort Platz, Adlige aus dem Fürstentum Nowgorod, Stammeshäuptlinge aus den Waldsiedlungen ringsum, die obersten geistlichen Herren und die Räte der Stadt und die einflussreichsten Kaufleute. Selbst der abgebrühte Frido machte große Augen, als er die überaus bunte Tafelrunde erblickte. Noch lange nachdem er zwischen Matthis und Moses Platz genommen hatte, blieb er stumm vor Staunen, was nicht oft geschah.

Rauch eines großen Kaminfeuers erfüllte den Saal, an den Wänden, zwischen Tierschädeln, brannten Kienholzspäne, und zwei Dutzend Kerzenleuchter standen auf der hufeisenförmigen Tafel. Kerzenschein flackerte auf zwei Wildschweinen, einem riesigen Stör und mindestens zehn Schwänen und Gänsen, die alle am Stück gebraten auf Blechen oder Holzplatten dampften. Dazwischen Schüsseln mit Rüben, Sauerkohl und Getreidebrei. Neben einer breiten Treppe, die in einen Keller hinabführte, standen auf Holzböcken Fässer mit Bier und Wein. An den Wänden, unter den Schädeln von Bären, Büffeln, Hirschen, Elchen, einem Walross und einem weißen Wolf, warteten dicht gedrängt Diener, Mägde, Kinder und Waffenknechte.

Ein Mann in braunem Pelzmantel über weißem Leinenkleid erhob sich und hämmerte hingebungsvoll mit einem Holzlöffel gegen eine Kupferscheibe – so lange, bis Gelächter, Palaver und Gebrüll verstummten. Dann rief er mit lauter Stimme ein paar russische Sätze in den gefüllten Saal, deutete auf diesen und jenen, nannte Namen und wies zum Schluss auf den Fürsten und klatschte in die Hände. Jubel und Applaus wurden laut.

»Das war der Truchsess«, erklärte Petrus. Während am Scheitelpunkt des Hufeisens Fürst Alexander sich erhob und zu einer Begrüßungsrede anhob, beugte der Mönch sich an Moses' Ohr und übersetzte flüsternd.

Der Fürst war ein hochgewachsener Mann von kräftiger Statur, nicht viel älter als Matthis und mit langem rotbraunen Haar. Seine Ritter hatten ihm den Beinamen »Newski« verliehen, wie Moses von Frido wusste, was so viel bedeutete wie »Der von der Newa«. Wie manch anderer an der Tafel auch trug Alexander Newski Kettenhemd und Waffenrock, und hinter ihm, an der Wand, lehnten Kriegsaxt, Langschwert, Lanze und Schild. Die mädchenhafte, ganz in Weiß gekleidete Frau an seiner Seite war sehr blond und kaum älter als fünfzehn.

Nach nur wenigen Worten deutete der Fürst auf einen

Mann mit einem goldenen Kreuz an goldener Kette auf der Brust. Der steckte unter einem lustigen, seltsamen hohen Hut und in einem schwarzen Habit, den Moses noch nie an einem Kirchenmann gesehen hatte. Was er sagte, hörte sich nach einem Gebet an. Moses' Blick wanderte über die Tafel und blieb an der Platte mit einem Wildschwein hängen – das dampfende, braun gebratene Tier sah nackt und erbärmlich aus und schien ihn anzugrinsen.

Als der Priester sich setzte, erhob sich erneut Applaus, und dann machten alle sich über die Speisen, den Wein und das Bier her. Bald erfüllten Schmatzen, Becherklirren und Rülpsen den Saal. Diener mit Krügen huschten an der Tafel hin und her, schenkten Bier und Wein nach, entzündeten ausgehustete Kerzen neu, schnitten Stücke aus den Braten. Knochen flogen zu Fenstern hinaus oder ins Kaminfeuer oder auf den Boden zwischen die Schenkel des Tafelhalbrunds.

Irgendwann schlug der Truchsess wieder auf seine Kupferscheibe und rief einen Namen. Der Genannte stand auf, trat in die Mitte, sprach ein paar Sätze, setzte sich wieder. Nach dem nächsten Kupferscheibenklang und der nächsten Namensnennung trat wieder einer in das Tafelhufeisen und redete. So ging das eine Zeit lang. Jede Rede wurde mit Beifall oder Gelächter oder lauter Zustimmung quittiert, manchmal erhoben sich auch empörte Rufe.

Petrus dolmetschte flüsternd – die Leute brachten dem Fürsten Huldigungen, Treueerklärungen, Danksagungen dar und gaben knappe Berichte aus den Siedlungen des Umlandes. Die Empörung wurde laut, wenn jemand Beschwerden über räuberische Adlige und marodierende Mongolenrotten vorbrachte.

Schließlich wurden die Oldermänner der Niederdeutschen aufgerufen. Von der Gattin eines Ratsherrn übersetzt hielt der

Rostocker eine kleine Dankesrede, und Kröpelin überreichte Geschenke – der Fürstin weißes Leinen aus Antwerpen, dem Fürsten Fingerhandschuhe aus englischer Wolle.

Dann war Petrus an der Reihe. Der hünenhafte Mönch, der den Fürsten von Jugend auf kannte, trat ins Halbrund und trug freundlich lächelnd die Bitte seines Abtes vor – das hatte er Moses, der zu jener Zeit noch kein Wort Russisch sprach, so angekündigt. Alexander Newskis zornige Miene und sein Faustschlag auf die Tafel verrieten allerdings, dass er nicht im Traum dachte, Kasimir freizulassen.

»Er will ein hohes Lösegeld«, flüsterte Petrus, als er sich wieder zu Moses setzte.

Neben dem Mönch erhob sich nun der aufgerufene Venezianer von der langen Sitzbank. Er tänzelte auf geradem Weg zur jungen Fürstin, schenkte ihr eine Amphore mit Duftöl aus Aleppo und dem Fürsten ein kleines, blau emailliertes Glas mit Goldrand, das, wie er erklärte, in Bagdad geblasen und bemalt worden sei. Die Ratsgattin übersetzte seine Worte. Er berichtete von seiner Chinareise, den Waren, die er von dort und aus dem Morgenland nach Riga mitgebracht hatte, und beklagte, dass er wegen der Mongolen nicht über Land zurück nach Venedig reisen konnte.

Der Fürst bedankte sich mit warmen Worten, forderte ihn auf, seine Waren und seinen Sohn aus Riga zu holen, und sagte ihm Handelsfreiheit in Nowgorod und zwei Ritter und vier Knappen als Geleitschutz zu. Applaus begleitete Theodorus von Venedig zurück zu seinem Platz.

Eine Pause folgte, in der Breischüsseln und Platten mit Dörrobst die Runde machten. Diener schnitten mehr Braten und schöpften Rüben und Krabben auf Brotfladen und schenkten Bier und Wein nach. Moses war erleichtert und hörte auf, unruhig auf der Bank hin und her zu rutschen. Die ganze Zeit über hatte er gefürchtet, der Truchsess könnte seinen Namen rufen. Doch der Kelch, vor der Festgesellschaft reden zu müssen, schien an ihm vorüberzugehen.

Auf einmal fuhren viele Köpfe herum, Männer sprangen von den Sitzbänken hoch, und Frauen stießen spitze Schreckensschreie aus. Wie alle starrte auch Moses nun zum Eingangsportal, durch das sechs Knechte des Fürsten an Stricken und Ketten einen Elchbullen in den Saal zerrten, der ein sehr helles, nahezu weißes Fell hatte. Drei Waffenknechte mit drei Gefangenen folgten dem Tier.

»Des isch doch der Bootsmann vom Turku!?«, entfuhr es Frido. Auch Moses erkannte den verwilderten schwarzhaarigen Mann und die beiden Seeleute, die mit ihm in der gestohlenen Pinasse von der Insel Kotlin geflohen waren.

»Wie übel die Russen die Kerle zugerichtet haben!« Matthis saß stocksteif auf der Kante der Bank. »Seht doch – die können sich ja kaum noch auf den Beinen halten.«

Tatsächlich torkelten und hinkten die drei Männer mehr hinter den Waffenknechten und dem Elch her, als dass sie liefen. Sie wirkten entkräftet, ließen Köpfe und Schultern hängen und hatten zerschlagene und blutverkrustete Gesichter. Moses lugte verstohlen zu Matthis – wahrscheinlich erinnerten die drei Jammergestalten den an seine schreckliche Zeit im Schuldturm von Visby.

Der Fürst schien sehr zufrieden mit der gelungenen Überraschung, denn lachend erhob er sich und richtete ein paar Worte an die Festgesellschaft.

»Den Elch hat er dem Grafen von Turku abgekauft«, übersetzte Petrus, was Moses längst wusste. »Für viel Geld und zusammen mit zwei weißen Pferden.« Frido und Matthis standen auf und beugten sich über seine Schultern, um kein Wort zu versäumen. »Die Pferde hat Lothar dem Fürsten wieder gestohlen und ist mit ihnen und sechs Komplizen über den Ilmensee aus der Stadt geflohen.«

Zorn vertrieb das Lächeln aus Alexanders Miene. Er fuchtelte mit den Fäusten, verfluchte den Grafen und redete sich in Rage. Lothar von Turku mache Geschäfte mit den verdammten Schweden, wie er sich ausdrückte, habe vor Jahren im Auftrag des verdammten schwedischen Königs den armen Petrus aus Russland verschleppt und sei überdies noch ein verdammter Finne, wie viele der verdammten Krieger, die zwei Jahre zuvor mit den verdammten Schweden ins Fürstentum Nowgorod eingefallen waren.

Viele Männer an der Tafel stießen ebenfalls Flüche aus – vor allem die russischen Ritter – und bekräftigten die fürstlichen Worte mit Fausthieben auf die Tafel und derben Beschimpfungen, die Petrus nicht übersetzte. Doch als der Fürst schließlich schilderte, wie sie das schwedische Pack gemeinsam zusammengehauen und er dem schwedischen Feldherrn ein Auge zerstochen hatte, brach die Festgesellschaft in Jubel aus und stimmte ein Siegeslied an. Einige Männer sprangen sogar auf die Tafel und tanzten zwischen den Überresten von Wildschweinen, Schwänen und Stören.

Der Elch indessen wurde immer unruhiger, scharrte mit den Hufen, warf den Schädel mit dem Schaufelgehörn hin und her und wollte partout die daran befestigten Stricke abschütteln. Die Stallknechte des Fürsten hatten Mühe, ihn festzuhalten. Als er vor Angst in den Saal schiss und sich unter dem Gelächter der Gäste plätschernd entleerte, ließ der Fürst ihn aus dem Saal und zurück in sein Gehege schaffen.

Nach ein paar zornig herausgebellten Worten des Fürsten zerrte man auch die drei Gefangenen nach draußen. Viele standen auf, drängten zum Eingang und zu den Fenstern hin und starrten in die Nacht hinaus.

»Was geschicht im Hof?«, wollte Moses wissen.

»Man schlägt ihnen die Köpfe ab.« Petrus zuckte mit den Schultern. Daraufhin stürzte auch Matthis ans Fenster. Moses vermutete, dass er sich das Schicksal anschauen wollte, das ihm in Visby erspart geblieben war. Jubel ertönte aus der Menge am Fenster, und dann strömten die Gäste des Fürsten zur Tafel zurück.

Bald ertönte wieder die Kupferschale des Truchsess und jetzt geschah es doch: Der Name »Moses Engländer« schallte durch den Saal. Moses hielt den Atem an, doch ihm blieb keine Zeit zum Nachdenken – Petrus zog ihn hoch, führte ihn zwischen das Tafelhufeisen und dolmetschte ihm die Worte, die der Fürst an ihn richtete.

Der guckte jetzt wieder sehr freundlich und hieß Moses willkommen in seinem Land, in seiner Stadt, an seiner Tafel. Dann wandte er sich an seine Gäste und erzählte, dass es dieser »mutige Deutsche« war, der vor Jahren auf Gotland den verschleppten Petrus aus dem Käfig des Grafen von Turku befreit hatte. In die aufbrandenden Hochrufe hinein hob er seine Stimme und schilderte, wie Moses erst vor wenigen Wochen die Kogge des Grafen von Turku angezündet und drei seiner Männer getötet hatte.

»Das weiß er, weil sie den Bootsmann und die anderen beiden gefoltert haben«, flüsterte Petrus Moses ins Ohr, während an der Tafel Applaus laut wurde. Der Fürst bedankte sich bei Moses und forderte ihn auf, seine Geschichte zu erzählen.

Moses schluckte und suchte Fridos Blick. Der nickte ihm ermutigend zu, und Moses begann zu erzählen. Erst stockend, dann immer flüssiger, sodass Petrus ihn manchmal bremsen musste, um mit dem Dolmetschen Schritt halten zu können.

Moses schilderte die letzten Augenblicke mit seinem Vater und den Angriff der Piraten, und er beschrieb ihren Anführer so genau, dass jeder im Saal begriff, wer gemeint war. Moses erzählte von seinen Tagen zwischen Tod und Leben und von der wunderbaren Rebecca, die sich seiner erbarmt hatte. Er erzählte von seiner Sklavenzeit in Wismar und wie er mit Rebecca nach Lübeck ins Haus der Familie Stalbuk gekommen war. Jacobis Dolch und was Rebecca damit getan hatte, deutete er nicht einmal an. Dafür schilderte er ausführlich seine Zeit im Heiligen-Geist-Hospital und im Kontor des Martinus Bardewik, als dessen Gesellschafter er nun mit Mecklenburger Weizen, flandrischem Tuch und Kölner Messgefäßen nach Nowgorod gekommen sei.

Ihm war ganz schwindlig, als er seine Geschichte beendet hatte, die heisere Stimme wäre ihm zum Schluss beinahe gebrochen. Auf einmal herrschte Stille im Saal, nur das Knistern des großen Kaminfeuers und das Schluchzen der Fürstin und einiger Frauen hörte man noch. Schließlich stand einer der Männer auf, rief etwas, das Moses nicht verstand, und begann, in die Hände zu klatschen. Bald standen sie alle, riefen ihm Segens- und Glückwünsche zu und applaudierten. Moses wusste nicht, wohin mit sich.

Als die Festgesellschaft sich wieder beruhigt hatte, dankte der Fürst Moses für seinen Bericht, wünschte ihm Glück und Gottes Segen und kam wieder auf Lothar von Turku zu sprechen.

»Wenn du dem Alexander die Pferde zurückholst und den Pferdedieb gleich mit nach Nowgorod bringst, tot oder lebendig, will er dich reich belohnen«, übersetzte Petrus und fuhr fort: »Der Fürst hält dich für einen kühnen Krieger, Moses, du gefällst ihm. Vielleicht lässt er Meister Kasimir frei, wenn du ihn darum bittest.«

»Ich mag den Kasimir nicht«, entgegnete Moses, »und ich kann mir beim besten Willen nicht vorstellen, dass die Welt zu einem besseren Ort wird, wenn er frei in ihr herumläuft.«

Erschrocken über die Schärfe seiner Worte, zog Petrus die

Brauen hoch. Bevor er etwas erwidern konnte, rief der Fürst ihn zu sich und sprach mit ihm. Moses ging zurück zu seinem Platz, viele wohlwollende Blicke und das verheißungsvolle Lächeln etlicher junger Frauen begleiteten ihn dorthin. Frido klopfte ihm lachend auf die Schulter, und Matthis blickte stumm und starr auf die Schwanenknochen, die sich vor ihm stapelten.

Nach kurzer Zeit kam auch Petrus zurück an seinen Platz. »Der Fürst muss geahnt haben, worüber wir sprachen.« Er beugte sich zu Moses, Frido und Matthis. »Turkus Bootsmann hat ihm unter der Folter erzählt, dass ihr schwedisches Stangeneisen mitgebracht habt. Er ist bereit, Kasimir freizulassen – im Tausch gegen euer Eisen.«

*

Zurück im Petershof saßen sie in der Gästebaracke um einen Tisch, auf dem ein großer Weinkrug und vier gefüllte Daubenbecher standen. Bei Alexander Newski hatte Moses um eine Nacht Bedenkzeit gebeten, und jetzt stritten sie.

Moses war dagegen, Meister Kasimir mit dem schwedischen Eisen aus dem russischen Kerker freizukaufen, weil er ihn für einen üblen Kerl hielt. Matthis war dagegen, weil der Verlust des teuren Eisens ein noch größeres Loch in die Geldschatulle reißen würde. Frido war hin- und hergerissen. Nicht wegen des Ordensmeisters, sondern wegen des Fürsten.

»Der Alexander isch u'hoimlich wichtig für'd g'samte deutsche Kaufmannschafft. Ihm jetzet entgege'zukomme, wird sich in hunnert Jahr' noch auszahle.«

»Meine Rede«, sagte Petrus, »vielleicht können wir ihn auf die Hälfte des Eisens herunterhandeln.«

»Nicht einmal eine einzige Stange zahle ich für ihn«, sagte Matthis.

»Er verdient es wirklich nicht«, beharrte Moses.

»Du vergisst eines«, erwiderte Petrus, »Kasimir hat der Stadt Lübeck das Heiligen-Geist-Hospital geschenkt.«

»Das hat er zusammen mit dem Rat von Lübeck gegründet, doch bezahlt hat es die Stadt.«

»Er hat sich große Verdienste um Riga und die Missionierung der wilden Stämme an der Düna erworben.« Petrus blieb hartnäckig. »Bis auf die Prußen haben sich alle Völker dort taufen lassen.«

»Vielleicht sollten wir nicht so streng sein mit ihm.« Frido richtete seinen Blick auf Matthis. »Jeder von uns ist doch auf die Vergebung Gottes angewiesen.«

Matthis senkte den Blick, und der Mönch nickte energisch.

»Ich kenne einen Mann, den wollte der Kasimir töten lassen«, sagte Moses mit strengem Blick auf Frido.

»Die Ritter des Deutschordens besitzen viele Güter nördlich der Weichsel.« Petrus suchte einen Ausgleich. »Ich halte sie für reich genug, um euch das Eisen später zu bezahlen.«

Moses und Matthis sahen einander an. Moses schüttelte trotzig den Kopf, und Matthis sagte: »Lass uns morgen zu Kasimir in den Kerker gehen und mit ihm verhandeln.«

*

Das Burgverlies lag im Gewölbekeller unter dem Palas. Zwei Bewaffnete und ein Kerkermeister gingen mit Fackeln voran und leuchteten ihnen den Weg dorthin aus. In einem großen Verlies lag Meister Kasimir mit drei seiner Ordensritter in Ketten. Es stank entsetzlich darin. Der Kerkermeister schloss die schwere Tür hinter den Männern, die mit Kasimir sprechen wollten.

Alle vier Ritter lagen teilnahmslos auf faulendem Stroh.

Nicht einmal die Augäpfel bewegten sie, als die Männer eintraten. Moses erkannte einen, mit dessen Pferd er reiten gelernt und mit dem er sich im Schwertkampf geübt hatte. Kasimir erkannte er erst auf den zweiten Blick.

Sein Haar war schlohweiß geworden, sein Gesicht hohlwangig, sein Gebiss lückenhaft. Er reagierte nicht, als Petrus ihn ansprach. Frido bückte sich zu ihm hinunter und schüttelte ihn.

»He, Meischter Kasimir – kennsch uns nimmer? Der Fridolin Sak und der Moses von de Rebecca sin hier. Un der Matthias Stalbuk.«

Kasimir von Lyon setzte sich auf und starrte einen nach dem anderen an. Dann fing er an zu weinen. Er kniff die Augen zu, senkte den Kopf und heulte so bitterlich, dass sein Körper unter Weinkrämpfen erbebte. Seine Leidensgenossen hörten es und brachten endlich genug Neugier auf, um sich ebenfalls aufzusetzen.

»Ihr kommt zu mir? Ausgerechnet du, Frido? Und du, Moses …?« Tränen erstickten seine Stimme, und der nächste Heulkrampf überwältigte ihn. Moses schnürte es das Herz zusammen vor Erbarmen.

Petrus setzte sich vor den Ordensritter auf die Fersen, zog seine Flöte heraus und begann zu spielen. Angelockt von der lieblichen Melodie traten Kerkermeister und Büttel ins Verlies und lauschten dem Flötenspiel des Mönchs. Meister Kasimir beruhigte sich nach und nach.

Als er seinen Tränenfluss endlich im Griff hatte, steckte Petrus die Flöte weg, erklärte ihm, wer er war, warum der Abt ihn schickte und dass Fürst Alexander das Eisen der jungen Kaufmänner für seine Freilassung fordere. Der flehende Blick des Ordensmeisters flog zwischen Moses und Matthis hin und her.

Da er selbst kaum imstande war zu verhandeln, tat Petrus

das für ihn und bot mit Kasimirs Einverständnis einen Preis, der anderthalbmal über dem derzeitigen Einkaufspreis für schwedisches Eisen lag. Moses und Matthis verlangten den doppelten Verkaufspreis. Petrus schimpfte und mahnte sie, ihre Verpflichtung Gott gegenüber nicht zu vergessen und dem Kasimir die schuldige Nächstenliebe zu erweisen. Doch Matthis, dem Moses die Verhandlung überließ, blieb hart, und schließlich willigten Petrus und Kasimir ein.

Moses bat den Kerkermeister um Pergament, Feder und Tinte. Letzteres brachte er, doch statt eines Pergamentbogens reichte er dem verdutzten Moses einen Bogen Birkenrinde.

»Das benutzen sie hierzulande für Dokumente«, erklärte Petrus, während er Moses die Birkenrinde abnahm. Er ließ sich ein Brett als Schreibunterlage geben, hockte sich vor den stinkenden Strohhaufen mit dem stinkenden Kasimir nieder und setzte einen Schuldbrief in lateinischer Sprache auf. Darin verpflichteten sich Kasimir und der Deutschritterorden, bis spätestens zum Pfingstfest des nächsten Jahres den doppelten zurzeit gültigen Verkaufspreis für eine bestimmte Menge schwedisches Eisen zu bezahlen. Ein letztes Mal sprach er die genauen Zahlen mit Matthis ab, setzte sie ein und las den Schuldbrief noch einmal vor.

Kasimir und Matthis nickten, Letzterer las den Vertrag noch einmal selbst und reichte das Birkenrindenblatt dann dem Ordensmeister. Der unterzeichnete mit vor Erleichterung glühendem Gesicht, und Petrus und Frido unterschrieben als Zeugen.

Noch am selben Vormittag schickten sie eine Botschaft an den Fürsten. Am Abend beorderte der Fürst seinerseits einen Lastkahn zum Petershof. Kasimir und seine drei Leidensgenossen lagen darin; die hatte Alexander Newski als Zugabe und Zeichen seines Wohlwollens ebenfalls freigelassen. Moses lief nach Schreibzeug und warf eine Zeichnung vom Boot und den erschöpften Rittern auf ein Stück Pergament.

Diener des Oldermanns brachten die Männer ins Gästehaus, und Knechte des Fürsten beluden den Lastkahn mit dem schwedischen Eisen.

8
Riga

Riga, Spätherbst 1243

Dichtes Schneetreiben verdeckte die Sicht auf die Dünamündung und den Hafen von Riga, auch das Leuchtfeuer war nur schwer zu erkennen. Der Winter brach früh ein in diesem Jahr, seit zwei Tagen bereits schneite es schon. Wie beinahe alle an Bord, hatte auch Moses sich voller Erleichterung bekreuzigt, als der Schiffsjunge vom Krähennest herunter die Sichtung des Turms mit dem Leuchtfeuer verkündete.

Sich mit der Linken am steilen Bugspriet festhaltend, schirmte Frido mit der Rechten die Augen gegen die Schneeflocken ab und beugte sich weit über die Balustrade des Bugkastells. Von dort aus brüllte er dem Steuermann und den Seemännern seine Befehle zu. Die tasteten sich über die glatten Deckplanken wie über Eis, und wenn einer es nicht vorsichtig genug tat, ausrutschte und stürzte, konnte er sich des Gelächters der anderen sicher sein.

Turm und Leuchtfeuer rückten näher, bald konnte Moses die Strommündung besser erkennen. Schiffe oder Gebäude entdeckte er nirgends hinter dem Schneetreiben.

»Gib dir keine Mühe«, sagte Matthis, »die Stadt liegt ein paar hundert Ruten stromaufwärts.«

Er war schweigsam geworden seit dem Sommer, kaum ein persönliches Wort hatte Moses in Nowgorod mit ihm gewechselt. Litt er noch unter den Wunden, die seine Seele im Schuldturm von Visby erlitten hatte? Moses konnte sich nicht erklären, warum der Freund sich vor ihm verschloss.

Vor zwei Wochen waren sie von Kotlin aus in See gestochen. Moses und Matthis hatten gute Geschäfte gemacht auf dem Petershof, und der Laderaum war bis in den letzten Winkel mit Pelzen, Wachs und Bernstein gefüllt. Und mit Vorräten – davon hatten sie reichlicher laden müssen als vorgesehen, denn acht Männer mehr als auf der Hinfahrt drängten sich auf der Kogge und in den beiden Kajüten.

Neun weitere Männer folgten ihnen auf einer Rostocker Kogge: die beiden Mönche, die Petrus nach Nowgorod begleitet hatten, die Knechte des Venezianers und ein Großteil der Ritter und Knappen, die Alexander ihm als Geleitschutz gewährt hatte.

Das Schneetreiben ließ ein wenig nach. Auf beiden Ufern kamen Hügel in Sicht, auf einem ragte der Turm einer Holzkirche aus Ruinen. Dorthin deutete Petrus.

»Das Kloster Dünamünde!«, rief er.

Frido lotste das Schiff zu einem Landungssteg, die Männer stemmten die Stangen dagegen, so dass die Kogge behutsam gegen die mit Leder gepolsterten Molen trieb, zwei Seeleute schoben die Laufplanke von Bord. Die Rostocker Kogge segelte weiter zur Stadt hin, wo der Kaufmann, dem sie gehörte, Verwandtschaft hatte. Frido ließ fünf Männer als Wachen zurück. Alle anderen verließen das Schiff und stapften durch den Schnee zum Kloster hinauf.

Beim Abschied hatte Moses dem Andreas Kröpelin einen Brief an Martinus Bardewik mitgegeben. Darin schilderte er, wie der Mongolensturm sich auf den Fernhandel mit den Russen auswirkte. Viele Handelswege aus dem Osten und Süden seien abgeschnitten, hatte er Frido schreiben lassen, wichtige Güter seien in Russland knapp geworden, und er rate dem Kaufmann, neben Eisen auch Salz und Getreide nach Nowgorod zu liefern.

Das gute Geschäft mit dem Stangeneisen hatte er als besonders ertragreich gepriesen – und verschwiegen, dass es noch keine einzige Mark in die klamme Schatulle gespült hatte.

In einer langen Kolonne überquerten sie einen breiten Wehrgraben. Die steinernen Gebäude des Klosters lagen weitgehend in Trümmern, da und dort ragten verkohlte Balken von Brandruinen aus dem Schnee. Aus einem großen Holzhaus und der Kirche kamen ihnen Mönche entgegen.

»Was ist euch zugestoßen, dass man hier so viele Ruinen sehen muss?«, wollte Matthis wissen. Petrus erzählte, dass heidnische Prußen das Kloster und einige Burgen der Deutschritter vor fünfzehn Jahren überfallen und zerstört hatten.

In dem großen Holzbau war es leidlich warm. Es gab Fischsuppe und heißen Wein, und der Abt begrüßte jeden Einzelnen mit Handschlag; Kasimir umarmte er sogar. Während des Essens ließ er sich von Petrus die Einzelheiten seiner Russlandreise berichten, dankte Moses und Matthis für ihre Hilfe und nahm dann Theodorus zur Seite und führte ihn in eine Nebenkammer.

Nach dem Essen wickelte Moses sich fest in seinen Mantel und kauerte sich vor einer steinernen Feuerstelle zusammen. Während ihm die Wärme in die Glieder kroch, dachte er an Traudi. Auch an sie hatte er Kröpelin einen Brief nach Lübeck mitgegeben – ein Herz voll Liebesworte, die Frido ihm unter seine Zeichnungen vom Petershof und vom Kreml geschrieben hatte. Das Bild von Kasimir und seinen Rittern hatte er an Rebecca geschickt; zusammen mit einem ausführlichen Reisebericht und der Bitte, ihn Traudi und den Brüdern und Schwestern des Heiligen-Geist-Hospitals vorzulesen.

Mit zärtlichen Gedanken an Traudi schlief er ein. Im Traum trat er aus der Marienkirche und sah das geliebte Mädchen im Hoftor des alten Hauses der Bardewiks stehen und winken. Neben ihr hockte der schwarze Wolf, und als sie sich umdrehte, um ins Haus zu gehen, trottete der Kirchenhund neben ihr her. Moses überquerte die Mengstraße und folgte ihr bis in ihre Schlafkammer. Sie lächelte und öffnete ihm die Arme, doch als er sie küssen wollte, riss ein Schrei ihn aus dem süßen Traum.

Er sprang auf und blickte sich im langen, halbdunklen Raum um. Alle guckten erschrocken zu der Kammertür, hinter der Theodorus mit dem Abt verschwunden war. Weil sie halb offen stand, konnte Moses den am Boden knienden Venezianer sehen – der raufte sich die Haare und heulte laut. Der Abt versuchte vergeblich, ihn zu beruhigen. Petrus lief in die Kammer und umarmte den Weinenden.

Schnell sprach sich unter den Gästen herum, was den Kaufmann verzweifeln ließ, denn die Mönche wussten es längst.

»Sein Sohn Marco ist verschwunden«, raunte Matthis seinem Oheim und Moses zu. »Jemand hat ihn aus seinem Gasthaus in Riga verschleppt und sämtliche Waren gleich mit.«

Als Petrus aus der Kammer kam, scharten sich die Mönche um ihn und hatten ihm allerhand zu erzählen. Er hörte aufmerksam zu, löste sich schließlich aus der Gruppe und kam zu Moses.

»Es ist drei Wochen her, dass man Theodorus' Sohn zuletzt bei einer Sonntagsmesse im Dom von Riga gesehen hat«, sagte er. »Und vor drei Wochen sei auch der Graf von Turku in der Stadt gewesen.«

*

Am nächsten Tag ritten sie auf Pferden des Klosters nach Riga – Petrus, Moses, Frido und Theodorus. Es hatte zwar aufgehört zu schneien, doch kalter Wind wehte von Osten her. Nach weniger als einer Stunde sah Moses die ersten Dächer der Stadt; er zählte drei Kirchtürme. Von Petrus wusste er, dass seit Kurzem das Lübische Recht in Riga galt und mehr als siebentausend Menschen in der Stadt wohnten, darunter viele Kaufleute aus deutschen Fürstentümern.

»Matthis wird mir immer fremder«, sagte Moses, als er neben Frido herritt. »Er spricht kaum noch mit mir, schreit im Schlaf auf und geistert jede Nacht übers Schiff. Ist denn seine Seele so krank?«

»Sicher isch sei Seel krank, Bub.« Ihn so zu nennen, konnte der Weißhaarige sich einfach nicht abgewöhnen. »Der Neid tut sie ihm nämlich zerfresse.« Ungläubig schaute Moses dem Kapitän in die wasserblauen Augen. Ein Tropfen hing an dessen langer Nase. »Dass der Alexander und sei Leut' dich so bejubelt hän, hat dem Matthis net g'falle. Hasch des wirklich net g'merkt?«

»Matthis und neidisch?« Moses lachte. »Neid kennt der überhaupt nicht! Außerdem ist er mein Freund.« Sie lenkten ihre Pferde die Uferböschung hinunter. Dort ragte eine Anlegestelle in den Strom.

»Er isch au nimmer der Matthis, der er mal gewese isch.«

»Du meinst, der Kerker von Visby hat seine Seele zerbrochen?«

»Un der Vertrag, den er mit'm Gottseibeiuns g'schlosse hat.«

»Was redest du da?!« Moses wurde laut.

»Hasch du net selbscht erzählt, er hätt mit sei'm Blut g'schriebe? Un selle Alte, die Mutter vom Kerkermeischter, die isch in ganz Visby als Hex' verschrien, die mit'm Gottseibeiuns im Bund stehe tut.«

Wie betäubt führte Moses sein Pferd auf die Fähre. Er hatte schon davon gehört, dass manche Menschen in großer Not einen Bund mit dem Teufel schlossen. Doch Matthis? Er glaubte es nicht.

Sie setzten ans Nordufer der Düna zur Stadt über und ritten zu dem Gasthaus, in dem die Venezianer eine große Kammer gemietet hatten. Jetzt wohnten sechs dänische Seeleute darin. Der Wirt winkte Theodorus und seine Begleiter hinter sich her in einen verlassenen Ziegenstall auf der anderen Seite des Hofes. Dort lag das Gepäck des Verschleppten, soweit die Räuber es nicht mitgenommen hatten.

Der Wirt hielt eine Talglampe über Bündel und Truhen, und Theodorus brach erneut in Tränen aus, als er die Kleider seines Sohnes Marco sah. Von seinen wertvollen Waren fand er kein einziges Stück mehr im durchwühlten Gepäck. Er bat darum, die Sachen ins Kloster zu bringen, und zahlte, was er schuldig war.

Von der Verschleppung wollte der Wirt nichts gehört und gesehen haben. Allerdings habe Marco von Venedig am Abend, bevor es geschah, mit einem Fremden beim Wein gesessen und sei ungewöhnlich früh in seine Kammer gegangen. »Euer Sohn hat sehr müde ausgesehen«, sagte er.

Petrus forderte ihn auf, den Fremden zu beschreiben. Der Wirt schilderte einen Mann mit grauen Augen, verfilztem grauem Haar und in schmutzigem grauem Pelzmantel. »Verwildert hat der ausgesehen. Wie ein Jäger, der oft unter freiem Himmel schläft.«

Vom Gasthaus aus gingen sie zum Rathaus und befragten den Bürgermeister, der den Sohn des Venezianers aus der Badestube kannte. Der zeigte sich erschüttert und konnte immerhin bestätigen, dass zur Zeit des »großen Unglücks«, wie er sich ausdrückte, der finnische Graf von Turku in Riga gewesen sei. »Seit er in Gotland nicht mehr gelitten ist, sieht man den Lothar öfter bei uns in der Stadt«, erzählte er. »Fischer berichteten mir, dass er vor drei Wochen am Hafen nach ankommenden Schiffen Ausschau hielt.«

Er hat auf seine Kogge gewartet, ging es Moses durch den

Kopf. Dass sie verbrannt und gesunken war, konnte der Graf nicht wissen, denn den Bootsmann und seine Komplizen erwischten die Russen, noch bevor sie mit ihrem Grafen sprechen konnten.

Auf dem Markt erfuhren sie, dass Lothar von Turku mit einem großen Ruderboot im Osten der Stadt angelegt und bei einem Kürschner Lederriemen und bei einem Schmied Axtklingen gekauft hatte. Petrus und der Venezianer machten sich auf den Weg zum Kürschner, Frido und Moses besuchten den Schmied.

Nicht nur Axtklingen habe der Graf bei ihm gekauft, erzählte der, sondern auch Messerklingen, Nägel und Schlittenkufen. Einen Begleiter des Grafen beschrieb er als »grimmigen, wilden Kerl in schmutzig grauem Pelz mit kalten grauen Augen«.

Am Abend aßen sie in einem Gasthaus am Dom. Dessen Wirt erzählte von einem kleinen dicken Mann in Pelzkleidung, der am Tag vor der Verschleppung des jungen Venezianers bei ihm gegessen und vor allem getrunken hatte. Er sei mit einem Grafen unterwegs ins wilde Land der Prußen, habe der Dicke erzählt, und man wolle Gerfalken für den König von Frankreich dort jagen und einen weißen Wolf für den Erzbischof von Magdeburg.

Feixend schüttelte der Wirt den Kopf. »Der Dicke ist so besoffen gewesen, dass ihm, als er zahlen wollte, sein Rucksack runterfiel. Ich hab ihm dann seinen Kram vom Boden aufgelesen, auch die seltsame Amphore – ein Bild von Mohnblüten hat auf der geklebt.«

»Der Dicke ist der Seemann gewesen, der mich in Visby bewacht hat«, sagte Petrus, als sie später im selben Gasthaus Strohsäcke in eine leere Kammer trugen.

»Und in der Amphore war Schlafmohntinktur.« Moses warf den Sack unter das Fenster, denn er liebte frische Luft.

»Die hat der Wilde im grauen Pelz Euerm Sohn in den Wein geschüttet, da bin ich mir sicher.«

Die anderen nickten, und Theodorus biss sich auf die Unterlippe. Später, als Moses sich auf seinem Strohsack in den Mantel wickelte und an Traudi dachte, hörte er ihn leise weinen.

Am nächsten Morgen besuchten sie den Stadtvogt in seiner Burg. Als Vertreter des Herzogs war er für den Gerichtstag von Riga verantwortlich und für die Verbrechen zuständig, die in der Stadt geschahen. Petrus und der Venezianer kannten ihn von Zechgelagen und aus der Badestube. Beide befragten ihn eindringlich.

Nach einigem Herumdrucksen erzählte der Vogt, dass zwei seiner Waffenknechte vor Kurzem bei einem Einsiedler in den Wäldern gewesen waren, um sich von ihm die Beichte abnehmen und segnen zu lassen. Ihrem Bericht nach habe dieser Eremit fremde Jäger mit vielen Lasttieren und einem Gefangenen in die Wälder am Südufer der Düna eindringen sehen. Ein blonder Jäger mit einem Eisbärenpelz über einem roten Rock sei ihr Anführer gewesen.

»Und warum hast du nicht sofort eine Schar beherzter Männer zusammengestellt und die Verfolgung aufgenommen?«, fragte Petrus ihn in scharfem Tonfall.

»Eine Schar beherzter Männer – das sagt sich so leicht!« In einer ärgerlichen Geste warf der Vogt die Arme hoch. »In den Wäldern und Sümpfen hausen die heidnischen Prußen, und die sind gar nicht gut zu sprechen auf uns. Seit der Alexander die Ordensritter auf dem Peipussee geschlagen hat, gibt's nur noch wenige in Riga, die ein Schwert führen können. Und die wenigen trauen sich eher nicht in die Wildnis am Südufer.«

Sie verabschiedeten sich, kauften auf dem Markt, was sie brauchten, und machten sich auf den Rückweg. Auf der Fähre steckten sie die Köpfe zusammen.

»Was tun wir?«, fragte Petrus. »Suchen wir ihre Fährte und verfolgen sie?«

»Wie kannst du nur fragen!?«, rief der Venezianer.

Moses nickte. »Wir suchen den Einsiedler und lassen uns die Stelle zeigen, an der er den Grafen und seine Räuberbande in den Wald eindringen sah.«

»Oi'verstande«, sagte Frido. »Aber erscht, wenn der Winter vorbei isch.«

»Nein«, entgegnete Moses. »Gleich morgen brechen wir auf.«

*

Noch einmal wandte Moses sich nach der Düna um. Träge und breit wälzte der Strom sich Riga zu, so breit, dass man im Nebel kaum das Nordufer erkennen konnte. Auch Frido, Matthis, Theodorus und die drei russischen Ritter stiegen nun aus der Pinasse. Deren Knappen und die beiden Waffenknechte des Venezianers reichten ihnen Armbrüste, Schwerter und Gepäck heraus, bevor sie das Boot ins Schilf schoben und am Waldrand an einer Birke vertäuten.

Moses stapfte weiter dem Wald entgegen. Der Schnee unter seinen Stiefelsohlen knirschte. Petrus und Kasimir standen bereits hundert Schritte weiter unter der Eiche des Einsiedlers. Der Meister des Deutschritterordens hatte sich erstaunlich schnell von der Gefangenschaft erholt.

Der Abt hatte Kasimir seinen braunen Mantel geliehen. Und darauf bestanden, dass sie genügend Sorgfalt auf die Zusammenstellung und den Kauf von Waffen, Kleidern, Decken und Proviant verwandten, um für die gefährliche Winterreise gerüstet zu sein. Er selbst hatte viele Jahre in der Wildnis zwischen Düna, Memel und Ostseeküste gelebt, länger als Petrus. Beide Mönche nahmen sich viel Zeit, gemeinsam eine Karte des Gebietes zwischen Düna und Memel zu zeichnen. So waren zwei Tage vergangen, seit sie beschlossen hatten, den Grafen und seine Räuberbande noch vor dem Frühling zu verfolgen.

Bei Petrus und Kasimir blieb Moses stehen und blickte mit ihnen zum Baumhaus des Einsiedlers hinauf. Kasimir, der sich aus Dankbarkeit als Begleiter angeboten hatte, rief schon zum dritten Mal dessen Namen. Endlich regte sich der lederne Vorhang dort oben, und eine Holzklappe wurde zur Seite geschoben. Ein Mann, dessen Gesicht vor lauter wirrem Haupt- und Barthaar kaum zu erkennen war, streckte seinen Kopf aus dem Baumhaus. Kasimir begrüßte ihn und erklärte, warum sie gekommen waren.

Kurz darauf fiel ein Tau mit dicken Knoten aus dem Baumhaus, und ein in Fellmäntel gehüllter Mann kletterte an ihm herab. Inzwischen hatten sich auch die anderen bei der Eiche versammelt. Der Einsiedler ließ seinen Blick von einem zum anderen wandern.

»Bitte helft uns, Bruder!«, flehte der Venezianer. »Räuber um den Grafen von Turku haben mir meinen armen Sohn samt Hab und Gut verschleppt. Bitte zeigt uns den Weg, den sie genommen haben.«

Wortlos trat der Einsiedler auf den Uferpfad und winkte sie hinter sich her stromaufwärts.

Nach einer Wegstunde ungefähr bog er in den Wald auf einen Pfad nach Süden ab, der nur durch Stiefelabdrücke im Schnee zu erkennen war. Zwei Wegstunden später standen sie vor einem Flüsschen. Der Einsiedler griff nach einem im verschneiten Gras versteckten Seil, das an eine Kiefer gebunden war, und zerrte so lange daran, bis am anderen Ufer ein Floß aus dem Schilf glitt. Gemeinsam zogen sie es heran. Der Einsiedler schlug das Kreuz und machte eine segnende Geste. Danach drehte er sich wortlos um und ging.

Immer zu viert überquerten sie den Fluss und schafften mit der vorletzten Fuhre das restliche Gepäck hinüber. Als Letzte ließen sich Petrus, Matthis und Moses herüberziehen. Schnell fanden sie am anderen Ufer Spuren im Schnee und darunter den Pfad. Der war breiter hier und leicht an der Schneise zu erkennen, die er durch das kahle Buschwerk zog.

Als sie am frühen Abend an Teichen und Sumpftümpeln vorbeikamen, zog Petrus seine Karte heraus, betrachtete sie und nickte schließlich. »Bald kommt das Dorf.« Tatsächlich hoben sich in der ersten Dämmerung Umrisse von Hütten vom Weiß des Waldbodens ab. Moses sah Abendlicht auf einem See glitzern, und bald standen sie an seinem Ufer und mitten in einer kleinen Siedlung. Zwölf Hütten zählte er, auf einem First entdeckte er ein Kreuz.

In Felle gehüllte Menschen traten aus den Hütten und beäugten die vierzehn Fremden misstrauisch.

»Der Einsiedler oben an der Düna hat uns den Weg zu euerm Priester gewiesen!«, rief Petrus in einer Sprache, die Kasimir für die anderen übersetzte. »Ist er im Dorf?«

Aus der Hütte mit dem Kreuz auf dem Dach trat ein Mann in langem schwarzen Pelzmantel und mit Zweihandschwert auf dem Rücken. Als er hörte, was sie in die Wildnis geführt hatte und dass sie den Einsiedler kannten, hieß er sie willkommen.

»Einer der wenigen Prußen, die ich bisher bekehren konnte«, raunte Petrus Moses zu, als sie später in der Hütte des Mannes um ein Feuer saßen. »Der Einsiedler hat ihn getauft, der Erzbischof zum Priester geweiht.«

Ungläubig betrachtete Moses ihren Gastgeber – nichts an ihm ließ darauf schließen, dass er ein katholischer Priester war. Außer vielleicht das bronzene Kreuz, das er auf bloßer Haut unter Biberpelzmantel und Bastbluse trug.

»Hütet euch vor dem Grafen«, übersetzte Kasimir die

Warnung, die der Priester ihnen beim Abschied am nächsten Morgen mit auf den Weg gab.

»Warum sagst du das?« Matthis runzelte die Stirn.

»Weil ich ihm in die Augen gesehen habe«, dolmetschte Kasimir, und Moses schoss das alte quälende Bild durch den Kopf: der nackte Leichnam seines Vaters mit der schwarzstieligen Axt in der Stirn.

Getaufte Prußen lebten gefährlich zwischen Düna und Memel. Das hörte Moses von Kasimir, während sie später zwei jungen Jägern des Seedorfes in den lichter werdenden Wald folgten.

»Seit Gott uns auf dem Peipussee durch den Russen für unsere Sünden bestraft hat, wittern die Heiden Morgenluft«, sagte der Ordensmeister und nahm die Armbrust auf die andere Schulter. »Böse Gerüchte sagen, sie hätten im Sommer zwei unserer Burgen an der Ostseeküste erobert und zerstört.«

Den beiden Jägern hatte Theodorus eine Handvoll Angelhaken für ihre Dienste gegeben. Ohne sie wären die Sümpfe, die sich südlich des Waldes erstreckten, für Moses und seine Gefährten zur tödlichen Falle geworden. Wegen des Schnees nämlich waren die auf Petrus' Karte verzeichneten Landmarken und Wege kaum zu erkennen.

Sie übernachteten in einer großen Pfahlhütte auf einem natürlichen Damm zwischen zwei Teichen. Am nächsten Tag wehte plötzlich milder Südwestwind – bis zum Abend schmolz der Schnee, der Boden verwandelte sich in Morast, und der Weg wurde sehr beschwerlich. Sie erreichten einen großen See, in den ein Werder hineinreichte. Darauf stand ein Dorf aus dreißig Hütten, wie Moses zählte. Dort hatte Petrus eine Zeit lang gelebt, und dort verabschiedeten sich ihre Führer.

Der Häuptling des Werderdorfes rief seine Ältesten zusammen, von denen dank Petrus' Arbeit nur noch wenige den alten Göttern der Prußen huldigten. Alle freuten sich, ihn wiederzusehen, jedem stellte Petrus Fragen, die Moses nicht verstand, und jeder hatte viel zu erzählen. Das dauerte bis zum Einbruch der Dunkelheit, dann erst erkundigte Petrus sich nach dem Grafen und seinen Getreuen.

Ja, die seien hier gewesen, erfuhren sie, vor einer Woche erst, acht Mann insgesamt. Moses ballte die Fäuste. Vogelfallen hätten sie aufgestellt und einen weißen Habicht gefangen. Und ja: Auf einem ihrer vielen Lasttiere hätten sie einen Gefangenen mit sich geführt. Vor sechs Tagen seien sie der Fährte eines Wolfsrudels gefolgt.

Obwohl Moses darauf brannte, den geschrumpften Vorsprung des Grafen möglichst rasch noch zu verkürzen, blieben sie weitere fünf Tage im Werderdorf.

»Durch das Tauwetter ist der Boden viel zu weich zum Marschieren«, beschied ihm Petrus. »Doch sei ohne Sorge: Auch Turkus Räuberbande muss bei diesem Boden rasten.«

In einer schlaflosen Vollmondnacht fand Moses den Venezianer verzweifelt am Seeufer. Matthis saß bei ihm und redete ihm gut zu. Theodorus reckte die Schwurhand in den Nachthimmel und sagte: »Wer immer meinen Sohn aus der Gewalt dieses Grafen befreit, dem schenke ich die Hälfte der Güter, die sie mir mit ihm geraubt haben.«

Als der milde Wind den Boden getrocknet hatte, ruderten die Waldsiedler sie über den großen See weiter nach Süden zu. Der Häuptling des Werderdorfes hatte ihnen zwei Jäger zur Seite gestellt. Die führten sie Tage später in eine Fischersiedlung, die an einem schiffbaren Fluss auf Pfählen gebaut war. Auch hier waren der Graf und seine Männer mit ihrem Gefangenen und ihren Lasttieren vorbeigekommen, wie sie von den Fischern erfuhren. Einer berichtete von einem Burgwall jenseits des Flusses, in dem sie ihr Winterlager errichtet hätten. In der Nacht tat Moses vor Erregung kein Auge zu.

Am nächsten Tag, an Sankt Nikolaus, fing es an zu schneien, und zwar so dicht, dass es unmöglich war, den Fluss zu überqueren. Weil einige der Fischer zweimal im Jahr nach Riga kamen, nahmen sie Geld statt Klingen oder Angelhaken dafür, dass sie den vierzehn Wanderern ihre Versammlungshütte zur Verfügung stellten. Drei Tage lang schneite es ununterbrochen. Als endlich wieder die Sonne schien, brachten zwei Fischer sie ans andere Ufer und führten sie durch den Winterwald bis zum nächsten Flusslauf. Ständig blickte Matthis um sich und sagte: »Ich sehe nirgends einen Burgwall. Ihr?«

Zwei Floße lagen am anderen Ufer in Schilf und Schnee. Eines zogen sie herüber, und Kasimir, zwei russische Ritter und ihre Knappen fuhren als Erste zum Südufer hinüber. Moses folgte mit Petrus, Matthis, Frido und dem Venezianer und einem seiner Waffenknechte. Als man sie am Seil schon bis in die Flussmitte gezogen hatte, hörte Moses plötzlich einen Todesschrei vom Südufer her, und das hässliche Klirren von Klingen wurde laut.

Alle auf dem Floß starrten zu der Stelle, von der aus der Kampflärm zu ihnen drang, und wer ein Schwert trug, der zog es. Fremde Männer tauchten plötzlich drüben in der verschneiten Uferböschung auf, darunter einer mit langem grauen Haar und in schmutzig grauem Pelz und der kleine Dicke, den Moses aus Visby kannte. Dahinter ragte ein Mann mit blonden Zöpfen und in weißem Pelz über rotem Rock auf: Lothar von Turku.

Der trat näher ans Ufer, hob eine Armbrust und zielte zum Floß herüber auf Moses.

9
Verrat

Petrus stieß ihn zur Seite, und der erste Pfeilbolzen sirrte dicht über Moses hinweg. Der zweite traf Frido ins Bein – der heulte auf wie ein getretener Hund, brachte aber dennoch Kraft und Geistesgegenwart genug auf, die Klinge zu heben und das Seil durchzuhauen, mit dem das Floß am Südufer befestigt war. Dort hob jetzt auch der Grauhaarige eine Armbrust und schoss. Moses hörte einen trockenen Einschlag – Theodorus' Waffenknecht stürzte in den Fluss.

Das Floß schaukelte bedrohlich, ein Pfeilbolzen schlug zwischen Matthis und Petrus im Holz ein. Moses fragte sich, wo er den Grauhaarigen schon gesehen hatte, doch der war zu weit entfernt, um sein Gesicht erkennen zu können.

»Wir hätten wenigstens eine Armbrust mitnehmen sollen!«, rief Matthis. Eine hatte Kasimir auf dem Weg ans Südufer an der Schulter getragen, die zweite gehörte einem russischen Ritter, der noch mit seinem Knappen, dem zweiten Waffenknecht des Venezianers und der Hälfte des Gepäcks am Nordufer wartete.

Frido schrie ein zweites Mal auf und brach neben dem Venezianer zusammen; der lag schon flach auf dem Bauch und verschränkte die Arme im Nacken. Matthis hieb das Seil durch, das sie mit dem Nordufer verband. Den Sinn dieser Tat begriff Moses erst, als die starke Strömung sie plötzlich schneller flussabwärts und weg von den beiden Armbrustschützen trug.

Auch das Nordufer blieb nun zurück. Mit einem letzten Blick dorthin sah Moses, bevor er zu Frido kroch, die dort

Zurückgebliebenen. Ein russischer Ritter kniete im Schnee und zielte mit seiner Armbrust zum Südufer hinüber, sein Knappe reichte ihm Pfeilbolzen an. Weil der Flusslauf in einer starken Biegung nach Norden verlief, schob sich der Schütze schnell aus seinem Blickfeld.

Moses schlang die Arme um den schwankenden Frido, lugte nach dem zweiten Pfeilbolzen, der ihn getroffen hatte. Der war ihm so tief in die Seite seines Halses gefahren, dass die Spitze hinten aus dem Nacken ragte und im Rhythmus von Fridos Herzschlag vibrierte. Das zweite Geschoss steckte in seinem Oberschenkel.

»Isch net schlimm, Bub«, flüsterte Frido. Jetzt erst entglitt das Schwert seinen Händen. »Isch gar net schlimm.« Moses hielt ihn fest, eisiger Schrecken kroch ihm in die Brust.

Durch die Biegung geriet das Floß ans Südufer. Es pflügte ins verschneite Schilf und setzte im seichten Ufergrund auf. Petrus nahm Frido auf die Arme und trug ihn in den Uferwald. Alle sprangen sie vom Floß und folgten ihm, der Venezianer hinkte, Moses nahm Fridos Schwert an sich.

Sie liefen nach Süden in den hier wieder dichteren Winterwald hinein, weil Matthis einen Hügel entdeckt hatte und an seinem Hang eine Ansammlung mächtiger Findlinge.

»Bringen wir erst einmal meinen Oheim dorthin!«, rief er und ging voran. Gestrüpp und Buschwerk standen so hoch, dass man die Fußspuren kaum sah, die sie zurückließen.

Drei der großen schneebedeckten Steine lagen in einer Weise neben- und übereinander, dass sie einen Hohlraum bildeten, der Platz genug für fünf Männer bot. Durch einen fußbreiten Spalt auf der Rückseite hatte es ein wenig hereingeschneit, sonst war der Hohlraum schneefrei. Sie krochen hinein, und Petrus legte Frido ab. Mit sorgenvoller Miene betrachtete er den Pfeilbolzen in seinem Hals, der in immer schnellerem Rhythmus bebte.

»Des zwoite Floß«, flüsterte der Weißhaarige. »Ihr müsset n'überfahre un die annere hole. Allein schaffet mer dem Turku sei Saubande net.«

Moses fragte sich, ob Frido noch bei klarem Verstand oder vom Blutverlust schon halb betäubt war. Mit Entsetzen sah er, wie die Einschussstellen an seinem Hals anschwollen und das Blut tropfenweise zu beiden Seiten und im gleichen Rhythmus herausdrang, in dem der Pfeilbolzen erzitterte.

»Wir sind zu viert«, sagte Matthis. »Der Graf und die seinen sollen zwar acht Köpfe zählen, wie man hört, doch am Ufer habe ich nur vier gesehen. Wir könnten es also schaffen.«

»Wir sind nur zu dritt, Matthis.« Mit einer Kopfbewegung deutete Petrus auf Frido. »Einer muss bei ihm bleiben.«

»Ich bleibe bei Frido«, erklärte Moses.

»Wahrscheinlich laufen sie schon flussabwärts am Ufer lang und suchen nach uns.« Petrus wandte sich an Matthis und den Venezianer. »Wenn wir einen kleinen Bogen nach Süden hin schlagen, erreichen wir das Floß hinter ihrem Rücken.«

»Dann los.« Matthis nickte Moses zu, packte sein Schwert und kroch aus dem natürlichen Unterstand. Moses reichte Petrus das Schwert des Kapitäns. Einen Atemzug lang schaute einer dem anderen in die Augen. Bis der Mönch seine Linke auf Moses' Kopf legte.

»Gott segne und behüte dich, mein Freund!«, sagte er mit lauter Stimme. »Er lasse sein Angesicht leuchten über dir und sei dir gnädig!« Dann wandte er sich ab und folgte Matthis.

Mit grimmig entschlossener Miene nickte der Venezianer Moses noch einmal zu, bevor auch er hinauskroch. Durch den niedrigen Einstieg in die Findlingshöhle spähte Moses den Gefährten hinterher. Über das schneebedeckte Gestrüpp sprangen sie den Hang hinunter und liefen nach Süden. Er zog das alte Schwert, das er in jener Feuernacht auf Kotlin erbeutet hatte, und legte es neben den Ausstieg.

Als er zurück zu Frido kroch, sah er, dass der verwundete Mann Anstalten machte, sich den Pfeilbolzen aus dem Hals zu ziehen.

»Bloß nicht!« Moses hielt seine Hand fest. »Rebecca sagt, man darf einen Pfeil nicht einfach so aus einer Ader reißen, sonst zerstört man sie endgültig.«

»Isch's also mein' Halsschlagader, wo das Scheißding drinstecke tut«, sagte Frido. »Dann isch's eh vorbei mit mir.« Stöhnend setzte er sich auf und betrachtete den Pfeilbolzen in seinem Oberschenkel.

»Das darfst du nicht einmal denken.« Moses zog seinen Mantel aus und hüllte Frido darin ein. »Sie werden das Floß erobern, die anderen holen, und dann schaffen wir dich in die nächste Siedlung. Dort gibt es bestimmt einen Heilkundigen.«

»Vonnem heidnischen Heiler lass i mi net anlange.« Frido nickte zum Eingang hin. »Sei so gut un hol mir Schnee, i heb Durscht.«

Moses kroch aus der Höhle und kehrte mit zwei Händen voller Schnee zurück. Frido kaute ihn langsam. »Bisch'en Guter«, sagte er mit bereits schwacher Stimme. Schweißperlen standen auf seiner bleichen Stirn. »Ohne di wär' i nie mehr zur See g'fahre. Dank'schön. Un die Rebecca, die Schweschter Victoria, die isch'n Segen fürs Hoschpital. I seh se noch vor mir, wie se uff sellem Wage g'lege isch.« Er lächelte und begann, von jenem denkwürdigen ersten Tag im Heiligen-Geist-Hospital zu erzählen, als wäre Moses nicht dabei gewesen.

Der hörte ihm mit wundem Herzen zu. Wieder und wieder wanderte sein Blick zum immer schneller zuckenden Pfeilbolzen im Hals des Weißhaarigen. Frido aber erzählte stockend von seiner Klosterzeit in Säckingen, von seiner Wanderung den Rhein herauf, von seinen Jahren in Sizilien, von seinem ersten eigenen Schiff. Er erzählte und erzählte, und die Gewissheit, dass er sterben würde, presste Moses die Brust zusammen und die Tränen in die Kehle. Tapfer schluckte er sie hinunter.

»Du kriegsch mei Maria«, flüsterte Frido, als im Wald draußen nach und nach das Tageslicht erlosch. »Kümmer' dich um se, hörsch mi?« Er saß aufrecht, als wollte er dem Tod wie ein Unbesiegter begegnen. »Un im Kloschter, in mei'm Zeugs, wirsch noch mei Heuer vom Sommer finde, siebzehn Mark oder so. Die gibsch der Victoria fürs Heiligen-Geischt-Hoschpital. Hörsch mi?« Er lächelte. »Die Frau isch wirklich en Sege.« Sein Oberkörper schwankte, er stützte sich mit der Rechten an der Steinwand ab.

Stimmen draußen im Wald ließen Moses hochschrecken. Er stürzte zur Höhlenöffnung und spähte in die Dämmerung hinaus. Vier Fackeln näherten sich zwischen den dunklen Säulen der Baumstämme. Die Erleichterung raubte ihm schier den Atem.

»Sie haben es geschafft«, rief er Frido über die Schulter hinweg zu. »Sie haben tatsächlich das Floß ans andere Ufer bringen und die anderen holen können!« Er lauschte den Stimmen, eine kannte er. »Ich höre Matthis reden, sie sind gleich bei uns. Jetzt werden wir dich ins nächste Dorf schaffen und …«

»Schwätz doch net, Bub.« Eine Hand legte sich auf Moses' Schulter. Frido schob sich ächzend neben ihn und blinzelte nach draußen. »Siehsch du wirklich net, wer da komme tut, oder willsch du's net sehe?«

Sechs Männer stapften durch den Schnee und fast bis zum Hang. Einer mit langem grauen Haar stieß Matthis in den Schnee.

»Wo jetzt?«, herrschte er ihn an, und wie ein Blitz durchzuckte es Moses: Er kannte die Stimme, er kannte den Mann. Eisauge. Der bückte sich und riss Matthis wieder auf die Beine. »Wo, verdammt noch mal?!« Er griff in Matthis' Rotschopf, zerrte seinen Kopf hin und her.

Matthis streckte den Arm aus und zeigte zu den Findlingen herauf, zeigte direkt auf Moses. »In dem Loch da oben«, sagte er. »Da drin hat er sich versteckt.«

*

Zwischen zwei Männern, die Schwerter und Fackeln trugen, stapfte der Graf den Hang herauf. Etwa drei Ruten unterhalb der Findlinge blieben sie stehen.

»Komm raus, Moses!«, rief Lothar von Turku. »Wir haben zu reden!« Fackelschein spiegelte sich in Schwert- und einer Axtklinge. Moses war wie betäubt. »Los jetzt!« Der Graf wuchtete die Axt auf seine Schulter. Im Fackelschein entdeckte Moses Blutflecken auf seinem weißen Eisbärenpelz. »Oder sollen meine Jäger dich rauszerren wie Bluthunde eine Ratte aus ihrem Loch?« Der Axtstiel war schwarz und mit roten Zeichen verziert.

»Der Matthis tut se zu uns führe?«, flüsterte neben ihm Frido. »Dei' Freund Matthis? Das glaub i im Lebe net …« Er stöhnte und tastete nach dem Schwert, das quer vor dem Ausgang lag.

Moses' Mund war trocken, das Atmen fiel ihm schwer, spitze Steine schienen seine Brust auszufüllen. Sein Kopf fühlte sich an wie leergefegt, kein klarer Gedanke gelang ihm mehr. Er wusste nur, dass es vorbei war.

»Holt den Burschen raus!«, hörte er draußen den Mörder seines Vaters sagen. »Ich will ihn lebend.« Einer der Männer rammte seine Fackeln in den Schnee, dann stapften beide durch das verschneite Gestrüpp zum Höhleneingang herauf.

»Geh«, flüsterte Frido, »aber da hinne naus.« Sein Blick wies auf die dunkle Rückseite ihres Unterschlupfs, wo Schnee vor der schmalen Steinspalte lag.

Moses sah den Pfeilbolzen in seinem immer noch weiter schwellenden Hals zucken und schüttelte stumm den Kopf. Frido griff in seine Locken und riss seine Stirn an seine eigene, die war schweißnass.

»Du gehsch jetzet da naus, isch des klar?« Moses' Atem flog, die feuchten Augen des Weißhaarigen zuckten vor seinem Gesicht. »Des isch der letzte Gefalle, den du mir zu tun hasch, isch des au klar?«

Draußen stapften die beiden Jäger des Grafen heran. »Und küss d' Schwester Rebecca von mir.«

Frido schob Moses nach hinten. Der verharrte wie erstarrt. Traudis Gesicht stand ihm vor Augen. Hundert aufgewühlte Gedanken schossen ihm durch den Kopf: Rebecca, seine Geschwister, seine Mutter. Er fühlte sich außerstande, auch nur einen Finger zu bewegen.

»Raus hier, Bub!« Frido griff nach dem gefiederten Ende des Pfeilbolzens und riss sich das Geschoss aus dem Hals. Blut spritzte in die Höhle. Moses schrie auf und erwachte aus seiner Erstarrung.

»Mir komme ja schon«, krächzte Frido, so laut er noch konnte. Mit beiden Händen packte er das Schwert, verkeilte es vor dem Ausgang zwischen den Steinen und hielt sich daran fest. Dann, mit letzter Kraft, warf er sich über die Klinge, ohne sie loszulassen, und schob sich bis zu den Schultern aus der Höhle. »Los, ihr Drecksäck … ihr müsset mir scho 'naushelfe, wenn ihr da nei wollt …« Seine Stimme erstarb.

*

Moses schlich über den verschneiten Hügel, schlich auf der anderen Seite in den abendlichen Wald hinunter. Als er das wütende Geschrei des Grafen hörte, rannte er los.

»Gib dem Frido eine Krone«, keuchte er im Laufen, »gib ihm den schönsten Platz im Himmel, du gütiger Gott, und gib, dass sie in der Dunkelheit meine Spuren nicht finden.«

Er rannte und sprang, stolperte, schlug lang hin, stemmte sich hoch, rannte weiter. Lag der Fluss hinter ihm? Lag er vor ihm oder zu seiner Rechten? Er verlor jede Orientierung, wusste nicht, in welche Richtung er lief, rannte einfach weiter und immer weiter. Seine Lunge stach, sein Herz trommelte ihm von innen gegen die Schläfen, doch er rannte weiter. Mondschein schimmerte in kahlen Baumkronen über ihm, Mondschein schwamm über weiße Schneematten zwischen dunklen Baumsäulen.

Nach langer Zeit erst blieb er stehen, blickte zurück, lauschte zu allen Seiten. Seine Knie zitterten, sein Unterkiefer bebte, sein Atem flog keuchend, Harndrang quälte ihn. Er entleerte sich in Schnee und Mondlicht, rannte weiter.

Bis er im vollen Lauf ins Leere trat. Und stürzte. Und hart aufschlug. Das Mondlicht erlosch.

Irgendwann weckte ihn ein schnüffelndes Geräusch. Es roch nach Tier. Er riss die Augen auf, etwas wich weg von ihm, etwas Großes. Wie lange war er bewusstlos gewesen? Moses hatte jedes Zeitgefühl verloren.

Sein Kopf schmerzte. Er stemmte sich hoch, tastete etwas Haariges, Weiches unter sich, streckte den Arm aus, tastete eine Hornstange. Er war auf einen Rehbock gestürzt. Spärliches Mondlicht schimmerte im Weiß toter Augäpfel. Er rutschte von dem Kadaver und mit ausgestreckten Armen weiter nach rechts – bis er an eine steile Erdwand stieß. Auf den Knien rutschte er nach links, stieß wieder gegen eine Wand aus Erde.

Eine Grube. Das spärliche Mondlicht deutete schwach auch die nächste Wand an. Moses stellte sich dicht vor sie, streckte die Arme aus, konnte den Rand der Grube aber nicht erreichen. An abgerissenen Baumwurzeln versuchte er sich hochzuziehen – nach zehn vergeblichen Anläufen gab er auf.

Vielleicht ragten an der gegenüberliegenden Grubenwand längere Wurzeln aus der Erde? Nicht ein Strahl des Mondlichtes fiel dorthin. Am Kadaver vorbei tastete er sich Schritt für Schritt auf die Wand zu. Bis er ein dünnes Winseln hörte. Moses verharrte reglos und lauschte. Ein böses Knurren übertönte das Winseln.

Er hielt den Atem an, ging rückwärts, stieß mit dem Hintern gegen die steile Grubenwand und glitt an ihr auf den Boden. »Gib acht auf mich, gütiger Gott«, murmelte er und wickelte sich in seinen Mantel. Zum Glück hatte er ihn hinter sich her durch die schmale Spalte in der Rückseite der Höhle gezerrt, in der ein sterbender Frido für ihn den Eingang versperrte.

Er riss seinen Dolch aus dem Gurt, zog die Beine an und lauerte in die Dunkelheit der gegenüberliegenden Grubenwand. Ein paar Sprenkel Mondlicht lagen dort auf einem haarigen weißen Schädel. Augen glühten einen Atemzug lang auf. Ein Wolf. Ein Eiszapfen schien sich in Moses' Herz zu bohren. Er ließ jede Hoffnung fahren. Er war in eine Wolfsfalle gestürzt! Hinein zu einem gefangenen Wolf.

»Traudi«, flüsterte er. »Ich hab dich so lieb. Rebecca, wärst du da. Gütiger Gott, erbarme dich.« Er betete den Segen, den Petrus über ihn gesprochen hatte, er betete das Vaterunser, er betete jedes Gebet, das er kannte. Schließlich redete er mit Gott, wie es ihm gerade einfiel.

»Bring mich hier raus, guter Gott«, sagte er. »Bring mich zurück nach Lübeck. Bring mich zu Traudi. Bring mich lebend zu ihr und Rebecca. Wenn du das tust, dann will ich dir dienen, solange ich lebe. Dann werde ich dir in Lübeck ein neues Hospital bauen, das schwöre ich dir, eines mit vielen Türmen und einer schönen Kirche. Eines, in dem viele Menschen Platz haben, eines mit vielen schönen Bildern an den Wänden, das schwöre ich dir.« Er wiederholte sein Gelübde wieder und wieder, so lange, bis seine Zähne so sehr klapperten, dass er kein Wort mehr herausbrachte.

Die Sonne ging auf, und gar nichts sprach dafür, dass irgendein Wunder ihn noch einmal in Freiheit und Leben zurückbringen würde: Vor der gegenüberliegenden Wand lag eine große Wölfin, jetzt konnte er sie endlich sehen. Zwei Welpen kauerten in ihren angewinkelten Läufen. Sie hatte langes, dichtes Fellhaar, schneeweiß, sah genauso aus, wie man ihm in Nowgorod den Nordwolf beschrieben hatte, den schneeweißen Wolf, der in Schnee und Eis lebte, der fraß, was ihm vor die Reißzähne kam.

Irgendwann würde diese Wölfin Hunger bekommen. Und was sollte sie dann mit dem kalten Kadaver eines Rehbocks anfangen? Moses umklammerte den Griff seines Dolches so fest, dass seine Finger schmerzten.

Die Wölfin fletschte die Zähne und knurrte, ihre Jungen stießen die Schnauzen gegen ihren Bauch, bis sie sich auf die Seite fallen ließ, damit die Welpen ihre Zitzen finden konnten.

»Ich kenn mich aus mit Wölfen.« Moses hörte sich reden. »Du hast hier einen schönen Rehbock, Wolf. Der schmeckt besser als ich.« Er zeigte ihr die Klinge. »Und einen Dolch hat der auch nicht. Sei ein kluger Wolf, ja? Friss ihn und nicht mich.«

Die Wölfin knurrte. Und äugte ununterbrochen zu ihm herüber.

Die Sonne stieg, mehr und mehr Licht fand in die Erdfalle. Irgendwo im Wald rief einer. Der zitternde Moses lugte zu den Rändern hinauf und versuchte, seinen Unterkiefer ruhig zu halten. Er hörte Schnee unter Stiefelsohlen knirschen, er hörte eine Männerstimme schreien. »Ich hab ihn! Er ist in die Falle gestürzt!«

Ein Gesicht zeigte sich über dem Grubenrand, Augen wie aus Eis. »Na, so was!« Eisauge wandte sich ab und schrie wieder. »Vier Fliegen auf einen Streich! Der Lübecker und gleich drei Wölfe auf einmal. Her mit euch!«

Stoff raschelte am Grubenrand, Eisauge legte sein Schwert ab und entrollte ein Seil. »Da staunst du, was? Herr von Turku und ich sind seit drei Jahren Gesellschafter. Bessere Bedingungen als bei Bardewik, weißt du?« Er kniete am Grubenrand nieder und ließ es zu Moses herunter. »Tröste dich – im Grunde war's doch schon vor zwölf Jahren vorbei mit dir. Freu dich, dass du's noch so lange gemacht hast.«

Die Wölfin knurrte.

»Komm schon hoch.« Eisauge feixte. »Nicht dass sie ihr weißes Fell noch mit deinem Blut besudelt.«

Moses stand auf. Ohne Gegenwehr sterben? Nicht er. Den Dolch zwischen die Zähne geklemmt, griff er nach dem Seil.

»Komm schon«, drängte Eisauge. »Klettern kannst du ja.«

Die Wölfin knurrte lauter. Moses streckte sich, stieß sich ab, zog sich hoch.

Da sprang ihn die Wölfin von hinten an.

Er kniff die Lider zu und zog die Schultern hoch. Die Last des Tierkörpers zwang ihn, das Seil loszulassen. Er packte den Dolch. Die Wölfin sprang von seinen Schultern ab und zum Grubenrand hinauf.

Oben, gleich im nächsten Moment, fluchte und brüllte Eisauge. Moses fasste das Seil und kletterte aus der Grube. Die Wölfin stand über Eisauge und schlug ihm die Zähne in die Kehle. Drei Männer rannten herbei, aus dem Augenwinkel erkannte Moses den Schiffsjungen – größer und bärtiger als damals in Visby –, dahinter den Grafen und hinter ihm den Dicken. Moses bückte sich nach Eisauges Schwert.

Die Wölfin ließ von Eisauge ab. Als würde sie den ehemaligen Schiffsjungen, der einen Bogen um sie geschlagen hatte, verschmähen, setzte sie in großen Sprüngen dem Grafen entgegen. Der ließ seine Axt fallen und zog sein Schwert aus der Scheide. *Sein* Schwert? Das Schwert des Herrn Vaters! Kalte Wut packte Moses.

Eisauge hielt sich den blutenden Hals und wälzte sich zuckend im Schnee und färbte ihn rot dabei. An ihm vorbei stürmte Moses dem Schiffsjungen entgegen und erschlug ihn gleich mit dem zweiten Hieb. Dann rannte er der Wölfin hinterher. Der Dicke hatte längst kehrtgemacht und war geflohen.

Kurz vor dem Grafen sprang die Wölfin ab, flog durch die Luft und prallte gegen seine Brust. Beide stürzten in den Schnee, und das große weiße Tier bedeckte den Grafen fast vollständig. Der hielt das Schwert jetzt mit beiden Händen an Knauf und Spitze und drückte die Klinge gegen den Wolfshals, um ja die Reißzähne von seiner Kehle fernzuhalten. Dabei zog er die Knie an, zog sie höher und noch höher und trat schließlich mit aller Kraft zu.

Die Wölfin krümmte sich, jaulte erbärmlich, schlug neben ihm im stäubenden Schnee auf. Der Graf stemmte sich hoch und hob das Schwert, doch schon sprang das Tier ihn erneut an. Diesmal verbiss die Wölfin sich in seinem Schenkel. Moses stand still, beobachtete nur, wartete ab.

Der Graf schrie auf vor Wut und Schmerz, hielt das Schwert wie einen Spieß und stieß es auf das Tier nieder, wieder und wieder, bis die Wölfin erschlaffte und in den Schnee fiel. Schwert und Arm sanken dem Mann, schwer atmend blinzelte er Moses entgegen. In seinen blonden Zöpfen hingen Eiszapfen, seine Nase lief, seine Augen tränten, seine

Lippen waren ein dünner grauer Strich, und sein zerfleischter Oberschenkel blutete stark.

Moses ging zu ihm und schaute ihm ins fahle Gesicht. »Du hast mir den Vater genommen!«, schrie er ihn an. »Und eine Zukunft, die ich nie kennenlernen werde.«

»Dafür hast du eine andere kennengelernt«, keuchte der Graf, »vielleicht eine bessere.«

»Selbst wenn es so sein sollte, verdanke ich das nicht dir!« Moses holte aus und schlug zu. »Sondern Gott!« Den ersten Hieb fing der Graf mit des Vaters Schwert ab. »Und Rebecca!« Moses schlug ein zweites Mal zu und traf den Schwertarm des schon geschwächten Mannes. »Gott und Rebecca!«, schrie Moses und traf ihn an der Stirn. Der Graf stürzte rücklings in den Schnee, und Moses stieß ihm die Klinge so tief in den Bauch, dass sie den Mörder in den Waldboden nagelte.

*

Später, im hellen Licht des Vormittags, machte er sich auf den Weg. Bei jedem Schritt stützte er sich auf das Schwert seines Vaters. Kraft und Zuversicht durchglühten seine Glieder, seinen Kopf. Was sollte ihm jetzt noch zustoßen? Wer konnte ihm jetzt noch schaden? Wie ein Rausch pulsierte es ihm durchs Blut.

Er hatte sich den Rock des Herrn Vaters angezogen und darüber den alten Wollmantel, er hatte sich den Brustgurt des Herrn Vaters umgeschnallt. An der Erdgrube vorbei schleifte er den Eisbärenmantel hinter sich her. In der Grube winselten die Wolfswelpen. »Ich komme zurück!«, rief Moses. »Ich hole euch bald da heraus.«

Er stapfte in die Richtung, aus der Eisauge und Lothar von Turku gekommen waren. Dessen weißen Pelzmantel hatte er sich um die Hüften gebunden. Die tote Wölfin lag darin. Er schleifte sie durch den Schnee. Den toten Mörder des Herrn Vaters ließ er nackt zurück.

Irgendwann tauchte jener Dicke wieder aus schneebedecktem Ginster auf, der Säufer, der zehn Jahre zuvor den Birkenkäfig mit Petrus darin bewacht hatte. Als wollte er Moses sofort und mit einem einzigen Schwertstreich erschlagen, kam er auf ihn zu, blies die Backen auf, fluchte, um sich Mut zu machen.

Moses spuckte aus und sah ihm in die Augen, da machte der Mann kehrt und rannte in den Winterwald hinein. Moses aber folgte weiter den Spuren, die sein toter Feind noch vor Kurzem in den Schnee getreten hatte.

»Mein Gott, mein Gott!«, rief er und lachte laut. »Was hast du dir dabei gedacht, uns Tod und Leben so dicht aneinanderzurücken?«

Er hätte später nicht mehr sagen können, wie lange er durch Vormittag und Winterwald gelaufen war, irgendwann jedenfalls entdeckte er Rauch zwischen Kiefern und Birken. Ein Erdwall rückte näher, ein Mann kam auf ihn zu, der trug einen ehemals weißen Wappenrock mit einem Tatzenkreuz auf der Brust, darüber einen braunen Mantel und eine Armbrust auf der Schulter.

»Die Heilige Jungfrau sei gepriesen«, näselte Kasimir, »du lebst?«

Dasselbe hätte Moses ihn fragen können, doch dazu froren ihm die Füße zu sehr. Seite an Seite gingen sie auf den Burgwall zu. Ein russischer Ritter und sein Knappe schlossen sich ihnen an. »Zwei haben wir heute Morgen erschlagen.« Kasimir deutete zum offenen Tor des Burgwalls. »Die anderen sind geflohen, weil angeblich ihr Graf tot ist.«

Moses nickte nur.

Durchs offene Tor betraten sie ein durch den Erdwall umschlossenes Dorf aus wenigen Hütten. *Jetzt bin ich doch ins*

Winterlager der Piraten gelangt, dachte etwas in Moses, doch da hatte er schon Matthis erspäht. Mit beiden Händen gefesselt, hing er halb im Schnee an einem Pfahl. Das Eisbärenfell mit der toten Wölfin hinter sich herschleifend, stapfte Moses zu ihm, zog seinen Dolch und schnitt ihn vom Pfahl los. Matthis sank in den Schnee.

Er sah erbärmlich aus: hohlwangig, bleich, verheult, verquollen und über und über mit Schrammen bedeckt. Stumm schauten sie einander an, zwei Atemzüge lang, drei, vier – bis Moses sich wortlos abwandte.

Aus einer Hütte rief jemand seinen Namen. Moses ließ das Eisbärenfell mit der Wölfin los, zerschlug das Schloss mit einem kleinen Findling und riss die Tür auf. Der zierliche Venezianer stand vor ihm, bleich und in Stirn und Haar eine große, blutverkrustete Wunde.

»Du? Du lebst?« Stammelnd warf Theodorus sich an Moses' Brust. »Danke, danke. Der Heiligen Jungfrau sei Dank!« Ein schmächtiger junger Mann, ihm wie aus dem Gesicht geschnitten, hockte im Halbdunkeln. Moses schnitt ihm die Fesseln durch.

Zurück im Freien fiel sein Blick auf eine Voliere, in der ein weißer Habicht und zwei Gerfalken auf Stangen hockten. Daneben kauerte Petrus im Schnee. Kasimir und der Russe lösten seine Fesseln. Vor Freude darüber, dass der geliebte Mönch noch lebte, entfuhr Moses ein Schrei. Er drängte die beiden Ritter zur Seite, umarmte Petrus, weinte an seiner Schulter. Seltsam leblos fühlte der Hüne sich an.

Moses ließ ihn los, zeigte ihm sein Schwert. »Schau doch, hier.« Er deutete auf die in die Klinge eingravierten Namen über der Kreuzstange. »Die ersten beiden Namen sind die meiner Eltern, dann, gleich über den unteren beiden, kommt meiner, weil ich ja der Älteste war, weißt du? Lies ihn mir vor, bitte!«

Petrus schaute sich die Namen nicht einmal an. Ihn schaute er an, Moses, und sein Blick war so traurig, dass Moses der Atem stockte.

Und jetzt erst nahm er es wahr: Verkrustetes Blut klebte um Petrus' Mund und an seinem Kinn, und seine schmutzige Mönchstunika war über und über mit Blut befleckt, auf der Brust unter der Kehle sogar mit Blut durchtränkt. Moses begriff nichts, und als Petrus einen Kehllaut ausstieß, würgend und röchelnd, packte ihn kaltes Entsetzen. Er nahm ihm das Schwert wieder ab und stand auf.

Jemand berührte ihn am Arm und führte ihn weg von Petrus bis zu einer Koppel, in der zwei schneeweiße Pferde weideten. »Er kann nicht mehr sprechen«, sagte der Venezianer. »Turku hat ihm die Zunge herausgeschnitten, weil er ihm partout nicht verraten wollte, wo du dich versteckt hattest.«

Moses wandte sich ab, warf sich gegen den Koppelzaun und übergab sich. So hing er eine Zeit lang, zitternd und verstört. Theodorus tätschelte ihm linkisch die Schulter. Schließlich kam Meister Kasimir zu ihnen und bückte sich nach Moses' Schwert. Mit dem Ärmel seines braunen Mantels wischte er Schnee und Blut von der Klinge, bis er die Schrift über der Kreuzstange erkennen konnte.

»Ein Gebet«, sagte er und las: »›Gott helfe mir, mich selbst zu besiegen.‹« Er deutete auf die Klinge. »Und dann stehen da noch fünf Namen.«

Moses atmete tief ein und aus, und gleich noch einmal und noch tiefer, und stieß sich dann vom Koppelzaun ab. Vor dem Ordensmeister richtete er sich auf wie einer, der sein Todesurteil erwartete – oder seinen Ritterschlag. »Lies mir nur den in der Mitte vor.«

Und Kasimir las: »Bertram Morneweg.«

10
Wölfe

An einem der ersten Märztage des Jahres 1244 stand Moses auf der Klostermauer und blickte auf die Dünamündung hinab. Eine Kogge lag an der Landungsbrücke. Seeleute trugen Kisten und Fässer von Bord und luden sie auf zwei Fuhrwerke. Gestern, als er keine Eisschollen mehr in der Bucht treiben sah, hatte Matthis beschlossen, die Heimreise anzutreten. Moses konnte ihn vor dem offenen Laderaum erkennen. Dort gestikulierte er hektisch und dirigierte die Lastenträger. Wahrscheinlich achtete er genau darauf, dass kein Pelz und kein Pfund Wachs zu viel vom Schiff getragen wurde.

Moses kletterte von der Mauer und machte sich auf den Weg zurück ins Gemeinschaftshaus der Mönche. In einer Koppel neben der Holzkirche weideten die beiden weißen Pferde, die er Alexander Newski zurückbringen würde. Jeder Gedanke an Matthis fühlte sich an wie ein Feldstein im Magen.

Das Geld aus der gemeinsamen Schatulle hatten sie gemäß ihren Einlagen geteilt. Was die Seemänner unten an der Düna von der Kogge auf die Fuhrwerke umluden, war sein Anteil an der Ladung. Würden sie und Matthis darauf achten, dass auch ganz genau die Hälfte der Waren vom Schiff kam? Diese Frage ließ Moses vollkommen kalt. Wie viele Schiffsladungen war ein Freund wert? Mehr als man in einem Leben zusammenbringen konnte. Und er hatte einen Freund verloren.

Einmal noch würde er Matthis in die Augen schauen müssen, bevor sich ihre Wege trennten – in zwei Stunden etwa, wenn er ihm drei Briefe mit nach Lübeck überreichen würde.

Im Gemeinschaftshaus balgten sich zwei weiße Wolfswelpen an der Feuerstelle. Die Mönche schauten ihnen zu und hatten ihre Freude; Petrus und der Abt hatten die Welpen mit Ziegenmilch durchgefüttert. Petrus, der mit den Mönchen beim Morgenmahl saß, wischte eben mit einem Stück Brot seine Breischüssel aus. Moses nickte ihm zu, um ihm zu bedeuten, dass er bereit sei. In der kleinen Nebenkammer entzündete er zwei Talglampen, schob sie neben die schon vorbereiteten Pergamentbögen und wartete auf ihn.

Zwei Weinkelche aus goldenem und blau emailliertem Glas standen auf dem Tisch. Sie waren von ungewöhnlicher Schönheit. Moses nahm einen in die Hand und drehte ihn im Lampenlicht. Beinahe ehrfürchtig betrachtete er die goldenen Lettern auf blauem Grund, den Goldrand und den mit Gold in die blaue Emaille gemalten Mann mit dem weißen Turban, der auf einem Saiteninstrument spielte. Theodorus von Venedig hatte diese beiden Kleinode aus dem Morgenland Moses und Petrus geschenkt; und zwar aus jener Hälfte seines wiederbeschafften Warenbestandes, die er für sich behalten hatte. Sie waren ein Vermögen wert.

Petrus trat ein. Er brachte Feder und Tinte mit, setzte sich und nahm einen Pergamentbogen vom Stapel. Aufmerksam betrachtete er die Zeichnungen darauf: eine Wölfin mit zwei Jungen, einen Habicht, zwei Gerfalken. Er nickte anerkennend und tunkte den Federkiel ins Tintenfass. Moses begann, ihm den ersten Brief zu diktieren.

»Meine geliebte Traudi. Schon einmal habe ich einen Wolf gezähmt, einen schwarzen, du erinnerst dich. Diese hier sind weiß, und gern würde ich behaupten, ich hätte sie gefangen und gezähmt, wie du mein Herz gefangen und gezähmt hast – die Wahrheit aber ist: Ich wurde mit ihnen gefangen. Und die Wahrheit ist auch: Durch Gottes Güte bin ich am Leben geblieben. Ich habe ihm gelobt, unserem Lübeck ein neues Hospital zu bauen, ein großes Haus des Erbarmens für möglichst viele Arme, Alte und Kranke. Wie es zu diesem Gelübde gekommen ist?«

Vor dem schreibenden Mönch lief er auf und ab und berichtete diktierend, was geschehen war im Winterwald an der Düna. Er ließ nichts aus, erzählte alles, auch das Traurige und Widerwärtige, und Petrus schrieb Pergamentbogen um Pergamentbogen voll.

»Zwei Freunde habe ich verloren«, schloss er. »Frido haben wir am zweiten Tag des Christfestes auf dem deutschen Friedhof von Riga begraben. Und Matthis? Er hat sich selbst begraben: in sein Schweigen, in seinen Neid, in seine Treulosigkeit. Mein Herz ist ganz wund vor Trauer. So Gott ihn und sein Schiff behütet, wird er dir diesen Brief überreichen. Und bald komme ich selbst zu dir, meine Geliebte, vielleicht schon im Herbst, dann wirst du Petrus, meinen neuen Freund, den ich durch Gottes Güte gewonnen habe, mit eigenen Augen sehen. Er will mich begleiten. Meine Reisepläne lass dir bitte von deinem Herrn Vater berichten. Die werde ich ihm gleich in meinem dritten Brief nach Lübeck aufschreiben lassen. Und meinen Bericht an dich lies bitte meiner geliebten Schwester Victoria vor. In tiefer Liebe und unerschütterlicher Treue – dein Moses.«

Petrus streute Sand auf den Briefbogen und griff zum nächsten Pergament. Darauf hatte Moses ein Portal gezeichnet, das er an einer Kirche in Riga gesehen und das ihm gefallen hatte. Auf die Rückseite schrieb der Mönch den Brief an Rebecca, den Moses ihm diktierte.

Ausführlicher als Traudi berichtete er Rebecca – Schwester Victoria – von seiner Nacht in der Erdgrube und von seinem Gelübde. Er sei entschlossen, es zu erfüllen, so ein Portal wolle er am neuen Heiligen-Geist-Hospital sehen, und sie möge sich in Lübeck schon einmal nach einem Bauplatz umsehen.

Im dritten Brief verwies er Martinus Bardewik auf den Bericht im Brief an Traudi und empfahl ihm den Venezianer und dessen Sohn, die mit der Hälfte ihrer wertvollen Güter auf Matthias Stalbuks Kogge nach Lübeck fahren würden. »Die andere Hälfte habe ich für uns gewonnen«, fuhr er mit dem Diktat fort. »Traudi wird Euch vorlesen, wie ich das angestellt habe.«

Er schwieg einen Atemzug lang und dachte an den Vormittag im Winterwald, als er mit Kasimir und den Russen kampflos in den Burgwall gelangt war und Theodorus und sein Sohn ihre wertvollen Stoffe, Gläser, Duftöle und Gewürze mit ihm geteilt hatten. Manchmal, wenn er an diesen Tag zurückdachte, kam er ihm vor wie ein Traum.

Er diktierte weiter: »Sobald ich eine Kogge mit freiem Laderaum gefunden habe, werde ich über Visby nach Nowgorod segeln und in beiden Städten mit diesen Schätzen Handel treiben. Dann wird der Fürst mich auch für die beiden Pferde bezahlen, die ich ihm zurückbringe, und für den Kopf des Grafen von Turku. Unsere künftigen Gesellschafter aus Venedig werden Euch übrigens einen Geldsack überbringen. Der Handel mit dem schwedischen Eisen hat mir nämlich den ersten Gewinn eingebracht. Für Eure eigene Schatulle – und gern mit Zinsen – entnehmt diesem Geld bitte die zwanzig Mark lübisch, die ich Euch wegen jener Angelegenheit vor neun Jahren in Visby noch schulde.«

Petrus lächelte in sich hinein, und Moses berichtete von den weißen Wolfswelpen, die er dem Erzbischof von Magdeburg, und den weißen Greifvögeln, die er dem König von Frankreich verkaufen wollte. Als er zum wichtigsten Teil seines Briefes kam, atmete er erst einmal tief durch. Petrus schaute ihn erwartungsvoll an.

»Da ich, wie ich glaube, Euer Vertrauen gerechtfertigt habe«, fuhr Moses fort zu diktieren, »und es im Glauben an

Gottes Hilfe auch künftig zu rechtfertigen gedenke, bitte ich Euch nun um die Hand Eurer Tochter Gertrud. Gott segne Euch! Euer demütiger Gesellschafter Bertram Morneweg.«

11

Feuer

Lübeck, Frühjahr 1276

»… in Riga ging nach Ostern ein Norweger vor Anker, dem haben sie das halbe Schiff leer gekauft, und Gott sei Dank sprach sich das in der Stadt herum. Man wurde sich einig, man lud die beiden Schimmel, die Pelze und das Wachs bei ihm zu, man fuhr gemeinsam nach Visby und trieb Handel mit den Gotländern. Dorthin brachte an Pfingsten Birger von Kamen einen Brief von Traudi mit. Der begann mit den Worten: ›Mein geliebter Wolf‹.« Der Ratsherr lächelte verträumt in sich hinein, hob den frisch gefüllten Bierkrug an die Lippen und trank. »Der Norweger fuhr dann über Schonen nach Bergen weiter …«

»Und der junge Kaufmann, der Ihr einmal gewesen seid, kaufte Weizen, Salz und Eisen und wartete auf die Winterfahrer der Wendischen Städte«, ergänzte Johannes von Köln den Satz.

»Du lernst schnell.« Der Ratsherr nickte anerkennend. »Der Fredericus Warendorp wird vielleicht noch einmal dankbar sein, einen wie dich zum Schwiegersohn zu kriegen.«

»Zum Teufel jagen wird er mich.« Bitterkeit machte die Miene des jungen Malers hart. »Und vorher wird die Kerkerhaft mich und Anna zerbrechen.«

»Für diesen Satz verdienst du Prügel«, sagte der Ratsherr leise und mit zorniger Miene. »Hast du mir denn gar nicht zugehört?«

»Doch, Herr Morneweg.« Johannes packte die Gitterstäbe. »Doch, das habe ich!«, beteuerte er. »Durch lauter

Wunder seid Ihr geworden, der Ihr seid. Unmögliches hat Gott in Euerm Leben möglich gemacht.«

Der Ratsherr musterte den Maler, hob den Bierkrug, trank und musterte ihn erneut. »Man soll das Wort ›Wunder‹ nicht zu häufig in den Mund nehmen.« Auch für seine Ohren klang seine Stimme jetzt ziemlich unfreundlich. Gut so. »Es nutzt sich schnell ab, weißt du? Mut und Glaube braucht's, um Unmögliches möglich zu machen. Auch Glaube an sich selbst und die eigene Kraft. An alldem scheint es dir zu fehlen. In sträflicher Weise zu fehlen, behaupte ich.«

»Ihr seid ein strenger Mann, Herr Morneweg.« Johannes machte eine zerknirschte Miene und senkte den Blick.

»Einer muss ja streng mit dir sein, jetzt wo es der Meister Silvester nicht mehr sein will.«

Eine Zeit lang schwiegen sie. Draußen, im Hof der Vogtei, sang eine Nachtigall. Von irgendwoher, aus einer anderen Kerkerzelle, drang das Schnarchen eines Gefangenen. Ob es Eckbert Stalbuk war? Der Ratsherr bezweifelte, dass der so gut schlief wie dieser Schnarcher.

»Hat Herr Bardewik Euch seine Tochter diesmal gleich gegeben?«, brach Johannes das Schweigen irgendwann.

Herr Morneweg lachte. »Was blieb ihm denn übrig? Sie selbst hatte sich mir ja längst gegeben, da suchte er noch verzweifelt nach Koggen, Grundbesitz, Einfluss, Ratssitz und Vermögen aller möglichen Herren, um sie damit zu vermählen. Der Martinus Bardewik, Gott hab ihn selig!, hat denkbar spät gemerkt, dass er keine Wahl hatte.«

»Und die Wahl seiner Tochter hat ihm am Ende all das beschert, was er für sie gesucht hatte.«

»Wer hätte das denn ahnen können?« Bertram Morneweg winkte ab. »In der Ostsee hätte ich ersaufen müssen und finde mich bei Schwester Victoria in Wismar wieder!« Er wurde heftig und laut. »In der Sklaverei hätte ich verkommen müssen und finde mich im Haus des Erbarmens wieder! Und auch dann, als ich das erste Mal für Bardewik nach Gotland segelte – wer war ich denn da?« Er wischte sich die Augen aus, nahm einen großen Schluck Bier, setzte den Krug ab und sprach sehr leise weiter. »Gott hat es gut mit mir gemeint nach so viel Kummer. Ich bin ein Gesegneter gewesen, Johannes. Der Fürst von Nowgorod hat mich reich belohnt dafür, dass ich ihm seine weißen Pferde zurückgebracht und den Grafen getötet habe. Auch die weißen Tiere haben mir viel Geld eingebracht. Und dann die erlesenen Waren der Venezianer! Ich bin ein Gesegneter gewesen, Johannes! Alles Gottes Güte, weiter nichts.«

»In Lübeck hört man eher, dass Ihr das Geld gut eingesetzt habt.« Bertram nickte stumm. »Wahrscheinlich habt Ihr damit viel Salz, Weizen und Eisen eingekauft, um in Nowgorod und Riga damit zu handeln.«

»Sag ich's nicht, dass du der richtige Schwiegersohn für einen Kaufmann bist? Ja, in Nowgorod und Riga haben Bardewik und ich viel Geld verdient. Und später auch in London. Dort habe ich meine Mutter wiedergefunden und meine Geschwister. Das war von allen Wundern das größte!« Er schluckte, setzte den Becher an und trank. Danach wischte er sich den Schaum aus dem blonden Bart und die Tränen aus den Augen und reichte den Bierkrug durch das Kerkergitter zu Johannes hinein. »Trink, du Ungläubiger. Vielleicht facht es das Feuer des Glaubens in dir an, wenn du ein bisschen Bier im Blut hast.«

»Danke.« Mit scheuer Geste griff der Maler nach dem Krug.

»Und danach überlegen wir, wie wir dich hier rauskriegen und die arme Anna vor dem Kerker bewahren.«

*

Die Bude hatte tatsächlich verglaste Fenster. Bräunlich und dick war das Glas und sicher nicht das teuerste gewesen. Und dennoch: So etwas sah man selbst in Lübeck nicht oft, jedenfalls nicht in den Buden. Andererseits war die Engelsgrube noch nicht alt, und die Gänge hier führten oftmals zu neuen Häusern.

»Da drüben also habt ihr die Anna und den Hauptmann gemeinsam hineinschleichen sehen.« Bertram Morneweg deutete durch das offene Fenster zur Bude auf der anderen Seite des Hofes. Der Mann nickte, und sofort nickte auch seine noch sehr junge Frau. »Wie oft?«

»Dreimal?« Der Mann zuckte mit den Schultern. »Viermal?«

»Vielleicht dreimal, vielleicht auch viermal«, sagte die Frau.

Starr vor Ehrfurcht, einen leibhaftigen Ratsherrn vor ihrer Tür zu sehen, hatten sie ihn kaum hineinlassen wollen – aus Scham wegen ihrer ärmlichen Bude. Bertram kannte das schon. Der Brauknecht war es, der seine Fragen beantwortete, jedes Mal. Die junge Frau nickte dann nur oder wiederholte die Antwort ihres Mannes.

Wieder deutete Bertram Morneweg zum Haus auf der anderen Hofseite. »Wem gehört das Haus?«

»Dem Herrn Klingenberg«, antwortete der Mann, und die Frau nickte. Sie hatte die Hände im Schoß gefaltet und rieb sie und wrang sie, als würde sie sich waschen. »Fast alle Buden hier gehören dem Herrn Klingenberg.«

Ihr Kind, nicht viel älter als drei Jahre, spielte draußen auf dem Hof mit zwei jungen Katzen. Ein Junge? Ein Mädchen? Bertram war sich nicht sicher. Das grobe Wollkleid und das lange braune Haar passten sowohl zu einem Jungen als auch zu einem Mädchen dieses Alters.

Er stand auf, setzte seinen dunkelroten Hut auf und verabschiedete sich; der Mann brachte ihn zum Hof hinaus. Das Kind warf einen kleinen, an einer Schnur befestigten Stoffballen zum Brunnen hin und jauchzte vor Freude, wenn die Kätzchen hinterhersprangen.

»Ist dies dein erstes Kind?«, fragte er die Frau am Fenster.

Sie nickte, und ihr Gesicht glühte vor Mutterliebe. »Komm, Peterchen, begrüße den Ratsherrn Morneweg.«

Ein Junge also. Er sprang hoch, gab Bertram die Hand und machte einen Diener. Der holte eine Tüte mit gezuckerten Mandeln aus der Rocktasche und gab ihm ein paar.

»Sag schön ›danke‹, Peterchen.« Der niedliche Junge gehorchte prompt, und jetzt glühte seine Mutter vor Stolz.

Bevor Bertram Morneweg in den Gang trat, drehte er sich noch einmal um – beide schauten ihm nach, sie vom Fenster, er von der Tür aus. »Ihr werdet schwören müssen!«, rief er. »Bedenkt ihr das?« Kein Wort kam zurück, doch die junge Frau wurde leichenblass.

Er winkte noch einmal dem Kind zu und schritt dann durch den Gang zurück zur Engelsgrube und zu seiner Schimmelstute. Schade, dass die Frau die Lügen ihres Mannes unterstützte. Der Burggraf würde sie schwören lassen, und das Kind würde seine Eltern wegen Meineid an den Kerker verlieren. Hoffentlich gab es Großeltern in der Nähe.

Er ritt zum Koberg hinauf und auf der Breiten Straße an Sankt Jakobi und Sankt Marien vorüber. Dort warf er einen Blick zurück, um vielleicht seine Frau am Fenster zu entdecken. Das alte Holzhaus, das sie so geliebt hatte, war beim Stadtbrand vor fünfundzwanzig Jahren zerstört worden. Sie hatten es neu aufbauen lassen – aus Stein – und waren von der Untertrave wieder herauf in die Mengstraße gezogen.

Vor dem Rathaus band er Nedschinka fest. Die Maisonne strahlte aus blauem Himmel. An diesem Vormittag wollte der Burggraf die Anna anhören. Der war gut bekannt mit Matthis

Stalbuk. Bertram hatte noch keine Nachricht von Schwester Victoria.

Er tätschelte seiner Schimmelstute den Hals und ging ins Rathaus. Seit er vor zwei Wochen dem Maler die halbe Nacht lang aus seinem Leben erzählt hatte, musste er öfter an die alten Zeiten denken als zuvor. An den Fürsten Alexander etwa und die beiden schneeweißen Pferde, die er ihm zurück nach Nowgorod gebracht hatte. Eines war Nedschinkas Großmutter gewesen. Bertram hatte das Fohlen vor zehn Jahren von seiner letzten Nowgorodfahrt mitgebracht.

Der Schreiber durchsuchte für ihn Vertragsabschriften und Schuldbücher. Tatsächlich gehörten jene neuen Buden in der Engelsgrube dem Herrn Klingenberg – allerdings noch nicht lange: Im Januar erst hatte er sie von Matthis Stalbuk gekauft. Und der hatte die Bude, in der Anna angeblich mit jenem Hauptmann Unzucht getrieben hatte, für Kapitäne und ausländische Gäste benutzt. Nachdenklich ritt Bertram zur Baustelle. Vielleicht hatte ja Matthis tageweise an den Hauptmann vermietet?

Menschengewimmel wie auf dem Marktplatz herrschte am Neubau. Auf den Gerüsten, an Mörtelkübeln, in den Dachstühlen der Nebengebäude – überall Maurer, Schreiner, Steinmetze, Zimmerleute, Tagelöhner. Bertram hielt seine Schimmelstute an und ließ seinen Blick über Türme, Giebel, Portale und Spitzbogenfenster wandern. Seine grüblerische Miene glättete sich zu einem Lächeln. Was für ein herrliches Bauwerk! Er schloss die Augen und stellte es sich ohne Gerüste und Arbeiter vor und ganz und gar vollendet. Sein Herz jubelte.

Er ritt zur Bauhütte der Maler und machte die Schimmelstute fest. Laute Stimmen tönten aus dem offenen Portal des Kirchenschiffes. Stritt denn Meister Silvester doch wieder mit seinen Gesellen? Hatte er das Trinken etwa wieder angefangen?

Bertram ging aufs Portal zu, eine Menge Leute standen mitten im Kirchenschiff. Auch Johannes und Meister Silvester konnte er durch die offene Kirchentür erkennen – sie stritten nicht, sie arbeiteten auf ihren Malergerüsten. Seit zwei Wochen schon war Johannes frei und malte wie ein Besessener. Er und Eckbert hatten sich beim Rat entschuldigt und ein kleines Bußgeld entrichtet, das Johannes nicht verhungern lassen würde. Den jungen Stalbuk sowieso nicht.

Eine Frau kam ihm aus dem Kirchenschiff entgegen, er erkannte die Witwe des verunglückten Zimmermanns Steffens. Mit dem leeren Korb, den sie in der Rechten schwang, hatte sie wahrscheinlich dem neuerdings so ausgeglichenen Silvester das Essen gebracht.

»Ich grüße Euch, verehrter Herr Ratsherr.« Sie blieb stehen, redete dies und das. »Und am Sonntag nach Johannis feiern wir Hochzeit«, sagte sie schließlich, »bitte, bitte, seid unsere Gäste, Herr Morneweg.« Sie deutete hinter sich zum offenen Portal. »Und dort geht lieber nicht hinein, da wird mächtig gestritten!« Sprach's, winkte und ging zum Koberg weiter.

Bertram Morneweg trat durchs Portal und erkannte die polternde Stimme des neuen Bischofs. Er wusste sofort, worum es ging: Er und andere hatten wieder einmal dafür gesorgt, dass eine Verstorbene in der Katharinenkirche bei den Bettelmönchen bestattet wurde statt in Sankt Marien.

Umgeben von Waffenknechten, Domherren und Dienern stand Burchard von Serkem einer Schar Ratsherren und Ordensleuten gegenüber und schimpfte. Die Zornesadern in seinem roten Gesicht waren geschwollen, und weil die Mönche und Ratsherren ähnlich lautstark dagegenhielten, fuchtelte er mit den Fäusten, und seine Stimme überschlug sich.

Bertram trat näher, entdeckte Sigfrid van der Brügge unter den Ratsherren, den alten Goswin Klingenberg und sogar die

Granitmiene des Fredericus Warendorp. Victoria und der Abt der Bettelmönche widersprachen dem neuen Bischof besonders laut. Bertram trat hinter sie.

Das Gepolter des Bischofs stockte kurz, als er ihn sah, doch nur um gleich darauf in noch größerer Heftigkeit auf Ratsherren und Ordensleute niederzugehen.

»Und Ihr wart auch dabei, Morneweg!« Wie ein Speer schnellten Arm und Hand des Bischofs ihm entgegen. »Ihr habt uns die Leiche der Witwe Ricburgis mit Gewalt aus der Marienkirche geholt! Ihr habt sie uns für dieses abgerissene Bettelpack geraubt!«

»Schämt Euch, in einer Kirche herumzubrüllen wie ein betrunkener Seemann!«, herrschte Victoria ihn an.

»Sie ist noch lange nicht geweiht!«, schrie der Bischof. »Und ich werde dafür sorgen, dass sie auch niemals geweiht werden wird!«

»›Bettelpack‹ nennt Ihr uns?« Der Abt stürzte sich auf Burchard und packte ihn an seinem Bischofsornat. Bevor er jedoch zuschlagen konnte, rissen Schwester Victoria und van der Brügge ihn zurück. »Und Ihr wollt ein Bischof sein?!«

»Ich bin der Bischof von Lübeck, jawohl!«, brüllte Burchard. »Und ich werde Euch …!«

Nach einem einzigen energischen Schritt stand Bertram so dicht bei ihm, dass er seinen Bauch berührte und seinen Weinatem riechen konnte. Der Bischof verstummte vor Schreck und wurde blass.

»Die Hinterbliebenen der Witwe baten drum, sie bei den Minderen Brüdern bestatten zu lassen. Das mag schmerzlich für Euch gewesen sein, Hochwürden, doch lasst uns darüber reden wie Brüder.«

»›Wie Brüder‹!«, zischte Burchard verächtlich, wandte sich dem Portal zu und winkte die Seinen hinter sich her. »Es hat sich bald ausgebrüdert!« Auf der Portalschwelle drehte er sich noch einmal um. »Ich werde Euch exkommunizieren! Alle!« Hinter ihm her strömte sein Gefolge aus dem Kirchenschiff und von der Baustelle.

Betretenes Schweigen herrschte zunächst – bis Meister Silvesters Stimme durchs Kirchenschiff hallte. »Gibt's im Himmel eigentlich Häuser und Höfe, die man abschließen kann?«, fragte der Bamberger. »Oder muss man da tagtäglich mit rechnen, Leuten wie dem zu begegnen?«

Niemand lachte. Ratsherren und Mönche steckten die Köpfe zusammen und berieten sich. Rebecca nahm Bertram am Arm und führte ihn etwas abseits. »Ich hatte gehofft, dich hier zu treffen.«

In ihrer kantigen Miene las Bertram, dass sie schlechte Nachrichten hatte. »Der Vogt war im Heiligen-Geist-Hospital?«

Sie nickte. »Und hat gleich zwei Waffenknechte mitgebracht.« Mit einer Kopfbewegung deutete sie zu Fredericus Warendorp – wie eine Marmorsäule stand er unter den wild gestikulierenden Männern, mit nach vorn gerecktem Kinn und regloser bleicher Miene. »Seine Tochter hat er mitgenommen.«

»Anna sitzt im Kerker?!« Bertram Morneweg konnte es nicht glauben.

Schwester Victoria nickte. »Der Vogt hat sie kaum zu Wort kommen lassen. Den Gerichtstag hat er für die Woche vor Sankt Johannis angesetzt.«

Bis dahin würde es Ende Juni werden. Bertram blies die Backen auf. So lange musste die arme Anna auf ihren Prozess warten? Über die immer lauter palavernden Männer hinweg blickte er zum Malergerüst hin. Pinsel und Lumpen in den Händen schaute Johannes zu ihm herüber. Angst und Unglück schienen ihm aus jeder Pore zu springen.

*

Wie im Leben eines Menschen, so gibt es auch im Leben einer Stadt Tage, die niemals vergessen werden. Bertram Morneweg und Johannes von Köln liefen gerade die Große Petersgrube hinauf, als sie die Glocken läuten hörten. Ein Ratsherr hatte dort ein Haus aus Stein gebaut und wollte nun, dass Johannes ihm einen Christophorus wie den in der Kirche des neuen Heiligen-Geist-Hospitals an die Wand seiner Kemenate malte.

»Du darfst ihn aber nicht so schön malen wie unseren«, sagte der Ratsherr noch zu dem schweigsamen Maler, da stutzte er und lauschte den Glocken.

Es war ein Werktag, die Laudes waren längst vorüber, die Zeit für das Mittagsgebet war noch nicht gekommen, und von einer Beerdigung oder einer Hochzeit an diesem Tag wusste Bertram nichts. Sie liefen schneller, denn überall lehnten die Leute sich aus den Fenstern oder traten aus den Gängen. Es war ein warmer Junitag, und ein kräftiger Wind blies von Süden her, und als sie bei der Sankt-Petri-Kirche ankamen, ging es wie ein einziger Schrei von Haus zu Haus: Feuer!

Sie rannten zum Kohlmarkt hinauf und dann die Breite Straße hinunter zur Marienkirche.

»Bitte erhalte mir meinen Neubau«, betete der Ratsherr im Laufen. Über dem Norden der Stadt stiegen Rauchsäulen auf und vereinigten sich über den Dächern zu einer einzigen dunklen Wolke. Die Angst um das neue Hospital schnürte dem Ratsherrn die Kehle zu.

Die Johannisstraße hinunter rannten sie zur Königsstraße und dann nach Norden zum Koberg. Bald sahen sie die Flammen, und der dichter werdende Rauch reizte ihnen Nase und Mund. Der Ratsherr, dem das Atmen schwer wurde, blieb hinter dem jungen Maler zurück. Links und rechts stürzten die Menschen aus den Häusern, riefen nach Eimern, schickten ihre Kinder in Richtung Süden zum Dom, denn das Feuer schien ausschließlich im Norden zu wüten.

Am Koberg bog Johannes nach links zur Jakobikirche ab, die vollständig aus Holz errichtet war.

»Gib, dass der Brand unser neues Heiligen-Geist-Hospital verschont«, betete Bertram Morneweg keuchend. »In deiner großen Güte, Amen.« Als er endlich am Koberg ankam, schlugen bereits Flammen aus dem nördlichen Teil des Kirchendaches von Sankt Jacobi. Das Herz drohte ihm stehen zu bleiben, denn auch von der Baustelle sah er Rauch aufsteigen, doch Menschen, Wagen und Tiere auf der Königsstraße verdeckten ihm den Blick auf den Neubau.

Fuhrwerke ratterten von der Großen Burgstraße her an ihm vorbei, bepackt mit Hausrat und Kindern. Leute trieben ihre Schweine und Ziegen vom Brand weg nach Süden, Reiter flohen in gestrecktem Galopp vor dem Feuer.

Auch in umgekehrter Richtung strömten die Leute: Die Fuhrwerke nach Norden trugen Fässer voller Wasser und Männer mit Ledereimern; auf den Pferden saßen sie teilweise zu dritt, um zum Löschen zu eilen, und jeder, der von Süden her an Morneweg vorbeirannte, trug einen jener großen Ledereimer mit sich, die der Rat für jeden Haushalt in größerer Zahl vorgeschrieben hatte.

Als sich endlich eine Lücke in dem aus beiden Richtungen eilenden Menschenstrom zeigte, konnte der Ratsherr die Königsstraße überqueren und zu seiner geliebten Baustelle eilen. Dort hatte das Feuer von der Großen Gröpelgrube bereits auf die Bauhütten des Meister Jakobs und der Steinmetze übergegriffen. Auch die Gerüste vor der Fassade der Kirchenschiffe brannten lichterloh. Die Männer rannten zwischen den Brunnen am Langen Lohberg und dem Neubau hin und her, und aus den Nachbarhöfen im Süden holten sie ebenfalls Wasser. Bertram erkannte Birger von Kamen und seinen Vater unter den Männern. Auch die Söhne des Gewandschneiders Schaffenrath halfen beim Löschen.

Unten, am Ostrand der Baustelle, fand er Schwester Victoria und Sigfrid van der Brügge damit beschäftigt, aus Maurern, Zimmerleuten und Tagelöhnern eine Löschkette zwischen der Wakenitz und dem Neubau des Heiligen-Geist-Hospitals zu formen. Bertram reihte sich ein, und bald wanderte Eimer um Eimer zum Neubau hinauf.

Das Gerüst konnte gelöscht werden, und als auch die Bauhütten nicht mehr brannten und die Löschkette die Ledereimer zu den brennenden Häusern in der Großen Gröpelgrube hochreichte, drang lautes Geschrei vom Koberg her in Bertrams Bewusstsein. Die Jakobikirche brannte lichterloh, und Meister Silvesters Braut, die weinend von dort herbeirannte, schrie: »Mein Haus brennt!«

Sie wollte wohl zum Bamberger, doch der Ratsherr hielt sie fest. »Wo sind deine Kinder?«

»Alle in Sicherheit«, schluchzte sie, »doch der Johannes ist in der Kirche!« Sie deutete zurück zu Sankt Jakobi. Bertram sah die Flammenhölle, bekreuzigte sich und rannte zum Koberg hinauf.

Viele dort in der Menschenmenge vor der brennenden Kirche heulten und rauften sich das Haar. Im Vorbeirennen sah Bertram schreiende Frauen vor reglosen Körpern knien. Er rief nach dem Maler, drängte sich durch die Menge, um in die Nähe des Portals zu gelangen, doch schnell prallte er gegen eine Wand aus Hitze und musste zurückweichen.

»Johannes!«, schrie er, so laut er konnte.

Eine Hand legte sich schwer auf seine Schulter, er fuhr herum und blickte dem Hofmarschall ins Gesicht. Petrus deutete in die Menge – dort hockte, umgeben von Frauen, Johannes und wiegte ein Kleinkind. Bertram lief zu ihm, ging vor dem Maler in die Hocke. Johannes' Gesicht war verkohlt, sein Blondschopf schwarz versengt, sein Rock und sein Hosenkleid waren voller Brandlöcher. »Bist du verletzt?!«

Der Maler schüttelte den Kopf und deutete auf das zitternde und weinende Kind. »Und er lebt auch«, krächzte er. Bertram guckte dem Kind ins Gesicht – es war das Peterchen des Brauknechts aus der Engelsgrube.

*

Brandgeruch lag über Lübeck. Auch noch am dritten Tag, nachdem die letzten Brandnester gelöscht waren. Die Nordstadt war fast vollständig niedergebrannt. Schwerer als der Gestank und der Rauch lasteten Trauer und Schrecken auf der Stadt.

Es war längst dunkel, als Bertram Morneweg die Vortreppe zu einem steinernen Haus hinaufstieg und den schweren Bronzering dreimal gegen das bronzene Löwenmaul fallen ließ. Eine Magd öffnete, hielt ihm die Talglampe unters Gesicht und riss Augen und Mund auf. Sie drehte sich um und rief nach ihrem Herrn. Es dauerte lange, bis dessen Schritte sich aus dem Haus näherten. Die Magd übergab ihm die Lampe und huschte ins Halbdunkel der Diele.

Eine Zeit lang starrte der fettleibige Mann mit dem grauen Haarkranz den unerwarteten Besucher an. Nur in seinem kurz geschorenen Bart erkannte Bertram Morneweg noch rote Haarsträhnen. Matthias Stalbuk sah alt und krank aus.

»Was willst du?«, fragte er mit tonloser Stimme.

»Dir deinen Sohn retten.«

»Eckbert kommt allein zurecht.«

»Das glaube ich kaum«, sagte Bertram. »Sie werden ihn morgen zum Tod durch das Henkersschwert verurteilen.«

»Dummes Gerede. Verschwinde!« Matthis wollte die Tür schließen.

»Ich tue es nicht für ihn.« Bertram stieß die Faust gegen das Türblatt. »Er hat zweifellos den Tod verdient.«

»Hüte deine Zunge!« Matthis brauste auf. »Ich lass zur Vogtei schicken, wenn du die Hand nicht von meiner Tür nimmst!«

»Ich tue es für dich.«

»Ich brauche deine Hilfe noch weniger als mein Sohn.« So hart wie seine Miene war, klang auch Matthis' Stimme.

»Johannes hat ein kleines Kind aus der brennenden Jakobikirche gerettet, vielleicht hast du davon gehört.« Matthis reagierte nicht. »Möglicherweise hast du aber noch nicht gehört, wessen Kind das gewesen ist.«

Matthis' Augen verengten sich zu Schlitzen. »Und?«

»Der Sohn des Brauknechtes aus der Engelsgrube. Vorhin waren sie bei mir im Hospitalneubau, völlig zerknirscht.« Bertram sah etwas in Matthis' Augen aufblitzen, und seltsam steif stand er plötzlich. »Sie haben ihre Lüge gestanden und dass sie Geld von Eckbert genommen haben auch. Und noch etwas haben sie gestanden.«

Bertram schob sich so nah an Matthis heran, dass ihre Bäuche sich berührten. Matthis wollte zurückweichen, doch Bertram hielt ihn fest. »Sie waren Ende August draußen auf den Wiesen am Kormoranwerder.« Er flüsterte. »Sie haben sich im hohen Gras dort geliebt, als am Wakenitz-Ufer eine Frau schrie. Anna Warendorp. Sie hat geschrien, weil dein Sohn ihr Gewalt antat.«

Bertram ließ Matthis los. Der stand mit offenem Mund und wie erstarrt. »Morgen früh, gleich nach der Vesper, gehe ich mit ihnen zum Stadtvogt.« Bertram wandte sich ab und stieg die Stufen hinunter. Unten drehte er sich noch einmal um. »Mir war, als sei ich es unserer zerbrochenen Freundschaft schuldig, dir das mitzuteilen.«

Er schwang sich auf seine Schimmelstute und ritt in die Engelsgrube. Vor der Bude des Brauknechtes und seiner kleinen Familie hockten Silvester, Johannes und Petrus und würfelten. Er selbst legte sich auf den Strohsack, den die junge Frau ihm als Schlafstelle neben den Brunnen gelegt hatte.

Und wirklich: In der Nacht tauchte Eckbert Stalbuk im Hof auf. Er sah die Männer, die sich vor der Bude mit der Wache abwechselten, machte kehrt und floh. Als er am nächsten Tag nicht zum Gerichtstag erschien, schickte der Vogt Waffenknechte los, um ihn zu holen. Die suchten ihn in der ganzen Stadt. Und fanden ihn nicht.

*

Auch am Sonntag nach Johannis roch es noch nach Brand in der Stadt. Sogar im Kirchenschiff des neuen Heiligen-Geist-Hospitals, obwohl dort der Duft von Hunderten Blumengestecken aufstieg. In den Seitenschiffen hockten die Hochzeitsgäste auf Bänken und Kisten, vor ihnen bogen sich auf Böcke gelegte Bretter unter Blumen, Kuchen, Braten, Fischplatten, dampfenden Gemüseschüsseln und Bier- und Weinkrügen.

Musik und Gelächter hallten durch den Neubau. Im Mittelschiff hatten sich die ersten beiden Tänzerreihen zu einem Reigen eingefunden, und auf den Malergerüsten musizierten Fiedler, Dudelsackpfeifer, Trommler und Flötisten. Mitten unter ihnen und unübersehbar ein kahlköpfiger Hüne mit einer kleinen Flöte – der Hofmarschall.

Obwohl der Witwe Steffens Bude und Hof abgebrannt waren und dem Meister Silvester das Gasthaus, in dem er gewohnt hatte, dachte das Paar gar nicht daran, seine Hochzeit zu verschieben. Nach der Trauung in der Marienkirche wollten sie ihren Freudentag anfangs in der Wakenitz-Aue feiern, bis Bertram und Victoria ihnen den Neubau als Festhalle vorschlugen. Und weil die Bauern für das Ende des Junis Gewitter und Regen geschworen hatten, zögerten der Bamberger und seine Braut nicht lange und nahmen an.

Und nun saß der Ratsherr und Kaufmann Bertram Morneweg am Ehrentisch vor dem Durchgang zum langen Haus unter dem Christophorus zwischen Traudi und Schwester Victoria, schaute den Tänzern zu und suchte in der Warteschlange, die sich am Ehrentisch vor dem Brautpaar gebildet hatte, nach vertrauten Gesichtern.

»Nach so vielen Jahren Gehämmer, Geschrei und Sägenlärm hören wir nun zum ersten Mal Musik in unserer schönen neuen Hospitalkirche«, rief Rebecca ihm von links ins Ohr. Und von rechts raunte Traudi: »Schau nur, Wolf – der Warendorp kommt wahrhaftig zur Hochzeitsfeier.«

»Wahrscheinlich will er ein bisschen üben«, sagte Bertram, »hat sicher lange nicht getanzt.«

»Und noch länger nicht gelacht.« Traudi hob ihren Weinbecher, stieß mit Bertram und Victoria an, und dann prosteten sie dem Ehepaar Warendorp zu.

Annas Mutter lächelte scheu, und der alte Kaufmann lüpfte den steifen Hut zur Begrüßung und zuckte mit den Nasenflügeln. Sie reihten sich in die Reihe der Gratulanten ein, wo eben ihre Tochter und Johannes dem Meister Silvester die Hand drückten. Der strahlte wie ein Kind, das sich gerade an der Mutterbrust vollgesaugt hatte.

In der Marienkirche schon, bei der Trauung, war Bertram zwischen all den Ratsherren und ihren Gattinnen auch der Warendorp aufgefallen. Von Johannes wusste er, dass er seine Anna wieder ins Haus aufgenommen hatte. Zu ihrem Wunsch, den Maler zu heiraten, hatte er sich noch nicht geäußert. Schritt für Schritt näherte er sich an der Seite seiner munteren Frau dem Hochzeitspaar. Er war ein wenig rot um die Nase, der Warendorp, und spähte manchmal unsicher nach allen Seiten. Wahrscheinlich schämte er sich, und Bertram gönnte es ihm von Herzen. Seine Härte gegen die eigene Tochter hatte sich bis in die Fischerdörfer an der Küste herumgesprochen.

Bald war es geschafft, und die letzten Gratulanten hatten sich vor dem Brautpaar verbeugt. Johannes und Anna saßen gegenüber von Schwester Victoria und den Mornewegs. Die junge Frau sah bleich und kränklich aus. Bertram lächelte ihr zu und betete im Stillen: *Segne und behüte sie, gütiger Gott, lass sie wieder aufblühen nach all der Not.*

Traudi hatte dem Johannes vorgelesen, was ihnen blühte, sollte er sie entführen und sollte sie sich entführen lassen: Anna würde ihr Erbrecht verlieren, dürfte nur das mit aus der Stadt nehmen, was sie am Leibe trug, und dürfte nie wieder nach Lübeck zurückkehren. Sie wollten es dennoch tun, sollte der alte Warendorp stur bleiben.

Für diesen Fall hatte Bertram seinem Schwiegersohn nach Riga geschrieben. Der würde das Paar aufnehmen. Nach den neusten Nachrichten von der Düna brauchte man dort einen tüchtigen Maler für die Seitenaltäre und den Chor der Marienkirche. Noch hoffte und betete Bertram Morneweg, Johannes nicht zu verlieren.

»Das Kind tut mir so leid«, raunte Traudi ihrem Gatten und Victoria zu. Sie sprach natürlich von Anna Warendorp. »Durch wie viel Leid und Angst hat es gehen müssen!«

»Der Weg zum Glück führt oft durchs Unglück, das weißt du doch, mein Herz.«

»Du kannst so grausam sein, Wolf.«

»Nicht halb so grausam wie du.«

»Er kann auch butterweich sein«, sagte Schwester Victoria. »Stalbuk gegenüber warst du zu weich, Moses, gib es zu.«

»Wahrscheinlich«, sagte Bertram.

»Sein Sohn hat den Tod verdient.«

»Das stimmt.«

»Du hättest seinen Vater niemals warnen dürfen.« Jetzt blies auch Traudi noch ins selbe Horn.«

»Wahrscheinlich habt ihr recht.«

»Gibst du also zu, dass es ein Fehler war?« Immer musste sie bohren und bohren, die Rebecca.

Das schlechte Gewissen plagte ihn, wenn er Anna ins abgehärmte Gesicht sah. Doch hätte Eckberts Tod ihr geholfen? Was ihr helfen konnte, das hatte Bertram getan. Und wenn er Matthis nicht gewarnt hätte, wäre sein Gewissen auch nicht reiner.

»Nur wer nichts tut, macht keine Fehler«, sagte er. »Und jetzt kein Wort mehr davon!«

Als alle gegessen und getrunken hatten, betrat das Brautpaar die Tanzfläche. Die Festgesellschaft erhob sich und rief wie aus einer Kehle: »Hoch sollen sie leben!«, und alle klatschten in die Hände. Nach dem ersten Tanz bildeten sich Reihen von Männern und Frauen zu einem Reigen. Bertram führte seine Frau und Schwester Victoria auf die Tanzfläche und tanzte mit ihnen.

Später standen sie vor dem Neubau, bewunderten die Fassade, und Bertram pries seine kleinen, schlanken Türmchen in höchsten Tönen. Er führte sie zum südlichen Seitenschiff und pries das Portal, das er in Riga gesehen und abgezeichnet hatte. Der Baumeister hatte seine Steinmetze angewiesen, es nach seiner Zeichnung zu bauen.

Meister Jakob wollte wissen, welche Wandgemälde noch für das Kirchenschiff geplant waren, und Sigfrid van der Brügge fragte Bertram: »Wie gefällt dir dein Porträt?«

»Mein Christophorus-Gesicht? Ich habe mich kaum wiedererkannt, so freundlich gucke ich da von der Wand.«

»Nein, nicht der Christophorus«, lachte Herr van der Brügge, »ich spreche von deinem Porträt. Der Silvester und sein Geselle malen uns alle, die wir gestiftet haben. Weißt du das noch nicht?«

Nein, das wusste Bertram wirklich noch nicht. Sie gingen wieder hinein in die künftige Hospitalkirche, und tatsächlich entstand da rund um das erst in schwachen Strichen sichtbare Christusbild an der Ostwand ein Bogen von lauter unvollendeten Männerbildnissen. Die hatte Bertram Morneweg noch gar nicht wahrgenommen in all der Aufregung der letzten Wochen.

»Da oben rechts, das bist du!« Traudi stellte sich auf die Zehenspitzen und deutete auf zwei Kränze aus Buchstaben rechts und links über dem Christusbild, beide umrahmten unvollendete Gesichter.

Bertram blinzelte hinauf, erkannte Sigfrid van der Brügges Züge in dem unfertigen Porträt auf der linken Seite und in dem rechten tatsächlich seine eigenen.

»Mach das weg!«, sagte er barsch.

»Nein!« Schwester Victoria schüttelte den Kopf. »Das bleibt.«

Epilog

Ostsee, Herbst 1286

Seine Mutter umarmte ihn auf der Landungsbrücke vor dem Londoner Stalhof. »Gott segne dich«, flüsterte sie zwischen zwei Umarmungen, »Gott behüte dich.« Sie war schlohweiß und gebrechlich, konnte aber noch auf eigenen Beinen an den Hafen gehen.

Die Hoffnung, dich noch einmal in die Arme schließen zu können, hat mich am Leben erhalten, hatte die heute fast Achtzigjährige gesagt, als Bertram Morneweg sie vor bald zwanzig Jahren wiedergesehen hatte. Durch einen Engländer, dem er in Visby begegnet war und der seinen Bruder kannte, hatte er seine Familie wiedergefunden.

Bertram umarmte seine Schwester Maria, ihre Kinder, ihren Gatten, umarmte seinen Bruder und dessen Familie und schließlich seinen ältesten Sohn Hermann, der noch für ein weiteres Jahr in London bleiben wollte.

Die Segel waren schon gesetzt, die Laufplanken wurden eingezogen, die Anker gelichtet, und die sieben Koggen aus Lübeck, Hamburg und Rostock nahmen Fahrt auf. Bertram Morneweg stand auf dem Heckkastell und winkte seiner zurückbleibenden Familie zu. Aus irgendeinem Grund ahnte er, dass er sie zum letzten Mal gesehen hatte. Die kleine Handelsflotte segelte der Themsemündung und der Nordsee zu.

Der Rat von Lübeck hatte Bertram Morneweg im Frühsommer nach London geschickt. Viele Städte an den deutschen, englischen und flämischen Küsten und an den großen Flüssen des Festlandes schmiedeten damals ein Bündnis, und er, Bertram, hatte mit den englischen Kaufleuten über den Beitritt Londons zur entstehenden Hanse verhandelt. Es herrschte Aufbruchsstimmung unter den Fernhandelskaufleuten Europas.

Der Wind stand günstig, die Flotte segelte den Vormittag über erst dem Festland und am Abend dem Skagerrak entgegen, am nächsten Tag entlang der flämischen Küste, in der Abenddämmerung des übernächsten entlang der dänischen.

Bei Talglicht betrachtete Bertram in seiner Kajüte die Briefe, die Traudi und Schwester Victoria ihm nach London geschickt hatten. Hermann hatte sie ihm vorgelesen, alle zweimal, viele dreimal. Sie machten Bertram auch jetzt noch froh beim Betrachten der Zeilen und jener Namen und Sätze, die er entziffern konnte. Die meisten Abschnitte konnte er auswendig. Fast nur gute Nachrichten hatten ihn in London erreicht.

Konrad, sein jüngster Sohn, wollte endlich heiraten. Maria, seine Tochter in Riga, hatte ihr siebtes Kind geboren. Seinem Sohn Martinus hatte man einen Sitz im Rat von Wismar in Aussicht gestellt. Und Anna, die Gattin des Malers Johannes von Köln, war zum dritten Mal Mutter geworden.

Das Paar lebte in Riga. Nicht weil Johannes sie dorthin hatte entführen müssen, sondern weil er als Meistermaler an den Wandgemälden der Marienkirche von Riga arbeitete, des späteren Doms. Der alte Fredericus Warendorp hatte der Heirat schließlich zugestimmt. Die unablässigen Vorwürfe seiner Frau und eine Krankheit hatten seinen Widerstand gebrochen. Drei Tage nach der Hochzeit war er gestorben.

Im Schein der Talglampe betrachtete der Ratsherr Rebeccas – Schwester Victorias – Brief. Auf die Rückseite des Pergaments hatte der alte Baumeister Jakob von Metz die Südseite des neuen Heiligen-Geist-Hospitals gezeichnet. Lächelnd betrachtete Bertram das vollendete Langhaus, die beiden schlanken Türmchen an seinem Ostende und das wunderschöne Südportal im Seitenschiff. Schwester Victorias – Rebeccas – erster Satz lautete: *Mein geliebter Bruder Moses, das Haus des Erbarmens ist bezugsfertig. Bis zu deiner Rückkehr werden schon siebzig arme, alte und kranke Männer und Frauen das Langhaus bevölkern …*

Bertram Morneweg schloss die Augen und stellte sich vor, wie er an ihrer Seite aus dem Kirchenschiff ins Langhaus trat, an den Betten und Schlafstätten der vielen Menschen vorüberging und sie begrüßte. Besonders gespannt war er auf die Wandgemälde, mit denen Meister Silvester und seine Gesellen die Wände des Langhauses geschmückt hatten. Die meisten waren noch unvollendet gewesen, als der Rat ihn nach London losschickte.

Kein einziges sollte er jemals zu sehen bekommen. Das wusste er gleich, als am nächsten Morgen ein gewaltiger Ruck durch seine Kogge ging. Sie war auf ein Riff geraten und sank sofort.

Im Morgengrauen trieb er auf einem Trümmerstück im eiskalten Wasser der Nordsee. Die dänische Küste schien zum Greifen nahe und doch unendlich fern. Zwischen den Nebelschwaden sah er drei der anderen Koggen kreuzen und nach Überlebenden suchen. Der Nordwestwind trug die Stimmen der Seeleute zu ihm, die dort, siebzig oder achtzig Ruten entfernt, lauter Namen in den neuen Morgen riefen. Von einer der Koggen, das konnte Bertram erkennen, ließen sie eine Pinasse zu Wasser.

Er dachte an die Stunden vor fünfundfünfzig Jahren, als er in der Ostsee auf einem Stück Reling trieb, das Meer sich zu allen Seiten hin erstreckte und er mit dem Leben abschloss. Diesmal war es wirklich vorbei, das spürte er, doch seltsam: Es machte ihm keine Angst. Im Gegenteil: Unerklärliche Freude erfüllte ihn auf einmal und eine große Dankbarkeit.

»Fünfundfünfzig Jahre hast du mir geschenkt, du gütiger Gott«, betete er, »fünfundfünfzig Jahre gestundete Zeit. Ich danke dir. Und mögest du alle mit dieser Einsicht trösten, die um mich weinen werden. In deiner großen Güte, Amen.«

Als sie ihn später aus dem Meer in die Pinasse zogen, war er schon halb betäubt, und zwischen Skagerrak und Travemündung löschte eine Lungenentzündung sein Leben endgültig aus. Die Totenmesse für Bertram Morneweg las man in der Katharinenkirche, und in der Kirche der Bettelmönche wurde er auch begraben.

Nachwort und Dank

Von Bertram Morneweg ist aktenkundig, dass er gelebt hat, wie aus dem Nichts in Lübeck auftauchte, in England und Riga Handel trieb, Ratsherr gewesen ist, zu den Stiftern und Vorstehern des Heiligen-Geist-Hospitals gehörte und einer Gattin namens Gertrud sowie einem Sohn namens Hermann atemberaubend viel Geld hinterließ. Ein Forscher nennt ihn »den reichsten Lübecker seiner Zeit«, ein anderer einen »Neureichen« unter den alteingesessenen Kaufleuten Lübecks, und wieder ein anderer will seinen Grabstein Anfang des letzten Jahrhunderts im Johanniskloster von Lübeck gesehen haben.

Darüber hinaus gibt es etliche, wissenschaftlich nicht belegbare Berichte über ihn, zum Beispiel den, dass er in Nowgorod Handel getrieben habe. Ein Text aus dem 17. Jahrhundert erzählt eine legendäre Geschichte, die im 19. Jahrhundert, als romantische Liebesgeschichte bearbeitet, in der »Gartenlaube« erschienen ist, einer der ersten Illustrierten. Die habe ich in einem Stehcafé an der Ostsee gelesen, und ich gestehe gern, dass sie mich zu Tränen rührte.

In meiner Erzählung habe ich mich an die gesicherten Fakten gehalten, die Legenden aber keineswegs verschmäht.

Die Bardewiks, Stalbuks, von Kamens, Wittenborgs etc. sind uralte Lübecker Familien, die im 13. und 14. Jahrhundert tatsächlich in der Stadt lebten und wirkten. Die einzelnen Individuen jedoch, die in meiner Geschichte eine Rolle spielen, habe ich eigenhändig aus Stoffen und Geschichten jener Zeit und mit meiner Fantasie gestaltet. Bertram Stalbuk etwa ist zwar tatsächlich um 1236 gestorben, und seine Frau hat auch wieder geheiratet, mehr aber ist über sie nicht bekannt. Schon gar nicht, dass Frau Stalbuk die Xanthippe gewesen sei, zu der ich sie in meiner Erzählung gemacht habe. Auch ein Sohn Bertrams namens Matthias taucht in keiner Urkunde auf. Allerdings kann man aus historischen Dokumenten belegen, dass die Stalbuks zu den Familien gehörten, die in der Zeit, von der ich erzähle, verarmten.

Es ist mit dem Schreiben wie mit der Musik oder der Malerei: Man stolpert über ein Thema, ein Stoff oder ein Gedanke drängt sich einem in die Seele, und dann tut man sein Bestes. Entscheidend geholfen, mein Bestes zu tun, haben mir Ursula Jahnke, Lübeck, mit wertvollen Hinweisen und einer persönlichen Stadtführung, und die Badische Landesbibliothek Karlsruhe, die mir zahlreiche Bücher besorgt hat, ohne die ich in Sachen Heiligen-Geist-Hospital, Hanse und Lübeck noch genauso ahnungslos wäre, wie ich es vor der Arbeit an diesem Buch gewesen bin. Stellvertretend für das Bibliotheksteam nenne ich Sabine Scheurer, Teamleiterin der Abteilung Fernleihe.

Ursula Jahnke und Sabine Scheurer danke ich an dieser Stelle herzlich für ihre Hilfe.

Die Idee, eine Erzählung über das mittelalterliche Lübeck zu schreiben, eine umfangreiche Stoffsammlung und viele Anregungen verdanke ich Birgit Ziebula, die vor einigen Jahren ihr Herz an diese unvergleichliche Stadt verloren hat.

Stellvertretend für viele treue LeserInnen möchte ich Anja Nehaus für ihre differenzierten und lehrreichen Rezensionen meiner Bücher danken, durch die sie mir im Laufe der letzten Jahre vor Augen geführt hat, für welche LeserInnen ich immer wieder mit großer Lust schreibe.

Ein Dankeschön auch an Judith Mandt für ihre Hilfe bei

der Entwicklung des Plots, Friederike Haller für ihr einfühlsames und sehr aufmerksames Lektorat, Stefanie Zeller für die ungemein geduldige Betreuung des Buchprojektes.

Ruben Laurin, Karlsruhe, Februar 2019

Glossar

Abakus – Rechenbrett mit auf Drähten verschiebbaren Kugeln verschiedener Zahlenwerte; so schnell wie einer heute blind mit zehn Fingern schreibt, konnte ein geübter Schreiber auf dem Abakus die vier Grundrechenarten durchführen

Astrolabium – scheibenförmiges Instrument, mit dem unter anderem in der Seefahrt seit der Antike und bis ins 18. Jh. hinein Datum, Uhrzeit, Sternenpositionen oder Himmelsrichtungen bestimmt werden konnten

Bootsmann – Kapitän und Steuermann unterstellter und der übrigen Besatzung vorgesetzter Seemann; verantwortlich für die Wartung und Instandhaltung der Schiffsausrüstung; in der militärischen Seefahrt niedrigster Unteroffiziersrang

Brakteat – eine dünne, einseitig geprägte silberne Pfennigmünze, die im Hochmittelalter, abgesehen vom Rheinland, im gesamten deutschsprachigen Raum verbreitet war

Chor – der für den Gesang und das Gebet der Geistlichen bestimmte, meist im Osten gelegene Bereich einer Kirche, oft durch den *Lettner* (s.u.) von ihr getrennt

Dauben – flache, gebogene Leisten, aus denen in früheren Zeiten Fässer oder Trinkgefäße gefertigt wurden

Domkapitel – Gemeinschaft; wörtlich: Versammlung der Domherren

Exkommunikation – Ausschluss aus der Gemeinschaft der Gläubigen und vom Empfang der Sakramente; eine Kirche durfte der Exkommunizierte trotzdem besuchen

Fuß – altes Längenmaß, je nach Land bzw. Stadt ca. 28 bis 32 cm

Gambrinus – Schutzheiliger der Bierbrauer

Gebände – Kopfbedeckung für Frauen, eine Art Haube, die man unter dem Kinn mit Bändern festschnürte

Gottseibeiuns – mittelalterliche Bezeichnung des Satans bzw. Teufels, um seinen Namen nicht aussprechen zu müssen

Grut – Kräutermischung, mit der früher das Bier gewürzt wurde

Halbstück – 600-Liter-Fass

Hanse – ursprünglich eine niederdeutsche Bezeichnung für einen aus Sicherheitsgründen gebildeten Verband aus Handelsschiffen oder Fuhrwerken (also eine Art Karawane); seit dem 14. Jahrhundert ein Städtebund

Hore – vom *lat. hora, Stunde, Zeit*; Gebetsstunde

Kämmerer – altertümliche Bezeichnung für einen Finanzbeamten

Karelien – Landschaft in Finnland

Kehrwisch – Handfeger

Kemenate – beheizbarer Wohnraum

Knochenhauer – Fleischer, Metzger

Kogge – Transportschiffstyp der Hanse seit dem 12. bis ins 14. Jahrhundert; die frühen Koggen waren vermutlich 25 bis 30 Meter lang, 6 bis 8 Meter breit und mit etwa 12 Seeleuten besetzt; sie hatten ein hohes Heckkastell, einen Segelmast und fassten 120 bis 240 Tonnen Ladung

Kolderstock – *siehe Ruderschwengel*

Kontierer – Buchhalter

Kontor – o. *Schreibkammer*; einerseits das Büro eines Kaufmanns, vor allem aber ein Warenlager und großer Handelshof wie der Petershof in Nowgorod oder der Hof von Visby; die Kontore der Hanse waren eine Art Stadt innerhalb einer Stadt und hatten eine eigene Verwaltung, Regierung und Satzung; der Begriff selbst ist erst seit dem 16. Jahrhundert in Gebrauch

Kotze – altes Schimpfwort für Hure

Laibung – die Innenseite eines Tür- oder Fensterrahmens oder eines Bogens

Landungssteg – o. *Landungsbrücke* o. *Anlegesteg*; auf Pfosten im Wasser ruhender Steg, der vom Hafenkai ins Hafenbecken führt

Laudes – Morgengebet

Laufplanke – ein Steg zwischen Schiff und Landungsbrücke bzw. Kai, auf dem man an Land bzw. an Bord gelangte; heute nur noch in der Binnenschifffahrt so genannt, in der Seeschifffahrt: *Gangway*

Last – *plur. Lasten*; mittelalterliches Raum- und Gewichtsmaß: 1 Last = 2.000 kg = 2 Tonnen; später Messgröße für die Ladekapazität von Schiffen

Lettner – hölzerne, steinerne oder gusseiserne Prachtschranke zwischen Chorraum bzw. Hochaltar und dem Kirchenschiff

Livland – im Mittelalter die baltische Landschaft nördlich der Düna

Lübische Mark – die Lübecker Mark (im Geschäftsverkehr *Mark lübisch* genannt, abgekürzt: *m. l.*) hatte im späten 13. Jahrhundert die Kaufkraft von etwa 225 Euro

Lübisches Recht – aus westfälischer Rechtsprechung hervorgegangenes Recht der Freien Reichsstadt Lübeck, das sich seit dem 13. Jahrhundert fast im gesamten Ostseeraum durchsetzte; neben dem Magdeburger Recht gilt das Lübische als das bedeutendste deutsche Stadtrecht, das erst im 19. Jahrhundert vom Bürgerlichen Gesetzbuch abgelöst wurde

Maische – Sud aus Wasser und Getreidemalz beim Bierbrauen
Mindere Brüder – Selbstbezeichnung der Franziskanermönche
Muhme – veraltete Bezeichnung für *Tante*

Oheim – veraltete Bezeichnung für *Onkel*
Oldermann – Vorsteher eines Handelskontors; gewählt von den dort Handel treibenden Kaufleuten führte er die Rechtsaufsicht und die gemeinsame Kasse; später trug er den Titel eines *Konsuls der Hanse*

Petershof – Handelskontor der Hanse in Nowgorod
Pinasse – kleines Beiboot
Prahm – kleines, fährenartiges Flussschiff, das vor allem für den Transport von Salz und Holz eingesetzt wurde
Prahmbrücke – Anlegestelle oder Landungsbrücke aus mehreren Prahmen

Rente – mit festgelegtem Zins und bis zu festgelegtem Zeitpunkt nach und nach zurückzuzahlendes Darlehen auf Besitztümer oder künftige Geschäfte
Ruderschwengel – *o. Kolderstock*; vertikaler, zu den Seiten hin beweglicher Steuerhebel zur Ausrichtung des Heckruders bei Schiffen; das aus Piratenfilmen bekannte Steuerrad wurde erst im späten 17. bzw. frühen 18. Jahrhundert benutzt

Rute – altes Längenmaß; für die Längenangaben in diesem Roman liegt die *Waldrute* zugrunde: Ihre Länge beträgt 16 Fuß = 4,80 Meter

Schonen – Landschaft in Südschweden; bis ins 17. Jahrhundert hinein unter dänischer Herrschaft

Seitenkapelle – Kapelle im Seitenschiff einer Kirche

Skapulier – ärmelloser Überwurf, eher Tuch mit Kopfloch als Umhang, der zum Habit mancher Mönchsorden gehört

Stalhof – Handelskontor der Hanse in London

Stockfisch – o. *Klippfisch*; durch Trocknung konservierter Fisch; meist Kabeljau

Tatzenkreuz – auch *Templer-* oder *griechisches Kreuz*; gleicharmiges Kreuz mit sich verbreiternden Balkenenden; beim schwarzen Tatzenkreuz des Deutschordens allerdings war der untere Balken länger als die anderen drei

Treidler – Männer oder Frauen, die ein Schiff vom Ufer aus durch schwer passierbare Abschnitte eines Flusses ziehen

Trippen – hölzerne Unterschuhe bzw. Holzlatschen, die man unter Schuhen getragen hat, um diese vor Schlamm und Nässe zu schützen

Trommelkran – seit dem 13. Jahrhundert im Kirchenbau nachgewiesene Holzkonstruktion für den Transport schwerer Lasten in große Höhen; bestehend aus Mastbalken, Schwenkarm, Flaschenzug und einem großen trommelartigen Laufrad, dem der Kran seinen Namen verdankt

Truchsess – ursprünglich der Küchenmeister, dem auch die Aufsicht über die fürstliche Tafel oblag; im Hochmittelalter stieg er zum Leiter der Hofverwaltung auf

Vesper – Abendgebet

Wendische Städte – früher: Küstenstädte der Ostsee, die an slawischen Siedlungsorten gegründet wurden: Lübeck, Wismar, Rostock, Stralsund, Greifswald, Kiel, Lüneburg, Stettin

Werder – durch Deich oder Trockenlegung gewonnenes Land zwischen Gewässern

Eine Kathedrale, die zum Himmel wächst.
Ein Steinmetz, der seiner Bestimmung folgt.
Und eine Liebe, die nicht sein darf

Ruben Laurin
DIE KATHEDRALE
DES LICHTS
Historischer Roman
592 Seiten
ISBN 978-3-404-17636-6

Anno 1215. Dem Waisenjungen Moritz widerfährt großes Leid. Nur, wenn er Skulpturen aus dem Stein haut, vergisst er alle Schmerzen. Jahre später erkennt ein reisender Baumeister Moritz' Talent und nimmt ihn mit nach Magdeburg, wo eine Kathedrale gebaut wird. Rasch macht sich Moritz einen Namen unter den Steinmetzen. Doch nicht jeder auf der riesigen Baustelle bewundert den jungen Künstler. Vor allem Gotthard, ein bekannter Bildhauer, neidet Moritz den Erfolg. Als Moritz sich ausgerechnet in die Frau verliebt, um die auch Gotthart wirbt, verfolgt dieser nur noch ein Ziel: Sein Rivale muss verschwinden, und zwar für immer.

Bastei Lübbe

Lesejury